COLLECTION « BEST-SELLERS »

DU MÊME AUTEUR

Chez le même éditeur

LE LIEN MALÉFIQUE, 1993

L'HEURE DES SORCIÈRES, 1995

ANNE RICE

TALTOS

Roman

traduit de l'américain par Annick de Scriba

ROBERT LAFFONT

Titre original : TALTOS

ISBN 2-221-08018-1
(édition originale : ISBN 0-679-42573-X Knopf, New York)

À Stan, Christopher et Michele Rice,
à John Preston
et à Margaret et Stanley Rice Sr,
avec toute mon affection.

Le Jardin d'Amour

Au Jardin d'Amour, je suis allé,
Et j'ai vu ce que je n'y avais jamais vu :
Là où j'avais joué, là dans le vert,
Une chapelle était construite.

Et les portes de cette chapelle étaient fermées,
Et « Tu ne dois pas » était, sur la porte, écrit ;
Aussi j'ai tourné ma pensée vers le Jardin d'Amour
Au temps où il portait tant de douces fleurs ;

Mais je le vis couvert de tombes,
Et de dalles, là où j'avais espéré des fleurs ;
Et des rondes de prêtres en robes noires entravaient
Par des ronces mes joies et mes désirs.

Tiré des *Chants d'expérience*
William Blake
Traduit de l'anglais par Alain Suied
Éditions Arfuyen

Note de l'éditeur

Les femmes de la famille Mayfair ne sont pas tout à fait comme les autres : elles sont sorcières. Et depuis des siècles, un esprit, Lasher, les hante et s'allie aux plus puissantes d'entre elles. Grâce à lui, elles ont appris à utiliser leurs dons pour échapper aux persécutions, puis pour faire fortune. Au XXe siècle, enfin en paix, elles mènent à La Nouvelle-Orléans l'existence des femmes de leur époque. Mais Lasher n'a qu'un rêve : s'incarner. Et il est prêt à tout pour cela.

L'occasion lui en est fournie par Rowan, l'héritière des pouvoirs, aussi redoutable que généreuse. Elle a depuis peu épousé Michael, et se prépare à accoucher de leur premier enfant ; non sans inquiétude : des analyses génétiques ont montré que certaines femmes Mayfair possèdent un gène supplémentaire, hérité de leurs ancêtres écossaises. Effectivement, l'enfant qui naît la nuit de Noël est prodigieux : il parle, marche et acquiert sa taille adulte en quelques heures. Il est le dernier descendant de la race préceltique des Taltos. Une race de géants très doux, fantasques et artistes, d'une longévité considérable. Installés en Écosse, ils se sont parfois unis aux sorcières et ont ainsi transmis leurs gènes. Exterminés peu à peu par les hommes, ils ont pratiquement disparu de la surface de la Terre. D'eux, il ne reste que les grands cercles de pierres, tel Stonehenge, et les étranges dessins pictes.

Pour Lasher, l'enfant de Rowan est une proie toute trouvée. Concentrant tous ses pouvoirs, il s'empare du corps du nouveau-né.

Commence alors le calvaire de Rowan. Doté de capacités exceptionnelles mais par ailleurs dément. Lasher enlève Rowan, la séquestre, la viole, avec le désir fou d'en avoir des enfants. Désespérée, affaiblie, Rowan parvient à s'enfuir alors qu'elle est enceinte.

Entre les sorcières Mayfair et Lasher s'engage une lutte à mort. Les femmes Mayfair y laisseront leur vie. Quand enfin Lasher est abattu par Michael, le cauchemar semble terminé... Mais la petite fille que Rowan met au monde est une Taltos. Michael et Rowan, qui ne peuvent savoir qu'elle possède la douceur et l'innocence des géants de sa race, la tuent. Pour Rowan, c'en est trop.

La famille Mayfair doit choisir une nouvelle héritière. La plus puissante des jeunes sorcières s'appelle Mona. Elle a treize ans, elle est rousse, sexuellement précoce, douée en informatique et parfaitement adaptée à son époque.

1

Il avait neigé toute la journée. La nuit serait là dans un instant. Debout devant la fenêtre, il observait les minuscules silhouettes dans Central Park. Un cercle de lumière parfait éclairait la neige sous chaque lampadaire. Des gens patinaient sur le lac glacé et des voitures passaient nonchalamment dans les rues obscures.

À gauche et à droite, des gratte-ciel. Mais rien ne s'interposait entre le parc et lui, hormis des immeubles plus bas que le sien, des toits aménagés en jardins et, çà et là, des toits pointus.

Il adorait cette vue. Il était toujours étonné quand ses visiteurs la découvraient en extase ; un technicien venu réparer une machine, par exemple, avait avoué n'avoir jamais vu New York sous cet angle. Il devrait y avoir des tours de marbre de différentes hauteurs où les gens pourraient monter pour admirer la vue.

Penser à rédiger une note : construire une série de tours n'ayant d'autre fonction que d'accueillir les gens haut dans le ciel. Utiliser ces magnifiques marbres que tu aimes tant.

Il le ferait probablement cette année. Et les bibliothèques. Il voulait en construire un grand nombre, même si cela entraînait de fréquents voyages. Il ferait tout cela, et très prochainement. Après tout, les parcs étaient presque achevés, de petites écoles avaient été ouvertes dans sept villes et des manèges dans vingt endroits différents. Les gens raffolaient des manèges. Évidemment, les animaux étaient en matière synthétique mais chacun était la reproduction exacte d'un chef-d'œuvre européen sculpté à la main. Il avait encore tant de projets à réaliser. Et l'hiver était déjà là.

Au cours du siècle écoulé, il avait concrétisé une centaine de ses idées. Et ses réalisations de cette année avaient un charme réconfortant. Il y avait le manège ancien qu'il avait installé à l'intérieur de l'immeuble. Des chevaux, des lions, dont il avait fait faire des moulages. Son musée de voitures anciennes occupait tout un étage. Le public se précipitait pour admirer les Model T, les Stutz Bearcats et les MG-TD, avec leurs roues à rayons.

Et puis il y avait ses musées de poupées, bien sûr. Exposées sur deux étages, dans de grandes salles brillamment éclairées, ces poupées du monde entier constituaient la véritable vitrine de sa société. Son musée privé, ouvert occasionnellement, contenait, entre autres, les poupées qu'il avait lui-même chéries.

De temps à autre, il descendait pour observer les visiteurs, se promener parmi eux. S'il ne passait jamais inaperçu, en tout cas, on ne le reconnaissait pas.

Comment passer inaperçu lorsque l'on fait deux mètres seize ? Il était habitué à ces regards. Mais quelque chose d'étrange s'était produit ces deux derniers siècles : les êtres humains étaient devenus de plus en plus grands. Au point qu'aujourd'hui, malgré sa taille, il ne paraissait plus aussi démesuré par rapport aux autres. On le regardait, bien entendu, mais il ne faisait plus peur.

Parfois, un homme plus grand que lui entrait dans l'immeuble. Dans ce cas, le personnel avait ordre de le prévenir. C'était l'une de ses petites excentricités que ses employés trouvaient amusantes. Cela lui était égal. Il aimait voir les gens sourire et rire.

– Monsieur Ash, un grand type, caméra cinq.

Il se tournait vers le mur d'écrans et observait l'individu. Un humain. À de rares exceptions près, il le voyait tout de suite. Sinon, il empruntait l'ascenseur et descendait voir l'individu de près pour vérifier à certains détails qu'il était bien humain.

Il avait des rêves plein la tête. Des bâtiments en modèle réduit, ornés de riches détails, pour les enfants. Des cathédrales, des châteaux et des palais miniatures, répliques exactes de joyaux d'architecture, construits à la vitesse de l'éclair et « rentables », comme dirait le conseil d'administration. Il y en aurait de différentes tailles, de la maison de poupée au monument historique dans lequel les enfants pourraient pénétrer. Et des chevaux de manège en résine de pin, à la portée de toutes les bourses. Il pourrait en offrir des centaines aux écoles et aux hôpitaux. Et il y avait aussi cette véritable obsession : des poupées vraiment ravissantes, incassables et faciles à entretenir, pour les enfants déshérités. Il travaillait sur ce projet depuis le début du siècle.

Ces cinq dernières années, il était parvenu à produire des poupées de moins en moins chères, les améliorant sans cesse grâce à de nouveaux matériaux. Mais elles restaient hors de prix pour les enfants pauvres. Cette année, il allait essayer quelque chose de totalement nouveau... Il en avait déjà les plans sur sa planche à dessin et quelques prototypes prometteurs. Peut-être que...

Il sentait une chaleur réconfortante monter en lui tandis qu'il réfléchissait à ces projets qui mettraient des siècles à se réaliser. Il y avait très longtemps, il avait rêvé de monuments. De grands cercles de pierre que tout le monde pourrait voir et des géants dansant dans l'herbe haute de la plaine.

Mais sa grande obsession d'aujourd'hui était les poupées, ces jouets des temps modernes, ces adultes miniatures qui ne ressemblent pas à des enfants.

Les monuments sont réservés à ceux qui peuvent voyager, tandis que les poupées et les jouets qu'il fabriquait étaient présents dans le monde entier. La mécanisation avait rendu toutes sortes d'objets accessibles aux peuples de toutes les nations – les riches, les pauvres, les sans-abri, les pensionnaires des hôpitaux et des asiles.

Il avait trouvé son salut dans cette entreprise. Ses idées les plus saugrenues et les plus audacieuses avaient pris forme. Il se demandait pourquoi les autres fabricants de jouets innovaient si peu, pourquoi des poupées découpées à l'emporte-pièce, aux visages inexpressifs, remplissaient les rayons des grands magasins, pourquoi l'industrie moderne n'avait pas apporté avec elle originalité et créativité. Contrairement à ses concurrents, chaque succès le faisait redoubler d'audace.

Cela ne l'amusait pas de causer la faillite de ses concurrents. La concurrence était un mécanisme qui lui était intellectuellement étranger. Il partait du principe que les acheteurs potentiels du monde contemporain étaient en nombre illimité et qu'il y avait de la place pour tous les fabricants, pourvu que leurs produits soient valables. Entre les murs de sa tour de verre et d'acier, il jouissait de ses triomphes dans un bonheur absolu qu'il ne pouvait partager avec personne.

Personne, à part ses poupées. Celles qui ornaient ses étagères de verre, celles juchées sur des colonnes, celles qui décoraient son vaste bureau de bois. Sa Bru, sa princesse, sa beauté française, était son témoin privilégié. Pas un jour ne passait sans qu'il descende au second étage pour lui rendre visite. C'était un magnifique sujet de quatre-vingt-dix centimètres, en biscuit de faïence, aux boucles de mohair intactes, au visage peint, au torse et aux jambes en bois aussi parfaits qu'au moment de sa fabrication un siècle auparavant. C'était le chef-d'œuvre du Français Bru, conçu pour l'Exposition universelle.

Pendant des années, il avait parcouru le monde avec elle, la sortant parfois de sa valise pour contempler ses yeux de verre, pour lui exposer ses pensées, ses sentiments, ses rêves. Aujourd'hui, elle était enfermée dans une cage de verre et des milliers de curieux venaient l'admirer chaque année, entourée de toutes les autres poupées Bru. L'envie lui prenait parfois de l'installer sur une étagère dans sa chambre, là-haut. Qui s'en soucierait ? Qui oserait lui faire une réflexion ? Les riches sont entourés d'un silence approbateur, songea-t-il. D'instinct, les gens réfléchissent avant de leur dire quoi que ce soit. Il pourrait se remettre à parler tout haut à sa poupée, s'il en avait envie. Dans le musée, il restait silencieux, séparé d'elle par une paroi de verre. Elle attendait patiemment qu'il vienne la réclamer, elle, la muse involontaire de son immense empire.

Sa société, son empire, comme on l'appelait dans la presse, était fondée sur le développement d'une matrice qui existait depuis trois cents ans seulement. Et si une guerre éclatait ? Mais les poupées et les jouets lui procuraient un tel bonheur qu'il ne s'imaginait pas sans eux. Même si une guerre venait réduire le monde à néant, il continuerait à fabriquer des figurines en bois ou en argile et les peindrait lui-même.

Il se voyait ainsi, parfois, dans un New York en ruine après une guerre nucléaire, comme dans un film de science-fiction. Il se voyait assis sur les vestiges d'un escalier de pierre, en train de confectionner une poupée avec des bouts de bois et des morceaux de soie prélevés avec respect sur le cadavre d'une femme.

Qui aurait pu imaginer qu'il avait de telles idées ? Qui savait que, se promenant dans Paris, un siècle auparavant, il était tombé en arrêt devant les yeux de verre de sa Bru, dans une vitrine, et s'était passionnément épris d'elle ?

Ceux de sa race avaient toujours eu l'esprit ludique. Rien d'étonnant à ce qu'il possédât ce trait de caractère. Toutefois, étudier une race lorsque l'on fait partie de ses rares survivants est bien délicat, surtout lorsque l'on ne maîtrise pas particulièrement la philosophie et la terminologie médicale. Sa mémoire était bonne, mais sans plus, et il renonçait souvent, volontairement, à penser au passé, préférant une immersion « puérile » dans le présent. D'une façon générale, il rechignait à penser en termes de millénaires ou de lustres, ou quelle que soit la façon dont les gens qualifiaient ces grands morceaux d'éternité dont il était le témoin vivant, au cours desquels il avait vécu et lutté. Finalement, il les avait chassés de sa mémoire pour se consacrer à cette grande entreprise adaptée à ses quelques talents très particuliers.

Néanmoins, il étudiait effectivement sa race en prenant des notes méticuleuses sur lui-même. Et il n'avait aucun don pour prédire l'avenir, du moins était-ce ce qu'il pensait.

Un bourdonnement presque imperceptible parvint à ses oreilles. Cela venait des tubes installés sous le sol de marbre, qui chauffaient agréablement la pièce. Il se représenta la douce chaleur montant à travers ses chaussures. Si seulement la totalité du monde extérieur pouvait bénéficier de ce confort ! Si seulement tout le monde pouvait avoir nourriture et chaleur en abondance ! Son entreprise envoyait des millions de dollars pour aider les gens vivant dans les déserts et les jungles, au-delà des océans, mais il n'était pas certain de leur destination réelle, ni qu'ils tombassent entre les bonnes mains.

Au tout début du cinéma et, plus tard, de la télévision, il avait cru que, un jour, il n'y aurait plus ni guerre ni famine. Il était persuadé que les gens ne supporteraient pas de voir ces images sur leurs écrans. Il avait été bien naïf. Les guerres et la famine semblaient avoir redoublé. Sur tous les continents, on s'entre-tuait. Des millions de gens mouraient de faim. Il restait tant à faire. Pourquoi se cantonner à des choix ? Pourquoi ne pas tout faire en même temps ?

La neige recommençait à tomber. Les flocons étaient si petits qu'il les voyait à peine. Ils semblaient fondre en atteignant les rues sombres, tout en bas. Mais, du soixantième étage, comment savoir ? De la neige à demi fondue s'était accumulée dans les gouttières et sur les toits proches. D'ici peu, tout serait à nouveau blanc. Dans son bureau calfeutré et chaud, il imaginait la ville morte, comme décimée par un fléau tuant tout être vivant.

Le ciel était noir. C'était ce qu'il détestait par temps de neige. C'était comme perdre le ciel, et il adorait contempler, au-dessus de New York, ces immenses étendues de ciel que les gens, en bas, ne voyaient pas vraiment.

– Des tours, bâtir des tours, dit-il tout haut. Construire un grand musée très haut dans le ciel, entouré de terrasses. Faire monter les gens dans des ascenseurs en verre, pour qu'ils voient...

Des tours pour le plaisir au milieu de celles érigées par l'homme pour le commerce et le profit.

Une pensée lui vint soudain, ou lui revint, pour être exact. Chaque fois, elle le plongeait dans une profonde méditation. Les tout premiers écrits de l'histoire de l'humanité avaient été des listes de denrées achetées et vendues. Voilà ce qu'étaient les tablettes cunéiformes retrouvées à Jéricho, des inventaires... Même chose à Mycène.

Personne n'avait trouvé important, à l'époque, d'écrire ses idées et ses pensées. Pour les bâtiments, c'était différent. Les plus magnifiques étaient des lieux de culte, des temples ou des ziggourats chaulés que les hommes gravissaient pour faire leurs sacrifices aux dieux. Le cercle de blocs de grès de Stonehenge, dans la plaine de Salisbury.

Aujourd'hui, sept mille ans plus tard, les plus grands édifices étaient voués au commerce. Ils portaient des enseignes de banques ou d'énormes sociétés comme la sienne. De sa fenêtre, il voyait ces noms étinceler en capitales dans le ciel noir et neigeux.

Quant aux temples et aux lieux de culte, ils étaient maintenant réduits au strict minimum. Quelque part en bas, il pouvait apercevoir les cloches de Saint Patrick, s'il le voulait. Mais c'était plus une relique dédiée au passé qu'un véritable centre religieux. Comme elle faisait désuète, cette cathédrale qui tentait d'atteindre le ciel, au beau milieu de grands immeubles de verre indifférents. Elle n'était majestueuse que vue d'en bas.

Les scribes de Jéricho auraient compris ces changements, songea-t-il. Ou peut-être pas. Il avait du mal à comprendre lui-même. Ce commerce, cette multiplicité de choses belles et utiles pourraient sauver le monde, finalement, si seulement... Obsolescence planifiée, destruction massive des marchandises de l'année précédente, volonté de rendre périmé ce que d'autres ont conçu. Voilà où on en était. Quel manque d'envergure ! Et tout cela pour de stupides considérations de marché. La révolution, la vraie, ne pourrait jamais venir du cycle construction/destruction mais, au contraire, d'une grande expansion inventive et infinie. Les vieilles dichotomies devraient tomber. Le salut était dans sa Bru chérie et ses pièces assemblées en usine, dans les calculettes que des millions de gens portaient en permanence sur eux, dans les superbes stylos à bille, les bibles à cinq dollars et les magnifiques jouets achetés pour trois fois rien dans les grands magasins.

– Monsieur Ash, l'interrompit une voix douce.

Son personnel était bien formé : pas de bruit de porte ; parlez doucement ; je vous entendrai.

La voix était celle de Remmick, un homme d'un naturel doux, un domestique anglais (avec un peu de sang celte, mais il l'ignorait), qui lui avait été indispensable ces dix dernières années. Mais bientôt, pour sa sécurité, il allait devoir le renvoyer.

– Monsieur Ash, la jeune femme est là.

– Merci, Remmick, répondit-il d'une voix encore plus douce que celle de son domestique.

Dans la vitre sombre de la fenêtre, il devinait le reflet de Remmick. Celui d'un homme avenant, aux yeux bleus lumineux, un peu trop rapprochés. Mais le visage n'était pas désagréable, et toujours empreint de ce calme et de ce serein dévouement qu'il appréciait énormément. Comme l'homme lui-même, d'ailleurs.

De par le monde, il y avait des quantités de poupées aux yeux trop rapprochés. Surtout les poupées françaises, déjà anciennes, de Jumeau, Schmitt, Huret, Petit et Demontier. Elles avaient des visages lunaires, des yeux de verre étincelants, de minuscules nez en porcelaine et des bouches si petites qu'on aurait dit des bourgeons. Tout le monde aimait ces poupées.

Celui qui aime et connaît les poupées se met à aimer toutes sortes d'êtres humains. Il sait distinguer les mérites de chaque expression en détaillant la minutie des morphologies, tous les éléments composant chaque visage unique. Il lui arrivait de se promener dans Manhattan en dévisageant volontairement tous les passants. Aucun visage, aucun nez, aucune oreille, aucune ride n'était le fruit du hasard.

– Elle prend le thé, monsieur. Elle avait horriblement froid à son arrivée.

– On ne lui a pas envoyé de voiture, Remmick ?

– Si, monsieur. Mais elle a quand même eu froid. Il fait un temps glacial, dehors, vous savez.

– Mais il fait chaud dans le musée. Vous l'y avez emmenée ?

– Non, elle est montée directement. Elle est très impatiente, vous savez.

Il se retourna en adressant un large sourire à Remmick, puis le congédia d'un geste à peine perceptible. Il franchit les portes du bureau adjacent, parcourut le sol de marbre de Carrare et porta son regard en direction de la pièce suivante, pavée de marbre blanc comme toutes les autres, où la jeune femme était assise devant le bureau. Il la voyait de profil. Elle était inquiète. Elle avait envie de boire la tasse de thé mais n'osait pas. Elle ne savait pas quoi faire de ses mains.

– Monsieur, vos cheveux, dit Remmick en lui touchant le bras. Puis-je me permettre ?

– Est-ce bien nécessaire ?

– Oui, monsieur.

Remmick avait une petite brosse à la main. De ces brosses dont les hommes se servent parce qu'ils ne veulent pas utiliser celles pour femmes. Il lui brossa rapidement les cheveux.

– Voilà, vous êtes superbe, monsieur Ash, annonça-t-il en levant les sourcils. Bien qu'ils soient un peu longs.

– Vous craignez que je ne lui fasse peur, n'est-ce pas ? demanda-t-il affectueusement. Que vous importe ce qu'elle pense de moi ?

– Monsieur, il m'importe que vous soyez à votre avantage.

– Bien sûr, répondit-il calmement. C'est ce qui me plaît en vous.

Il avança vers la jeune femme et, en s'approchant, prit soin de s'annoncer par un léger bruit. Elle tourna lentement la tête, leva les yeux et, comme tous les autres, eut un choc.

Il ouvrit les bras.

Elle se leva, radieuse, lui serra les mains. Elle observa ses doigts et ses paumes.

– Vous êtes surprise, mademoiselle Paget ? demanda-t-il en lui offrant son sourire le plus gracieux. Je me suis même brossé les cheveux pour vous. Ai-je l'air si horrible ?

– Monsieur Ash, vous êtes superbe, dit-elle rapidement. Je ne m'attendais pas... Je ne pensais pas que vous étiez si grand. On me l'avait dit, mais...

– Et est-ce que j'ai l'air gentil, mademoiselle Paget ? C'est aussi ce que l'on dit de moi.

Il parlait lentement. Les Américains avaient souvent du mal à comprendre son « accent britannique ».

– Oh oui ! monsieur Ash. Très gentil. Et j'aime beaucoup votre coiffure.

C'était vraiment agréable et amusant. Il espérait que Remmick entendait. Quand on est riche, les gens réservent souvent leur jugement à votre égard. Ils cherchent toujours le bien-fondé de vos choix, de votre style. Cela fait ressortir ce qu'il y a de plus réfléchi en eux. Enfin, parfois...

De toute évidence, elle était sincère. Elle avait les yeux fixés sur lui et il aimait ça. Il pressa affectueusement ses mains et les lâcha.

Tandis qu'il contournait le bureau, elle se rassit, le regard toujours vissé sur lui. Elle avait un visage étroit et plutôt marqué pour une femme si jeune. Ses yeux étaient d'un violet bleuté. Elle était belle à sa manière, avec ses cheveux cendrés, un peu ébouriffés, et de vieux vêtements délicieusement froissés.

Ne les jetez pas, pensa-t-il. Empêchez-les de finir dans une garde-robe d'œuvre de charité, transformez-les avec quelques points de couture et un fer à repasser. Le destin des objets manufacturés est la durée et le changement : de la soie froissée sous une lumière fluorescente, des loques élégantes avec des boutons en plastique dont les couleurs n'ont pas d'équivalent dans la nature, des bas d'un nylon si résistant qu'en les tressant ensemble on obtiendrait des kilomètres de corde, si les femmes ne les jetaient pas à la poubelle une fois filés. Il y avait tant à faire, tant de façons nouvelles de voir les choses... S'il pouvait réunir le contenu de toutes les poubelles de Manhattan, il ajouterait un milliard de plus à sa fortune.

– J'admire votre travail, mademoiselle Paget. C'est un plaisir de vous rencontrer enfin.

Il fit un geste vers son bureau, sur lequel étaient étalés des agrandissements en couleurs des poupées de la jeune femme.

Était-il possible qu'elle ne les ait pas encore remarqués ?

Elle eut l'air enchantée et se mit à rougir. Elle était peut-être déjà sous son charme, mais il n'en était pas certain. C'était toujours l'effet qu'il produisait, même malgré lui.

– Monsieur Ash, dit la jeune femme, c'est l'un des jours les plus importants de ma vie.

Elle semblait avoir du mal à y croire. Puis elle eut l'air gênée, probablement par sa trop grande franchise.

Il lui adressa un large sourire, puis baissa légèrement la tête, comme il le faisait souvent, de sorte qu'il parut lever les yeux vers elle pendant un instant, bien qu'il fût nettement plus grand qu'elle.

– Je veux vos poupées, mademoiselle Paget, dit-il. Toutes. Vous avez fait un travail magnifique avec tous ces nouveaux matériaux. Vos poupées ne ressemblent à aucune autre. C'est exactement ce que je veux.

Elle souriait malgré elle. C'était toujours un moment palpitant, pour eux et pour lui. Elle était heureuse et il en tirait un grand plaisir.

– Mes avocats vous ont tout expliqué ? Les conditions vous conviennent ?

– Oui, monsieur Ash. J'ai tout compris et j'accepte votre offre. Je ne pouvais rêver mieux.

Elle l'avait dit avec tout son cœur et, cette fois, sans rougir ni bredouiller. Elle ajouta :

– Les conditions sont plus que généreuses. Les matériaux sont fabuleux. Les méthodes... (Elle hocha la tête.) Eh bien, je n'y connais rien aux méthodes de production de masse, mais je connais vos poupées. J'ai fait le tour des magasins pour voir tout ce qui portait la marque Ashlar. Je crois que nous allons faire de grandes choses.

Comme beaucoup d'autres, elle avait fabriqué ses poupées d'abord dans sa cuisine, puis dans un garage, faisant cuire l'argile dans un four au-dessus de ses moyens. Elle avait écumé les marchés aux puces à la recherche de tissus. Elle s'était inspirée de personnages de films et de romans. Elle ne faisait que des « pièces uniques » ou des « séries limitées », particulièrement appréciées dans les boutiques et les galeries. Elle avait gagné des prix.

À partir d'aujourd'hui, elle aurait la possibilité d'employer ses moules à quelque chose d'entièrement différent. Chaque poupée serait éditée à un demi-million d'exemplaires, dans un vinyle si merveilleusement travaillé qu'il n'aurait rien à envier à la porcelaine.

– Et les noms, mademoiselle Paget ? Pourquoi ne leur donnez-vous pas de noms ?

– Pour moi, une poupée n'a pas de nom, monsieur Ashlar. Et ceux que vous choisissez me conviennent.

– Vous serez bientôt riche, mademoiselle Paget.

– C'est ce que m'ont dit vos avocats.

Elle parut soudain vulnérable, fragile.

– Toutefois, vous devrez respecter nos rendez-vous et approuver chaque étape. Mais cela ne prendra pas beaucoup de temps, en fait...

– Je vais m'amuser follement, monsieur Ash. Je veux faire...

– Je veux voir tout ce que vous aurez fait, et sans attendre. Vous nous appellerez.

– Oui.

– Je ne suis pas certain que vous apprécierez le processus de fabrication. Comme vous le savez, la fabrication industrielle n'a rien à voir avec l'artisanat. Les artistes considèrent souvent la production de masse comme une ennemie.

Tout le monde connaissait son opinion. Les pièces uniques et les éditions limitées ne l'intéressaient pas. Il n'avait d'intérêt que pour les poupées que tout le monde pouvait s'offrir. Il produirait des poupées avec les moules de cette jeune femme, année après année, ne les modifiant qu'en cas d'absolue nécessité.

– Aucune question concernant nos contrats, mademoiselle Paget ? N'hésitez pas à me les poser directement.

– J'ai déjà signé vos contrats !

Elle partit d'un rire insouciant et juvénile.

– J'en suis heureux. Préparez-vous à devenir célèbre.

Il leva les mains et les croisa sur le bureau. Elle les observa, bien entendu. Leur taille devait lui paraître incroyable.

– Monsieur Ash, je sais que vous êtes très occupé. Notre rendez-vous devait être limité à quinze minutes.

Il hocha la tête comme pour dire : peu importe, poursuivez.

– J'ai une question à vous poser. Pourquoi aimez-vous mes poupées ? Je veux dire, sincèrement...

Il réfléchit un moment.

– J'ai une réponse toute faite, bien sûr. C'est que vos poupées sont originales. Mais ce que j'aime, en réalité, c'est qu'elles ont un grand sourire, que leurs yeux sont plissés, leur visage en mouvement et leurs dents brillantes. On les entend presque rire.

– C'était le risque, monsieur Ash.

Elle se mit à rire et, l'espace d'une seconde, sembla aussi heureuse que ses créations.

– Je sais, mademoiselle Paget. Avez-vous l'intention de faire des enfants très tristes, maintenant ?

– Je ne crois pas que je pourrai.

– Faites comme vous l'entendez. Je vous soutiens. Mais ne faites pas d'enfants tristes. Beaucoup d'autres artistes font ça trop bien.

Il se leva lentement, indiquant ainsi la fin de l'entrevue, et il ne fut pas surpris qu'elle se lève aussi.

– Merci, monsieur Ash, dit-elle en lui tendant la main. Comment vous dire à quel point...

– Ce n'est pas la peine.

Il la laissa lui prendre la main. Parfois, les gens répugnaient à la lui serrer une seconde fois. Parfois, ils savaient qu'il n'était pas humain. Ils ne trouvaient apparemment jamais son visage repoussant, mais ses grands pieds et ses grandes mains, si. Ou alors, sans en avoir conscience, ils se rendaient compte que son cou était juste un peu trop long et ses oreilles trop étroites. Les êtres humains s'y entendaient à reconnaître leur race, leur tribu, leur clan, leur famille. Une bonne partie du cerveau humain est organisée autour de la reconnaissance et la mémoire de types de visages.

Elle n'éprouvait aucune répugnance.

– Au fait, monsieur Ash. Si je peux me permettre,

j'aime les mèches blanches dans vos cheveux. J'espère que vous ne les teindrez jamais. Les cheveux blancs vont très bien aux hommes jeunes.

– Qu'est-ce qui vous fait dire ça, mademoiselle Paget ?

Elle s'empourpra une fois de plus, puis se mit à rire.

– Je ne sais pas. C'est juste que ces mèches sont si blanches pour un homme si jeune. Je ne pensais pas que vous étiez si jeune. C'est ce qui m'a le plus surprise...

Elle s'interrompit soudain. Il ferait mieux de lui dire au revoir avant qu'elle ne s'enferre davantage.

– Merci, mademoiselle Paget. Vous êtes très gentille. J'ai eu beaucoup de plaisir à discuter avec vous.

Rassurant et franc.

– J'espère vous revoir très vite, reprit-il. Et j'espère que vous serez heureuse.

Remmick arriva pour raccompagner la jeune femme. Elle ajouta en hâte quelques mots de remerciement et affirma sa détermination à faire plaisir au monde entier. De gentilles paroles. Il lui adressa un dernier sourire tandis qu'elle sortait. Les portes de bronze se refermèrent derrière elle.

En rentrant chez elle, elle allait se précipiter sur ses piles de journaux et compter sur ses doigts pour calculer son âge. Il ne pouvait être aussi jeune. Elle en conclurait qu'il avait plus de quarante ans et n'était plus très loin des cinquante.

Cette question d'âge allait devenir un réel problème. La vie qu'il menait lui plaisait, mais il allait devoir prendre quelques mesures. Ce serait un crève-cœur. Justement maintenant. Et si ses cheveux devenaient tout blancs ? Cela lui faciliterait la tâche. Mais pourquoi se mettaient-ils à blanchir ? Qu'est-ce que cela signifiait pour lui ? Mais il était trop heureux pour y réfléchir. Trop heureux pour ouvrir la porte à la peur.

Il se tourna vers la fenêtre et la neige qui tombait. Il posa une main sur la vitre. Glaciale.

Les patineurs avaient déserté le lac. Le parc et les toits étaient couverts d'un linceul blanc. Il vit soudain une scène qui le fit rire.

La neige tombait sur le toit transparent de la piscine surmontant l'hôtel Parker Meridien. Dessous, un homme nageait dans l'eau verte brillamment éclairée, à une cinquantaine d'étages au-dessus de la rue.

C'est ça, la richesse et la puissance, songea-t-il. Nager dans le ciel sous une tempête de neige.

Construire des piscines dans le ciel. Voilà un autre projet digne d'intérêt.

– Monsieur Ash, dit Remmick.

– Oui, mon garçon, dit-il d'un air absent en observant les longues brasses du nageur.

C'était un homme âgé et très mince. Probablement à New York pour affaires, il s'était fait piéger par les intempéries et passait le temps en nageant.

– Appel téléphonique pour vous, monsieur.

– Pas maintenant, Remmick. Je suis fatigué. C'est à cause de la neige. Elle me donne envie de me pelotonner dans mon lit et de dormir. Je vais au lit, Remmick. Apportez-moi une tasse de chocolat et, ensuite, je dormirai.

– Monsieur Ash, l'homme a dit que vous voudriez lui parler et que je devais vous dire...

– C'est ce qu'ils disent tous, Remmick.

– Samuel, monsieur. Il m'a demandé de prononcer ce nom.

– Samuel !

Il se détourna de la fenêtre et observa le visage placide de son domestique. Ni jugement ni opinion dans son expression. Juste de la dévotion et une tacite approbation.

– Il m'a dit de venir directement vous voir, que c'était la procédure habituelle lorsqu'il appelait. J'ai cru bon de...

– Vous avez bien fait. Laissez-moi un instant, maintenant.

Il s'assit au bureau. Une fois les portes fermées, il décrocha le combiné et appuya sur le petit bouton rouge.

– Samuel ! murmura-t-il.

– Ashlar, dit la voix de son ami. Tu m'as fait attendre quinze minutes. Tu es devenu quelqu'un d'important, dis-moi.

– Samuel, où es-tu ? À New York ?

– Certainement pas. Je suis à Donnelaith, Ash. À l'auberge.

– Dans la lande, murmura Ash comme pour lui-même. Il y a le téléphone dans la lande.

La voix de son ami venait donc d'Écosse.

– Oui, mon vieux. Il y a des téléphones même dans la lande, maintenant. Et plein d'autres choses, aussi. Un Taltos est venu ici, Ash. Je l'ai vu. Un vrai Taltos.

– Attends un peu. Tu dis que... ?

– Oui, tu as bien entendu. Mais ne t'excite pas trop. Il est mort. C'était un nouveau-né. C'est une longue histoire. Il y a un gitan dans le coup. Un gitan très malin, du Talamasca. Il s'appelle Yuri. Sans moi, il serait mort.

– Tu es certain que le Taltos est mort ?

– C'est le gitan qui me l'a dit. Ash, le Talamasca traverse une période difficile. Des événements tragiques se sont produits. L'ordre va sans doute tuer le gitan mais il tient à retourner à la maison mère. Il faut que tu viennes le plus vite possible.

– D'accord, je te retrouve demain à Édimbourg.

– Non, à Londres. Va directement à Londres. J'ai promis au gitan. Mais viens vite. Si ses frères de Londres le retrouvent, c'est un homme mort.

– Samuel, ce que tu me dis est impossible. Le Talamasca ne ferait jamais ça, surtout à l'un de ses membres. Tu es sûr de ce gitan ?

– Ash, cela concerne ce Taltos. Tu peux partir tout de suite ?

– Oui.

– Tu ne me feras pas faux bond ?

– Non.

– Bon. J'ai autre chose à te dire. Tu le liras dans les journaux en arrivant à Londres. Ils ont fait des fouilles ici, à Donnelaith, dans les ruines de la cathédrale.

– Je sais, Samuel. On en a déjà parlé ensemble.

– Ash, ils ont déterré la tombe de saint Ashlar. Ils ont trouvé le nom gravé dans la pierre. Tu verras les détails dans les journaux, Ashlar. Des savants d'Édimbourg sont là. Il y a une histoire de sorcières à la clé. Mais le gitan te racontera. On me regarde. Il faut que j'y aille.

– Samuel, tu sais bien que les gens te regardent toujours. Attends...

– Tes cheveux, Ash. J'ai vu ta photo dans un magazine. Tu as vraiment des mèches blanches ?

– Oui, mes cheveux blanchissent, mais très lentement. Je n'ai pas vieilli, sinon. À part les cheveux, ma vue ne te causera aucun choc.

– Tu vivras jusqu'à la fin du monde, Ash. Et c'est toi qui l'anéantiras.

– Non !

– Je t'attendrai au Claridge, à Londres. Nous y partons maintenant. C'est un hôtel où l'on peut faire de grands feux dans la cheminée et dormir dans une immense chambre tapissée de chintz et de velours vert olive. Ash ? Tu pourras payer ma chambre, s'il te plaît ? Cela fait deux ans que je suis dans la lande.

Samuel raccrocha.

– C'est fou, murmura Ash.

Il reposa le combiné et, pendant un long moment, contempla les portes de bronze.

Lorsqu'elles s'ouvrirent, il ne cilla pas. C'est à peine s'il vit la silhouette floue qui entra. Il n'était pas en train de réfléchir mais de répéter les mots « Taltos » et « Talamasca » dans sa tête.

Lorsqu'il leva les yeux, Remmick versait du chocolat chaud dans une jolie tasse en porcelaine. La fumée recouvrait son visage patient aux traits légèrement fatigués. Ses cheveux étaient complètement gris, maintenant. J'en ai moins que lui, se dit Ash.

En fait, il n'avait que deux mèches blanches sur les côtés et quelques fils blancs sur les tempes. Et un tout petit peu sur la poitrine. Il regarda son poignet. Là aussi.

Taltos ! Talamasca. Le monde sera anéanti...

– J'ai bien fait, monsieur, pour l'appel téléphonique ? demanda Remmick de cette voix à peine audible, à l'accent britannique, que Ash adorait.

– Oui, vous avez bien fait. Venez me voir directement quand Samuel appelle. Bon. Je pars à Londres tout de suite.

– Dans ce cas, je dois faire vite, monsieur. L'aéroport de La Guardia est resté fermé toute la journée. Il va être difficile de...

– Alors, n'ajoutez rien et dépêchez-vous.

Il but une gorgée de chocolat. Il ne connaissait rien de meilleur ni de plus doux à part, peut-être, le lait cru.

– Un autre Taltos, dit-il à voix haute en posant sa tasse. Une période difficile pour le Talamasca.

Il avait du mal à y croire.

Remmick était parti. Un faisceau de lumière provenant d'un spot encastré dans le plafond tombait sur le sol de marbre. On aurait dit le reflet de la lune dans la mer.

– Un autre Taltos. Et de sexe masculin.

Tant de pensées traversaient son esprit, tant d'émotions ! Il crut un instant qu'il allait se mettre à pleurer. Mais non. C'était plutôt de la colère qu'il ressentait. La colère de se laisser tourmenter par cette nouvelle, d'avoir le cœur battant, de partir traverser l'océan pour en apprendre davantage sur un Taltos déjà mort, un mâle.

Et le Talamasca ? Période difficile. C'était prévisible. Que pouvait-il faire ? Replonger dans toute cette histoire ? Des siècles auparavant, il avait frappé à leur porte. Mais y en avait-il un parmi eux qui le savait, aujourd'hui ?

Il connaissait le visage et le nom de chacun de ces érudits, mais seulement parce qu'il les craignait suffisamment pour ne pas les perdre de vue. Au fil des ans, ils n'avaient cessé de revenir dans la lande... Quelqu'un savait quelque chose, mais rien n'avait vraiment changé.

Pourquoi se sentait-il le devoir de les protéger ? Parce qu'ils lui avaient ouvert leurs portes, l'avaient écouté, l'avaient invité à rester parmi eux. Ils n'avaient pas ri de ses histoires et avaient promis de garder le secret. Et, comme lui, le Talamasca était très vieux. Aussi vieux que les grands arbres des forêts.

C'était il y a combien de temps, déjà ? Avant la maison de Londres, bien avant, quand le vieux palais de Rome était encore éclairé aux chandelles. Pas d'archives, avaient-ils promis. Aucune trace écrite, en échange de ses révélations. Cela resterait impersonnel, anonyme, une sorte de légende. Épuisé, il avait dormi sous leur toit. Ils l'avaient réconforté. Mais, en fin de compte, ils étaient des gens ordinaires, extraordinairement curieux, certes, mais normaux, mortels et impressionnés par lui. Des érudits, des alchimistes, des collectionneurs.

Quoi qu'il en soit, il n'était pas bon qu'ils traversent une période difficile, pour reprendre les paroles de Samuel, à cause de tout ce qu'ils savaient et des archives qu'ils possédaient. Pour quelque raison étrange, son cœur se tourna vers le gitan dans la lande. Et sa curiosité s'enflamma, comme toujours lorsqu'il s'agissait de Taltos, de sorcières.

Mon Dieu ! Rien que de penser aux sorcières...

Remmick revint avec un manteau de fourrure sur le bras.

– Avec le froid qu'il fait, monsieur, dit-il en le passant sur les épaules de son patron. D'autant que vous avez l'air glacé.

– Ce n'est rien, répliqua-t-il. Ce n'est pas la peine de descendre avec moi. Je vous charge d'envoyer de l'argent au Claridge de Londres. À un homme s'appelant Samuel. La direction de l'hôtel n'aura aucun mal à l'identifier : il est nain, bossu, roux et tout ridé. Faites en sorte que ce petit homme ne manque de rien. Et puis il y a quelqu'un avec lui, un gitan.

– Bien. Son nom de famille, monsieur ?

– Je n'en sais rien, Remmick, répondit-il en se levant et en arrangeant le col de son manteau. Cela fait si longtemps que je connais Samuel.

Il était dans l'ascenseur lorsqu'il se rendit compte de l'absurdité de sa dernière phrase. Depuis quelque temps, il disait beaucoup de choses absurdes. Par exemple, le jour où Remmick lui avait dit qu'il aimait vraiment le sol de marbre de toutes les pièces. Il lui avait répondu : « Oui, j'ai aimé le marbre dès que je l'ai vu. » Et cela lui avait paru absurde.

Le vent mugissait dans la cage d'ascenseur tandis que la

cabine descendait à une vitesse vertigineuse. On n'entendait ce bruit qu'en hiver. Il l'aimait bien ou, en tout cas, le trouvait amusant. Remmick, lui, en était terrifié.

Lorsqu'il atteignit le garage du sous-sol, sa voiture était prête. On chargeait ses valises. Il y avait son pilote de nuit, Jacob, un copilote dont il ignorait le nom et le jeune chauffeur pâle qui était toujours de service à cette heure-là et ne parlait pratiquement jamais.

– Vous êtes sûr de vouloir voler cette nuit, monsieur? demanda Jacob.

– Personne ne vole?

Il s'arrêta, sourcils levés, la main sur la portière. De l'air chaud venait de l'intérieur de la voiture.

– Si, monsieur.

– Alors, nous aussi, Jacob. Si vous avez peur, faites-vous remplacer.

– Où vous irez, j'irai, monsieur.

– Merci, Jacob. Pendant un vol difficile, un jour, vous m'avez assuré que nous étions bien plus en sécurité qu'en avion de ligne.

– C'est vrai, monsieur.

Ash s'assit sur le siège de cuir noir, allongea ses jambes et posa les pieds sur le siège d'en face, ce qu'aucun homme de taille normale n'aurait pu faire dans une limousine de cette longueur. Le chauffeur était confortablement installé, derrière la vitre de verre, et les autres suivaient dans la voiture de derrière. Ses gardes du corps étaient dans la voiture de tête.

La limousine démarra en hâte, s'engagea dans la rampe, prenant les virages à une vitesse dangereuse mais exaltante, puis sortit de la bouche béante du garage pour se retrouver dans la tempête de neige. Grâce à Dieu, il n'y avait plus de clochards dans la rue. Il avait oublié de demander de leurs nouvelles. On avait dû les monter dans le hall, leur distribuer des boissons chaudes et des lits de camp.

Ils traversèrent la Cinquième Avenue et accélérèrent en direction du fleuve. Les flocons de neige silencieux fondaient au contact des vitres sombres et des trottoirs mouillés.

Taltos.

Pendant un moment, il perdit tout sentiment de bonheur. Il repensa à la jolie jeune femme, la Californienne qui fabriquait des poupées, et à sa robe de soie violette toute froissée. Il la vit morte sur un lit, dans une mare de sang.

Cela ne se produirait pas. Il ne le ferait plus. Cela faisait déjà si longtemps qu'il ne se rappelait même pas le plaisir d'étreindre un doux corps de femme. C'était à peine s'il se rappelait le goût du lait de sa mère.

Il pensa au lit, au sang, à la fille morte et froide, les paupières bleuissantes, comme la peau sous ses ongles et, pour finir, son visage aussi. Il se forçait à penser à cette vision pour échapper à toutes les autres.

Et qu'est-ce que cela peut faire ? Mort. Et de sexe masculin.

Il se rendit compte à cet instant seulement qu'il allait revoir Samuel. Ils allaient se retrouver. S'il s'était laissé faire, il aurait été envahi de bonheur. Le temps lui avait appris à maîtriser ses émotions.

Il n'avait pas vu Samuel depuis cinq ans. Plus, peut-être. Bien entendu, ils s'étaient parlé au téléphone. Les progrès des télécommunications avaient du bon.

Lors de leur dernière entrevue, il n'avait que quelques fils blancs dans les cheveux. Samuel lui en avait fait la remarque. Et Ash avait répondu : « Ça va partir. »

Le voile se leva un instant, ce bouclier qui le protégeait si souvent contre une souffrance insupportable.

Il vit la lande et les colonnes de fumée, entendit le bruit de ferraille des épées, aperçut les silhouettes se précipitant vers la forêt. De la fumée s'élevait des tours fortifiées... C'était impossible !

Les armes avaient changé. Les règles avaient changé. Mais les massacres continuaient. Il vivait maintenant depuis près de soixante-quinze ans sur le continent américain et ne le quittait jamais plus de un ou deux mois d'affilée, pour des tas de raisons ; une des principales étant qu'il ne voulait pas se trouver près des flammes, de la fumée, de l'agonie et du fléau de la guerre.

Le souvenir de la lande ne le quittait jamais. D'autres images y étaient liées : les champs verts, les fleurs sauvages, des centaines et des centaines de minuscules fleurs sauvages bleues. Il descendait la rivière sur un frêle esquif de bois. Les soldats faisaient le guet du haut des créneaux. Étranges, ces créatures qui empilaient des rochers pour édifier leurs propres montagnes ! Cela dit, eux aussi construisaient leurs propres monuments : des centaines de gens de sa race tiraient des blocs de pierre jusque dans la plaine pour former le cercle.

Et la grotte... Il la revoyait aussi, comme si on lui mettait soudain une pile de photographies sous le nez. Il se voyait descendre la falaise en courant, glisser et se rattraper au dernier moment. Et puis, Samuel disant : « Allons-nous-en, Ash. Pourquoi viens-tu ici ? Qu'y a-t-il à voir ou à apprendre ? »

Il revit le Taltos aux cheveux blancs.

« Les sages, les bons, ceux qui savent », les appelait-on. On ne disait jamais les « vieux ». C'était un mot inusité en ce temps-là, lorsque les printemps étaient chauds sur l'île et que les fruits tombaient des arbres. Même après leur arrivée dans la lande, ils ne prononçaient jamais ce mot, mais tous savaient qu'ils étaient les plus anciens. Ceux qui avaient les cheveux blancs connaissaient les histoires les plus longues...

– Montez écouter l'histoire, maintenant.

Sur l'île, on choisissait celui aux cheveux blancs que l'on voulait. Eux-mêmes ne choisissaient jamais. On s'asseyait et on écoutait le chant, ou le récit, ou les vers. Il y avait une femme aux cheveux blancs qui chantait d'une douce voix aiguë, les yeux toujours fixés sur la mer. Il adorait l'écouter.

Combien de temps encore, combien de décennies avant que ses propres cheveux ne soient complètement blancs ?

Très bientôt, peut-être. À l'époque, la notion de temps n'existait pas. Et les femmes aux cheveux blancs n'étaient pas nombreuses car les grossesses successives les faisaient vieillir prématurément. Personne n'en parlait, mais tout le monde le savait.

Les hommes aux cheveux blancs étaient de gros mangeurs, solides, vigoureux sexuellement. Ils avaient des dons de prophétie. Mais les femmes aux cheveux blancs étaient frêles. À cause des naissances.

Ces souvenirs étaient si vifs et si clairs qu'ils en étaient douloureux. Y avait-il un autre secret magique à propos des cheveux blancs ? Permettaient-ils de se rappeler les choses depuis le commencement ? Non, sûrement pas. Toutes les années qu'il avait vécues sans savoir combien de temps cela durerait encore, il s'était figuré qu'il accueillerait la mort à bras ouverts. Mais ce n'était plus le cas aujourd'hui.

La voiture avait franchi le fleuve et se dirigeait vers l'aéroport.

Il était déjà vieux lorsque les cavaliers avaient dévalé dans la plaine. Il était déjà vieux lorsqu'il avait vu les Romains sur les créneaux du mur d'Antonin et lorsque, du haut de la porte Saint-Colomba, il regardait les hautes falaises de l'île d'Iona.

La guerre. Pourquoi était-elle perpétuellement présente dans sa mémoire, à côté des doux souvenirs de ceux qu'il avait aimés, des danses dans le vallon, de la musique ? Les cavaliers foulant la prairie, masse noire se répandant comme une tache d'encre sur une peinture paisible. Les bruits sourds parvenant à leurs oreilles, les jets de fumée sortant des naseaux des chevaux.

Il se réveilla en sursaut.

Le téléphone sonnait. Il empoigna le combiné et le porta à son oreille.

– Monsieur Ash ?

– Oui, Remmick.

– Je pensais que vous aimeriez savoir, monsieur. Ils connaissent bien votre ami Samuel au Claridge. Ils lui ont donné sa suite habituelle, au deuxième étage, avec cheminée. On vous attend. Au fait, monsieur Ash, ils ne connaissent pas non plus son nom. Il ne l'utilise jamais, apparemment.

– Merci, Remmick. Faites une petite prière pour moi. Les conditions météo sont exécrables.

Il raccrocha avant que Remmick ne se lance dans ses recommandations d'usage. Il aurait dû s'abstenir de lui faire cette remarque.

Il était curieux que Samuel soit si connu au Claridge. Ils avaient dû avoir du mal à s'y faire. La dernière fois qu'il avait vu Samuel, ses cheveux roux étaient emmêlés et ébouriffés et son visage était si ridé qu'on voyait à peine ses yeux. De temps à autre, dans un rayon de lumière, ils luisaient comme des éclats d'ambre. À l'époque, Samuel était vêtu de haillons et portait un pistolet à la ceinture. Il avait tout du pirate, et les gens s'écartaient de son chemin.

– Je fais peur à tout le monde. Je ne peux pas rester ici. Regarde-les ! Les gens ont plus peur de moi qu'autrefois.

Et il aurait été accepté par les gens du Claridge ! Se faisait-il faire ses costumes à Savile Row, maintenant ? Avait-il renoncé à ses chaussures crottées pleines de trous ? Ne portait-il plus d'arme ?

La voiture s'arrêta. Il eut du mal à ouvrir la portière, à cause du vent, et le chauffeur se précipita pour l'aider.

Il sortit, les membres légèrement ankylosés, et porta une main devant ses yeux pour se protéger des flocons de neige.

– Ça ne se présente pas si mal, monsieur, dit Jacob. Si vous voulez bien embarquer tout de suite.

– Merci, Jacob.

Il s'arrêta. La neige tombait sur son manteau sombre. Il la sentait fondre dans ses cheveux. Il plongea la main dans sa poche, à la recherche du petit cheval à bascule.

– Tenez, Jacob, c'est pour votre fils. Je lui avais promis.

– Monsieur Ash, c'est vraiment gentil de vous en être souvenu par une nuit pareille.

– Qu'est-ce que vous me racontez, Jacob. Votre fils n'aura pas oublié non plus.

Ce petit jouet de bois était bien insignifiant. Il regretta de ne pas avoir choisi quelque chose de mieux. Il se promit d'y remédier.

Il se dirigea vers l'avion à grandes enjambées bien trop rapides pour son chauffeur, qui courait derrière lui avec un parapluie.

Il monta à bord du jet, qui l'effrayait toujours un peu.

– J'ai votre programme musical, monsieur Ash.

Il connaissait cette jeune femme mais était incapable de

se rappeler son nom. Elle était l'une de ses meilleures secrétaires de nuit et l'avait accompagné lors de son dernier voyage au Brésil. Il s'était promis de se souvenir d'elle. Il avait des remords d'avoir oublié son nom.

– Vous êtes Evie, n'est-ce pas ? demanda-t-il en souriant, pour se faire pardonner s'il s'était trompé.

– Non, monsieur, Leslie, répondit-elle avec un grand sourire indulgent.

Si elle avait été une poupée, elle aurait été en biscuit, aucun doute. Elle attendait timidement.

Lorsqu'il prit place dans le grand fauteuil de cuir fait spécialement pour lui, elle lui mit dans la main un programme en lettres gravées. Il y lut sa sélection habituelle : Beethoven, Brahms, Chostakovitch. Ah ! il y avait aussi le morceau qu'il avait demandé, le *Requiem* de Verdi. Mais il se sentait incapable de l'écouter maintenant. S'il se plongeait dans ces accords et ces voix graves, les souvenirs l'envelopperaient.

Il appuya sa tête en arrière, ignorant le paysage de neige derrière le hublot. « Dors, maintenant », dit-il sans remuer les lèvres.

Mais il savait qu'il ne pourrait pas. Il allait penser à Samuel et à ce qu'il avait dit jusqu'au moment de leurs retrouvailles. Il allait se rappeler l'odeur de la maison du Talamasca, la ressemblance entre ses érudits et des ecclésiastiques, et une main humaine traçant de grandes lettres à la plume d'oie. « Anonyme. Légendes du pays perdu, de Stonehenge. »

– Vous voulez vous reposer en silence, monsieur ? demanda la jeune Leslie.

– Non. Chostakovitch, la 5e *Symphonie*. Je vais pleurer, mais n'y faites pas attention. J'ai faim. Donnez-moi du fromage et du lait.

– Bien, monsieur, tout est prêt.

Elle lui énonça la liste des fromages commandés pour lui en France, en Italie et Dieu savait où encore. Il hocha la tête et attendit la musique qui lui ferait oublier la neige, dehors, et le fait qu'ils allaient bientôt survoler le grand océan en direction de l'Angleterre, la plaine, Donnelaith et le chagrin.

2

À partir du deuxième jour, Rowan ne prononça plus un mot. Elle passait son temps sous le chêne, dans un fauteuil blanc en osier, les pieds posés sur un coussin ou, parfois, à même l'herbe. Elle fixait le ciel, ses yeux semblant suivre un défilé de nuages, alors que le ciel de printemps était uniformément bleu.

Elle contemplait le mur, ou les fleurs, ou les ifs. Elle ne regardait jamais vers le sol.

Peut-être avait-elle oublié la double tombe, juste sous ses pieds. L'herbe repoussait vite dessus, comme toute la végétation de Louisiane, au printemps. Il avait beaucoup plu et, parfois, il y avait eu du soleil et de la pluie en même temps.

Elle ne mangeait qu'une petite moitié de ce qu'on lui préparait, disait Michael. Elle ne semblait pas avoir faim. Mais elle était pâle, immobile, et ses mains, lorsqu'elle les remuait, tremblaient.

Toute la famille venait la voir. Des groupes de parents traversaient la pelouse et se tenaient en retrait, comme pour la ménager. On lui disait bonjour, on prenait des nouvelles de sa santé, on la trouvait magnifique. Et c'était vrai. Puis on s'en retournait.

Mona observait tout cela.

La nuit, selon Michael, Rowan dormait comme si elle était épuisée, comme après une dure journée de travail. Elle prenait son bain seule, ce qui effrayait Michael. Elle s'enfermait toujours dans la salle de bains et, s'il tentait de rester auprès d'elle, elle s'asseyait sur la chaise, le regard ailleurs, sans rien faire. Elle ne bougeait pas avant qu'il ne s'en aille. Il entendait le bruit de la serrure.

Quand des gens parlaient, elle écoutait. Du moins au début. De temps en temps, quand Michael l'implorait de parler, elle lui serrait la main, comme pour le réconforter ou réclamer sa patience. C'était un spectacle attristant.

Michael était le seul qu'elle touchât. Elle lui faisait aussi de petits gestes signifiant qu'elle comprenait, mais sans jamais changer l'expression de son visage ni remuer ses yeux gris.

Ses cheveux étaient à nouveau longs et même légèrement blondis par le soleil. Pendant son coma, ils étaient de la couleur du bois flotté échoué sur les bords vaseux des rivières. Maintenant, ils avaient l'air vivants.

Tous les matins, Rowan se levait d'elle-même. Elle descendait lentement l'escalier en tenant la rampe de la main gauche et une canne de l'autre. Si Michael l'aidait ou si Mona lui tenait le bras, elle ne semblait pas s'en apercevoir.

Parfois, elle s'arrêtait devant sa coiffeuse avant de descendre et se mettait un peu de rouge à lèvres.

Mona le remarquait toujours. Il lui arrivait de l'attendre dans le couloir et de la regarder faire.

Rowan portait une chemise de nuit ou un négligé, selon le temps. Tante Béa les achetait et Michael commençait par les laver. Rowan lavait toujours les vêtements qu'elle venait d'acheter avant de les porter. Il les posait sur le lit.

Non, rien à voir avec la catatonie, pensait Mona. Les médecins, bien qu'incapables de faire un diagnostic, l'avaient d'ailleurs confirmé. Un jour, l'un d'eux, un crétin, selon Michael, avait piqué la main de Rowan avec une épingle. Elle avait doucement retiré sa main et avait posé l'autre dessus. Michael s'était mis en colère. Mais Rowan n'avait ni regardé le type ni dit un mot.

– J'aurais aimé voir ça, avait dit Mona à Michael.

Il ne l'avait sûrement pas inventé. Quelle bande de charlatans, ces médecins ! À l'hôpital, ils s'amusaient peut-être à enfoncer des épingles dans une poupée à l'effigie de

Rowan. Une sorte d'acupuncture vaudoue. Cela ne l'aurait pas autrement étonnée.

Que ressentait Rowan ? Se souvenait-elle de quelque chose ? On savait seulement par Michael qu'elle était sortie de son coma en pleine possession de ses facultés, qu'elle avait discuté avec lui pendant des heures, qu'elle savait tout ce qui s'était passé et que, pendant son coma, elle avait tout entendu et tout compris. Un événement épouvantable s'était produit le jour de son réveil. « Il y en avait un autre. » Et les deux avaient été enterrés sous le chêne.

– Je n'aurais jamais dû la laisser faire, avait dit Michael à Mona des centaines de fois. L'odeur qui venait du trou, les restes... J'aurais dû m'en occuper moi-même.

Et à quoi ressemblait l'autre ? Qui l'avait traînée jusqu'en bas ? Raconte-moi tout ce que Rowan t'a dit. La curiosité de Mona était intarissable.

– J'ai lavé ses mains pleines de boue, avait appris Michael à Aaron et à Mona. Elle ne cessait de les regarder. Je suppose qu'en tant que médecin elle n'aime pas avoir les mains sales. Un chirurgien se lave les mains combien de fois par jour ? Elle m'a demandé comment j'allais. Elle voulait...

Il avait fondu en larmes les deux fois où il avait raconté cela.

– Elle voulait prendre mon pouls. Elle s'inquiétait pour moi !

Je ne sais pas ce que j'aurais donné pour voir ce qu'ils ont enterré, se répétait Mona. Si seulement elle pouvait me raconter !

Cela lui faisait vraiment drôle d'être riche, d'avoir été désignée comme héritière à treize ans, d'avoir un chauffeur et une voiture. Pas n'importe quelle voiture, une somptueuse limousine noire et luisante, avec un lecteur de CD et de cassettes, une télévision en couleurs et un réfrigérateur bourré à craquer de glace et de Coca *light.* Elle avait aussi de l'argent plein son porte-monnaie, en coupures de vingt dollars, et des quantités de nouveaux vêtements. Et puis elle faisait réparer la vieille maison à l'angle de Saint Charles et d'Amelia, où des décorateurs l'attrapaient au vol pour lui montrer des échantillons de « soie sauvage » ou de « papier mural » peint à la main.

Elle avait une envie folle de savoir, de comprendre les secrets de cet homme et de cette femme, de cette maison qui lui reviendrait un jour. Un fantôme mort était enfoui sous le chêne. Toute une légende reposait à six pieds sous terre, arrosée par les pluies printanières. Et, dans les bras du cadavre, l'un de ses semblables. Cela lui paraissait magique. Même la mort de sa mère ne l'avait pas exaltée à ce point.

Mona parlait à Rowan. Beaucoup.

En tant qu'héritière désignée, elle avait sa clé de la maison. Et aussi parce que Michael l'avait voulu ainsi. Et Michael, qui ne la regardait plus avec désir, l'avait pratiquement adoptée.

Elle allait dans le jardin de derrière, traversait la pelouse en évitant la tombe quand elle y pensait, puis s'asseyait à la table d'osier et disait :

– Bonjour, Rowan.

Puis elle se mettait à parler, à parler.

Elle racontait à Rowan où en était Mayfair Medical, le site qui avait été choisi, le système de chauffage et de climatisation retenu, l'avancement des plans.

– Ton rêve est en train de prendre forme, disait-elle. La famille Mayfair connaît cette ville mieux que personne. Nous n'avons pas besoin d'études de faisabilité et de ce genre de chose. Cet hôpital sera exactement comme tu l'as voulu.

Aucune réaction. Rowan s'intéressait-elle encore à ce grand complexe médical ? Celui qui allait révolutionner les relations entre les patients et leurs familles, et où des équipes de spécialistes assisteraient même les malades anonymes ?

– J'ai trouvé tes notes, reprit Mona. Elles n'étaient pas sous clé. J'ai pensé qu'on pouvait en disposer.

Aucune réponse. Les gigantesques branches du chêne remuèrent légèrement. Les feuilles des bananiers fouettèrent le mur de brique.

– Je suis allée moi-même devant le Touro Infirmary et

j'ai interrogé les gens pendant des heures. Une sorte de sondage. Je leur ai demandé leur conception de l'hôpital idéal.

Rien.

– Tante Évelyne est à Touro en ce moment. Elle a eu une attaque. On ferait mieux de la ramener à la maison, mais je ne suis pas certaine qu'elle ferait la différence.

Mona avait envie de pleurer dès qu'elle parlait d'Évelyne l'Ancienne. Même chose pour Yuri. Elle préféra s'abstenir. Elle ne mentionna pas qu'il n'avait donné aucune nouvelle depuis trois semaines. Elle ne dit pas qu'elle était amoureuse de ce charmant et mystérieux jeune homme aux manières britanniques, qui avait plus du double de son âge.

De toute façon, elle avait déjà expliqué tout cela à Rowan quelques jours plus tôt : comment Yuri était venu de Londres pour aider Aaron Lightner, qu'il était gitan et qu'il comprenait les choses que Mona comprenait. Elle lui avait même raconté leur rencontre dans sa chambre la veille du départ de Yuri.

– Je me fais beaucoup de souci pour lui.

Rowan ne la regardait jamais.

Que dire encore ? La nuit dernière, elle avait fait un rêve horrible à propos de Yuri, mais elle ne se souvenait pas de son contenu.

– Évidemment, c'est un adulte. Il a plus de trente ans. Il est assez grand pour veiller sur lui-même. Mais il pense que le Talamasca pourrait s'en prendre à lui.

Elle avait peut-être tort de faire toutes ces confidences à quelqu'un qui ne pouvait ou ne voulait répondre. Mais elle aurait juré que Rowan était consciente de sa présence. Peut-être, tout simplement, parce qu'elle n'avait pas l'air de s'ennuyer. Mona n'avait pas l'impression de l'importuner.

Ses yeux balayèrent le visage de Rowan. Son expression était grave ; elle avait forcément une activité cérébrale. En tout cas, elle avait l'air mille fois mieux que lorsqu'elle était dans le coma. Et elle avait boutonné son négligé. Michael avait assuré que ce n'était pas lui. Hier, elle avait mis un bouton et, aujourd'hui, trois.

Inutile d'essayer de lire dans ses pensées. Mona savait

que le désespoir peut rendre un esprit aussi opaque qu'une fumée épaisse. Était-ce le désespoir qui avait mis Rowan dans cet état ?

Mary Jane Mayfair, cette givrée qui habitait Fontevrault, était venue le week-end dernier. Elle se décrivait elle-même comme une vagabonde, une flibustière, une voyante et un génie. Rien de moins qu'une puissante et redoutable sorcière de dix-neuf ans et demi.

– Rowan va très bien, avait-elle diagnostiqué après l'avoir observée.

Elle avait repoussé son chapeau de cow-boy en arrière.

– Ouais ! Vous tracassez plus ! Elle prend son temps, mais elle sait très bien où elle va.

– C'est qui, cette toquée ? avait demandé Mona, touchée par cette « gamine » qui était pourtant de six ans son aînée.

C'était une espèce de sauvageonne vêtue d'une jupe en jean lui arrivant à mi-cuisses et d'une chemise bon marché bien trop étriquée pour sa poitrine plantureuse. Il y manquait d'ailleurs un bouton crucial, ce dont elle jouait à la perfection...

Évidemment, Mona savait qui était Mary Jane. Elle vivait dans les ruines de la plantation de Fontevrault, dans le bayou. Ce coin était légendaire pour ses braconniers qui tuaient de magnifiques hérons à col blanc, ses alligators capables de retourner un bateau comme un rien et ses Mayfair complètement fous, qui s'obstinaient à refuser de monter les marches de la maison d'Amelia, à La Nouvelle-Orléans.

Mona mourait d'envie de visiter Fontevrault, qui avait conservé ses colonnades mais dont le rez-de-chaussée était depuis longtemps inondé. Mary Jane était tout aussi légendaire : pour aller faire ses courses, elle montait dans la pirogue attachée au pilastre de la maison et ramait sur les eaux marécageuses jusqu'à la camionnette qui l'attendait sur la terre ferme.

Tout le monde parlait de Mary Jane Mayfair. Et comme Mona avait treize ans, qu'elle était l'héritière et la représentante « par intérim » de Rowan, la famille estimait qu'elle devait tout savoir à propos de cette cousine rustique, « brillante » et « médium » qui, tout comme elle, n'en faisait jamais qu'à sa tête.

Dix-neuf ans et demi ! Avant d'avoir posé les yeux sur ce phénomène qu'était Mary Jane, elle n'avait jamais considéré quelqu'un de cet âge comme un véritable adolescent.

Mary Jane était la plus belle découverte que l'on eût faite depuis que l'on cherchait le spécimen qui subirait les tests génétiques pour toute la famille. Avec elle, on avait déniché la forme la plus primitive de Mayfair qui existât sur terre. Mona se demandait ce que les marécages allaient encore bien pouvoir recracher.

La maison inondée de la plantation, de style Renaissance classique, sombrait petit à petit dans les lentilles d'eau et le plâtre tombait par pans entiers dans les eaux troubles. Des poissons nageaient entre les barreaux de l'escalier.

– Et si la maison s'écroulait sur elle ? avait demandé Béa. Elle a les pieds dans l'eau. On ne peut pas laisser cette pauvre petite là-bas. Il faut la ramener à La Nouvelle-Orléans.

– Ce n'est qu'un marécage, Béa, était intervenue Célia. Ce n'est pas un lac ni le Gulf Stream. Et puis, si elle n'a pas le bon sens de partir et de mettre la vieille femme en sécurité...

La vieille femme.

La visite de Mary Jane était encore bien fraîche dans la mémoire de Mona. Elle avait traversé l'arrière-cour et fendu la petite foule réunie autour de Rowan comme pour un pique-nique.

– J' vous connais déjà tous, avait-elle déclaré.

Elle s'était également adressée à Michael, qui se tenait près du fauteuil de Rowan, comme posant pour un élégant portrait de famille. Il avait les yeux rivés sur la jeune fille.

– Je suis venue plein de fois pour vous regarder. Ouais ! Même le jour du mariage. Tu sais, quand tu t'es marié avec elle, précisa-t-elle en montrant d'abord Michael du doigt puis Rowan. J'étais là, de l'autre côté de la rue, et j'ai pas manqué une miette de la fête.

Elle terminait toutes ses phrases sur un ton interrogateur, comme attendant un signe d'approbation.

– Vous auriez dû entrer, dit gentiment Michael, suspendu aux lèvres de la jeune fille.

Michael avait manifestement un faible pour les beautés adolescentes. Son aventure avec Mona n'avait été ni un caprice de la nature ni le résultat d'un acte de sorcellerie. Et Mary Jane était la poule d'eau la plus appétissante que Mona ait jamais vue. Ses tresses blondes étaient relevées sur le sommet de sa tête et elle portait des chaussures vernies crasseuses, comme une gamine. Sa peau était foncée, hâlée par le soleil, et elle ressemblait à un palomino [1].

– Quels sont les résultats des tests ? demanda Mona. Tu es ici pour ça, non ? On t'a fait passer des tests ?

– Je sais pas, répondit le petit génie, la puissante sorcière des marais. Ils sont pas très au point, là-bas. D'abord, ils m'ont appelée Florence Mayfair et après Ducky Mayfair. Alors, je leur ai dit : Les gars, vous avez devant vous Mary Jane Mayfair, en chair et en os, juste devant vous !

– Effectivement, avait marmonné Célia.

– Mais ils ont dit que j'allais bien et que je pouvais rentrer chez moi, qu'on m'appellerait si quelque chose clochait. Je parie que j'ai des gènes de sorcière. Dites donc, j'avais jamais vu autant de Mayfair que dans ce bâtiment.

– Il nous appartient, avait précisé Mona.

– Et je les ai tous reconnus, sans me gourer. Mais il y avait un infidèle, une pièce rapportée. Enfin non, un demisang, je dirai. Vous aviez remarqué tous ces points communs entre les Mayfair ? Il y a ceux qu'ont pas de menton, un joli petit nez pointu et des yeux un peu obliques vers l'extérieur. Et puis il y en a des tas comme vous, dit-elle en s'adressant à Michael. Ouais, le même type irlandais avec des sourcils broussailleux, des cheveux bouclés et des grands yeux d'Irlandais.

– Mais, protesta en vain Michael, je ne suis pas un Mayfair.

– Et pis des rouquins comme elle, à part qu'elle est la plus jolie que j'aie jamais vue. Tu dois être Mona. Tu es

1. Cheval de robe alezan doré d'origine arabe, à la crinière et à la queue blanches *(N.d.T.)*.

rayonnante comme quelqu'un qui vient de toucher le gros lot.

– Mary Jane, ma chérie, dit Célia, qui avait du mal à suivre.

– Ça fait quelle impression d'être riche ? demanda Mary Jane, les yeux fixés sur Mona. Je veux dire, là, tout au fond, précisa-t-elle en frappant sa blouse du poing.

Elle se pencha, de sorte que tout le monde put voir le creux entre ses seins.

– Pas grave. Je devrais pas poser ce genre de question. Je suis venue la voir. C'est Paige et Béatrice qui m'ont dit de le faire.

– Et pourquoi donc ? demanda Mona.

– Chut ! dit Béatrice. Mary Jane est une Mayfair de Mayfair. Ma chère Mary Jane, tu devrais nous amener tout de suite ta grand-mère. Je parle sérieusement. Nous voudrions que vous veniez en ville. Nous pouvons vous loger.

– J'ai compris ce qu'elle voulait dire, intervint Célia.

Assise près de Rowan, elle était la seule à oser essuyer le visage de la jeune femme avec un mouchoir blanc.

– Ce qu'elle a dit sur les Mayfair sans menton, précisa-t-elle. Elle parle de Polly. Polly a un implant. Elle n'est pas née avec ce menton.

– Eh bien, si elle a un implant, dit Béatrice, c'est qu'elle a un menton.

– Oui, mais elle a les yeux obliques et le nez pointu.

– Exactement, dit Célia.

– Vous avez peur pour les gènes en plus ? lança Mary Jane, comme elle aurait fait avec un lasso. Toi, Mona, t'as peur ?

– Je ne sais pas, répondit Mona, qui n'avait pas peur.

– Bien sûr, intervint Béa. Mais c'est purement théorique, cette histoire de gènes. Faut-il vraiment que nous en parlions ?

Elle jeta un regard plein de sous-entendus vers Rowan.

Comme d'habitude, Rowan regardait fixement le mur. Observait-elle le reflet du soleil sur les briques ?

Mary Jane était lancée :

– Voulez mon avis ? Il y aura plus de violence comme ça dans la famille. Ce genre de sorcellerie existera plus, ça va être autre chose maintenant.

– Ma chérie, nous ne prenons pas vraiment ces histoires de sorcellerie au sérieux, tu sais, plaida Béa.

– Tu connais l'histoire de la famille ? interrogea Célia sur un ton grave.

– Si je la connais ? Je sais même des trucs que vous savez pas. Des trucs que Granny m'a dits. C'est le vieux Tobias qui lui a raconté. Quand j'étais gamine, je m'asseyais sur les genoux d'Évelyne l'Ancienne. Elle m'a raconté plein de choses que je me rappelle très bien.

– Mais le dossier sur notre famille, insista Célia. Celui du Talamasca. On te l'a donné, à la clinique ?

– Ah ouais ! Béa et Paige m'ont apporté ce machin. Tiens ! Regardez ! dit-elle en montrant le pansement sur son bras, identique à celui qu'elle avait au genou. C'est là qu'ils m'ont piquée. Ils ont pris assez de sang pour faire un sacrifice au démon. J'ai compris ce qui se passe. Parmi nous, il y en a qui ont des gènes en trop. Il suffit de croiser deux parents proches qui les ont aussi et hop ! on a un Taltos. Enfin, peut-être bien. Parce que, avec tous les cousins qui se sont mariés entre eux, c'est encore jamais arrivé. Mais vous avez raison, vaudrait mieux pas en parler devant elle.

Michael lui adressa un petit sourire de gratitude.

Mary Jane lança à nouveau un regard oblique vers Rowan. Elle fit une énorme bulle avec son chewing-gum, puis l'aspira et la fit éclater.

Mona se mit à rire.

– Ça, c'est pas mal, dit-elle. Je serais incapable de le faire.

– Dieu merci ! s'exclama Béa.

– Alors, tu as lu le dossier ? insista encore Célia. Il est très important que tu sois au courant de tout.

– Ouais ! J'en ai lu le moindre mot, même ceux que je connaissais pas, répondit Mary Jane en éclatant de rire et en se tapant la cuisse. Vous me dites tous que vous voulez me donner quelque chose. Eh ben, c'est d'instruction que j'ai besoin. Le pire qui me soit arrivé, c'est que ma mère m'ait retirée de l'école. Évidemment, j'avais pas envie d'y aller, à l'époque. Je m'amusais bien plus à la bibliothèque municipale, mais...

– Je crois que tu as raison pour les gènes en plus, l'interrompit Mona. Et aussi pour ton instruction.

Les membres de la famille étaient nombreux à posséder les chromosomes supplémentaires qui pouvaient engendrer des monstres. Mais cela ne s'était jamais produit... jusqu'à Rowan.

Et ce fantôme que le monstre avait été pendant si longtemps ? Celui qui avait rendu des jeunes femmes complètement folles et maintenu la maison de First Street dans un monde de souffrance et de ténèbres ? Il y avait quelque chose de poétique dans la présence des corps sous le chêne, juste là où se tenait Mary Jane, avec sa minijupe en jean, son genou couronné d'un pansement, ses mains sur les hanches, ses chaussures vernies maculées de boue et ses chaussettes crasseuses disparaissant à moitié dans ses chaussures.

Les sorcières du bayou sont peut-être des gourdes, songea Mona. Elles piétinent la tombe de monstres sans même s'en rendre compte. Cela dit, aucune autre sorcière de la famille n'était au courant non plus. Seule celle qui ne parlait pas et Michael, cette montagne de muscles et de charme celtique, le savaient.

– Toi et moi, on est cousines au second degré, dit Mary Jane à Mona, dans une nouvelle tentative de rapprochement. Tu te rends compte ? T'étais même pas née que j'allais chez Évelyne l'Ancienne et que je mangeais les meilleures glaces de ma vie.

– Je ne me souviens pas qu'Évelyne l'Ancienne ait jamais fait de la glace.

– La meilleure du monde ! Maman m'amenait à La Nouvelle-Orléans pour...

– Je crois que tu te trompes de personne, dit Mona.

Cette fille était peut-être un imposteur. Elle n'était peut-être pas une Mayfair. Non, ce serait trop beau. Du reste, quelque chose dans ses yeux rappelait vaguement Évelyne l'Ancienne.

– Non, je me trompe pas de personne, rétorqua Mary Jane. Mais on venait pas que pour la glace, tu sais. Montre-moi tes mains. Elles sont normales.

– Et alors ?

– Mona, sois gentille, ma chérie, intercéda Béa. Ta cousine a son franc-parler, c'est tout.

– Voyez mes mains ? interrogea Mary Jane à la cantonade. J'avais le sixième doigt quand j'étais petite. Aux deux mains. Juste un petit doigt en plus, vous savez ? C'est pour ça que ma mère m'emmenait chez Évelyne l'Ancienne, parce qu'elle en avait un aussi.

– Tu crois que je ne le sais pas ? gronda Mona. J'ai été élevée avec Évelyne l'Ancienne.

– Je le sais. Je sais tout sur toi. Calme-toi. J'ai rien contre toi. C'est juste pour te montrer que je suis une Mayfair comme toi. Et je veux bien mesurer mes gènes aux tiens quand tu veux.

– Qui t'a parlé de moi ? demanda Mona.

– Mona ! dit doucement Michael.

– Comment ça se fait que je ne t'aie jamais vue avant ? Je suis une Mayfair de Fontevrault. Cousine au second degré, comme tu l'as dit. Et comment se fait-il que tu aies l'accent du Mississippi alors que tu dis avoir vécu en Californie ?

– Alors là, c'est toute une histoire. J'ai passé un bon bout de temps dans le Mississippi, tu peux me croire. Ça n'aurait pas été pire à Parchman [1].

Sa patience était décidément à toute épreuve. Elle haussa les épaules.

– Vous auriez pas du thé glacé ? demanda-t-elle soudain.

– Bien sûr, ma chérie, excuse-moi, dit Béatrice en se précipitant.

Célia baissa la tête de honte. Même Mona se sentait gênée de n'avoir rien proposé à boire. Michael s'excusa.

– Non, dites où c'est ! Je vais y aller, s'écria Mary Jane.

Mais Béa avait déjà disparu. Mary Jane se remit à faire des bulles de chewing-gum.

1. Parchman est le pénitencier le plus dur du Mississippi.

– Impressionnant ! commenta Mona.

– Comme je l'ai dit, c'est toute une histoire. J'ai passé un sale moment en Floride. Et pis je suis allée aussi en Alabama. Pour en revenir, j'ai travaillé, pour ainsi dire.

– Pas de mensonge ! intervint Mona.

– Mona, ne sois pas si sarcastique.

– Je t'ai déjà vue, poursuivit Mary Jane comme si de rien n'était. Je me rappelle quand toi et Gifford vous êtes passées à Los Angeles en allant à Hawaii. C'était la première fois que j'allais dans un aéroport. Tu dormais sur deux chaises, avec le manteau de Gifford sur toi. Et Gifford nous a payé un repas du tonnerre.

Ne m'en parle pas, se dit Mona. Il lui restait quelques souvenirs brumeux de ce voyage. Elle s'était réveillée avec un torticolis dans l'aéroport de Los Angeles et avait entendu Gifford dire à Alicia qu'elles devraient ramener Mary Jane à la maison un jour ou l'autre.

Seulement, Mona n'avait aucun souvenir qu'il y ait eu une autre petite fille ce jour-là. C'était donc elle, Mary Jane. Et elle était finalement revenue à la maison. Gifford opérait des miracles, là-haut, dans le ciel.

Béa revenait avec le thé glacé.

– Voilà, mon ange, avec plein de citron et de sucre, comme tu l'aimes. N'est-ce pas ?

– Je ne me rappelle pas t'avoir vue au mariage de Rowan et Michael, dit Mona.

– Parce que je suis pas entrée.

Elle prit le thé glacé des mains de Béa dès qu'elle passa près d'elle, en but goulûment la moitié puis essuya les gouttes sur son menton du revers de la main. Son vernis à ongles était écaillé, mais il était d'un pourpre somptueux, comme les lagerstrœmias.

– Je t'avais invitée, dit Béa. J'ai laissé trois messages pour toi au magasin.

– Je sais, tante Béatrice. On peut pas dire que t'as pas fait de ton mieux pour qu'on aille au mariage. Mais j'avais pas de chaussures ! Et pas de robe, et pas de chapeau. Vous voyez ces chaussures ? Je les ai trouvées. Depuis dix ans, je porte rien que des chaussures de tennis. De toute façon, je voyais très bien d'où j'étais, de l'autre côté de la rue. J'entendais même la musique. Vous avez eu de la belle musique à votre mariage, Michael Curry. Vous êtes sûr de pas être un Mayfair ? Il y a au moins sept trucs chez vous qui sont typiques des Mayfair.

– Merci, ma douce, mais je ne suis pas un Mayfair.

– Tu l'es dans ton cœur, intervint Célia.

– Bien sûr, répondit Michael, qui n'avait pas quitté Mary Jane des yeux depuis le début.

– Vous savez, reprit Mary Jane, quand j'étais petite on avait rien. Juste une lampe à huile, une glacière avec plein de glace dedans et des moustiquaires accrochées partout autour du porche. Granny allumait la lampe tous les soirs et...

– Vous n'aviez pas l'électricité ? s'enquit Michael. C'était il y a combien de temps ?

– Michael, tu n'as jamais vécu dans le bayou, dit Célia.

Béa acquiesça de la tête.

– Michael Curry, on était des squatters, nous, dit Mary Jane. On se cachait à Fontevrault. Tante Béatrice pourrait vous raconter. Le shérif venait régulièrement pour nous mettre dehors. On faisait les bagages et il nous emmenait à Napoleonville. Mais on revenait toujours. Après, il nous a fichu la paix pendant un moment. Jusqu'au jour où des types sont passés en bateau, des policiers de l'environnement ou un truc comme ça, et nous ont appelées. On avait des abeilles, vous savez, sous le porche. On mangeait le miel. Et on se mettait sur les marches du perron pour pêcher. En plus, on avait des arbres fruitiers tout autour. Enfin ! jusqu'à ce que la glycine les avale, comme un boa constrictor géant. Et il y avait plein de mûres juste en face. On avait tout ce qu'il fallait. Sauf l'électricité. Mais on l'a, maintenant. J'ai fait un branchement sur un pylône, au bord de la route. Pareil pour la télé câblée.

– Tu as vraiment fait ça ? demanda Mona, incrédule.

– Mais c'est illégal, ma chérie, dit Béa.

– Un peu que je l'ai fait. Ma vie est bien trop intéressante pour que j'invente des mensonges. En plus, j'ai plus de courage que d'imagination. Toujours été comme ça.

Elle but son thé glacé, à grand renfort de bruits de bouche, et en répandit sur son menton.

– Ouah ! C'est vachement bon. Et très sucré. Ya de l'édulcorant de synthèse là-dedans, non ?

– J'en ai peur, s'excusa Béa, l'air mortifiée.

Elle détestait les gens qui mangeaient et buvaient goulûment.

– Vous voyez, dit Mary Jane en s'essuyant le menton du revers de la main, qu'elle sécha ensuite sur sa jupe. C'est cinquante fois plus sucré que ce qu'on a jamais bu sur terre. C'est pour ça que j'ai acheté des actions d'un édulcorant de synthèse.

– Tu as acheté quoi ? demanda Mona, interdite.

– Ouais ! J'ai mon propre courtier. Un courtier d'escompte, mais c'est bien mieux puisque, de toute façon, c'est presque toujours moi qui choisis mes placements. Il est à Baton Rouge. J'ai mis vingt-cinq mille billets dans la Bourse. Et quand je serai riche, j'assécherai et je réparerai Fontevrault. Je remettrai tout en état jusqu'à la dernière planche. Vous allez voir. Vous êtes devant un futur membre de Fortune Five Hundred.

Finalement, il y a peut-être quelque chose à en tirer, de cette toquée, se dit Mona.

– Et les vingt-cinq mille dollars, comment tu les as eus ?

– Tu aurais pu te tuer en bricolant avec l'électricité, reprocha Célia.

– J'ai gagné chaque sou sur le chemin du retour, et ça m'a pris un an. Me demandez pas comment j'ai fait. Je me suis débrouillée. C'est toute une histoire.

– Tu aurais pu t'électrocuter, dit encore Célia.

– Écoute, Mary Jane, dit Michael. Si tu as besoin de quelque chose, dis-le-moi. Je viendrai bricoler moi-même. Je te le promets. Il suffit de demander.

Vingt-cinq mille dollars ?

Les yeux de Mona avaient dérivé sur Rowan. Elle semblait sourire aux fleurs, comme si celles-ci lui parlaient dans un langage secret.

S'ensuivit une description haute en couleur de Mary

Jane grimpant en haut des cyprès avec des gants et des bottes volés. Cette fille était peut-être un génie.

– Qu'est-ce que tu as d'autre, comme actions ? demanda Mona.

– Et qu'est-ce que t'y connais, à la Bourse, à ton âge ? rétorqua Mary Jane.

– Seigneur, Mary Jane ! dit Mona, essayant de ressembler à Béatrice. Je suis passionnée par le marché boursier. Pour moi, la finance est un art. Tout le monde te le dira. J'ai l'intention de créer mon propre fonds commun de placement. Tu sais ce que c'est ?

– Bien sûr que je sais, dit Mary Jane en riant avec insouciance.

– Ces dernières semaines, j'ai mis au point mon propre portefeuille et...

Elle s'interrompit, furieuse d'avoir démarré au quart de tour, alors que l'autre ne l'écoutait probablement pas. Que Mayfair & Mayfair, la firme familiale, se moque d'elle était une chose – et cela ne durerait plus très longtemps –, mais cette pimbêche !

Mais Mary Jane la regardait et semblait réellement intéressée.

– Ah bon ? dit-elle. J'ai un truc à te demander. Qu'est-ce que t'en penses, de Shopper's Channel, à la télé ? Moi, je crois que ça va faire un tabac. Alors j'ai mis dix mille billets dedans. Et tu sais ce qui s'est passé ?

– L'action a presque doublé en quatre mois, répondit Mona.

– Exact. Mais comment tu le sais ? T'es une drôle de môme, toi ! Et moi qui te prenais pour une petite bourge avec ton ruban dans les cheveux. Tu sais, quand t'allais au Sacré-Cœur ? Je pensais que tu m'adresserais même pas la parole.

Le cœur de Mona se serra de pitié pour cette fille qui avait dû se sentir si rejetée, si exclue. Elle-même n'avait jamais connu cela. Et cette fille ne manquait pas d'intérêt, se débrouillant toute seule avec beaucoup moins de moyens qu'elle.

– Allez, mes chéries, interrompit Béatrice. Laissons

Wall Street de côté. Dis-moi, Mary Jane, comment va Granny ? Tu n'en as pas parlé. Et il est quatre heures, il ne faut pas tarder, avec toute la route que tu as à faire.

– Oh, elle va bien, tante Béatrice !

Elle se tourna vers Mona.

– Tu sais ce qui est arrivé à Granny quand maman m'a emmenée à Los Angeles ? J'avais six ans. Tu connais l'histoire ?

– Oui ! répondit Mona.

Tout le monde la connaissait. Et Béatrice s'en voulait encore. Célia regardait la fille comme si elle avait été un moustique géant. Seul Michael semblait ne pas être au courant.

Voici ce qui s'était passé : la grand-mère de Mary Jane, Dolly Jean Mayfair, avait été mise à l'hospice après le départ de sa fille avec Mary Jane. Dolly Jean était morte l'année précédente et avait été enterrée dans le caveau de famille des Mayfair. Les obsèques avaient été grandioses parce qu'on avait prévenu quelqu'un à La Nouvelle-Orléans et que tous les Mayfair s'étaient rendus à Napoleonville, bourrelés de remords d'avoir laissé la pauvre femme mourir dans un hospice. La plupart d'entre eux n'avaient jamais entendu parler d'elle.

En fait, personne ne connaissait réellement Dolly Jean. En tout cas, pas avant qu'elle ne soit une vieille dame. À part Lauren et Célia, bien entendu, qui l'avaient connue quand elles étaient petites.

Évelyne l'Ancienne la connaissait, mais elle n'avait jamais quitté Amelia Street, surtout pas pour un enterrement à la campagne et, de toute façon, personne n'avait songé à l'avertir.

À son retour en ville, un an plus tôt, Mary Jane avait appris la nouvelle de la mort de sa grand-mère et s'était mise à pouffer de rire.

– Hé, ça va pas ? Elle est pas morte. Je l'ai vue dans un rêve et elle m'a dit : « Mary Jane, viens me chercher. Je veux rentrer chez nous. » Alors, me voilà. Dites-moi où il est, cet hospice.

Elle racontait l'histoire à la seule intention de Michael, dont l'expression sidérée était presque comique.

– Elle ne t'avait pas dit, dans ton rêve, où était l'hospice ? demanda Mona.

Béatrice lui lança un regard noir.

– Eh ben non. T'as raison d'en parler. J'ai toute une théorie sur les apparitions et pourquoi elles sont pas toujours très nettes.

– Tu n'es pas la seule, persifla Mona.

– Mona, du calme, lui intima Michael.

Il se prend pour mon père, se dit Mona, vexée. Et il n'a toujours pas quitté Mary Jane des yeux. Mais il avait parlé affectueusement.

– Alors, que s'est-il passé ? demanda-t-il.

– Tu sais, elle est vieille. Elle sait pas toujours où elle est, même dans un rêve, mais elle savait très bien d'où elle venait. Je suis entrée dans l'hospice et là, boum ! au milieu de la salle de récréation, ou je sais pas quoi, qu'est-ce que je vois ? Granny. Elle m'a regardée et, après toutes ces années, elle m'a dit : « T'étais où, Mary Jane ? Ramène-moi à la maison, maintenant. J'en ai assez d'attendre. »

On avait donc enterré à sa place une autre pensionnaire de l'hospice. La vraie Dolly Jean était bien vivante et recevait chaque mois un chèque de pension adressé à quelqu'un d'autre. Une enquête avait été menée, puis Mary Jane et sa grand-mère étaient retournées vivre dans les ruines de la plantation. La famille leur avait fourni des objets de première nécessité, mais Mary Jane avait refusé le reste. Tout en tirant au pistolet sur des bouteilles vides, elle avait dit qu'elles étaient capables de se débrouiller seules, qu'elle avait quelques dollars de côté et qu'elle tenait à son indépendance, mais merci quand même.

– Ils ont laissé la vieille dame vivre avec toi dans cette maison inondée ? demanda Michael, en toute innocence.

– Vous savez, après tout ce qu'on lui avait fait subir à l'hospice, à la confondre avec une autre et à mettre son nom sur une pierre tombale et tout ça, qu'est-ce qu'y pouvaient bien dire ? Et le cousin Ryan, de Mayfair & Mayfair, il a fait un de ces foins, en ville !

– Ça ne m'étonne pas de lui, dit Michael.

– C'était entièrement notre faute, s'excusa Célia. Nous aurions dû maintenir des liens avec ces gens.

– Tu es sûre que tu n'as pas grandi dans le Mississippi ou au Texas ? demanda Mona. Ton accent est un amalgame de tous les accents du Sud.

– C'est quoi, un amalgame ? Tu vois, c'est là que t'es avantagée. T'as de l'instruction. Moi, je suis autodidacte. Il y a un monde entre nous. Il y a des mots que j'ose même pas prononcer et je sais pas déchiffrer les symboles de prononciation dans le dico.

– Tu veux aller à l'école, Mary Jane ? s'enquit Michael, de plus en plus conquis.

Il avait tout de même la décence de ne pas lorgner la poitrine et les hanches de la fille. Décidément, elle était mignonne à croquer. Voilà ce qu'elle était, en fin de compte : ignorante, folle, brillante, négligée, mais à croquer.

– Oui, monsieur. Quand je serai riche, j'aurai un tuteur, comme Mona, maintenant qu'elle est l'héritière et tout ça. Un type chouette qui me dira les noms de tous les arbres, qui m'apprendra qui était président trois ans après la guerre de Sécession, combien il y avait d'Indiens à Bull Run et la théorie de la relativité d'Einstein.

– Tu as quel âge ? interrogea Michael.

– Dix-neuf et demi, mon grand, répondit Mary Jane en mordant sa lèvre inférieure de ses petites dents blanches.

– Cette histoire à propos de ta grand-mère, c'est vrai ?

– Mais oui ! s'exclama Célia. C'est la pure vérité. Je crois que nous devrions rentrer. Cette conversation dérange peut-être Rowan.

– Je ne sais pas, dit Michael. Elle nous écoute peut-être. Je n'ai pas envie de bouger. Mary Jane, tu es capable de subvenir seule aux besoins de cette vieille femme ?

Instantanément, Béatrice et Célia eurent une expression angoissée. Si Gifford avait été là, elle aurait eu la même. Elles avaient promis à Gifford de s'occuper du problème. Mona s'en souvenait. Un jour où Gifford était dans un de ses terribles états d'inquiétude pour les membres de la famille, proches ou éloignés, Célia l'avait rassurée : « Nous allons nous renseigner, pour Mary Jane et sa grand-mère. »

– Ouais, monsieur Curry. J'ai ramené Granny à la maison. Et vous savez quoi ? Le porche, là où on dormait ? Il était exactement comme on l'avait laissé. Au bout de treize ans ! Il y avait toujours la radio, les moustiquaires et la glacière.

– Dans les marécages ? demanda Mona, incrédule. Attends un peu !

– C'est comme je te le dis, ma biche.

– C'est vrai, avoua Béatrice d'un air lamentable. Bien sûr, nous leur avons donné du linge propre et différents objets. Nous voulions les installer dans un hôtel ou une maison ou...

– Bien entendu, interrompit Célia. Cette histoire a défrayé la chronique, hélas. Ma chérie, est-ce que ta grand-mère est seule là-bas, en ce moment ?

– Non, madame, elle est avec Benji. C'est un de ces trappeurs qui vivent dans des cabanes en tôle. Je le paie trois fois rien pour répondre à mes téléphones et surveiller Granny. C'est un petit malin. Il fait le tapin dans le quartier français.

– Oh, mon Dieu ! s'exclama Célia.

Michael riait.

– Quel âge a Benji ? demanda-t-il.

– Douze ans en septembre, répondit Mary Jane. Il est super. Son rêve, c'est de devenir un grand dealer de drogue à New York, et le mien, c'est qu'il aille à Tulane et devienne docteur.

– Qu'est-ce que tu veux dire par répondre à tes téléphones ? demanda Mona. Tu en as combien ? Et à quoi ça te sert, là-bas ?

– Eh ben, il y a une ligne pour appeler mon courtier. Il me faut bien de l'argent pour payer le téléphone, non ? Et pis il y en a une pour que Granny appelle ma mère. Vous savez, elle sort jamais de son hôpital, à Mexico.

– Quel hôpital à Mexico ? demanda Béa, atterrée. Mary Jane, il y a deux semaines, tu m'as dit que ta mère était morte en Californie.

– C'était pour pas vous mettre dans l'embarras.

– Et l'enterrement ? demanda Michael. Celui de ta grand-mère ? Qui a été enterré à sa place, en fait ?

– Ça, mon grand, c'est le mystère. On a jamais su. Vous en faites pas pour ma mère, tante Béa, elle a déjà commencé son voyage astral. De toute façon, ses reins sont foutus.

– Enfin, ce n'est pas tout à fait exact, pour la femme dans la tombe, dit Célia. On pense que...

– On pense ? l'interrompit Michael.

– Bon, écoutez, intervint Béatrice. C'est bien triste pour cette femme, dans la tombe. Mais, Mary Jane, il faut que tu me dises tout de suite comment joindre ta mère.

– Hé ! tu n'as pas le sixième doigt, dit Mona.

– Tout juste, ma jolie. Ma mère me l'a fait enlever à Los Angeles. Je voulais te le dire. Ils ont fait la même chose à...

– Ça suffit, dit Célia. Je m'inquiète énormément pour Rowan.

– Oh, je suis désolée ! dit Mary Jane.

– La même chose à qui ? insista Mona.

– Ça suffit, maintenant ! coupa Béatrice. Mary Jane, j'appelle ta mère.

– Vous savez qui m'a enlevé le petit doigt à Los Angeles, tante Béa ? Un sorcier vaudou d'Haïti. Ça s'est passé sur la table de sa cuisine.

– Est-ce qu'on ne peut pas exhumer le corps pour savoir une bonne fois pour toutes qui était la femme ? demanda Michael.

– Eh bien, ils ont une idée, commença Célia, mais...

– Mais quoi ?

– C'est une question de chèques de pension, dit Béatrice. Et cela ne nous regarde pas. Michael, tu veux bien oublier tout ça, s'il te plaît ?

Était-il possible que Rowan ne se rende pas compte de la façon dont Michael dévorait la fille des yeux ? Si cela ne la sortait pas de sa torpeur, aucune tornade ne pourrait le faire.

– Eh bien, Michael Curry, on sait qu'au bout d'un

moment ils se sont mis à appeler la dame Dolly Jean, juste avant qu'elle meure. Faut croire qu'un soir ils ont mis Granny dans le mauvais lit et quand celle dans son lit est morte... Hop! Ils ont enterré l'étrangère dans le caveau des Mayfair.

À cet instant, Mary Jane porta son regard sur Rowan.

– Elle écoute! s'écria-t-elle. Bon Dieu, je vous jure qu'elle écoute.

Si c'était vrai, personne ne s'était rendu compte de rien. Rowan était toujours aussi inerte. Michael se mit à rougir, comme agacé par l'explosion de la jeune fille. Célia examina Rowan en faisant la moue.

– Elle a vraiment rien, déclara Mary Jane. Un de ces jours, elle va se réveiller d'un seul coup, vous allez voir. Les gens comme elle, ils parlent quand ils ont envie. Ça m'arrive aussi.

Mona avait envie de dire : pourquoi ne pas t'y mettre tout de suite?

En réalité, elle mourait d'envie de croire Mary Jane. Elle était peut-être bien une puissante sorcière, après tout.

– Vous en faites pas pour Granny, dit-elle en souriant et en claquant sa cuisse dorée. Et pis je vais vous dire un truc : c'est mieux comme ça.

– Qu'est-ce que tu veux dire? demanda Béa.

– Eh ben, à l'hospice, elle disait jamais grand-chose. Elle parlait toute seule et elle faisait comme s'il y avait des gens avec elle qui, en fait, étaient pas là. Et maintenant elle regarde les feuilletons à la télé et aussi les jeux. Elle manque jamais « La Roue de la fortune ». C'est parce qu'elle est rentrée à Fontevrault et qu'elle a retrouvé ses affaires. Vous faites pas de bile pour elle. Je vais lui rapporter du fromage et des biscuits et on va regarder son émission préférée. Vous savez, celle où il y a des vieilles chansons? Elle les connaît toutes.

– Bien sûr, ma chérie, mais...

Pendant cinq minutes, Mona avait presque aimé cette fille capable de s'occuper d'une vieille dame et de brancher des câbles.

Elle avait raccompagné Mary Jane à la grille et l'avait regardée grimper dans sa camionnette. Le siège du passager était complètement défoncé et des ressorts jaillissaient de partout. Le véhicule démarra dans un grand nuage bleu.

– Nous devons nous occuper d'elle, dit Béa. Il va falloir que nous nous réunissions pour parler du cas Mary Jane.

Mona était d'accord. Le « cas Mary Jane » était la bonne expression.

Et, bien que la fille n'ait pas fait preuve de dons particuliers devant eux tous, elle avait quelque chose de très exaltant.

Mary Jane avait du cran, et l'idée de l'inonder avec l'argent des Mayfair et d'essayer de l'améliorer était irrésistible. Et pourquoi ne viendrait-elle pas suivre les cours du tuteur de Mona ? Béatrice avait rongé son frein pour ne pas acheter des vêtements à Mary Jane avant son départ, et nul doute qu'elle lui avait envoyé les plus somptueux vêtements d'occasion.

Et Mona avait une autre raison, très secrète, pour aimer cette fille. Une raison que personne ne pouvait comprendre. Mary Jane avait un chapeau de cow-boy. Il était petit et en paille et elle le laissait pendre dans son dos, mais elle en avait un. Justement, Mona rêvait depuis toujours d'avoir un chapeau comme celui-là, quand elle serait riche et qu'elle parcourrait le monde entier dans son jet privé. Elle se voyait depuis longtemps comme un magnat de la finance coiffé d'un Stetson... Eh bien, Mary Jane en avait un. Et, malgré ses tresses, sa minijupe en jean et son vernis à ongles écaillé, elle avait un style fabuleux.

– Et ces yeux, Mona ! dit Béatrice tandis qu'elles retournaient dans le jardin. Cette enfant est adorable. Tu l'as regardée ? Je me demande comment je pourrais... Et sa pauvre mère. C'est une simple d'esprit. On n'aurait jamais dû la laisser s'enfuir avec l'enfant. Mais il y avait un tel désaccord entre ceux de Fontevrault et nous.

– Tu ne peux pas t'occuper de tout le monde, la rassura Mona.

Bien sûr que si. Et si Célia et Béatrice n'y arrivaient pas, elle le ferait, elle. Ce fut l'une des plus formidables révélations de l'après-midi : Mona faisait désormais partie de l'équipe et elle devait aider Mary Jane à réaliser ses rêves.

– C'est une brave enfant, à sa façon, admit Célia.

– Oui, et ce pansement sur son genou, murmura Michael d'un air absent. Quelle fille ! Je crois ce qu'elle a dit, pour Rowan.

– Moi aussi, dit Béatrice. Mais...

– Mais quoi ? demanda Michael.

– Et si elle ne se décidait jamais à parler de nouveau ?

– Béatrice, tu devrais avoir honte, la tança Célia en jetant un regard entendu vers Michael.

– Tu trouves que les pansements sont sexy, Michael ? demanda Mona.

– Euh ! oui. Tout est sexy chez cette fille, je suppose. Mais qu'est-ce que tu veux que ça me fasse ?

Il paraissait sincère et tout à fait épuisé. Il avait voulu rester auprès de Rowan et était en train de lire quand tout le monde était revenu.

Mona aurait pu jurer que, après cette scène, Rowan avait eu l'air différente pendant un certain temps. De temps à autre, elle fronçait légèrement les yeux et, parfois, les ouvrait plus grand, comme si elle se posait une question à elle-même. Le flot de paroles de Mary Jane lui avait peut-être fait du bien. On pourrait lui demander de revenir une autre fois, à moins qu'elle ne le fasse d'elle-même. Mona aurait bien voulu. Mais il lui suffisait de demander au nouveau chauffeur de préparer la limousine, de remplir le réfrigérateur de glace et de boissons et de se rendre dans la maison inondée.

Les deux ou trois jours qui suivirent, l'état de Rowan sembla s'améliorer. Ses yeux paraissaient un peu plus mobiles.

Mais maintenant ? Par ce bel après-midi chaud et humide ?

Mona avait l'impression que Rowan avait régressé. La chaleur et l'humidité ne semblaient pas l'affecter. Des gouttes de sueur perlaient sur son front, et Célia n'était pas là pour les essuyer.

– Je t'en prie, Rowan, parle-nous, implora Mona de sa voix d'adolescente. Je n'ai pas envie d'être l'héritière. Surtout que je ne sais même pas si tu approuves.

Elle s'appuya sur son coude, sa chevelure rousse faisant écran entre elle et les grilles en fer du jardin. Cela lui semblait plus intime.

– Allez, Rowan ! poursuivit-elle. Tu sais ce que Mary Jane a dit. Tu es bien là. Tu peux nous entendre.

Mona porta la main à son ruban, pour rectifier sa position. Mais elle n'avait pas de ruban. Elle n'en portait plus depuis le décès de sa mère. À la place, une petite barrette ornée de perles lui serrait un peu trop les cheveux. Elle la défit et laissa tomber ses cheveux.

– Écoute, Rowan. Si tu veux que je m'en aille, fais-moi un signe.

Rowan fixait le mur de brique. Elle regardait la haie de lantaniers aux petites fleurs marron et orange. Ou alors, les briques. Comment savoir ?

Mona soupira. Elle avait déjà tout essayé, à part piquer une colère. Peut-être que quelqu'un devrait le faire !

Ce ne pourrait être que moi, songea-t-elle.

Elle se leva, s'approcha du mur, cueillit deux brins de lantanier et les mit devant Rowan, comme une offrande à une déesse qui écoute les prières de ses fidèles.

– Je t'aime, Rowan. J'ai besoin de toi.

Pendant un moment, ses yeux s'embuèrent. Le vert éclatant du jardin se mua en un grand voile flou. Elle pencha légèrement la tête et sentit un serrement dans sa gorge, puis un relâchement qui était pire qu'un sanglot.

Cette femme avait subi un traumatisme dont elle ne se remettrait peut-être jamais. Et elle, Mona, était désormais l'héritière et devrait un jour avoir un enfant auquel elle transmettrait l'immense fortune des Mayfair. Et cette femme, qu'allait-elle devenir ? Elle n'exercerait probablement plus jamais la médecine. Rien ni personne ne semblait plus la toucher.

Soudain, Mona se sentit plus déplacée et malaimée que jamais. Il fallait qu'elle quitte cet endroit. Cela faisait trop longtemps qu'elle venait s'asseoir à cette table pour demander pardon d'avoir eu des vues sur Michael, d'être jeune, riche et capable d'avoir un jour des enfants, d'avoir survécu à sa mère, Alicia, et à sa tante Gifford, deux femmes qu'elle avait aimées et haïes, et dont elle aurait eu besoin.

Tout cela n'était qu'égocentrisme.

– Je n'aurais pas dû, pour Michael, dit-elle à haute voix.

Les yeux gris de Rowan ne bougèrent pas. Ses mains étaient posées sur ses genoux, en un geste très naturel. Son alliance semblait si fine et si inutile que ses mains ressemblaient à celles d'une religieuse.

Mona avait envie de prendre l'une de ces mains, mais elle n'osait pas. Cela ne la gênait pas de parler pendant une demi-heure, mais elle ne pouvait pas toucher Rowan. Aucun contact physique n'était possible. Elle n'osait même pas soulever une main de Rowan pour y mettre les fleurs de lantanier.

– Tu vois, je ne te touche pas. Je ne te prends pas la main pour essayer de savoir quelque chose. Je ne t'embrasse pas parce que, si j'étais à ta place, j'aurais horreur qu'une gamine pleine de taches de rousseur et aux cheveux roux me le fasse.

Cheveux roux, taches de rousseur. Quel rapport ? se demanda-t-elle. Elle aurait mieux fait de dire : oui, j'ai couché avec ton mari, mais c'est toi la mystérieuse, la puissante, la femme, celle qu'il aime et a toujours aimée. Je ne suis rien du tout. Juste une sale gosse qui a séduit ton mari et qui n'a d'ailleurs pas été très prudente. Mais je n'ai jamais été ce qu'on pourrait appeler sa maîtresse attitrée. Il me regardait comme il a regardé Mary Jane. C'était du désir. Un point, c'est tout. Et mes règles vont finir par arriver, comme toujours, et j'en serai quitte pour un bon sermon de ma gynécologue.

Mona rassembla les brins de lantanier sur la table, à côté de la tasse de porcelaine, et s'en alla.

Elle se rendit soudain compte, en regardant les nuages passer au-dessus des cheminées, que c'était une belle journée.

Michael était dans la cuisine. Il préparait une de ses horribles concoctions à base de jus de papaye, de noix de coco, de pamplemousse et d'orange. Il en avait mis partout.

Elle s'aperçut que, au fil des jours, il allait de mieux en mieux et était de plus en plus beau. Il s'était remis au bricolage et les médecins l'y encourageaient. Il devait avoir repris six bons kilos depuis que Rowan était sortie de son coma.

– Je t'assure qu'elle aime ça, dit-il, comme s'ils étaient en pleine conversation sur son cocktail. Je sais qu'elle apprécie. Béa trouve que c'est trop acide. Mais rien ne prouve qu'elle le trouve trop acide.

Il haussa les épaules.

– En fait, je n'en sais rien, ajouta-t-il.

– Je crois qu'elle a arrêté de parler à cause de moi, dit Mona.

Tandis qu'elle le regardait, les larmes lui montèrent aux yeux. Elle ne voulait pas fondre en sanglots et se donner en spectacle. Mais elle se sentait si honteuse. Mais que voulait-elle à Rowan, en fait ? Elle la connaissait à peine. Avait-elle besoin de se faire agréer par l'héritière qui n'était plus capable d'assurer sa descendance ?

– Non, ma chérie, dit-il en lui adressant un sourire rassurant.

– Michael, c'est parce que je lui ai dit, pour nous. Ça a été plus fort que moi. C'était le premier jour où je lui ai parlé. Je n'ai pas eu le courage de te le dire. Je pensais qu'elle était simplement calme. Mais, depuis, elle n'a plus jamais parlé. C'est bien ça, Michael ?

– Arrête de te torturer, mon ange, dit-il en essuyant la substance visqueuse répandue sur le comptoir.

Il se voulait patient et rassurant, mais il avait l'air épuisé et Mona s'en voulait.

– Elle a cessé de parler la veille, Mona. Je te l'ai dit. Je ne m'en suis pas aperçu tout de suite, c'est tout.

Il se mit à remuer le breuvage.

– Et maintenant, le moment crucial ! J'ajoute un œuf ou pas ?

– Un œuf ? Tu ne peux pas mettre un œuf dans un jus de fruits !

– Bien sûr que si ! Tu n'as jamais vécu dans le nord de la Californie, toi. C'est excellent pour la santé et elle a besoin de protéines. Mais on peut attraper la salmonellose, avec un œuf cru. C'est l'éternel dilemme. La famille est très partagée à propos de l'œuf cru. J'aurais dû demander à Mary Jane ce qu'elle en pensait, dimanche dernier.

– Mary Jane ! explosa Mona en secouant la tête. Saleté de famille !

– Je n'y connais rien, moi. Béatrice trouve que les œufs crus sont dangereux, et elle n'a pas tort. D'un autre côté, quand je jouais au football, à l'université, je mettais un œuf cru dans un milkshake tous les matins. Mais Célia...

– Mon Dieu, aie pitié de moi ! s'exclama Mona, imitant Célia à la perfection. Tu peux me dire ce qu'elle y connaît aux œufs crus, tante Célia ?

Qu'est-ce qu'elle en avait marre des discussions familiales sur ce que Rowan aimait ou n'aimait pas, la formule sanguine de Rowan, le teint de Rowan. Elle en aurait pleuré.

C'était peut-être le contrecoup d'avoir été désignée comme future héritière. Chacun y était allé de son petit conseil ou de sa petite question. Par moquerie, elle avait écrit des gros titres fictifs sur son ordinateur :

UNE PETITE FILLE ASSOMMÉE PAR UNE CARGAISON D'ARGENT. Et UNE ENFANT TROUVÉE HÉRITE DE MILLIARDS AU GRAND DAM DES HOMMES DE LOI.

Évidemment, aucun journal n'emploierait le mot « dam » dans ses gros titres. Mais elle l'aimait bien.

– Écoute, ma chérie, je te dis qu'elle a arrêté la veille, dit-il. Je peux même te dire ses dernières paroles. Nous étions assis à cette même table et elle buvait du café. C'était environ vingt-deux heures après sa sortie du coma et elle n'avait pas dormi depuis. Nous avions passé notre temps à parler. Alors, elle m'a dit : « Michael, je vais faire un tour dehors. Non, reste, j'ai envie d'être un peu seule. »

– Tu es sûr que c'est la dernière chose qu'elle ait dite ?

– Sûr et certain. J'avais l'intention d'appeler tout le monde pour leur annoncer qu'elle allait bien. C'est peut-être moi qui l'ai effrayée en faisant cette suggestion. Après, elle n'a plus prononcé un mot.

Il attrapa un œuf cru, le cassa sur le bord du bol du mixeur, sépara les deux moitiés et versa le contenu dans le bol.

– Je crois sincèrement que ce n'est pas ta faute, Mona. Mais j'aurais préféré que tu ne lui en parles pas. Bon, de toute façon, il n'est même pas certain qu'elle t'ait entendue. Je crois qu'elle est loin de tout ça...

Sa voix s'estompa.

Le contenu du verre était mousseux et peu ragoûtant.

– Je suis désolée, Michael.

– Mais non, ne...

– Non, je veux dire que moi ça va, mais pas elle. Tu veux que je lui apporte cet infâme breuvage ? Ça a l'air vraiment infect, ce truc !

– Il faut encore que je mixe le tout.

Il posa le couvercle sur le récipient et appuya sur le bouton. Les lames se mirent à tourner bruyamment et le liquide à gicler dans tous les sens.

– J'ai ajouté plein de jus de brocoli, cette fois.

– Et tu crois qu'elle va boire ça ? Du jus de brocoli ! Tu cherches à l'empoisonner ou quoi ?

– Bien sûr qu'elle va le boire. Elle boit tout ce que je mets devant elle. Bon, écoute-moi. Même si elle a entendu ta confession, elle n'a pas dû être étonnée. Pendant son coma, elle a entendu des tas de trucs. Elle me l'a dit. Elle a entendu ce que les gens disaient dans mon dos. Évidemment, personne ne savait pour toi et moi, et nos activités... criminelles.

– Michael, je t'en prie, même si le viol est réprimé dans notre État, renseigne-toi quand même auprès d'un avocat : l'âge du consentement entre cousins doit être de dix ans et cela ne m'étonnerait pas qu'une loi spéciale l'autorise à huit ans pour les Mayfair.

– Ne te fais pas trop d'illusions, ma douce, dit-il en hochant la tête de réprobation. Quoi qu'il en soit, elle a entendu nos discussions quand nous étions près de son lit. Nous parlions de sorcières, Mona.

Il se plongea dans ses pensées, le regard absent, plus séduisant que jamais.

– Non, sa prostration ne tient pas à des paroles qu'elle a entendues.

Il leva des yeux tristes vers elle. La tristesse a quelque chose d'effrayant chez un homme de cet âge, se dit Mona.

– Le traumatisme vient de tout ce qu'elle a vécu. Rien que le dénouement était suffisant pour...

Mona hocha la tête. Elle tenta de visualiser la scène que Michael lui avait brièvement décrite. L'arme, le coup de feu, le corps qui tombe, le terrible secret du lait.

– Tu n'en as parlé à personne ? murmura-t-il.

Dieu l'en préserve ! À la façon dont il la regardait, elle serait morte sur-le-champ si elle avait dit quoi que ce fût à quelqu'un.

– Non, et je ne le ferai jamais, dit-elle. Je sais me taire quand il le faut. Mais...

Il secoua la tête.

– Elle n'a pas voulu que je touche le corps. Elle a insisté pour le descendre elle-même, alors qu'elle tenait à peine sur ses jambes. Je n'oublierai jamais cette scène. Pour le reste, j'arrive à m'en accommoder, mais la mère traînant le corps de sa fille...

– Pour toi, c'était forcément sa fille ?

Il ne répondit pas. Petit à petit, le chagrin et la douleur disparurent de son visage. Il se mordit la lèvre et lui adressa un semblant de sourire.

– Jamais, au grand jamais, tu ne dois raconter ça à quiconque. Peut-être qu'elle, elle voudra en reparler un jour. Je crois que c'est à cause de ça qu'elle s'est réfugiée dans le silence.

– En tout cas, ne t'en fais pas, je ne risque pas d'en parler. Je ne suis plus une enfant, Michael.

– Je sais. Je suis bien placé pour le savoir, dit-il, presque jovial.

Son regard se perdit à nouveau dans le vide. Il paraissait désespéré et seul au monde.

– Michael, je t'en prie. Je suis certaine qu'elle va s'en remettre.

Il ne répondit pas tout de suite, puis murmura :

– Et dire qu'en ce moment elle est assise juste à côté de la tombe.

Il était sur le point de pleurer, et Mona ne l'aurait pas supporté. Elle avait envie, de tout son cœur, d'aller vers lui et de mettre ses bras autour de sa taille. Mais elle l'aurait fait pour elle, pas pour lui.

Elle s'aperçut soudain qu'il lui souriait.

– Ta vie sera remplie de bonnes choses, car les démons ont été terrassés, dit-il. Et tu hériteras d'Éden. Et elle et moi emporterons dans notre tombe le remords de ce que nous avons fait, n'avons pas fait et aurions dû faire l'un pour l'autre.

Il soupira et croisa les bras sur le comptoir. Il regarda vers le soleil, la cour, le feuillage vert bruissant et le printemps.

Soudain, il redevint lui-même, comme si le mal avait été exorcisé. Il se redressa, attrapa le verre et l'essuya avec un linge blanc.

– Ça, c'est l'un des avantages d'être riche, dit-il.

– Lequel ?

– Avoir du linge en coton bien propre à tout moment. Et des mouchoirs en coton. Célia et Béa en ont toujours sur elles. Mon père n'utilisait jamais de mouchoirs en papier. Tiens ! C'est un détail qui m'était sorti de la mémoire.

Tout sourire, il lui fit un clin d'œil complice.

– Tu n'as pas de nouvelles de Yuri, n'est-ce pas ?

– Je te l'aurais dit.

Entendre prononcer le nom de Yuri était un supplice.

– Tu en as parlé à Aaron ?

– Au moins cent fois, déjà. Et encore trois fois ce matin. Il n'a pas non plus de nouvelles. Il est très inquiet. Mais il ne retournera pas en Europe, quoi qu'il arrive. Il va finir ses jours ici, auprès de nous. Il m'a dit de ne pas oublier que Yuri a plus d'un tour dans son sac, comme tous les investigateurs du Talamasca.

– Tu crois qu'il lui est arrivé quelque chose ?

– Je ne sais pas. Peut-être qu'il m'a oubliée.

Cette idée lui était insupportable. Mais il fallait bien tout envisager.

Michael baissa les yeux sur son breuvage. Il aurait peut-être l'intelligence de comprendre qu'il était imbuvable. Il saisit une cuillère et commença à le remuer.

– Tu sais, Michael, si ça se trouve, ton immonde cocktail va lui causer un choc et la faire sortir de sa transe.

Il éclata d'un rire sonore, sans retenue. Il prit le récipient et remplit un verre.

– Viens avec moi. Allons la voir ensemble.

Mona hésita.

– Michael, je n'ai pas envie qu'elle nous voie ensemble, l'un à côté de l'autre.

– Allez ! Use un peu de ta sorcellerie, ma douce. Elle sait que je suis son esclave jusqu'à la fin de mes jours.

Son expression changea de nouveau, très lentement. Il la regarda d'un air calme mais presque froid. Sans rien ajouter, il saisit le verre et sortit.

– Allons lui parler, lança-t-il sans se retourner. Allons lire dans ses pensées. Tu sais, on devrait peut-être remettre ça, tous les deux. Dans l'herbe. Ça la réveillerait peut-être.

Quelle horreur ! Le pensait-il vraiment ? Non, la question était plutôt : comment pouvait-il dire pareille chose ?

Elle ne répondit pas, sachant ce qu'il ressentait. Ou, du moins, essayait-elle de l'imaginer. Car le chagrin, pour un homme de cet âge, devait être bien différent de celui d'une jeune fille.

Elle le suivit dans l'allée pavée. Ils longèrent la piscine et franchirent la grille de derrière. Le jean de Michael était si moulant que son déhanchement était littéralement indécent. Des pensées coupables, qu'elle rejeta immédiatement, lui vinrent à l'esprit. Non, pas de ça ! Il n'aurait pas dû faire cette plaisanterie. Dans l'herbe !

Rowan était toujours au même endroit. Le vent avait légèrement déplacé les brins de lantanier. Elle fronçait un peu les sourcils, comme si elle réfléchissait à quelque chose d'important. C'est bon signe, se dit Mona. Mais elle s'abstint d'en faire la remarque. Il ne fallait pas donner de faux espoirs à Michael. Rowan, les yeux toujours fixés sur le mur, ne semblait pas avoir conscience de leur présence.

Michael se pencha pour l'embrasser sur la joue et posa le verre sur la table. Elle ne broncha pas. Seul le vent fit remuer quelques mèches de ses cheveux. Michael tendit le bras, prit la main droite de Rowan et y plaça le verre.

– Bois, ma douce.

« Ma douce. » C'était ainsi qu'il s'adressait à Mona, à Rowan et à Mary Jane. Comme à toutes les femmes, probablement. Ce terme pourrait-il aussi s'appliquer à la créature morte enterrée dans le trou avec son père ? Si seulement elle avait pu les voir, ne fût-ce qu'une seconde ! Mais toutes les femmes Mayfair qui l'avaient vu, lui, l'esprit, pendant son escapade meurtrière, l'avaient payé de leur vie. Sauf Rowan...

Rowan souleva le verre. Fascinée, Mona la vit avaler son contenu sans détacher son regard du mur.

Les mains enfouies dans ses poches, Michael l'observait. C'est alors qu'il fit une chose très surprenante : il se mit à parler à Mona de Rowan, comme si cette dernière ne pouvait les entendre. C'était la première fois.

– Quand le médecin lui a parlé de tests, elle s'est levée et s'en est allée. Tu sais, comme quand on a envie d'être seul sur un banc, dans un parc. Si quelqu'un d'autre vient s'asseoir, on se lève et on s'en va.

Il récupéra le verre, dont l'aspect était plus répugnant que jamais. Rowan aurait bu n'importe quel breuvage que Michael lui aurait mis dans la main.

Son visage n'avait pas bougé d'un pouce.

– Je pourrais l'emmener à l'hôpital pour les tests, bien sûr. Elle me suivrait. Elle fait tout ce que je lui dis.

– Pourquoi ne le fais-tu pas ?

– Parce que le matin, quand elle se lève, elle met sa robe de chambre. Je lui prépare toujours des vêtements, mais elle n'y touche pas. J'en déduis qu'elle veut rester à la maison.

Il sembla soudain en colère. Ses joues étaient rouges et le pincement de ses lèvres en disait long.

– De toute façon, aucun test ne pourrait l'aider, poursuivit-il.

Sa voix faiblissait. Plus il regardait Rowan, plus sa colère augmentait. Il cessa de parler.

Soudain, il posa le verre sur la table et mit ses mains à plat de chaque côté. Il approcha son visage de celui de Rowan et la regarda droit dans les yeux, comme pour capter son regard.

– Rowan, s'il te plaît, reviens !

– Non, Michael, s'écria Mona.

– Et pourquoi pas ? Rowan, j'ai besoin de toi ! Tu m'entends ?

Il abattit ses deux mains sur la table. Rowan tressaillit.

– Rowan ! hurla-t-il.

Il tendit les mains vers elle, comme s'il voulait la prendre par les épaules et la secouer. Mais il n'en fit rien.

Il empoigna le verre, tourna le dos et s'en alla.

Mona était pétrifiée, trop choquée pour parler. Au bout d'un moment, elle s'assit lentement de l'autre côté de la table, en face de Rowan, à sa place habituelle. Elle se demanda pourquoi elle restait là. Par loyauté, peut-être. Pour ne pas avoir l'air d'être l'alliée de Michael. Elle s'était sentie rongée par le remords, ces derniers jours.

Si l'on faisait abstraction de l'inertie de son visage, Rowan était resplendissante. Ses cheveux lui arrivaient presque aux épaules. Superbe et absente. Ailleurs.

– Tu sais, dit Mona, je continuerai à venir te voir jusqu'à ce que tu me fasses un signe. Tu me considères peut-être comme une empoisonneuse mais ton mutisme oblige tout le monde à réagir. Personne n'a envie de te laisser seule.

Elle poussa un long soupir et se sentit plus détendue.

– Je suis trop jeune pour savoir certaines choses. Je veux dire par là que je n'ai pas la prétention d'affirmer que je comprends tout ce qui t'est arrivé. Ce serait complètement stupide de ma part.

Les yeux de Rowan avaient viré au vert, comme s'ils avaient absorbé la couleur de la pelouse.

– Mais... euh... tout ce qui arrive aux autres, enfin, presque tous les autres, me concerne. Je sais des choses. J'en sais plus que tout le monde, à part Michael et Aaron. Tu te rappelles Aaron ?

Quelle question idiote !

– Et puis il y a Yuri. Je t'en ai déjà parlé. Je ne crois pas que tu le connaisses. Eh bien, il est parti pour de bon. Je m'inquiète pour lui, et Aaron aussi. À te voir comme ça, j'ai l'impression qu'on en est au point mort. Si point mort il y a...

Elle s'interrompit. Cette façon d'aborder les choses était encore plus maladroite que la précédente. Impossible de savoir si cette femme souffrait. Mona soupira et tenta de se calmer. Elle posa les coudes sur la table et leva les yeux vers Rowan. Elle aurait juré que Rowan l'avait regardée, l'espace d'une seconde, avant de détourner les yeux !

– Rowan, ce n'est pas terminé, murmura-t-elle.

Elle dirigea son regard vers les grilles, la piscine et, au-delà, la pelouse. Le lagerstrœmia commençait à fleurir. Au départ de Yuri, il était complètement dénudé.

Près de l'arbre, ils avaient discuté à voix basse, et Yuri lui avait promis : « Quoi qu'il se passe en Europe, Mona, je reviendrai pour toi. »

Soudain, elle tourna la tête et... et Rowan la regardait ! Dans les yeux !

Mona était trop stupéfaite pour parler ou bouger. De toute façon, elle avait trop peur que Rowan ne détourne à nouveau les yeux si elle avait la moindre réaction. Avait-elle réussi à capter son attention ?

Progressivement, le visage de Rowan commença à exprimer une terrible tristesse.

– Qu'est-ce qu'il se passe, Rowan ? chuchota Mona.

Rowan émit un petit son, comme pour s'éclaircir la gorge.

– Ce n'est pas Yuri, murmura Rowan.

Elle fronça davantage les sourcils, ses yeux s'assombrirent, mais elle ne dévia pas son regard.

– Qu'y a-t-il, Rowan ? Qu'as-tu dit à propos de Yuri ?

Mona eut l'impression que Rowan croyait continuer à parler, sans se rendre compte qu'aucun son ne sortait de sa bouche.

– Rowan, s'il te plaît, dis-moi, supplia Mona.

Sans la quitter du regard, Rowan leva sa main droite et la passa dans ses cheveux.

Un bruit vint distraire l'attention de Mona. Deux hommes parlaient, Michael et un autre.

Soudain retentirent des cris ou des rires de femme. Mona n'aurait su dire.

Elle se tourna et regarda vers les grilles. Tante Béatrice arrivait en titubant, le long de la piscine, une main plaquée sur sa bouche et l'autre tendue vers l'avant, comme pour amortir sa chute si elle venait à tomber. Elle criait. Ses cheveux, habituellement retenus sur la nuque par un chignon, tombaient sur ses épaules. Sa robe de soie était tachée et mouillée.

Michael et un homme vêtu d'un costume sombre et austère la suivaient tant bien que mal en échangeant des paroles.

Béatrice, secouée de sanglots, pleurait à chaudes larmes. Ses talons s'enfonçaient dans la terre molle, mais rien n'aurait pu l'arrêter.

– Béa, que se passe-t-il ? demanda Mona en bondissant sur ses pieds.

Rowan se leva aussi en regardant Béatrice courir à travers la pelouse, se tordre la cheville puis arriver jusqu'à elle.

– Ils l'ont fait, Rowan, dit-elle, à bout de souffle. Ils l'ont tué. La voiture a débouché dans le virage. Ils l'ont tué. Je l'ai vu de mes propres yeux.

Mona s'approcha de sa tante qui, de son bras gauche, la prit par la taille, tendant le droit vers Rowan. Rowan prit le bras qui lui était offert dans ses deux mains.

– Béa, qui ont-ils tué ? Qui ? cria Mona. Aaron ?

– Oui, répondit Béa, hébétée, d'une voix à peine audible. Aaron. Ils l'ont tué. J'ai tout vu. La voiture a débouché de Saint Charles Avenue. Je lui avais proposé de le conduire en voiture mais il préférait marcher. La voiture l'a heurté volontairement et est repassée trois fois sur son corps.

Au moment où Michael arrivait, Béa s'effondra. Il la rattrapa de justesse et elle se mit à pleurer contre sa poitrine. Les cheveux devant les yeux, elle battait des bras en tremblant, comme un oiseau qui ne sait pas encore voler.

L'homme en costume était un policier. Mona avait aperçu son arme et son holster. C'était un Sino-Américain au visage doux.

– Je suis vraiment désolé, dit-il avec un fort accent de La Nouvelle-Orléans.

Mona n'avait jamais entendu un tel accent chez un homme si manifestement chinois.

– Ils l'ont tué ? demanda Mona d'une toute petite voix, regardant alternativement les deux hommes.

Michael réconfortait Béa par des baisers et des caresses dans les cheveux. Mona n'avait encore jamais vu Béa pleurer ainsi. Au même instant, deux pensées lui vinrent à l'esprit : Yuri devait être déjà mort et Aaron venait d'être assassiné. Cela signifiait probablement que toute la famille était en danger.

Rowan s'adressa calmement au policier :

– Je veux voir le corps. Pouvez-vous m'emmener ? Je suis médecin. Je dois le voir. Laissez-moi une minute pour m'habiller.

Michael eut-il le temps d'être sidéré ? Finalement, ce moment devait finir par arriver. L'horrible Mary Jane n'avait-elle pas dit : « Elle écoute. Elle parlera quand elle sera prête » ?

Ignorant l'aimable policier qui suggérait qu'elle ne devrait pas voir le corps, Rowan dit :

– Béa a besoin de Michael.

Elle tendit la main et saisit le poignet de Mona.

– Et moi j'ai besoin de toi, ajouta-t-elle. Tu m'accompagnes ?

– Oh oui !

3

Il avait promis au petit homme de le rejoindre à l'intérieur de l'hôtel un peu plus tard.

– Si tu viens avec moi, avait dit Samuel, tout le monde te remarquera. Garde tes lunettes noires.

Yuri avait accepté. Cela lui était égal d'attendre un peu dans la voiture devant l'élégante entrée du Claridge. Rien n'était plus réconfortant que la ville de Londres depuis qu'il avait quitté la lande de Donnelaith.

Cette lande demeurerait un souvenir épouvantable. Comment avait-il pu être assez imprudent pour y aller seul chercher des informations sur les Petites Gens et les Taltos ? Il avait trouvé ce qu'il cherchait, mais il avait pris une balle de calibre 38 dans l'épaule.

Le choc avait été effroyable. Il n'avait encore jamais été blessé par balle. Mais les Petites Gens avaient été un choc encore plus grand.

Affalé à l'arrière de la Rolls, il revit la scène : une nuit hantée de lourds nuages, le sentier de montagne presque impraticable et le son des tambours et des cors ricochant sur les falaises.

Ce fut en apercevant les petits hommes dans leur cercle qu'il se rendit compte qu'ils chantaient. Ils avaient des voix de baryton et les paroles de leurs chants étaient incompréhensibles.

Jusque-là, il n'avait pas réellement cru à leur existence.

Les formes rabougries et bossues tournaient dans le cercle, levant leurs courts genoux, se balançant d'avant en arrière, laissant exploser leurs voix. Certains buvaient dans des chopes, d'autres à même la bouteille. Ils portaient leurs cartouchières à l'épaule et tiraient des coups de pistolet dans la nuit en riant comme des sauvages. Le bruit des coups de feu ressemblait plutôt à celui de pétards. Le bruit des tambours était bien plus assourdissant et les cornemuses gémissaient des mélodies grinçantes.

Lorsque la balle le frappa, il crut qu'elle venait de l'un d'entre eux, une sentinelle, peut-être. Il faisait erreur.

Trois semaines s'étaient écoulées avant qu'il ne quitte la lande.

Et maintenant, le Claridge, et l'occasion d'appeler La Nouvelle-Orléans, de parler à Aaron et à Mona, d'expliquer son long silence.

Quant au danger que représentaient Londres, la proximité de la maison mère du Talamasca et de ceux qui en voulaient à sa vie, il se sentait bien plus en sécurité ici que dans la lande, peu avant que la balle ne l'atteigne.

Le moment de monter était venu. Il allait rencontrer le mystérieux ami de Samuel, qui était déjà arrivé et dont il ignorait tout. Yuri suivait à la lettre ce que lui demandait ce petit homme : il lui avait sauvé la vie, l'avait soigné et tenait à lui faire rencontrer un ami qui avait une « importance capitale dans tout ce drame ».

Yuri descendit de la voiture, aidé sur-le-champ par un portier serviable. Son épaule droite était douloureuse.

L'air était d'un froid mordant. Il entra dans le hall de l'hôtel et prit le grand escalier tournant sur la droite.

Les doux accords d'un quatuor d'instruments à cordes sortaient du bar proche. L'ambiance de l'hôtel était apaisante. Il se sentait presque heureux.

Aucun de ces Anglais affables, le portier, les garçons d'ascenseur, le client qu'il croisa dans l'escalier, ne semblait avoir remarqué ses vêtements crasseux. Par convenance, sans doute.

Il prit le couloir jusqu'à la porte de la suite, dont le petit homme lui avait expliqué l'emplacement, la trouva ouverte et entra. La petite entrée donnait sur un grand salon démodé mais luxueux, comme le petit homme le lui avait décrit.

Samuel était à genoux devant la cheminée, qu'il alimentait en bûches. Il avait ôté sa veste de tweed et sa chemise blanche était tendue sur ses bras déformés et sa bosse.

– C'est ici. Entre, Yuri, dit-il sans lever les yeux.

Yuri avança. L'autre homme était là.

Son aspect était aussi étrange que celui du petit homme, mais dans un sens radicalement opposé. Il était démesurément grand, avec une peau très blanche et des cheveux sombres. Ses longs cheveux tranchaient sur son costume noir d'excellente facture, sa chemise d'un blanc immaculé et sa cravate rouge foncé. Il avait un air très romantique. Ce fut le premier mot qui lui vint à l'esprit. L'homme ne paraissait pas particulièrement athlétique. Ce n'était donc pas un de ces dieux du stade ou des terrains de basket.

Yuri croisa son regard sans timidité. Cette silhouette extraordinaire n'avait rien de menaçant. Son visage était doux et jeune, presque « joli » pour un homme, avec ses longs cils épais et ses lèvres presque androgynes. Seules ses quelques mèches blanches lui donnaient un air d'autorité, ce dont il ne semblait pas être le genre à abuser. Ses yeux noisette étaient plutôt grands et observaient Yuri d'un air interrogateur. Le tout était très massif, à part les mains, trop grandes et aux doigts trop fins. Comme des pattes d'araignée, songea Yuri.

– Vous êtes donc le gitan, dit l'homme d'une voix agréable, presque sensuelle, très différente de la voix grave du nain.

– Entre et assieds-toi, dit Samuel avec impatience.

Le feu avait pris et il l'attisait avec un soufflet.

– J'ai commandé quelque chose à manger, ajouta-t-il. Je voudrais que tu ailles dans la chambre quand on l'apportera. Je ne veux pas qu'on te voie.

– Merci, dit simplement Yuri.

Il s'aperçut soudain qu'il n'avait pas ôté ses lunettes noires. Les couleurs de la pièce lui parurent soudain plus vives, malgré les meubles tendus de velours vert foncé et les rideaux à fleurs démodés.

Le Claridge. Il était descendu dans bien des hôtels, dans le monde entier, mais encore jamais au Claridge. À Londres, il séjournait toujours dans la maison mère, qui lui était désormais interdite.

– Mon ami m'a appris que vous étiez blessé, dit le grand homme en s'approchant.

Il le regardait avec une telle gentillesse que sa taille n'avait rien d'effrayant.

– Je vais bien. C'était un balle, mais votre ami l'a extraite. Je serais mort sans lui.

– C'est ce qu'il m'a dit. Vous savez qui je suis ?

– Non.

– Vous savez ce qu'est un Taltos ? C'est ce que je suis.

Yuri resta muet. Il était aussi surpris que lorsqu'il avait appris que les Petites Gens existaient réellement. Pour lui, Taltos signifiait Lasher, le tueur, le monstre, la menace. Il était trop choqué pour parler. Il se contenta de fixer l'homme, se disant qu'à part les mains il ressemblait ni plus ni moins à un géant humain.

– Pour l'amour de Dieu, Ash ! s'exclama le nain. Sois un peu diplomate, pour une fois.

Il épousseta son pantalon. Le feu était vigoureux. Samuel s'assit sur un fauteuil qui semblait très confortable. Ses pieds ne touchaient pas le sol.

Impossible de lire quoi que ce fût sur son visage ridé. Était-il réellement fâché ? Les plis de sa peau masquaient toute expression. En fait, tout était dans la voix, chez ce petit homme. Ses doigts courts tambourinaient sur les accoudoirs en tapisserie.

Yuri avança vers le canapé et s'assit à une extrémité. Le grand homme s'était approché de la cheminée et admirait le feu. Yuri ne voulait pas avoir l'air de le regarder avec curiosité.

– Un Taltos, dit-il enfin. Pourquoi voulez-vous me parler ? Pourquoi voulez-vous m'aider ? Qui êtes-vous et pourquoi êtes-vous ici ?

– Vous avez vu l'autre? demanda l'homme en se retournant.

Il regarda Yuri d'un air presque timide. Cet homme serait d'une beauté à vous couper le souffle s'il n'avait pas ces mains dont les jointures ressemblaient à des nœuds.

– Non, je ne l'ai jamais vu.

– Mais vous êtes certain qu'il est mort?

– Sûr et certain, répondit Yuri.

Le géant et le nain. Il n'y avait pas de quoi rire, mais c'était presque drôle. L'anormalité du géant le rendait agréable à regarder tandis que celle du nain lui donnait un air méchant et dangereux. Et, pourtant, c'était l'œuvre de la nature. Cela sortait du cadre des faits dans lesquels croyait Yuri.

– Est-ce que ce Taltos avait une compagne? demanda le grand. Je veux dire, un autre Taltos, une femelle?

– Non, sa compagne était une femme du nom de Rowan Mayfair. Je l'ai dit à votre ami. Elle était à la fois sa mère et sa maîtresse. Elle est ce que nous appelons une sorcière, au Talamasca.

– Ouais, dit le petit. Nous aussi nous appelons cela une sorcière. Il y a un tas de sorcières puissantes dans cette histoire, Ashlar. Il s'agit d'une lignée de sorcières. Laisse-le te raconter tout cela.

– Ashlar, c'est votre nom? demanda Yuri.

Quatre heures avant de quitter La Nouvelle-Orléans, Aaron avait résumé pour lui l'histoire de Lasher, le démon de la lande. Saint Ashlar, ce nom revenait tout le temps.

– Oui, dit le grand. Ash est un diminutif. Je le préfère nettement, d'ailleurs. Sans vouloir être impoli, je le préfère tellement qu'en général je ne réponds pas à l'autre.

Il avait dit cela d'un ton ferme mais courtois.

Le nain se mit à rire.

– Je l'appelle Ashlar quand je veux l'obliger à m'écouter, dit-il.

Le grand ignora cette réflexion. Il se réchauffait les mains au-dessus du feu.

– Vous souffrez, n'est-ce pas? demanda-t-il en se détournant du feu.

– Oui, excusez-moi si cela se voit. La blessure est placée de telle façon que le moindre mouvement me fait mal. Me permettez-vous de m'installer un peu plus confortablement ? Vous savez, mon esprit est un vrai champ de bataille, en ce moment. Pourriez-vous m'expliquer qui vous êtes ?

– C'est à vous de parler. Que vous est-il arrivé ?

– Yuri, intervint le nain avec une légère impatience, je t'ai déjà dit que cet homme est mon plus vieil ami et mon plus vieux confident au monde. Il connaît parfaitement le Talamasca. S'il te plaît, fais-lui confiance. Dis-lui ce qu'il veut savoir.

– Je vous fais confiance, répondit Yuri. Mais j'aimerais savoir pourquoi je devrais tout vous raconter. Qu'allez-vous faire de ce que je vais vous apprendre ?

– Vous aider, bien sûr, dit doucement le grand en hochant la tête. Samuel m'a dit que les gens du Talamasca veulent vous tuer. J'ai du mal à le croire. À ma façon, j'ai toujours aimé cet ordre. Je m'en protège, comme contre tout ce qui est susceptible de me gêner, mais les gens du Talamasca ne sont pas mes ennemis. Du moins, plus depuis longtemps. Qui vous a blessé ? Êtes-vous certain que ces gens appartenaient à l'ordre ?

– Non, je n'en suis pas sûr. Voici, brièvement, mon histoire. Jeune orphelin, j'ai été recueilli au Talamasca par un homme s'appelant Aaron Lightner. Samuel sait qui il est.

– Moi aussi, dit le grand.

– Toute ma vie d'adulte, j'ai servi l'ordre. J'ai énormément voyagé et rempli des missions dont je ne saisissais pas toujours les tenants et les aboutissants. Mon plus grand moteur était ma loyauté envers Aaron Lightner. Lorsqu'il est parti à La Nouvelle-Orléans pour enquêter sur une famille de sorcières, les choses ont commencé à aller de travers. Il s'agit de la famille Mayfair. J'ai lu son histoire dans les archives avant que leur accès ne me soit interdit. Le Taltos est né de Rowan Mayfair.

– Qui est ou était le père ? demanda le grand.

– C'était un homme.

– Un mortel ? Vous êtes sûr ?

– Catégorique. Mais ce n'est pas tout. Depuis de nombreuses générations, cette famille était hantée par un esprit qui était à la fois bon et mauvais. Il a pris possession de l'enfant qu'attendait Rowan Mayfair et est devenu ainsi un être humain. À sa naissance, il était déjà adulte et doté de l'esprit de la créature qu'il était avant. La famille l'appelait Lasher. Je ne l'ai jamais entendu nommer autrement. Maintenant, il est mort, comme je vous l'ai dit.

Le grand homme était sidéré. En hochant la tête, il se dirigea vers un fauteuil, s'assit en se tournant poliment vers Yuri et croisa les jambes. Il se tenait très droit, aucunement gêné par sa taille.

– D'un sorcier et d'une sorcière ! murmura-t-il.

– Exactement, approuva Yuri.

– Exactement, dites-vous ? Qu'entendez-vous par là ?

– Il existe des preuves génétiques. C'est le Talamasca qui les détient. Au fil des générations, la famille se transmet des gènes supplémentaires. Des gènes de Taltos qui, jusqu'alors, n'avaient rien donné de particulier. Mais, cette fois, phénomène de sorcellerie ou de possession, un Taltos est venu au monde.

Le grand homme sourit. Yuri fut surpris de la douceur de son sourire.

– Vous parlez comme tous les gens du Talamasca, ou comme un prêtre de Rome.

– Eh bien, tout ce que j'ai appris vient des archives en latin du Talamasca. L'histoire qu'ils ont écrite sur Lasher remonte au XVIIe siècle. Je l'ai lue en totalité, comme celle des Mayfair, leur ascension vers la richesse et le pouvoir, leurs agissements secrets avec Lasher. Et j'ai lu une centaine d'autres dossiers.

– Ah bon ?

– Pas sur les Taltos, si c'est ce que vous avez cru. Je n'en avais jamais entendu parler avant d'aller à La Nouvelle-Orléans. Deux membres du Talamasca ont été tués en voulant libérer ce Taltos, Lasher, de l'homme qui a fini par le tuer. Mais je ne peux pas raconter cette histoire.

– Pourquoi ? Je veux savoir qui l'a tué.

– Je vous le dirai quand je vous connaîtrai mieux, quand vous m'aurez raconté votre part de récit.

– Que puis-je raconter ? Je suis Ashlar. Je suis un Taltos. Je n'ai pas vu un seul membre de mon espèce depuis des siècles. Oh, il y en a eu d'autres. J'ai entendu parler d'eux, je les ai cherchés et, une fois ou deux, je les ai presque trouvés. Je dis bien « presque ».

– D'après ce que vous dites, vous devez être bien vieux.

– Comment savoir ? Je suis probablement vieux. J'ai quelques cheveux blancs, comme vous pouvez le constater. Mais j'ignore mon âge, ce que sera mon déclin et combien de temps cela prendra en années « humaines ». Quand je vivais heureux parmi les miens, j'étais trop jeune pour comprendre ce qui m'attendait au cours de ce long voyage solitaire. Et Dieu ne m'a pas doté d'une mémoire surnaturelle. Tout comme un homme ordinaire, certains de mes souvenirs sont très clairs et d'autres se sont effacés.

– Le Talamasca est au courant de votre existence ? Il faut absolument me le dire. J'étais autrefois totalement dévoué au Talamasca.

– Dites-moi pourquoi cela a changé.

– Comme je vous l'ai dit, Aaron Lightner est parti pour La Nouvelle-Orléans. C'est un expert en matière de sorcières et nous étudions les sorcières.

– On avait compris, dit le nain. Continue.

– Samuel, un peu de tact, s'il te plaît.

– Ne fais pas l'imbécile, Ash, ce gitan est en train de tomber amoureux de toi !

Le Taltos en fut choqué et indigné. La colère commença à monter en lui, mais il secoua la tête, croisa les bras et se calma. Il maîtrisait parfaitement ses émotions.

Quant à Yuri, il était à nouveau sidéré. Décidément, son nouveau monde ne semblait fait que de chocs et de révélations.

Il détourna les yeux, vexé. Il n'avait pas le temps de s'étendre sur sa vie, de raconter comment Aaron Lightner était devenu son pygmalion et le pouvoir qu'exerçaient sur lui les hommes à forte personnalité.

Le Taltos regardait froidement le petit homme.

Yuri poursuivit le résumé de sa vie.

– Aaron Lightner a aidé les sorcières Mayfair dans leur lutte incessante contre l'esprit Lasher. Il ignorait d'où venait cet esprit et qui il était en réalité. Il savait seulement qu'une sorcière l'avait invoqué par erreur à Donnelaith, en 1665.

» Après que la créature fut devenue humaine et eut causé la mort d'un grand nombre de sorcières, Aaron Lightner l'a rencontrée. Il a appris de sa propre bouche qu'il était le Taltos, qu'il avait déjà vécu dans un corps, à l'époque du roi Henri, et qu'il était mort à Donnelaith, dans la lande qu'il a hantée par la suite jusqu'à ce que la sorcière l'invoque.

» À ma connaissance, cela ne figure dans aucun dossier du Talamasca. À peine trois semaines se sont écoulées depuis la mort de la créature. Mais il se peut que cela soit rapporté dans un dossier secret. Dès que le Talamasca a su que Lasher s'était réincarné, ou quel que soit le terme que l'on puisse employer, il a tenté de s'en emparer pour servir son propre dessein. Il aurait froidement éliminé plusieurs personnes pour y parvenir. En tout cas, ces gens n'étaient pas de mèche avec Aaron, qui se sentait même trahi par eux. C'est pourquoi je vous demande une nouvelle fois s'ils sont au courant de votre existence.

– Oui et non, dit le géant. Vous n'êtes pas en train de me mentir ?

– Ash, arrête de dire des trucs bizarres, dit le nain, qui s'était assis en arrière, ses courtes jambes dépassant du siège, bien à l'horizontale.

Ses doigts étaient accrochés au revers de sa veste et le col de sa chemise était ouvert. Une lueur éclaira ses yeux.

– C'était une simple remarque, Samuel. Un peu de patience. Toi aussi, arrête de dire des trucs bizarres.

Il adressa un regard légèrement ennuyé à Yuri.

– Je vais répondre à votre question, Yuri. Le Talamasca d'aujourd'hui n'a probablement jamais entendu parler de moi. Il faudrait être un génie pour dénicher quoi que ce soit sur nous dans ses archives. Je n'ai jamais bien compris l'intérêt de ce que l'on y trouve. J'en ai lu quelques manuscrits une fois, il y a des siècles, et cela m'a bien fait rire. Mais, à l'époque, tout langage écrit me paraissait naïf et touchant. Cela m'arrive encore.

Pour Yuri, ce détail était fascinant. Le nain avait raison. Il était en train de tomber sous le charme de cet être.

– Quel type de langage ne vous fait pas rire ? demanda Yuri.

– L'argot moderne. Le réalisme dans la fiction et le journalisme, qui est rempli d'expressions familières. C'est souvent totalement exempt de naïveté. Cette forme de langage a perdu tout formalisme et se cantonne à une extrême réduction. La façon dont les gens écrivent aujourd'hui est une sorte de sifflement par rapport aux chansons qu'ils écrivaient autrefois.

Yuri se mit à rire.

– Je crois que vous avez raison, dit-il. Mais cela ne s'applique pas aux dossiers du Talamasca.

– Non. Comme je vous le disais, ils sont mélodieux et amusants.

– Mais il y a document et document. Vous pensez donc qu'ils ne sont pas au courant de votre existence ?

– J'en suis fermement persuadé. Et votre récit renforce ma conviction. Mais poursuivez. Qu'est-il arrivé au Taltos ?

– Ils ont essayé de l'emmener mais il est mort pendant leur tentative. Ceux qui ont tué le Taltos ont également tué les hommes du Talamasca. Mais, avant de mourir, ils ont révélé qu'ils avaient une femelle Taltos en leur possession et qu'ils essayaient de réunir le mâle et la femelle depuis des siècles. Et ils ont avoué que c'était le but non avoué de l'ordre. Leur objectif clandestin et occulte, dirai-je. Cela a complètement démoralisé Aaron Lightner.

– Je comprends pourquoi.

Yuri poursuivit :

– Le Taltos, Lasher, n'a pas semblé surpris. On aurait dit qu'il s'en doutait. Dans sa précédente incarnation, le Talamasca avait essayé de l'emmener loin de Donnelaith, peut-être pour l'accoupler avec la femelle. Mais il ne leur faisait pas confiance et il a refusé de les accompagner. Il était prêtre, à l'époque. Il passait pour un saint.

– Saint Ashlar, dit le nain. Saint Ashlar, celui qui revient toujours.

Le grand homme baissa légèrement la tête. Il balaya le tapis du regard comme s'il était en train de déchiffrer ses motifs orientaux. Il regarda Yuri sans relever la tête, de sorte que ses sourcils sombres projetaient une ombre sur ses yeux.

– Saint Ashlar, répéta-t-il d'une voix triste.

– Êtes-vous cet homme ?

– Je ne suis pas un saint, Yuri. Me permettez-vous de vous appeler par votre prénom ? Ne parlons pas de saints, je vous en prie...

– Appelez-moi Yuri. Puis-je vous appeler Ash ? Ce que je vous demande, c'est si vous êtes cet homme. Celui que l'on disait être un saint. C'est une histoire qui remonte à des siècles et nous sommes tranquillement assis dans ce salon pendant que le serveur frappe à la porte. Il faut me le dire. Je ne pourrai pas me protéger contre mes propres frères du Talamasca si vous ne m'aidez pas à comprendre ce qu'il se passe.

Samuel glissa de son siège et se dirigea vers la porte.

– Passe dans la chambre, Yuri.

Yuri se leva. Il eut très mal à l'épaule pendant un moment, mais il entra dans la chambre et ferma la porte. Il se retrouva dans une pièce peu éclairée dont les rideaux filtraient la lumière du matin. Il décrocha le téléphone, enfonça le bouton d'appel direct, composa l'indicatif des États-Unis, puis hésita.

Il se sentait incapable de mentir pour rassurer Mona. Il était impatient de parler à Aaron et de lui raconter tout ce qu'il savait.

Tout au long du trajet pour revenir d'Écosse, il avait plusieurs fois ressenti le même dilemme devant une cabine téléphonique, jusqu'au moment où le nain lui avait demandé de remonter dans la voiture.

Que dire à son tendre amour ? Et que dire à Aaron pendant le peu de temps où il aurait l'occasion de lui parler ?

En hâte, il composa l'indicatif de La Nouvelle-Orléans et le numéro des Mayfair, à Amelia Street. Il attendit en se demandant si ce n'était pas le milieu de la nuit en Amérique, et s'aperçut avec horreur que c'était le cas.

En dépit des circonstances, ce n'était pas très délicat de sa part. Quelqu'un répondit. Une voix qu'il connaissait mais qu'il n'arrivait pas à identifier.

– J'appelle d'Angleterre. Je suis désolé d'appeler à une heure pareille, mais j'essaie de joindre Mona Mayfair, dit-il. J'espère que je n'ai pas réveillé toute la maison.

– Yuri ? interrogea la femme.

– Oui, répondit-il, à peine surpris que la femme ait reconnu sa voix.

– Yuri, Aaron Lightner est mort, annonça la femme. Je suis Célia, une cousine de Béatrice. Et de Mona. Aaron a été tué.

Il s'écoula un long moment pendant lequel Yuri ne put ni parler ni réfléchir. Son corps entier fut pris d'une peur indicible. Il ne reverrait plus jamais Aaron, ils ne discuteraient plus ensemble. Aaron était parti pour toujours.

Il était incapable de remuer les lèvres pour dire quelque chose.

– Je suis désolée, Yuri. Nous étions inquiets pour vous. Mona se fait beaucoup de souci. Où êtes-vous ? Pouvez-vous appeler Michael Curry ? Je vous donne le numéro.

– Je vais bien, réussit-il à murmurer. Et j'ai le numéro.

– Mona est là-bas, Yuri. Dans l'autre maison. Dites-leur où vous êtes, si vous allez bien et comment ils peuvent vous joindre.

– Mais, pour Aaron..., dit-il misérablement, incapable d'aller plus loin.

Sa voix lui paraissait faible en comparaison de la vague d'émotions terribles qui s'était abattue sur lui, menaçant son équilibre et ses facultés.

– Il s'est fait renverser par une voiture. Il venait de l'hôtel Pontchartrain, où il avait laissé Béatrice qui y installait Mary Jane Mayfair. Béatrice s'apprêtait à entrer dans l'hôtel lorsqu'elle a entendu le bruit. Mary Jane et elle ont tout vu. La voiture a renversé Aaron et est repassée plusieurs fois sur son corps.

– Alors, c'est un meurtre ?

– Absolument. Ils ont attrapé le chauffard. C'est un pauvre type. Il a été payé cinq mille dollars en liquide, mais il ne connaît pas l'identité de celui qui l'a engagé. Il essayait de faire son coup depuis une semaine et il avait déjà dépensé la moitié de la somme.

Yuri avait envie de raccrocher. Poursuivre cette conversation était au-dessus de ses forces. Il se passa la langue sur la lèvre supérieure et se força à parler.

– Célia, soyez gentille de communiquer ce message pour moi à Mona et à Michael : je suis en Angleterre et en bonne santé. Je les rappellerai bientôt. Je suis très prudent. Et... transmettez toute ma sympathie à Béatrice.

– Je le leur dirai.

Il raccrocha. Avait-il ajouté quelque chose ? Il ne s'en souvenait même pas. Il demeura silencieux. Les couleurs pastel de la chambre étaient apaisantes. Le reflet de la lumière dans le miroir était doux et magnifique. Toutes les odeurs de la pièce étaient agréables.

Aliénation. Absence de confiance dans les autres. Bonheur perdu. Aaron éliminé, non pas du passé, mais du présent et de l'avenir.

Combien de temps était-il resté immobile ? Il lui sembla qu'il était planté depuis une éternité près de la table de chevet. Il savait qu'Ash, le grand, était entré dans la pièce. Mais il ne faisait aucun geste pour arracher Yuri du téléphone. La voix sympathique de cet homme atteignit enfin Yuri.

– Pourquoi pleurez-vous, Yuri ?

Sa voix avait la pureté de celle d'un enfant.

– Aaron Lightner est mort, répondit-il. Je ne l'avais pas prévenu qu'on avait essayé de me tuer. J'aurais dû le faire. J'aurais dû l'avertir...

La voix corrosive de Samuel lui parvint de la porte.

– Il savait, Yuri. Tu m'as dit qu'il t'avait conjuré de ne pas revenir ici et qu'ils s'en prendraient à lui à la première occasion.

– Oui, mais...

– Ne vous sentez pas coupable, mon jeune ami, dit Ash.

Yuri sentit les énormes mains se refermer gentiment sur ses épaules.

– Aaron... Aaron était comme mon père, dit Yuri d'une voix monotone. Il était mon frère. Et mon ami.

Tout au fond de lui, la peur atroce de la mort vint se mêler au chagrin et au remords. Il lui semblait impossible que cet homme ait disparu à jamais. Mais, tôt ou tard, cette vérité finirait par s'imposer.

Yuri avait la même sensation que lorsque, petit garçon, dans un village de Yougoslavie, il se tenait auprès du corps de sa mère. Il n'avait jamais ressenti une souffrance identique depuis ce jour-là. C'était insupportable. Il serra les dents pour ne pas pleurer.

– Le Talamasca l'a tué, dit Yuri. Qui d'autre ? Lasher, le Taltos, est mort. Ce ne peut être lui. Le Talamasca est responsable de tous les meurtres. Lasher tuait des femmes mais pas des hommes.

– Est-ce Aaron qui a tué le Taltos ? demanda Ash. C'était lui le père ?

– Non, mais il aimait une des femmes Mayfair. Sa vie est aussi détruite, aujourd'hui.

Il avait envie de s'enfermer dans la salle de bains. Pour quoi faire ? Juste s'asseoir sur le sol de marbre, remonter ses genoux sous son menton et pleurer.

Mais les deux hommes l'entraînèrent doucement vers le salon, le firent asseoir sur le canapé, le plus grand faisant attention à ne pas toucher son épaule douloureuse. Le petit se précipita pour préparer du thé chaud et rapporta des biscuits sur une assiette. C'était frugal, mais tentant.

Le pouls de Yuri s'était accéléré. La chaleur du feu était trop forte. Il transpirait. Il ôta son pull-over, oubliant sa blessure. La douleur fut foudroyante. Il avait aussi oublié qu'il n'avait rien sous son pull-over et se retrouva torse nu, son vêtement dans la main.

Il entendit un bruit. Le nain était allé lui chercher une chemise blanche enveloppée dans son emballage de teinturerie. Yuri la prit, la sortit de l'emballage, la déboutonna et l'enfila. Elle était dix fois trop grande pour lui. Ce devait être une chemise d'Ash. Il remonta les manches et la boutonna, content d'être à nouveau vêtu. Il se sentait à l'aise, comme dans une veste de pyjama. Son pull-over était sur le tapis, couvert de brins d'herbe, de brindilles et de boue.

– Et moi qui avais cru bien faire en lui cachant que j'étais blessé. Je ne voulais pas l'inquiéter. Je voulais attendre ma guérison complète avant de le contacter puis lui dire que tout allait bien.

– Pourquoi le Talamasca aurait-il tué Aaron Lightner ? demanda Ash.

Il s'était rassis et, droit comme un I, tenait ses mains serrées entre ses genoux.

Yuri avait l'impression de se réveiller après une syncope et de redécouvrir ce qui l'entourait. Il remarqua le bracelet noir de la montre d'Ash et la montre en or à affichage numérique. Il aperçut le bossu aux cheveux roux près de la fenêtre, qu'il avait entrebâillée à cause de la chaleur. Il sentait un courant d'air glacial s'insinuer dans la pièce.

– Pourquoi, Yuri ? répéta Ash.

– Je n'en sais rien. J'espérais que nous nous trompions. Que le Talamasca n'avait pas joué un rôle si important dans cette affaire, qu'il n'avait pas tué tant d'innocents. Que ce n'était pas vrai qu'il détenait la femelle Taltos. Je ne peux me résoudre à croire qu'il ait eu un objectif aussi futile. Sans vouloir vous offenser...

– Ne craignez rien.

– J'ai toujours cru que ses intentions étaient pures. Que c'était un ordre d'érudits qui se contentaient d'étudier et d'archiver leurs observations sans jamais intervenir. Des sortes d'observateurs du surnaturel. J'ai été complètement aveugle. Ils ont tué Aaron parce qu'il avait tout compris. Et c'est aussi pourquoi ils doivent me tuer. Ils ne veulent pas que quelqu'un se mette en travers de leur chemin. Ils font certainement surveiller la maison mère pour m'empêcher à tout prix d'y entrer. Les lignes téléphoniques doivent être surveillées et ils intercepteraient tout fax que je pourrais envoyer. Ils maintiendront toutes ces mesures de sécurité jusqu'à ce que je sois mort.

» Qui risquera de les démasquer, alors ? Qui pourra révéler ce terrible secret aux frères et aux sœurs du Talamasca, leur annoncer que l'ordre est mauvais, que toutes les vieilles maximes de l'Église catholique sont finalement vraies : ce qui est surnaturel et ne vient pas de Dieu est mauvais. Trouver le Taltos mâle ! L'accoupler à la femelle !

Il leva les yeux. Ash avait l'air triste. Samuel, appuyé contre la fenêtre refermée, avait lui aussi l'air accablé.

Il poursuivit :

– Ash, vous évaluez le temps en siècles, nous en années. Le Talamasca peut très bien détenir la femelle depuis des siècles et, dans ce cas, l'accouplement pourrait avoir été son objectif depuis sa création. Il s'agirait alors d'une toile tissée en secret depuis le début, dont les membres d'aujourd'hui ignoreraient tout ! À leur insu, les Aînés leur feraient rechercher une seule créature, un Taltos mâle capable de se reproduire si rapidement et si parfaitement que son espèce prendrait bientôt le contrôle du monde. Et peut-être même que... ?

Il s'interrompit. Cette pensée ne l'avait encore jamais effleuré. Bien sûr. Peut-être s'était-il déjà lui-même trouvé dans la même pièce qu'un être qui n'était pas humain ? C'était le cas en ce moment même. Qui pouvait dire combien de ces créatures vivaient dans notre monde, se faisant passer pour des humains tout en poursuivant leurs objectifs cachés ? Taltos.

Les deux hommes étaient étrangement calmes. Avaient-ils décidé, sans se concerter, de le laisser vider son sac ?

– Vous savez ce que j'aimerais faire ? leur demanda Yuri.

– Quoi donc ? répondit Ash.

– Aller à la maison mère d'Amsterdam et tuer les Aînés. Le problème, c'est que je ne les trouverai pas. Je ne crois pas qu'ils y soient et je me demande même s'ils existent. Samuel, j'aimerais prendre la voiture. Il faut que j'aille voir mes frères et mes sœurs de la maison mère de Londres.

– Non, dit Samuel. Ils te tueraient.

– Mais ils ne peuvent pas tous être dans le coup. C'est

mon dernier espoir. Je crois que nous avons tous été trompés par quelques-uns. Je dois aller là-bas et les forcer à m'écouter. Il faut que je les avertisse. N'oubliez pas qu'Aaron est mort !

Il s'arrêta. Ses deux étranges amis étaient inquiets pour lui. Le nain avait croisé ses bras grotesques, trop courts pour sa large poitrine. Le froncement de ses sourcils plissait encore davantage son front. Ash l'observait sans bouger.

– Et puis, qu'est-ce que ça peut vous faire ? explosa Yuri. Vous m'avez sauvé la vie mais personne ne vous avait demandé de le faire. Qu'est-ce que je suis pour vous ?

Samuel émit une sorte de grognement qui n'avait rien d'une réponse. Ash prit la parole, d'une voix douce.

– Nous sommes peut-être aussi des gitans, Yuri ?

Yuri ne dit rien. Il ne croyait plus en rien. Sa seule certitude était la mort d'Aaron. Il revit Mona, sa petite sorcière aux cheveux roux. Il revit ses yeux. Il aurait tellement aimé qu'elle soit là.

– Rien, je n'ai plus rien, murmura-t-il.

– Yuri, écoutez-moi bien, intervint Ash. Le Talamasca n'a pas été fondé pour rechercher le Taltos. Vous pouvez me croire sur parole. Je ne connais rien des Aînés d'aujourd'hui, mais je les ai connus autrefois. Et non, Yuri, ils n'étaient pas des Taltos à l'époque et je ne pense pas que ceux d'aujourd'hui le soient. Une femelle Taltos est aussi têtue et puérile qu'un mâle. S'il y en avait eu une parmi eux, elle se serait immédiatement précipitée vers ce Lasher. Elle n'aurait pas pu s'en empêcher. Pourquoi envoyer des mortels pour capturer une telle proie ? Je sais qu'à vos yeux je n'ai rien de particulier, mais vous seriez surpris par tout ce que j'aurais à vous raconter. Rassurez-vous. Vos frères et vos sœurs ne sont pas les dupes de l'ordre. Mais vous ne vous trompez pas complètement. Ce ne sont pas les Aînés qui ont tenté de s'emparer de Lasher mais, probablement, un groupuscule au sein de l'ordre qui a découvert les secrets de cette race ancienne.

Ash s'arrêta. La musique de ses paroles laissa la place au silence. Il regardait toujours Yuri avec patience.

– Vous devez avoir raison, dit Yuri. Le contraire serait insupportable.

– Nous avons les moyens de découvrir la vérité, reprit Ash. Tous les trois. Je vous ai trouvé sympathique dès notre rencontre et j'ai envie de vous aider, mais, pour être franc, j'ai une autre raison pour le faire. Je me rappelle le temps où le Talamasca n'existait pas. Il y avait un seul homme, à l'époque. Il avait une bibliothèque pas plus grande que cette pièce. Ensuite, ils ont été deux, puis trois, puis cinq, puis dix. Je connaissais et j'aimais les hommes qui ont fondé l'ordre. Ma propre histoire et tous ses secrets sont quelque part dans leurs archives, qui ont été traduites en langage moderne et stockées dans des ordinateurs.

– Ce qu'il veut dire, interrompit Samuel, c'est que nous ne voulons pas que le Talamasca soit subverti. Nous ne voulons pas qu'il dévie de ses objectifs d'origine. Il en sait bien trop sur nous, et sur bien d'autres choses, du reste. En ce qui me concerne, ce n'est pas une question de loyauté mais de tranquillité.

– Pour moi, c'est une question de loyauté, dit Ash. De loyauté, d'amour et de gratitude.

– Je comprends, dit Yuri.

Il se sentait très fatigué. Après tant d'émotions, le salut était dans le sommeil.

– Si ce groupuscule était au courant de mon existence, poursuivit Ash en baissant la voix, il me rechercherait comme il l'a fait pour ce Lasher.

Yuri se mit à pleurer sans bruit. Ses yeux embués de larmes fixaient la tasse de thé devant lui. Il ne l'avait pas bue. Il prit la serviette de coton, la déplia et s'essuya les yeux. Elle était un peu rêche.

– Je ne me pose pas en ange gardien du Talamasca, continua Ash. Ce n'est pas mon rôle. Mais, à plusieurs reprises dans le passé, il a été menacé. Si je peux l'empêcher, je ne veux pas que l'ordre soit atteint ou détruit.

– Tu sais, Yuri, dit Samuel, il est facile d'imaginer pourquoi une poignée de renégats du Talamasca voulait mettre la main sur ce Lasher. Rends-toi compte du trophée que cela aurait constitué. Ce sont des êtres humains, ni savants ni magiciens ni représentants d'une quelconque religion, ni même des érudits. Ils veulent tout simplement posséder une de ces créatures rares et indescriptibles pour la surveiller, lui parler, l'examiner et la faire reproduire sous leurs yeux vigilants.

– Ils l'auraient peut-être tout simplement dépecée, dit Ash. Ou l'auraient piquée avec des aiguilles pour voir si elle criait...

– Oui, cela se tient, dit Yuri. Un complot. Des renégats ou des marginaux de l'ordre. Je suis fatigué. J'ai envie de dormir. Je me demande pourquoi je vous ai dit toutes ces choses horribles.

– Je sais, moi, dit Samuel. Ton ami est mort et je n'étais pas là pour le sauver.

– L'homme qui a tenté de vous tuer, dit Ash, vous l'avez tué ?

Samuel lui répondit :

– Non, c'est moi qui l'ai tué. Sans vraiment le faire exprès, d'ailleurs. Soit je le faisais tomber de la falaise, soit il tirait une deuxième fois sur Yuri. J'ai agi par réflexe car je ne savais même pas qui était Yuri. Le cadavre est dans la vallée. Tu veux le trouver ? Heureusement que les Petites Gens l'ont laissé où il était tombé.

– Ah bon ?

Yuri ne disait rien. Il aurait dû retrouver le cadavre, l'examiner et récupérer ses papiers d'identité. Mais il n'avait pas pu. Il était blessé et le terrain était très accidenté. Le cadavre était abandonné pour toujours dans les environs de Donnelaith et les Petites Gens l'y laisseraient pourrir.

Les Petites Gens.

Une fois tombé, il n'avait pu détacher ses yeux de ces petits hommes réunis sur un carré d'herbe loin en dessous de lui, dansant comme autant de Rumplestiltskin des temps modernes. Les lueurs des torches avaient été sa dernière vision avant qu'il ne perde conscience.

En rouvrant les yeux, il avait vu Samuel, son sauveur armé, dont le visage lui avait fait penser à un entrelacs de racines d'arbre. Ils ont voulu me tuer, s'était-il dit. Mais je les ai vus. J'aimerais pouvoir le raconter à Aaron. Les Petites Gens. Je les ai vus...

– C'est un groupe extérieur au Talamasca, dit Ash, le ramenant brusquement à la réalité. Cela ne vient pas de l'intérieur.

Taltos, songea Yuri. J'ai vu un Taltos. Je suis dans la même pièce que lui.

Si l'honneur du Talamasca n'avait pas été terni, si la douleur de son épaule ne lui rappelait pas à chaque instant le monde de violence dans lequel il avait basculé, cette rencontre avec un Taltos aurait été fantastique. Ce devait être la rançon à payer, après tout. Aaron l'en avait prévenu. Il ne pourrait plus jamais en reparler avec lui.

Samuel s'adressa au géant avec une certaine causticité :

– Et comment sais-tu que ce n'est pas un groupe à l'intérieur du Talamasca ?

Le nain avait bien changé depuis leur rencontre. Il était alors vêtu d'un pourpoint et d'une culotte. Assis près du feu, on aurait dit un horrible crapaud tandis qu'il comptait ses cartouches et les remettait dans sa cartouchière. Il buvait du whisky et ne cessait d'en proposer une gorgée à Yuri, qui n'avait jamais été aussi ivre de sa vie.

– Rumplestiltskin, avait dit Yuri.

Le petit homme avait répondu :

– Tu peux m'appeler comme ça, si tu veux. J'ai déjà entendu pire. Mais mon vrai nom est Samuel.

– Dans quelle langue chantent-ils ?

– La nôtre. Tais-toi, maintenant. Tu m'empêches de compter.

Maintenant, le petit homme était confortablement installé sur une chaise civilisée, habillé de façon civilisée, et regardait impatiemment le svelte géant, Ash, qui prenait son temps pour répondre.

– Oui, dit Yuri, davantage pour secouer sa torpeur que par curiosité. Qu'est-ce qui vous fait penser que c'est un groupe de l'extérieur ?

Oublier le froid glacial, l'obscurité, les tambours et la douleur.

– Tout cela est trop maladroit, répondit Ash. Une balle de pistolet, une voiture qui renverse Aaron Lightner. Il y a trente-six mille façons de tuer quelqu'un discrètement. Les érudits ne peuvent l'ignorer. Ils l'ont appris en étudiant les sorcières, les magiciens et autres princes des ténèbres. Non. Ils ne seraient pas allés dans la lande pour traquer un homme comme un gibier. Ce n'est pas possible.

– Ash, aujourd'hui les armes à feu sont courantes dans la vallée, dit Samuel. Si les Petites Gens s'en servent, pourquoi pas les magiciens ?

– Dans la vallée, c'est une question de survie, Samuel, tu le sais bien. Les gens du Talamasca ne sont pas des monstres traqués et espionnés qui doivent vivre à l'écart du monde dans une contrée hostile et qui sèment la terreur dans le cœur de ceux qui les aperçoivent. La menace ne vient pas des Aînés. C'est pire. Elle vient d'un groupuscule qui est tombé sur certaines informations et y a cru. Des registres, des disquettes d'ordinateur. Peu importe. Ils les ont peut-être même achetées...

– Nous devons leur paraître bien puérils à saisir tous nos dossiers et à stocker tous nos vieux secrets dans des banques de données informatiques.

– Qui était le sorcier qui a engendré le Taltos et qui l'a tué ? demanda soudain Ash. Vous m'avez promis de me le dire si je vous donnais quelques informations. J'ai été plus que cordial, il me semble. Qui est ce sorcier ?

– Il s'appelle Michael Curry, répondit Yuri. Et ils vont probablement essayer de le tuer aussi.

– Non, cela ne les arrangerait pas. Au contraire, ils vont tout faire pour que cela se reproduise. La sorcière Rowan...

– Elle ne peut plus avoir d'enfant, interrompit Yuri. Mais il y en a d'autres. Toute une famille. Il y en a une qui est si puissante que...

Yuri avait la tête lourde. Il leva la main droite et l'appuya sur son front, déçu qu'il soit si chaud. Lorsqu'il se penchait en avant, il avait la nausée. Il s'adossa à son siège en essayant de ne pas bouger son épaule et ferma les yeux. Il enfouit une main dans la poche de son pantalon et en sortit son portefeuille qu'il ouvrit.

Il sortit de sa cachette la petite photographie de Mona et

admira son joli sourire, ses magnifiques petites dents blanches et son auréole de cheveux roux. Une sorcière enfant, une sorcière bien-aimée, mais une sorcière tout de même.

Il s'essuya les yeux et les lèvres. Sa main tremblait tellement que la photo devenait floue.

Il vit les longs doigts fins d'Ash toucher les bords de la photo. Le Taltos était debout au-dessus de lui, un bras derrière le dos, appuyé sur le dossier du canapé. De l'autre main, il empêchait la photo de bouger et il l'étudiait en silence.

– De la même lignée que la mère ? demanda-t-il doucement.

Soudain, Yuri tira la photo et l'écrasa contre sa poitrine. Il piqua du nez, à nouveau pris de nausée, paralysé par la douleur dans son épaule.

Ash recula poliment et s'approcha de la cheminée. Le feu avait baissé en intensité. Ash posa les mains sur le manteau de la cheminée. Il se tenait très droit, dans une posture presque militaire, ses cheveux noirs bouclant sur son col de chemise et masquant complètement sa nuque.

– Ils vont essayer de s'en emparer, dit Ash, le dos tourné. Soit elle, soit une autre sorcière de la famille.

– Oui, acquiesça Yuri.

Il était hébété, fou d'angoisse. Comment avait-il pu penser qu'il ne l'aimait pas ? Comment avait-il pu se séparer d'elle ?

– Ils vont essayer, reprit-il. Mon Dieu ! Nous les avons aidés sans nous en rendre compte. Les ordinateurs ! Les dossiers ! Voilà l'explication !

Il se leva. Son épaule le faisait souffrir mais il n'y faisait pas attention. Il tenait toujours la photo au creux de sa main et la pressa contre sa chemise.

– Comment cela, aidés ? interrogea Ash en se retournant.

La lueur du feu éclairait ses yeux de telle façon qu'ils semblaient aussi verts que ceux de Mona.

– Les tests génétiques ! Toute la famille passe des tests pour qu'on ne laisse plus se marier un sorcier et une sorcière pouvant engendrer un Taltos. Vous comprenez ? On a établi des dossiers génétiques, généalogiques et médicaux. Ils indiquent qui est une puissante sorcière et qui ne l'est pas. Seigneur ! Ils n'ont plus qu'à choisir. Ils disposent d'un atout que ce Taltos n'a jamais eu et c'est pourquoi il a cherché à s'accoupler avec tant de femmes Mayfair. Il les a tuées. Chacune d'elles est morte sans lui donner ce qu'il voulait : une fille. Mais...

– Puis-je revoir la photo de la jeune sorcière rousse, s'il vous plaît ? demanda Ash avec timidité.

– Non, répondit Yuri. Vous ne pouvez pas.

Le sang avait envahi son visage. Il sentait de l'humidité au niveau de son épaule. La blessure s'était rouverte. Et il avait de la fièvre.

– Vous ne pouvez pas, répéta-t-il en fixant Ash des yeux.

Ash ne dit rien.

– Ne me demandez pas cela, je vous en prie. J'ai besoin de votre aide, je sais, mais ne me demandez pas de voir à nouveau son visage. Pas maintenant.

Ash hocha la tête.

– Très bien, dit-il. Je ne vous le demanderai plus. Mais il est très dangereux d'aimer une sorcière aussi puissante. Vous le savez, n'est-ce pas ?

Yuri ne répondit rien. Les pensées les plus sombres lui vinrent à l'esprit. Aaron était mort, Mona était en danger et presque tous les gens qu'il avait aimés ou appréciés lui avaient été enlevés d'une façon ou d'une autre. Il ne lui restait plus qu'un infime espoir de bonheur. Il se sentait trop faible et trop fatigué pour réfléchir davantage et ne pensait plus qu'à se coucher dans le lit de la chambre voisine, le premier qu'il ait vu depuis qu'il avait été touché par la balle. Plus jamais il ne montrerait la photo de Mona à cette créature qui le regardait avec douceur et patience. Et il se sentait au bord de la syncope.

– Viens, Yuri, dit Samuel avec une gentillesse un peu bourrue. Il faut que tu dormes. Quand tu te réveilleras, nous serons là avec un bon repas chaud pour toi.

Le gitan se laissa entraîner vers la porte mais son instinct lui disait de résister à ce nain aussi fort qu'un homme de taille normale. Il regarda par-dessus son épaule vers le géant près de la cheminée.

Il entra dans la chambre et s'affala sur le lit sans demander son reste. Le petit homme lui enleva ses chaussures.

– Je suis désolé, dit Yuri.

– Ne t'en fais pas, répondit Samuel. Tu veux une couverture ?

– Non, il fait chaud ici. Et je me sens en sécurité.

Il entendit la porte se refermer mais n'ouvrit pas les yeux. Il sombrait déjà dans le sommeil mais, dans un sursaut de conscience qui le réveilla soudain, il vit Mona assise sur le bord du lit, lui demandant de venir. La toison entre ses jambes était rousse, mais plus sombre que ses cheveux.

Il ouvrit les yeux. Pendant quelques instants, il ne vit que l'obscurité, une absence totale de lumière, puis il s'aperçut qu'Ash était près de lui et l'observait. Yuri ne fit pas un geste et fixa des yeux le long manteau d'Ash.

– Je ne vous prendrai pas la photo pendant votre sommeil, murmura Ash. Ne vous inquiétez pas. Je suis venu vous dire que je pars dans le Nord ce soir. Je vais dans la vallée. Je reviens demain et j'aimerais que vous soyez là à mon retour.

– Ce n'est pas très malin de ma part de vous avoir montré la photo, n'est-ce pas ? J'ai été stupide.

Soudain, juste sous son nez, il vit les doigts blancs de la main droite d'Ash. Il se tourna lentement et, horrifié, se retrouva nez à nez avec le visage de l'homme penché sur lui.

– Je crois que je deviens fou, dit Yuri.

– Non, ne croyez pas cela. Mais, à partir de maintenant, redoublez de prudence. Dormez. Vous n'avez rien à craindre de moi. Restez avec Samuel jusqu'à mon retour.

4

La morgue était petite et crasseuse et se composait de petites pièces carrelées de blanc du sol au plafond. Les canalisations étaient rouillées et les tables en métal en mauvais état.

Il n'y avait qu'à La Nouvelle-Orléans que l'on pouvait laisser une fille de treize ans regarder un cadavre, se dit-elle.

– Sors, Mona, dit Rowan. Laisse-moi examiner Aaron.

Ses jambes ne tremblaient pas moins que ses mains. Elle se rappela la blague de carabin : « Qu'est-ce que vous faites, dans la vie ? Je suis neu... neu... neurochirurgien. » Rassurant !

Elle calma son tremblement et souleva le drap ensanglanté. Le visage était indemne. C'était bien Aaron.

Elle se souvint de son extrême gentillesse, de ses attentions et de ses vaines tentatives pour l'aider.

Une image se détacha suffisamment pour effacer la saleté, le sang, l'infamie de ce corps autrefois plein de dignité qui n'était plus qu'une forme inanimée sur une table : Aaron à l'enterrement de sa mère. Aaron prenant le bras de Rowan et l'aidant à fendre la foule d'étrangers, sa famille, pour s'approcher du cercueil de sa mère. Aaron sachant d'instinct ce qu'elle voulait et devait faire : poser les yeux sur le corps de Deirdre Mayfair, sa mère, qu'elle voyait pour la première fois.

L'homme étendu là dans la plus totale indifférence n'avait pas encore été touché. Ses cheveux blancs étaient toujours aussi brillants, ses yeux pâles étaient encore ouverts, mais bel et bien morts. Sa bouche avait une expression plus que familière : celle de l'homme qui avait vécu avec une certaine amertume, de la rage et une forte dose d'humour.

Elle posa une main sur son front et pencha légèrement la tête. La mort remontait à moins de deux heures.

La cage thoracique était enfoncée. La chemise et le manteau étaient trempés de sang.

Elle effleura ses lèvres et les sépara doucement, comme si elle s'apprêtait à l'embrasser. Ses yeux étaient embués de larmes et son chagrin devint si vif que les odeurs de l'enterrement de Deirdre, le parfum embaumant des fleurs blanches lui revinrent. Elle avait un goût de sang dans la bouche.

Elle regarda les yeux, mais ils ne lui rendirent pas son regard. Elle se pencha tout près. Il était mort sur le coup. Le cœur, pas le cerveau. Elle lui ferma les yeux et laissa ses doigts sur les paupières.

Qui donc, dans un endroit pareil, pourrait faire une autopsie correcte ? Les murs étaient infects et une odeur fétide émanait des tiroirs renfermant les cadavres.

Elle tira un peu plus le drap puis l'écarta complètement. La jambe droite était écrasée. Visiblement, le mollet et le pied avaient été arrachés et quelqu'un les avait remis dans la jambe du pantalon. Il manquait deux doigts à la main droite. Quelqu'un les avait-il récupérés ?

Elle entendit un grincement. C'était l'inspecteur chinois qui pénétrait dans la pièce.

– Tout va bien, docteur ?

– Oui, répondit-elle. J'ai presque terminé.

Elle contourna le corps et posa une main sur la tête d'Aaron, puis sur son cou, et se mit à réfléchir, à l'écoute de ce qu'elle percevait.

Avait-il souffert ? Elle ne sentait rien. Avait-il lutté pour ne pas mourir ? Nul ne le saurait. Béatrice pensait l'avoir vu essayer d'éviter la voiture. Et Mary Jane avait déclaré qu'il avait voulu se jeter sur le côté mais n'y était pas arrivé.

Elle alla vers le lavabo, ouvrit le vieux robinet et se passa les mains sous l'eau. Elle referma le robinet, enfouit ses mains dans les poches de sa blouse de coton, passa sans un mot devant le policier et entra dans la pièce attenante. Les tiroirs contenaient tous les cadavres qui n'avaient pas été réclamés.

Michael était là, une cigarette à la main, le col de chemise ouvert. Il était rongé par le chagrin.

– Tu veux le voir ? lui demanda-t-elle. Son visage est intact mais ne regarde pas le reste.

– Non, je ne peux pas. C'est une situation que je n'ai encore jamais connue. Si tu dis qu'il est mort, je n'ai pas besoin d'en savoir plus. Je ne veux pas le voir.

– Je comprends.

– Cette odeur me donne mal au cœur. Mona a la nausée.

– J'y étais habituée, à une époque.

Il s'approcha d'elle, lui prit la nuque dans sa large main et l'embrassa maladroitement. Cela n'avait plus rien à voir avec les baisers tendres qu'il lui avait donnés pendant ses semaines de mutisme. Il frissonna de tout son corps. Elle entrouvrit les lèvres et lui rendit son baiser en l'entourant de ses bras.

– Il faut que je sorte d'ici, dit-il.

Elle recula d'un pas et lança un regard vers l'autre pièce et le corps ensanglanté. L'inspecteur chinois avait remis le drap en place. Par déférence, peut-être, ou pour respecter la procédure.

Michael fixait des yeux les rangées de tiroirs. L'odeur pestilentielle venait des cadavres. L'un des tiroirs était entrouvert et l'on apercevait deux corps à l'intérieur. Une tête, visage vers le haut et, au-dessus, une paire de pieds roses. Le visage était couvert de moisissure verte. Mais le plus horrible n'était pas cette moisissure, c'était l'empilement des deux corps. Deux morts non réclamés, dans une position aussi intime que celle d'amants.

– Je ne peux pas..., commença Michael.

– Je sais. Viens.

Lorsqu'ils remontèrent dans la voiture, Mona ne pleurait plus. Elle regardait par la fenêtre, si absorbée dans ses pensées qu'elle empêchait toute conversation. De temps en temps, elle se tournait vers Rowan. Leurs regards se croisaient et Rowan sentait la force et la chaleur de celui de l'adolescente. Pendant les trois semaines où elle avait écouté cette enfant, elle s'était prise d'affection pour elle.

L'héritière. Celle qui portera l'enfant bénéficiaire du testament. Une enfant animée par les passions d'une femme expérimentée. Une enfant qui avait tenu Michael dans ses bras et qui, dans son exubérance et son ignorance, n'avait pas craint que la passion n'emporte son cœur malade. Il n'était pas mort. Au contraire, il s'était totalement remis et s'était préparé au retour de son épouse. Et, maintenant, Mona était bourrelée de remords.

Le silence régnait dans la voiture. Rowan était assise près de Michael, appuyée contre lui, résistant à l'envie de dormir, de se perdre à nouveau dans des pensées s'écoulant aussi imperturbablement que le cours d'un fleuve. Des pensées comme celles qu'elle avait eues ces dernières semaines, qu'aucune parole qui lui était adressée n'était parvenue à troubler, comme des voix murmurant au-dessus du fracas d'une cascade.

Elle savait ce qu'elle avait à faire. Ce serait encore un coup terrible pour Michael.

Ils parvinrent à la maison, à nouveau surveillée par des gardes. Personne ne fut surpris et Rowan ne demanda aucune explication. On ne savait toujours pas qui avait commandité le meurtre d'Aaron.

Célia était venue pour s'occuper de Béa et la laissait pleurer tout son soûl dans l'ancienne chambre d'Aaron au second étage. Ryan Mayfair était là. Avec son costume et sa cravate, il semblait toujours prêt à se rendre à l'église ou au tribunal. Cet homme était perpétuellement sur le qui-vive, au cas où il y aurait des mesures à prendre pour la famille.

Tous les regards étaient tournés vers Rowan, bien entendu. Elle avait vu défiler ces visages près de son lit et pendant les longues heures passées dans le jardin.

Elle se sentait mal à l'aise dans la robe que Mona l'avait aidée à choisir, parce qu'elle ne se rappelait pas l'avoir déjà vue auparavant. Mais ce n'était pas grave à côté de la faim qui la tenaillait. Un immense buffet à la Mayfair était dressé dans la salle à manger.

Michael devança les autres pour lui préparer une assiette. Elle s'assit au bout de la longue table et se mit à manger en observant les mouvements des petits groupes. Elle avala goulûment un verre d'eau glacée. Par respect ou par sentiment d'impuissance, on la laissait seule. Que pourraient-ils lui dire ? La plupart d'entre eux ne savaient pas grand-chose de ce qui s'était réellement passé. Ils ne comprendraient pas son « abduction », comme ils disaient, sa captivité et les coups qu'elle avait reçus. Ces gens étaient si gentils. Ils lui étaient vraiment attachés mais ne pouvaient absolument rien faire.

Mona était debout à côté d'elle. Elle se pencha et l'embrassa sur la joue, très lentement, pour que Rowan puisse l'arrêter à tout moment. Mais elle n'en fit rien. Au contraire, elle prit le poignet de Mona, l'attira vers elle et lui rendit son baiser. Comme Michael avait dû aimer sa peau. Comme il avait dû aimer la regarder, la toucher, la pénétrer.

– Je monte, annonça Mona. Je suis là-haut si tu as besoin de moi.

– J'ai besoin de toi, dit Rowan à voix basse, espérant que Michael ne l'entendrait pas.

Sur sa droite, Michael dévorait une pleine assiettée et buvait une bière en boîte.

– D'accord, dit Mona. Je vais juste m'étendre.

Son visage était à la fois inquiet, fatigué et triste.

– Nous avons besoin l'une de l'autre maintenant, ajouta Rowan.

Mona hocha la tête et s'en alla, ignorant Michael.

L'embarras du remords, songea Rowan.

Quelqu'un éclata de rire dans la pièce voisine. En toute circonstance, les Mayfair ne manquaient jamais une occasion de rire. Pendant qu'elle était mourante et que Michael pleurait auprès de son lit, des gens riaient dans la maison. Elle se rappelait s'en être fait la réflexion. Elle avait considéré avec un grand détachement l'opposition entre les deux sons. En fait, le rire a toujours un son plus parfait que les pleurs : il éclate avec spontanéité, il est mélodieux. Les pleurs sont toujours retenus, suffocants et jamais bienvenus.

Michael termina son rôti, son riz en sauce, puis avala la dernière gorgée de sa bière. Immédiatement, quelqu'un plaça une nouvelle bière près de son assiette. Il l'attrapa et en but la moitié.

– Tu es sûr que c'est bon pour ton cœur ? murmura-t-elle.

Il ne répondit pas.

Elle regarda sa propre assiette. Elle avait tout dévoré. De la pure gloutonnerie.

Du riz en sauce. L'alimentation traditionnelle de La Nouvelle-Orléans. Elle eut envie de dire à Michael combien elle avait apprécié qu'il la fasse manger lui-même pendant toutes ces semaines. Mais à quoi bon ?

Son amour pour elle était un miracle, le plus grand qui se soit jamais produit dans cette maison. D'ailleurs, à y bien réfléchir, tous les événements importants s'étaient produits dans cette même maison. Curieusement, ses racines étaient ici. Elle se sentait plus à l'aise ici que sur le *Sweet Christine*, le bateau sur lequel elle avait si souvent navigué à San Francisco. Elle était ici chez elle, pour toujours. Sans détourner les yeux de son assiette, elle se rappela le jour où elle avait parcouru la maison avec Michael et découvert dans un placard la somptueuse vaisselle de porcelaine et l'argenterie.

Et tout cela risquait d'être balayé par une tornade, par un souffle chaud sorti de la bouche de l'enfer. Qu'avait dit Mona, sa nouvelle amie, quelques heures plus tôt ? « Rowan, ce n'est pas terminé. »

Non, ce n'était pas terminé. Et Aaron ? Avait-on seulement prévenu la maison mère du tragique destin d'un de ses plus anciens membres ou allait-il être enterré par sa nouvelle famille seulement ?

Il ne faisait pas encore nuit. À travers les lauriers-roses, elle apercevait le pourpre légendaire du ciel de La Nouvelle-Orléans. Les fresques murales éclairaient la pénombre de la pièce de leurs couleurs rassurantes et, dehors, dans les gigantesques chênes, les cigales s'étaient mises à chanter. La douce chaleur du printemps pénétrait dans la pièce par les portes-fenêtres : ici, dans la salle à manger, mais aussi dans le salon et peut-être même derrière, du côté de la piscine et de la tombe renfermant les corps, ceux de ses enfants.

Michael acheva sa seconde bière et, selon son habitude, écrasa la boîte de bière dans sa main et la posa sur la table. Il ne regardait pas sa femme. Il observait les lauriers effleurant les colonnades du porche et les vitres. Peut-être observait-il aussi le ciel pourpre et le ballet des étourneaux qui, à cette heure du jour, piquaient sur les arbres pour attraper leur nourriture. La danse funèbre des cigales passant d'arbre en arbre et des nuées d'étourneaux prédateurs...

« Ce n'est rien de plus, Emaleth, ma fille », avait-elle dit le jour où elle était sortie du coma. Elle se tenait près de la tombe, sa chemise de nuit, ses mains et ses pieds nus couverts de boue. « Rien de plus qu'une question de survie. »

Une partie d'elle avait envie d'aller près de la tombe et de la table de fer installée sous l'arbre. Mais elle n'osait pas.

Elle regarda son mari, cet homme affalé sur une chaise, écrasant dans sa main puissante l'innocente boîte de bière, les yeux toujours fixés sur les fenêtres.

Il était à la fois merveilleux, inquiétant et indiciblement séduisant. L'amertume et la souffrance le rendaient encore plus attirant. Il avait perdu son air innocent. Tout son être avait subi une métamorphose et son visage était même empreint d'un soupçon de cruauté.

Pendant la période bénie qui avait suivi leur mariage, avant qu'ils ne comprennent que leur enfant était un monstre, il lui avait dit quelque chose à propos des couleurs vieillies. Cela concernait la peinture des maisons de l'ère victorienne. On vieillissait les couleurs pour les rendre plus sombres et plus complexes. Toutes les maisons victoriennes d'Amérique avaient été peintes ainsi. Et il adorait ces rouges un peu bruns, ces vert olive et ces gris acier.

Avait-il lui-même vieilli ? Ou, alors, comment qualifier son regard plus sombre mais plus hardi ? Comment expliquer son visage plus dur ?

Il se tourna vers elle, ses yeux luisant comme des

torches. Bleus et presque souriants. Vas-y, songea-t-elle. Lance-moi ce regard. Élargis tes grands yeux bleus en les posant sur moi.

Elle tendit une main et caressa sa barbe et son menton. Elle la passa ensuite dans sa nuque puis dans ses beaux cheveux noirs parsemés de fils d'argent et roula les boucles dans ses doigts.

Il regardait droit devant lui, comme choqué, puis, doucement, tourna les yeux vers elle. Elle ôta sa main, se leva et il l'imita.

Lorsqu'il prit son bras, elle sentit presque des vibrations dans sa main. Tandis qu'il écartait la chaise pour qu'elle puisse passer, leurs corps se frôlèrent.

Ils montèrent tranquillement l'escalier.

La chambre avait conservé son atmosphère sereine et chaleureuse. Le lit n'était jamais entièrement fait, toujours prêt à l'accueillir dans un moment de fatigue.

Elle ferma la porte et poussa le verrou. Michael ôtait déjà sa veste. Elle ouvrit son chemisier, l'enleva et le laissa tomber au sol.

– Ton opération, dit Michael. Peut-être que...

– Non, je suis guérie. J'ai envie de toi.

Il s'approcha d'elle et l'embrassa sur la joue en lui tenant la tête. Elle sentit la barbe drue et les mains rugueuses. Elle tira sur la chemise de Michael.

– Enlève-la, dit-elle.

Elle ouvrit la fermeture à glissière de sa jupe et la laissa tomber à ses pieds. Comme son corps était mince ! Mais il ne l'intéressait pas. Elle voulait le voir, lui. Entièrement nu, il était déjà en érection. Elle s'approcha de lui et se mit à lui pincer les mamelons.

– Tu me fais mal, dit-il.

Il l'attira contre lui et écrasa sa poitrine contre ses seins. Elle descendit une main entre ses jambes et éprouva sa dureté.

Elle monta à quatre pattes sur le lit puis se retourna sur le dos. Il s'allongea de tout son poids sur elle. Comme c'était bon de sentir à nouveau ce grand corps viril sur elle, l'odeur de sa peau et de son eau de toilette.

– Vas-y très fort, intima-t-elle. Nous ferons plus lentement la deuxième fois. Vas-y ! Remplis-moi !

Mais il n'avait pas besoin d'être encouragé.

Lorsqu'il la pénétra, elle fut étonnée par la taille de son pénis. La douleur fut délicieuse, parfaite. Elle répondit du mieux qu'elle pouvait à ses coups de reins, malgré ses muscles faibles et douloureux. Son corps la trahissait, mais c'était bon.

Elle sentit l'orgasme monter mais elle ne cria pas. La tête vide, le feu au visage, les bras écartés, elle se laissa aller au plaisir et à la douleur tandis qu'il la pilonnait sans interruption. Dans un dernier coup de reins puissant, il provoqua son propre plaisir et retomba dans les bras de Rowan, transpirant. Michael, mon bien-aimé.

Il roula sur le côté. Il n'était pas prêt à recommencer de sitôt. C'était prévisible. Son visage était en sueur et ses cheveux collaient à son front. Nue dans l'air frais de la chambre, elle observa le lent mouvement des pales du ventilateur suspendu au plafond.

La lenteur du mouvement était hypnotisante. Calme-toi, dit-elle à son corps. Son esprit dérivait. Avec angoisse, elle se remémora les moments passés dans les bras de Lasher et, heureusement, n'en ressentit aucun déplaisir. Il avait été un amant avide de sexe et un homme brutal avec, malgré tout, un grand cœur.

Michael sortit du lit. Elle avait pensé qu'il allait dormir, mais il prenait des vêtements propres dans le placard de la salle de bains. Il avait le dos tourné. Quand il se retourna, la lumière de la salle de bains frappa son visage.

– Pourquoi as-tu fait cela ? explosa-t-il. Pourquoi es-tu partie avec lui ?

– Chut ! Tu vas ameuter tout le monde. Déteste-moi, si tu veux, mais...

– Te détester ? Comment peux-tu dire une chose pareille ? Jour après jour, je t'ai dit que je t'aimais.

Il s'approcha du lit et planta ses mains sur le montant. Dressé au-dessus d'elle, sa colère le rendait encore plus beau.

– Comment as-tu pu me laisser tomber ? Comment ?

Il fit le tour du lit et, soudain, l'attrapa par les bras en lui faisant mal.

– Non ! s'écria-t-elle en s'efforçant de ne pas parler trop fort. Ne me frappe pas ! Voilà ce qu'il n'a cessé de faire pendant tout ce temps. Si tu me frappes, je te tue.

Elle se libéra, roula sur le côté, quitta le lit et se précipita dans la salle de bains. Le sol de marbre froid lui brûlait les pieds.

Le tuer ? Seigneur ! Arrête ça tout de suite, sinon tu pourrais bien y arriver, avec ton pouvoir.

Combien de fois avait-elle essayé avec Lasher ? Dans sa haine pitoyable, elle avait prononcé des paroles. Tue-le ! Tue-le ! Mais, chaque fois, il avait éclaté de rire. Avec Michael, cela fonctionnerait à coup sûr si elle n'y prenait garde. De la même façon que cela avait fonctionné avec tous les autres.

Elle se tourna lentement et regarda vers la chambre. Michael était debout à côté du lit et l'observait.

– Je devrais avoir peur de toi, mais ce n'est pas le cas, dit-il. Il n'y a qu'une chose qui me fasse peur : que tu ne m'aimes plus.

– Oh si ! je t'aime. Je t'ai toujours aimé.

Les épaules de Michael s'affaissèrent, puis il se détourna. Il était irrémédiablement blessé. Plus jamais il n'aurait ce regard de pure gentillesse qu'il avait eu autrefois. Il s'assit sur une chaise près de la porte-fenêtre donnant sur la galerie.

Je vais être obligée de te blesser une nouvelle fois, songea-t-elle avec remords.

Elle avait envie d'aller vers lui et de lui parler comme le lendemain du jour où elle avait repris conscience, après avoir enterré sa fille unique sous le chêne. Mais cela ne servirait à rien. Elle se passa la main dans les cheveux avec une certaine fureur puis, machinalement, tourna le robinet de la douche. Lorsque l'eau coulait, elle avait les idées plus claires.

Il y avait tellement de vêtements dans la penderie que le choix était embarrassant. Finalement, elle prit un pantalon en laine souple qu'elle avait depuis des années et un lourd pull-over de coton.

C'était drôlement bon de se retrouver dans ses propres vêtements. Qui pouvait bien avoir acheté toutes ces jolies robes ?

Les yeux fermés, elle se brossa les cheveux en réfléchissant. Tu vas le perdre si tu ne lui parles pas tout de suite, si tu ne lui expliques pas encore une fois, si tu ne luttes pas contre ta peur des mots.

Elle reposa la brosse à cheveux. Il était dans l'encadrement de la porte, qu'elle avait laissée ouverte. Son regard serein et paisible fut un immense soulagement. Elle faillit fondre en larmes, mais cela aurait été trop égoïste.

– Je t'aime, Michael. Je pourrais le crier sur tous les toits. Je n'ai jamais cessé de t'aimer. J'ai été d'une vanité et d'un orgueil démesurés. Le silence dans lequel je me suis enfermée était l'unique façon de guérir et de reprendre des forces ou alors une sorte de retraite nécessaire que devait faire mon esprit.

Il l'écouta attentivement, en grimaçant légèrement, le visage calme. Ses yeux immenses et brillants étaient durs et remplis de tristesse.

– Je ne t'aurais jamais fait de mal, tout à l'heure, Rowan. Je ne pourrai jamais te faire du mal.

– Michael, non.

– Laisse-moi parler. Je sais ce qui t'est arrivé. Je sais ce qu'il t'a fait. Et je ne sais pas ce qui m'a pris de te faire des reproches et de m'être mis en colère. Je suis désolé.

– Je sais, Michael. Arrête ou je vais me mettre à pleurer.

– Rowan, je l'ai détruit, dit-il en baissant la voix, comme on fait toujours lorsque l'on parle de la mort. Je l'ai détruit et, pourtant, cela ne suffit pas ! Je...

– Ne dis plus rien, Michael. Je te demande de me pardonner.

Elle se pencha pour l'embrasser, l'empêchant volontairement de parler. Il la prit dans ses bras et, cette fois, elle retrouva la tendresse, la chaleur et la douceur d'avant. Elle se sentit en sécurité comme la première fois qu'ils avaient fait l'amour.

Se blottir dans ses bras, se lover contre lui, lui procurait un bonheur qu'elle n'avait connu qu'avec lui.

Finalement, il se détacha d'elle et prit ses mains entre les siennes. Il les embrassa puis lui adressa son sourire espiègle, celui qu'elle avait craint d'avoir perdu à jamais. Il lui fit un clin d'œil et dit d'une voix brisée :

– Je sais que tu m'aimes toujours, mon amour.

– Oui, j'ai appris à t'aimer et c'est quelque chose que je n'oublierai jamais. Viens. Allons dehors sous le chêne. J'ai envie de passer un moment près d'eux. Je ne sais pas pourquoi. Toi et moi sommes les seuls à savoir qu'ils sont ensemble.

Ils descendirent l'escalier de derrière et traversèrent la cuisine. Le garde en faction près de la piscine leur adressa un signe de tête. La cour était dans l'obscurité lorsqu'ils parvinrent à la table de fer. Elle se jeta au cou de Michael et il la tint serrée contre lui. Encore un instant de bonheur, se dit-elle. Ensuite, tu vas me haïr. Tu vas me mépriser. Elle lui caressa les cheveux et sa joue barbue. À travers sa poitrine, elle sentait ses soupirs de bien-être.

Tu vas me mépriser. Mais qui d'autre peut retrouver les hommes qui ont tué Aaron ?

5

L'avion atterrit à l'aéroport d'Édimbourg à onze heures du soir. Ash sommeillait, le visage contre le hublot. Il aperçut les phares des voitures se dirigeant vers lui, deux berlines allemandes noires qui allaient le conduire avec son escorte jusqu'à Donnelaith. Le voyage n'avait plus rien à voir avec les expéditions à cheval d'autrefois. Il en était content. Non pas qu'il n'aimât pas ces voyages à travers la montagne hostile, mais il était pressé d'atteindre la vallée.

La vie moderne exacerbe l'impatience, se dit-il. Combien de fois, au cours de sa longue vie, s'était-il rendu à Donnelaith pour revoir le lieu où il avait tant perdu et tenter de comprendre son destin ? À une époque, il lui fallait plusieurs années pour parvenir en Angleterre et monter jusqu'aux Highlands. Puis vint le temps où ce ne fut plus qu'une affaire de quelques mois.

Aujourd'hui, quelques heures suffisaient. C'était heureux. Le voyage n'était jamais pénible. C'était plutôt le séjour.

Il se leva lorsque la jeune fille qui l'avait accompagné depuis l'Amérique, Leslie, s'approcha avec son manteau, une couverture pliée et même un oreiller.

– Vous allez vous coucher, ma chère ? s'enquit-il gentiment.

Les domestiques américains avaient des comportements

vraiment étranges. Il n'aurait pas été étonné de la voir arriver en chemise de nuit.

– C'est pour vous, monsieur Ash. Le trajet dure près de deux heures. J'ai pensé que vous pourriez en avoir besoin.

Il sourit tandis qu'elle passait devant lui. Il se demanda ce que pouvait représenter pour elle un tel voyage vers une contrée lointaine. L'Écosse, pour elle, devait ressembler à n'importe quel autre endroit où il l'avait emmenée, elle et d'autres employés. Personne ne se doutait de l'importance de ce pays pour lui.

Lorsqu'il posa le pied sur l'escalier, il fut saisi par une bourrasque glacée. Il faisait encore plus froid qu'à Londres. Il regretta la douce chaleur du Claridge et repensa au gitan mince, à la peau sombre et aux cils immenses recourbés comme ceux d'un enfant.

Il passa le dos de sa main sur ses yeux et se hâta de descendre l'escalier pour rejoindre la voiture.

Pourquoi les enfants avaient-ils toujours d'aussi longs cils ? Et pourquoi les perdaient-ils par la suite ? Et comment cela se passait-il pour les Taltos ? En ce qui le concernait, il n'avait aucun souvenir d'avoir été enfant.

– Connaissances perdues...

Combien de fois s'était-il fait cette réflexion ?

Toujours retourner sur ces lieux. Être incapable d'aller de l'avant sans y retourner pour faire fonctionner son esprit.

On lui avait pourtant répété qu'il n'en avait pas, d'esprit.

À travers la vitre de séparation, il regarda la jeune Leslie se glisser sur le siège du passager. Il était content d'avoir l'arrière pour lui tout seul. Il n'aurait pas supporté de subir la présence d'un humain ni de sentir l'odeur de la douce jeune femme.

L'Écosse. L'odeur des forêts et de la mer dans le vent.

L'espace d'un instant, il regretta ce voyage. À quoi bon retourner dans la montagne et voir à nouveau les vestiges de son passé ? Il ferma les yeux et revit les magnifiques cheveux roux de la petite sorcière que Yuri aimait aussi follement qu'un adolescent. Il revit ses yeux verts et durs sur la photo. Yuri, tu es fou.

La voiture accéléra. Il ne pouvait rien voir à travers les vitres teintées. Lamentable. Consternant. Aux États-Unis, les vitres de ses voitures n'étaient pas teintées. Il n'avait jamais cherché à s'abriter des regards. Il aimait trop voir le monde dans ses couleurs naturelles. Il en avait autant besoin que d'air et d'eau.

Le mieux était de dormir, à condition de ne pas rêver. Une voix le surprit : Leslie s'adressait à lui par le haut-parleur.

– Monsieur Ash, j'ai appelé l'auberge. On nous attend. Voulez-vous vous arrêter quelque part avant ?

– Non, nous y allons directement, Leslie. Servez-vous de la couverture et de l'oreiller pour dormir un peu. Le trajet est long.

Il ferma les yeux mais le sommeil ne venait pas. Ce serait un de ces voyages où il sentirait chaque minute s'écouler, chaque cahot sur la route.

Pourquoi ne pas repenser à ce gitan au visage fin et sombre, aux dents blanches parfaites ? Un gitan riche, peut-être. La sorcière était riche, il l'avait compris dans la conversation. En pensée, il tendit la main vers les boutons de son chemisier blanc, sur la photo, et les défit pour admirer ses seins. Il aperçut leurs pointes roses et toucha les veines bleues sous la peau. Il soupira, laissa échapper comme un sifflement entre ses lèvres et tourna la tête sur le côté.

Son désir était si douloureux qu'il le repoussa. Puis il revit le gitan et ses longs bras allongés sur l'oreiller. Il sentit à nouveau l'odeur des bois et de la vallée qu'il dégageait.

– Yuri, murmura-t-il.

En pensée, il le retourna et se pencha pour embrasser ses lèvres.

C'était trop pénible. Il se pencha en avant, posa ses coudes sur ses genoux et son visage dans ses mains.

– Musique, Ash, dit-il encore.

Il se radossa au siège, appuya sa tête contre la fenêtre, écarquillant les yeux pour distinguer quelque chose à travers la vitre sombre. Il se mit à fredonner tout bas, d'une petite voix de tête, un chant que nul autre que Samuel n'aurait pu comprendre. Et encore, ce n'était pas certain.

À deux heures du matin, il demanda au chauffeur d'arrêter la voiture. Derrière la vitre teintée l'attendait l'univers qu'il était venu voir. Il ne pouvait plus attendre.

– Nous y sommes presque, monsieur.

– Je sais. Vous trouverez la ville à quelques kilomètres. Allez-y directement, installez-vous à l'auberge et attendez-moi.

Il n'attendit pas les inévitables protestations et descendit du véhicule en claquant la porte avant que le chauffeur n'ait eu le temps de l'aider. Il fit un petit signe de la main, marcha à grandes enjambées vers le bord de la route et s'enfonça dans la forêt froide et obscure.

Le vent n'était pas trop fort. La lune, barrée par des nuages, jetait une lueur intermittente. Il se retrouva enveloppé par l'odeur des pins d'Écosse, de la terre froide sous les pieds, des tout premiers brins d'herbe du printemps qu'il écrasait sous ses chaussures et des fleurs à peine écloses.

La rugosité des écorces d'arbres était agréable sous ses doigts.

Pendant un long moment, il marcha dans le noir, trébuchant parfois et se rattrapant à un épais tronc d'arbre. Il ne s'arrêtait pas pour reprendre son souffle. Il connaissait bien cette descente et s'orientait grâce aux étoiles, malgré les nuages qui tentaient de les obscurcir.

Les ciels étoilés lui avaient toujours procuré une émotion étrange et douloureuse. Il s'arrêta enfin en haut d'un promontoire. Il avait un peu mal aux jambes. Mais dans ce lieu sacré, plus important pour lui que n'importe quel endroit au monde, il se rappelait un temps où il n'avait pas mal aux jambes, où il gravissait cette colline à grands pas agiles.

Peu importait. Brusquement, une légère douleur lui rappela les terribles souffrances humaines. Il repensa au gitan dormant dans le lit chaud en rêvant à sa sorcière. La douleur était la douleur, qu'elle fût physique ou morale. Même le plus sage des hommes, des femmes ou des Taltos ne saurait jamais si la pire souffrance était celle du cœur ou celle de la chair.

Il changea de direction et commença à gravir une pente très raide en s'aidant des branches ou des rochers pour se hisser plus haut.

Le vent se leva. Ash avait froid aux mains et aux pieds, mais c'était supportable.

Le sol s'effritait par endroits. Il aurait probablement fait plusieurs chutes si les arbres n'avaient pas été là pour lui servir de rempart.

Il changea à nouveau de direction et trouva le chemin qui serpentait entre deux pentes douces, bordées d'arbres plus que centenaires épargnés par le monde moderne.

Le sentier le mena dans un petit vallon tapissé de pierres coupantes.

Enfin, il émergea dans une petite clairière et chercha des yeux le surplomb rocheux au loin. Les arbres étaient si rapprochés qu'il eut du mal à retrouver le sentier. Il avança en écrasant la végétation sous ses pas, puis tourna sur la droite. En bas, au-delà d'une profonde crevasse, les eaux du loch scintillaient à la lueur de la lune. Et puis, plus loin et plus haut, les ruines squelettiques de la cathédrale.

Il en eut le souffle coupé. Il ignorait que sa reconstruction était à ce point avancée. Il distingua les contours de la cathédrale et, dessous, une multitude de tentes, de petits bâtiments et de lumières pas plus grosses que des têtes d'épingle. Il s'adossa au rocher et parcourut des yeux ce monde loin de tout, dans lequel il ne craignait pas de tomber.

Il savait ce qu'était tomber dans un trou sans fond, et crier, et se débattre sans espoir de freiner sa chute.

Son manteau était déchiré et ses chaussures trempées par la neige.

Pendant un instant, il se laissa envelopper par toutes les odeurs et ressentit un plaisir érotique qui traversa tout son corps. Il ferma les yeux et offrit son visage au vent glacé.

C'est tout près, maintenant. Tu n'as plus qu'à remonter là-bas et à tourner devant le rocher gris sur la droite. Même si des nuages venaient masquer la lune, tu ne te tromperais pas.

Un bruit lointain parvint à ses oreilles. Il crut un

moment que c'était l'effet de son imagination. Mais non, c'était bien le rythme lent des tambours et le gémissement des cornemuses, sans mélodie particulière. Il fut soudain pris de panique. Le bruit amplifiait ou, en tout cas, il l'entendait plus distinctement. Le vent se leva puis s'apaisa de nouveau. Le son des tambours venait d'en bas. C'était insupportable. Il grinça des dents et posa la main sur son oreille droite pour ne plus entendre.

La grotte. Avance et entre dans la grotte. Oublie les tambours. Qu'est-ce que cela peut faire ? S'ils savaient que tu étais là, ils joueraient un air pour t'y faire entrer. De toute façon, ils ne connaissent probablement plus les airs.

Il reprit sa marche et atteignit le rocher. En le contournant, il en effleura la surface froide. La grotte n'était plus qu'à environ six mètres. Son entrée était peut-être cachée par la végétation, mais il savait exactement où elle se trouvait. Il reprit son ascension d'un pas lourd. Le vent sifflait entre les conifères. Il écarta une lourde branche qui lui égratigna le visage et les mains. Peu lui importait. Il arriva enfin devant l'ouverture obscure, s'appuya contre la roche pour reprendre son souffle et ferma les yeux.

Aucun bruit ne parvenait des profondeurs. Il n'entendait que le vent, qui atténuait le son des tambours.

– Je suis là, chuchota-t-il.

Seul le silence lui répondit. Allait-il oser l'appeler ?

Il fit un pas timide, puis un autre. Il avança, les mains posées sur les parois proches, ses cheveux effleurant la voûte basse. Puis le passage s'élargit et l'écho de ses pas lui apprit que la voûte était nettement plus haute à l'endroit où il se trouvait. Il ne voyait absolument rien.

L'espace d'un instant, il eut peur. Avait-il marché les yeux fermés ? S'était-il laissé guider par ses mains et son ouïe ? Il ouvrit les yeux sur l'obscurité. Il avait le sentiment de ne pas être seul. Mais il se refusait à partir en courant, comme un oiseau effrayé, humilié, et de risquer de se blesser dans sa précipitation.

– Je suis là, répéta-t-il. Je suis revenu. S'il te plaît, encore une fois, aie pitié...

Silence.

Malgré le froid, il transpirait. Il sentait la sueur couler dans son dos et autour de sa taille, sous sa ceinture de cuir. Il sentait une humidité grasse et sale sur son front.

– Pourquoi suis-je venu ? demanda-t-il d'une petite voix. Dans l'espoir que tu me prennes à nouveau la main et que tu me consoles.

Toujours rien. L'endroit lui évoquait des souvenirs qu'il n'oublierait jamais. La bataille, la fumée. Les cris. Il entendit sa voix monter des flammes : « ... maudit, Ashlar ! Que le monde s'écroule autour de toi avant que ta souffrance ne prenne fin. »

Silence.

Il fallait rebrousser chemin. Aveugle, incapable d'autre chose que de se souvenir, il ne lui restait qu'à partir. Il pivota et se précipita vers la sortie. Lorsqu'il aperçut enfin les étoiles, il poussa un profond soupir et se sentit au bord des larmes. Une main posée sur son cœur, il s'arrêta. Les tambours se firent de nouveau entendre, sans doute parce que le vent s'était apaisé. Ils battaient en cadence, d'abord rapides puis plus lents, comme avant une exécution.

– Non, ne m'approchez pas ! murmura-t-il.

Il devait à tout prix fuir cet endroit. Il ne pouvait rester ainsi, pétrifié par la peur des tambours et des cornemuses, qui jouaient maintenant un air menaçant. Comment avait-il pu être assez stupide pour venir ici ?

À l'aide ! Où étaient ceux qui lui obéissaient au doigt et à l'œil ? Quelle bêtise de les avoir laissés pour grimper seul jusqu'à ce lieu maudit.

Il redescendit. Il trébuchait à chaque pas, son manteau était déchiré, ses cheveux se prenaient dans les branches, mais il s'en moquait. Rien ne l'aurait arrêté.

Le son des tambours était de plus en plus distinct. Ils ne devaient pas être loin. Ferme tes oreilles. N'écoute pas. Il couvrit ses oreilles de ses mains mais la cadence terrifiante battait maintenant dans sa tête, lente et monotone.

Il se mit à courir, déchira son pantalon en tombant, se releva et, un peu plus loin, tomba de nouveau en avant et s'écorcha les mains. Il reprit tant bien que mal sa course mais, soudain, se sentit cerné par les tambours et les cornemuses. Le son s'insinua en lui et il fut incapable de poursuivre sa fuite. Il ouvrit les yeux et aperçut la lueur des torches à travers l'épais rideau d'arbres.

Ils ne savaient pas qu'il était là. Ils n'avaient pas senti son odeur et n'avaient pu l'entendre. Grâce au vent, probablement, qui soufflait dans le mauvais sens. Il posa les mains sur deux troncs de pin et regarda entre les deux, comme derrière les barreaux d'une prison. Ils jouaient et dansaient dans un petit cercle sombre. Comme ils étaient disgracieux ! C'était une vision d'horreur.

Le vacarme assourdissant le paralysait. Il les regarda sauter, pivoter, se balancer en avant puis en arrière. Une petite créature hideuse aux longs cheveux gris pénétra au centre du cercle, leva les bras et se mit à invoquer dans la langue ancienne :

– Ô dieux, ayez pitié ! Ayez pitié de vos enfants perdus !

Regarde, regarde bien, se dit-il. Mais ne te laisse pas prendre par la musique. Ils portent des haillons et leurs épaules sont bardées de cartouches. Ça y est ! Ils prennent leurs pistolets et se mettent à tirer dans tous les sens.

Les flammes des torches se mirent à vaciller sous le vent puis se redressèrent.

Il sentait l'odeur de la chair brûlée, mais elle n'existait que dans son imagination. Ce n'était qu'un souvenir. Il entendait des cris.

– Sois maudit, Ashlar !

Et tous ces cris, et la puantueur de la chair qui brûle.

Un grand cri fendit la nuit et la musique s'arrêta.

C'était lui qui avait crié et ils l'avaient entendu ! Vite ! Courir ! Mais pourquoi ? Vers où ? Tu n'as plus besoin de t'enfuir. Tu n'appartiens plus à cet endroit et personne ne peut te contraindre à en faire de nouveau partie.

Son cœur battait à tout rompre. Le petit cercle d'hommes se resserra, les torches se rapprochèrent et la petite foule avança lentement vers lui.

– Taltos !

Ils avaient capté son odeur. Le groupe s'éparpilla en poussant des cris sauvages puis se reforma.

– Taltos ! cria une voix rude.

Les torches continuaient de se rapprocher.

Maintenant, il distinguait leurs visages tendus vers lui, leurs joues, leurs petites bouches. L'odeur de chair brûlée ! Elle provenait des torches !

– Qu'avez-vous fait ? hurla-t-il en montrant ses deux poings. Vous les avez trempées dans la graisse d'un enfant pas encore baptisé ?

Des hurlements de rire éclatèrent, l'entourant de tous les côtés. Il tourna sur lui-même.

– Misérables ! cria-t-il à nouveau, tellement emporté par la colère qu'il en oubliait toute dignité.

– Taltos, dit l'un d'eux en s'approchant. Taltos.

Regarde-les. Voie ce qu'ils sont devenus. Il serra les poings, prêt à se défendre, à se battre. Il se sentait capable de les soulever un par un pour les jeter à droite et à gauche, si nécessaire.

– Aiken Drumm ! s'écria-t-il en reconnaissant un vieil homme dont la barbe grise tombait jusqu'au sol. Et Robin. Et Rogart, je vous vois.

– Ouais, Ashlar !

– Fyne et Urgart. Je te vois aussi, Rannock.

C'est alors seulement qu'il se rendit compte. Il n'y avait plus aucune femme parmi eux. Tous les visages qui l'observaient étaient masculins. Aucune vieille harpie ne criait en écartant les bras. Pas une seule femme !

Il se mit à rire. Il avança en les forçant à reculer. Urgart leva sa torche pour le menacer ou, peut-être, l'éclairer.

– Urgart ! cria-t-il en se précipitant vers le petit homme comme pour l'étrangler.

Ils poussèrent des cris et s'éparpillèrent dans l'obscurité. Il n'y avait donc que des hommes. Quatorze, tout au plus. Mais pourquoi Samuel ne l'avait-il pas prévenu ?

En riant, il se laissa lentement tomber sur les genoux, puis roula sur le côté et se retrouva allongé sur le tapis de la forêt. Par-dessus les arbres et les nuages, les étoiles brillaient et la lune dérivait vers le nord.

Il aurait dû le savoir. La dernière fois, les femmes étaient toutes vieilles et malades. Elles lui avaient lancé des pierres et s'étaient précipitées sur lui pour hurler dans ses oreilles. Il avait senti l'odeur de la mort. Il la sentait de nouveau, mais ce n'était pas du sang de femme. C'était l'odeur sèche et âcre d'homme.

Il se retourna sur le ventre et posa son visage sur le sol, les yeux fermés. Il les entendait s'agiter autour de lui.

– Où est Samuel ? demanda l'un d'eux.

– Dis à Samuel de revenir.

– Qu'est-ce que tu fais ici ? Tu t'es libéré de la malédiction ?

– Ne me parlez pas de la malédiction ! explosa-t-il.

Il s'assit. Le charme était rompu.

– Ne me parlez pas, ordures que vous êtes !

Il s'empara de la torche d'un petit homme et l'approcha de son visage. C'était bien une odeur de graisse humaine en train de brûler. Il la jeta de dégoût.

– Allez en enfer, race de maudits !

Quelqu'un lui pinça la jambe. Un caillou heurta sa joue, mais sans gravité. Des bâtons le menaçaient de toutes parts.

– Où est Samuel ?

– C'est lui qui t'envoie ?

Puis la voix cassante d'Aiken Drumm domina les autres.

– Nous avions un bon petit gitan pour dîner jusqu'à ce que Samuel l'amène à Ashlar !

– Où est notre gitan ? hurla Urgart.

Des ricanements moqueurs s'élevèrent.

– Que le diable t'emporte, morceau par morceau ! cracha Urgart.

Les battements de tambours reprirent et les cornemuses se remirent à gémir.

– Et vous, allez en enfer, tous autant que vous êtes ! cria Ashlar. Et si je vous y envoyais tout de suite ?

Mais il se retourna et se mit à courir, dans une direction dont il n'était pas sûr. Mais c'était la bonne. Les cailloux roulaient sous ses pas, les branches fouettaient son visage. Il courut jusqu'à ce qu'il se sente en sécurité. Bientôt, il n'entendit plus ni la musique ni leurs voix. Il était enfin seul.

Le cœur battant, les jambes et les pieds douloureux, il ralentit son pas et, au bout d'un long moment, retrouva la route. En posant les pieds sur l'asphalte, il eut l'impression de sortir d'un rêve et d'entrer de nouveau dans le monde qu'il connaissait, vide, froid et silencieux. Les étoiles constellaient le ciel. Le vent avait cédé la place à une douce brise.

À l'auberge, Leslie l'attendait. Elle ne put retenir un petit cri en le voyant et lui prit rapidement son manteau en lambeaux. Elle lui tint la main pour monter l'escalier.

– Comme il fait bon, ici, dit-il.

– Oui, monsieur. Tenez, votre lait.

Elle avait posé un grand verre de lait près du lit. Il le but d'un seul trait tandis qu'elle lui déboutonnait sa chemise.

– Merci mon petit, merci.

– Il faut dormir, monsieur Ash.

Il s'écroula sur le lit et sentit le gros édredon de plumes recouvrir son corps. L'oreiller était moelleux et le lit confortable le plongea dans son premier sommeil.

La lande, ma lande, le loch, mon loch, mon pays.

Traître à ta propre race.

Le lendemain matin, il prit un rapide petit déjeuner dans sa chambre pendant que son personnel faisait les préparatifs du retour. Il leur avait annoncé qu'il n'irait pas à la cathédrale. Oui, il avait lu les articles de journaux. Saint Ashlar, oui, il avait entendu parler de cette légende aussi. La jeune Leslie était déconcertée.

– Nous ne sommes pas venus pour voir le lieu saint ?

Il haussa les épaules.

– Une autre fois, mon petit.

À midi, ils atterrissaient à l'aéroport de Londres.

Samuel l'attendait près de la voiture. Ash, vêtu d'un costume de tweed impeccable, d'une chemise blanche propre et d'une cravate, examina le petit homme. Ses cheveux roux étaient correctement peignés et son visage avait l'air aussi respectable que celui d'un bouledogue.

– Tu as laissé le gitan tout seul ?

– Il est parti pendant que je dormais, avoua Samuel. Je ne l'ai pas entendu s'en aller et il n'a laissé aucun message.

Ash réfléchit un long moment.

– C'est aussi bien, j'imagine. Pourquoi ne m'as-tu pas dit qu'il n'y avait plus aucune femme ?

– Pas fou. Je ne t'aurais pas laissé y aller s'il y avait eu des femmes. Tu aurais pu le deviner, mais tu ne réfléchis pas. Tu ne comptes pas les années. Tu t'amuses avec tes jouets et ton argent et tu oublies l'essentiel. C'est d'ailleurs pour cette raison que tu es heureux.

La voiture les emmena vers la ville.

– Tu vas retourner dans ta salle de jeux perchée dans le ciel ? demanda Samuel.

– Non. Tu sais bien que non. Il faut que je retrouve le gitan. Il faut que je découvre le secret du Talamasca.

– Et la sorcière ?

– Oui, dit-il en souriant. Je dois trouver la sorcière aussi. Au moins pour toucher sa chevelure rousse, embrasser sa peau blanche et boire son odeur.

– Et ?

– Et quoi ? Comment le saurais-je, petit homme ?

– Tu sais très bien.

– Laisse-moi tranquille. Si cela doit être, alors mes jours sont bel et bien comptés.

6

À huit heures du matin, Mona se réveilla. L'horloge sonnait huit coups. Mais c'était la sonnerie stridente du téléphone qui l'avait sortie de son sommeil. Elle provenait de la bibliothèque mais il était trop tard pour aller répondre. Elle se retourna dans son lit douillet, s'entoura d'oreillers et regarda le jardin à travers la fenêtre. Le soleil du matin était magnifique.

Le téléphone arrêta de sonner. Un des employés avait dû répondre. Peut-être Cullen, le nouveau chauffeur, ou Yancy, le jeune garçon qui se levait toujours à six heures du matin. Ou alors la vieille Eugenia, qui considérait maintenant Mona avec un grand respect chaque fois que leurs chemins se croisaient.

Mona s'était endormie tout habillée sur le canapé où elle avait péché avec Michael, en essayant de toutes ses forces de penser à Yuri. Il avait enfin appelé et laissé un message à Célia : il allait bien et donnerait bientôt de ses nouvelles. Mais la pensée de Michael avait été la plus forte. Les trois fois où elle avait couché avec lui avaient été ses expériences érotiques les plus intenses.

Non pas que Yuri, l'amant de ses rêves, n'ait pas été merveilleux. Mais ils s'étaient montrés trop attentifs l'un envers l'autre. Ils avaient fait l'amour, bien sûr, mais avec tant de précautions ! Et Mona regrettait de ne pas avoir exprimé davantage ses désirs habituellement bien plus exubérants.

Exubérant. Elle adorait ce mot, qui lui convenait à merveille. « Tu es d'une exubérance débridée », lui répétaient Célia et Lily. Et elle répondait : « Je le prends comme un compliment. Où est le problème ? »

Si seulement elle avait pu parler elle-même à Yuri ! Célia lui avait conseillé d'appeler à First Street. Pourquoi ne l'avait-il pas fait ?

Même oncle Ryan en avait été irrité.

– Il faut que nous parlions à cet homme. Nous devons lui dire, pour Aaron.

Le malheur était que Célia n'avait pas attendu pour lui annoncer la mauvaise nouvelle. Qui mieux que Mona savait à quel point Aaron comptait pour Yuri ? Il s'était confié à elle, préférant parler à faire l'amour pendant cette seule et unique nuit qu'ils avaient passée ensemble. Où était-il ? Comment allait-il ? Durant ces quelques heures de passion, il avait parlé de lui. Ses yeux noirs brillaient pendant qu'il racontait, dans ce magnifique anglais dépouillé propre aux étrangers, les événements importants de sa vie tragique mais, malgré tout, réussie.

Comment annoncer à un gitan, comme ça, que son meilleur ami s'est fait tuer par un chauffard ?

Une idée la frappa soudain. Le téléphone avait sonné, quelqu'un avait sûrement décroché mais on ne savait pas où la trouver. Personne ne l'avait vue s'écrouler de fatigue sur le canapé.

Depuis le moment où Rowan s'était levée et mise à parler, tout était allé très vite. Pourquoi lui avait-elle demandé de rester ? Qu'avait-elle de si personnel à lui dire ? Qu'avait-elle réellement en tête ?

Elle était en pleine forme. Aucun doute là-dessus. Tout l'après-midi et pendant la soirée, Mona l'avait vue reprendre petit à petit des forces. Pas une seconde elle n'avait craint qu'elle ne retombe dans son mutisme. Au contraire, elle avait repris la direction de la maison et, plus tard dans la soirée, une fois Michael endormi, elle était redescendue réconforter Béatrice et la persuader de coucher dans l'ancienne chambre d'Aaron. Béatrice avait affirmé ne pas vouloir remuer ses souvenirs, pour finalement avouer que se lover dans l'ancien lit d'Aaron était la seule chose dont elle avait envie.

– Avec l'odeur d'Aaron tout autour d'elle, avait dit Rowan à Ryan, elle se sentira en sécurité.

Cette remarque avait paru bizarre à Mona. Mais tous semblaient penser que c'était un bon remède après un décès. Ryan s'inquiétait pour Béa, et pour tout le monde, d'ailleurs. Mais, en présence de Rowan, il avait l'attitude d'un général sérieux et compétent devant son chef d'état-major.

Rowan avait emmené Ryan dans la bibliothèque et, pendant deux heures, sans avoir fermé la porte, ils avaient discuté de toutes sortes de choses, des projets pour Mayfair Medical jusqu'à divers détails concernant la maison. Rowan tenait à voir le dossier médical de Michael. Il avait l'air en aussi bonne santé que le jour de leur rencontre mais elle voulait consulter le dossier. Ne voulant pas la contrarier, Michael lui avait dit de s'adresser à Ryan.

– Et ta guérison à toi ? demanda Ryan. On t'attend pour les tests, tu sais.

Mona venait juste d'entrer pour dire bonsoir.

Yuri avait laissé son message à Amelia Street juste avant minuit et Mona s'était épuisée à passer successivement de la haine à l'amour, au chagrin, à la passion, aux regrets et à l'impatience.

– Je n'ai pas le temps de passer ces tests, avait répondu Rowan. Il y a des priorités. Par exemple, qu'a-t-on retrouvé à Houston dans la pièce où Lasher me gardait prisonnière ?

Se taisant en apercevant Mona, elle s'était levée, comme pour accueillir un personnage important. Ses yeux étaient brillants et toute froideur en avait disparu.

– Je ne voulais pas vous déranger, s'était excusée Mona. Mais je n'ai pas envie de rentrer à Amelia. Est-ce que je peux rester ?

– Je tiens à ce que tu restes, dit Rowan sans hésiter. Je t'ai fait attendre pendant des heures.

– Oui et non.

– Je suis impardonnable. Est-ce que nous pourrions discuter demain matin ?

– Bien sûr, avait répondu Mona d'un air épuisé.

Elle me parle comme si j'étais une femme, avait-elle songé.

– Mais tu es une femme, Mona Mayfair, avait dit Rowan en souriant.

Elle s'était rassise sans attendre et avait repris sa conversation avec Ryan.

– Vous avez dû trouver des papiers dans ma chambre de Houston, avec un tas de notes. Il avait écrit toute notre généalogie avant que sa mémoire ne commence à se détériorer.

Tout en s'éloignant le plus lentement possible, Mona avait trouvé curieux que Rowan parle de Lasher à Ryan, lui qui n'était même pas capable de prononcer son nom. Il était confronté à la dure réalité d'une évidence qu'il n'acceptait toujours pas. Papiers, généalogie, notes prises par le monstre qui avait tué sa femme, Gifford.

Mais, pour Mona, le plus important était de ne pas se sentir exclue. Rowan lui avait parlé comme à quelqu'un qui comptait. Tout avait changé. Et si elle demandait à Rowan, demain ou après-demain, ce qu'étaient ces papiers, il était fort probable qu'elle lui répondrait.

Incroyable d'avoir vu Rowan sourire, d'avoir vu son masque de froideur disparaître, ses yeux gris revivre et scintiller, d'avoir entendu sa voix profonde prendre ce ton chaud que peut donner un sourire.

Mona s'était rapidement éclipsée. Autant filer. Tu as trop sommeil pour écouter aux portes, de toute façon.

La dernière chose qu'elle avait entendue était la voix lasse de Ryan disant que tous les éléments récupérés à Houston avaient été examinés et classés.

Mona se souvenait du moment où tout était parvenu chez Mayfair & Mayfair. Elle se rappelait l'odeur qui émanait des cartons. De temps à autre, elle la distinguait encore dans le salon, mais elle était à peine perceptible.

Elle s'était affalée sur le canapé du salon, trop fatiguée pour réfléchir encore.

Tous les autres étaient partis. Lily dormait en haut près de Béatrice. Tante Vivian avait reintégré son appartement de Saint Charles Avenue.

Pénétrant par les fenêtres ouvrant sur le porche, la brise rafraîchissait le salon déserté. Inutile de fermer les fenêtres puisqu'un garde faisait probablement les cent pas devant. Elle s'était couchée sur le ventre en pensant à Yuri, puis à Michael, et avait sombré dans le sommeil du juste.

Il paraît qu'avec l'âge on a du mal à s'endormir. Eh bien, tant mieux ! Elle ne demandait que ça. Elle avait toujours estimé que dormir était une perte de temps parce que la terre continuait à tourner sans elle.

Elle s'était réveillée à quatre heures du matin. Les portes-fenêtres étaient toujours ouvertes et le garde fumait une cigarette à l'extérieur.

Tout ensommeillée, elle avait écouté les bruits de la nuit, les oiseaux babillant dans l'obscurité des arbres, le grondement distant d'un train, un bruit d'eau d'origine inconnue. Une fontaine ou une piscine, sans doute.

Un quart d'heure plus tard, elle avait soudain compris : il n'y avait pas de fontaine, quelqu'un nageait donc dans la piscine.

S'attendant presque à découvrir quelque charmant fantôme, celui de la pauvre Stella, par exemple, ou Dieu sait quelle apparition, elle s'était glissée dehors pieds nus et avait traversé la pelouse. Le garde était hors de vue, mais cela ne signifiait rien, étant donné l'étendue de la propriété. Quelqu'un faisait des longueurs dans la piscine.

À travers les buissons de gardénias, elle avait aperçu Rowan nue qui, battement après battement, nageait avec une rapidité déconcertante. Elle reprenait régulièrement son souffle, la tête sur le côté, avec autant de facilité qu'un nageur professionnel ou un sportif qui tient à se maintenir en forme.

Ce n'était pas le moment de la déranger, s'était dit Mona, qui ne demandait qu'à se recoucher sur le canapé.

Elle était si ensommeillée qu'elle se serait laissée tomber sur l'herbe fraîche. Mais quelque chose l'avait gênée, dans cette scène. Était-ce la nudité de Rowan ? La rapidité et la régularité de son crawl ? Ou l'idée que, peut-être, le garde était tapi derrière un buisson, en train de l'épier ?

De toute façon, Rowan n'ignorait pas qu'il y avait des gardes un peu partout. Cela avait fait l'objet d'une heure de discussions avec Ryan.

Mona était retournée dormir.

À son réveil, elle pensa d'abord à Rowan, avant même d'évoquer le visage de Yuri ou de se sentir, comme d'habitude, coupable à cause de Michael, ou de se rappeler que Gifford et sa mère étaient mortes.

Elle fixa les rayons de soleil éclairant le sol, puis la chaise dorée près de la fenêtre. Les lumières de sa vie s'étaient presque éteintes lorsque Alicia et Gifford étaient mortes. Et maintenant que Rowan s'intéressait à elle, cette femme mystérieuse qui, pour de multiples raisons, signifiait tant, toutes les lumières s'étaient rallumées.

La mort d'Aaron était une chose terrible mais surmontable. En fait, la sensation qui primait sur toutes les autres était cette excitation égoïste qu'elle avait ressentie la veille, lorsque Rowan lui avait adressé son premier regard intéressé, à la fois complice et respectueux.

Elle veut probablement me demander si j'ai envie d'aller au collège, se dit Mona. Son regard tomba sur ses chaussures à hauts talons. Elle ne pouvait plus les mettre. Et il était si bon de marcher pieds nus sur le parquet de First Street. Surtout depuis que les nouveaux domestiques en prenaient soin. Yancy les astiquait pendant des heures. Même Eugenia travaillait davantage et rouspétait moins.

Mona se leva et lissa sa robe de soie fripée. Elle s'approcha de la fenêtre du jardin et offrit son corps au soleil chaud et à l'air doux et humide, deux éléments qui lui paraissaient d'habitude normaux. Mais, à First Street, tout semblait toujours plus merveilleux et elle ne pouvait s'empêcher de méditer un moment avant de se lancer à l'assaut d'une nouvelle journée.

Protéines, hydrocarbones, vitamine C. Elle était affamée. La veille, on avait dressé le buffet familial traditionnel et tout le monde était venu pour entourer Béa. Mais elle avait oublié de manger.

C'est pour ça que tu t'es réveillée en pleine nuit, se dit-elle. Avoir le ventre creux lui donnait toujours mal à la tête. Elle repensa soudain à Rowan nageant seule et cette pensée la mettait mal à l'aise : sa nudité, l'heure indue et la présence des gardes. Bon, après tout, c'était une Californienne ! Ils devaient faire des trucs comme ça tout le temps, là-bas.

Elle s'étira, écarta les jambes, se baissa pour toucher des mains la pointe de ses pieds puis se releva et se pencha en arrière en secouant sa cascade de cheveux. Elle sortit de la pièce, s'engagea dans le corridor, traversa la salle à manger et entra dans la cuisine.

Des œufs, du jus d'orange, la concoction de Michael.

L'odeur de café frais la surprit. Elle attrapa une tasse en porcelaine dans le vaisselier et saisit la cafetière. Très noir, de l'*espresso*, comme celui que Michael buvait à San Francisco. Non, en fait, elle n'avait pas du tout envie de café. Elle aurait préféré quelque chose de frais. Du jus d'orange. Michael en avait toujours de pleines bouteilles dans le réfrigérateur. Elle remplit sa tasse du liquide orange et reboucha avec précaution la bouteille pour que la vitamine C ne s'en échappe pas.

Soudain, elle s'aperçut qu'elle n'était pas seule.

Rowan était assise à la table de la cuisine et l'observait en fumant une cigarette. Elle fit tomber sa cendre dans une jolie soucoupe en porcelaine bordée de fleurs. Elle portait un ensemble de soie noire, des boucles d'oreilles en perles et une rangée de perles autour du cou.

– Je ne t'avais pas vue, s'excusa Mona.

– Tu sais qui m'a acheté ces vêtements ? demanda Rowan.

Sa voix était aussi douce que la veille.

– Probablement la même personne que celle qui m'a acheté cette robe, répondit-elle. Béatrice. Mes placards sont bourrés à craquer de trucs achetés par Béatrice. Uniquement de la soie.

– Les miens aussi, dit Rowan en lui adressant un large sourire.

Ses cheveux étaient dégagés mais tombaient naturellement en bouclant juste au-dessus de son col. Ses cils étaient très sombres et elle avait mis un rouge à lèvres d'un rose violet qui soulignait sa bouche magnifiquement dessinée.

– Tu vas vraiment bien ? s'enquit Mona.

– Assieds-toi, s'il te plaît, dit Rowan en lui montrant la chaise à l'autre bout de la table.

Mona obéit.

Une eau de toilette de luxe émanait de Rowan. Une sorte de mélange d'agrume et de pluie.

Son ensemble de soie noire était sublime. Avant le mariage, on n'avait jamais vu Rowan avec un vêtement aussi volontairement sensuel. Béa avait l'art de se glisser dans les placards des gens, de relever leurs mensurations, puis de refaire leur garde-robe de la façon dont elle pensait qu'ils devaient s'habiller.

Eh bien, pour Rowan, c'était une totale réussite.

J'ai complètement détruit cette robe bleue, se dit Mona. Je ne suis pas prête pour ce type de vêtement. Pas plus que pour les chaussures à talons qu'elle avait envoyées valser sur le plancher du salon.

Rowan baissa la tête pour écraser sa cigarette. Une grosse boucle de cheveux blond cendré tomba sur le creux de sa joue. Son visage avait maigri. La maladie et le chagrin lui avaient donné ce côté quelque peu décharné pour lequel les starlettes et les mannequins se laissent à moitié mourir de faim.

Mona ne pouvait rivaliser avec ce type de beauté. Elle avait les cheveux roux et des formes et serait toujours ainsi.

Rowan se mit à rire doucement.

– Tu fais ça depuis longtemps ? demanda Mona en avalant une gorgée de jus d'orange. Lire dans mes pensées, je veux dire. Tu ne le fais pas en permanence, n'est-ce pas ?

Rowan ne s'attendait pas à cette question. Elle eut un air amusé.

– Non, pas en permanence. Plutôt par flashes quand tu

es préoccupée. Je me glisse dans tes réflexions, en quelque sorte. Comme quand on craque une allumette.

– Oui, j'aime ça aussi. Je vois très bien ce que tu veux dire.

Elle essayait de ne pas regarder Rowan avec adoration. Elle n'avait jamais su ce qu'était avoir le béguin pour un prof, mais elle imaginait que c'était très proche.

– Quand tu me regardes, dit Rowan, je suis incapable de lire quoi que ce soit. Ce sont peut-être tes yeux verts qui m'aveuglent. Ne les oublie pas quand tu fais tes comptes : tu as une peau parfaite, des cheveux roux à mourir, longs et indécemment épais, et d'immenses yeux verts. Et puis, il y a ta bouche et ton corps. Je crois que ta vision de toi-même est un peu trouble en ce moment. Peut-être parce que tu as d'autres sujets de préoccupation : l'héritage, ce qui est arrivé à Aaron, quand Yuri va revenir.

Mona voulut dire quelque chose mais l'oublia instantanément. En fait, jamais elle ne s'attardait plus que nécessaire devant un miroir. Et, ce matin, elle ne s'y était même pas regardée.

– Écoute, je n'ai pas beaucoup de temps, poursuivit Rowan en croisant les mains sur la table. Je vais te parler très franchement.

– Vas-y, je t'en prie.

– Je suis tout à fait d'accord pour que tu sois l'héritière. C'est un choix idéal. Je l'ai senti d'instinct dès que j'ai compris tout ce qui s'était passé, et Ryan a achevé de me convaincre. Les tests confirment que tu as les dons. De plus, tu as l'intelligence, la stabilité, la ténacité et une santé parfaite. Évidemment, tu as aussi les chromosomes supplémentaires, mais des femmes et des hommes Mayfair les ont eus au cours des siècles et il n'y a aucune raison pour que les événements de Noël se reproduisent.

– De toute façon, je n'ai pas l'intention d'épouser un membre de la famille.

Rowan réfléchit et hocha la tête. Elle regarda sa tasse de café, la porta à sa bouche, avala la dernière gorgée et la reposa sur le côté.

– Je ne t'en veux absolument pas pour ce qui s'est passé avec Michael. J'aimerais que tu en sois certaine.

– J'ai du mal à te croire. Ce que j'ai fait est impardonnable.

– Irréfléchi, tout au plus. Et je crois comprendre ce qui s'est produit. Michael reste muet à ce sujet. Je ne parle pas du fait que tu l'aies séduit mais des conséquences positives.

– Si c'est moi qui l'ai guéri, je n'irai peut-être pas en enfer, après tout, dit Mona.

Elle eut un sourire triste. Sa voix et son visage trahissaient son remords, elle en avait conscience. Mais elle se sentait si soulagée...

– Tu l'as guéri et c'était probablement ton destin. Un jour, nous reparlerons de tes rêves et du Victrola qui s'est matérialisé dans la pièce.

– Alors, Michael t'en a parlé ?

– Non, c'est toi. Chaque fois que tu étais près de moi et que tu repensais à la valse de *La Traviata* et au fantôme de Julien qui te poussait à le faire. Mais ce n'est pas le plus important. Ce qui compte, c'est que tu ne croies plus que je te déteste pour ça. Il faut que tu sois forte pour être l'héritière, surtout en ce moment. Il ne faut pas que tu te fasses du souci pour rien.

– Tu as raison. Tu ne m'en veux vraiment pas, je le sais.

– Tu aurais pu t'en rendre compte plus tôt. Tu es plus forte que moi. Lire dans les pensées et le cœur des gens n'est qu'un jeu. Je détestais cela quand j'étais enfant. Ça me faisait peur. Mais, plus tard, j'ai appris à me servir de ce don. Si tu attends un peu une fois que quelqu'un t'a parlé, surtout si ses paroles sont déroutantes, tu sais exactement ce qu'il ressent.

– Je sais, j'ai essayé.

– C'est un don qui se cultive. Toi, tu as la chance d'être consciente de ce que tu es. Quand j'étais plus jeune, j'étais censée être normale. J'étais une bonne étudiante passionnée de science, une enfant unique élevée dans le luxe. Je ne savais pas qui j'étais, contrairement à toi.

Elle fit une pause et prit une autre cigarette.

– Ça ne te gêne pas ? demanda-t-elle en montrant la cigarette.

– Non, pas du tout. J'ai toujours aimé l'odeur du tabac.

Mais Rowan remit la cigarette dans le paquet et repoussa le briquet.

Elle regarda Mona d'un air étrangement dur comme si, plongée dans ses pensées, elle en oubliait de dissimuler ses émotions profondes.

Son regard était si froid et si dur qu'il aurait pu être celui d'un homme. Mais c'était bien une belle femme aux yeux gris, aux sourcils foncés et aux cheveux blonds. Mona était trop intriguée pour détourner son regard.

Presque aussitôt, l'expression de Rowan se radoucit. Volontairement, peut-être.

– Je pars pour l'Europe, annonça-t-elle. Pour quelque temps.

– Pourquoi ? Où vas-tu ? Michael est au courant ?

– Non. Lorsqu'il le saura, cela va lui faire mal.

– Rowan, tu ne peux pas lui faire ça. Pourquoi pars-tu ?

– Parce qu'il le faut. Je suis la seule à pouvoir éclaircir le mystère du Talamasca. Je veux savoir pourquoi Aaron est mort.

– Mais il faut emmener Michael avec toi ! Si tu le laisses une nouvelle fois, il faudra bien plus qu'une gamine de treize ans pour sauver son ego et le peu de virilité qu'il lui reste.

Rowan l'avait écoutée avec attention.

Mona regretta tout de suite ses paroles, puis regretta plutôt de ne pas avoir parlé avec plus de force.

– Nous allons encore souffrir, dit Rowan.

– Sans compter qu'il ne sera peut-être plus là à ton retour !

– Qu'est-ce que tu ferais, à ma place ?

Mona avala une gorgée de jus d'orange pour se donner le temps de réfléchir.

– C'est à moi que tu poses cette question ?
– À qui d'autre ?
– Emmène-le avec toi en Europe. Pourquoi veux-tu qu'il reste ici ?
– J'ai mes raisons. D'abord, il est le seul à comprendre le danger que court actuellement la famille. Ensuite, il y a la question de sa propre sécurité, bien que j'ignore ce qu'il en est exactement.
– Sa propre sécurité ? S'il reste à traîner par ici, les types du Talamasca n'auront aucun mal à le trouver. Et ta sécurité, à toi, tu y as pensé ? À part Michael, c'est toi qui en sais le plus long sur les événements. Tu peux avoir besoin de lui. Tu ne peux pas partir seule.
– Je ne serai pas seule. Il y aura Yuri.
– Yuri ?
– Il a rappelé ce matin.
– Pourquoi ne m'as-tu pas prévenue ?
– Je te le dis maintenant. Il était dans une cabine téléphonique à Londres et n'avait que quelques minutes pour parler. Je l'ai convaincu de venir me chercher à Gatwick. Je pars dans quelques heures.
– Tu aurais dû m'appeler, Rowan. Tu aurais dû...
– Attends, Mona. Il a téléphoné pour qu'on s'assure que tu restes avec la famille et sous bonne garde. Il pense que certaines personnes pourraient vouloir t'enlever. Il était très sérieux et n'a pas donné d'autre explication. Il a juste fait allusion aux tests génétiques et à des gens qui avaient accès aux dossiers et pensaient que tu étais la sorcière la plus puissante de la famille.
– C'est probablement vrai. J'y pense depuis longtemps. Mais, Rowan, s'ils cherchent des sorcières, pourquoi pas toi ?
– Parce que je ne peux plus avoir d'enfant. Toi, oui. Yuri pense qu'ils s'intéressent aussi à Michael. C'était lui le père de Lasher. Ces gens malveillants, quels qu'ils soient, vont essayer de vous réunir. Mais je crois que Yuri fait erreur.
– Pourquoi ?

– Pousser un sorcier et une sorcière à se reproduire pour que les gènes supplémentaires donnent naissance à un Taltos ? C'est aussi improbable aujourd'hui que par le passé. Selon les dossiers, la seule et unique tentative réussie a mis trois cents ans. Et j'y ai prêté mon concours au moment crucial. Sinon, cela n'aurait probablement pas pu arriver.

– Et Yuri pense qu'ils peuvent nous forcer à le faire, Michael et moi ?

Pendant tout ce temps, les yeux gris de Rowan étaient restés fixés sur elle.

– Je ne suis pas d'accord avec lui. Je crois que, dans cette histoire, les méchants ont tué Aaron pour brouiller leur piste. C'est pourquoi ils ont aussi essayé de tuer Yuri et qu'ils vont organiser pour moi une mort accidentelle. D'un autre côté...

– Alors, tu es en danger ! Qu'est-il arrivé à Yuri ? Quand, où ?

– Nous ignorons l'ampleur du danger que court chacune des personnes impliquées. Nous l'ignorons parce que nous ne connaissons pas les véritables mobiles des tueurs. Selon Yuri, ils ne s'arrêteront pas avant de tenir un Taltos. C'est la théorie la plus pessimiste, mais nous ne devons pas la négliger. Michael et toi devez être protégés et Michael est le seul de la famille à savoir réellement pourquoi. Tu dois impérativement rester dans la maison.

– Tu nous laisserais seuls tous les deux, bien tranquillement sous ton propre toit ? Rowan, je vais te parler franchement.

– Je n'en attends pas moins de toi.

– Tu sous-estimes Michael à bien des points de vue. Si tu t'en vas sans le prévenir, il ne va pas rester là à se tourner les pouces. Et même s'il se soumettait à ta décision, qu'est-ce que tu crois qu'un homme comme lui va vouloir faire ? S'il le veut – c'est de coucher avec moi dont je te parle –, quelle sera ma réaction, à ton avis ? Rowan, tu nous traites comme des pions sur un échiquier. Mais nous ne sommes pas des pions.

Rowan ne répondit pas. Au bout d'un instant, elle sourit.

– Tu sais, Mona, j'aurais aimé t'emmener avec moi.

– D'accord, emmène-nous tous les deux. On part tous les trois !

– La famille n'accepterait jamais une telle trahison. Et je ne peux pas me faire ça à moi-même.

– À quoi sert cette conversation, alors ? Pourquoi me demander mon avis ?

– Mona, il y a trop de raisons pour que tu restes ici avec Michael.

– Et si on remet ça, tous les deux ?

– À toi de voir.

– Génial ! Tu le mets sur la touche et tu comptes sur moi pour le consoler mais sans...

Machinalement, Rowan prit une cigarette mais interrompit son geste, comme la fois précédente, soupira et la remit dans le paquet.

– Ça ne me dérange pas si tu fumes. Moi, je ne fume pas parce que je suis trop intelligente pour ça, bien sûr, mais...

– Bientôt, ça te dérangera.

– Qu'est-ce que tu veux dire ?

– Tu ne devines pas ?

Mona était sidérée.

– Tu veux dire que... ? Mon Dieu ! J'aurais dû le comprendre.

Pourtant, il s'en était fallu de peu à plusieurs reprises, par le passé. Elle avait appelé sa gynécologue un certain nombre de fois en lui disant : « Je crois que ça y est, cette fois ! »

– Cette fois, ça y est vraiment, Mona. C'est l'enfant de Yuri ?

– Non, c'est impossible. Il a pris toutes les précautions. C'est tout à fait impossible.

– Alors, c'est l'enfant de Michael.

– Oui. Mais tu es certaine que je sois enceinte ? C'était il y a un mois seulement et...

– Oui. La sorcière et le médecin te le disent.

– Alors, c'est peut-être le Taltos ?

– Tu cherches une raison pour t'en débarrasser ?

– Certainement pas. Rien au monde ne m'obligerait à m'en débarrasser.

– Tu es sûre ?

– Sûre ? Rowan, nous sommes une famille catholique et nous ne faisons pas ce genre de chose. Je le garde, quel que soit le père. Et si c'est Michael, raison de plus pour que tout le monde soit content. Il fait partie de la famille. Tu ne nous connais pas si bien, Rowan. Si Michael est le père... Si je suis bien enceinte...

– Vas-y, termine !

– Tu ne veux pas terminer à ma place ?

– Non, j'aimerais entendre ce que tu as à dire, si tu veux bien.

– S'il est de Michael, alors Michael sera le père de la prochaine génération qui héritera de la maison.

– Oui.

– Et si le bébé est une fille, je pourrai la désigner comme héritière, Michael et toi pourrez être son parrain et sa marraine et nous irons ensemble aux fonts baptismaux. Michael aura un enfant et j'aurai le père que je voulais pour mon bébé, quelqu'un qui a la confiance et l'amour de tout le monde.

– Je savais que tu ferais une description bien plus colorée que je ne l'aurais faite moi-même. C'est encore mieux que je ne l'espérais. Tu as raison. J'ai encore des choses à apprendre sur cette famille.

– Pense à l'église Saint Alphonse, là où Stella, Antha et Deirdre ont été baptisées. Toi aussi, d'ailleurs, il me semble...

– On ne m'en a jamais parlé.

– Je crois que je l'ai entendu dire.

– Bon, il n'y a aucune chance pour que tu te débarrasses de ce bébé ?

– Tu plaisantes ? Je le veux. Écoute, je serai bientôt si riche que je pourrai m'acheter tout ce que je veux. Mais rien ne remplacera un bébé bien à moi. Si tu connaissais mieux la famille, si tu n'avais pas passé toutes ces années là-bas, en Californie, tu comprendrais que la question ne se pose même pas, sauf si, bien sûr... Mais même...

– Même quoi ?

– On verra le moment venu. Il y aura bien des signes, quelque chose, s'il est anormal.

– Ce n'est pas certain. Quand j'attendais Lasher, il n'y a rien eu avant le moment fatidique.

Mona avait envie de répondre, de dire quelque chose, mais elle était trop absorbée dans ses pensées. Un enfant bien à elle. Malgré sa jeunesse, elle allait pouvoir passer dans l'âge adulte. Soudain, elle vit le berceau, le bébé et elle-même portant le collier d'émeraude qu'elle attacherait au cou de sa fille.

– Et Yuri ? demanda Rowan. Il va comprendre ?

Mona aurait aimé dire oui, mais elle n'en avait aucune idée. Elle repensa à Yuri assis sur le bord du lit, le dernier soir, disant : « Il y a des tas de raisons très importantes pour que tu te maries avec l'un des vôtres. » Soudain, elle s'aperçut que la compréhension de Yuri était le cadet de ses soucis.

Elle ne savait même pas comment on avait essayé de le tuer ni s'il était blessé.

– On lui a tiré dessus, dit Rowan. Malheureusement, l'assassin a été tué par celui qui a sauvé Yuri. Et le corps serait trop difficile à retrouver. Nous n'allons même pas essayer. Nous avons d'autres projets.

– Écoute, Rowan, quels que soient ces projets, il faut que tu en parles à Michael. Tu ne peux pas partir comme ça.

– Je sais.

– Et tu n'as pas peur que ces sales types vous tuent tous les deux, Yuri et toi ?

– J'ai quelques armes bien à moi. Yuri connaît la maison mère comme sa poche. Je crois pouvoir y entrer. J'irai voir l'un des plus vieux membres, l'un des plus respectés. Il me suffira de quinze minutes pour savoir si tout l'ordre est impliqué ou seulement un petit groupe.

– Ce ne peut être un individu isolé, en tout cas. Trop de gens sont morts.

– Tu as raison. Et ils ont perdu trois de leurs membres. Mais ce peut être un groupuscule au sein de l'ordre ou des gens de l'extérieur qui ont des complices à l'intérieur.

– Tu crois que tu pourras les identifier ?

– Oui.

– Prends-moi comme appât.

– Avec l'enfant que tu portes ? S'il est de Michael...

– Il l'est.

– Alors, ils risquent de s'y intéresser encore plus qu'à toi. Je ne veux pas que nos sorcières deviennent une sorte d'instrument pour ceux qui savent s'en servir, que les femmes de notre famille deviennent les cobayes de quelque savant illuminé. J'en ai assez de tout ça. J'en ai assez des monstres. Je veux mettre un terme à toute cette folie. Et Michael et toi devez rester ici.

Rowan releva la manche de son chemisier de soie et consulta sa petite montre en or. Mona ne l'avait jamais vue. C'était sans doute une autre idée de Béatrice.

– Je monte parler à mon mari, annonça Rowan.

– Je viens avec toi.

– Non, s'il te plaît.

– Je suis désolée, mais il le faut.

– Et pourquoi ?

– Pour m'assurer que tu lui dises tout.

– D'accord, allons-y ensemble. Tu as peut-être une longueur d'avance sur moi et tu sauras le convaincre de coopérer. Mais laisse-moi te poser une dernière fois la question. Tu es certaine que le bébé est de Michael ?

– Oui. Et je pense que ça s'est passé juste après l'enterrement de Gifford. Je l'ai de nouveau séduit et je n'ai pas pris plus de précautions que la première fois. Gifford était morte et j'étais comme possédée par le démon, je le jure. C'était juste après que quelqu'un eut essayé d'entrer par la fenêtre de la bibliothèque et que j'eus senti cette odeur.

Rowan ne dit rien.

– C'était lui, n'est-ce pas ? poursuivit Mona. Il venait me voir après ma mère. Il m'a réveillée en essayant d'entrer. Après, je suis allée voir ma mère à l'hôpital et je l'ai trouvée morte.

– Elle était forte, cette odeur ?

– Très. Parfois, je la sens encore dans le salon, ici, et en haut dans la chambre. Pas toi ?

Rowan ne répondit pas.

– Je veux que tu fasses quelque chose pour moi, dit-elle enfin.

– C'est quoi ?

– Ne parle pas du bébé à Michael jusqu'à ce que tu aies passé les tests de grossesse. Il y a bien quelqu'un à qui tu peux te fier ?

– Ne t'inquiète pas pour moi, j'ai une gynécologue.

– Écoute, je serai de retour avant que tu aies besoin d'en parler à qui que ce soit.

– J'y compte bien. Ce serait formidable que tu en termines aussi vite. Mais si tu ne revenais pas et que Michael et moi ne sachions jamais ce qui t'est arrivé, ou à Yuri ?

Rowan réfléchit puis haussa simplement les épaules.

– Je reviendrai. Encore une chose...

– Oui ?

– Si tu parlais du bébé à Michael et qu'ensuite, pour une raison ou une autre, tu ne le gardais pas, cela tuerait Michael. Deux fois déjà il a failli être père. Si tu as le moindre doute, ne lui dis rien jusqu'à ce que le doute soit levé.

– Je suis impatiente de le lui annoncer. Je vais aller cet après-midi chez ma gynécologue. Et quand j'aurai les résultats positifs des tests je parlerai à Michael. Et rien au monde ne m'empêchera de donner naissance à cet enfant.

Elle allait se lever lorsqu'elle se rendit compte de la cruauté de ses paroles pour Rowan. Mais celle-ci ne semblait pas blessée. Son visage était très serein. Elle regardait ses cigarettes.

– Sors d'ici pour que je puisse fumer en paix, dit-elle en souriant. Après, nous réveillerons Michael. J'ai une heure et demie avant de prendre l'avion.

– Rowan, je... Je suis vraiment désolée, pour Michael et moi. Mais, pour le bébé, je n'arrive pas à l'être.

– Moi non plus. S'il se sort de toute cette histoire avec

un enfant à lui et une mère qui le laisse l'aimer, il parviendra peut-être à tout pardonner, avec les années. Mais rappelle-toi que je suis toujours sa femme, Jézabel. Tu as l'émeraude et le bébé, mais Michael est à moi.

– Ne t'inquiète pas pour ça. Je t'aime vraiment, Rowan. Très, très fort. Et pas simplement parce que tu es ma cousine et que nous sommes des Mayfair. Si je n'étais pas enceinte, je t'obligerais à m'emmener pour veiller sur toi, sur Yuri et sur tout le monde.

– Et comment tu t'y prendrais ?

– Comment tu dis, déjà ? « J'ai quelques armes bien à moi. »

Elles se regardèrent longuement puis Rowan hocha doucement la tête et sourit.

7

La colline était boueuse et il faisait froid. Mais Marklin n'avait jamais fait cette ascension, hiver comme été, sans y prendre du plaisir. Il adorait se tenir sur Wearyall Hill, près de la Sainte Épine, et admirer en bas la ville pittoresque de Glastonbury. Le paysage alentour était d'un vert tendre et printanier.

Marklin avait vingt-trois ans, des cheveux blonds, des yeux bleu pâle et une peau claire. Il portait un imperméable doublé de laine, des gants de cuir et une casquette de laine qui lui allait bien et le réchauffait bien plus qu'on n'aurait pu s'y attendre.

Il avait dix-huit ans lorsque Stuart l'avait amené ici pour la première fois avec Tommy. Tous deux étudiants à Oxford, ils vénéraient Stuart et buvaient ses moindres paroles.

Durant toutes leurs études à Oxford, ils étaient régulièrement venus dans cet endroit. Ils prenaient des petites chambres confortables à l'hôtel George and Pilgrims, se promenaient dans High Street et écumaient les librairies et les boutiques vendant des cristaux et des tarots. Ils discutaient à voix basse de leurs recherches secrètes, de leur approche scientifique de certains sujets que d'autres qualifiaient de purement mythologiques.

Ils étaient impatients de décoder le passé avec tous les moyens à leur disposition. Et Stuart, qui leur avait enseigné les langues anciennes, était leur prêtre, leur lien magique avec un véritable sanctuaire : la bibliothèque et les archives du Talamasca.

L'année précédente, après la découverte de Tessa, c'était sur Glastonbury Tor que Stuart leur avait avoué :

– Vous réunissez tout ce que j'ai toujours rêvé de trouver chez un étudiant, un élève ou un novice. Vous êtes les premiers à qui j'ai réellement envie de transmettre toutes mes connaissances.

Marklin avait pris cela comme un honneur suprême, plus important que ceux qu'il avait reçus à Eton et à Oxford.

Ce moment avait été encore plus merveilleux que son entrée dans l'ordre. Rétrospectivement, cette intronisation n'avait eu d'autre valeur que celle que Stuart y avait attachée. Stuart avait vécu toute sa vie comme membre du Talamasca et allait bientôt mourir, comme il se plaisait à le répéter, entre ses murs.

Le vieil homme, âgé maintenant de quatre-vingt-sept ans, était l'un des plus vieux membres actifs de l'ordre, si enseigner les langues pouvait être considéré comme de l'action. Il ne parlait jamais de sa mort de façon romantique ou mélodramatique et rien ne venait altérer sa sérénité.

– Si un homme de mon âge, qui a encore toute sa tête, n'est pas courageux face à la mort, n'est pas curieux et même impatient de voir ce qui va se passer, eh bien, il a gâché sa vie. C'est un abruti.

Même la découverte de Tessa ne lui avait pas donné l'envie de prolonger le temps qu'il lui restait à vivre. Son dévouement envers elle ne pouvait s'entacher d'une telle mesquinerie. Marklin redoutait davantage que lui la mort de Stuart. Et il avait compris qu'il était allé trop loin avec Stuart, qu'il allait devoir le regagner à sa cause. Que la mort de Stuart les sépare était inévitable, mais le perdre avant était impensable.

– Vous vous tenez sur la terre sacrée de Glastonbury, leur avait-il annoncé le jour où tout avait commencé. Qui est enterré sous cette butte ? Arthur lui-même ou seulement quelques Celtes anonymes qui nous ont laissé des pièces de monnaie, des armes et des bateaux sur lesquels ils parcouraient les mers et ont créé l'île d'Avalon ? Nous ne le saurons jamais. Mais il est des secrets que nous pouvons percer et leurs implications sont si vastes, si révolutionnaires et sans précédent qu'elles méritent notre allégeance à l'ordre et tous les sacrifices que nous devrons faire. Sinon, nous serions des menteurs.

Stuart menaçait maintenant d'abandonner Marklin et Tommy ; il était furieux contre eux. Il n'avait pas été nécessaire de lui révéler tous les points de leur plan. Mais Marklin se rendait compte que son refus de prendre l'entière direction des opérations avait causé une rupture. Stuart avait Tessa... Et il avait clairement exprimé ce qu'il voulait. Lui avouer ce qu'il s'était réellement passé avait été une erreur, un manque de maturité de la part de Marklin. Son grand attachement à Stuart l'avait poussé à tout lui raconter.

Il fallait regagner Stuart à sa cause. Il avait accepté ce rendez-vous, ce qui était bon signe. Il était probablement déjà là et, selon son habitude, visitait Chalice Well avant de pousser jusqu'à Wearyall Hill et de les rejoindre sur la butte. Marklin savait que Stuart l'aimait beaucoup. En faisant preuve de ferveur, d'honnêteté et de poésie, il réparerait les dégâts.

Sa vie ne faisait que commencer et cette aventure n'était que la première d'une longue série. Aucun doute là-dessus. Il trouverait les clés menant au tabernacle, la carte du trésor, la formule de la potion magique. Mais échouer dans cette toute première quête serait, psychologiquement, une catastrophe. Il ne baisserait pas les bras, certes, mais il supporterait mal qu'un échec vienne interrompre les succès qu'il avait enchaînés jusqu'ici.

Je dois gagner, toujours gagner. Je ne dois jamais rien tenter que je ne puisse réussir. C'était sa ligne de conduite et il ne s'en était jamais écarté.

Quant à Tommy, il s'était toujours montré loyal envers les serments qu'ils avaient prêtés tous trois, loyal envers le concept et la personne de Tessa. Aucun souci de ce côté. Complètement absorbé par ses recherches informatiques, ses chronologies et ses graphiques de haute précision, Tommy ne représentait aucun danger. Ce n'était pas lui qui prenait les décisions et il ne les remettait jamais en question.

Sur le fond, Tommy n'avait pas changé. Il était resté tel que Marklin l'avait connu et aimé dans leur enfance, un collectionneur, un archiviste, un enquêteur appliqué. Sans Marklin, Tommy n'existerait pas. Ils s'étaient rencontrés à l'âge de douze ans dans une pension américaine. La chambre de Tommy était remplie de fossiles, de cartes, d'ossements d'animaux, de matériel informatique et d'une foule de bouquins de science-fiction.

Marklin avait toujours pensé qu'il passait aux yeux de Tommy pour un de ces personnages de romans fantastiques que, personnellement, il détestait, et qu'en entrant dans sa vie il avait permis à son ami de pénétrer lui-même dans un de ces livres. Tommy était d'une loyauté sans faille. Les années où Marklin avait eu envie de liberté, Tommy était resté trop proche, toujours à disposition. Pour respirer un peu, Marklin lui avait assigné des tâches qui l'éloignaient et Tommy n'en avait jamais souffert.

Il commençait à faire froid, mais c'était sans importance.

Glastonbury était pour lui un lieu sacré même s'il n'accordait aucun crédit aux croyances qui s'y rattachaient.

Chaque fois qu'il se rendait à Wearyall Hill, avec la dévotion d'un moine, il revoyait Joseph d'Arimathie planter sa houlette à cet endroit. Peu lui importait que la Sainte Épine d'aujourd'hui ne fût qu'un scion de l'arbre d'origine. Ce détail, comme les autres, ne signifiait rien pour lui. Ce genre d'endroit provoquait chez lui un enthousiasme qui servait son dessein, un renouveau religieux, s'il en était, qui renforçait ses convictions et le renvoyait dans le monde sans aucun ménagement.

Les choses avaient mal tourné. Des hommes dont l'innocence et la valeur auraient mérité plus de justice avaient été sacrifiés. Mais ce n'était pas entièrement sa faute. Et l'enseignement qu'il en tirait était que, finalement, tout cela était sans importance.

Le moment est venu d'instruire mon propre maître, se

dit-il. À des kilomètres de la maison mère, cette rencontre en plein air sous le prétexte d'observer un rituel remontant à de nombreuses années nous réunira à nouveau tous les trois. Rien n'est perdu. Il suffit de convaincre Stuart de profiter des récents événements.

Tommy était arrivé.

Il arrivait toujours le deuxième. Marklin vit l'antique roadster de son ami ralentir en descendant High Street et se garer. Tommy claqua la portière, omit de la verrouiller, comme à son habitude, puis commença à gravir la colline.

Et si Stuart ne se montrait pas ? Et s'il avait décidé de laisser tomber ses disciples ? Impossible.

Il devait être au puits. Il ne manquait jamais d'y boire en arrivant et en repartant. Ses pèlerinages répondaient à un rite aussi immuable que chez les druides. Les déplacements de Stuart étaient invariablement ponctués de lieux saints. C'était une habitude que Marklin trouvait aussi attendrissante que la façon de s'exprimer de son maître. Stuart disait avoir « consacré » les deux jeunes gens à une vie de ténèbres en leur faisant pénétrer « le mystique et le mythe afin de toucher du doigt le cœur même de l'horreur et de la beauté ».

La pureté de la poésie. C'était avec les mêmes armes, métaphores et nobles sentiments qu'il allait falloir convaincre Stuart.

Tommy avait presque atteint l'arbre. Il marchait avec précaution pour ne pas déraper et tomber dans la boue. C'était arrivé une fois à Marklin, bien des années auparavant, au tout début de leurs pèlerinages. Il avait dû rester toute une soirée à l'hôtel pendant qu'on lui nettoyait ses vêtements.

Mais cela avait eu du bon : vêtu d'une robe de chambre d'emprunt, il avait passé une merveilleuse soirée à discuter avec Stuart, tous deux rêvant de monter en pleine nuit sur la butte et de communier avec l'esprit du roi endormi.

Bien entendu, à aucun moment Marklin n'avait cru que le roi Arthur dormait sous la butte de Glastonbury. Dans le cas contraire, il aurait pris une pelle et creusé.

Ce n'est qu'arrivé à un certain âge que Stuart avait acquis la certitude qu'un mythe n'était intéressant que s'il reposait sur un fond de vérité et que celle-ci pouvait non seulement être découverte mais également prouvée.

Ces érudits avaient tous le même défaut : pour eux, les paroles et les faits finissaient toujours par se confondre. Et c'était précisément la cause de la confusion d'aujourd'hui. Stuart, à quatre-vingt-sept ans, venait de faire sa première incursion dans la réalité.

Une réalité sanglante.

Tommy fut enfin près de Marklin. Il souffla sur ses doigts engourdis par le froid et prit ses gants dans sa poche. C'était bien lui, ça. Il avait gravi la colline les mains nues et n'avait songé à ses gants qu'en apercevant ceux de Marklin, qu'il lui avait offerts des années auparavant.

– Où est Stuart ? demanda Tommy. Ah oui ! mes gants.

Il fixait Marklin de ses grands yeux, derrière ses lunettes à verres ronds, ses cheveux roux coupés court à la façon d'un avocat ou d'un banquier.

– Mes gants, je sais. Où est-il ?

Marklin s'apprêtait à lui dire que Stuart n'était pas venu lorsqu'il le vit sortir de sa voiture, qu'il avait amenée aussi près que possible de la colline. Cela ne lui ressemblait guère.

Sinon, il était toujours le même : grand, mince dans son pardessus familier, la même écharpe de cachemire autour du cou et flottant au vent derrière lui, le visage émacié, comme sculpté dans le bois. Comme d'habitude, sa chevelure grise ressemblait à un nid d'oiseaux. Il n'avait guère changé en dix ans.

Tout en approchant, il fixait Marklin. Tommy fit un pas de côté et Stuart se planta à deux mètres d'eux, les poings serrés, l'air ulcéré.

– Vous avez tué Aaron ! explosa-t-il. Vous l'avez tué ! Comment avez-vous pu faire une chose pareille ?

Marklin était sans voix. Toute sa confiance et les belles paroles qu'il avait préparées s'étaient envolées. Il tenta de maîtriser le tremblement de ses mains. Il savait que, s'il parlait, sa voix serait frêle et dénuée de toute autorité. Il ne supportait pas que Stuart soit en colère, et même déçu.

– Seigneur ! Qu'avez-vous fait ? Qu'est-ce qui m'a pris de vouloir mettre ce projet à exécution ? Je suis un misérable.

Marklin avala sa salive, incapable de prononcer un mot.

– Toi, Tommy, comment as-tu pu te laisser entraîner ? Et toi, Mark. C'est toi qui es à l'origine de tout cela !

– Stuart, écoutez-moi, plaida Marklin.

– T'écouter ? éructa Stuart en s'approchant, les mains enfouies dans ses poches. T'écouter ? Laisse-moi te poser une question, mon brillant jeune ami, mon espoir déçu. Qu'est-ce qui t'empêche de me tuer, moi, comme tu l'as fait pour Aaron et Yuri Stefano ?

– Mais je l'ai fait pour vous, insista Marklin. Laissez-moi vous expliquer, au moins. Ce n'est que la récolte des graines que vous avez semées lorsque nous avons commencé cette entreprise. Il fallait réduire Aaron au silence. C'est par pure chance qu'il n'est pas retourné à la maison mère alors qu'il en avait l'ordre. Il l'aurait fait un jour ou l'autre. Et Yuri Stefano aussi. Sa visite à Donnelaith était pur hasard. Il aurait aussi bien pu aller directement de l'aéroport à la maison mère.

– C'est un point de détail, repartit Stuart en faisant un pas vers eux.

Tommy restait immobile, les cheveux ébouriffés par le vent, les yeux clignant derrière ses lunettes. Une épaule tout contre le bras de Marklin, il ne quittait pas Stuart du regard.

Stuart était hors de lui.

– Tu parles d'opportunité mais tu oublies les questions de vie et de mort, mon élève. Comment as-tu pu ? De quel droit as-tu mis fin à la vie d'Aaron ?

Sa voix lui manqua. Son chagrin était aussi fort que sa rage.

– Si je le pouvais, je te détruirais, Mark. Mais j'en suis incapable. Et j'ai eu le tort de croire que tu l'étais aussi.

– Stuart, ce sacrifice en valait la peine.

Stuart était horrifié. Mais Marklin n'avait d'autre solution que de se lancer. Il aurait fallu que Tommy dise quelque chose.

– J'ai simplement éliminé ceux qui auraient pu nous empêcher de poursuivre. C'est tout, Stuart. Vous avez de la peine pour Aaron parce que vous le connaissiez.

– Ne sois pas stupide, Mark ! J'ai de la peine parce qu'un innocent a perdu la vie et j'ai de la peine à cause de ta monstrueuse stupidité. Tu crois vraiment que l'ordre va laisser impuni le meurtre d'un homme comme celui-là ? Tu crois connaître le Talamasca. Tu crois que ton jeune esprit étriqué a tout compris en quelques années. Tout ce que tu as fait, en réalité, c'est découvrir les faiblesses de son organisation. On peut vivre toute sa vie au sein du Talamasca sans le connaître. Aaron était mon frère. Tu as tué mon frère et tu m'as trahi ! Tu as trahi Tommy et tu t'es trahi toi-même. Sans oublier Tessa.

– Non, répondit Mark. Vous êtes à côté de la vérité et vous le savez très bien. Regardez-moi dans les yeux, Stuart. Vous m'avez chargé d'amener Lasher ici, vous m'avez fait sortir de la bibliothèque pour m'occuper de cette affaire. Et Tommy aussi. Vous croyez que vous auriez pu orchestrer tout cela sans nous ?

– Tu oublies un point crucial, Mark. Tu as échoué. Tu n'as pas pu sauver le Taltos pour le ramener ici. Tes soldats se sont fait avoir et on peut en dire autant du général que je suis.

– Stuart, un peu d'indulgence, intercéda Tommy de son ton neutre habituel. Il était évident dès le premier jour que nous ne pourrions rien accomplir sans que quelqu'un le paie de sa vie.

– Tu ne m'en as jamais parlé, Tommy.

– Rappelez-vous, vous nous avez dit de neutraliser Yuri et Aaron pour qu'ils ne s'en mêlent pas et d'effacer toute trace de la naissance du Taltos dans la famille Mayfair. La façon dont nous avons procédé était la seule possible. Nous n'avons rien à nous reprocher. Notre quête prime sur tout le reste.

Marklin essayait désespérément de retenir un soupir de soulagement.

Le regard de Stuart passa de Tommy à Marklin, puis sur le paysage de collines verdoyantes et enfin sur le sommet de Glastonbury Tor. Il se retourna face à la butte et leva la tête comme pour communier avec quelque divinité.

Marklin s'approcha de lui et posa les mains sur ses épaules. Il était bien plus grand que Stuart, qui s'était un peu tassé avec l'âge. Il se pencha vers son oreille.

– Stuart, nous avons atteint le point de non-retour lorsque nous nous sommes débarrassés du chercheur. Quant au médecin...

– Non, l'interrompit Stuart avec force hochements de tête, les yeux toujours rivés sur la butte. Ces morts auraient pu être imputées au Taltos lui-même, tu ne comprends pas ? C'était toute la beauté de la chose. Le Taltos aurait éliminé les deux hommes qui auraient pu mal utiliser les révélations qui leur avaient été faites.

– Stuart, dit Mark, heureux que le vieil homme n'ait pas tenté de se dégager au contact de ses mains. Vous devez comprendre qu'Aaron est devenu notre adversaire lorsqu'il est devenu l'adversaire officiel du Talamasca.

– Adversaire ? Aaron n'a jamais été l'adversaire du Talamasca ! Votre fausse excommunication lui a brisé le cœur.

– Stuart, plaida Marklin. Avec le recul, je comprends que l'excommunication a été une erreur. Mais c'est la seule.

– Nous n'avions pas le choix, ajouta Tommy d'une voix étale. C'était soit ça, soit risquer d'être découverts à tout moment. J'ai fait ce que j'avais à faire et avec toute la conviction voulue. Je ne pouvais pas continuer cette fausse correspondance entre Aaron et les Aînés. C'était beaucoup trop.

– Je l'admets, dit Marklin, c'était une erreur. Seule sa loyauté envers l'ordre aurait pu obliger Aaron à tenir sa langue sur ce qu'il avait vu ou soupçonné. Nous sommes tous les trois responsables de cette erreur, Stuart. Nous n'aurions pas dû nous aliéner Aaron et Yuri Stefano mais renforcer notre prise sur eux, mieux jouer la partie.

– Les choses étaient déjà suffisamment compliquées, dit Stuart. Je vous préviens, tous les deux. Tommy, viens ici ! Ne vous en prenez pas à la famille Mayfair. Vous avez fait assez de mal en détruisant le meilleur homme que j'aie jamais connu. Et le résultat obtenu est si dérisoire que le ciel se vengera. Je vous le répète, ne touchez pas à la famille Mayfair.

– Je crains que ce ne soit un peu tard, dit Tommy. Aaron Lightner venait d'épouser Béatrice Mayfair. De plus, il était si proche de Michael Curry et, en fait, de tout le clan, que ce mariage était à peine nécessaire pour le faire entrer dans la famille. Mais il y a eu mariage et, dans cette famille, ce sacrement est un lien sacré, nous le savons. Il était devenu l'un d'entre eux.

– Je prie le ciel pour que tu te trompes, rétorqua Stuart. Attirez-vous les foudres des sorcières Mayfair et Dieu lui-même ne pourra rien pour vous.

– Stuart, si nous parlions de la suite des événements, maintenant ? demanda Marklin. Allons à l'hôtel.

– Sûrement pas. Là où tout le monde pourrait nous entendre ? Tu n'y songes pas ?

– Emmenez-nous voir Tessa, alors. Nous discuterons là-bas, insista Marklin.

C'était le moment ou jamais, mais il regretta d'avoir prononcé le nom de Tessa.

Stuart les regardait toujours avec réprobation et dégoût. Tommy était immobile, ses mains gantées serrées devant lui, le haut de son col relevé masquant sa bouche et ne laissant rien voir d'autre que son regard imperturbable.

Marklin se sentait au bord des larmes mais, à sa connaissance, il n'avait pas pleuré une seule fois de sa vie.

– Ce n'est peut-être pas le bon moment, hasarda-t-il.

– Il vaudrait peut-être mieux que vous ne la revoyiez jamais, dit Stuart d'une toute petite voix pensive.

– Vous n'êtes pas sérieux ? dit Mark.

– Si je vous amène jusqu'à Tessa, qu'est-ce qui vous empêchera de vous débarrasser de moi ?

– Oh, Stuart ! Vous êtes vraiment dur avec nous. Nous avons des principes mais nous sommes entièrement dévoués à une cause commune. Aaron devait mourir. Et Yuri aussi. De toute façon, il n'a jamais réellement appartenu à l'ordre. Il est parti sans se retourner.

– Oui, et vous non plus vous n'êtes pas vraiment membres.

Son attitude s'était durcie.

– Nous vous sommes dévoués et l'avons toujours été, dit Marklin. Stuart, nous perdons un temps précieux. Gardez Tessa pour vous, si vous le voulez, mais vous n'ébranlerez pas ma foi en elle, ni celle de Tommy. Et nous continuerons d'avancer vers notre objectif. Il ne peut en être autrement.

– Et quel est cet objectif? Lasher a disparu comme s'il n'avait jamais existé. Ou doutez-vous des paroles d'un homme qui a suivi Yuri par monts et par vaux uniquement pour l'abattre ?

– Lasher appartient au passé, maintenant, dit Tommy. Je crois que nous sommes tous d'accord là-dessus. Ce que Lanzing a vu ne saurait être interprété différemment. Mais Tessa est entre vos mains, aussi réelle que le jour où vous l'avez découverte.

Stuart hocha la tête.

– Tessa est réelle, et seule, comme elle l'a toujours été. L'union n'aura pas lieu et mes yeux se fermeront avant d'avoir assisté au miracle.

– Stuart, rien n'est perdu, intervint Marklin. La famille, les sorcières Mayfair...

– Oui, s'écria Stuart en haussant la voix, et si vous les touchez, elles vous détruiront. Vous avez complètement oublié mon tout premier avertissement. Les sorcières Mayfair l'emportent toujours sur ceux qui s'en prennent à elles. Elles l'ont toujours fait.

Ils se turent un instant.

– Elles nous détruiront, Stuart ? interrogea Tommy. Pas vous ?

Stuart était désespéré. Ses cheveux blancs balayés par le vent ressemblaient à une crinière de clochard mal peignée. Il regarda le sol à ses pieds. Son nez crochu luisait comme un morceau de cartilage poli. C'était un aigle, oui, mais pas un vieil aigle.

Marklin craignait pour sa santé, avec ce vent froid. Les yeux de son maître étaient rouges et pleuraient. De ses tempes partaient des veines bleues formant une carte. Stuart tremblait de tous ses membres.

– Tu as raison, Tommy, dit enfin l'octogénaire. Les

Mayfair nous détruiront tous les trois. C'est l'évidence. (Il regarda Marklin droit dans les yeux.) Quel est le plus terrible dans toute cette histoire, à votre avis ? D'avoir perdu Aaron ? De ne pas réussir à unir le mâle et la femelle Taltos ? De ne pas pouvoir remonter la chaîne jusqu'à la source de ce phénomène ? Que vous soyez désormais maudits pour le mal que vous avez fait tous les deux ? Que je vous aie perdus ? Oui, laissons les sorcières Mayfair nous détruire, ce ne sera que justice.

– Non, je refuse cette justice-là, dit Tommy. Stuart, vous ne pouvez pas nous laisser tomber.

– Vous ne pouvez pas vous résigner à la défaite, insista Marklin. De toute façon, les sorcières Mayfair peuvent encore avoir un Taltos.

– Dans trois cents ans, peut-être, dit Stuart.

– Écoutez-moi, je vous en prie, implora Marklin. L'esprit Lasher connaissait son passé et savait ce qu'il pouvait devenir. Ce qui s'est produit avec les gènes de Rowan Mayfair et de Michael Curry ne pouvait se faire qu'avec sa volonté et pour servir son dessein. Or, nous aussi nous savons tout cela et les sorcières également. Pour la première fois de leur histoire, elles savent à quoi sert la double hélice. Et leurs connaissances valent celles de Lasher.

Stuart n'avait rien à répondre. Il n'avait même jamais envisagé la question sous cet angle. Il dévisagea longuement Marklin, puis lui demanda :

– Vous en êtes certains ?

– Elles savent et elles ont la puissance, répondit Tommy. Dans l'hypothèse d'une naissance, leur pouvoir de télékinésie sera d'une aide précieuse.

– Le fameux savant, ajouta Marklin avec un sourire triomphant.

La tendance s'inversait, il le sentait, il le voyait dans les yeux de Stuart.

– Et il ne faut pas oublier que l'esprit était nébuleux et maladroit, poursuivit Tommy. Alors que ce n'est pas le cas des sorcières, même les plus naïves d'entre elles.

– C'est une pure hypothèse, Tommy.

– Stuart, dit Marklin, nous sommes allés trop loin pour renoncer.

– Autrement dit, reprit Tommy, ce que nous avons déjà accompli est loin d'être négligeable. Nous avons pu vérifier l'incarnation du Taltos et si nous pouvions mettre la main sur les notes prises par Aaron avant son décès nous pourrions vérifier ce que nous soupçonnons tous, c'est-à-dire qu'il ne s'agissait pas d'une incarnation mais d'une réincarnation.

– Je sais très bien ce que nous avons accompli, rétorqua Stuart. Du bon et du mauvais. Inutile de faire un récapitulatif à mon intention, Tommy.

– C'était juste pour clarifier la situation. Maintenant, les sorcières connaissent tous les vieux secrets de façon très concrète et croient au miracle physique lui-même. C'est l'opportunité la plus intéressante que nous ayons eue jusqu'à présent.

– Stuart, faites-nous confiance, dit Marklin.

Stuart regarda les deux hommes l'un après l'autre. Marklin vit jaillir une étincelle dans ses yeux.

– Stuart, insista-t-il, il n'y aura plus de morts. Et tous ceux qui nous ont aidés à leur insu peuvent être écartés sans jamais connaître les tenants et les aboutissants de l'affaire.

– Et Lanzing ? Il faut qu'il sache tout.

– Lanzing n'était qu'un exécutant, répliqua Marklin. De toute façon, il est mort.

– Nous ne l'avons pas tué, expliqua Tommy. Une partie de ses restes a été retrouvée dans la lande de Donnelaith. Son arme avait tiré deux cartouches.

– Une partie de ses restes ?

Tommy haussa les épaules.

– Les animaux sauvages...

– Alors, rien ne dit que Yuri soit mort ?

– Il n'est jamais retourné à l'hôtel et personne n'a réclamé ses effets personnels. Yuri est mort, Stuart. Les deux balles lui étaient destinées. Ce que nous ignorons, c'est comment et pourquoi Lanzing est mort. Il a peut-être été attaqué par un animal.

– Vous voyez, Stuart, dit Marklin. À part le fait que le

Taltos nous ait échappé, tout a marché à merveille. Nous pouvons nous concentrer maintenant sur les sorcières Mayfair. Nous n'avons plus besoin de l'ordre. Si quelqu'un découvre notre méthode d'interception, il ne pourra jamais remonter jusqu'à nous.

– Je n'ai pas peur des Aînés, et vous ?

– Il n'y a aucune raison de les craindre, dit Tommy. L'interception fonctionne à la perfection.

– Stuart, nous avons tiré des enseignements de nos erreurs, dit Marklin. Mais le résultat est là : tous les gêneurs sont éliminés.

– Épargnez-moi ce genre de constatation, je vous en prie. Et notre supérieur général, qu'est-ce que vous en faites ?

Tommy haussa les épaules.

– Marcus ne sait rien, à part qu'il va bientôt pouvoir prendre sa retraite avec une petite fortune en poche. Il ne pourra jamais remettre toutes les pièces du puzzle en place. Personne ne le pourra. Toute la beauté de notre plan est là.

– Il nous faut quelques semaines tout au plus, dit Marklin. Pour organiser notre protection.

– Et encore... dit Tommy. Il suffit de supprimer les moyens d'interception que nous avons mis en place. Nous savons tout ce que sait le Talamasca sur la famille Mayfair.

– Comme vous y allez ! rétorqua Stuart. Et vos fausses communications ? Quelqu'un pourrait les découvrir.

– *Nos* fausses communications, rectifia Tommy. Au pis, il y aura une enquête, mais nous n'apparaissons nulle part. Nous devons reprendre notre rôle de novices loyaux afin d'écarter tout soupçon.

Tommy lança un regard vers Marklin. Ça marchait. L'attitude de Stuart avait changé. Il recommençait presque à donner des ordres.

– Tout est électronique, expliqua Tommy. Il n'existe aucune preuve matérielle de quoi que ce soit, à part quelques papiers qui se trouvent dans mon appartement de Regent's Street. Mark, vous et moi sommes les seuls au courant.

– Stuart, nous avons besoin de vous, plaida Marklin. Nous entrons dans la phase la plus passionnante de toute cette histoire.

– Silence ! intima Stuart. Laissez-moi réfléchir. Je dois décider si vous êtes à la hauteur.

– Allez, Stuart. Nous sommes jeunes et courageux. Stupides, certes, mais audacieux et déterminés.

– Ce que veut dire Mark, intervint Tommy, c'est que la situation est on ne peut plus favorable. Lanzing a tué Yuri puis il est mort. Stolov et Norgan ne sont plus. Ils nous dérangeaient et en savaient trop. Les hommes engagés pour tuer les autres ne nous connaissent pas. Et nous revoici à l'endroit même où tout a commencé, à Glastonbury.

– Et nous avons Tessa. Nous sommes les trois seuls à le savoir.

– Tout cela n'est que rhétorique, dit Stuart.

– La poésie est vérité, Stuart, dit Marklin. C'est la forme la plus pure de la vérité et la rhétorique est son attribut.

Il y eut un silence. Il fallait que Marklin amène Stuart à descendre la colline. Il passa un bras autour de ses épaules et, à son grand soulagement, le vieil homme se laissa faire.

– Allons dîner, Stuart. Nous avons faim et froid.

– Si nous devions le refaire, dit Tommy, nous le ferions mieux. Nous n'aurions pas dû prendre ces vies. Le défi aurait été encore plus beau si nous avions poursuivi notre but sans faire de victimes.

Stuart semblait perdu dans ses pensées. Un vent mordant se leva et Marklin frissonna. S'il avait si froid, qu'est-ce que ça devait être pour Stuart ? Il fallait rentrer à l'hôtel et rompre le pain ensemble.

– Vous savez, Stuart, nous ne sommes pas nous-mêmes, dit Marklin. Lorsque nous sommes réunis tous les trois, nous formons une personne qu'aucun de nous ne connaît réellement. Une sorte de quatrième entité à laquelle nous devrions donner un nom car elle représente davantage que nous trois pris collectivement. Nous devrions peut-être essayer de mieux la contrôler. Mais la détruire maintenant ? Non, nous ne le pouvons pas, Stuart. Ce serait nous trahir les uns les autres. C'est une vérité difficile à accepter, mais la mort d'Aaron est insignifiante.

Il venait d'abattre sa dernière carte. Il avait donné son argument le plus subtil mais aussi le plus implacable, là, dans le vent, sans avoir vraiment réfléchi, en se laissant guider par son instinct. Finalement, il regarda son mentor, puis son ami, et constata que sa plaidoirie les avait impressionnés. Au-delà de ses espérances, peut-être.

– Oui, c'est cette quatrième entité, comme tu l'appelles, qui a tué mon ami, dit calmement Stuart. Tu as raison sur ce point. Et nous savons que le pouvoir et l'avenir de cette entité sont inimaginables.

– C'est exactement ça, murmura Tommy.

– Mais la mort d'Aaron est horrible. Ne m'en parlez plus jamais, je vous l'interdis formellement. Et je vous interdis également de l'évoquer devant qui que ce soit.

– D'accord, approuva Tommy.

– Mon innocent ami, dit Stuart, qui ne cherchait qu'à aider la famille Mayfair...

– Personne n'est vraiment innocent au Talamasca, dit Tommy.

Stuart eut l'air étonné, puis fâché, puis sensible à la simplicité de cette affirmation.

– Qu'est-ce que tu veux dire ?

– Je veux dire que la connaissance opère obligatoirement un changement chez ceux qui la possèdent. Une fois que l'on sait, on agit en fonction de cette connaissance, qu'il s'agisse de la garder pour soi ou de la transmettre à d'autres qui, à leur tour, seront changés. Aaron le savait. Le Talamasca est mauvais de nature. C'est le prix qu'il doit payer pour ses bibliothèques, ses archives et ses dossiers informatiques. Un peu comme Dieu, je dirai. Il sait que, parmi ses créatures, certaines souffriront et d'autres triompheront, mais il ne leur dit pas ce qu'il sait. Le Talamasca est encore plus mauvais que l'Être suprême mais il ne crée rien.

C'est tellement vrai, se dit Marklin. Jamais il n'aurait osé le formuler à voix haute par peur de la réaction de Stuart.

– Tu as peut-être raison, dit Stuart d'une voix faible.

Il semblait défait, pour ne pas dire désespéré.

– C'est un sacerdoce stérile, reprit Tommy, la voix

dénuée de toute émotion. Les érudits n'étudient que pour étudier.

– N'en dis pas davantage, je t'en prie.

– Alors, parlons de nous. Nous ne sommes pas stériles. Nous assisterons à l'union sacrée et nous entendrons les voix de la mémoire.

– Oui, renchérit Marklin. Nous sommes les vrais prêtres, les médiateurs entre la terre et les forces de l'inconnu. Nous possédons les paroles et le pouvoir.

Autre silence.

La partie était gagnée. Restait à convaincre les autres de descendre de cette colline pour retrouver la chaleur de l'hôtel George and Pilgrims, une bonne soupe chaude, une bière et un bon feu dans la cheminée.

– Et Tessa ? demanda Tommy. Comment ça se passe ?

– Toujours pareil, répondit Stuart.

– Sait-elle que le Taltos mâle est mort ?

– Elle ne savait même pas qu'il était vivant.

– Ah !

– Allez, dit Marklin, retournons à l'hôtel et faisons un bon dîner.

– Oui, ajouta Tommy. Nous avons bien trop froid pour parler davantage.

Ils entamèrent la descente, Tommy et Marklin soutenant Stuart pour qu'il ne glisse pas dans la boue. Lorsqu'ils arrivèrent à la voiture de Stuart, ils décidèrent de rentrer tous les trois en voiture plutôt que de marcher.

– Tout cela est très bien, dit Stuart en tendant ses clés à Marklin, mais je veux aller à Chalice Well avant de repartir.

– Pour quoi faire ? interrogea Marklin d'une voix chaude et respectueuse. Vous voulez vous laver les mains dans le puits pour les nettoyer de leur sang ? L'eau de Chalice Well est elle-même souillée de sang.

Stuart émit un petit rire amer.

– Mais c'est le sang du Christ, rectifia-t-il.

– C'est le sang de la conviction, dit Marklin. Nous irons au puits juste après le dîner, avant qu'il ne fasse nuit. Je vous le promets.

Ils rentrèrent en voiture.

8

Michael avait demandé à Clem d'amener la voiture devant la grille. Il descendrait lui-même les bagages. Deux valises. Celle de Rowan et la sienne. Ce type de voyage ne nécessitait pas des tonnes de bagages.

Il jeta un coup d'œil sur son journal avant de le refermer. La nuit de mardi gras, il y avait écrit une longue tirade. À ce moment-là, il ne se doutait pas qu'il serait réveillé par le son d'un gramophone ni qu'il verrait Mona danser comme une nymphe dans sa chemise de nuit blanche. Un nœud dans les cheveux, fraîche et odorante comme du pain chaud, du lait frais et des fraises.

Non, ce n'est pas le moment de penser à elle.

Il venait de trouver le passage qu'il cherchait :

« Je crois, tout compte fait, que l'esprit peut trouver la paix malgré les pires horreurs, les plus horribles des pertes. Il suffit de croire au changement, à la volonté et aux heureux hasards, mais aussi de croire en soi, d'avoir la ferme conviction que l'on fera exactement ce qu'il faut face à l'adversité. »

Six semaines s'étaient écoulées depuis cette nuit où, en proie au chagrin et à la maladie, il avait écrit ces lignes. Depuis lors et jusqu'à cet instant précis, il avait été prisonnier de cette maison.

Il referma le journal et le glissa dans son sac de cuir. Il

prit le sac sous son bras, souleva les valises et commença à descendre l'escalier. Ses mains étant prises, il craignait de ne pas pouvoir se rattraper à la rampe en cas de faiblesse. Mais non, il ne risquait plus rien et, au moins, s'il se trompait, il mourrait en pleine action.

Rowan parlait avec Ryan sur le perron. Mona, les yeux embués de larmes, le regarda avec dévotion. Elle était aussi jolie habillée de soie que de n'importe quoi d'autre. Lorsqu'il porta les yeux sur elle, il vit ce qu'il avait été le premier à voir chez Rowan, des mois plus tôt : des seins plus pleins, des joues colorées, des yeux brillants, mais aussi un rythme légèrement différent dans ses mouvements.

Mon enfant.

Il n'y croirait que lorsqu'elle le lui confirmerait. Il ne penserait aux histoires de monstres et de gènes que le moment venu. Il ne rêverait de porter son fils ou sa fille dans ses bras que lorsqu'il serait certain.

Clem prit les valises et se dirigea vers la grille ouverte. Michael appréciait ce nouveau chauffeur. Il aimait sa bonne humeur et son attitude posée.

Le coffre de la voiture se referma. Ryan embrassa Rowan sur les deux joues. Michael n'entendit que la fin de sa phrase.

– ... quelque chose d'autre que tu puisses me dire.

– Seulement que cette situation ne durera pas longtemps. Mais il ne faut surtout pas renvoyer les gardes. Et ne laisse Mona seule en aucun cas.

– Fais-moi enchaîner aux murs, dit Mona en haussant les épaules. C'est ce qu'on aurait fait à Ophélie si elle ne s'était pas noyée.

– À qui ? demanda Ryan. Mona, jusqu'ici, j'ai plutôt bien pris les choses si l'on considère que tu n'as que treize ans et que...

– Du calme, Ryan, l'interrompit-elle. Personne ne peut les prendre mieux que moi.

Elle sourit malgré elle. Ryan la regardait, estomaqué.

Le moment était venu de partir. Michael ne supportait pas les longs rituels d'adieux des Mayfair.

– Ryan, je te contacterai dès que possible, dit-il. Nous irons voir les amis d'Aaron et tâcherons d'en savoir le plus possible. Ensuite, nous rentrerons.

– Est-ce que tu peux me dire exactement où vous allez ?

– Non, dit Rowan.

Elle se retourna et se dirigea vers le portail.

Mona se mit à courir derrière elle.

– Hé ! Rowan.

Elle se jeta à son cou et l'embrassa.

Michael eut très peur que Rowan ne reste de marbre, sans rendre à Mona cette soudaine étreinte désespérée, ou qu'elle ne tente de s'en dégager. Mais Rowan serra fort l'adolescente contre elle, l'embrassa sur la joue, lui caressa les cheveux et posa même une main sur son front.

– Tout va bien se passer, lui dit-elle. Mais fais bien exactement ce que je t'ai dit.

Ryan suivit Michael sur les marches du perron.

– Je ne sais pas trop quoi te dire à part bonne chance. J'aurais bien voulu en savoir plus.

– Dis à Béa que nous avons dû partir. Et n'en dis pas plus que nécessaire aux autres.

Ryan acquiesça, visiblement soupçonneux et inquiet, mais, de toute façon, coincé.

Rowan était déjà dans la voiture. Michael se glissa près d'elle. Quelques secondes plus tard, la voiture démarrait. Mona et Ryan, debout devant le portail, leur firent des signes d'adieu. Les cheveux de Mona ressemblaient à une explosion d'étoiles et Ryan était comme pétrifié sur place.

– Ce doit être désespérant pour lui de s'occuper de tout pour des gens qui ne lui disent jamais vraiment ce qu'il se passe, dit Rowan.

– Nous avons pourtant essayé, une fois, de lui expliquer. Tu aurais dû voir ça. Il ne voulait rien savoir. De toute façon, il fera exactement ce que tu lui as dit. Pour Mona, je n'en ai aucune idée, mais lui, oui.

– Tu es toujours fâché.

– Non. J'ai cesssé d'être fâché quand tu as cédé.

Ce n'était pas vrai. Il était toujours vexé qu'elle ait projeté de partir sans lui, qu'elle ne l'ait pas considéré comme un compagnon de voyage mais comme le gardien de la maison et du bébé dans le ventre de Mona.

Mais la vexation n'était pas la colère.

Elle avait tourné la tête et regardait maintenant devant elle. Il pouvait donc l'observer sans risque. Elle était encore trop maigre mais son visage n'avait jamais été aussi joli. Son tailleur noir, ses perles, ses hauts talons lui donnaient une classe dont elle n'avait pas besoin. Sa beauté résidait dans sa pureté, celle des os de son visage, de ses sourcils sombres et droits, de sa bouche souple qu'un brusque désir lui donnait envie d'embrasser. Séparer ses lèvres et la sentir s'abandonner dans ses bras, la posséder.

D'ailleurs, c'était la seule façon de la posséder.

D'une main, elle appuya sur le bouton faisant lever le panneau entre le chauffeur et l'arrière. Puis elle se tourna vers Michael.

– Je me suis trompée, dit-elle simplement. Tu aimais Aaron. Tu m'aimes. Tu aimes Mona. Je me suis trompée.

– Ce n'est pas la peine d'en parler, dit-il.

Il avait du mal à la regarder dans les yeux mais il y tenait absolument, pour se calmer, pour apaiser sa colère.

– Il faut que tu comprennes quelque chose, poursuivit-elle. Je serai impitoyable avec les gens qui ont tué Aaron et je ne répondrai à personne de mes actes, pas même à toi, Michael.

Il se mit à rire et regarda ses grands yeux gris froids. Il se demanda si ses patients voyaient la même image lorsque l'anesthésie commençait à faire effet.

– Je sais, mon ange, dit-il. Lorsque nous verrons Yuri, je veux juste savoir ce qu'il sait. Je veux être là avec vous deux. Je ne prétends pas avoir ta détermination et ton culot mais je veux être là.

Elle hocha la tête.

– Qui sait, Rowan ? reprit-il. Tu me trouveras peut-être un rôle à jouer ?

Sa colère s'exprimait enfin. Trop tard pour la retenir. Son visage était devenu rouge, il le sentait. Il détourna les yeux.

– Michael, je t'aime. Tu es un homme bon, mais moi je ne suis plus une femme bonne.

– Rowan, tu ne peux pas dire ça.

– Si. J'ai été avec les elfes, Michael. Je suis entrée dans le cercle.

– Et tu es revenue, dit-il en la regardant de nouveau et en essayant de réprimer ses sentiments qui ne demandaient qu'à exploser. Tu es de nouveau Rowan et tu es là. Il est des choses plus intéressantes à vivre que la vengeance.

La question était bien là. Ce n'était pas lui qui l'avait réveillée, c'était la mort d'Aaron qui l'avait ramenée parmi les vivants.

S'il ne pensait pas tout de suite à autre chose, il allait de nouveau se mettre en colère. Son chagrin était si intense qu'il ne le contrôlait plus.

– Michael, je t'aime. Je t'aime vraiment et je sais que tu as souffert. Ne crois pas que je ne m'en rende pas compte.

Il hocha la tête. Il voulait bien la croire, mais peut-être se leurrait-il lui-même.

– Mais tu ne sais pas ce que c'est d'être quelqu'un comme moi, reprit-elle. J'étais là au moment de la naissance, j'étais la mère. J'étais la cause, pourrait-on dire, et l'instrument crucial. Et je l'ai payé très cher. Je ne suis plus la même. Je t'aime toujours autant. Mais je ne serai jamais plus la même. Je le savais, quand j'étais assise dans le jardin, incapable de répondre à tes questions, de te regarder ou de mettre mes bras autour de ton cou. Et, pourtant, je t'aimais. Tu me suis ?

Il hocha de nouveau la tête.

– Je sais que tu as envie de me faire du mal, dit-elle.

– Non, pas te faire du mal. Juste... T'arracher ta jupe en soie, peut-être, et ta veste, et te faire comprendre que je suis là. C'est curieux, non ? Un peu dégoûtant, même ? J'ai envie de te prendre, de te posséder de la seule façon qui reste à ma disposition, parce que tu m'as écarté, tu m'as quitté, tu...

Il s'interrompit. Il lui était déjà arrivé, au beau milieu d'un éclat de colère, de se rendre compte de la futilité de ce qu'il disait et faisait. Il s'était rendu compte de l'inutilité de la colère elle-même et que continuer ainsi n'aurait d'autre effet que de le rendre malheureux.

Immobile, il sentit la colère quitter son corps, remplacée par une sensation proche de la fatigue. Il s'appuya contre le dossier du siège et la regarda de nouveau.

Elle n'avait l'air ni effrayée ni triste. Il se demanda si, au fond d'elle-même, elle ne s'ennuyait pas et n'aurait pas préféré qu'il fût tranquillement à la maison pendant qu'elle préparait son plan.

Ne pense pas à ça, mon vieux. Sinon, tu ne l'aimeras plus jamais comme avant.

Car il l'aimait. Soudain, il n'en doutait plus. Il aimait sa force et sa froideur tout à la fois. Comme lorsqu'il s'était trouvé dans sa maison de Tiburon, qu'ils avaient fait l'amour et discuté à bâtons rompus, sans se douter une seconde que, depuis longtemps, ils étaient destinés l'un à l'autre.

Il tendit la main et lui toucha la joue.

– Je t'aime tellement, murmura-t-il.

– Je sais.

– Vraiment ?

Il sourit et cela lui fit du bien.

– Oui, dit-elle. Et j'ai peur pour toi. J'ai toujours eu peur pour toi. Non pas que tu sois faible ou incapable, mais parce que j'ai un pouvoir que tu n'as pas et parce que nos ennemis, ceux qui ont tué Aaron, n'ont aucun scrupule.

Elle épousseta sa jupe et poussa un soupir qui sembla remplir la voiture, comme son parfum. Elle baissa la tête, ses cheveux encadrant son visage. Quand elle la releva, ses cils semblaient particulièrement longs et ses yeux magnifiques et mystérieux.

– Appelle cela un pouvoir de sorcière, si tu veux. C'est peut-être aussi simple que ça. C'est peut-être dans les gènes, une sorte de capacité physique à faire des choses que les gens normaux ne peuvent pas faire.

– Alors, je l'ai aussi.

– Non. Ce n'est qu'une coïncidence. Tu as la double hélice.

– Une coïncidence ? Lasher m'a choisi pour toi, Rowan. Quand j'étais gamin et que je m'arrêtais devant la grille, c'est moi qu'il a choisi. Et pourquoi, à ton avis ? Pas parce qu'il savait que je deviendrais un homme bien et que je détruirais la chair qu'il avait eu tant de mal à obtenir. Non, pour le sorcier en moi. Nous avons les mêmes racines celtiques, tu le sais. À l'époque, je ne connaissais pas mon histoire, mais elle remonte aux mêmes origines que la tienne. Le pouvoir est en moi. Il était dans mes mains quand j'arrivais à lire le passé et l'avenir des gens en les touchant. Il était là quand j'ai entendu la musique jouée par un fantôme uniquement pour que j'aille vers Mona.

Rowan fit une petite grimace et ses yeux se rétrécirent un court instant avant de s'agrandir de nouveau.

– Je n'ai pas utilisé ce pouvoir pour tuer Lasher, continua-t-il. J'ai utilisé ma force d'homme et les outils simples dont m'avait parlé Julien. Mais le pouvoir est forcément là. Et s'il le faut pour que tu m'aimes vraiment, je ferai sur moi le travail nécessaire pour découvrir comment il fonctionne et ce qu'il peut faire.

– Mon innocent Michael, dit-elle sur le ton d'une supplique plus que d'une affirmation.

Il secoua la tête, se pencha et l'embrassa. Ce n'était peut-être pas la meilleure chose à faire, mais il ne put s'en empêcher. Il la prit par les épaules, l'appuya contre le dossier et l'embrassa sur la bouche. Instantanément, il sentit le corps de Rowan s'embraser. Elle se laissa entraîner dans un baiser fougueux en creusant ses reins pour mieux se coller contre lui.

Il relâcha son étreinte en apercevant l'aéroport. Ils n'avaient plus le temps de laisser la passion s'exprimer, pas plus que la colère ou l'amour.

Elle se pencha vers lui, prit sa tête entre ses mains et l'embrassa.

– Michael, mon amour. Mon seul et unique amour.

– Je suis avec toi, ma chérie. Et n'essaie plus de te débarrasser de moi. Ce que nous devons faire pour Aaron, Mona, le bébé, la famille et Dieu sait quoi encore, nous le ferons ensemble.

Ce n'est qu'au-dessus de l'Atlantique qu'il essaya de dormir. Ils avaient pris un repas copieux, bu un peu trop et parlé d'Aaron pendant une heure. La cabine silencieuse était plongée dans l'obscurité et ils s'étaient confortablement installés sous une demi-douzaine de couvertures.

Il fallait dormir. Aaron le leur aurait certainement conseillé.

Encore huit heures avant d'atterrir à Londres, où ce serait le début de la matinée mais le milieu de la nuit pour eux. Et Yuri serait là, impatient d'entendre comment Aaron était mort. Douleur. Chagrin. Inévitable.

Il s'assoupissait, se demandant s'il allait plonger dans un cauchemar, quand elle lui toucha le bras.

Il roula la tête sur le côté pendant qu'elle lui prenait la main.

– Si cette aventure se termine bien, murmura-t-elle, si tu ne me rejettes pas pour ce que j'aurai fait, si...

– Oui...

– Alors rien ni personne ne viendra plus jamais s'interposer entre nous. Pas même une adolescente qui...

– Je n'en veux pas. Je n'ai jamais voulu d'autre femme que toi. J'aime Mona à ma façon et pour toujours et je veux l'enfant. Je le veux tellement que je n'ai même pas envie d'en parler. C'est trop tôt et je suis trop désespéré. C'est toi que je veux, depuis le premier jour.

Elle ferma les yeux. Sa main chaude se retira tout naturellement, comme si elle venait de s'endormir. Son visage serein était la perfection même.

– Tu sais, j'ai ôté la vie trois fois, chuchota-t-il sans être certain qu'elle l'entendait. Et je n'en ai éprouvé aucun remords. Cela change une personne.

Aucune réponse.

– Et je peux le refaire, s'il le faut.

– Je sais, dit-elle enfin, doucement, sans ouvrir les yeux. En ce qui me concerne, qu'il le faille ou non, je vais le faire. J'ai été mortellement offensée.

Elle s'approcha et l'embrassa de nouveau.

– Nous sommes seuls dans la cabine, dit-elle. Un jour, j'étais dans un avion lorsque j'ai ressenti une certaine forme d'amour physique. C'était la première étreinte de Lasher, pourrait-on dire. Je veux tes bras, ton sexe, ton corps. Je ne peux pas attendre jusqu'à Londres.

Il n'eut pas besoin d'arracher les boutons de sa veste, elle l'avait déjà ouverte.

9

Rien n'avait tellement changé. Sans grilles fermées ni chiens de garde, le grand manoir aux fenêtres cintrées, tout hérissé de cheminées, soigneusement entretenu, se dressait au milieu du parc boisé. En l'admirant, on se représentait aisément la grandeur, mais aussi l'austérité de l'époque de sa construction.

Seule la longue rangée de voitures garées dans des boxes ouverts, le long de l'allée de gravier, évoquait les temps modernes. Même les câbles électriques étaient souterrains.

Il se faufila entre les arbres et s'approcha des murs, cherchant les portes dont il se rappelait l'existence. Il ne portait ni costume ni manteau mais un pantalon de velours marron et un épais pull-over de laine.

Plus il approchait, plus la maison lui paraissait immense. Des petits points lumineux trouaient les façades. Les érudits travaillaient dans leurs cellules.

À travers les petites fenêtres à barreaux du sous-sol, il aperçut la cuisine. Deux femmes vêtues de blanc mettaient sur le côté le pain qu'elles venaient de pétrir pour le laisser gonfler. Leurs mains et la table étaient blanches de farine. Une bonne odeur de café lui parvint aux narines. La porte des livraisons ne devait pas être loin. Il longea le mur et parvint à une porte qui ne semblait pas servir souvent.

Cela valait la peine d'essayer. Il avait emporté des outils. Il n'y avait probablement pas de système d'alarme. La porte n'avait pas l'air en très bon état et, en l'examinant, il s'aperçut qu'elle n'avait pas de serrure mais un simple loquet et des gonds rouillés.

Il la poussa du doigt et, à sa grande surprise, elle s'ouvrit dans un grincement agaçant. Un petit escalier menait à l'étage. Les marches présentaient des traces de pas récentes. Il sentit un souffle d'air chaud et légèrement confiné.

Il entra et referma la porte. Un mince faisceau de lumière venant du haut éclaira l'écriteau manuscrit cloué sur l'intérieur de la porte : « Prière de refermer cette porte. »

Il s'assura qu'elle était bien fermée, se retourna et gravit les marches. Il arriva devant un large couloir aux panneaux sombres.

Il l'emprunta sans essayer d'étouffer le bruit de ses pas ni de se cacher dans les zones d'ombre. Il arriva dans la bibliothèque qu'il avait bien connue. Pas celle des vieilles archives sans prix, mais la salle de lecture aux longues tables de chêne, aux chaises confortables, aux piles de revues du monde entier et à la cheminée éteinte mais encore chaude, où quelques braises continuaient de scintiller parmi les bûches carbonisées et les cendres.

Il pensait trouver la pièce vide mais, en y regardant de plus près, il aperçut un vieillard assoupi sur un siège, complètement chauve, avec de petites lunettes sur le bout du nez et portant une robe de chambre sur une chemise et un pantalon.

Il ne fallait pas commencer par là. Il sortit de la pièce sans un bruit, trop content de ne pas avoir réveillé le vieil homme, et parvint au grand escalier. De son temps, les chambres étaient au troisième étage, était-ce encore le cas ? Il monta jusque-là. Arrivé au bout du couloir du troisième, il aperçut un rai de lumière sous une porte et décida de commencer par là.

Sans frapper, il tourna la poignée et entra dans la chambre, petite mais élégante. Une femme aux cheveux gris assise à son bureau leva vers lui des yeux étonnés mais dénués de crainte.

Il s'approcha du bureau. La main gauche de la femme

était posée sur un livre ouvert dont elle avait souligné un passage.

C'était un texte de Boèce, dont la phrase soulignée était : « Le syllogisme est un raisonnement dans lequel, certaines choses ayant été posées et admises, d'autres choses que celles admises doivent être obtenues par le moyen des choses admises. »

Il se mit à rire.

– Excusez-moi, dit-il à la femme.

Elle le regardait toujours mais n'avait pas fait un geste depuis son entrée.

– C'est vrai mais drôle, n'est-ce pas ? J'avais oublié.

– Qui êtes-vous ? demanda-t-elle.

Sa voix râpeuse, peut-être due à l'âge, le surprit. Ses lourds cheveux gris étaient ramassés sur sa nuque en un chignon des plus démodés.

– Je suis impoli, je le sais, dit-il. Je me rends toujours compte quand je suis impoli. Je vous prie de m'excuser.

– Qui êtes-vous ? répéta-t-elle.

– Ce que je suis, plutôt, rectifia-t-il. Cette question est bien plus intéressante. Vous savez ce que je suis ?

– Non. Je devrais ?

– Je ne sais pas. Regardez mes mains. Voyez comme elles sont longues et fines.

– Délicates, dit-elle en regardant tour à tour ses mains et son visage. Que faites-vous ici ?

– Mes méthodes sont infantiles, dit-il. C'est ainsi que je fonctionne.

– C'est-à-dire ?

– Savez-vous qu'Aaron Lightner est mort ?

Elle soutint son regard pendant un instant puis s'adossa à son siège en lâchant le feutre vert resté dans sa main. Elle détourna les yeux. Il était évident qu'elle l'ignorait.

– Qui vous l'a dit ? Est-ce que tout le monde est au courant ?

– Apparemment, non.

– Je savais qu'il ne reviendrait pas.

Elle se pinça les lèvres, ce qui creusa de profonds sillons au-dessus de sa bouche.

– Pourquoi êtes-vous venu me le dire ?

– Pour voir votre réaction. Pour savoir si vous étiez pour quelque chose dans ce meurtre.

– Quoi ?

– Vous avez bien entendu.

– Un meurtre ?

Elle se leva lentement et lui adressa un regard cruel, surtout après s'être rendu compte de sa grande taille. Elle lança un regard vers la porte et sembla même vouloir se diriger vers elle. Mais il leva la main pour réclamer sa patience.

– Vous dites qu'Aaron a été tué par quelqu'un ?

– Oui. Volontairement renversé par une voiture. Mort.

La femme ferma les yeux comme pour mesurer l'importance de cette nouvelle. Elle les rouvrit et regarda droit devant elle, comme ignorant sa présence derrière elle.

– Les sorcières Mayfair ! Mon Dieu, mais pourquoi est-il allé là-bas ?

– Je ne crois pas que les sorcières aient fait cela.

– Alors qui ?

– L'un des vôtres.

– Vous êtes fou ! Aucun d'entre nous ne ferait une chose pareille.

– Je sais très bien ce que je dis. Yuri, le gitan, dit que c'est un membre de l'ordre et il ne mentirait pas sur un sujet de cette importance. De toute façon, à ma connaissance, Yuri ne ment jamais.

– Yuri ? Vous l'avez vu ? Vous savez où il se trouve ?

– Pas vous ?

– Non. Je sais seulement qu'il est parti une nuit. Où est-il ?

– Il est en bonne santé, mais ce n'est qu'un hasard, si je peux m'exprimer ainsi. Les types qui ont tué Aaron ont également tenté de le supprimer.

– Pourquoi ?

– Vous n'êtes donc pour rien dans tout cela ?

Il était satisfait.

– Non. Attendez ! Où allez-vous ?

– Chercher les meurtriers. Montrez-moi où je peux

trouver le supérieur général. Je connaissais le chemin, autrefois, mais les choses changent. Il faut que je le voie.

Elle ne se le fit pas dire deux fois. Passant devant lui, elle lui fit signe de la suivre. Dans le couloir, ses talons résonnaient sur le parquet ciré. Elle marchait la tête penchée, les bras se balançant le long de son corps.

Au bout de ce qui lui parut une éternité, ils atteignirent enfin l'autre extrémité du couloir principal et une porte à double battant. Il s'en souvenait. À l'époque, cependant, elle n'était pas aussi rutilante.

Elle frappa à la porte, au risque de réveiller toute la maison.

Lorsque la porte s'ouvrit, elle entra puis se tourna ostensiblement vers lui pour montrer au supérieur général qu'elle était accompagnée.

Celui-ci les regarda puis, apercevant Ash, son visage passa de l'étonnement au choc avant de se fermer complètement.

– Vous savez ce que je suis, n'est-ce pas ? demanda doucement Ash.

Il entra rapidement et referma derrière lui. C'était un grand bureau plutôt désordonné, avec une chambre attenante. La cheminée était vide.

La femme le regardait toujours d'un air féroce. L'homme avait reculé, comme pour se mettre hors de portée.

– Oui, vous le savez, dit Ash. Et vous savez qu'on a tué Aaron Lightner.

L'homme n'était pas surpris mais plutôt inquiet. Il était grand et bien bâti, en bonne santé et ressemblait à un général outragé qui se sait en danger. Il ne feignit même pas l'étonnement et la femme s'en aperçut.

– J'ignorais qu'ils feraient cela. Ils ont dit que vous étiez mort, que vous aviez été détruit.

– Moi ?

L'homme recula, en proie à la terreur.

– Ce n'est pas moi qui ai donné l'ordre de tuer Aaron. Je ne sais même pas où le Talamasca veut en venir ni pourquoi il tenait tant à vous. Je ne sais pratiquement rien.

– Qu'est-ce que cela signifie, Anton ? demanda la femme. Qui est cette personne ?

– Personne. Personne. Le mot est inapproprié, dit l'homme appelé Anton. Vous avez devant vous quelque chose de...

– Dites-moi le rôle que vous avez joué là-dedans, insista Ash.

– Mais aucun ! Je suis le supérieur général. On m'a envoyé ici pour veiller à ce que les instructions des Aînés soient respectées.

– Quelles que soient les instructions ?

– Mais qui êtes-vous pour m'interroger de la sorte ?

– Avez-vous dit à vos gens de vous ramener le Taltos ?

– Oui. À la demande des Aînés. De quoi m'accusez-vous ? Qu'ai-je fait pour que vous veniez me demander des comptes ? Ce sont les Aînés qui ont choisi ces hommes, pas moi. (L'homme prit une profonde inspiration tout en observant Ash dans les moindres détails.) Vous rendez-vous compte de ma position ? Si du mal a été fait à Aaron Lightner, c'était la volonté des Aînés.

– Et vous l'acceptez ? Et les autres ?

– Personne d'autre n'est au courant et personne ne doit savoir.

La femme laissa échapper un soupir. Si elle avait espéré qu'Aaron n'était pas vraiment mort, elle était maintenant fixée.

– Je dois dire aux Aînés que vous êtes là, dit l'homme.

– Et par quel moyen ?

L'homme fit un geste vers le télécopieur posé sur le bureau. Ash ne l'avait pas remarqué. Le bureau comportait de nombreux tiroirs, dont l'un contenait peut-être une arme.

– Il faut que je les avertisse tout de suite. Veuillez m'excuser.

– Certainement pas. Vous êtes un homme corrompu. Vous êtes mauvais. Je le vois. C'est vous qui avez envoyé des hommes de l'ordre.

– Les Aînés m'ont dit de le faire.

– Dit ou payé pour ça ?

L'homme resta silencieux. Il lança un regard paniqué à la femme.

– Appelez de l'aide, lui dit-il.

Puis, s'adressant à Ash :

– Je leur ai dit de vous ramener. Ce qui s'est passé n'est pas de mon fait. Les Aînés m'ont dit de venir ici et de faire ce que j'avais à faire, à tout prix.

Une fois encore, la femme eut l'air choquée.

– Anton, murmura-t-elle.

Mais elle ne fit aucun geste vers le téléphone.

– Je vous donne une dernière chance, dit Ash. Dites-moi quelque chose qui m'empêchera de vous tuer.

C'était un mensonge. Il s'en aperçut dès que les mots eurent franchi ses lèvres mais, d'un autre côté, cela forcerait peut-être l'homme à parler.

– Comment osez-vous ? dit l'homme. Il suffit que j'élève la voix pour qu'on vienne.

– Faites-le ! ordonna Ash. Les murs sont épais mais vous pouvez toujours essayer.

– Vera, appelez à l'aide !

– Combien vous a-t-on payé ? demanda Ash.

– Vous ignorez de quoi vous parlez.

– Oh, que non ! Vous savez ce que je suis mais c'est tout. Votre conscience est pervertie, vous avez peur de moi et vous êtes un menteur. J'imagine aisément qu'il n'a pas été difficile de vous corrompre. On vous a offert de l'avancement et de l'argent et vous avez donc collaboré à un projet que vous saviez mauvais.

Il regarda la femme, qui était totalement horrifiée.

– Ce n'est pas la première fois que cela se produit dans votre ordre, ajouta-t-il.

– Sortez d'ici ! s'écria l'homme.

Il se mit à crier à l'aide d'une voix qui sembla très forte.

– Je vais vous tuer, dit Ash.

La femme cria :

– Attendez ! Vous ne pouvez pas agir ainsi. C'est inutile. Si Aaron a été tué volontairement, nous devons réunir immédiatement le conseil. À cette période de l'année, la maison est remplie de membres. Convoquons le conseil. Je vais avec vous.

– Vous pourrez le convoquer quand je serai parti. Vous êtes innocente et je n'ai pas l'intention de vous tuer. Mais vous, Anton, votre coopération était nécessaire pour que ce plan réussisse. Vous avez été acheté et vous refusez de l'admettre. Qui vous a acheté ? Certainement pas les Aînés.

– Si, ce sont eux.

L'homme tenta de s'enfuir. Ash le rattrapa sans difficulté grâce à la longueur inhabituelle de ses bras. Il serra les doigts autour du cou d'Anton et commença à en extirper la vie, aussi rapidement que possible, espérant que sa force suffirait pour lui briser le cou. Mais ce ne fut pas si facile.

La femme avait reculé. Elle avait pris le téléphone et parlait dans le combiné d'une voix frénétique. Le visage de l'homme était rouge et ses yeux exorbités. Il perdit conscience et Ash serra plus fort jusqu'à ce qu'il soit certain de sa mort. Il le laissa tomber à terre.

La femme lâcha le combiné du téléphone.

– Dites-moi ce qui s'est passé, cria-t-elle. Dites-moi ce qui est arrivé à Aaron ! Qui êtes-vous ?

Ash entendit des gens arriver en courant.

– Vite, il me faut le numéro permettant de joindre les Aînés.

– Je ne peux pas vous le donner. Il ne doit pas sortir d'ici.

– Madame, ne soyez pas stupide. Je viens de tuer cet homme. Faites ce que je vous dis.

Elle ne bougea pas.

– Faites-le pour Aaron, dit-il. Et pour Yuri Stefano.

Elle regarda vers le bureau, porta la main à ses lèvres, puis attrapa un stylo et écrivit rapidement quelque chose sur un morceau de papier qu'elle poussa vers lui.

On frappait à la porte.

Il regarda la femme. Plus le temps de discuter.

Il se retourna, ouvrit la porte et se retrouva face à un groupe d'hommes et de femmes qui l'entourèrent en l'observant. Certains étaient âgés, d'autres plus jeunes. Il y avait cinq femmes, quatre hommes, un jeune homme très grand et imberbe et le vieillard de la bibliothèque.

Il ferma la porte derrière lui pour gagner du temps sur la femme restée à l'intérieur.

– Est-ce que l'un de vous sait qui je suis ? interrogea-t-il à la cantonade.

Il scruta les visages un à un jusqu'à être certain de les avoir tous mémorisés.

– Si vous savez ce que je suis, veuillez me le dire.

Personne ne réagit. Dans la pièce, la femme s'était mise à sangloter.

Un sentiment d'inquiétude parcourut le groupe. Un homme jeune se joignit à eux.

– Laissez-nous entrer, dit une femme. Nous devons savoir ce qui se passe à l'intérieur.

– Mais est-ce que vous me connaissez ? Vous ! dit-il en s'adressant au nouveau venu. Savez-vous ce que je suis et pourquoi je suis ici ?

À l'évidence, personne n'en avait la moindre idée.

Dans la pièce, derrière lui, la femme attrapa les poignées de la porte et ouvrit les deux battants en grand. Ash fit un pas de côté.

– Aaron Lightner est mort ! s'écria-t-elle. Il a été tué.

Des murmures de consternation et de surprise s'élevèrent du groupe. Tous étaient innocents. Le vieil homme de la bibliothèque avait l'air sincèrement affligé. Innocent.

C'était le moment de partir.

Ash se fraya un chemin à travers le groupe et se dirigea vers l'escalier, qu'il descendit quatre à quatre. La femme cria aux autres de l'arrêter, de ne pas le laisser s'échapper. Trop tard. Il avait une bonne avance et de très longues jambes.

Il parvint à la sortie latérale avant que ses poursuivants n'aient atteint l'escalier.

Il sortit dans la nuit, traversa à grands pas l'herbe humide, jeta un regard derrière lui et se mit à courir. Il courut jusqu'au portail puis ralentit son allure et marcha vers sa voiture en faisant signe à son chauffeur d'ouvrir la portière et de démarrer sans perdre une seconde.

Tandis que la voiture accélérait sur l'autoroute, il lut le numéro de fax inscrit par la femme. C'était un numéro à l'étranger et, si sa mémoire était bonne, ce devait être à Amsterdam. Il attrapa le téléphone logé dans le panneau de la porte et composa le numéro de l'opérateur.

Oui, Amsterdam.

Il apprit le numéro par cœur puis plia le papier et l'enfouit dans sa poche.

À son retour à l'hôtel, il nota le numéro de fax, commanda à dîner, prit un bain, puis attendit patiemment que les serveurs disposent son dîner sur la table. Ses employés, dont la charmante Leslie, semblaient préoccupés.

– Trouvez-moi un autre hôtel pour demain matin, dit-il à Leslie. Aussi bien que celui-ci, mais il me faut un bureau et plusieurs lignes. Venez me chercher dès que ce sera arrangé.

La jeune Leslie, ravie de se voir confier une mission, se retira avec les autres. Il congédia les serveurs et fit un excellent repas de pâtes à la crème et de quantité de lait froid.

Lorsqu'il eut terminé, il s'étendit sur le canapé et écouta tranquillement les craquements du feu dans la cheminée.

Il espérait que Yuri allait revenir, mais c'était peu probable. Il avait voulu rester au Claridge au cas où Yuri aurait décidé de leur faire à nouveau confiance.

Samuel arriva enfin, si soûl qu'il titubait. Sa veste en tweed était jetée sur son épaule et sa chemise blanche était toute froissée.

Samuel s'allongea par terre, près de la cheminée. On aurait dit une baleine échouée. Ash se leva, prit quelques coussins et les glissa sous la tête du petit homme. Celui-ci ouvrit les yeux. Son haleine empestait l'alcool.

– Tu as trouvé Yuri ? demanda-t-il.

– Non, répondit Ash, un genou posé par terre près de son ami. Je ne l'ai pas cherché. Par où commencer dans une si grande ville ?

– Il n'y a ni commencement ni fin, dit Samuel dans un grand soupir. J'ai cherché partout. De pub en pub. J'ai peur qu'il ne veuille retourner là-bas. Ils vont essayer de le tuer.

– Il a beaucoup d'alliés maintenant, dit Ash. Et l'un de ses ennemis est mort. L'ordre est en alerte. Je pense que c'est bon pour Yuri. J'ai tué leur supérieur général.

– Mais pourquoi as-tu fait cela ?

Samuel fit un effort pour se redresser mais Ash dut l'aider.

– C'était un homme corrompu et un menteur. Toute corruption au sein du Talamasca est dangereuse. Et il savait ce que j'étais. Il m'a pris pour Lasher. Quand je l'ai menacé de le tuer, il a accusé les Aînés. Aucun membre loyal de l'ordre n'aurait fait allusion aux Aînés devant un étranger.

– Et tu l'as tué.

– À mains nues, comme toujours. Il n'a pas beaucoup souffert. Et j'ai vu plein d'autres gens. Aucun ne savait ce que j'étais. À mon avis, la corruption est au plus haut niveau du Talamasca et non parmi la base. Ou alors ce serait sous une forme confuse. Ils ne reconnaissent pas un Taltos quand ils en voient un, même quand on leur donne l'occasion d'en étudier un spécimen.

– Spécimen, répéta Samuel. Je veux retourner dans la lande.

– Tu ne veux pas m'aider pour que la lande reste un endroit sûr où tes infâmes petits camarades pourront tranquillement danser et jouer de la cornemuse, tuer d'innocents humains et faire bouillir leur graisse dans des chaudrons ?

– Ta façon de t'exprimer est un peu dure.

– Tu trouves ? Peut-être bien.

– Qu'est-ce qu'on fait maintenant ?

– Je n'en sais rien. Si Yuri n'est pas revenu d'ici demain matin, nous partons.

– Mais j'aime bien le Claridge, moi, grommela Samuel.

Il chavira et ferma les yeux au moment où sa tête tomba sur les coussins.

– Samuel, rafraîchis ma mémoire, s'il te plaît, dit Ash.

– À quel sujet ?

– Qu'est-ce qu'un syllogisme ?

Samuel se mit à rire.

– Te rafraîchir la mémoire ? Mais tu n'as jamais su ce

qu'était un syllogisme. Qu'est-ce que tu connais à la philosophie, d'abord ?

– Bien trop. Tous les hommes sont des bêtes. Les bêtes sont sauvages. Donc, tous les hommes sont sauvages.

Il entra dans la chambre et s'allongea sur le lit.

Pendant un court instant, il revit la sorcière aux magnifiques cheveux, la bien-aimée de Yuri. Il imagina ses seins nus pressés contre son visage, recouverts de ses cheveux comme d'un grand manteau.

Il s'endormit rapidement. Il rêva qu'il parcourait son musée de poupées. Le sol de marbre venait d'être lustré. Dans les vitrines, toutes les poupées se mettaient à chanter. Les Françaises dansaient en faisant tourner leurs petites robes en forme de cloche, leurs petits visages ronds rayonnant de joie. Celles de Bru, reines entre toutes les poupées, chantaient de leurs voix de soprano, leurs yeux luisant dans la lumière phosphorescente. Il n'avait jamais entendu une telle musique. Il était heureux.

Faire des poupées qui chantent, songea-t-il dans son rêve. Qui chantent réellement. Pas de ces vieilles poupées au son mécanique mais avec des voix électroniques qui chanteront pour l'éternité. Quand la fin des temps sera venue, elles continueront de chanter dans les ruines.

10

– Il n'y a aucun doute, dit le Dr Salter en posant le dossier sur le bord du bureau. Mais cela ne fait pas six semaines.

– Comment ça ? demanda Mona.

Elle détestait cette petite salle d'examens sans fenêtre. Elle avait toujours l'impression d'étouffer.

– Cela fait près de trois mois. Vous voulez sentir vous-même ? Donnez-moi votre main.

Mona laissa le médecin prendre son poignet et placer sa main sur son ventre.

– Appuyez fort. Vous sentez cette boule, là ? C'est le bébé. Pourquoi croyez-vous que vous avez mis ce vêtement large ? Vous ne supportez plus d'être serrée à la taille.

– C'est ma tante qui me l'a acheté. Il était dans ma penderie. Mais je ne peux pas être enceinte depuis aussi longtemps. C'est impossible.

– Rentrez chez vous et vérifiez sur votre ordinateur, Mona.

Mona se redressa et sauta de la table. Elle lissa sa jupe noire et enfila rapidement ses chaussures. Plus de lacets, enfin ! Si tante Gifford l'avait vue planter ses pieds de cette façon dans des chaussures de ce prix, elle aurait poussé des cris.

– Il faut que j'y aille, dit Mona. On m'attend à un enterrement.

– Celui du pauvre mari de votre cousine qui a été renversé par une voiture ?

– Oui, le pauvre. Écoutez, Annelle. J'aimerais faire un de ces tests qui permettent de voir le fœtus, vous savez.

– Entendu, mais cela ne fera que confirmer ce que je vous ai dit. Vous en êtes à votre treizième semaine. Bon, écoutez-moi. Il faut absolument que vous preniez ce que je vous ai prescrit. Un corps de treize ans n'est pas vraiment fait pour avoir un bébé.

– D'accord. Et je vais prendre rendez-vous pour ce test.

Mona se dirigea vers la porte. Elle venait de poser la main sur la poignée lorsqu'elle se retourna.

– Et puis non, finalement. Je ne veux pas le faire.

– Qu'y a-t-il ?

– Je ne sais pas. Attendons un peu. Les tests peuvent être effrayants parfois, non ?

– Mon Dieu, mais vous êtes toute blanche !

– Mais non, je suis juste sur le point de m'évanouir, comme dans les films.

Elle sortit de la pièce en ignorant les appels du médecin. La porte se referma lourdement derrière elle et elle se hâta dans le couloir vitré.

La voiture l'attendait au coin de la rue. Ryan était debout à côté, les bras croisés. Vêtu de bleu foncé pour l'enterrement, il était presque comme d'habitude, à l'exception du fait que ses yeux étaient embués de larmes et qu'il avait l'air exténué. Il lui ouvrit la portière.

– Alors, qu'a dit le Dr Salter ? demanda-t-il en se tournant vers elle.

– Je suis bien enceinte et tout va pour le mieux. Allez, partons d'ici !

– On y va. Tu n'as pas l'air heureuse.

– Bien sûr que si, je suis heureuse. Mais je pense à Aaron. Est-ce que Michael ou Rowan ont appelé ?

– Non, pas encore. Ils doivent dormir à cette heure. Qu'y a-t-il, Mona ?

– Ryan, fiche-moi la paix, s'il te plaît. Tout le monde me demande ce qu'il y a. Il n'y a rien du tout, voilà. C'est juste que tout va... un peu trop vite.

– Tu fais une drôle de tête. On dirait que tu as peur.

– Non, je me demande seulement comment ça va se passer. Mon propre enfant, tu te rends compte ? Au fait, tu as bien passé le mot ? Pas de sermons.

– Ce n'était même pas nécessaire. Tu es l'héritière et personne n'a rien à dire. Si quelqu'un devait dire quelque chose, ce serait moi. Mais je n'ai pas le cœur à te faire un de mes jolis petits discours ou les recommandations d'usage.

– Tant mieux.

– Nous avons perdu tant des nôtres. Cette petite vie est pour moi comme une nouvelle flamme et je suis impatient de la toucher et de la protéger.

– Tu es au bout du rouleau, Ryan. Il faut que tu te reposes.

– Tu ne veux pas me le dire maintenant ?

– Te dire quoi ?

– Qui est le père, Mona ? Tu as l'intention de nous le dire, n'est-ce pas ? C'est ton cousin David ?

– Non, ce n'est pas lui.

– Yuri ?

– Dis donc ! Tu as fini avec tes questions ? Je sais qui est le père, si c'est ce qui t'inquiète, mais je n'ai pas envie d'en parler maintenant. Tu le sauras dès que le bébé sera né.

– Pas avant ?

– Non. Je te le dirai quand le moment sera venu.

– C'est Michael Curry, n'est-ce pas ?

Elle se retourna et le fixa d'un air ahuri. Trop tard pour démentir. Il avait compris. Avec son air exténué, on aurait dit un homme dopé par les médicaments, relativement dynamique et plus ouvert que d'habitude, mais plutôt groggy. Heureusement qu'il ne conduisait pas ! Il serait rentré dans le premier platane !

– Gifford me l'a dit, prononça-t-il lentement.

Il regarda par la fenêtre. Ils descendaient tranquillement Saint Charles Avenue, bordée de ravissantes demeures et d'arbres très anciens.

– Gifford ? demanda-t-elle. Ryan, tu te sens bien ?

Que deviendrait la famille si Ryan perdait la tête ? Elle avait déjà suffisamment de soucis.

– Ryan, réponds-moi !

– J'ai fait un rêve la nuit dernière, dit-il en se tournant enfin vers elle. Gifford m'a dit que Michael Curry était le père.

– Elle était heureuse ou triste ?

– Heureuse ou triste ? En fait, je ne me souviens pas.

– Ah ! parfait. Même morte, personne n'écoute ce qu'elle dit. Elle t'apparaît dans un rêve et tu ne fais même pas attention.

Il fut légèrement surpris mais ne sembla pas offensé. Ses yeux étaient très paisibles.

– C'était un beau rêve. Nous étions ensemble.

– À quoi ressemblait-elle ?

Il était vraiment bizarre. Je me retrouve bien seule, pensa-t-elle. Aaron a été tué. Béa a besoin de nous. Rowan et Michael n'ont pas encore appelé. Nous avons tous peur et Ryan divague.

– À quoi ressemblait Gifford ? répéta-t-elle.

– Elle était jolie, comme toujours. Tu sais, quel que soit son âge, quinze ans, ving-cinq ou trente-cinq, elle était ma Gifford.

– Qu'est-ce qu'elle faisait ?

– Pourquoi veux-tu le savoir ?

– Je crois aux rêves, Ryan. Réfléchis. Elle était en train de faire quelque chose ?

Il haussa les épaules et sourit faiblement.

– Elle était en train de creuser un trou. Sous un arbre, je crois. Peut-être bien le chêne de Deirdre. Oui, c'est ça. Il y avait un tas de terre autour d'elle.

Mona ne dit rien. Elle était si bouleversée qu'elle n'osait rien dire.

Ryan regarda de nouveau vers la fenêtre, comme s'il avait oublié qu'ils étaient en train de parler.

Soudain, une douleur fulgurante traversa les tempes de Mona. Elle se sentait très mal. Cela pouvait arriver pendant une grossesse, même si le bébé était normal.

– Oncle Ryan, je ne peux pas aller à l'enterrement d'Aaron, dit-elle soudain. La voiture me donne la nausée. Je veux y aller mais je ne peux pas. J'ai envie de rentrer. Je sais que c'est stupide et égoïste, mais...

– Je te ramène à la maison, dit-il galamment.

Il appuya sur le bouton de l'Interphone.

– Clem, ramenez Mlle Mona à First Street.

Il lâcha le bouton.

– C'est bien à First Street que tu veux aller? lui demanda-t-il.

– Oui, bien sûr.

Elle avait promis à Rowan et à Michael de s'y installer sans attendre, et elle l'avait fait. De plus, elle s'y sentait davantage chez elle qu'à Amelia Street depuis le décès de sa mère. Son père était en permanence ivre mort et ne se levait plus qu'occasionnellement, la nuit, pour chercher une bouteille, ses cigarettes ou sa femme morte.

– Je vais demander à Shelby de te tenir compagnie. Si Béatrice n'avait pas besoin de moi, je resterais moi-même.

Il semblait préoccupé par son état. En fait, il raffolait à nouveau d'elle, comme lorsqu'elle était toute petite et que Gifford l'habillait de dentelle et lui nouait des rubans dans les cheveux. Elle aurait dû prévoir qu'il réagirait ainsi. Il adorait les bébés et les enfants, qui le lui rendaient bien.

Moi, je ne suis plus un enfant, plus du tout, songea-t-elle.

– Non, je n'ai pas besoin de Shelby, dit-elle. J'ai envie d'être seule. Il y a Eugenia, de toute façon. Je vais faire un somme. Il y a une chambre magnifique, en haut, pour faire une sieste. Il faut que je réfléchisse et que je fasse le point. Et puis, je suis bien entourée. Il y a au moins autant de gardes que dans la Légion étrangère. Personne ne peut entrer.

– Cela ne t'ennuie pas d'être seule dans cette maison?

Visiblement, il ne pensait pas à des intrus mais aux histoires anciennes.

– Non, pourquoi?

– Mona, tu es un sacré petit bout de femme, tu sais, dit-il en souriant d'une façon qui n'était pas dans ses habitudes.

Il devait être bien fatigué et bien triste pour se laisser aller à une telle spontanéité.

– Tu n'as pas peur pour le bébé et tu n'as pas peur de la maison ?

– Ryan, je n'ai jamais eu peur de cette maison. Jamais. Quant au bébé, pour l'instant, il me donne la nausée. Je crois que je vais vomir.

– Il y a pourtant bien quelque chose qui te fait peur, je le sens.

Il fallait qu'elle le tranquillise une fois pour toutes. Elle en avait assez des questions. Elle se tourna vers lui et posa une main sur son genou.

– Oncle Ryan, j'ai treize ans. J'ai besoin de réfléchir, c'est tout. Je me porte à merveille et je ne connais de la peur que la définition du dictionnaire, d'accord ? Inquiète-toi plutôt pour Béa et pour celui qui a tué Aaron. Cela vaut plus la peine.

– D'accord, ma chérie, dit-il en souriant.

– Gifford te manque ?

– Cela t'étonne ? Maintenant, Aaron est avec elle.

Mona hocha la tête. Il était vraiment mal en point. Pierce et Shelby devaient savoir que leur père avait besoin d'eux.

Ils venaient de tourner dans First Street.

– Si Rowan ou Michael appellent, préviens-moi tout de suite.

Elle ramassa son sac et se prépara à descendre.

– Tu es vraiment certaine de vouloir être seule ? Et si Eugenia n'est pas là ?

– Ce serait trop beau, dit-elle sans se retourner.

Deux jeunes gardes en uniforme étaient à la grille, que l'un d'eux venait d'ouvrir pour elle. Elle lui adressa un signe de tête en passant.

Lorsqu'elle atteignit la porte d'entrée, elle mit sa clé dans la serrure et se retrouva à l'intérieur. La porte se referma dans un bruit sourd et elle s'adossa contre elle en fermant les yeux.

Douze semaines. C'est impossible ! Ce bébé avait été conçu avec Michael lorsqu'ils avaient fait l'amour pour la seconde fois. Elle en était convaincue. De plus, il n'y avait eu personne entre Noël et mardi gras.

Elle se dirigea vers la bibliothèque. Elle y avait apporté son ordinateur la veille et l'avait installé sur la droite du grand bureau d'acajou. Elle s'affala sur le siège, alluma l'appareil et ouvrit un nouveau fichier : \WS\MONA\SECRET\Pédiatrie.

Elle écrivit :

« Questions à poser. À quelle rapidité la grossesse de Rowan a-t-elle progressé ? Y avait-il des signes de développement accéléré ? Était-elle malade ? Personne ne connaît ces réponses car, à l'époque, personne ne savait qu'elle était enceinte. Sa grossesse se voyait-elle ? Elle doit connaître la chronologie des événements. Elle pourra tout éclaircir et balayer mes craintes stupides. Et puis il y a eu cette seconde grossesse, celle dont personne n'est au courant, à part Rowan, Michael et moi. Oseras-tu questionner Rowan à ce sujet ? »

Craintes stupides. Elle s'arrêta, s'adossa au siège et posa une main sur son ventre, mais sans appuyer sur la petite boule que le Dr Salter lui avait fait sentir. Elle ouvrit simplement les doigts et les posa en pressant à peine. Son ventre avait déjà grossi.

– Mon bébé, murmura-t-elle en fermant les yeux. Julien, aide-moi, je t'en prie.

Aucune réponse.

Elle eut envie de parler à Évelyne l'Ancienne, mais celle-ci, toujours en convalescence depuis son attaque, était entourée d'infimières et de matériel dans sa chambre d'Amelia Street. Elle ne s'était peut-être même pas rendu compte qu'on l'avait ramenée chez elle. À quoi bon aller lui parler pendant des heures si elle ne l'entendait même pas ?

Personne. Elle n'avait personne. Gifford !

Elle s'approcha de la fenêtre, celle qui s'était mystérieusement ouverte la fameuse nuit. Était-ce l'œuvre de Lasher ? Comment savoir ? Elle regarda à travers les volets verts. Des gardes à l'angle. Un de l'autre côté de la rue.

Elle quitta la bibliothèque en marchant lentement et sortit dans le jardin. Tout était magnifiquement vert. Les azalées de printemps étaient prêtes à fleurir. Les lys étaient couverts de boutons et les lagerstrœmias de nouvelles petites feuilles.

L'hiver était terminé. La chaleur avait réveillé la nature et l'air semblait pousser des soupirs de soulagement.

Debout devant la grille du jardin de derrière, elle observait le chêne de Deirdre, la table devant laquelle Rowan s'asseyait et, juste à côté, un petit carré d'herbe plus verte qu'ailleurs.

– Gifford ? murmura-t-elle. Tante Gifford.

Mais elle n'avait pas envie qu'un fantôme lui réponde.

Elle redoutait qu'une apparition ne vienne troubler ce moment de paix. Elle plaça de nouveau une main sur son ventre.

– Les fantômes sont partis, dit-elle à voix haute, se rendant compte qu'elle parlait autant au bébé qu'à elle-même. Tout cela est terminé. Toi et moi, nous n'aurons jamais besoin d'eux. Ils sont partis terrasser le dragon et, une fois qu'il sera mort, l'avenir sera à nous. Et tu ne sauras pas ce qui s'est passé avant que tu ne sois assez grand pour cela. J'aimerais savoir si tu es une fille ou un garçon. Et la couleur de tes cheveux. Si tu en as, bien sûr. Je pourrais te donner un nom.

Elle interrompit son monologue, saisie par l'impression que quelqu'un lui avait parlé. Quelqu'un, tout près d'elle, avait murmuré quelque chose, juste un petit bout de phrase. Mais quoi ? Elle se retourna en frissonnant. Personne. Les gardes étaient à la périphérie du jardin, selon les instructions qu'ils avaient reçues. Ils ne devaient entrer que s'ils entendaient un bruit suspect en provenance de la maison.

Elle s'affaissa contre le montant en fer de la porte et balaya du regard le carré d'herbe et, au-dessus, les immenses bras noirs du chêne. Les jeunes feuilles étaient d'un vert menthe éclatant et les plus vieilles, sombres et poussiéreuses, semblaient près de se dessécher et de tomber. Dieu merci, à La Nouvelle-Orléans, les arbres n'étaient jamais complètement dénudés.

Elle se tourna vers la droite, en direction de l'entrée de la propriété. Une chemise bleue derrière la grille. Un silence total régnait. Avec un peu de chance, Eugenia était aussi à l'enterrement d'Aaron.

– Pas de fantômes ni d'esprits, dit-elle. Aucun chuchotement venant de tante Gifford.

En avait-elle vraiment envie ? Soudain, pour la première fois de sa vie, elle se posait la question. La simple idée de fantômes ou de revenants la troublait maintenant.

Ce doit être à cause du bébé, songea-t-elle. Une sorte de changement d'état que l'on ressent lorsque l'on est enceinte, probablement, et qui donne envie de se laisser aller à une existence simple et confortable. Plus question d'esprits. Seul le bébé comptait, désormais. La veille, elle avait beaucoup lu sur ces changements physiques et psychologiques. Elle s'était procuré de nombreux livres sur la grossesse.

Comme toujours, des souffles de brise fraîche agitaient les buissons et faisaient tomber des pétales, des feuilles et même des boutons de fleurs sur les dalles.

Elle retourna à l'intérieur, traversa la maison vide et entra dans la bibliothèque.

Elle s'assit devant son ordinateur et commença à taper sur le clavier.

« Tu ne serais pas humaine si tu n'avais pas ces doutes et ces soupçons. Comment ne pas se demander, vu les circonstances, si le bébé va bien ? Cette crainte doit être d'origine hormonale. C'est ton instinct de survie. Mais tu n'es pas un simple incubateur. Ton cerveau est traversé de réactions chimiques nouvelles. Les faits sont là. Lasher est à l'origine de toutes ces catastrophes. Depuis le début. Sans son intervention, Rowan aurait pu avoir un enfant magnifique et en parfaite santé et... »

Elle s'interrompit. L'intervention de Lasher ? Qu'est-ce que cela voulait dire, exactement ?

La sonnerie du téléphone retentit. Elle sursauta et se précipita sur l'appareil pour faire cesser le bruit.

– Mona à l'appareil. Vous pouvez parler, dit-elle.

Un éclat de rire se fit entendre à l'autre bout de la ligne.

– Est-ce que c'est une façon de répondre au téléphone ? dit une voix masculine.

– Michael ! Dieu merci. Je suis bien enceinte. Le Dr Salter dit qu'il n'y a aucun doute.

Elle l'entendit soupirer.

– Nous t'aimons, mon ange, dit-il.

– Où êtes-vous ?

– Nous sommes dans un hôtel horriblement cher. Notre suite est décorée à la française et toutes les chaises sont en bois d'arbre fruitier et tiennent sur la pointe des pieds. Yuri va bien. Rowan est en train d'examiner sa blessure. Elle s'est infectée. Tu ne vas pas pouvoir lui parler tout de suite. Il est surexcité. Il n'arrête pas de parler mais, à part ça, il va bien.

– Je n'ai pas envie de lui dire pour le bébé. Pas pour l'instant.

– Non, ce ne serait pas bon du tout.

– Donne-moi ton numéro.

Il le lui donna.

– Ma chérie, tu vas bien ? demanda-t-il.

Et voilà ! Il sent aussi que tu es soucieuse. Et il sait pourquoi. Mais ne dis rien. Pas un mot.

Quelque chose se ferma en elle. Michael était pourtant la seule personne, avec Rowan, à qui elle aurait pu se confier. La seule personne qui avait toute sa confiance.

Fais bien attention à ce que tu vas dire.

– Oui, je vais très bien, Michael. Est-ce que le bureau de Ryan a ton numéro ?

– Ne t'inquiète pas, nous n'allons pas disparaître, mon cœur.

Elle se rendit compte qu'elle regardait fixement l'écran et les questions qu'elle avait inscrites avec une certaine logique. À quelle vitesse a progressé la grossesse de Rowan ? Y avait-il des signes d'accélération ?

Michael connaissait les réponses. Non, tais-toi.

– Il faut que j'y aille, ma chérie. Je te rappellerai plus tard. Nous t'aimons tous.

– Salut, Michael !

Elle raccrocha, resta immobile un moment puis se mit à taper à toute vitesse : « Il est trop tôt pour leur poser des questions stupides à propos du bébé. Trop tôt pour t'inquiéter, trop tôt pour inquiéter Rowan et Michael, aussi. Ils ont des choses bien plus importantes à faire... »

Elle s'interrompit.

Elle avait entendu un murmure près d'elle. Quelqu'un avait parlé tout près. Elle regarda autour d'elle, puis se leva et traversa la pièce. Il n'y avait absolument personne. Ni revenant éthéré, ni même une ombre.

Étaient-ce les gardes dans la rue ? Mais comment auraitelle pu les entendre à travers quarante-cinq centimètres de brique ?

Plusieurs minutes passèrent.

Avait-elle peur de bouger ? C'est complètement idiot, Mona Mayfair. Qui crois-tu que c'est ? Gifford ? Ta mère ? Oncle Julien, qui serait revenu ? Il a pourtant droit au repos, maintenant. Cette saleté de maison est peut-être vraiment hantée par toutes sortes d'esprits. Comme le fantôme de la domestique de 1859 ou celui du cocher tombé du toit en 1872 ? Pourquoi pas ? La famille n'a pas écrit tout ce qui s'est passé. Elle se mit à rire.

Des fantômes prolétaires à First Street, dans la maison des Mayfair ? Des fantômes qui n'étaient même pas de leur sang ? Quel scandale ! Non, il n'y avait aucun fantôme dans cette maison.

Elle regarda le cadre doré du miroir, les marbrures marron du manteau de la cheminée, les rangées de vieux livres défraîchis. Petit à petit, le calme revint en elle. Elle adorait cet endroit, et il n'y avait aucun gramophone fantôme, aucun visage dans le miroir. Tu es en sécurité. Tu es chez toi, ici.

– Oui, toi et moi, mon bébé. C'est notre maison. Avec Michael et Rowan. Et je te promets que je vais te trouver un super-nom.

Elle se rassit et se remit à taper avec rage : « À bout de nerfs. Imagination débordante. Prendre des protéines, de la vitamine C. J'entends des voix me murmurer à l'oreille. Je ne suis pas sûre, mais on dirait quelqu'un qui chante ou qui chantonne. Complètement dingue. C'est soit un fantôme, soit une carence en vitamine B. L'enterrement d'Aaron a commencé, maintenant. Cela doit contribuer à ma nervosité. »

11

– Tu es sûr que c'était un Taltos ? demanda Rowan.

Elle avait ôté le bandage et l'antiseptique et se lavait les mains. À travers la porte ouverte de la salle de bains, elle regardait Yuri aller et venir. Quelle drôle de silhouette, sombre et dégingandée, contre les rideaux en soie frangée et les chrysocales de la pièce !

– Alors, tu ne me crois pas ? Je te dis que c'était un Taltos !

– C'était peut-être un humain qui, pour une raison ou une autre, a voulu te tromper. Sa seule taille ne signifie pas forcément que...

– Non, non, dit Yuri sur le ton affolé qui ne l'avait pas quitté depuis leur arrivée à l'aéroport. Il n'était pas humain. Il était... beau et hideux. Avec des articulations énormes et des doigts immenses. Son visage aurait pu être humain, ça oui. Un très bel homme. Mais c'était Ashlar, Rowan. Michael, raconte-lui l'histoire de saint Ashlar, celui de la plus vieille église de Donnelaith. Dis-lui. Si seulement j'avais les notes d'Aaron ! Je sais qu'il a tout écrit. Même après notre excommunication de l'ordre, il n'aura pas manqué de tout écrire.

– Il a bien écrit et nous avons ses notes, intervint Michael. Et j'ai déjà raconté à Rowan tout ce que je savais.

Sauf erreur, c'était la deuxième fois qu'il le disait à Yuri. Rowan était épuisée par les événements de la journée, et le décalage horaire n'arrangeait rien. Elle se rendait compte que les épreuves avaient vieilli et affaibli son corps. Heureusement, elle avait dormi dans l'avion.

Michael était allongé sur le canapé, la tête sur l'accoudoir et les pieds sur des coussins dorés. Il avait ôté sa veste et son pull-over à col roulé moulait sa large poitrine. Son cœur battrait encore pendant au moins cinquante années. Il lança à Rowan un petit regard de commisération.

Heureusement que tu es là, songea-t-elle.

La voix et les manières calmes de Michael étaient plus que rassurantes. Elle s'imaginait mal sans lui.

Un autre Taltos ! Encore un ! Mais combien de secrets recèle encore ce monde ? Combien de monstres sont camouflés dans ses forêts, ses grandes villes, ses océans ? Son esprit ne parvenait plus à imaginer clairement Lasher. Sa silhouette était disproportionnée et sa force lui semblait surnaturelle. Ce n'était pas ainsi. Ces créatures ne sont pas toutes-puissantes. Elle tenta de chasser l'horrible souvenir de Lasher lui broyant les bras et la frappant si fort du dos de la main qu'elle en perdait conscience. Elle retrouva les sensations du moment où elle s'évanouissait puis reprenait conscience et essayait de ramper sous le lit pour se mettre à l'abri. Stop ! Le moment était malvenu de repenser à tout cela. Elle devait se concentrer et forcer Yuri à se concentrer aussi.

– Yuri, dit-elle en prenant son ton le plus calme mais néanmoins autoritaire. Décris-moi encore les Petites Gens. Tu es sûr...

– Les Petites Gens sont une race de sauvages, dit précipitamment Yuri en se retournant.

Il avait les mains écartées, comme s'il tenait un miroir magique dans lequel il voyait des images qu'il décrivait.

– Samuel a dit qu'ils étaient condamnés, expliqua-t-il. Ils n'ont plus de femmes et donc plus d'avenir. Leur race s'éteindra, sauf s'ils trouvent une femelle Taltos ou s'il reste encore une femme de leur race quelque part en Europe ou dans les îles Britanniques. Cela peut arriver. Samuel me l'a dit. Ou alors une sorcière. Vous comprenez ? Mais les femmes avisées de la région ne s'approchent jamais de la lande. Quant aux touristes et aux archéologues, ils sont toujours en groupe et ne se promènent que de jour.

Ils avaient déjà parlé de tout cela mais Rowan commençait à se rendre compte que, chaque fois, Yuri ajoutait un élément nouveau, quelque détail qui pouvait avoir son importance.

– Évidemment, Samuel m'a raconté tout cela dans la grotte, quand il pensait que j'allais mourir. Lorsque ma fièvre est tombée, il a été aussi surpris que moi. Et puis Ash. Je peux vous affirmer qu'Ash n'est pas un hypocrite. Il n'y a aucune duplicité en lui. Vous ne pouvez pas imaginer la candeur et la simplicité de cet être. Cet homme, devrais-je dire, même si aucun être humain ne peut être aussi direct que lui. Et ce n'est pas de la naïveté de sa part.

– Alors il ne mentait pas quand il a dit qu'il voulait t'aider ? demanda Rowan en le regardant avec sympathie.

– Non, il ne mentait pas. Et il veut protéger le Talamasca. Pourquoi ? Je n'en ai aucune idée. Cela a quelque chose à voir avec le passé, les archives, peut-être. Vous savez ? Les secrets. Même si personne ne sait exactement ce qu'elles renferment, ces archives. Si seulement j'étais certain que les Aînés n'ont rien à voir là-dedans ! Mais, vous voyez, une sorcière puissante comme Mona est très précieuse pour Ash et Samuel. Je n'aurais jamais dû leur parler d'elle. J'ai été complètement stupide de leur parler de la famille. Mais Samuel m'avait sauvé la vie, alors...

– Est-ce que ce Taltos a dit qu'il n'avait pas de femme ? demanda Michael. Si femme est le mot qui convient.

– C'était l'évidence même. Il est venu ici parce que Samuel lui a appris qu'on avait vu un Taltos à Donnelaith. C'était Lasher et toi, Rowan. Il est arrivé immédiatement de je ne sais où. Ash est riche. Il a des gardes du corps, des employés et voyage toujours avec un petit cortège de voitures. C'est Samuel qui me l'a dit. Je trouve d'ailleurs que Samuel parle un peu trop librement. Il n'est pas très prudent.

– Mais il n'a pas parlé d'une femelle Taltos ?

– Non. Ils m'ont tous les deux donné l'impression qu'ils ne connaissaient l'existence d'aucune femelle Taltos. Rowan, les Petites Gens et les Taltos sont en voie de disparition. Maintenant que Lasher est mort, Ash pourrait bien être le dernier Taltos. Tu te rends compte de ce que représente Mona pour eux deux ?

– D'accord, dit Michael. Tu veux mon avis ?

Il attrapa la cafetière et remplit sa tasse.

– Nous avons fait tout ce que nous pouvions à propos d'Ashlar et de Samuel, reprit-il en regardant Rowan. Il y a une chance sur dix pour qu'ils soient encore au Claridge, même si...

– Non, il ne faut pas les approcher, le coupa Yuri. Ils ne doivent même pas savoir que vous êtes là. Surtout toi.

– Oui, je comprends, dit Michael en hochant la tête, mais...

– Non, tu ne comprends pas. Ou alors tu ne me crois pas. Michael, ils savent reconnaître une sorcière ou un sorcier quand ils en voient un. Ils savent. Ils n'ont pas besoin de tests médicaux pour savoir que tu as ces précieux chromosomes. Ils te reconnaîtront sinon à l'odeur, du moins en te voyant.

Michael haussa les épaules, comme pour exprimer qu'il réservait son jugement pour plus tard.

– D'accord, dit-il. Je n'irai pas au Claridge. Mais c'est beaucoup me demander, Yuri. Surtout que, d'après toi, l'hôtel est à cinq minutes d'ici.

– Eh bien moi, j'espère qu'ils sont partis. Et pas pour La Nouvelle-Orléans. Mais qu'est-ce qui m'a pris de bavarder comme ça ? Je ne suis vraiment pas malin. Ce devait être la gratitude et la peur.

– Arrête de te tourmenter, le rassura Rowan.

– On a quadruplé le nombre de gardes à La Nouvelle-Orléans, dit Michael. Bon, laissons Ashlar et Samuel de côté pour l'instant et revenons au Talamasca. Nous étions en train de faire une liste des plus anciens membres de la maison mère de Londres, ceux à qui nous pourrions faire confiance ou qui ont forcément flairé quelque chose.

Yuri soupira. Il se trouvait tout près d'une petite chaise tapissée de satin, près de la fenêtre, dont le tissu moiré était si bien assorti à celui des rideaux qu'on la distinguait à peine.

Ils s'assit dessus et posa les mains sur sa bouche. Ses cheveux étaient tout ébouriffés.

– D'accord, dit-il. Le Talamasca. Mon refuge, ma vie. Il y avait Milling. Il est grabataire, maintenant. Nous n'avons aucun moyen de l'approcher. Et je ne veux pas l'appeler, cela risquerait de l'agiter. Et puis il y avait... il y avait...

– Joan Cross, dit Michael en prenant le bloc-notes jaune sur la table basse. Oui, Joan Cross. Soixante-quinze ans et invalide. En chaise roulante. Elle n'a pas été nommée supérieur général à cause de son arthrite invalidante.

– Le diable en personne ne pourrait pas corrompre Joan Cross, dit Yuri d'une voix plus rapide que jamais. Elle est bien trop absorbée. Elle passe son temps dans les archives et ne se rendrait même pas compte si des gens couraient tout nus autour d'elle.

– Passons au suivant. Timothy Hollingshed, lut Michael.

– Oui, Timothy. Mais je ne le connais pas très bien. Non, celui qui pourrait nous intéresser est Stuart Gordon. Stuart Gordon ? Au fait, je l'avais mentionné, celui-là ?

– Non, mais c'est bien de le faire maintenant, dit Rowan. Pourquoi Stuart Gordon ?

– Il a quatre-vingt-huit ans et enseigne toujours. Au sein de l'ordre, en tout cas. Aaron était son meilleur ami. Il se peut qu'il sache tout des sorcières Mayfair. J'en suis même presque certain. Je me souviens qu'un jour, l'an dernier, je crois, il m'a dit qu'Aaron gravitait depuis trop longtemps autour de la famille. Mais je mettrais ma main au feu que rien ne pourrait le corrompre. Je crois qu'il est notre homme.

– Nous avons encore un nom sur la liste, dit Michael. Antoinette Campbell.

– Elle est bien plus jeune. Mais si Antoinette est corrompue, Dieu l'est aussi. Pour en revenir à Stuart, s'il y a quelqu'un sur la liste qui peut être un Aîné, c'est bien lui.

– Gardons tout de même les autres noms, dit Rowan. Nous devons contacter ces gens séparément les uns des autres.

– Pourquoi ne pas téléphoner maintenant à Gordon ? demanda Michael.

– Ils vont savoir que Yuri est en vie, répondit Rowan. Mais c'est inévitable.

Elle observait Yuri. Dans son état, comment pourrait-il avoir une conversation téléphonique de cette importance ? Il recommençait à transpirer et à trembler. Les vêtements propres qu'elle lui avait donnés étaient déjà trempés de sueur.

– Oui, c'est inévitable, acquiesça Yuri. Mais il n'y a aucun danger tant qu'ils ne savent pas où je suis. J'en tirerai bien plus de Stuart en cinq minutes que de n'importe qui d'autre. Même de mon vieil ami Baron, à Amsterdam. J'appelle.

– Mais n'oublions pas, intervint Rowan, qu'il peut faire partie de la conspiration. Il se peut que l'ensemble de l'ordre soit impliqué. Ou alors l'ensemble des Aînés.

– Il préférerait mourir que faire du tort au Talamasca. Il a deux brillants novices qui pourraient nous aider. L'un est Tommy Monohan, une sorte de génie de l'informatique. Il nous serait très utile. Et l'autre est un beau blond avec un nom bizarre. Marklin, c'est ça. Marklin George. Mais ce sera à Stuart de juger de la situation.

– De toute façon, nous ne ferons confiance à Stuart que lorsque nous serons sûrs de pouvoir le faire.

– Et comment le saurons-nous ? demanda Yuri en regardant Rowan.

– Il y a toujours un moyen de savoir, dit-elle. N'appelle pas d'ici. Quand tu l'auras au bout du fil, tu devras lui dire certaines choses.

– Lesquelles ? De toute façon, il se peut que Stuart ne me parle pas. Normalement, il n'a pas le droit. J'ai été excommunié, tu te rappelles ? Sauf, bien sûr, si je m'adresse à lui en tant qu'ami d'Aaron. Il l'aimait tellement !

– D'accord, cet appel est une étape cruciale, dit Michael. Maintenant, la maison mère. Tu peux en faire un plan ou m'expliquer pour que je le dessine ? Qu'est-ce que tu préfères ?

– C'est une excellente idée, dit Rowan. Fais un plan. Montre-nous où se trouvent les archives, les coffres-forts, les sorties. Tout, quoi.

Yuri se retrouva debout, comme si quelqu'un l'avait poussé en avant. Il regarda tout autour de lui.

– Il me faut du papier et un crayon.

Michael décrocha le téléphone et demanda la réception.

– Nous allons les faire monter, dit Rowan en prenant les mains de Yuri.

Elles étaient moites et tremblaient toujours. Ses yeux noirs brillaient et passaient d'un objet à l'autre. Il ne voulait pas la regarder.

– Calme-toi, dit-elle en tenant fermement ses mains.

Elle s'approcha de lui jusqu'à ce qu'il soit obligé de la regarder droit dans les yeux.

– Je suis rationnel, Rowan, tu peux me croire. C'est seulement que... que j'ai peur pour Mona. J'ai commis une gaffe terrible. Mais combien de fois a-t-on l'occasion de rencontrer une créature comme celle-ci ? Je n'ai jamais vu Lasher. Je n'étais pas présent lorsqu'il a raconté son histoire à Michael et à Aaron. Je ne l'ai jamais vu ! Mais ces deux-là, je les ai bel et bien vus. Nous étions dans la même pièce, comme toi et moi.

– Je sais, dit-elle. Ce n'est pas ta faute si tu leur as parlé de la famille. N'y pense plus. Maintenant, c'est à l'ordre qu'il faut penser. Que peux-tu nous dire d'autre ? Si tu nous parlais du supérieur général ?

– Je n'ai aucune confiance en lui. Il est là depuis trop peu de temps. Oh, si tu avais vu Ash, tu n'en aurais pas cru tes yeux !

– Pourquoi ?

– Ah oui ! tu as vu l'autre, toi. Tu le connaissais.

– Oui, c'est le moins que l'on puisse dire. Qu'est-ce qui te fait croire que celui-là est plus vieux et qu'il n'a pas essayé de te tromper ?

– Ses cheveux. Il avait deux mèches blanches. C'est l'âge. J'en suis sûr.

– Des mèches blanches..., répéta-t-elle.

C'était un élément nouveau. Combien de nouveaux détails Yuri allait-il encore donner s'ils continuaient à l'interroger ? Elle leva une main vers sa tête comme pour demander où étaient situées les mèches blanches.

– Non, ici, sur les tempes, comme pour les êtres humains. Samuel s'est inquiété dès qu'il les a vues. Le visage était celui d'un homme de trente ans. Rowan, on ne connaît pas la longévité de ces créatures. Pour Samuel, Lasher était un nouveau-né.

– C'était le cas, confirma Rowan.

Elle s'aperçut soudain que Michael l'observait. Il s'était levé et se tenait près de la porte, les bras croisés.

Elle se tourna vers lui et effaça toute pensée de Lasher de son esprit.

– Il n'y a personne qui pourrait nous aider ? demanda Michael en s'adressant à Rowan seule.

– Personne, répondit-elle. Tu le sais bien.

Il ne dit rien, mais elle savait à quoi il pensait, comme s'il avait envie qu'elle le sache. Il se disait que Yuri était en train de craquer. Il avait besoin d'être protégé alors qu'ils avaient énormément compté sur son aide.

La sonnette retentit. Michael fouilla dans sa poche tout en se dirigeant vers la porte et en sortit quelques billets.

C'est vraiment extraordinaire qu'il pense à ce genre de détail, songea-t-elle. Il ne perd pas le sens des réalités. Soudain, elle sentit les doigts de Lasher sur son bras. Une convulsion traversa son corps et elle posa une main sur l'endroit où Lasher n'avait cessé de lui faire mal. Suivez vos propres conseils, docteur. Restez calme.

– Yuri, assieds-toi, dit Michael. Voilà le papier et les crayons.

– Et si Stuart ne sait pas qu'Aaron est mort ? demanda Yuri. Je ne veux pas être celui qui le lui annoncera. Mais ils doivent le savoir. Ils savent, n'est-ce pas, Rowan ?

– Yuri, écoute-moi, dit gentiment Rowan. Je te l'ai déjà expliqué. Le bureau de Ryan n'a pas appelé le Talamasca. J'ai insisté pour qu'ils attendent. J'ai donné l'excommunication comme prétexte. Il me fallait du temps. Maintenant, nous pouvons exploiter à notre avantage le fait qu'ils ne soient pas au courant. Nous devons préparer cette conversation téléphonique.

– Il y a un grand bureau dans l'autre pièce, intervint

Michael. Cette petite chose Louis XV n'y résistera pas si nous nous en servons.

Rowan sourit. Michael avait dit qu'il aimait le mobilier français. Elle avait connu bien des chambres d'hôtel et ses premières pensées lorsqu'elle était arrivée dans celle-ci avaient été : où sont les portes, où sont les téléphones, la salle de bains a-t-elle une fenêtre ? Elle revit la main de Lasher agripper son bras. Elle tressaillit. Michael l'observait.

Yuri avait le regard ailleurs. Il ne l'avait pas vue fermer les yeux et s'efforcer de reprendre son souffle.

– Ils savent, dit enfin Yuri. Les membres chargés des revues de presse ont forcément découpé les articles dans les journaux de La Nouvelle-Orléans et les ont faxés. Ils savent toujours tout. Rien ne leur échappe. Ma vie entière est dans leurs archives.

– Raison de plus pour nous mettre au travail, dit Michael.

Rowan restait immobile. Il est parti. Il est mort. Il ne peut plus te faire de mal. Tu as vu ses restes. Tu les as vus recouverts de terre quand tu as mis Emaleth avec lui. Tu les as vus de tes propres yeux. Les bras croisés, elle se frottait les coudes. Michael lui avait parlé mais elle n'avait rien entendu.

Elle le regarda.

– Il faut que je voie ce Taltos, dit-elle. S'il existe, je dois le voir.

– C'est trop dangereux, dit Yuri.

– Non. J'ai un plan. J'ignore ce que cela donnera, mais c'est toujours un plan. Tu as dit que Stuart Gordon était l'ami d'Aaron ?

– Oui, ils ont travaillé ensemble pendant des années. Tu veux qu'on mette Stuart dans la confidence ? Tu veux considérer qu'Ash a dit la vérité et lui faire confiance ?

– Tu as bien dit qu'Aaron n'avait jamais entendu le mot Taltos avant que Lasher ne le prononce devant lui ?

– Exact, dit Michael.

– Mais tu ne peux pas les contacter, Rowan ! s'écria Yuri. Tu ne peux pas faire ça !

– Michael, le plan de la maison peut attendre. J'appelle le Claridge.

– Non ! cria Yuri.

– Ne t'en fais pas, je ne suis pas complètement stupide, dit Rowan en souriant. Sous quels noms ces étranges personnes sont-elles descendues à l'hôtel ?

– Je ne sais pas.

– Décris-les, suggéra Michael. Prononce le nom de Samuel. Yuri a dit qu'il était connu comme le loup blanc, là-bas. Ne perdons pas de temps. Ils sont peut-être déjà partis.

– Aaron ignorait ce qu'était un Taltos...

– Oui, dit Yuri. Rowan, à quoi penses-tu ?

– Bon, je passe mon premier coup de fil, se décida-t-elle. Ensuite, tu passes les tiens. Allons-y !

– Tu pourrais peut-être me dire ce que tu as en tête ? interrogea Michael.

– Voyons d'abord si nous pouvons contacter ces deux-là. Si ça ne marche pas, nous retournons au point de départ.

– Vous ne voulez plus que je dessine le plan ? demanda Yuri. Vous aviez pourtant dit...

– Pas maintenant, le coupa Michael. Prends ta veste et allons-y.

Yuri avait l'air totalement désemparé. Michael prit sa veste et la lui mit sur les épaules. Il regarda Rowan.

Son cœur battait la chamade. Taltos.

12

Marklin n'avait jamais vu la maison dans un tel état d'ébullition, mais dissimuler ses sentiments faisait partie de ses nombreux talents. La salle du conseil était bourrée de monde mais la réunion n'avait pas encore commencé. Personne ne le remarqua lorsqu'il passa dans le couloir. Le bruit était étourdissant sous les plafonds voûtés. Tout ce brouhaha était une véritable aubaine. Personne ne ferait attention aux faits et gestes ni aux réactions d'un novice.

On ne l'avait même pas réveillé pour lui expliquer ce qu'il se passait. C'est en ouvrant sa porte et en voyant plusieurs membres « patrouiller » dans l'entrée qu'il s'était aperçu de quelque chose. Tommy et lui avaient à peine échangé quelques mots.

Tommy devait être maintenant à Regent's Park pour déconnecter l'interception du télécopieur. Toutes les preuves matérielles des fausses communications avaient été détruites.

Où était donc Stuart ? Pas dans la bibliothèque, ni dans les salons, ni dans la chapelle en train de prier pour son cher Aaron. Dans la salle du conseil non plus.

Il ne fallait surtout pas que Stuart craque. S'il était parti, il devait être avec Tessa. Non, il n'avait pas pu s'enfuir. Il était à nouveau de leur côté, il était leur chef. Ils étaient trois contre le reste du monde.

L'énorme horloge de l'entrée indiquait onze heures du matin. Le visage de sa lune de bronze souriait au-dessus des chiffres. Avec le bruit ambiant, on entendit à peine les onze coups. Quand allait-on commencer les délibérations formelles ?

Oserait-il monter dans la chambre de Stuart ? Après tout, quoi de plus naturel ? Stuart était son tuteur au sein de l'ordre. C'était ce qu'il fallait faire. Et si Stuart était en train de paniquer et de tout remettre en question, une nouvelle fois ? Et s'il s'en prenait à lui, comme sur Wearyall Hill, alors que Tommy n'était pas là pour l'aider à le ramener à la raison ?

Quelque chose venait de se passer à l'instant dans la salle du conseil. Il fit quelques pas et se retrouva à la porte nord. Des membres étaient en train de prendre place autour de la gigantesque table de chêne. Et Stuart était là. Il regardait droit devant lui. Avec ses habituels vêtements sombres, presque cléricaux, on aurait dit un oiseau aux petits yeux ronds et bleus.

Il était debout derrière la chaise vide du supérieur général, une main posée sur le dossier. Et tout le monde le regardait. Mais bien sûr ! On l'avait nommé supérieur général !

Marklin mit la main devant sa bouche pour réprimer un sourire. C'est parfait, se dit-il. Les circonstances jouent en notre faveur. Heureusement qu'ils n'ont pas nommé Elvera, Joan Cross ou le vieux Whitfield. C'est donc Stuart ! Magnifique ! Le plus vieil ami d'Aaron.

– Veuillez tous entrer et vous asseoir, je vous prie, dit Stuart.

Il semblait extrêmement nerveux.

– Je vous prie de bien vouloir me pardonner, reprit-il en se forçant à un petit sourire poli. Je ne suis pas encore remis du choc. Vous savez donc que j'ai été proposé comme supérieur général et que nous attendons une réponse des Aînés.

– Elle est certainement arrivée, Stuart, dit Elvera.

Pendant toute la matinée, la vieille femme avait été le centre d'intérêt de tous. Elle avait été témoin du meurtre d'Anton Marcus et était la seule à avoir parlé avec le mystérieux homme qui, après être entré dans la maison, avait posé des questions étranges à tous ceux qu'il rencontrait, puis avait froidement étranglé Anton Marcus.

– Non, elle n'est pas encore arrivée, Elvera, dit patiemment Stuart. Asseyez-vous tous, la réunion va commencer.

Le silence se fit enfin dans la pièce. Des visages curieux étaient alignés tout autour de la table. Manifestement, Dora Fairchild avait pleuré. Et Manfield Cotter aussi. Ainsi que d'autres, que Marklin ne connaissait pas. C'étaient sans doute tous les amis d'Aaron Lightner. Ou, plutôt, ses admirateurs, devrait-on dire.

Personne n'avait vraiment connu Anton Marcus mais sa mort avait horrifié tout le monde.

– Stuart, qu'a répondu la famille Mayfair ? demanda quelqu'un. A-t-on des précisions sur ce qui est arrivé à Aaron ?

– Un peu de patience, je vous prie. Tout le monde sera informé dès que nous saurons quelque chose. Pour l'instant, ce sont les terribles événements de ce matin qui nous préoccupent. Des intrus sont entrés ici et repartis. Nous avons un réel problème de sécurité. Et nous ignorons si les deux événements sont liés.

– Stuart, dit Elvera en haussant la voix. Cet homme m'a demandé si je savais qu'Aaron était mort. Il est entré dans ma chambre et m'a tout de suite parlé d'Aaron.

– Bien sûr que les événements sont liés, intervint Joan Cross.

Cela faisait maintenant un an que Joan était dans un fauteuil roulant. Elle semblait terriblement frêle. Ses cheveux blancs étaient clairsemés, mais sa voix était toujours aussi ferme.

– Stuart, reprit-elle, notre toute première priorité est de déterminer l'identité du tueur. Les autorités disent qu'il n'y a aucune empreinte digitale. Nous savons, nous, que cet homme vient peut-être de la famille Mayfair et ça, elles l'ignorent.

– Oui... cela semble lié, vous avez raison, dit Stuart en bégayant à moitié. Mais nous ne savons rien d'autre. C'est ce que je voulais dire.

Soudain, ses yeux se fixèrent sur Marklin, assis à l'autre extrémité de la table, qui le regardait sans ciller.

– Mesdames et messieurs, pour vous dire la vérité, dit Stuart en détachant son regard de Marklin, je ne suis absolument pas qualifié pour prendre la place d'Anton. Je crois... je crois que je devrais passer le flambeau à Joan, si vous en êtes tous d'accord. Je ne me sens pas capable de continuer.

Stuart ! Comment pouvez-vous faire une chose pareille ? se dit Marklin. Il essaya de cacher sa déception de la même façon qu'il avait caché son sourire de triomphe quelques instants auparavant. C'était une occasion en or et, comme par hasard, vous ne la saisissez pas. Vous laissez tomber au meilleur moment. Vous êtes vraiment stupide.

– Je n'ai pas le choix, se justifia Stuart, comme s'il ne s'adressait qu'à son novice. Mesdames et messieurs, je suis trop... trop bouleversé par la mort d'Aaron pour être d'une quelconque utilité.

Intéressant, sage, songea Marklin. Stuart leur avait enseigné que pour garder un secret contre ceux qui lisent dans les pensées il fallait penser à quelque chose de proche de la vérité.

Stuart s'était levé pour laisser la place à Joan Cross. Des murmures d'approbation s'élevèrent de tous côtés. Même Elvera acquiesçait de la tête. La jeune Crawford, une des élèves de Joan, manœuvra le fauteuil roulant pour installer la nouvelle supérieure générale à la place d'honneur. Stuart recula contre le mur. Il allait tenter de s'esquiver !

Pas sans moi, se dit Marklin. Mais qu'est-ce qui lui prend ? En aucun cas il ne pouvait le laisser partir. Il était le seul à connaître la cachette de Tessa.

Un grand brouhaha s'éleva de nouveau. Un des vieux disait qu'en de telles circonstances il fallait que les Aînés présents dans la pièce se fassent connaître. Quelqu'un le fit taire et lui intima de ne plus jamais évoquer une pareille chose.

Stuart était parti ! Marklin quitta sa place en hâte et franchit la porte nord. Il aperçut Stuart, loin devant lui, qui se dirigeait vers le bureau du supérieur général. Marklin n'osait pas l'appeler. Il était flanqué de deux jeunes membres, des secrétaires, Ansling et Perry. Depuis le début, ils avaient constitué une menace pour l'opération sans s'être jamais rendu compte de rien.

Le trio disparut soudain derrière une porte à deux battants. Marklin se retrouva seul dans l'entrée déserte.

Un coup de marteau, ou quelque chose comme ça, retentit dans la salle du conseil. Marklin regardait la porte. Sous quel prétexte pourrait-il bien entrer ? Pour offrir son aide, présenter ses condoléances ? Tout le monde connaissait sa dévotion pour Stuart. Seigneur ! Que ferait-il dans de telles circonstances s'il n'était pas... ? Non, n'y pense même pas. Pas dans ces murs.

Il consulta sa montre. Mais que faisaient-ils donc ? Puisque Stuart avait refusé le poste, pourquoi se trouvait-il dans ce bureau ? Peut-être à cause du fax des Aînés ? Tommy avait eu le temps de déconnecter l'interception. Ou alors il avait écrit lui-même la réponse en cours de transmission ?

C'était insupportable. Il avança, frappa à la porte et entra sans attendre la réponse.

Les deux jeunes gens étaient seuls. Perry était assis au bureau de Marcus et discutait au téléphone. Ansling était debout près de lui et essayait manifestement de suivre la conversation. Le fax était silencieux. Les portes menant à la chambre d'Anton étaient fermées.

– Où est Stuart ? demanda Marklin alors que les deux hommes lui faisaient signe de se taire.

– Où es-tu en ce moment, Yuri ? dit Perry dans le combiné.

Yuri !

– Tu ne devrais pas être ici, dit Ansling à Marklin. Tout le monde doit rester dans la salle du conseil.

– Oui, oui..., disait Perry, tâchant visiblement de calmer son interlocuteur.

– Où est Stuart ? répéta Marklin.

– Je n'en sais rien.

– Tu vas me le dire tout de suite ! explosa Marklin.

– C'est Yuri Stefano au téléphone, lui expliqua Ansling. Stuart est parti pour le rencontrer. Il lui a dit de venir seul.

– Où ? Par où est-il parti ?

– Eh bien, par l'escalier privé du supérieur général, je suppose, dit Ansling. Comment le saurais-je ?

– Fermez-la, vous deux ! dit Perry. Zut, il a raccroché ! Marklin, sors d'ici !

– Je t'interdis de me parler sur ce ton, espèce de crétin ! hurla Marklin, furieux. Stuart est mon tuteur. Quel escalier privé ?

Il passa en trombe à côté d'eux en ignorant leurs protestations indignées, entra dans la chambre attenante et aperçut la porte dissimulée dans le lambris, entrebâillée de quelques centimètres. Il l'ouvrit en grand. Un escalier ! Merde !

– Où doit-il rencontrer Yuri ? cria-t-il à Ansling qui arrivait sur ses pas.

– Sors de là ! ordonna Perry. Sors de cette pièce ! Tu n'as rien à faire dans la chambre du supérieur général.

– Mais qu'est-ce qui te prend, Marklin ? Avec tous les problèmes qu'on a, on n'a pas besoin d'insubordination en plus ! Retourne tout de suite à la salle du conseil !

– Je t'ai posé une question. Je veux savoir où est parti mon tuteur.

– Il ne nous l'a pas dit et si tu l'avais fermé, j'aurais pu obtenir de Yuri Stefano qu'il me le dise lui-même.

Marklin regarda les deux jeunes gens furieux et effrayés. Sombres crétins. J'espère qu'ils vous feront porter le chapeau pour tout ça, vous et ceux de votre espèce larmoyante et servile. J'espère que vous serez expulsés. Il se retourna et descendit l'escalier dérobé.

Après un long et étroit passage, il aboutit à une petite porte qui ouvrait sur le parc. Dire qu'il ne l'avait jamais remarquée ! Il y avait tellement de portes. Quelques dalles éparses traversant la pelouse allaient dans la direction des garages.

Il se mit à courir, sachant toutefois que c'était inutile. Lorsqu'il parvint aux voitures, le gardien se leva de sa chaise.

– Tout le monde doit rester à l'intérieur jusqu'à la fin de la réunion, monsieur.

– Stuart Gordon. A-t-il pris une voiture de service ?

– Non, monsieur, la sienne. Mais la consigne est de ne laisser personne sortir sans autorisation expresse. C'est ce qu'il a dit, monsieur.

– Je n'en doute pas ! dit Marklin d'un ton rageur.

Il alla directement à sa Rolls et claqua sa portière au nez du gardien qui l'avait suivi. Il roulait déjà à cinquante à l'heure lorsqu'il atteignit le portail.

Sur l'autoroute, il passa à cent puis à cent vingt. Mais Stuart demeurait invisible. De toute façon, il n'avait peut-être pas emprunté l'autoroute. Qu'il soit parti voir Tessa ou Yuri, il avait disparu. Marklin n'allait donc nulle part.

– Tommy, j'ai besoin de toi, dit-il à voix haute.

Il attrapa le téléphone et, du pouce, composa le numéro de la planque de Regent's Park.

Pas de réponse.

Tommy avait probablement tout déconnecté. Mais pourquoi ne s'étaient-ils pas donné rendez-vous à Londres ? Tommy s'était sûrement rendu compte de cette erreur et l'attendait probablement là-bas.

Un bruit de klaxon le fit sursauter. Il lâcha le téléphone. Il devait faire attention à ce qu'il faisait. Il enfonça la pédale de l'accélérateur, doubla le camion devant lui et poussa la Rolls à sa vitesse maximale.

13

L'appartement était situé dans Belgravia, non loin de Buckingham Palace, et disposait de tout l'équipement nécessaire. Les meubles étaient de style anglais d'inspiration classique, avec beaucoup de marbre blanc, et les tapisseries se déclinaient dans des tons pêche, citron et blanc laiteux. Une équipe d'experts en bureautique, des hommes et des femmes à l'air rigoureux et efficace, s'activait pour installer télécopieur, ordinateur et téléphones.

Il veilla à ce que Samuel, pratiquement inconscient, soit mis au lit dans la plus grande chambre, puis prit possession du bureau. Il s'assit et se mit à lire les journaux, à la recherche d'articles sur un meurtre commis à l'extérieur de Londres par un mystérieux intrus aux mains très longues.

Aucun article ne mentionnait sa taille. Étonnant. Le Talamasca avait-il décidé de garder ce détail pour lui ? Et, dans ce cas, pourquoi ?

Yuri a certainement lu ces articles, songea-t-il. Enfin, s'il est en état de le faire, du moins. Mais comment savoir ?

Des messages arrivaient déjà de New York. Il fallait qu'il s'en occupe tout de suite. Sa société ne pouvait fonctionner sans lui, même une journée.

La radieuse Leslie, qui semblait ne jamais dormir, attendait ses instructions. On lui passa quelques pages, qu'elle posa sur le bureau.

– Vos lignes sont raccordées, monsieur, dit-elle. Autre chose ?

– Très chère, faites préparer un gros rôti pour Samuel dans la cuisine. Quand il ouvrira les yeux, il aura un appétit d'ogre.

Tout en parlant, il avait composé le numéro de la ligne directe avec Remmick, à New York.

– Faites en sorte que ma voiture et mon chauffeur soient prêts à partir à tout moment. Remplissez les réfrigérateurs de lait frais et de fromage. Le meilleur camembert et le meilleur brie que vous pourrez dénicher. Mais envoyez quelqu'un pour ça. J'ai besoin de vous ici. Prévenez-moi immédiatement si le Claridge appelle et, sinon, appelez-le toutes les heures. D'accord ?

– Oui, monsieur Ash, dit-elle avec empressement.

Elle se mit à tout noter sur un bloc qu'elle tenait à quelques centimètres de ses yeux.

Une seconde plus tard, elle avait disparu.

Par la suite, chaque fois qu'il levait les yeux il la voyait s'affairer avec une merveilleuse énergie.

À trois heures, elle vint le voir avec un enthousiasme de collégienne.

– Le Claridge, monsieur. On vous demande en personne. Ligne deux.

– Veuillez m'excuser, dit-il, heureux de voir qu'elle s'était spontanément éloignée.

Il décrocha le combiné.

– Ashlar à l'appareil, vous m'appelez du Claridge ?

– Non. Rowan Mayfair à l'appareil. Le Claridge m'a donné votre numéro il y a cinq minutes. On m'a dit que vous aviez quitté l'hôtel ce matin. Yuri est avec moi. Il a peur de vous mais je dois vous parler. Il faut que je vous voie. Vous avez déjà entendu mon nom ?

– Bien sûr, Rowan Mayfair. Dites-moi où nous pouvons nous rencontrer. Yuri va mieux ?

– Dites-moi d'abord pourquoi vous voulez me rencontrer. Que voulez-vous très précisément ?

– Le Talamasca est déloyal. J'ai tué son supérieur général. Il faisait partie de la conspiration contre la famille Mayfair. Je veux restaurer l'ordre dans le Talamasca pour qu'il continue d'être lui-même et parce que j'ai juré autrefois que je veillerais toujours sur lui. Rowan Mayfair, savez-vous que Yuri est en danger ? Cette conspiration est également dirigée contre lui.

Silence à l'autre bout de la ligne.

– Vous êtes toujours là ? demanda-t-il.

– Oui. J'étais en train de penser au son de votre voix.

– Le Taltos que vous avez mis au monde n'a pas dépassé le stade de nouveau-né. Il n'a pas connu la paix avant de naître. Vous ne pouvez penser à moi en me comparant à lui, même si ma voix vous rappelle la sienne.

– Comment avez-vous tué le supérieur général ?

– Je l'ai étranglé. Je l'ai fait dans un but précis. Je voulais que la conspiration soit connue de l'ensemble de l'ordre afin que les innocents soient au courant. Je ne pense pas que tout l'ordre soit impliqué. C'est l'affaire de quelques-uns. Permettez-moi de venir vous voir. Je viendrai seul, si vous voulez. Nous pourrions nous rencontrer dans un endroit où il y aura du monde. Je suis dans Belgravia. Dites-moi où vous êtes.

– Yuri doit rencontrer un membre du Talamasca d'un moment à l'autre. Je ne peux pas le laisser.

– Dites-moi où se passe cette rencontre.

Il se leva précipitamment et alla vers la porte. Un employé apparut immédiatement. « Mon chauffeur ! murmura-t-il en écartant le combiné de sa bouche. Maintenant ! »

– Rowan Mayfair, cette rencontre est dangereuse pour Yuri, reprit-il. Ce pourrait être une erreur fatale.

– Mais l'homme vient seul aussi, dit Rowan. Et nous le verrons avant qu'il ne nous voie. Il s'appelle Stuart Gordon. Ce nom vous dit quelque chose ?

– Je l'ai déjà entendu. C'est un très vieil homme, c'est tout ce que je peux dire.

Silence.

– Vous savez autre chose sur lui, quelque chose qui laisserait supposer qu'il est au courant de votre existence ?

– Non, rien, répondit-il. Stuart Gordon et d'autres membres du Talamasca se rendent parfois dans la lande de Donnelaith. Mais ils ne m'ont jamais vu là-bas. Ni ailleurs.

– Donnelaith ? Vous êtes certain que c'était Gordon ?

– Oui, absolument certain. Gordon y allait souvent. Les Petites Gens me l'ont dit. Ils volent des objets pendant la nuit, un sac à dos ou n'importe quelle bricole. Je connais le nom de Stuart Gordon. Les Petites Gens ne s'aventurent pas à tuer les membres du Talamasca. Cela leur causerait des ennuis. Ils ne tuent pas non plus les gens du coin, d'ailleurs. Mais ils tuent les étrangers qui se promènent avec des jumelles et un fusil. Et ils me disent qui vient dans la lande.

Silence.

– Faites-moi confiance, je vous en prie, implora Ash. L'homme que j'ai tué, Anton Marcus, était corrompu et sans scrupule. Je ne fais jamais ce genre de chose sur une impulsion. Croyez-moi si je vous dis que je ne représente aucun danger pour vous, Rowan Mayfair. Je dois vous parler. Si vous ne me laissez pas venir...

– Vous connaissez l'angle de Brook Street et de Spelling ?

– Je sais où c'est. C'est là que vous êtes ?

– Plus ou moins. Allez à la librairie. C'est la seule du carrefour. Je vous verrai quand vous arriverez et j'irai au-devant de vous. Mais dépêchez-vous. Stuart Gordon ne va pas tarder.

Elle raccrocha.

Ashlar descendit les deux étages à pied à toute allure, Leslie sur ses talons lui posant une rafale de questions : voulait-il ses gardes du corps ? Devait-elle l'accompagner ?

– Non, restez ici. Intersection de Brook et de Spelling, juste au-dessus du Claridge, lança-t-il au chauffeur en montant dans la voiture.

Il se demandait s'il devait aller en voiture jusqu'au lieu du rendez-vous. Rowan Mayfair verrait la plaque d'immatriculation et retiendrait le numéro. De toute façon, avec ce modèle de Rolls voyant, un numéro d'immatriculation n'était même pas nécessaire pour retrouver le propriétaire d'une voiture. Mais de quoi était-il inquiet ? Qu'avait-il à craindre de Rowan Mayfair ? Qu'aurait-elle à gagner en lui faisant du mal ?

Il avait l'impression d'oublier quelque chose de très important, mais quoi ? Il était très impatient de voir cette sorcière.

La limousine se fraya un chemin dans la circulation londonienne et arriva à destination, au carrefour de deux rues très commerçantes, en moins de douze minutes.

– Restez ici, ordonna-t-il au chauffeur. Et ne me quittez pas une seconde des yeux. Si je vous appelle, venez tout de suite. Vous avez compris ?

– Oui, monsieur Ash.

Des boutiques de luxe partout. Ash sortit de la voiture, étira ses jambes et se mit à marcher tranquillement jusqu'à l'angle de la rue. Il scruta la foule en ignorant les inévitables importuns qui faisaient des réflexions sur sa taille.

La librairie était dans la diagonale opposée. C'était une très jolie boutique à la vitrine de bois poli décorée d'objets en cuivre. Elle était ouverte, mais il n'y avait personne devant.

Il traversa la rue en évitant les voitures, s'attirant les foudres de quelques conducteurs.

Il y avait un peu de monde dans la boutique. Mais aucune sorcière. Elle avait dit qu'elle se montrerait en le voyant.

Il se retourna. Son chauffeur se tenait toujours au même endroit, malgré la circulation, avec toute l'arrogance du chauffeur d'une monstrueuse limousine. Parfait.

Rapidement, Ash passa en revue les boutiques de Brook, sur sa gauche, puis, de l'autre côté, regarda les magasins et les passants l'un après l'autre.

Devant la vitrine d'une boutique de vêtements se tenaient un homme et une femme. Michael Curry et Rowan Mayfair.

Son cœur cessa littéralement de battre.

Un sorcier et une sorcière.

Tous deux le regardaient. Ils avaient dans les yeux ce petit éclat commun à ceux de leur espèce.

Il était émerveillé. Lorsqu'il les toucherait, s'il en avait l'occasion, ils seraient plus chauds que les autres humains et s'il approchait son oreille de leur tête il entendrait un léger son qu'il ne détectait chez aucun autre mammifère, à part, très rarement, chez un chien.

Dieu du ciel ! Cela faisait bien longtemps qu'il n'avait rencontré un sorcier ou une sorcière de cette puissance.

Sans bouger, il restait là à les observer, incapable de détacher son regard. Il se demanda s'ils s'en rendaient compte.

L'homme, Michael Curry, était d'origine celte et peut-être bien irlandaise. Tout était irlandais en lui, ses cheveux noirs bouclés et ses yeux bleus. C'était un homme grand et solidement bâti.

Le père du Taltos, et son meurtrier ! se rappela-t-il.

Et la femme ?

Elle était très mince et extrêmement belle, bien que très moderne. Ses jolis cheveux encadraient son visage de façon charmante. Ses vêtements, d'une sobriété intentionnelle, lui conféraient une beauté presque érotique. Ses yeux étaient bien plus effrayants que ceux de l'homme.

D'ailleurs, elle avait des yeux d'homme au-dessus d'une bouche douce et féminine. Il avait déjà remarqué ce côté sérieux et agressif dans les yeux des femmes humaines. À la différence que celle-ci était une sorcière.

Tous deux paraissaient aussi captivés. Ils ne se parlaient ni ne bougeaient. Mais ils étaient ensemble, une des deux silhouettes masquant légèrement l'autre. Le vent ne transportait pas leur odeur jusqu'à lui. Il soufflait dans l'autre direction. Ce qui signifiait, par conséquent, qu'ils devaient sentir la sienne.

La femme remua soudain, mais seulement les lèvres. Elle murmura quelque chose à son compagon. Lui ne bougea pas. Il continuait de dévisager Ash.

Celui-ci se détendit en laissant ses bras tomber naturellement le long de son corps, ce qu'il ne faisait pour ainsi dire jamais à cause de leur longueur. Mais il fallait qu'ils voient qu'il n'avait rien à cacher. Il retourna vers Brook Street, très lentement pour leur donner le temps de s'enfuir en courant s'ils le voulaient. Il espérait que non.

Il se dirigea lentement vers eux. Ils ne bougèrent pas. Soudain, un piéton le heurta par inadvertance et laissa tomber le sac en papier qu'il tenait à la main. Le sac éclata et son contenu se répandit sur le trottoir.

C'est bien le moment, se dit-il. Mais il sourit, posa un genou par terre et commença à tout ramasser.

– Je suis vraiment désolé, s'excusa-t-il.

La vieille femme se mit à rire de bon cœur et lui dit qu'il était trop grand pour ramasser des objets par terre.

– Cela ne me dérange pas, dit-il. De toute façon, c'est ma faute.

Il était probablement assez près du sorcier et de la sorcière pour qu'ils l'entendent, mais en aucun cas il ne devait montrer sa peur.

La femme portait un grand sac en tapisserie à son bras. Lorsqu'il eut ramassé tous les objets, il les déposa dedans. Elle s'en alla en lui faisant un petit signe d'adieu auquel il répondit respectueusement.

Les deux autres n'avaient toujours pas bougé. Il le savait. Il sentait leurs regards sur lui. Ils n'étaient plus séparés que d'environ six mètres.

Il tourna la tête et les regarda. Dos à la circulation, il les distinguait nettement devant la vitrine de verre remplie de robes. Comme ils semblaient avoir peur, eux aussi ! La lumière émanant de Rowan s'était transformée en une lueur très subtile dans ses yeux et, maintenant, il sentait son odeur : pas de sang. Une sorcière qui ne pouvait pas enfanter. L'odeur de l'homme était forte et son visage trahissait de la suspicion, voire de la colère.

Leurs regards étaient glaçants. Tout le monde ne peut pas t'aimer, tu le sais, songea-t-il en souriant. Même les sorcières et les sorciers. Ce serait trop demander. Déjà, ils ne s'étaient pas enfuis.

Il reprit sa marche vers eux. À cet instant, Rowan Mayfair pointa le doigt pour lui indiquer quelque chose.

C'est peut-être une ruse, se dit-il. Ils veulent me tuer.

L'idée était presque drôle. Il regarda dans la direction indiquée et vit un café de l'autre côté de la rue. Le gitan en sortait à l'instant aux côtés d'un homme âgé. Yuri avait l'air au plus mal.

Il aperçut Ash tout de suite et le fixa d'un regard à moitié fou. Le pauvre, il est en train de perdre la raison, songea Ash. Le vieil homme lui parlait avec animation et ne semblait pas avoir remarqué que Yuri regardait ailleurs.

Ce devait être Stuart Gordon. Il portait les vêtements sombres et démodés des gens du Talamasca. Oui, aucune erreur possible.

Il avait l'air terriblement désemparé et semblait implorer le gitan. À deux pas de lui, Yuri pouvait à tout moment se faire tuer.

Ash commença à traverser la rue, évitant une voiture et en forçant une autre à piler net.

Soudain, Stuart Gordon s'aperçut que l'attention de Yuri était détournée par quelque chose. L'air contrarié, il se retourna pour voir ce dont il s'agissait, au moment même où Ash se précipitait sur lui et lui attrapait le bras.

La reconnaissance fut instantanée. Il sait ce que je suis, se dit Ash. Cet homme, l'ami d'Aaron Lightner, est coupable. Il m'a reconnu, l'expression horrifiée de son visage en est la preuve irréfutable.

– Vous me connaissez, affirma Ash.

– Vous avez tué notre supérieur général, dit l'homme, paniqué.

Il agrippa les doigts d'Ash pour lui faire lâcher prise et hurla :

– Yuri, arrêtez-le, arrêtez-le !

– Menteur, dit Ash. Regardez-moi. Vous savez parfaitement ce que je suis. Je vous connais, vous n'êtes qu'un menteur. Vous êtes coupable.

Ils se donnaient en spectacle. Certains passants les contournaient, d'autres s'arrêtaient pour contempler la scène.

– Lâchez-moi immédiatement, dit Stuart Gordon, hors de lui, les dents serrées et le visage empourpré.

– Vous êtes comme l'autre, dit Ash. Avez-vous tué votre

ami Aaron Lightner ? Et Yuri ? C'est vous qui avez envoyé l'homme qui lui a tiré dessus dans la lande ?

– Je ne sais rien de plus que ce qu'on m'a appris ce matin, dit Stuart Gordon. Lâchez-moi !

– Vraiment ? Je vais vous tuer.

Le sorcier et la sorcière étaient arrivés près d'eux. Ash aperçut Rowan Mayfair sur sa droite. Michael Curry se tenait près d'elle, les yeux toujours pleins de venin.

Leur vue terrifia Gordon encore davantage.

Le tenant fermement, Ash lança un regard vers sa voiture et fit signe à son chauffeur. L'homme avait tout suivi. Il se glissa derrière le volant et se dirigea vers eux.

– Yuri, vous n'allez pas le laisser faire ? supplia Gordon.

Indignation désespérée et feinte.

– Avez-vous tué Aaron ? demanda Yuri.

Le gitan avait maintenant l'air complètement fou et Rowan s'approcha de lui pour le calmer. Gordon se mit à se débattre furieusement en s'accrochant aux doigts d'Ash.

La longue Rolls-Royce s'arrêta près d'eux et le chauffeur en sortit immédiatement.

– Puis-je vous aider, monsieur Ash ?

– Monsieur Ash ? répéta Gordon, redoublant de terreur. Comment ça, monsieur Ash ?

– Monsieur, un policier arrive, avertit le chauffeur. Que voulez-vous que je fasse ?

– Partons d'ici, suggéra Rowan Mayfair.

– Oui, allons-nous-en tous.

Ash traîna Stuart vers la voiture.

Dès que la portière arrière fut ouverte, il jeta le pauvre Gordon sur le siège et se glissa près de lui, l'obligeant à se pousser de l'autre côté. Michael Curry était monté devant, près du chauffeur, et Rowan était en train de passer devant Ash pour s'asseoir sur le siège d'en face. Il sentit une brûlure sur sa peau lorsqu'elle frôla sa jambe par inadvertance. Quant à Yuri, il s'effondra à côté d'elle. La voiture fit une embardée puis démarra.

– Où allons-nous ? demanda le chauffeur en faisant descendre le panneau de séparation.

Michael Curry s'était retourné et regardait Ash droit dans les yeux.

– Commencez par sortir d'ici, dit Ash.

Gordon tendit une main vers la poignée de la portière.

– Et verrouillez les portes, ajouta Ash.

Sans attendre le clic familier, il referma sa main droite sur le bras de Gordon.

– Lâchez-moi, espèce de salaud! cria Gordon d'une voix impérieuse.

– Vous allez me dire toute la vérité, maintenant, dit Ash. Je vais vous tuer comme j'ai tué Marcus, votre complice. Avez-vous quelque chose à dire qui m'empêcherait de le faire?

– Comment osez-vous, comment pouvez-vous...? balbutia Gordon.

– Arrêtez de mentir, intervint Rowan Mayfair. Vous êtes coupable et vous n'avez pas fait cela seul. Regardez-moi!

– Certainement pas! protesta Gordon. Les sorcières Mayfair, dit-il avec amertume. Cette créature du diable, ce Lasher, était votre bras vengeur, votre Golem, n'est-ce pas?

La souffrance de cet homme était exquise. Son visage était blême, mais il ne semblait pas vaincu.

– D'accord, dit calmement Ash. Je vais vous tuer et les sorciers ne pourront pas m'en empêcher. Ne croyez pas qu'ils le puissent.

– Non, vous ne le ferez pas! s'exclama Gordon en se tournant pour faire face à la fois à Rowan et à Ash.

– Et pourquoi? demanda doucement Ash.

– Parce que j'ai la femelle! murmura Gordon.

Silence.

On n'entendait plus que le bruit de la circulation tout autour d'eux.

Ash regarda tour à tour Rowan Mayfair, Michael Curry, qui le fixait toujours, puis Yuri, avant de revenir à Gordon.

– J'ai toujours eu la femelle, poursuivit Gordon d'une petite voix sincère mais sardonique. J'ai fait tout cela pour Tessa. Je l'ai fait pour lui apporter un mâle. C'était mon seul objectif. Maintenant, laissez-moi tranquille, sinon aucun de vous ne la verra jamais. Surtout vous, Lasher, ou monsieur Ash, qui que vous soyez et quelle que soit la façon dont vous vous faites appeler. Ou alors, prétendez-vous avoir déjà votre harem ?

Ash ouvrit les doigts, les tendit vers Gordon pour lui faire peur puis reposa sa main sur son genou.

Les yeux de Gordon étaient rouges et larmoyants. Raidi d'indignation, il sortit un grand mouchoir de sa poche et se moucha.

– Non, je vais vous tuer maintenant, dit Ash.

– Si vous faites cela, vous ne verrez jamais Tessa.

Ash se pencha vers lui et s'arrêta à quelques centimètres de son visage.

– Alors, emmenez-moi maintenant jusqu'à elle ou je vous étrangle.

Gordon garda le silence un moment.

– Dites à votre chauffeur de prendre la direction du sud, vers Brighton. Ce n'est pas là que nous allons mais c'est la bonne direction. Il y a une heure et demie de trajet.

– Nous avons donc le temps d'avoir une petite conversation, dit Rowan.

Sa voix était profonde, presque enrouée. Sa vue troublait la vision d'Ash. Ses seins étaient petits mais magnifiques sous la soie noire de sa veste.

– Dites-moi comment vous avez pu tuer Aaron, dit-elle à Gordon.

– Ce n'est pas moi, dit Gordon d'un air triste. Je ne le voulais pas. C'était un acte complètement stupide que je n'ai pas pu empêcher. Comme pour Yuri. Je n'étais même pas au courant. Yuri, dit-il en se tournant vers le gitan, quand je vous ai dit, dans le café, que je m'inquiétais pour vous, j'étais sincère. Certaines choses échappent à mon contrôle.

– Vous allez tout nous dire, dit Michael Curry sans quitter Ash des yeux. Nous n'avons aucun moyen d'empêcher notre ami de vous tuer et, de toute façon, nous ne l'empêcherions pas même si nous le pouvions.

– Je ne dirai pas un mot de plus, dit Gordon.

– C'est stupide, dit Rowan.

– Non, je n'ai pas le choix. Si je vous dis ce que je sais avant que nous soyons auprès de Tessa, vous m'éliminerez tout de suite.

– Je le ferai de toute façon, dit Ash. Vous avez juste gagné quelques heures de sursis.

– Pas si vite. Vous n'imaginez pas tout ce que j'ai à dire. Quelques heures n'y suffiraient pas.

Ash ne répondit rien.

Les épaules de Gordon s'affaissèrent. Il prit une profonde inspiration, regarda ses ravisseurs un à un, puis revint à Ash. Celui-ci s'était rencogné dans l'angle de la voiture. Il n'avait pas envie d'être proche de cet humain détestable qu'il allait très certainement tuer.

Il regarda les deux sorciers. Comme lui, Rowan avait une main posée sur son genou. Elle lui fit un petit geste pour réclamer sa patience.

Un bruit de briquet le fit tressaillir.

– Vous voyez un inconvénient à ce que je fume dans votre voiture, monsieur Ash ? demanda Michael Curry.

Sa tête était déjà penchée sur la cigarette et la petite flamme.

– Faites comme vous voulez, dit Ash avec un sourire cordial.

À sa grande surprise, Michael Curry lui rendit son sourire.

– J'ai aussi du whisky, de la glace et de l'eau. Quelqu'un veut boire quelque chose ?

– Oui, dit Michael Curry en exhalant la fumée de sa cigarette. Mais, pour le principe, pas avant six heures.

Ce sorcier peut engendrer un Taltos, se dit Ash en étudiant le profil de Michael Curry et ses traits parfaitement proportionnés bien que légèrement épais. Et il a une façon incroyable d'examiner les immeubles devant lesquels nous passons. Rien ne lui échappe.

Rowan regardait toujours Ash.

Ils venaient de quitter la ville.

– C'est la bonne direction, dit Gordon. Continuez jusqu'à ce que je vous donne de nouvelles indications.

Le vieil homme regardait dehors comme pour vérifier leur position et, brusquement, heurta la vitre de son front et fondit en larmes.

Personne ne dit rien. Ash repensa soudain à la photo de la jeune fille aux cheveux roux. Yuri, à côté de Rowan, avait fermé les yeux. Recroquevillé sur son siège, la tête tournée vers la portière, il pleurait aussi, sans un bruit.

Ash se pencha et posa une main réconfortante sur sa jambe.

14

Il était environ une heure de l'après-midi lorsque Mona se réveilla dans la chambre d'en haut, les yeux tournés vers la fenêtre et les chênes.

– Téléphone pour vous, dit Eugenia.

Mona faillit dire : « Ouf, il y a quelqu'un ici ! » Mais pour rien au monde elle n'aurait avoué qu'elle avait eu la chair de poule dans cette maison et fait des rêves troublants.

Eugenia regardait d'un air désapprobateur la grande chemise de coton blanc de Mona. Qu'est-ce qu'elle avait, sa chemise ? Elle était tout à fait convenable.

– Vous ne devriez pas garder un vêtement aussi fragile pour dormir ! déclara Eugenia. Regardez ! Les manches sont toutes chiffonnées et la dentelle froissée.

Si seulement elle avait pu dire à Eugenia de ficher le camp.

– Eugenia, c'est fait pour être froissé !

La domestique tenait d'une main un grand verre de lait très alléchant et, de l'autre, une pomme sur une petite assiette blanche.

– Qui me l'envoie ? demanda Mona. La Méchante Reine ?

Évidemment, Eugenia ne comprit pas l'allusion. Elle montra de nouveau le téléphone. Mona allait décrocher lorsqu'elle s'aperçut qu'elle n'était plus dans son rêve. Il n'en subsistait plus qu'un souvenir de texture et de couleur. Et la très étrange certitude qu'elle devait appeler sa fille Morrigan, un nom qu'elle n'avait pourtant jamais entendu. Et si c'était un garçon ?

Elle décrocha le combiné.

C'était Ryan. L'enterrement était terminé et les Mayfair arrivaient chez Béa. Lily allait s'y installer quelques jours ainsi que Shelby et tante Vivian. Cécilia était auprès d'Évelyne l'Ancienne.

– Pourrais-tu offrir l'hospitalité à Mary Jane Mayfair pendant quelque temps ? Je ne peux pas la ramener à Fontevrault avant demain. De plus, je trouve qu'il serait bon que tu lies connaissance avec elle. Sans compter qu'elle est tombée à moitié amoureuse de la maison et qu'elle a des milliers de questions à te poser.

– Amène-la-moi, dit Mona.

Ce lait était délicieux. Le meilleur qu'elle ait jamais bu, elle qui n'aimait pas vraiment ça !

– Je serai ravie d'avoir sa compagnie, poursuivit-elle. Cet endroit est hanté, tu avais raison.

Elle regretta immédiatement son aveu. Mais Ryan, trop occupé par ses problèmes d'organisation, ne releva même pas. Il expliqua que le jeune garçon de Napoleonville s'occupait de Granny Mayfair à Fontevrault et que c'était là une bonne occasion de persuader Mary Jane de quitter cette ruine et de s'installer en ville.

– Cette fille a besoin de la famille. Sa première visite n'a pas été une grande réussite, mais elle est encore sous le choc de l'accident. Elle a tout vu, tu sais. Je veux la sortir de là...

– Bien sûr, pas de problème.

Elle mordit la pomme à pleines dents. Dieu qu'elle avait faim !

– Ryan ? Est-ce que tu as déjà entendu le prénom de Morrigan ?

– Je ne crois pas.

– Il n'y a jamais eu de Morrigan Mayfair ?

– Pas à ma connaissance. C'est un vieux prénom anglais, n'est-ce pas ?

– Mmm ! Tu le trouves joli ?

– Et si le bébé était un garçon, Mona ?

– Je suis sûre que non.

Mais comment pouvait-elle en être aussi sûre ? C'était certainement dans le rêve, mais aussi parce qu'elle désirait ardemment que ce soit une fille.

Ryan promit d'être là dans dix minutes.

Mona s'adossa aux oreillers et regarda de nouveau vers les chênes et les petits morceaux de ciel bleu. La maison était silencieuse et Eugenia avait disparu. Elle croisa ses jambes nues, la bordure en dentelle de sa chemise recouvrant ses genoux. Les manches étaient terriblement chiffonnées, c'était vrai. Et alors ? C'étaient des manches de pirate. Est-ce que les pirates avaient toujours des manches impeccablement repassées ? Béatrice lui en avait acheté des tonnes. Cela devait faire « jeune », selon elle. En tout cas, c'était joli. Surtout les boutons de perle. Elle se sentait comme... comme une jeune mère !

Elle se mit à rire. Cette pomme était décidément délicieuse.

Mary Jane Mayfair. En fait, c'était probablement la seule personne de la famille que Mona avait envie de voir. D'un autre côté, pourvu qu'elle ne se mette pas à déblatérer. Ce serait insupportable.

Elle prit une autre bouchée de pomme. C'est bon contre les carences en vitamines, se dit-elle. Il fallait qu'elle prenne aussi les suppléments prescrits par Annelle Salter. Elle but le reste du lait en une longue gorgée quasi olympique.

– Et pourquoi pas Ophélie ? demanda-t-elle à voix haute.

Non, ce n'était pas une très bonne idée de donner à un bébé le prénom de la pauvre fille qui s'était noyée après avoir été rejetée par Hamlet. Ophélie sera ton prénom secret, se dit-elle. Et Morrigan ton vrai prénom.

Un grand sentiment de bien-être s'empara d'elle. Morrigan. Elle ferma les yeux et sentit l'odeur de l'eau, entendit le bruit des vagues s'écrasant sur les rochers.

Un bruit la réveilla en sursaut. Elle ne savait pas combien de temps elle avait dormi. Ryan et Mary Jane se tenaient près de son lit.

– Oh, je suis désolée ! dit-elle en se levant pour les embrasser.

Mais Ryan sortait déjà de la pièce.

– Je suppose que tu sais que Michael et Rowan sont à Londres. Michael a dit qu'il t'appellerait.

Il était déjà parti.

Mary Jane avait bien changé depuis l'après-midi où elle avait fait son diagnostic sur Rowan. Cela dit, elle avait vu juste.

Ses splendides cheveux blonds tombaient sur ses épaules comme des fils de lin et ses seins plantureux pointaient sous sa robe de dentelle blanche. Un peu de boue, provenant du cimetière, probablement, avait sali ses chaussures beiges à hauts talons. Elle avait une taille fabuleusement fine.

– Salut, Mona ! J'espère que je t'enquiquine pas, dit-elle en lui saisissant la main et en l'agitant vigoureusement.

Ses yeux bleus brillaient tandis qu'elle considérait Mona du haut de son mètre soixante-treize.

– Tu sais, je peux déguerpir quand tu veux si tu me trouves encombrante. Je suis une pro de l'auto-stop, tu peux me croire. Hé, dis donc ! On est toutes les deux en dentelle blanche. T'es vraiment adorable comme ça. On dirait une clochette de muguet en dentelle avec des cheveux roux. Je peux sortir sur la galerie ?

– Bien sûr. Je suis vraiment contente que tu sois là, dit Mona.

Mary Jane n'avait même pas remarqué que Mona avait la main collante à cause de la pomme.

– Tu n'as qu'à pousser la fenêtre et passer par-dessus le rebord. Mais, tu sais, ce n'est pas une robe. C'est un genre de chemise.

Elle adorait la façon dont la robe de Mary Jane tombait de sa taille fine. Mais était-ce bien le moment de parler de taille ?

Elle suivit Mary Jane dehors. Air frais. Brise du fleuve.

– Si tu veux, tout à l'heure je te montrerai mon ordinateur et mes options en Bourse. Je gère un fonds commun de placement depuis six mois. Il m'aurait déjà rapporté des millions si j'avais pu investir pour de vrai.

– D'accord.

Elle posa les mains sur la rambarde et regarda vers la rue.

– C'est un sacré manoir, cette maison.

– Oncle Ryan dit que ce n'est pas un manoir mais une maison de ville. Il est très tatillon là-dessus.

– Alors c'est une sacrée maison de ville.

– Et une sacrée ville aussi, renchérit Mona.

Mary Jane se mit à rire en se cambrant puis elle se retourna pour regarder Mona. Elle la détailla de haut en bas, comme saisie par une impression soudaine, puis la regarda droit dans les yeux.

– Qu'est-ce qu'il y a ? demanda Mona.

– T'es enceinte.

– Oh, tu dis ça à cause de la chemise !

– Non, t'es enceinte.

– Ouais.

L'accent de Mary Jane devait être contagieux. Mona se racla la gorge.

– Je veux dire... Tout le monde le sait. On ne te l'a pas dit ? C'est une fille.

– Tu crois ?

Mary Jane semblait très mal à l'aise. Elle allait sans doute se mettre à faire toutes sortes de prédictions sur le bébé.

– Tu as eu les résultats de tes tests ? demanda Mona en l'observant du coin de l'œil. Tu as l'hélice géante ?

Le visage de Mary Jane se détendit un peu.

– Ouais, j'ai les gènes. Toi aussi, hein ?

Mona hocha la tête.

– Tu as appris autre chose ? demanda-t-elle.

– Que ça ne faisait rien. Que j'aurai des enfants en parfaite santé, comme tout le monde dans la famille, à part un cas, mais personne n'aime en parler.

– Bon, j'ai encore faim. Si on descendait ?

– Ouais, dit Mary Jane. Je pourrais manger un bœuf.

Tout en descendant à la cuisine, Mary Jane ne cessa de faire des petits commentaires sur chaque tableau et chaque meuble qu'elle voyait. Il est vrai qu'elle n'était encore jamais entrée dans la maison.

– Je trouve terriblement impoli qu'on ne t'ait pas encore invitée, s'excusa Mona. Je t'assure.

– Je cours pas après les invitations, tu sais. C'est vraiment beau ici. T'as vu ces peintures sur les murs ?

Mona se sentait très fière de la façon dont Michael avait tout restauré. Soudain, elle se rappela que la maison lui appartiendrait un jour. D'une certaine façon, c'était déjà le cas. Mais ce n'était pas bien d'y penser maintenant que Rowan était complètement remise.

Et s'il lui arrivait quelque chose ? Mona repensa à Rowan la regardant étrangement de ses grands yeux gris parfois durs.

Mary Jane souleva l'un des rideaux de la salle à manger.

– De la dentelle, murmura-t-elle. Et pas la plus moche. Tout est vraiment raffiné, ici.

– Je crois qu'on peut le dire.

– Toi aussi, d'ailleurs, reprit Mary Jane. Tu ressembles à une princesse. Je suis vraiment contente qu'on porte toutes les deux de la dentelle.

– Merci, dit Mona, un peu énervée. Mais comment se fait-il qu'une fille aussi jolie que toi fasse attention à moi ?

– Sois pas bête, dit Mary Jane en passant gracieusement devant elle. Tu es une fille superbe. Je sais que je suis jolie mais j'adore regarder les autres jolies filles, j'ai toujours été comme ça.

Elles s'assirent à la table de verre. Mary Jane examina à la lumière les assiettes qu'Eugenia avait sorties à leur intention.

– Hé ! c'est de la vraie porcelaine, s'exclama-t-elle. On en a aussi à Fontevrault.

– Ah bon ? Vous avez ce genre de chose là-bas ?

– T'imagines pas tout ce qu'on a dans le grenier ! Il y a

de l'argenterie, de la porcelaine, des vieux rideaux et des cartons entiers de photos. Tu devrais voir ça ! Le grenier est bien sec. Barbara Ann vivait là-haut. Tu sais qui c'était ?

– Ouais, la mère d'Évelyne l'Ancienne. Et mon arrière-arrière-grand-mère.

– La mienne aussi ! s'écria Mary Jane triomphalement. C'est pas marrant, ça ?

– Tu peux le dire ! Tu devrais jeter un coup d'œil sur l'arbre généalogique de la famille. Tout est entremêlé dans tous les sens. Par exemple, si je me mariais avec Pierce, on aurait la même arrière-arrière-grand-mère mais aussi le même arrière-grand-père, qui est également... Enfin, c'est difficile de s'y retrouver. Dans les réunions de famille, on a du mal à se rappeler à côté de qui on est assis. Tu vois ce que je veux dire ?

Mary Jane hocha la tête, haussa les sourcils et sourit. Elle portait un rouge à lèvres d'un violet à mourir. Au fait, je suis une femme maintenant, se dit Mona. Moi aussi je peux mettre ce genre de truc si je veux.

– Je te prête tout ce que tu veux, tu sais. J'ai une valise avec un tas de cosmétiques que tante Béa m'a achetés chez Saks, sur la Cinquième Avenue, et chez Bergdorf à New York.

– C'est très gentil de ta part.

Attention ! Elle lit dans les pensées.

Eugenia avait sorti du réfrigérateur des petites tranches de veau que Michael avait mises de côté pour Rowan. Elle était en train de les faire revenir à la poêle comme Michael le lui avait montré, avec des champignons et des oignons émincés tout préparés dans un sac en plastique.

– Dieu que ça sent bon ! s'exclama Mary Jane. Excuse-moi d'avoir lu dans tes pensées, je le fais pas exprès.

– Ne t'inquiète pas, ça ne fait rien. Du moment que nous savons toutes les deux que ce n'est pas intentionnel et qu'on peut faire des erreurs d'interprétation.

– On est d'accord.

Puis elle observa Mona de la même façon qu'elle l'avait fait en haut. Elles étaient assises l'une en face de l'autre, exactement comme Rowan et Mona d'habitude, sauf que, cette fois, c'était Mona qui occupait la place de Rowan. Mary Jane se plongea dans la contemplation de sa fourchette en argent puis releva la tête, plissa les yeux et regarda Mona fixement.

– Qu'est-ce qu'il y a ? demanda Mona. Tu me regardes comme s'il y avait un problème.

– Quand une femme est enceinte, tout le monde la regarde, non ?

– Oui, mais toi, c'est différent. Les autres me lancent des regards d'extase ou d'approbation, mais toi...

– C'est quoi, l'approbation ?

– L'acceptation, en quelque sorte.

– Faut absolument que je m'instruise, dit Mary Jane en hochant la tête et en posant sa fourchette. Tu crois que c'est trop tard pour que j'aie une éducation correcte ?

– Non. Tu es trop maligne pour te laisser décourager. Et puis, de toute façon, tu es déjà instruite, mais différemment. Tu es allée dans des endroits où je n'ai jamais mis les pieds et tu as déjà assumé un tas de responsabilités. Moi, jamais.

– Ouais, eh ben, c'était malgré moi, la plupart du temps. Tu sais que j'ai tué un type ? Je l'ai poussé du haut d'un escalier de secours, à San Francisco. Il est tombé de quatre étages et s'est fracassé la tête.

– Pourquoi as-tu fait ça ?

– Il voulait me faire du mal. Il voulait me faire une piqûre d'héroïne et disait qu'on allait être amants. C'était un sale maquereau. Alors, je l'ai poussé.

– Tu as eu des ennuis ?

– Non. Et j'ai jamais raconté ça à personne.

– Je n'en parlerai pas non plus. Tu crois qu'il avait fait ça avec combien de filles ?

Tout en les servant, Eugenia les ignorait. Le veau était bien doré et juteux et la sauce au vin semblait parfaite.

– Un tas. Toutes des cruches.

Eugenia posa sur la table une salade de pommes de terre et de petits pois, une autre spécialité de Michael, assaisonnée d'huile et d'ail. Elle en servit une énorme cuillerée dans l'assiette de Mary Jane.

– Il reste du lait ? demanda Mona. Qu'est-ce que tu veux boire, Mary Jane ?

– Du Coca, s'il vous plaît, Eugenia. Mais je peux me servir moi-même.

Eugenia se montra indignée par une telle proposition, surtout de la part d'une cousine inconnue qui avait tout d'une péquenaude. Elle apporta une canette et un verre rempli de glaçons.

– Mangez, Mona Mayfair ! ordonna-t-elle en lui versant du lait. Allez !

Mona trouva que la viande avait mauvais goût. Dès qu'Eugenia avait posé l'assiette devant elle, elle s'était sentie dégoûtée. Mais, après tout, Annelle l'avait prévenue que les nausées commenceraient à six semaines de grossesse. Sauf qu'elle avait prétendu que le bébé avait déjà trois mois.

Mona pencha la tête. Des bribes de son rêve lui revenaient, sans qu'elle arrive à les retenir. Elle s'adossa à son siège et but tranquillement son lait.

– Laisse le carton, ordonna-t-elle à Eugenia, debout derrière elle, louchant d'un air désapprobateur sur son assiette intacte.

– Elle se laissera pas mourir de faim, vous savez, dit Mary Jane pour venir en aide à sa cousine.

Quel amour ! Elle se mit à manger goulûment, piquant du bout de sa fourchette le moindre morceau d'oignon ou de champignon.

Eugenia finit par s'éloigner.

– Tiens, tu veux mon assiette ? demanda Mona. Je n'y ai pas touché.

Elle poussa son assiette devant Mary Jane.

– T'es sûre que t'en veux pas ?

– J'ai mal au cœur, répondit Mona en se versant un autre verre de lait. J'ai jamais beaucoup aimé le lait. Peut-être parce que le frigo n'était pas assez froid chez moi. Mais ça va changer. Tout est en train de changer.

– Ah oui ? Quoi, par exemple ? demanda Mary Jane en écarquillant les yeux et en engloutissant son Coca d'un seul trait. Je peux en prendre un autre ?

– Bien sûr.

Mona observa la démarche de Mary Jane pendant qu'elle s'approchait du réfrigérateur. Sa robe évasée lui donnait une allure juvénile. Ses jambes étaient mises en valeur par ses talons. Mais elle se rappela que même avec des talons plats, comme la dernière fois, sa cousine avait des jambes superbement musclées.

Mary Jane revint à sa place et commença à dévorer la part de Mona. Eugenia passa la tête par la porte de l'office.

– Mona Mayfair, vous ne mangez rien. Vous ne pouvez pas vous nourrir uniquement de chips et de cochonneries !

– Fichez le camp ! ordonna Mona.

Eugenia disparut.

– Tu sais, elle essaie juste de se montrer maternelle, dit Mary Jane. Pourquoi tu la rembarres comme ça ?

– Je n'ai pas besoin qu'on me materne. Et puis elle m'énerve. Elle pense que je suis une mauvaise fille. C'est trop long à t'expliquer. Elle passe son temps à me faire des reproches.

– Tu sais, c'est normal. Avec un père de l'âge de Michael Curry pour ton bébé, les gens feront des reproches ou à lui ou à toi.

– Comment tu sais ça ?

Mary Jane arrêta de manger et regarda Mona.

– C'est lui, non ? J'ai vu que tu l'aimais bien, la première fois que je suis venue. J'ai plutôt l'impression que t'es contente qu'il soit le père, je me trompe ? C'est bien lui ?

– Je ne suis pas sûre.

– Mais si, c'est lui.

Elle piqua son dernier morceau de viande, l'enfourna dans sa bouche et se mit à mâcher énergiquement. Ses joues brunes se contorsionnaient sans même qu'une ride ou un pli apparaissent. C'était vraiment une jolie fille.

– Je le sais, dit-elle dès qu'elle eut avalé une bouchée assez énorme pour l'étouffer.

– Écoute, je ne l'ai encore dit à personne et...

– Mais tout le monde le sait. Béa est au courant. C'est elle qui me l'a dit. Tu sais ce qui va la sauver, Béa ? Cette femme va surmonter son chagrin pour une seule et unique raison. Elle passe son temps à se faire du souci pour les autres. Elle s'inquiète beaucoup pour toi et Michael Curry parce qu'il a les gènes, comme chacun sait, et qu'il est le mari de Rowan. Mais elle dit que ce gitan dont tu es tombée amoureuse n'est pas un type pour toi. Elle trouve qu'il serait mieux avec une femme comme lui, un peu sauvage et sans famille.

– Elle a dit tout ça ?

Mary Jane hocha la tête. Soudain, elle loucha vers l'assiette de pain qu'Eugenia avait posée sur la table. De belles tranches de pain blanc.

Pour Mona, ce pain-là n'était pas un aliment consommable. Elle n'aimait que le pain français.

Mary Jane attrapa la tranche du dessus, la plia en quatre et se mit à saucer le jus dans son assiette.

– Ouais, elle a dit tout ça, confirma-t-elle. Elle l'a dit à tante Viv, Polly et Anne Marie. Je crois pas qu'elle savait que j'entendais. Mais c'est ça qui va la sauver. Comme, par exemple, se pointer un jour à Fontevrault pour m'en faire partir.

– Et comment est-ce qu'ils savent tout ça sur Michael et moi ?

Mary Jane haussa les épaules.

– C'est à moi que tu demandes ça ? Ma chérie, on est une famille de sorcières, t'es mieux placée que moi pour le savoir. Mais, sauf erreur, c'est Évelyne l'Ancienne qui a craché le morceau à Viv. Elle vous aurait trouvés tous les deux seuls ici.

– Ah oui ! soupira Mona. Je vois.

Et s'ils commençaient tous à en vouloir à Michael, s'ils se mettaient à le traiter différemment, si...

– Te fais pas de mouron pour ça. Je crois que c'est plutôt à toi qu'ils vont faire des reproches. Enfin, ils vont pas être méchants avec toi mais ils vont dire des trucs du genre « Mona obtient tout ce qu'elle veut » ou « Pauvre Michael ! » ou « Si ça lui a permis de guérir, Mona a peut-être le don de guérison ». Tu vois ce que je veux dire ?

– Génial ! dit Mona. En fait, c'est exactement ce que je ressens moi-même.

– T'es solide, tu sais.

Il n'y avait plus rien à saucer dans son assiette, mais elle prit une autre tranche de pain. Elle ferma les yeux en souriant de contentement. Ses cils étaient légèrement violets, comme son rouge à lèvres. Son visage était proche de la perfection.

– Ça y est ! Je sais à qui tu me fais penser ! s'exclama Mona. Tu ressembles à Évelyne l'Ancienne quand elle était jeune. J'ai vu des photos.

– C'est plutôt normal, non ? Étant donné qu'on descend de Barbara Ann.

Mona vida le reste de son verre. Le lait était toujours aussi frais. Est-ce que le bébé et elle pourraient ne se nourrir que de lait ? Pas sûr.

– Qu'est-ce que tu veux dire par là, que je suis solide ?

– Je veux dire que tu te vexes pas facilement. En général, quand je parle comme ça aux gens, comme je pense, ça les vexe.

– Tu m'étonnes ! Non, tu ne me vexes pas.

Mary Jane lorgnait sur la pauvre petite dernière tranche de pain.

– Prends-la, dit Mona.

– T'es sûre ?

– Mais oui.

Mary Jane la saisit, détacha la mie et commença à la rouler en boule.

– J'adore manger le pain comme ça, dit-elle. Quand j'étais petite, tu sais, je prenais toute une miche et je faisais des boulettes.

– Et la croûte ?

– Pareil, dit-elle en souriant à ces souvenirs. Je roulais tout en boules.

– Tu sais, je te trouve vraiment fascinante. Tu es un mélange incroyable de trivialité et de mystère complet.

– Ça y est ! Tu recommences à faire ta chochotte. Mais je sais que tu me méprises pas, alors ça va. Tu sais que si le mot trivialité commençait par un « b », je saurais ce qu'il veut dire ?

– Ah bon ? Pourquoi ?

– Parce que j'en suis au « b » dans mes études de vocabulaire. J'ai essayé plusieurs méthodes pour m'instruire. Dis-moi ce que t'en penses. Je prends un dico écrit en gros, comme pour les vieilles dames qui ont la vue basse, tu vois ? Et puis je découpe tous les mots qui commencent par « b » avec leur définition. Après, j'en fais des boulettes et... Tiens, tu vois ? Encore une histoire de boules.

– Oui, j'ai remarqué. C'est une forme qui intéresse beaucoup les filles de notre âge, tu ne crois pas ?

Mary Jane se mit littéralement à hurler de rire.

– Tu me fais plaisir, dit Mona. À l'école, les filles apprécient généralement mon humour mais, dans la famille, ça ne fait rire personne.

– Je te trouve vraiment marrante. À mon avis, t'es un génie. Il y a deux sortes de gens, tu sais. Ceux qu'ont de l'humour et ceux qu'en ont pas.

– Alors, et tes boulettes de « b » ?

– Eh ben, je les mets dans un chapeau, comme pour une tombola, tu vois ?

– Ouais.

– Et puis je les pioche une par une. Si je tombe sur un mot que personne utilise jamais, batracien, par exemple, je le jette. Mais si c'est un bon mot comme béatitude, état de félicité parfaite, je le mémorise immédiatement.

– Ça me paraît une bonne méthode. J'imagine que tu te rappelles mieux les mots qui te plaisent ?

– Oui, mais en fait je me rappelle presque tout.

Mary Jane s'envoya la boulette de pain dans la bouche et se mit à dépiauter méticuleusement la croûte.

– Même la définition de batracien ?

– Animal de la classe des amphibiens, notamment crapaud, grenouille.

– Tu sais, Mary Jane, il y a des tonnes de pain dans cette maison. Tu peux en avoir autant que tu veux. Il y en a juste là, je vais le chercher.

– Surtout pas ! T'es enceinte, j'y vais.

Elle sauta sur ses pieds, se dirigea vers le pain, attrapa le sac en plastique et le posa sur la table.

– Tu veux du beurre ? proposa Mona.

– Non, je me suis entraînée à manger sans beurre, pour faire des économies. Alors je préfère pas m'y remettre, sinon ce sera plus dur après. Le pain aura plus le même goût.

Elle sortit une tranche du sac et la mordit au milieu.

– En fait, reprit-elle, j'oublierai le mot batracien si je l'utilise pas, mais j'utiliserai béatitude et je l'oublierai pas.

– Je comprends. Pourquoi est-ce que tu me regardais comme ça, tout à l'heure ?

Mary Jane ne répondit rien. Elle se lécha les lèvres et remit du pain dans sa bouche.

– Qu'est-ce que tu penses de ton bébé ? demanda-t-elle enfin, visiblement sensible aux états d'âme de sa cousine.

– Il y a peut-être quelque chose qui cloche.

– Ouais. C'est ce que je me dis.

– Enfin, je n'ai pas peur qu'il soit une sorte de géant, expliqua Mona malgré la difficulté qu'elle éprouvait à continuer. Je ne pense pas qu'il soit un monstre ou un truc comme ça, mais... Peut-être que les gènes vont faire une sorte de combinaison et que... Quelque chose cloche.

Elle prit une profonde inspiration. C'était probablement la pire souffrance psychologique qu'elle ait jamais ressentie. Toute sa vie, elle s'était inquiétée pour ceux qu'elle aimait, sa mère, son père, Évelyne l'Ancienne. Elle avait eu son lot de chagrin, surtout dernièrement. Mais, cette fois, c'était différent. C'était si profond en elle que c'en était une véritable torture. Elle s'aperçut qu'elle avait posé la main sur son ventre.

– Morrigan, murmura-t-elle.

Quelque chose remua en elle et elle baissa les yeux.

– Qu'est-ce qu'il y a ? demanda Mary Jane.

– Je crois que je me fais trop de tracas. Ce doit être normal de s'inquiéter pour son bébé.

– Ouais, c'est normal. Mais bien des gens dans notre famille ont l'hélice géante et il n'y a jamais eu de bébés avec des malformations. Enfin, t'es au courant de quelque chose, toi ?

Mona ne répondit pas. Elle réfléchissait. Après tout, si le bébé n'était pas parfait, si... Elle se rendit compte qu'elle regardait dehors. C'était le début de l'après-midi. Elle pensa à Aaron dans la crypte, juste au-dessus du corps de Gifford.

Une étrange pensée, dangereuse et sacrilège, mais pas si surprenante, lui vint à l'esprit. Michael était parti. Rowan était partie. Le soir venu, elle pourrait sortir seule dans le jardin et déterrer les restes ensevelis au pied du chêne. Elle pourrait voir par elle-même.

Le seul problème était qu'elle avait peur. Elle avait déjà vu des tas de films d'horreur où des gens déterraient des cadavres ou tombaient sur des vampires. Elle n'y avait jamais cru mais, pour le faire dans la réalité, il fallait bien plus de cran qu'elle n'en avait.

Elle regarda Mary Jane, qui en avait terminé avec son orgie de pain et la regardait, bras croisés, d'une façon un peu agaçante. Ses yeux avaient cet air rêveur qu'ont les gens quand ils errent dans leurs pensées, mais ce n'était pas un regard vide.

– Mary Jane ? dit-elle.

Elle s'attendait à ce que sa cousine sursaute et s'excuse en disant qu'elle était ailleurs. Au contraire, elle continuait de la considérer de la même façon.

– Oui, Mona ? dit-elle sans qu'un seul trait de son visage bouge.

Mona se leva, alla vers sa cousine et se planta à côté d'elle en la regardant d'en haut, tandis que l'autre continuait à la dévisager.

– Touche le bébé, s'il te plaît. Juste là. N'aie pas peur et dis-moi ce que tu sens.

Mary Jane posa les yeux sur le ventre de Mona et tendit lentement la main, comme pour obéir, mais la retira soudain. Elle se leva et s'éloigna, l'air ennuyée.

– C'est pas une bonne idée. On va tout de même pas faire de la sorcellerie avec ce bébé. On est des jeunes sorcières, toi et moi. Et si la sorcellerie avait... un effet sur lui ?

Mona soupira. Soudain, elle n'avait plus du tout envie de parler de cela. La peur avait été trop forte et trop douloureuse. Cela suffisait.

La seule personne au monde capable de répondre à ses questions était Rowan. Elle devrait les lui poser, un jour ou l'autre, parce qu'il était incompréhensible qu'elle puisse déjà sentir le bébé bouger, que ce soit à six, à dix ou à douze semaines.

– Mary Jane, j'ai envie d'être un peu seule, maintenant. Excuse-moi.

– Pas besoin de t'excuser. Je comprends. Je monte, si ça te dérange pas. Ryan a mis ma valise dans la chambre de tante Viv. Je serai là-haut.

– Tu peux te servir de mon ordinateur, si tu veux. Il est dans la bibliothèque. Il y a plein de programmes. Quand tu l'allumes, tu es directement dans WordStar, mais tu peux passer à Lotus sans problème ou ce que tu veux.

– Ouais, je sais comment faire. T'en fais pas. Et appelle-moi si t'as besoin de moi.

– D'accord. Je suis vraiment contente que tu sois là. Personne ne sait quand Rowan et Michael vont revenir.

Et s'ils ne revenaient jamais ? L'angoisse de Mona était à son comble. Mais non. Ils allaient revenir.

– Allez, te fais pas trop de souci, dit Mary Jane.

– Oui, répondit Mona en ouvrant la porte.

Elle sortit sur les dalles et prit la direction du jardin de derrière. Il était encore tôt. Le soleil était haut dans le ciel et éclairait le carré d'herbe sous le chêne.

Elle traversa la pelouse. C'était sûrement là qu'ils étaient enterrés. Michael avait rajouté de la terre à cet endroit et l'herbe y était plus verte qu'ailleurs.

Elle se mit à genoux puis s'allongea sur le ventre, se moquant pas mal de salir sa chemise. De toute façon, elle en avait plein d'autres. C'était l'avantage de ne pas manquer d'argent. Elle pressa sa joue contre l'herbe fraîche et ferma les yeux.

Morrigan, Morrigan, Morrigan... Des bateaux passaient au large. Les rochers paraissaient si dangereux. Morrigan...

C'était un rêve. Voler de l'île à la côte nord. Les rochers étaient dangereux, mais aussi les monstres des profondeurs vivant dans les lochs.

Elle entendait quelqu'un creuser. Elle ouvrit les yeux et regarda les azalées au loin.

Mais non, personne ne creusait. C'était son imagination. Tu veux les déterrer, c'est ça, petite sorcière ? se dit-elle. Elle devait reconnaître qu'il était amusant de jouer aux petites sorcières avec Mary Jane. Oui, c'était bien qu'elle soit là. Reprends du pain, Mary Jane.

Ses yeux se fermèrent. Le soleil, à travers ses paupières closes, lançait des lueurs orangées et elle sentait sa chaleur sur tout son corps. Dans son ventre, sur lequel elle pouvait encore dormir, la petite chose se mit à remuer. Mon bébé.

Quelqu'un chantait à nouveau la berceuse. Ce devait être la plus vieille berceuse du monde. Était-ce du vieil anglais ou du latin ?

– Écoute-moi bien, dit Mona. J'ai l'intention de t'apprendre à te servir d'un ordinateur avant que tu aies quatre ans et sache que rien ne t'empêchera jamais d'être qui tu voudras être. Tu m'écoutes ?

Le bébé se mit à rire et à faire des culbutes dans tous les sens, écartant ses petits bras. On aurait dit un petit amphibien. Mona n'en pouvait plus de rire, elle aussi.

– Alors, tu es comme ça ! dit-elle au bébé.

Puis elle entendit la voix de Mary Jane, mais c'était dans un rêve, parce qu'elle était habillée comme Évelyne l'Ancienne d'une robe de vieille dame en gabardine et de chaussures en corde. La voix de Mary Jane disait : « C'est bien plus compliqué que tu ne le crois, ma chérie. Tu ferais bien de te décider très vite. »

15

– Tu ferais mieux de ne plus penser à ce que tu as fait, mon vieux, dit Tommy.

Sur l'insistance de Tommy, ils rentraient à la maison mère.

– Nous devons nous comporter comme si nous n'avions rien à nous reprocher. Il n'y a plus aucune preuve, de toute façon. Aucune piste à remonter. On retourne là-bas et on fait comme si de rien n'était. Et, surtout, on se montre attristés par la mort de Marcus. Un point, c'est tout.

– Je leur dirai que j'étais très inquiet pour Stuart, dit Marklin.

– Oui, c'est exactement ce qu'il faut faire. Stuart était bouleversé et tu te faisais du souci pour lui.

– Peut-être qu'ils n'ont même pas remarqué mon départ. Enfin, les plus vieux, je veux dire.

– Et tu leur dis que, comme tu n'as pas trouvé Stuart, tu es rentré. D'accord?

– Et ensuite?

– Ça dépend d'eux, dit Tommy. Quoi qu'il arrive, on reste là-bas pour ne pas attirer les soupçons. Notre attitude est simple : « Qu'est-ce qui s'est passé? Quelqu'un peut nous expliquer? »

Marklin hocha la tête.

– Mais où est Stuart? demanda-t-il.

Il jeta un regard sur Tommy. Il était aussi calme qu'à

Glastonbury, quand Marklin avait supplié Stuart à genoux de continuer avec eux.

– Il est allé rencontrer Yuri, c'est tout. Personne ne peut soupçonner Stuart, Mark. C'est plutôt toi qui serais suspect à cause de la façon dont tu as réagi. Reprends-toi maintenant, mon vieux. Il va falloir jouer finement.

– Pendant combien de temps ?

– Comment le saurais-je ? Au moins jusqu'à ce que nous ayons une bonne raison de nous en aller. Nous retournerons à Regent's Park et nous déciderons de ce que nous avons à perdre et à gagner en restant dans l'ordre.

– Mais qui a tué Anton ?

Tommy secoua la tête. Il surveillait la route comme si Marklin avait eu besoin de lui comme copilote. À vrai dire, c'était peut-être le cas. S'il n'avait pas connu la route par cœur, il se serait probablement mis dans le fossé.

– Je ne suis pas persuadé qu'il faille y retourner, dit Marklin.

– C'est idiot. Ils ne peuvent absolument pas savoir ce qui s'est produit en réalité.

– Et comment tu le sais ? Yuri leur a peut-être tout raconté ? Tommy, sers-toi un peu de ta tête. Je ne comprends pas que tu puisses rester aussi calme. Stuart est allé voir Yuri, et Yuri, si ça se trouve, est en ce moment même à la maison mère.

– Tu ne crois pas que Stuart a eu le bon sens de dire à Yuri de rester à l'écart ? Qu'il y avait une sorte de conspiration dont il ignorait l'ampleur ?

– Je crois que toi, tu aurais eu ce bon sens et moi peut-être aussi. Mais Stuart, va savoir.

– Bon, d'accord. Yuri est peut-être là-bas. Et alors ? Même s'ils sont au courant de la conspiration, on n'a rien à voir là-dedans. Stuart ne parlerait jamais de nous à Yuri, quoi qu'il arrive. C'est toi qui ne réfléchis pas assez. Tout ce que Yuri peut leur raconter, c'est ce qui s'est passé à La Nouvelle-Orléans, et si c'est consigné dans les archives... Tu sais, j'espère ne pas avoir à regretter d'avoir détruit l'interception.

– Sûrement pas ! s'écria Marklin.

Il commençait à en avoir assez de la désinvolture de Tommy et de son absurde optimisme.

– Tu as peur de ne pas réussir ton coup, hein ? demanda Tommy. Tu as peur de craquer comme Stuart. Mais, Marklin, n'oublie pas que Stuart a passé toute sa vie au Talamasca. Qu'est-ce que c'est pour toi et moi, le Talamasca ? Ils se sont bien gourés à notre sujet, tu ne trouves pas ?

– Non, pas du tout. Stuart savait très bien ce qu'il faisait. Il savait que nous ferions ce qu'il n'avait pas le courage de faire lui-même. Mais il a commis une erreur. C'est que quelqu'un a tué Anton Marcus.

– Et aucun de nous n'est resté suffisamment longtemps sur place pour découvrir des éléments sur cette personne, ce crime, cet incident dû au hasard. Tu es d'accord pour dire que c'est un hasard ?

– Évidemment. Nous sommes débarrassés de Marcus. C'est une bonne chose. Mais que s'est-il passé exactement au moment du meurtre ? Elvera a parlé au tueur. Il a dit des choses concernant Aaron.

– Et si c'était quelqu'un de la famille Mayfair ? Un sorcier ? Ce serait génial. Je vais lire de la première à la dernière ligne toute l'histoire de cette famille. Je veux tout savoir sur ces gens. Il doit bien y avoir un moyen de se procurer les dossiers d'Aaron. Tu le connaissais, il écrivait tout. Ils doivent être à La Nouvelle-Orléans.

– Ne t'emballe pas, Tommy ! Peut-être que Yuri est là-bas, que Stuart a craqué et qu'ils savent tout.

– Franchement, j'en doute, dit Tommy avec l'air de quelqu'un qui veut réfléchir à des choses plus importantes. Marklin ! La sortie !

Marklin faillit la manquer. Il donna un coup de volant et évita de justesse une voiture qui allait tout droit.

Quelques secondes plus tard, ils avaient quitté l'autoroute et se retrouvaient sur une route de campagne. Marklin se détendit. Il avait tellement serré les dents en sentant arriver l'accident qu'il avait mal aux mâchoires.

Tommy l'observait.

– Lâche-moi un peu ! dit soudain Marklin. Ce n'est pas moi le problème. Ce sont eux ! Bon, c'est le moment de nous reprendre. Nous savons tous les deux ce que nous avons à faire.

Au moment de passer la grille du parc, Tommy tourna lentement la tête.

– Tout le monde doit être là, dit Marklin. Je n'ai jamais vu autant de voitures.

– On aura de la chance s'ils n'ont pas réquisitionné nos chambres pour quelque octogénaire sourd et aveugle de Rome ou d'Amsterdam, persifla Tommy.

– Au contraire, j'espère qu'ils l'ont fait. Ce serait un bon prétexte pour ne pas rester.

Marklin arrêta la voiture à quelques mètres du gardien qui indiquait à la voiture devant eux où se garer, de l'autre côté de la haie. Pendant toutes ces années, Marklin n'avait jamais vu autant de voitures serrées les unes à côté des autres jusqu'au-delà de la haie.

Il sortit et tendit ses clés au gardien.

– Pouvez-vous garer la voiture, Harry ?

Il sortit un nombre de billets suffisant pour écarter toute objection à ce manquement au règlement et se dirigea vers la porte principale de la maison.

– Mais pourquoi tu as fait ça ? lui reprocha Tommy. Essaie plutôt de respecter le règlement, s'il te plaît. Tu ferais mieux de te fondre dans le paysage au lieu d'attirer l'attention. On est d'accord ?

– Tu es trop nerveux, dit méchamment Marklin.

La porte de devant était grande ouverte. L'entrée était remplie de monde et d'épais nuages de fumée de cigare. On aurait dit une veillée funèbre ou un entracte au théâtre.

Marklin s'arrêta. Son instinct lui disait de ne pas entrer et, toute sa vie, il avait autant obéi à son instinct qu'à son intelligence.

– Allez, viens ! dit Tommy entre ses dents.

– Bonjour, leur dit un vieil homme en se retournant vers eux. Qui êtes-vous ?

– Des novices, répondit Marklin. Tommy Monohan et

Marklin George. Est-ce que les novices sont autorisés à entrer ?

– Bien entendu, bien entendu, dit l'homme en s'effaçant pour les laisser entrer.

Les gens se pressaient derrière lui, le considéraient puis détournaient leurs regards avec indifférence. Une femme murmurait quelque chose à un homme dans un encadrement de porte. En apercevant Marklin, elle eut un petit cri de surprise et de chagrin.

– On ne devrait pas être là, chuchota Marklin.

– Tout le monde est bienvenu, évidemment, continuait le vieillard. Tous les jeunes doivent être là. Lorsqu'un événement de ce genre se produit, on réunit tout le monde.

– Je me demande bien pourquoi, murmura Tommy. Personne n'aimait Anton.

– Ferme-la, dit Marklin.

Ils se frayèrent un chemin à travers la foule. Des visages étranges à droite et à gauche. Des gens partout en train de boire de la bière ou du vin. On entendait parler français, italien et même néerlandais.

Dans le premier des salons, Joan Cross était entourée de visages inconnus de Marklin. La conversation avait l'air sérieuse.

Pas de Stuart.

– Tu vois ? chuchota Tommy à son oreille. Ils font ce que tout le monde fait après un décès : ils se réunissent pour bavarder comme s'il s'agissait d'une réception. C'est exactement ce que nous allons faire. Tu comprends ?

Marklin acquiesça de la tête mais l'idée ne lui plaisait pas du tout. Il jeta un regard en arrière, vers la porte d'entrée, mais elle semblait fermée et, de toute façon, la foule en bloquait l'accès. Il ne voyait rien. Il lui parut étrange qu'il y ait autant de visages inconnus et voulut en toucher un mot à Tommy. Mais Tommy s'était éloigné.

Il discutait avec Elvera et hochait la tête pendant que celle-ci lui expliquait quelque chose. Elle était toujours aussi mal fagotée, avec ses cheveux gris noués sur la nuque et ses lunettes au milieu du nez. Enzo, un Italien sournois, était auprès d'elle. Mais où donc était son jumeau ?

Quelle horreur de passer sa vie dans un endroit comme celui-là, se dit-il. Il n'osait pas demander où était Stuart et encore moins poser des questions sur Yuri, bien qu'il eût su par Ansling et Perry que Yuri avait appelé. Que faire ? Et où étaient Ansling et Perry, justement ?

Galton Penn, un autre novice, se dirigeait vers lui.

– Salut, Mark ! Qu'est-ce que tu penses de tout ça ?

– Eh bien, je n'ai pas l'impression que les gens parlent de ça, ici. Mais je n'ai pas vraiment écouté.

– Alors, parlons-en avant que toute conversation sur le sujet soit interdite. Tu connais l'ordre. Ils n'ont pas la moindre idée de l'identité du meurtrier de Marcus. Pas un indice. Tu sais ce que tout le monde pense ? Qu'on nous cache quelque chose.

– De quel genre ?

– Que c'est l'œuvre de quelque puissance surnaturelle, bien sûr. Quoi d'autre ? Elvera a vu quelque chose qui l'a horrifiée. Quelque chose de terrible s'est produit. Tu sais, Mark, je suis vraiment désolé pour Marcus, mais c'est le moment le plus exaltant depuis que je suis entré dans l'ordre.

– Oui, je vois ce que tu veux dire. Tu as vu Stuart ?

– Non, pas depuis ce matin, quand il a refusé sa nomination. Tu étais là ?

– Non. Euh, oui, je veux dire. Je me demande s'il est sorti ou quoi.

Galton secoua la tête.

– Tu as faim ? Moi oui. Viens, allons manger un morceau.

La partie n'allait pas être facile à jouer. Mais si les seules personnes qui lui adressaient la parole étaient d'aussi sombres crétins que Galton, il s'en sortirait sans problème.

16

Ils roulaient déjà depuis plus d'une heure et la nuit était presque tombée. Des nuages argentés s'amoncelaient au-dessus des collines ondulantes et des champs verts découpés en carrés à la façon d'un immense patchwork.

Ils s'arrêtèrent dans un minuscule village au cimetière mal entretenu et dont l'unique rue était bordée de quelques maisons peintes en noir et blanc. Le pub était très chaleureux. Deux hommes jouaient aux fléchettes et l'endroit sentait bon la bière. Le moment est mal choisi pour s'arrêter boire un verre, songea Michael. Il ressortit du pub, alluma une cigarette et observa l'amabilité avec laquelle Ash conduisait son prisonnier à l'intérieur du pub, vers les toilettes.

De l'autre côté de la rue, Yuri était dans une cabine publique et parlait au téléphone avec vivacité. Apparemment, il avait réussi à joindre la maison mère. À côté de lui, bras croisés, Rowan contemplait le ciel. Yuri semblait à nouveau très nerveux et ne cessait de hocher la tête. Manifestement, Rowan écoutait ce qu'il disait.

Michael s'adossa au mur et tira sur sa cigarette. Il s'étonnait toujours qu'un voyage en voiture soit si fatigant. Malgré le suspense qui régnait sur celui-ci, il savait que, l'obscurité tombant sur la campagne, il allait plus ou moins s'assoupir pendant le reste du trajet.

Quand Ash et son prisonnier sortirent du pub, Gordon

semblait accablé et désespéré. Visiblement, il n'avait pas cherché à demander de l'aide.

Yuri raccrocha le combiné et ce fut à son tour de disparaître dans le pub. Il avait toujours l'air angoissé, pour ne pas dire fou d'inquiétude. Pendant tout le trajet en voiture, Rowan n'avait cessé de l'observer attentivement. Lorsqu'elle n'avait pas les yeux rivés sur Ash, évidemment.

Michael regarda Ash réinstaller Gordon sur le siège arrière. Il n'essayait même pas de dissimuler le fait qu'il les épiait. Contrairement aux affirmations de Yuri, cet homme des plus étranges n'avait rien de hideux. Il était réellement beau et d'une constitution gracieuse. L'efficacité de ses gestes témoignait à la fois de sa vivacité et de sa force. Il avait prouvé ses réflexes étonnants lorsque Gordon avait tenté d'ouvrir la portière environ une demi-heure plus tôt.

Ses cheveux noirs lui rappelaient trop Lasher : trop soyeux, trop fins. Les mèches blanches ajoutaient de l'éclat à la silhouette générale. L'ossature du visage était bien trop forte pour qu'il soit féminin mais il était très délicat et la longueur du nez était compensée par la taille et l'écartement des yeux. La texture de la peau était celle d'un adulte et non d'un nouveau-né. Et le tout était dominé par une voix masculine, dont la force de persuasion était aussi puissante que les yeux, d'une simplicité trompeusement enfantine. On avait l'impression d'avoir affaire à un être angélique extrêmement sage, patient et néanmoins résolu à tuer Stuart Gordon.

Quel âge pouvait-il avoir ? On avait du mal à concevoir qu'il n'était pas humain. Il avait seulement l'air différent et fort étrange. Pourtant, à des milliers de petits détails, Michael savait bien qu'il n'était pas humain. La taille de ses articulations, sa façon curieuse d'écarquiller parfois les yeux au point d'avoir l'air stupéfait et, par-dessus tout, l'absolue perfection de sa bouche et de ses dents. La bouche était souple comme celle d'un enfant et les dents aussi blanches que sur une photo publicitaire impunément retouchée.

Pas une seconde Michael ne pouvait croire que cette créature était plusieurs fois centenaire ni le grand saint Ashlar des légendes de Donnelaith, ce roi converti au christianisme à la fin de la domination de l'Empire romain en Angleterre et qui avait laissé brûler Janet, son épouse païenne, sur le bûcher.

Michael croyait cependant au sinistre récit que lui avait fait Julien. Cette créature était indubitablement l'un des nombreux Ashlar, l'un des puissants Taltos de la lande, un frère de race de celui qu'il avait supprimé de ses propres mains.

Il en avait trop vu pour que le moindre doute subsiste, mais il ne se faisait pas à l'idée que ce grand homme superbe était le vieux saint Ashlar lui-même. Peut-être n'était-ce de sa part qu'un refus obstiné de la vérité.

Tu vis désormais dans des réalités totalement différentes les unes des autres, en conclut-il. C'est vraisemblablement pourquoi tu prends les choses avec un tel calme. Tu as vu un fantôme, tu l'as écouté, tu sais qu'il était bel et bien là. Il t'a raconté des choses que tu n'aurais jamais imaginées. Et tu as vu Lasher et entendu son long plaidoyer. Il t'a apporté des informations et de curieux détails dont le souvenir te plonge encore dans l'étonnement, maintenant que tu n'éprouves plus de pitié pour lui et qu'il est à six pieds sous terre.

Tu n'as pas oublié ? Tu as jeté le corps et la tête dans le trou, puis tu as trouvé l'émeraude et tu l'as admirée pendant que le cadavre décapité attendait d'être recouvert de terre.

Serais-tu capable de t'habituer à n'importe quoi ? Est-ce aussi ce qui est arrivé à Stuart Gordon ? Yuri était convaincu de sa culpabilité. Mais comment cet homme avait-il pu trahir ses propres valeurs ?

Michael devait admettre qu'il était lui aussi très sensible à la mystique celtique. Sa passion pour la fête de Noël provenait-elle de quelque attirance irrationnelle pour les rites nés dans ces îles ? Les objets de Noël qu'il avait collectionnés avec amour pendant tant d'années symbolisaient en quelque sorte les vieilles divinités celtes.

L'atmosphère de secret présente dans les vieilles demeures qu'il avait adoré restaurer tenait un peu du même phénomène.

D'une certaine façon, il comprenait Stuart Gordon et,

très bientôt, la silhouette de Tessa expliquerait les sacrifices et les terribles erreurs du vieil homme.

De toute façon, il avait vécu des moments tellement invraisemblables que, maintenant, rien ne pouvait troubler son calme.

Tous ces événements t'ont profondément meurtri et marqué et te voilà devant le pub d'un village de carte postale, dans une rue en pente douce, et tu repenses à tout cela sans l'ombre d'une émotion. Tu te retrouves avec une créature non humaine mais dotée d'une intelligence humaine qui va bientôt rencontrer une femelle de sa race. Ce sera un moment d'une telle signification que personne n'ose réellement y songer, sauf, éventuellement, par respect pour l'homme qui va bientôt mourir. Qu'il est difficile de passer une heure dans une voiture avec un homme condamné à mort !

Il avait terminé sa cigarette et Yuri sortit du pub. C'était l'heure de reprendre la route.

– Tu as réussi à joindre la maison mère ? demanda Michael.

– Oui, j'ai passé quatre coups de téléphone pour joindre quatre personnes différentes. Si ces quatre-là, mes amis les plus proches, sont dans le coup, il n'y a plus d'espoir.

Michael rassura Yuri d'un tapotement sur l'épaule et le suivit vers la voiture.

Avant de monter, il prit la résolution de ne plus penser aux réactions de Rowan devant le Taltos. Par instinct de possession, il avait failli faire arrêter la voiture pour changer de place avec Yuri et s'asseoir à côté de sa femme.

Non, il ne se laisserait pas aller à ce genre d'impulsion. Mais il s'interrogeait sur ce que Rowan pensait ou ressentait en présence de cette étrange créature. Tout sorcier qu'il fût, par un hasard génétique et, peut-être, par une hérédité dont il ignorait tout, il ne lisait malheureusement pas dans les pensées. Toutefois, dès les premiers moments de la rencontre avec Ashlar, il avait su que sa femme ne mourrait pas si elle faisait l'amour avec lui. Maintenant qu'elle ne pouvait plus enfanter, elle ne risquait pas cette tragique hémorragie qui avait décimé les femmes Mayfair fécondées par Lasher.

Quant à Ash, s'il désirait Rowan, il n'en montrait rien. De toute façon, il était en route pour rencontrer une femelle de son espèce, sans doute l'une des dernières femelles Taltos au monde.

Il monta dans la voiture et claqua la portière.

Une interrogation subsistait encore : laisserait-il ce géant tuer Stuart Gordon ? Bien sûr que non. Tu ne laisseras jamais un meurtre se commettre sous tes yeux sans réagir. La dernière fois que cela t'est arrivé, tout s'est passé si vite que tu n'as rien pu faire. D'un autre côté, pour être honnête, tu as tué toi-même trois personnes. Et ce salaud qui prétend détenir une sorte de divinité venue d'ailleurs a tué Aaron.

Le petit village disparut derrière eux dans l'obscurité. Lorsque Michael tourna la tête, il fut surpris de constater que Rowan l'observait. Assise légèrement sur le côté, elle avait posé une jambe sur le siège derrière lui, probablement pour pouvoir le regarder. Le bas de sa robe recouvrait pudiquement ses genoux. Aucune provocation là-dedans.

Il étendit son bras sur le dossier en cuir et posa sa main gauche sur l'épaule de Rowan, qui se laissa faire et le regarda de ses grands yeux gris complices. C'était mieux qu'un sourire.

Il l'avait évitée pendant tout le temps où ils étaient restés au village et se demandait pourquoi. Sur une impulsion, il décida de faire quelque chose d'assez vulgaire. Il se pencha en arrière, lui attrapa la nuque, l'embrassa rapidement et reprit sa place. Elle aurait pu l'en empêcher mais elle n'en fit rien. Et, lorsque leurs lèvres s'étaient touchées, il avait ressenti une douleur intérieure qui commençait à prendre des proportions alarmantes. Je t'aime ! Mon Dieu, donne-nous une autre chance !

Il s'appuya contre son dossier et regarda le ciel s'obscurcir à travers le pare-brise. Au bout d'un moment, il posa la tête contre la portière et ferma les yeux.

Rien ne pourrait empêcher Rowan de tomber amoureuse de cette créature incapable de lui faire un bébé monstrueux, rien, à part sa volonté et le consentement qu'ils avaient échangé à leur mariage. Mais cela suffirait-il ?

Vingt minutes plus tard, il faisait nuit noire. Les phares balayaient l'obscurité et l'on aurait pu se croire sur n'importe quelle route, n'importe où au monde.

Gordon rompit le silence. Prochaine route à droite, puis première à gauche.

La voiture s'enfonça dans un bois de hêtres et de chênes, au milieu desquels se détachaient parfois quelques arbres fruitiers.

La route n'était pas goudronnée et les bois s'épaississaient. Était-ce un vestige d'une de ces forêts où officiaient les druides et qui recouvraient autrefois la totalité de l'Angleterre et de l'Écosse, de toute l'Europe, peut-être ? Une de ces forêts que Jules César avait fait déboiser dans le but de faire fuir ou mourir les dieux de ses ennemis.

La lune n'était pas très brillante mais permit à Michael d'apercevoir un petit pont, puis un virage et un petit lac paisible. Loin de l'autre côté du plan d'eau s'élevait une tour, peut-être une tour de guet normande. La vue était si romantique que des poètes du siècle dernier s'étaient fort probablement épris de ce petit coin tranquille. Ou alors, c'était un bâtiment de construction relativement récente, une de ces magnifiques imitations qui avaient poussé un peu partout dans le monde à l'époque où le style gothique était à la mode.

Ils contournèrent le lac et s'approchèrent de la tour. C'était en fait une tour normande ronde d'époque, plutôt grande, couronnée de créneaux et comptant trois niveaux. Les fenêtres étaient éclairées et la partie basse du bâtiment était masquée par des arbres.

Oui, c'était bien cela. Une de ces tours normandes dont Michael avait vu bien des exemplaires au cours de ses études, lorsqu'il parcourait les routes d'Angleterre.

Le lac, l'arbre gigantesque sur la droite, tout était proche de la perfection. Il apercevait maintenant les fondations d'une construction attenante, plus grande, que le vent et la pluie avaient détruite au fil des siècles et que le lierre sauvage avait envahie.

La voiture traversa un épais taillis de jeunes chênes et la tour disparut un instant de leur champ de vision pour réapparaître soudain, bien plus proche. Quelques voitures étaient garées devant et deux appliques encadraient l'énorme porte d'entrée.

L'endroit semblait parfaitement aménagé, sans aucune addition moderne visible.

Personne ne disait mot.

Le chauffeur arrêta la voiture dans l'allée de gravier. Michael sortit sans attendre et regarda tout autour de lui. Un jardin anglais, vers le lac et la forêt, et des massifs de fleurs égayaient les lieux. Tout cela devait être féerique à la lumière du jour. Mais seraient-ils encore là au lever du soleil ?

Un énorme mélèze s'interposait entre eux et la tour, un des plus vieux arbres que Michael ait jamais vus. Il s'approcha du tronc à l'âge vénérable, s'apercevant qu'il s'éloignait de sa femme. Il ne pouvait faire autrement.

Lorsqu'il se retrouva sous les immenses branches, il regarda vers la façade de la tour et aperçut une silhouette derrière une fenêtre. C'était une femme à la tête et aux épaules fines, dont les longs cheveux n'étaient pas noués, à moins qu'elle ne portât un voile.

L'espace d'un instant, il se laissa submerger par la scène. Les nuages cotonneux et la lune, perchée haut dans le ciel, ajoutaient à la majesté du bâtiment.

Il entendit les autres approcher mais ne fit aucun geste, tant la contemplation des lieux l'absorbait. Il examinait chaque détail dans l'espoir de ne jamais les oublier. Était-il fatigué par le décalage horaire ou devenait-il fou comme Yuri ? En tout cas, l'endroit symbolisait à lui seul toute l'aventure qu'ils venaient de vivre, avec ses horreurs et ses révélations. Dans cette tour se trouvait la princesse promise.

Le chauffeur avait éteint les phares. Les autres passèrent devant et Rowan resta près de lui. Il vit l'immense silhouette d'Ash devant lui, tenant toujours fermement le pauvre Stuart Gordon qui semblait à chaque pas sur le point de s'écrouler.

L'instant crucial. Penser qu'une femelle Taltos vivait dans cette tour et que, bientôt, Ash allait tuer l'homme qui les guidait vers la porte lui fit l'effet d'un coup de poing.

Cet instant serait peut-être le seul souvenir qu'il garderait de toute cette aventure.

Ash prit la clé des mains de Stuart Gordon et l'introduisit dans l'énorme serrure de fer. La porte s'ouvrit et ils pénétrèrent dans une grande entrée éclairée à l'électricité. Les sièges massifs et confortables, de style Renaissance, aux pieds sculptés se terminant par des pattes d'animaux, étaient usés mais très beaux.

Les murs étaient couverts de peintures médiévales, certaines ayant le brillant impérissable de la détrempe à l'œuf. Plus loin se trouvait une armure couverte de poussière et d'autres trésors étaient placés un peu partout. Cet endroit était l'antre d'un poète amoureux du passé de l'Angleterre.

Sur la gauche, un escalier montait en suivant la courbe du mur, éclairé par une lumière venant de l'étage supérieur.

Ash lâcha Stuart Gordon et alla au pied de l'escalier. Il posa la main sur le pilastre grossier et commença à monter. Rowan lui emboîta le pas.

Stuart Gordon ne semblait pas se rendre compte qu'il était libre.

– Ne lui faites pas de mal ! cria-t-il. Ne la touchez pas sans son autorisation ! N'abîmez pas mon trésor !

Ash s'arrêta, regarda Gordon d'un air pensif, puis reprit son ascension.

Tout le monde le suivit, Gordon en dernier, qui, soudain, poussa Michael puis Yuri pour passer devant eux. Il rattrapa Ash en haut de l'escalier et disparut de la vue de Michael.

À l'étage, la pièce était identique à celle du rez-de-chaussée, hormis le fait que deux petits cabinets aux murs de bois y avaient été aménagés. Une salle de bains et des toilettes, probablement. Ils semblaient se fondre dans la pierre derrière eux. La pièce principale était meublée de canapés, de vieilles chaises avachies et de lampadaires dont les abat-jour en parchemin projetaient de petits îlots de lumière dans la pénombre. Au plafond était suspendu un lustre en fer forgé dont les bougies allumées éclairaient un plancher bien ciré.

Michael mit un moment à se rendre compte qu'il y avait quelqu'un dans la pièce. Yuri, lui, l'avait vu.

Tout au fond, une grande femme longiligne était assise

sur un tabouret devant un métier à tapisserie. Une petite lampe à col de cygne éclairait ses mains, mais pas son visage, et une partie de sa tapisserie aux couleurs sourdes.

Ash s'était figé et regardait la femme, qui l'observait aussi. C'était la princesse aux cheveux longs que Michael avait aperçue à la fenêtre.

Gordon se précipita vers elle.

– Tessa, dit-il. Tessa, je suis là, ma chérie.

Il semblait avoir oublié la présence des autres.

La femme se leva. Elle paraissait immense par rapport à la frêle silhouette du vieillard. Elle poussa un soupir délicat et tendit les mains pour toucher les épaules de Gordon. Malgré sa taille, elle était de constitution si délicate qu'elle paraissait plus fragile que lui. Gordon la prit par la taille et la fit avancer vers le petit groupe.

Rowan avait une expression sévère. Yuri était captivé. Le visage d'Ash était impénétrable. Il regarda à peine la femme avancer jusque sous le lustre, la lumière éclairant sa tête et son front.

Pour une femme, elle semblait démesurément grande. Son visage à l'arrondi parfait ne présentait aucune ride, comme celui d'Ash. Sa bouche était souple et petite et ses yeux, bien que grands et d'une couleur inhabituelle, semblaient timides. Bleus et doux, ils étaient bordés, comme ceux d'Ash, de longs cils épais. Sa longue chevelure blanche ressemblait à un nuage vaporeux. Elle était si fine qu'elle paraissait presque transparente dans la lumière.

La femme portait une robe violette joliment froncée sous les seins et dont les manches à l'ancienne, serrées au niveau des bras, bouffaient ensuite jusqu'aux poignets.

On aurait dit une princesse de conte de fées. À mesure qu'elle s'approchait d'Ash, Michael devinait que sa peau était très pâle, presque blanche. Elle ressemblait à un cygne aux joues fermes, à la bouche légèrement brillante et aux cils flamboyant autour de ses yeux bleus.

Un froncement de sourcils creusa un pli dans son front et l'on aurait dit un bébé sur le point de pleurer.

– Taltos, murmura-t-elle.

Elle ne paraissait pas ennuyée, mais triste.

Yuri laissa échapper un léger soupir.

Gordon était complètement médusé, comme s'il n'était pas préparé à cette rencontre. Avec ses yeux remplis d'amour et de ravissement, il parut un instant très jeune.

– C'est votre femelle ? demanda doucement Ash.

Il la fixait des yeux en souriant légèrement mais n'avait fait aucun mouvement vers elle. Il parlait lentement.

– C'est la femelle pour laquelle vous avez tué Aaron Lightner et voulu tuer Yuri ? Celle à qui vous vouliez à tout prix amener un Taltos mâle ?

– Mais qu'est-ce que vous dites ? répondit Gordon d'une voix timorée. Si vous osez la blesser, que ce soit en paroles ou en gestes, je vous tuerai.

– Je ne crois pas, dit Ash. Ma très chère, dit-il à la femme, vous me comprenez ?

– Oui, dit-elle d'une voix douce et claire.

Elle haussa les épaules et écarta les bras à la manière d'un saint en extase.

– Taltos, répéta-t-elle en hochant tristement la tête.

La pauvre Emaleth était-elle aussi féminine ?

Michael revit soudain le visage d'Emaleth éclater sous l'impact des balles et son corps tomber à la renverse. Était-ce pour cela que Rowan pleurait ou était-elle seulement fatiguée ?

– Belle Tessa, dit Ash en levant les sourcils.

– Qu'y a-t-il ? s'inquiéta Gordon. Il y a quelque chose qui ne va pas ? Dites-le-moi !

Il commença à s'approcher mais s'arrêta net, manifestement pour ne pas s'interposer entre eux. Sa voix s'était faite mélancolique.

– Dieu du ciel ! Je n'avais pas imaginé que la rencontre se passerait ainsi, devant des gens qui en saisissent à peine la signification.

L'air était trop chargé d'émotion pour que l'on puisse douter de sa sincérité. Ses gestes tenaient davantage, maintenant, de la tragédie que de l'hystérie.

Ash ne bougeait toujours pas et souriait à Tessa. Il

hocha la tête de plaisir lorsque la petite bouche se mit à sourire.

– Tu es très belle, murmura-t-il.

Il leva une main, déposa un baiser sur ses doigts et les posa sur la joue de la femme.

Elle soupira, étendit son long cou puis lui tendit les bras. Il la prit dans les siens. Il l'embrassa tendrement, sans passion.

Gordon vint se placer entre eux, prit Tessa par la taille et la fit doucement reculer.

– Pas ici, je vous en prie.

Il lâcha Tessa et s'approcha d'Ash, les mains jointes comme pour une prière. Il le regarda franchement, comme pris par un sentiment plus important que sa propre vie.

– Quel est le lieu propice au mariage de deux Taltos ? demanda-t-il avec révérence. Quel est le lieu sacré d'Angleterre où la tour en ruine de l'ancienne église Saint Michel reste dressée en sentinelle ?

Ash le considérait avec tristesse et l'écoutait à peine.

– Laissez-moi vous y emmener tous les deux, poursuivit le vieil homme. Laissez-moi voir l'union des Taltos sur Glastonbury Tor ! Si je peux voir cela, si je vois le miracle de la naissance là-bas, sur le mont sacré, à l'endroit où le Christ lui-même est venu en Angleterre, où les anciens dieux sont tombés et les nouveaux se sont levés, où le sang a été répandu pour défendre le sacré... Si je vois cela, la naissance de l'enfant déjà adulte qui se lève pour étreindre ses parents, symbole de la vie elle-même, peu m'importe de mourir.

Yuri observait la scène d'un air soupçonneux.

Ash était la patience même et, pour la première fois, Michael lut une profonde émotion dans ses yeux et son sourire.

– Alors, dit encore Gordon, j'aurai vu ce pour quoi je suis né. J'aurai été le témoin du miracle chanté par les poètes et rêvé par les vieilles gens. Un miracle encore plus grand que ceux dont j'ai lu ou entendu le récit. Accordez-moi ces derniers instants précieux. Le temps d'aller là-bas. Ce n'est pas loin. À peine à un quart d'heure d'ici, quelques minutes dans notre vie à tous. Et, sur Glastonbury Tor, je vous la remettrai, comme un père donne sa fille, son trésor, ma bien-aimée Tessa. Et vous ferez ce que vous désirez tous deux.

Il s'interrompit et regarda Ash, désespérément calme et triste, comme si, par ses paroles, il acceptait sa propre mort.

Il ne remarqua même pas le mépris silencieux de Yuri. Michael était émerveillé par la transformation du vieil homme, sa grande conviction.

– Glastonbury, murmura Gordon. Je vous en prie. Pas ici.

Le visage d'Ash ne bougea pas d'un pouce puis, doucement, comme s'il brisait un terrible secret, il dit :

– Il n'y aura ni union ni nouveau-né. Votre magnifique trésor, votre Tessa est vieille. Elle ne peut enfanter.

– Vieille ? répéta Stuart, incrédule, soufflé. Vieille ? Vous êtes fou ?

Il se tourna vers Tessa qui le regardait sans chagrin ni déception.

– Vous êtes fou ! dit-il à nouveau en haussant la voix. Regardez-la ! Regardez son visage, ses formes ! Elle est magnifique. Je vous ai amené une épouse d'une telle beauté que vous devriez tomber à genoux et me couvrir de remerciements.

– Son visage restera probablement le même jusqu'au jour de sa mort, expliqua Ash. Je n'ai jamais vu un visage de Taltos différent de celui-ci. Mais ses cheveux sont complètement blancs et aucune odeur n'émane d'elle. Demandez-le-lui. Les humains l'ont utilisée un grand nombre de fois. Ou peut-être erre-t-elle depuis encore plus longtemps que moi. Son ventre n'est plus fertile. Sa source est tarie.

Gordon ne protesta pas. Ses mains étaient crispées sur sa bouche.

La femme avait l'air un peu étonnée mais peu troublée. Elle fit un pas en avant et posa son long bras fin autour d'un Gordon tremblant, avant de s'adresser directement à Ash.

– Tu me juges pour ce que les hommes m'ont fait, dit-elle. Ils m'ont utilisée dans chaque village et chaque ville où je suis allée. Pendant des années, ils ont fait couler mon sang jusqu'à ce qu'il soit épuisé.

– Non, je ne te juge pas, dit Ash, très touché. Je te promets que je ne te juge pas, Tessa.

– Ah ! dit-elle en souriant, presque heureuse.

Elle regarda soudain Michael puis la silhouette de Rowan près de l'escalier. Elle eut une expression de tendresse.

– Je suis à l'abri des horreurs de ce monde, dit-elle. Stuart m'aime d'un amour chaste. Cet endroit est mon refuge.

Elle tendit les mains vers Ash.

– Tu ne veux pas rester avec moi pour parler ? lui demanda-t-elle en l'entraînant vers le centre de la pièce. Tu ne veux pas danser avec moi ? J'entends de la musique quand je plonge mon regard dans le tien.

Elle l'attira contre elle et dit avec une profonde sincérité :

– Je suis si contente que tu sois venu.

Elle regarda vers Gordon. Les mains toujours crispées sur sa bouche, il recula et s'écroula sur un vieux siège en bois. Il posa la tête contre le dossier et la tourna sur le côté. On eût dit que la vie l'avait quitté.

– Danse avec moi, dit Tessa. Et vous, dit-elle en s'adressant aux autres, vous ne voulez pas danser ?

Elle écarta les bras, pencha la tête en arrière et secoua ses cheveux blancs qui ressemblaient à ceux d'une très vieille femme. Elle se mit à tourner sur la pointe des pieds jusqu'à ce que sa longue robe violette voltige autour d'elle, gonflée comme une cloche.

Michael ne pouvait détacher son regard de la gracieuse danse de Tessa. Elle tournait d'abord pour former un grand cercle, puis rapprochait son pied gauche du pied droit, comme pour une danse rituelle.

Quant à Gordon, sa déception semblait plus importante encore que sa vie. C'était comme s'il avait déjà reçu le coup fatal.

Ash, l'air navré, regardait Tessa avec fascination.

– Vous mentez, dit Stuart dans un murmure désespéré. Vous n'êtes qu'un odieux menteur.

Ash ne prit pas la peine de répondre. Il sourit et fit un signe de tête à Tessa.

– Stuart, ma musique. S'il te plaît, joue ma musique pour... pour Ash.

Elle fit une révérence devant Ash et lui adressa un nouveau sourire. Il s'inclina à son tour et lui prit les mains.

Sur la chaise, la pauvre forme ratatinée de Gordon était incapable du moindre mouvement.

– Ce n'est pas vrai, dit-il encore, mais sans grande conviction, cette fois.

Tessa se mit à chantonner et recommença à tourner en rond.

– Joue la musique, Stuart, joue-la.

– Je m'en occupe, glissa Michael à voix basse.

Il se retourna et chercha du regard un magnétophone ou quelque instrument de musique, souhaitant de toutes ses forces ne pas tomber sur une harpe ou un violon...

Il se sentait très malheureux, incapable de ressentir le soulagement qui aurait dû être le sien. Rowan avait l'air elle aussi accablée. Se tenant très droite contre la rampe d'escalier, elle suivait des yeux la silhouette qui dansait en chantonnant une mélodie très distincte que Michael connaissait et aimait beaucoup.

Michael découvrit enfin une chaîne stéréo très moderne munie de dizaines de petits écrans à cristaux liquides, de boutons et de fils ondulant le long des murs jusqu'à des haut-parleurs.

Il se pencha pour lire l'étiquette de la cassette déjà introduite dans la platine.

– C'est ça qu'elle veut, dit Stuart. Appuyez sur le bouton. Elle l'écoute sans arrêt. C'est sa musique.

– Dansez avec nous, dit Tessa. Vous ne voulez pas danser avec nous ?

Elle s'approcha d'Ash qui, cette fois, ne put résister. Il lui prit une main et passa son autre bras autour de sa taille, comme pour danser la valse.

Michael enfonça le bouton.

La musique commença doucement par des notes de

basse, bientôt rejointes par des trompettes et un clavecin qui, après avoir suivi la même ligne mélodique, prit le dessus et emmena ensuite les instruments à corde.

Immédiatement, Ash entraîna sa cavalière dans une succession de pas circulaires.

Michael reconnut tout de suite le *Canon* de Pachelbel, dans une version superbe qu'il n'avait jamais entendue.

Le couple glissait sur le plancher, la tête légèrement penchée, bien en rythme avec les instruments. Ash et Tessa souriaient de plaisir. Le rythme s'accéléra, les trompettes se mirent de la partie et toutes les voix se mêlèrent de façon magnifique et presque jubilante. Ash entraînait Tessa dans des cercles de plus en plus rapides. Sa robe flottait librement et ses petits pieds tournaient avec une grâce parfaite.

Un autre son vint se mêler à la composition. C'était la voix d'Ash, qui chantait ou, plutôt, chantonnait, bientôt rejoint par la voix de Tessa. Leurs voix claires s'élevaient au-dessus des trompettes, exécutant sans effort les crescendos. Ils tournèrent de plus en plus vite, le dos bien droit, et commencèrent à rire de pur bonheur.

Les yeux de Rowan se remplirent de larmes en contemplant le grand homme majestueux et la petite reine des fées agile et gracieuse. Gordon, agrippé aux bras du fauteuil, à bout de forces, pleurait aussi.

Appuyé contre le mur, Yuri semblait complètement retourné et sur le point de perdre tout contrôle de lui-même.

Les yeux d'Ash étaient pleins d'adoration. Il balançait la tête et dansait de plus en plus vite.

Michael avait le sentiment qu'il fallait les laisser seuls à leur union poignante, probablement le seul moment d'intimité qu'ils auraient jamais. Du reste, ils semblaient avoir oublié qu'ils n'étaient pas seuls.

Mais il ne pouvait se résoudre à partir et personne ne bougeait. Ash et Tessa poursuivirent leur danse folle jusqu'à ce que la musique ralentisse, que les instruments se mettent à jouer plus lentement, annonçant déjà qu'ils allaient bientôt se taire, jusqu'à ce que la trompette donne sa note finale et que le silence reprenne ses droits.

Le couple s'arrêta au beau milieu de la pièce, sous le lustre qui éclaboussait de lumière leurs visages et leurs cheveux.

Michael était paralysé. Une musique comme celle-là était dangereuse. Elle pouvait provoquer un sentiment de déception et de grand vide. Elle disait : la vie peut être ainsi. Ne l'oublie jamais.

Silence.

Ash souleva les mains de la reine des fées, les examina attentivement puis en embrassa les paumes et les lâcha. Tessa le regardait comme si elle était amoureuse, peut-être pas de lui mais de la musique, de la danse, de la lumière, de tout.

Il la reconduisit à son métier, la fit asseoir doucement sur son tabouret puis lui tourna la tête pour que ses yeux tombent sur son ouvrage. À l'instant même, elle parut oublier qu'il était là. Ses doigts attrapèrent les fils et se mirent immédiatement à l'œuvre.

Ash recula en prenant garde de ne pas faire de bruit puis se retourna vers Stuart Gordon.

Ni plainte ni protestation n'émanèrent du vieil homme accablé, dont les yeux passaient successivement d'Ash à Tessa.

Le moment fatidique était arrivé. Michael espérait que Gordon allait tenter quelque récit, quelque longue explication pour gagner du temps. Il devait essayer. Il fallait que quelqu'un essaie. Cet homme n'était qu'un misérable vieillard et, ne fût-ce que pour cette raison, devait être sauvé d'une exécution immédiate.

– Je veux les noms des autres, dit simplement Ash. Je veux savoir qui sont vos complices à l'intérieur et à l'extérieur de l'ordre.

Stuart prit son temps pour répondre.

– Non. Je ne vous les donnerai jamais.

Sa réponse était ferme et définitive. Abattu de chagrin, l'homme semblait imperméable à toute forme de persuasion.

Ash se mit à avancer calmement vers lui.

– Attendez ! intervint Michael. Je vous en prie, attendez.

Ash s'arrêta et le regarda poliment.

– Qu'y a-t-il, Michael ? demanda-t-il, comme s'il n'en avait aucune idée.

– Ash, laissez-le nous raconter ce qu'il sait, dit Michael. Qu'il nous donne sa version des faits !

17

Tout avait changé. Tout était plus simple. Elle était dans les bras de Morrigan, Morrigan était dans les siens et...

Lorsqu'elle ouvrit les yeux, la nuit tombait.

Quel rêve magnifique elle avait fait ! C'était comme si Gifford, Alicia et Évelyne l'Ancienne étaient avec elle. Plus question de mort ni de souffrance, elles étaient ensemble et avaient même formé une ronde et dansé.

Elle se sentait si bien. Le ciel avait la couleur violette que Michael aimait tant.

Mary Jane était penchée au-dessus d'elle, adorable avec ses cheveux de lin.

– Tu ressembles à Alice au pays des merveilles, dit Mona. Je devrais te surnommer Alice.

Tout va bien se passer, je te le promets.

– J'ai préparé le dîner, dit Mary Jane. J'ai dit à Eugenia de prendre sa soirée. Ça te dérange pas, j'espère. J'ai failli devenir folle quand j'ai vu toutes les réserves de nourriture.

– Bien sûr que ça ne me dérange pas. Aide-moi à me lever. Tu es une super-cousine, toi.

Elle se leva avec un sentiment de légèreté et de liberté, comme le bébé dans son ventre, avec ses longs cheveux roux flottant dans le liquide, comme une minuscule poupée avec des genoux miniatures...

– J'ai fait des yams, du riz, des huîtres au gratin et du poulet au beurre et à l'estragon.

– Mais où as-tu appris à cuisiner comme ça ? demanda Mona. (Elle jeta ses bras autour de la taille de Mary Jane.) Nous ne sommes pas comme les autres, hein ? Je veux dire, on a un sang particulier, non ?

Mary Jane lui lança un regard rayonnant.

– Ouais, c'est fantastique. Je t'aime, Mona Mayfair.

– Ça me fait vraiment plaisir de l'entendre, dit Mona.

Elles avaient atteint les portes de la cuisine. Mona jeta un coup d'œil à l'intérieur.

– Dis donc, tu as préparé un festin !

– Ça, je te crois, dit fièrement Mary Jane. J'ai appris à cuisiner quand j'avais six ans. Ma mère vivait avec un chef. Et, plus tard, j'ai travaillé dans un grand restaurant de Jackson, la capitale du Mississippi, tu connais ? C'est là que les sénateurs allaient manger. J'ai dit au patron : « Si vous voulez que je travaille ici, il faut me laisser regarder travailler le chef pour apprendre. » Qu'est-ce que tu veux boire ?

– Du lait. J'en meurs d'envie. Attends ! Reste une seconde. C'est le crépuscule, le moment préféré de Michael.

Si seulement elle se rappelait qui était avec elle dans le rêve. Seule une sensation de grand amour réconfortant subsistait.

Pendant un instant, elle s'inquiéta pour Rowan et Michael. Comment allaient-ils résoudre le mystère de la mort d'Aaron ? De toute façon, personne ne pouvait rien contre eux quand ils étaient ensemble. Et puis il y avait Yuri, Yuri dont, logiquement, le destin n'aurait jamais dû être mêlé au sien.

Le moment venu, tout le monde comprendrait.

Les fleurs commençaient à s'embraser. On eût dit que le jardin chantait. Elle s'adossa à l'encadrement de la porte et se mit à chantonner avec les fleurs un air qui semblait remonter du plus profond de sa mémoire. Il y avait un parfum dans l'air. Oui, celui des oliviers !

– Allons manger, dit Mary Jane.

– D'accord, d'accord, soupira Mona.

Elle leva les bras et dit au revoir à la nuit avant de rentrer dans la maison.

Comme flottant sur un petit nuage, elle entra dans la cuisine et s'assit à la somptueuse table dressée par Mary Jane. Elle avait sorti la porcelaine Marie-Antoinette, la plus délicate de toutes, avec ses assiettes cannelées et bordées d'un filet doré. Quelle fille maligne ! D'instinct, elle avait trouvé la plus belle vaisselle. Décidément, elle avait plus d'une ressource. Comme Ryan avait été naïf de la faire venir et de les laisser seules toutes les deux !

– J'ai jamais vu une porcelaine aussi belle, s'extasia Mary Jane. On dirait qu'elle est en tissu amidonné. Mais comment font-ils ?

Elle revenait avec un carton de lait et du chocolat en poudre.

– Ne mets pas ce poison dans le lait, s'il te plaît, dit Mona en déchirant le haut du carton et en remplissant son verre.

– Je veux dire, comment on peut fabriquer de la porcelaine qui soit pas plate ? Sauf si elle est tendre comme de la pâte à pain avant la cuisson, mais même...

– Je n'en ai pas la moindre idée, dit Mona. Mais j'ai toujours adoré ces motifs. Dans la salle à manger, ils sont complètement éclipsés par les peintures murales mais ici, dans la cuisine, c'est sublime. Tu as vraiment bien fait de sortir les sets de table en dentelle de Battenburg. Dis donc, je meurs de faim alors qu'on vient de déjeuner. On mange !

– On vient pas du tout de déjeuner et, de toute façon, t'as rien mangé, dit Mary Jane. J'avais la trouille que tu sois furieuse que j'aie touché tous ces trucs et puis je me suis dit : « Si Mona Mayfair est pas contente, j'aurai qu'à tout remettre à sa place. »

– Ma chérie, cette maison est toute à nous, dit Mona d'un air triomphant.

Dieu que le lait avait bon goût ! Elle en avait renversé sur la table, mais c'était si bon, si bon !

Bois-en encore.

- Oui, c'est ce que je fais, dit-elle à voix haute.

– Je vois ça ! dit Mary Jane en s'asseyant à côté d'elle.

Les plats de service étaient pleins de mets drôlement appétissants.

Mona déposa un tas de riz fumant au milieu de son assiette. Pas de sauce. Elle se mit à manger sans attendre Mary Jane, trop occupée à verser cuillère après cuillère de chocolat en poudre dans son lait.

– J'espère que ça te dérange pas. J'adore le chocolat. Je peux pas m'en passer longtemps. À une époque, je me faisais même des sandwiches au chocolat, tu connais ? Tu mets une ou deux barres de chocolat entre deux tranches de pain, tu rajoutes des rondelles de banane et tu saupoudres de sucre. C'est un vrai régal, tu peux me croire.

– Oh, je te crois ! Je pourrais faire la même chose si je n'étais pas enceinte. Un jour, j'ai dévoré une boîte entière de cerises enrobées de chocolat.

Mona avalait de grandes bouchées de riz les unes après les autres. Aucun chocolat n'était aussi bon. Le souvenir des cerises au chocolat et le sandwich au chocolat de Mary Jane lui donnèrent envie de manger du pain.

– Tu sais, je crois que j'ai besoin d'hydrates de carbone, dit-elle. C'est le bébé qui me dit ça.

Entendait-elle rire ou chanter ?

Tout était si simple et naturel. Elle se sentait en harmonie avec le monde entier et elle n'aurait eu aucun mal à inclure Michael et Rowan dans cette harmonie. Elle s'adossa à son siège. Une vision s'était emparée d'elle, celle d'un ciel parsemé d'étoiles. Une voûte céleste noire, pure et froide, au-dessus d'elle, et des gens qui chantaient.

– Qu'est-ce que tu chantonnes ? demanda Mary Jane.

Ryan venait d'arriver. Il parlait avec Eugenia dans la salle à manger. Mona était ravie qu'il soit venu, à condition que ce ne soit pas pour emmener Mary Jane.

Dès qu'il entra dans la cuisine, Mona fut chagrinée par la fatigue qui se lisait sur son visage. Il était toujours vêtu de son costume d'enterrement. Il devrait porter du seersucker, se dit-elle. À cette époque de l'année, tous les hommes en portaient. Elle adorait cela, de même que les petits vieux qui portaient des chapeaux de paille.

– Ryan, joins-toi à nous, dit Mona en continuant à manger. Mary Jane a préparé un véritable festin.

– Asseyez-vous ici, dit Mary Jane en sautant de son siège. Je vais vous servir une assiette, cousin Ryan.

– Non, je ne peux pas rester, ma chérie, refusa-t-il poliment. Je suis pressé, mais merci quand même.

– Ryan est toujours pressé, commenta Mona. Ryan, fais un petit tour dehors avant de partir, c'est magnifique. Regarde le ciel et écoute le chant des oiseaux. Et si tu n'as pas encore senti l'odeur des olives, c'est le moment ou jamais.

– Mona, tu es en train de te goinfrer de riz. C'est ta grossesse qui te fait ça ?

Mona eut du mal à ne pas éclater de rire.

– Ryan, assieds-toi et bois un verre de vin, dit-elle. Où est Eugenia ? Eugenia ! Il y a du vin dans la maison ?

– Je ne veux pas de vin, Mona, merci.

D'un geste, il congédia Eugenia qui venait d'apparaître à la porte, boudeuse et mécontente. Elle s'en alla.

Ryan était toujours aussi beau malgré sa colère manifeste. Mona se mit à rire. Encore une gorgée de lait. Non, le verre entier. Du riz et du lait. Elle comprenait maintenant que les Texans aient l'habitude de consommer les deux ensemble.

– Cousin Ryan, y en a pour une seconde, dit Mary Jane. Je vous sers une assiette.

– Non merci, Mary Jane. Mona, il faut que je te parle.

– Maintenant ? Au milieu du dîner ? Bon, vas-y ! Ce doit être très grave.

Elle se versa un nouveau verre de lait et en renversa un peu à côté.

– Après tout ce qui s'est déjà passé..., poursuivit-elle. Tu sais, le problème de cette famille c'est son indéfectible conservatisme. Je me demande si c'est un caractère récurrent. Qu'en penses-tu ?

– Miss Piggy, dit Ryan d'un air buté. Je te parle !

Mona et Mary Jane éclatèrent ensemble de rire.

– Je viens de me trouver un boulot de cuisinière, dit Mary Jane. Pourtant, j'ai fait qu'ajouter du beurre et de l'ail dans le riz.

– Le beurre ! s'exclama Mona. Où est le beurre ? C'est ça, le secret. Il faut mettre du beurre partout.

Elle prit une tranche de ce pain qui, habituellement, lui donnait envie de vomir, et l'enduisit d'une épaisse couche de beurre qui était en train de fondre dans le plat.

Ryan consulta sa montre, signe infaillible qu'il ne resterait pas plus de quatre minutes. Dieu merci, il n'avait pas parlé d'emmener Mary Jane.

– Qu'y a-t-il, mon grand ? demanda Mona. Vas-y, je suis prête à tout entendre.

– Je n'en suis pas certain, dit Ryan en baissant la voix.

À cette remarque, les deux filles se mirent à rire à gorge déployée. Ou alors, c'était à cause du visage blême de Ryan. Mary Jane était incapable d'arrêter de glousser. Debout à côté de Ryan, elle comprimait sa bouche avec une main.

– Mona, je m'en vais, dit Ryan. Mais il y a plusieurs cartons de papiers dans la grande chambre, là-haut. Ce sont les écrits que l'on a retrouvés à Houston. Rowan voulait les récupérer.

– Ah oui ! les papiers. Je t'ai entendu en parler hier soir. Tu sais, Ryan, j'ai une drôle d'histoire à te raconter. Tu sais qui est Daphné Du Maurier ?

– Oui, Mona.

– Eh bien, quand elle a commencé à écrire *Rébecca*, elle a voulu voir combien de temps elle tiendrait sans mentionner le nom du narrateur. C'est véridique. C'est Michael qui me l'a raconté. À la fin du livre, cela n'avait plus grande importance, d'ailleurs. Toujours est-il qu'on n'a jamais su le nom de la seconde femme de Maxime de Winter dans le roman, ni dans le film. Tu as vu le film ?

– Où veux-tu en venir ?

– Eh bien, c'est comme toi, Ryan. On t'enterrera sans que tu aies jamais prononcé le nom de Lasher.

Elle partit d'un nouveau fou rire, bientôt imitée par Mary Jane.

Il n'y a rien de plus drôle que quelqu'un qui éclate de rire après une bonne blague, à part, peut-être, quelqu'un qui reste de marbre et vous regarde d'un air courroucé.

– Ne touche pas aux cartons, dit Ryan, toujours aussi sérieux. Ils appartiennent à Rowan. Mais j'ai autre chose à te dire, à propos de Michael. J'ai découvert un nouvel élément de généalogie dans ces papiers. Mary Jane, s'il te plaît, assieds-toi et mange !

Mary Jane reprit sa place.

– D'accord, une histoire de généalogie, dit Mona. Peut-être que Lasher savait des choses que nous ignorions. Tu sais, Mary Jane, la généalogie n'est pas un passe-temps dans cette famille, c'est une obsession à plein temps. Ryan, tes quatre minutes sont presque écoulées.

– Quelles quatre minutes ?

Nouvel éclat de rire. Il fallait absolument qu'il s'en aille, elle allait finir par se rendre malade à rire autant.

– Je sais ce que vous allez dire, dit Mary Jane en sautant de nouveau de son siège, comme si elle préférait être debout pour une conversation sérieuse. Vous allez dire que Michael Curry est un Mayfair. Je vous avais pourtant prévenu !

Le visage de Ryan devint livide.

Mona avala son quatrième verre de lait. Elle avait fini son assiette et se resservit une montagne de riz fumant.

– Ryan, arrête de me surveiller, dit-elle. Alors ? Est-ce que Mary Jane a raison ? La première fois qu'elle a vu Michael, elle a dit qu'il était un Mayfair.

– Il l'est, affirma Mary Jane. J'ai tout de suite vu la ressemblance avec ce chanteur d'opéra.

– Quel chanteur d'opéra ?

– Tyrone MacNamara. Béatrice a des gravures de lui chez elle. C'est le père de Julien. Eh ben, Ryan, il doit être votre arrière-grand-père. Vous avez tous du sang irlandais, vous le saviez pas ? Bien sûr que non. Et du sang français aussi.

– Et hollandais, dit Ryan d'une voix brusque.

Il regarda Mona puis de nouveau Mary Jane.

– Il faut que j'y aille.

– Une seconde, l'arrêta Mona en avalant sa bouchée. C'est ça que tu voulais me dire ? Que Michael était un Mayfair ?

– Il en est fait mention dans ces fameux papiers.

– Tu plaisantes ?

– C'est fantastique ! s'écria Mary Jane. Vous avez autant de liens de consanguinité qu'une famille royale ! Et Mona est la tsarine en personne !

– Je crains que tu n'aies raison, dit Ryan. Mona, tu prends des médicaments ?

– Certainement pas. Je ne ferais pas ça à ma fille.

– Bon, je dois vraiment y aller, dit Ryan. Essayez de vous conduire correctement, toutes les deux. Et n'oubliez pas que la maison est entourée de gardes. Je ne veux pas que vous sortiez. Et ne faites pas tourner cette pauvre Eugenia en bourrique !

– Zut alors ! dit Mona. C'est dommage que tu t'en ailles. C'est toi le boute-en-train, ici. Qu'est-ce que tu veux dire par faire tourner Eugenia en bourrique ?

– Quand tu auras retrouvé tes esprits, appelle-moi s'il te plaît. Et si l'enfant est un garçon ? J'espère que tu ne vas pas risquer la vie de ton enfant en passant un test pour savoir si c'est une fille ou un garçon ?

– Ce n'est pas un garçon, je te dis. C'est une fille et je l'ai déjà appelée Morrigan. Je te passe un coup de fil, d'accord ?

Ryan s'en alla de son pas habituel, pressé mais tranquille.

– Et ne touche pas aux papiers ! recommanda-t-il encore.

Mona se détendit et respira profondément. À sa connaissance, aucun autre adulte ne devait plus passer voir si tout allait bien. Enfin tranquilles !

– Tu crois que c'est vrai, pour Michael ? demanda-t-elle à sa cousine. Tiens, dès que tu auras fini, nous monterons jeter un coup d'œil sur ces fameux papiers.

– C'est peut-être pas une très bonne idée. Il a dit que les papiers sont à Rowan. Il veut pas qu'on y touche. Tiens, prends de la sauce à la crème. Tu veux pas de poulet ? C'est le meilleur que j'aie jamais fait.

– De la sauce à la crème ? Tu ne m'as pas dit que c'était de la sauce à la crème. Morrigan ne veut pas de viande. Elle n'aime pas ça. Écoute, j'ai tout à fait le droit de regarder ces papiers. S'il a écrit des trucs...

– Qui ça, il ?

– Lasher. Tu sais qui c'est ? Ne me dis pas que ta grand-mère ne t'en a pas parlé.

– Si, si. Tu y crois, toi ?

– Tu parles ! Il m'a quasiment attaquée. J'ai été à deux doigts de connaître le même sort que ma mère, tante Gifford et toutes ces pauvres cousines qui sont mortes. Bien sûr que j'y crois. D'ailleurs, il est...

Elle se retint au dernier moment de pointer un doigt vers le jardin, en direction de l'arbre. Non, ne lui en parle pas. Tu as juré à Michael de ne jamais dire qu'il était enterré là avec l'autre, l'innocente Emaleth, celle qui devait mourir alors qu'elle n'avait rien fait à personne.

Non, pas toi, Morrigan, ne t'inquiète pas, mon bébé.

– C'est une très longue histoire, on n'a pas le temps, dit-elle à Mary Jane.

– Je sais qui est Lasher et je sais ce qui est arrivé. Granny m'a raconté. Mais les autres sont pas venus nous dire qu'il tuait les femmes. Ils ont juste dit que Granny et moi on devait aller à La Nouvelle-Orléans et rester avec tout le monde. Eh ben, tu vois ? On l'a pas fait et il nous est rien arrivé.

Elle haussa les épaules en hochant la tête.

– Ça aurait pu vous coûter cher.

La sauce à la crème était vraiment délicieuse avec le riz. Pourquoi toute cette nourriture blanche, Morrigan ?

Les arbres étaient couverts de pommes, et leur chair était blanche, et les racines et les tubercules que nous arrachions de la terre étaient blancs, et c'était le paradis. Regarde les étoiles. Est-ce que le monde intact était vraiment intact ou est-ce que les menaces quotidiennes de la nature étaient si terribles que tout était déjà aussi abîmé qu'aujourd'hui ? Si tu vis dans la peur, peu importe que...

– Qu'y a-t-il, Mona ? Oh ! réveille-toi !

– Rien, rien, je t'assure. J'ai revu une partie du rêve que j'ai fait dans le jardin. J'étais en grande conversation avec quelqu'un. Tu sais, Mary Jane, les gens devraient apprendre à se comprendre. Comme nous, en ce moment, nous sommes en train d'apprendre à nous comprendre mutuellement. Tu me suis ?

– Ouais et, après, tu pourras prendre ton téléphone et m'appeler n'importe quand à Fontevrault pour me dire : « Mary Jane, j'ai besoin de toi. » Je sauterai dans ma camionnette et je serai là.

– Voilà, c'est exactement ça. Tu sais, j'aimerais vraiment que tu saches tout sur moi et que je sache tout sur toi. C'est le plus beau rêve que j'aie fait. Tout le monde dansait et il y avait un énorme feu de joie. En temps normal, j'aurais eu peur. Mais dans le rêve j'étais totalement libre. Si on mangeait une pomme ? Les envahisseurs n'ont pas inventé la mort. C'est une notion absurde mais la raison pour laquelle tout le monde pensait qu'ils l'avaient fait est évidente. En fait, c'est une question de perspective. Ceux qui n'ont pas la conscience du temps qu'avaient les chasseurs et les paysans... mais peut-être que dans les paradis tropicaux ce genre de relation n'existe pas parce qu'il n'y a pas de cycle... Tu vois ce que je veux dire ?

– Mais de quoi tu parles ?

– Eh bien, fais attention, Mary Jane. Et tu comprendras. C'était comme ça, dans le rêve. Les envahisseurs avaient inventé la mort. En fait, c'est l'action de tuer qu'ils ont inventée. C'est complètement différent.

– Tiens, y a une pleine corbeille de pommes là-bas. Tu veux que j'aille t'en chercher une ?

– Plus tard. Je monte dans la chambre de Rowan.

– Laisse-moi quand même finir de manger. N'y va pas sans moi. De toute façon, on a pas le droit d'aller là-haut.

– Rowan serait d'accord. Michael peut-être pas. Mais qu'est-ce que ça peut faire ?

– T'es vraiment une sale gosse, dit Mary Jane en riant. Allez, viens ! De toute façon, le poulet est toujours meilleur froid.

Et la chair venant de la mer était blanche, la chair des crevettes et des poissons et des huîtres et des moules. D'un blanc pur. Les œufs de mouette étaient magnifiques parce qu'ils étaient tout blancs à l'extérieur et quand on les cassait pour les ouvrir un grand œil jaune flottant dans un fluide transparent vous regardait.

– Mona ?

Mona était immobile à la porte de l'office. Elle ferma les yeux. Mary Jane l'attrapa par la main.

– Non, dit Mona en soupirant, il est reparti.

Sa main se dirigea vers son ventre. Elle écarta les doigts pour entourer sa rondeur et sentir les petits mouvements à l'intérieur. Belle Morrigan. Des cheveux aussi roux que les miens. *Est-ce que tes cheveux sont aussi roux que les miens, maman ?*

– Tu ne me vois pas ?

Je te vois dans les yeux de Mary Jane.

– Hé, Mona ! Tu veux une chaise ?

– Non, ça va.

Elle ouvrit les yeux. Une bouffée d'énergie parcourut soudain son corps. Elle écarta les bras, prit son élan et traversa l'office, la salle à manger, la longue entrée et courait encore dans l'escalier.

– Allez, on y va ! cria-t-elle.

C'était si bon de courir. C'était une des choses de son enfance qui lui manquait le plus. Elle avait l'habitude de descendre Saint Charles Avenue bras écartés, en courant le plus vite possible, et de monter l'escalier quatre à quatre. Elle aimait aussi courir autour du pâté de maisons pour voir si elle y arrivait sans s'arrêter.

Mary Jane eut du mal à la suivre.

La porte de la chambre était fermée. Sacré Ryan. Il avait dû tourner la clé.

Mais non. La porte s'ouvrit sur l'obscurité de la pièce. Mona trouva l'interrupteur et le lustre du plafond s'éclaira, jetant une vive lumière sur le lit, la coiffeuse et les cartons.

– C'est quoi, cette odeur ? demanda Mary Jane.

– Tu la sens aussi ?

– Bien sûr.

– C'est l'odeur de Lasher.

– Tu plaisantes ?

– Non. C'est quelle sorte d'odeur, pour toi ?

– Ça sent bon. Ça donne envie de caramel ou de chocolat ou de cannelle, quelque chose comme ça. Mais d'où elle vient ? Tu sais quoi ?

– Quoi ? demanda Mona en s'approchant de la pile de cartons.

– Des gens sont morts dans cette pièce.

– Bien sûr. Mais n'importe qui a pu t'en parler.

– De quoi tu parles ? Je sais pour Mary Beth, Deirdre et les autres. Je l'ai appris quand Rowan était malade et que Béatrice a appelé pour que Granny et moi on aille à La Nouvelle-Orléans. C'est Granny qui m'a raconté. Mais quelqu'un d'autre est mort ici. Quelqu'un qui sentait un peu comme lui. Tu sens les trois odeurs ? La sienne, celle de quelqu'un d'autre et celle de la mort elle-même.

Mona essayait de distinguer les trois odeurs mais elles devaient être mélangées pour elle. Elle n'en percevait qu'une. Elle repensa soudain au récit de Michael à propos de la fille qui n'était pas humaine. Emaleth. La balle explosa à ses oreilles. Elle les couvrit de ses mains.

– Qu'est-ce qu'il y a, Mona ?

– Où ça s'est passé ? demanda Mona, les mains toujours sur les oreilles et les yeux fermés.

Elle les ouvrit et vit Mary Jane, sombre devant la lumière, dont les yeux roulaient de droite et de gauche. Elle se dirigea vers le lit et en fit le tour.

– Juste ici, indiqua-t-elle. Quelqu'un est mort à cet endroit. Quelqu'un qui sentait la même odeur que lui mais qui était pas lui.

Mona entendit un cri horrible, violent, d'une force dix fois supérieure à celle du coup de feu. Elle agrippa son ventre. *Arrête, Morrigan. Arrête. Je te promets...*

– Mona, tu te sens mal ?

– Mais non, pas du tout.

Elle frissonna puis entonna un petit air très joli, sans même se demander d'où il lui venait.

Elle se tourna vers les cartons.

– Ça vient aussi des cartons. C'est lui. Tu sais, pas un seul membre de la famille n'a admis qu'il pouvait sentir cette odeur.

– Pourtant, elle est partout, surtout vers les cartons, t'as raison. Regarde, ils sont tous scotchés.

– Oui, marqués au feutre noir par Ryan. Sur celui-ci, il y a « Écrits anonymes ».

Elle rit doucement.

– Pauvre Ryan, soupira-t-elle.

Mona contourna les cartons et se mit à genoux en faisant attention au bébé qui pleurait et remuait dans tous les sens. Ce devait être à cause de l'odeur. Et aussi de leur dialogue imaginaire. Elle se mit à chanter doucement : « Apporte les fleurs les plus belles, les fleurs les plus rares du jardin et du bois et de la colline et de la vallée. » C'était la chanson du mois de mai la plus gaie et la plus jolie qu'elle connaissait. Gifford la lui avait apprise. « Nos cœurs chavirent, nos voix heureuses racontent l'histoire de la plus belle rose de la vallée. »

– T'as une de ces voix, dis donc !

– Tous les Mayfair ont une belle voix, Mary Jane. Sauf moi. Celles de ma mère et de Gifford étaient merveilleuses. Si tu les avais entendues ! Elles étaient de véritables sopranos. Ma voix est basse.

Elle se remit à chanter l'air sans les paroles décrivant les forêts, le vert paysage et les fleurs. « Oh, Marie, reine des anges et reine de mai, nous couronnons ton front des fleurs écloses aujourd'hui ! Oh, Marie, reine des anges et reine de mai... »

Mona se balançait sur les genoux, les mains sur le ventre, l'enfant balançant aussi au son de la mélodie, ses cheveux roux en auréole autour d'elle, magnifiques dans l'eau translucide. Petits pieds et petits doigts. *De quelle couleur sont tes yeux, Morrigan ?*

Je ne vois pas mes yeux, maman, je ne vois que ce que tu vois.

– Hé ! réveille-toi. J'ai peur que tu tombes !

– Tu as bien fait de me rappeler. Je prie la Sainte Vierge Marie pour que ce bébé ait les yeux verts comme les miens. Qu'en penses-tu ?

– Y a pas plus belle couleur ! déclara Mary Jane.

Mona posa les mains sur le carton devant elle. C'était le bon. Il sentait fort son odeur. Avait-il écrit avec son propre sang ? Dire que son corps était juste à côté ! J'aurais dû le déterrer. Rien n'est plus pareil, maintenant. Rowan et Michael devront l'accepter. Sinon, je ne leur dirai rien. Ce qui se passe en ce moment est tout nouveau et me concerne personnellement.

– Quels corps il faut déterrer, exactement ? demanda Mary Jane en fronçant les sourcils.

– Arrête de lire dans mes pensées, Mary Jane. Et aide-moi à ouvrir ce carton.

Mona arracha le scotch avec ses ongles et ouvrit les rabats.

– Mona, on a pas le droit. Ces choses appartiennent à quelqu'un d'autre.

– Et ce quelqu'un d'autre fait partie de mon héritage, il a sa propre branche sur notre arbre généalogique et de cet arbre coule notre propre sang. Mary Jane, tu sais quels arbres ont la plus grande longévité sur cette terre ?

– Ouais, je sais. Près de Fontevrault, y en a qui sont vraiment énormes. C'est des cyprès avec des racines émergentes tout autour.

– Chut ! dit Mona.

Elle avait réussi à dégager tout le papier d'emballage marron. Il y en avait suffisamment là-dedans pour transporter toute la porcelaine Marie-Antoinette jusqu'en Islande. Elle découvrit la première d'une pile de feuilles couverte de plastique fin et ficelée avec un gros élastique. L'écriture ressemblait plutôt à des pattes de mouche, mais c'était lisible.

Elle arracha le plastique.

– Mona !

– Tais-toi ! Je sais ce que je fais. Tu es de mon côté ou tu me laisses tomber tout de suite ? Grâce au câble, on a toutes les chaînes de télévision ici. Si tu ne veux pas rester, tu peux aller regarder la télé ou te baigner dans la piscine, ou cueillir des fleurs, ou déterrer des corps...

– Je suis de ton côté.

– Alors, pose tes mains là-dessus. Tu sens quelque chose ?

– Oh !

– C'est lui qui a écrit. Tu as sous les yeux les écrits d'un non-humain patenté. Regarde bien.

Mary Jane s'agenouilla près d'elle, le bout des doigts posés sur la première page, le dos arrondi, les cheveux encadrant son visage comme une magnifique perruque. Ses sourcils presque blancs retenaient la lumière sur son front bronzé. Que pensait-elle, que sentait-elle, que voyait-elle ? Que signifiait cette lueur dans son regard ? Cette fille est loin d'être stupide, je dois le reconnaître. Le problème est...

– J'ai trop sommeil, dit soudain Mona. Je me demande si Ophélie est allée dormir avant de se noyer.

– Ophélie ? Celle de Hamlet ?

– Oui, tu connais aussi ? C'est génial. Tu sais, Mary Jane, je t'adore.

Elle la contempla. Oui, c'était la cousine qui allait devenir sa grande amie et qui saurait tout d'elle.

– Je dors à moitié, dit Mona en s'allongeant sur le plancher.

Elle étendit ses jambes et ses bras et admira le lustre.

– Mary Jane, tu peux vérifier tout le carton ? Connaissant Ryan, je te parie qu'il y a une rubrique généalogie.

– Exact, dit Mary Jane.

Ouf ! Elle ne protestait plus.

– Non, je proteste plus. Au point où on en est, vu que c'est l'œuvre d'un non-humain patenté, vu que... Et puis, de toute façon, j'aurai qu'à tout remettre comme c'était.

– À la bonne heure ! dit Mona en posant sa joue contre le sol frais.

L'odeur était très forte sur les lames du parquet.

– Vu que, dit-elle en imitant Mary Jane, mais sans aucune méchanceté, vu que la connaissance est quelque chose de précieux, il faut la prendre là où elle est.

Une chose incroyable se produisit alors. Mona avait fermé les yeux et la chanson chantait toute seule. Il lui suffisait de l'écouter. Les paroles et les notes se déroulaient toutes seules.

– Nous devons toutes les deux comprendre que la sorcellerie est une science sans bornes, dit-elle d'une voix tout ensommeillée. C'est de l'alchimie et de la chimie qui se transforment en magie pure. La magie ne s'est pas perdue avec l'avènement de la science. Nous avons découvert de nouveaux secrets. Nous allons gagner.

– Gagner ?

Oh, Marie, reine des anges et reine de mai, nous couronnons ton front des fleurs écloses aujourd'hui ! Oh, Marie, reine des anges et reine de mai...

– Tu es en train de lire, Mary Jane ?

– Oui. Hé ! Regarde ! Y a tout un dossier de photocopies. « Inventaire en cours : pages intéressantes, généalogie incomplète. »

Mona roula sur le dos. L'espace d'un instant, elle ne sut plus où elle se trouvait. La chambre de Rowan. Était-ce le lustre que Mary Beth avait rapporté de France ou celui de Julien ? Julien, où es-tu ? Julien, comment as-tu pu laisser tout cela m'arriver à moi ?

Mais les fantômes ne répondent que s'ils en ont envie ou s'ils ont une bonne raison pour le faire.

– Je suis en train de lire la généalogie incomplète.

– Tu l'as trouvée ?

– Ouais, l'original et la photocopie. Tout est en double. Le nom de Michael Curry est entouré. Julien aurait couché avec une Irlandaise qui a abandonné son bébé à l'orphelinat de Margaret avant d'entrer chez les sœurs de la Miséricorde sous le nom de sœur Bridget Marie. La petite fille, elle, s'est mariée avec un pompier du nom de Curry et lui a donné un fils, Michael. Regarde ! C'est juste là.

Mona se mit à rire.

– Oncle Julien était un lion, dit-elle. Tu sais ce que font les lions quand ils entrent dans une nouvelle troupe ? Ils tuent tous les jeunes pour que les femelles soient en chaleur et ils leur font autant de petits qu'ils peuvent. C'est la survie des gènes. Oncle Julien le savait. Il n'a fait qu'améliorer la race.

– D'après ce que je sais, il ne se gênait pas pour choisir ceux qui devaient survivre. Granny m'a raconté qu'il avait tué notre arrière-arrière-arrière-grand-père.

– Je ne suis pas certaine que le nombre d'« arrière » soit bon. Qu'est-ce que tu as trouvé d'autre ?

– Eh bien, ma petite prune, pour te dire la vérité, je

m'en sortirais pas si quelqu'un avait pas tout marqué. Y a un peu de tout. Ça ressemble à ce que les gens peuvent écrire quand ils sont complètement défoncés et qu'ils se trouvent brillants. Et le lendemain, quand ils se relisent, ils voient que des lignes bizarres, comme un électrocardiogramme, tu vois ?

– Ne me dis pas que tu as été infirmière ?

– Si, un peu, dans cette communauté de dingues où on nous faisait un lavement par jour pour débarrasser notre organisme de ses impuretés.

Mona se mit à rire de bon cœur.

– Je crois qu'aucune communauté des Douze Apôtres n'aurait pu me forcer à faire ça.

Le lustre était vraiment extraordinaire. Qu'elle ait pu rester si longtemps sans s'allonger sous un de ces trucs pour l'admirer était impardonnable. La chanson continuait mais, cette fois, elle était jouée par un instrument ressemblant à une harpe, chaque note se fondant dans la suivante. Elle ne sentait pratiquement plus le sol sous elle tant elle était concentrée sur la musique et les lumières au-dessus de sa tête.

– Tu n'es pas restée longtemps dans cette communauté, j'espère ?

– Non. J'ai dit à ma mère que si elle partait pas avec moi je m'en irais toute seule. J'avais douze ans, alors elle m'a suivie. Regarde ! Y a encore le nom de Michael Curry. Il l'a entouré.

– Qui ? Lasher ou Ryan ?

– C'est une photocopie, j'en sais rien. Non, le cercle est tracé sur la photocopie. Ce doit être Ryan. Et il a marqué « sorcier ».

– Et dire que c'est oncle Julien qui a voulu que je fasse ça. D'habitude, les fantômes savent ce qu'ils font mais là, je crois qu'il ne savait pas. Les morts ne savent pas tout. Les vilaines gens, oui, qu'ils soient morts ou vivants. Ou, en tout cas, ils en savent assez pour nous prendre dans une telle toile que nous ne pouvons plus nous échapper. Mais je suis sûre que Julien ne savait pas que Michael était son descendant. Il ne m'aurait pas dit de venir.

– Venir où, Mona ?

– Dans cette maison, un soir de mardi gras, pour coucher avec Michael, pour faire ce bébé que seuls Michael et moi pouvions faire. Ou alors, Michael et toi, peut-être bien, parce que tu sens l'odeur qui vient des cartons.

– T'as peut-être raison, mais on le saura jamais.

– Effectivement. Mais je l'ai eu en premier. J'ai eu Michael avant que Rowan ne revienne à la maison. Et hop ! Le bébé !

Mona se retourna sur le ventre, puis posa les coudes sur le sol et le menton sur ses mains.

– Mary Jane, il faut que tu saches tout.

– Oui, ça vaut mieux. Je me fais un peu de souci pour toi.

– Pour moi ? Non, je vais on ne peut mieux. Je meurs d'envie de boire du lait mais, sinon, je me porte comme un charme. Regarde, je peux encore rester allongée sur le ventre ! Enfin, non, pas vraiment.

Elle s'assit.

– Ce n'est plus très confortable, poursuivit-elle. Je crois qu'il va me falloir renoncer pour un temps à dormir à plat ventre.

Mary Jane avait pris une expression grave. Comme elle était jolie ! Rien d'étonnant à ce que les hommes puissent se pâmer d'amour pour des filles comme elle. Et elle, Mona, était-elle aussi jolie ?

– Petites sorcières, murmura-t-elle.

Mary Jane se mit à rire.

– Ouais, petites sorcières. Alors, c'est le fantôme d'oncle Julien qui t'a dit de venir ici et de coucher avec Michael ? Et Rowan était pas là ?

– Oui, c'est lui qui a tout manigancé. Maintenant, j'ai bien peur qu'il ne soit retourné au ciel en nous laissant nous débrouiller seuls. C'est pas grave. De toute façon, je serais bien embêtée si je devais lui expliquer tout ça.

– Tout quoi ?

– Nous sommes entrés dans une nouvelle phase, Mary Jane. Une nouvelle génération de sorciers, pourrait-on dire.

Cela n'a plus rien à voir avec la façon dont Julien, Michael et Rowan résolvent les problèmes. C'est tout à fait autre chose.

– Je vois.

– Je n'en attendais pas moins de toi.

– Bon, je crois que t'as vraiment sommeil. Je vais te chercher du lait.

– Tu es adorable.

– Reste allongée et endors-toi. T'as de drôles d'yeux. Je me demande si tu me vois encore.

– Bien sûr. Mais tu as raison, je vais dormir. Au fait, tu devrais profiter de la situation.

– Oh, Mona ! T'es un peu jeune pour ça !

– Espèce d'andouille, ce n'est pas de ça que je veux parler. Cela dit, si je ne suis pas trop jeune pour les hommes, je ne le suis pas non plus pour les femmes. D'ailleurs, c'est quelque chose qui m'attire. Avec une femme comme Rowan, peut-être. Non, ce que je voulais dire c'est que, puisque les cartons sont ouverts, profites-en pour lire le plus possible.

– D'accord, je vais essayer. J'ai du mal à lire son écriture à lui mais pas celle de Rowan. Elle aussi, elle a écrit.

– D'accord. Si tu veux m'aider, lis tout. Et en bas, dans la bibliothèque, il y a le dossier sur les sorcières Mayfair. Tu as dit que tu l'avais lu mais est-ce que c'est vrai ?

– Tu sais quoi, Mona ? Je ne suis pas sûre de l'avoir lu, en fait.

Mona se tourna sur le côté et ferma les yeux.

Quant à toi, Morrigan, nous retournons là-bas. Oublions toutes ces bêtises sur les envahisseurs et les soldats romains et retournons dans la plaine. Explique-moi comment tout a commencé. Dis-moi qui est l'homme aux cheveux sombres que tout le monde aime tant.

– Bonne nuit, Mary Jane.

– Attends ! Avant de plonger dans les bras de Morphée, dis-moi à qui tu fais le plus confiance dans la famille ?

– À toi, bien sûr.

– Pas à Rowan ou à Michael ?

– Non. Maintenant, il faut les considérer comme des

adversaires. Il y a certaines choses que je dois demander à Rowan, mais il ne faut pas qu'elle sache ce qui m'arrive. Gifford et Alicia sont mortes, Évelyne l'Ancienne est trop malade et Ryan est un abruti. Jenn et Shelby sont trop innocents. Pierce et Clancy sont nuls et, de toute façon, pourquoi gâcher leur petite vie bien normale ? Tu as déjà eu envie d'avoir une vie normale ?

– Jamais.

– Bon, tu vois, je n'ai que toi. Bonne nuit, Mary Jane.

– Autrement dit, tu veux pas que j'appelle Rowan ou Michael à Londres pour leur demander conseil ?

– Surtout pas.

Six cercles s'étaient formés et la ronde commençait. Elle ne voulait pas la rater.

– Ne fais surtout pas ça, Mary Jane. Promets-le-moi. De toute façon, c'est le milieu de la nuit à Londres et on ne sait pas ce qu'ils sont en train de faire. Que Dieu les aide ! Et Yuri aussi.

Mona dérivait. Ophélie, des fleurs dans les cheveux, flottait sur le fleuve. Des branches d'arbre lui fouettaient le visage au passage. Non, elle dansait dans le cercle et l'homme aux cheveux sombres était au milieu. Il essayait de dire quelque chose mais tout le monde riait. Ils l'aimaient mais ils trouvaient qu'il passait son temps à s'inquiéter bêtement...

– Mona, il faut que je te dise...

La voix de Mary Jane était très lointaine. Des fleurs, des bouquets de fleurs. Cela explique pourquoi j'ai rêvé de jardins toute ma vie, pourquoi je dessinais toujours des jardins. Pourquoi dessines-tu toujours des jardins, Mona ? me demandait sœur Louise. J'adore les jardins. Celui de First Street était complètement à l'abandon. Maintenant, il est impeccable mais il recèle le pire des secrets.

Non, mère, non...

Non, les fleurs, les cercles. Ce rêve allait être aussi beau que le dernier.

– Mona ?

– Laisse-moi, Mary Jane.

Mona l'entendait à peine. Peu importait, d'ailleurs.

C'était même plutôt mieux, car ce qu'elle avait à dire, de sa voix si lointaine... avant que Mona et Morrigan ne se mettent à chanter, fut :

– ... Tu sais, je suis désolée de te dire ça, mais ton bébé s'est mis à grandir à partir du moment où tu as dormi sous l'arbre !

18

– On ferait mieux de partir maintenant, dit Marklin.

Allongé sur le lit de Tommy, les mains croisées sous la nuque, il examinait pour la énième fois les détails du ciel-de-lit en bois.

Tommy était assis au bureau, les pieds sur l'ottomane de cuir noir.

Cette chambre était plus grande que celle de Marklin et exposée au sud, mais Marklin adorait la sienne. Il avait mis dans une valise tout ce qui avait de la valeur pour lui et avait glissé la valise sous son lit. Il était prêt à partir.

– Appelons ça une prémonition, dit-il. Je ne veux pas rester ici. Nous n'avons aucune raison valable pour rester.

– Tu es fataliste et stupide, dit Tommy.

– Écoute, tu as fait ce qu'il fallait pour les ordinateurs, les quartiers de Stuart sont impénétrables, sauf si on veut prendre le risque de fracturer la porte et, pour couronner le tout, je déteste les couvre-feux.

– Je te rappelle que le couvre-feu concerne tout le monde, pas seulement toi. Et si nous voulions partir maintenant, on nous poserait des dizaines de questions avant même que nous ayons atteint la porte. Sans compter que partir avant le service funèbre serait un manque de respect.

– Tommy, je ne supporterai pas une cérémonie aux petites heures du jour avec son lot de discours ridicules sur Anton et Aaron. Je veux partir maintenant. Coutumes, rituels. Ces gens sont des crétins, Tommy. Excuse ma franchise. Et puis il y a plein d'escaliers ici, pour filer en douce. Je suis pour décamper tout de suite. J'ai des choses à faire.

– Moi, je fais exactement ce qu'on nous a demandé, c'est-à-dire observer le couvre-feu et descendre quand la cloche sonnera. Maintenant, Marklin, si tu n'as rien de plus intelligent ou de plus utile à dire, je préférerais que tu la fermes.

– Mais pourquoi t'obstines-tu à vouloir rester ?

– Eh bien, si tu veux savoir, on a une chance d'apprendre pendant la cérémonie où Stuart garde Tessa.

– Et comment ?

– Stuart a sûrement une maison quelque part, une demeure familiale ou quelque chose comme ça, Marklin. En jouant finement, on pourra poser une ou deux questions à ce sujet en prétextant qu'on se fait du souci pour lui. Tu as une meilleure idée ?

– Tommy, je ne crois pas que Stuart garde Tessa chez lui. C'est un homme lâche, mélodramatique et lunatique, peut-être, mais pas un imbécile. Nous ne le trouverons pas, pas plus que nous ne trouverons Tessa.

– Alors que faire ? On laisse tomber ? Avec tout ce qu'on sait ?

– Non, on se tire, on retourne à Regent's Park et on réfléchit. On réfléchit sur quelque chose de bien plus important pour nous, maintenant, que le Talamasca.

– C'est-à-dire ?

– Les sorcières Mayfair. On examine le dernier fax d'Aaron aux Aînés et le dossier. On le passe au crible pour découvrir quel est le membre du clan qui servirait le mieux nos objectifs.

– Tu vas trop vite, Marklin. Qu'est-ce que tu as en tête ? Enlever un couple d'Américains ?

– Ne discutons pas de ça ici. Bon. Moi, j'attends que cette saleté de cérémonie débute et je file à la première occasion. Tu peux me rejoindre plus tard, si tu veux.

– C'est malin ! Tu sais bien que je n'ai pas de voiture. Je suis obligé de te suivre. Et si Stuart est à la cérémonie ? Tu y as pensé ?

– Stuart ne reviendra pas ici. Il n'est pas si bête. Écoute, Tommy. Je reste jusqu'au début de la cérémonie, je présente mes hommages, je bavarde avec quelques membres et je me taille. Adieu Stuart et Tessa ! Mon objectif, maintenant, c'est les sorcières Mayfair.

– D'accord, je vais avec toi.

– Tu vois, quand tu veux...

– Dors un peu, maintenant. On ne sait pas à quelle heure on va nous appeler. Et c'est toi qui conduis.

19

La pièce au sommet de la tour. Assis à la table ronde, Yuri fixait des yeux la tasse de thé de Chine fumant devant lui. Le condamné avait préparé le thé lui-même. Yuri se sentait incapable d'y toucher.

Il connaissait Stuart Gordon depuis son entrée au Talamasca et avait dîné des dizaines de fois avec Aaron et lui. Ils s'étaient promenés dans le parc et avaient fait des retraites ensemble à Rome. Aaron avait toujours parlé librement avec Gordon des sorcières Mayfair. Maintenant, c'était au tour de Gordon de s'exprimer.

Il l'a trahi.

Pourquoi Ash ne le tuait-il pas tout de suite ? Que pouvait donner cet homme qui ne soit contaminé, perverti par sa folie ? Ses complices étaient fort probablement Marklin George et Tommy Monohan. L'ordre ferait la lumière sur ce point. Yuri avait réussi à joindre la maison mère à partir de la cabine publique du village et entendre la voix d'Elvera l'avait fait fondre en larmes. Elvera était loyale et bonne. Yuri savait que le fossé qui s'était creusé entre le Talamasca et lui avait déjà commencé à se combler. Si Ash avait raison, la conspiration était l'œuvre d'un nombre de personnes très restreint. Les Aînés n'étaient pas impliqués. Yuri devait prendre son mal en patience et écouter attentivement Stuart Gordon pour rapporter au Talamasca le moindre détail de son récit.

Patience. C'est ce qu'Aaron lui aurait conseillé. Aaron aurait voulu que toute l'histoire soit portée à la connaissance des autres. Pour Michael et Rowan, c'était même un dû. Quant à Ash, le mystérieux Ash, c'était lui qui avait percé à jour la trahison de Gordon. Et s'il n'avait pas fait son apparition à Spelling Street, Yuri aurait gobé les protestations d'innocence et les mensonges que Gordon avait voulu lui faire avaler quand ils étaient dans le café.

Que se passait-il dans la tête d'Ash ? C'était un personnage très charismatique. Il ne fallait pas oublier qu'il était une menace pour Mona et pour toute femme de la famille Mayfair.

Yuri se força à ne plus y penser. On avait trop besoin d'Ash, qui, d'une certaine façon, avait pris les choses en main. Qu'adviendrait-il s'il se désengageait de l'affaire et les laissait avec Gordon ? Les autres seraient incapables de tuer Gordon. Et même de lui faire peur. Impossible d'évaluer à quel point ils le détestaient. Ils étaient impénétrables. Des sorciers.

Ash était assis de l'autre côté, ses mains démesurées tenant le rebord de la table en bois, et regardait Gordon sur sa droite. Il le haïssait, cela se voyait à l'absence de compassion sur son visage, à l'absence de cette tendresse qu'il manifestait habituellement envers tout le monde, sans exception.

Rowan et Michael étaient assis de part et d'autre de Yuri, Dieu merci. Il n'aurait pas supporté d'être près de Gordon. Michael était plein de haine et de suspicion. Rowan était envoûtée par Ash. C'était prévisible.

– Elle vient d'une jungle d'Inde, racontait Stuart en buvant son thé, auquel il avait ajouté une bonne rasade de whisky. Je ne sais pas exactement d'où. Je ne connais pas l'Inde. Tout ce que je sais, c'est que les autochtones ont dit qu'elle était là-bas depuis toujours, errant de village en village, qu'elle était allée les voir avant la guerre, qu'elle parlait anglais, qu'elle ne vieillissait pas et que les femmes du village avaient peur d'elle.

La bouteille de whisky était au milieu de la table. Michael semblait en avoir envie, mais peut-être que lui non plus ne voulait rien accepter venant du vieil homme. Rowan avait les bras croisés. Michael avait posé les coudes sur la table. Il était plus proche de Stuart et, manifestement, cherchait à sonder son esprit.

– C'est une photo qui l'a perdue. Quelque intrépide équipé d'un trépied et d'un appareil à manivelle avait photographié tous les habitants du village ensemble. Elle était dessus. C'est un jeune homme qui a découvert la photo dans les affaires de sa grand-mère, après la mort de celle-ci. Un homme instruit. J'ai été son professeur à Oxford.

– Et il était au courant de l'existence du Talamasca ?

– Oui, je ne parlais pas beaucoup de l'ordre à mes étudiants, sauf à ceux qui semblaient...

– Comme ces garçons, dit Yuri.

Une lueur tressaillit dans l'œil de Gordon.

– Oui, ces garçons.

– Quels garçons ? demanda Rowan.

– Marklin George et Tommy Monohan, laissa tomber Yuri.

Le visage de Stuart s'était raidi. Il prit sa tasse de thé et but lentement.

– Ce sont eux, vos complices ? demanda Yuri. Le génie de l'informatique et le latiniste ?

– Je suis le seul responsable, dit Gordon sans regarder Yuri, ni personne, du reste. Vous voulez connaître l'histoire, oui ou non ?

– Ils vous ont aidé, dit Yuri.

– Je n'ai rien à dire à ce sujet, dit Gordon en regardant froidement Yuri.

– Ce sont ces deux jeunes, dit Yuri, malgré les signes que lui faisait Michael pour le faire taire. Parlez-nous de Joan Cross, d'Elvera Fleming et de Timothy Hollingshed.

Stuart eut un geste d'impatience et de dégoût en entendant ces noms.

– Joan Cross n'est pas romantique pour un sou et Timothy Hollingshed a toujours été surestimé à cause de ses origines aristocratiques. Quant à Elvera Fleming, c'est une vieille folle. Ne me questionnez plus au sujet de mes complices, je resterai muet comme une tombe.

– Donc, dit Ash, cet ami d'Inde vous a écrit, monsieur Gordon.

– Il m'a appelé, pour être exact. Il m'a dit qu'il avait un mystère à me soumettre et qu'il pouvait l'amener en Angleterre à condition que je la prenne en charge à son arrivée. Il n'arrivait pas à se débrouiller seul avec elle. Par instants, elle paraissait folle et personne ne parvenait à analyser sa personnalité. Elle parlait d'époques inconnues des gens de son entourage. En faisant une petite enquête pour la renvoyer chez elle, il s'est aperçu qu'elle était une sorte de légende dans cette partie de l'Inde. J'ai conservé tous les documents, toute notre correspondance. Les originaux sont ici et les photocopies à la maison mère. Tous les objets de valeur que je possède sont ici.

– Vous saviez ce qu'elle était quand vous l'avez vue ?

– Non. C'était extraordinaire. Je suis tombé sous son charme. Toutes mes actions étaient dictées par une sorte d'instinct égoïste. Je l'ai amenée ici. Je n'avais pas envie de l'emmener à la maison mère. Je n'aurais jamais pu expliquer mes actes sinon par le fait que j'étais envoûté par elle. J'ai hérité cette tour du frère de ma mère, un antiquaire. C'était l'endroit idéal.

» La première semaine, je ne l'ai quasiment pas quittée. Je ne m'étais jamais trouvé en compagnie d'une personne comme Tessa. Sa gaieté et sa simplicité me procuraient un bonheur indicible.

– Je n'en doute pas, murmura Ash en souriant légèrement. Poursuivez, je vous en prie.

– Je suis tombé amoureux d'elle.

Il fit une pause et leva les sourcils, comme étonné par ses propres paroles.

– Je suis tombé amoureux fou, insista-t-il.

– Et vous l'avez gardée ici ? demanda Yuri.

– Oui, elle n'a pas bougé depuis. Elle ne sort jamais. Les gens lui font peur. Elle ne se met à parler que quand je reste un certain temps. Et elle raconte de curieuses histoires. Elle est rarement cohérente, c'est-à-dire qu'elle n'a aucun sens de la chronologie. Mais ses petites histoires ont un sens.

J'ai des centaines d'enregistrements. Des listes de mots en vieil anglais ou en latin qu'elle utilise. Ce que j'ai rapidement compris, c'est qu'elle a eu deux vies. Une très longue, celle du présent, et une autre qu'elle a vécue auparavant.

– Deux vies ? Vous parlez de réincarnation ?

– Un jour, elle a fini par s'expliquer.

Gordon était tellement absorbé par son récit qu'il en avait oublié que sa vie ne tenait qu'à un fil.

– Elle m'a dit que tous ceux de son espèce avaient au moins deux vies et parfois plus. Ils naissent en sachant tout ce qui leur est utile pour survivre mais, progressivement, une vie antérieure leur revient à l'esprit et, parfois, des fragments d'autres vies encore. Ce serait le souvenir de cette vie antérieure qui les empêche de devenir fous parmi les êtres humains.

– Vous vous êtes donc aperçu à ce moment-là, intervint Rowan, qu'elle n'était pas humaine. Moi, je ne l'aurais pas compris.

– Non, pas du tout. Je pensais qu'elle était humaine. Bien sûr, par certains aspects elle était étrange – sa peau translucide, son immense taille, ses mains d'une longueur inhabituelle. Mais je ne me suis jamais dit : « Non, cet être n'est pas humain. » C'est elle qui me l'a dit. Et plus d'une fois. Son peuple vivait avant les humains. Il a vécu en paix pendant des milliers d'années sur des îles des mers du Nord. Ces îles étaient réchauffées par des sources volcaniques venant des profondeurs, des geysers de vapeur et des lacs agréables.

» Elle n'avait pas vécu à cette époque, mais elle tenait ces informations d'autres, qu'elle avait connus dans sa première vie et qui se rappelaient une vie antérieure dans ce paradis. C'était ainsi que ce peuple se transmettait son histoire : grâce au souvenir de vies antérieures. L'idée que tous arrivaient dans ce monde avec des souvenirs historiques précis était tout bonnement incroyable. Cela signifiait que cette race en savait davantage sur elle-même que les humains ne pourraient jamais le faire.

– Et en croisant Tessa avec quelqu'un de sa race, vous

auriez obtenu un enfant qui se serait rappelé une vie antérieure, puis un autre qui se serait rappelé une autre vie antérieure, etc.

– Exactement ! Et la chaîne des souvenirs aurait pu être établie. Qui sait jusqu'où on aurait pu remonter car chacun, en se rappelant une vie antérieure, se rappelait aussi les histoires de ceux qu'il avait connus et aimés à cette époque !

Ash écoutait sans parler, impassible. Rien ne semblait le surprendre ou le blesser. Yuri faillit sourire. Il avait observé la même simplicité chez lui quand ils avaient discuté au Claridge.

– Un autre que moi aurait très bien pu tenir ce qu'elle disait pour des divagations. Mais j'ai reconnu les mots gaéliques, le vieil anglais et le latin, et j'ai pu lire ce qu'elle a écrit en caractères runiques. Je savais qu'elle disait la vérité.

– Et vous l'avez gardée pour vous, dit Rowan.

– Oui. J'ai failli en parler à Aaron. Plus Tessa parlait, plus elle racontait les Highlands, les anciens rites et coutumes celtiques, même les saints et l'Église celtique. Vous savez que notre Église, en Angleterre, était alors celtique, ou bretonne, peu importe le qualificatif qu'on lui donne. Elle a été fondée par les Apôtres eux-mêmes, qui sont arrivés à Glastonbury de Jérusalem. Nous n'avions aucun lien avec Rome. Ce sont le pape Grégoire et son disciple, saint Augustin, qui ont imposé l'Église romaine chez nous.

– Mais pourquoi n'en avez-vous rien dit à Aaron Lightner ?

– Aaron était déjà en Amérique pour prendre un nouveau contact avec les sorcières Mayfair et suivre d'autres pistes dans ses investigations psychiques. Ce n'était pas le moment de le questionner sur ses anciennes recherches. Et puis, en plus, j'avais fait quelque chose d'interdit. J'avais gardé pour moi, presque comme une prisonnière, une femme qui m'avait été confiée en tant que membre de l'ordre. Bien sûr, rien n'empêchait Tessa de s'en aller, hormis sa propre peur. Mais j'étais coupable de ne pas avoir informé l'ordre.

– Et comment avez-vous fait le lien entre Tessa et les sorcières Mayfair ? demanda Ash.

– Ce fut un jeu d'enfant, chaque nouvel élément en amenant un autre. Comme je l'ai dit, Tessa faisait sans arrêt référence aux coutumes archaïques des Highlands. Elle parlait sans cesse de cercles de pierre construits par son peuple qui, plus tard, furent utilisés par les chrétiens pour des rituels bizarres auxquels les prêtres n'arrivaient pas à mettre un terme.

» La plupart d'entre vous connaissent notre mythologie. Les légendes de notre ancienne Bretagne étaient remplies de géants mythiques. Notre histoire dit qu'ils construisaient des cercles et Tessa disait la même chose. Après leur apogée, les géants ont dû vivre dans des endroits sombres et reculés, des grottes près de la mer et des cavernes dans les Highlands. Or les géants de Tessa, chassés de la terre, presque annihilés, survivaient eux aussi dans des cachettes secrètes ! Et quand ils osaient se montrer aux humains, ils inspiraient peur et vénération. Elle a dit que c'était la même chose avec les Petites Gens, dont les origines étaient oubliées. Ils étaient vénérés et, en même temps, craints. Souvent, les premiers chrétiens d'Écosse dansaient et chantaient dans le cercle de pierre en sachant que les géants les avaient construits. À cet effet, d'ailleurs. Par leur musique, ils attiraient les géants hors de leurs cachettes et les entraînaient dans leur danse avant de les sacrifier pour satisfaire les prêtres, mais non sans les avoir d'abord utilisés pour satisfaire les anciens dieux.

– Qu'entendez-vous par « utilisés » ? demanda Rowan.

Les yeux de Gordon se voilèrent et sa voix devint très douce, presque plaisante, comme si parler de cela évoquait quelque chose de merveilleux.

– La sorcellerie, voilà ce dont il s'agit. La sorcellerie d'antan, trempée de sang, dans laquelle la superstition, sous couvert de christianisme, était en fait identique à la magie païenne. Jeter des maléfices, obtenir le pouvoir ou, simplement, être témoin de quelque rite secret, voilà ce qui fascinait les gens. Les actes criminels ont toujours fasciné l'être humain. J'étais impatient de vérifier les récits de Tessa.

» Sans rien dire à personne, je suis allé dans les caves de la maison mère, là où sont conservés les documents les plus anciens sur le folklore britannique. J'y ai déniché des manuscrits qui avait été qualifiés de « fantaisistes » et « irrecevables » par des érudits comme Aaron, qui avait passé des années à les traduire. Ils ne figuraient pas dans notre inventaire moderne ni dans nos banques de données. Il fallait tourner à la main les pages qui s'effritaient.

» Si vous saviez les trésors que j'ai découverts ! De vieux in-quarto et des ouvrages en parchemin magnifiquement illustrés, travail de moines irlandais, de bénédictins et de cisterciens se plaignant des superstitions du petit peuple et narrant la légende de ces géants et de ces Petites Gens auxquels le peuple s'obstinait à croire, qu'il attirait et utilisait de diverses façons.

» Et là, au beau milieu de toutes ces récriminations, j'ai trouvé la légende des saints géants, des chevaliers et des rois géants ! Ici, à Glastonbury, non loin de là où nous sommes, un géant de deux mètres dix a été exhumé il y a fort longtemps. On prétend que c'est le roi Arthur, mais ce n'est rien d'autre que l'un des géants de Tessa. On a retrouvé de ces créatures dans toute la Bretagne.

» J'ai été tenté un millier de fois d'appeler Aaron. Il aurait adoré ces récits, surtout ceux venant directement des Highlands, leurs lochs et leurs vallons hantés. Mais il n'y avait qu'une personne au monde à qui je pouvais me confier. Tessa. J'ai rapporté tous ces documents ici et Tessa a reconnu tous ces rituels, ainsi que les noms des saints et des rois. Bien entendu, elle n'avait pas un langage très sophistiqué. Ce n'étaient que des fragments. Elle a commencé à me raconter comment les siens étaient maltraités et torturés et comment, pour échapper à la mort, ils n'avaient d'autre solution que prendre le pouvoir sur les chrétiens ou fuir dans les forêts profondes, qui recouvraient encore les montagnes à l'époque, et se cacher dans les grottes et les vallées pour tenter de vivre en paix.

– Et vous ne l'avez jamais dit à Aaron ? dit Yuri.

Gordon l'ignora et poursuivit :

– Un jour, d'une voix misérable, Tessa m'a avoué que les paysans chrétiens l'avaient horriblement fait souffrir.

Après l'avoir emprisonnée, ils l'avaient forcée à se donner aux hommes de tous les villages alentour. Ils espéraient qu'elle mettrait au monde un autre géant comme elle, qui naîtrait en sachant parler, en ayant déjà le savoir, et atteindrait la maturité en quelques heures. Une créature que les villageois auraient ensuite pu tuer sous ses yeux.

» C'était devenu pour eux un rite sacré, vous comprenez ? Capturer le Taltos, le faire engendrer et sacrifier le nouveau-né. Noël, cette époque d'anciens rites païens, était leur période favorite pour ce jeu sacré. Tessa a réussi à s'enfuir sans avoir jamais donné naissance à une victime pour leur sacrifice mais, chaque fois qu'un homme la fécondait, elle souffrait d'une hémorragie.

Il s'arrêta et tourna son visage triste vers Ash.

– D'après vous, c'est ce qui a tari le ventre de ma Tessa ?

C'était plus une affirmation qu'une question. Ash ne crut pas devoir confirmer.

Gordon haussa les épaules.

– Elle m'a raconté des choses horribles. Les mâles étaient attirés dans les cercles et séduits par les villageoises qui leur étaient offertes. Mais si ces jeunes filles ne mettaient pas de géant au monde, elles mouraient. Lorsqu'il y avait un nombre important de mortes, les paysans doutaient du pouvoir du géant et le brûlaient. En fait, d'ailleurs, il était toujours brûlé, quelle que soit l'issue, car les mâles inspiraient la peur.

– Donc, ils n'avaient pas peur des femelles car elles ne causaient pas la mort des humains ? demanda Rowan.

– Exactement. Mais il arrivait parfois qu'un mâle ou une femelle donne naissance à un enfant de leur race et tous venaient l'admirer. La meilleure période était donc le jour de Noël, le 25 décembre, jour de la fête de l'ancien dieu solaire. Quand un géant naissait à ce moment-là, on disait que le Ciel avait une fois de plus copulé avec la Terre et que cette union avait été magique, comme lors de la Première Création. Après un grand festin et après avoir chanté les chants de Noël, on procédait au sacrifice au nom du Christ. Parfois, un géant ou une géante procréaient plusieurs fois, on croisait un Taltos avec un autre Taltos et les feux des sacrifices remplissaient les vallées. La fumée s'élevait vers le ciel et apportait un printemps précoce, des vents chauds et de bonnes pluies, permettant aux récoltes de pousser.

Gordon interrompit son récit et adressa à Ash un regard exalté.

– Vous devez connaître tout cela. Vous pourriez reconstituer pour nous des maillons de la chaîne des souvenirs. Vous avez certainement vécu une vie antérieure et vous pourriez nous apprendre des choses qu'aucun être humain ne pourrait découvrir autrement. Dites-le, vous. Vous êtes fort, vous avez l'esprit clair, contrairement à ma pauvre Tessa.

Ash ne dit rien. Son visage s'était assombri mais Gordon ne semblait pas s'en rendre compte. Il est complètement fou, se dit Yuri.

Gordon se tourna vers les autres et s'adressa à Yuri :

– Vous voyez ? Je suis certain que vous comprenez maintenant les possibilités qui s'offraient à moi.

– Ce que je sais, intervint Yuri, c'est que vous n'avez rien dit à Aaron. Ni même aux Aînés. Ils n'en ont jamais rien su. Vos frères et vos sœurs du Talamasca non plus.

– Je vous l'ai dit. Je ne pouvais confier mes découvertes à personne et, pour être franc, je ne le voulais pas. Elles m'appartenaient. De toute façon, vous savez ce qu'auraient dit nos chers Aînés, si « dire » est le mot approprié pour qualifier leur mode de communication ? Ils auraient envoyé un fax m'ordonnant d'amener immédiatement Tessa à la maison mère et... Non, cette découverte était mienne. C'était moi qui avais trouvé Tessa.

– Non, vous mentez, dit Yuri. À vous-même et à tout le monde. Tout ce que vous êtes, vous le devez au Talamasca.

– Quelle pensée méprisable ! Est-ce que je n'ai rien donné au Talamasca ? En outre, s'en prendre à nos membres n'était pas mon idée. Pour les médecins, j'ai accepté, je vous le concède, mais je ne l'aurais jamais suggéré moi-même.

– C'est vous qui avez tué le Dr Samuel Larkin ? demanda Rowan d'une voix neutre, pour ne pas l'alarmer.

– Larkin, Larkin... Je ne sais pas. Je mélange un peu tout. Vous savez, nous avions des divergences de vues, avec ceux qui m'ont aidé, quant aux mesures à prendre pour garder le secret. Si vous croyez que j'étais d'accord avec tout, vous faites erreur. En ce qui me concerne, tuer un être humain est contraire à mes principes.

– Le nom de ceux qui vous ont aidé ? demanda Michael sur le même ton pragmatique que Rowan. Les types de La Nouvelle-Orléans, Norgan et Stolov, vous les aviez mis dans le secret ?

– Bien sûr que non ! Ils n'étaient pas réellement des membres, pas plus que Yuri ici présent. Ils étaient de simples enquêteurs, coursiers, ce genre de chose. Tout ce que je sais, c'est que mes amis, mes confidents, pensaient pouvoir contrôler ces hommes avec de l'argent. C'est cela, la corruption, des secrets et de l'argent. Mais qu'importe. Ce qui compte, c'est la découverte elle-même. Elle symbolisait la pureté et méritait tous les sacrifices.

– Elle ne méritait rien du tout ! dit Yuri. Vous avez utilisé vos connaissances à votre propre profit. Vous êtes un traître. Vous avez pillé les archives dans un but personnel.

– Vous êtes totalement à côté de la vérité, répondit Gordon.

– Yuri, laisse-le continuer, dit Michael.

Gordon se calma et s'adressa de nouveau à Yuri.

– Comment pouvez-vous penser que mes objectifs étaient autres que spirituels ? Moi qui ai grandi dans l'ombre de Glastonbury Tor, moi qui ai consacré toute ma vie au savoir ésotérique uniquement pour la lumière qu'il pouvait apporter à nos âmes.

– Un profit spirituel, admettons. Mais cela reste un profit personnel. C'est là votre crime.

– Vous éprouvez ma patience. Il vaudrait peut-être mieux que vous quittiez cette pièce. Ou que je me taise...

– Racontez votre histoire, dit Ash calmement.

Gordon fixa la table des yeux en haussant les sourcils, comme pour dire qu'il était inutile de l'en prier.

– Comment avez-vous établi le lien entre tout cela et les sorcières Mayfair ? demanda Rowan.

– Je l'ai vu tout de suite. À cause du cercle de pierre. Je connaissais depuis toujours le récit de Suzanne, la première Mayfair, la sorcière des Highlands qui avait invoqué le diable dans le cercle de pierre. Et j'avais lu la description de ce fantôme faite par Petyr Van Abel et la façon dont ce diable l'avait poursuivi, moqué, faisant preuve d'une volonté très supérieure à celle d'un revenant humain.

» Le récit de Petyr Van Abel fut le premier document sur les sorcières Mayfair traduit par Aaron. Bien entendu, c'est moi qu'il a consulté pour le vieux latin. Il me demandait toujours mon aide, dans un tel cas.

– Malheureusement pour lui, dit Yuri.

– Je me suis donc demandé si ce Lasher n'était pas l'esprit d'une autre espèce de créatures cherchant à se réincarner. Cela collait parfaitement avec tout le reste. Or, Aaron avait récemment écrit d'Amérique que la famille Mayfair connaîtrait ses jours les plus sombres lorsque le fantôme deviendrait chair et os.

» Était-ce l'esprit d'un géant désirant une seconde vie ? Mes découvertes devenaient capitales. Je devais les partager avec ceux en qui j'avais confiance.

– Mais pas Stolov et Morgan.

– Non. Mes amis... Mes amis étaient d'une tout autre trempe. Mais vous jetez la confusion. Stolov et Morgan n'étaient pas encore impliqués. Laissez-moi continuer.

– Mais vos amis, ils étaient du Talamasca ? demanda Rowan.

– Je ne vous dirai absolument rien sur eux, à part qu'ils... qu'ils étaient des jeunes gens en qui je croyais.

– Vous les avez amenés ici, à la tour ?

– Oh non ! je ne suis pas stupide. Je leur ai révélé l'existence de Tessa mais dans un lieu que j'avais choisi, les ruines de l'abbaye de Glastonbury, à l'endroit même où l'on avait découvert le squelette d'un géant de deux mètres dix qui avait été ensuite réenterré.

» C'est par sentimentalisme que je l'ai amenée là-bas, pour qu'elle se tienne sur la tombe de l'un des siens. Et là, je l'ai laissé vénérer par ceux à qui j'avais demandé de m'aider.

Ils ignoraient qu'elle résidait en permanence à moins d'un kilomètre. Et ils ne l'ont jamais su. Mais ils étaient dévoués et entreprenants. Ce sont eux qui ont suggéré les premiers tests scientifiques. Ils m'ont aidé à prélever le sang de Tessa et à l'envoyer dans différents laboratoires pour une analyse anonyme. Nous avons alors eu la première preuve formelle que Tessa n'était pas humaine. Toutes ces histoires d'enzymes et de chromosomes, je n'y comprenais rien. Eux, si.

– Ils étaient médecins ? demanda Rowan.

– Non. Juste des jeunes gens très brillants.

Oui, vos acolytes, songea Yuri. Mais il retint sa langue. La prochaine fois qu'il interromprait le récit de Gordon, ce serait pour le tuer.

– À ce moment-là, tout allait bien. Il n'était pas question de tuer qui que ce soit. Mais les choses allaient changer. L'étape suivante était évidente. Je devais retourner dans les caves et trouver tous les récits de saints d'une taille au-dessus de la normale. Et c'est là que je suis tombé sur une pile d'hagiographies, des manuscrits sauvés de la destruction à l'époque où Henri VIII s'était mis à supprimer tous les monastères.

» Au beau milieu de ces trésors se trouvait un carton sur lequel un secrétaire ou un employé, mort depuis longtemps, avait inscrit « La vie des saints écossais » avec, pour soustitre, « Géants ». J'ai découvert tout de suite une copie postérieure de l'ouvrage ancien d'un moine de Lindisfarne. Il avait écrit dans les années 700 la légende de saint Ashlar, un saint doué d'un tel pouvoir qu'il était apparu dans les Highlands à deux périodes distinctes et était destiné, selon la légende, à revenir encore et encore.

Yuri regarda Ash, mais celui-ci resta muet. Yuri n'était pas certain que Gordon ait entendu le nom d'Ash. Mais Gordon se tourna vers Ash et dit rapidement :

– Serait-ce justement le personnage dont vous portez le nom ? Connaîtriez-vous ce saint grâce à vos souvenirs ou à ceux que d'autres vous ont racontés ? À condition, bien entendu, que vous ayez connu d'autres êtres comme vous.

Ash ne répondit pas. Son silence était pesant. Une émotion passa sur son visage. Ressentait-il de la haine pour Gordon ?

– Vous imaginez mon enthousiasme lorsque j'ai lu que saint Ashlar était un géant d'environ deux mètres dix et qu'il venait d'une race païenne qu'il avait lui-même aidé à exterminer...

– Répondez plutôt à la question, le coupa Ash. Comment avez-vous fait le lien avec les sorcières Mayfair ? Comment en êtes-vous venu à tuer des gens ?

– Entendu, dit Gordon, mais veuillez accorder une question à l'homme mourant que je suis.

– Laquelle ?

– Dites-moi si vous connaissez ces légendes, si vous avez des souvenirs de cette période.

Ash fit signe à Gordon de poursuivre.

– Vous êtes décidément cruel, mon ami.

Ash s'énervait. Avec sa bouche presque innocente, il n'en était que plus menaçant. On aurait dit un ange retenant sa fureur.

– Vous avez rapporté ces légendes à Tessa ? interrogea Rowan.

– Oui, dit Gordon en concentrant son attention sur Rowan.

Il eut un petit sourire signifiant qu'il préférait répondre d'abord aux questions de la jolie jeune femme.

– Je les ai rapportées. Pendant le dîner, je lui faisais la lecture. Elle connaissait l'histoire de ce saint ! Ashlar, un roi parmi les siens, un grand chef, s'était converti au christianisme et avait trahi sa race. Je jubilais littéralement. J'avais maintenant un nom pour retracer toute l'histoire.

» Le lendemain matin, je suis retourné travailler aux archives. Et là, j'ai fait une découverte cruciale, une de ces découvertes pour lesquelles certains membres du Talamasca donneraient leur âme.

Il fit une pause et regarda chaque visage l'un après l'autre, très fier de lui.

– C'était un livre, un manuscrit sur vélin, comme je n'en avais jamais vu de toute ma longue vie d'érudit ! Et je n'aurais jamais osé rêver lire « saint Ashlar » gravé sur le dessus de la boîte en bois qui le contenait. Saint Ashlar ! Et sous ce nom, en écriture runique, était inscrite la phrase « Histoire des Taltos de Bretagne » et, en latin, « Les géants de la Terre ». Comme Tessa allait me le confirmer le soir même, j'étais tombé sur le mot crucial. « Taltos. C'est ce que nous sommes », m'a-t-elle dit.

» J'ai quitté la tour sans attendre et suis retourné dans la cave de la maison mère. Je n'avais jamais emporté de documents chez moi mais celui-là, il me le fallait.

Il se leva et posa les mains sur la table. Il regarda Ash comme pour vérifier qu'il ne l'empêcherait pas de bouger.

Il recula, se retourna et se dirigea vers un grand meuble sculpté appuyé contre le mur. Il en sortit une grande boîte rectangulaire.

Ash le regardait faire calmement, certain de le rattraper s'il tentait de s'enfuir. Gordon posa la boîte sur la table et les regards convergèrent sur elle. Ash semblait près d'exploser.

Mon Dieu, ce document est authentique ! se dit Yuri.

– Regardez, dit Gordon, les doigts posés sur le bois ciré comme s'il s'était agi d'une relique sacrée. Saint Ashlar. Que croyez-vous qu'il y ait dans cette boîte ? À votre avis ?

– Dépêchez-vous, dit Michael en lançant un regard en coin vers Ash.

Gordon ouvrit la boîte, en sortit un énorme livre relié de cuir et le posa devant lui.

Il l'ouvrit et révéla la page de garde sur vélin, magnifiquement illustrée de rouge vif, d'or et de bleu roi. Des miniatures mouchetaient le texte latin. Il tourna la page avec soin.

– Regardez bien. Vous n'avez jamais vu un tel document, car il a été écrit par le saint en personne. C'est l'histoire des Taltos des origines, d'une race anéantie et de celui qui, prêtre, faiseur de miracles, saint, si vous voulez, confesse lui-même ne pas être un humain mais un de ces géants perdus. Il supplie saint Colomba, le grand missionnaire des Pictes, abbé et fondateur du monastère celtique d'Iona, de croire que les Taltos ne sont pas des monstres mais des êtres aux âmes immortelles, des créatures de Dieu qui peuvent partager la grâce du Christ. C'est tout simplement merveilleux !

Soudain, Ash se leva et arracha le livre des mains de Gordon. Celui-ci resta pétrifié sur son siège.

Les autres se levèrent lentement. Lorsqu'un homme est à ce point en colère, on doit respecter sa colère ou, du moins, l'admettre, se dit Yuri. Tout le monde l'observait tandis qu'il continuait à regarder Gordon comme s'il allait le tuer tout de suite.

Le doux visage d'Ash défiguré par la rage était horrible à voir. Gordon passait lentement de l'outrage à la pure terreur.

Lorsque Ash finit par parler, ce fut d'une voix douce, celle de sa gentillesse habituelle, mais suffisamment forte pour que tout le monde l'entende.

– Comment avez-vous osé prendre cela ? dit-il. Vous êtes un assassin doublé d'un voleur.

– Et vous voudriez me l'arracher ? demanda Gordon, dont la colère n'avait d'égale que celle d'Ash. Vous allez me l'arracher comme vous allez arracher ma vie ? Pour qui vous prenez-vous ? En savez-vous autant que moi sur ceux de votre espèce ?

– C'est moi qui l'ai écrit ! déclara Ashlar, le visage empourpré par la rage. Ce livre est à moi. J'y ai écrit chaque mot et tracé chaque illustration. Je l'ai fait pour Colomba ! Ce livre m'appartient.

Il recula en serrant le livre contre sa poitrine. Il se mit à trembler et à cligner des yeux pendant un instant puis reprit de sa voix douce :

– Quand je pense à votre discours, à vos recherches, à vos chaînes de souvenirs !

Gordon secoua la tête.

– Vous êtes un imposteur, dit-il.

Personne n'osait prendre la parole. Gordon restait ferme, son visage était presque comique d'insolence.

– Un Taltos, oui. Saint Ashlar, jamais. Votre âge serait impossible.

Personne ne parlait. Personne ne bougeait. Les yeux de Rowan cherchaient le visage d'Ash. Michael et Yuri observaient.

Ash poussa un profond soupir. Il pencha légèrement la tête. Ses doigts sur le livre se décrispèrent un peu.

– Et quel âge donnez-vous à cette créature pathétique assise devant son métier, dans la pièce en dessous ?

– Mais elle parlait de souvenirs de vie et de ce que d'autres se rappelaient...

– Taisez-vous, espèce d'imbécile !

Sa respiration redevenait normale et, enfin, le feu commença à se retirer de son visage.

– Et vous n'avez rien dit de ce livre à Aaron Lightner ! Vous l'avez gardé à l'insu du plus grand érudit de votre ordre. Vous l'avez gardé pour vous et vos jeunes amis afin de tramer un complot pour voler les Taltos. Vous ne valez pas mieux que les paysans des Highlands, ces ignorants, ces sauvages qui attiraient le Taltos dans le cercle pour le tuer. Vous avez perpétué la Chasse sacrée.

– Non, pas pour tuer ! protesta Gordon. Jamais. Pour voir l'accouplement, c'est tout. Pour voir Lasher et Tessa ensemble sur Glastonbury Tor.

Il fondit en larmes, sanglotant, hoquetant, et poursuivit d'une voix à demi étranglée :

– Afin de voir la race renaître sur le mont sacré où s'est tenu le Christ lui-même pour répandre la religion qui a changé la face du monde. Ce n'était pas pour tuer. Au contraire, pour ramener la vie. Ce sont les sorciers qui ont tué, qui ont détruit le Taltos comme s'il n'était qu'une erreur de la nature. Ils l'ont détruit froidement et impitoyablement, sans égard pour ce qu'il était ou aurait pu devenir. Ce sont eux, pas moi.

Ash secoua la tête et s'accrocha encore davantage au livre.

– Non, c'est vous ! Si seulement vous aviez tout raconté à Aaron Lightner ! Si seulement vous lui aviez fait part de vos précieuses connaissances !

– Aaron n'aurait jamais coopéré, s'écria Gordon. Et je

n'aurais jamais pu mener à bien mon projet. Nous étions trop vieux, tous les deux. Alors que ceux qui avaient la jeunesse et le courage ont tenté de réunir les Taltos.

Ash soupira et attendit un instant avant de s'adresser à nouveau à Gordon.

– Comment avez-vous compris pour le Taltos des Mayfair ? Quel a été le lien final ? Je veux savoir. Répondez ou je vous arrache la tête et je la pose sur les genoux de votre bien-aimée Tessa. Son visage horrifié sera la dernière chose que vous verrez avant que votre cerveau ne cesse de fonctionner.

– Aaron, dit Gordon. C'est par Aaron.

Au bord de la défaillance, il tremblait de tous ses membres. Il fit quelques pas en arrière tout en regardant à droite et à gauche avec effroi, puis posa les yeux sur le meuble où il rangeait le livre.

– Ses rapports d'Amérique, dit-il en s'approchant du meuble. Le conseil a été convoqué. Ces informations étaient d'une importance cruciale. Un monstre était né de la sorcière Rowan Mayfair la veille de Noël. Un enfant qui avait atteint en quelques heures la taille d'un homme. Dans le monde entier, les membres ont reçu une description de cette créature. C'était un Taltos, je le savais. Et j'étais le seul à savoir.

– Espèce de salaud ! dit Michael.

– Vous osez m'insulter, vous qui avez tué Lasher ? explosa Gordon. Vous qui avez tué le mystère comme s'il avait été un simple criminel ?

– Vous et les autres, dit rapidement Rowan. Vous avez manigancé cela seuls ?

– Oui. Et je ne vous dirai jamais qui ils sont, je vous ai déjà prévenus.

– Autrement dit, les Aînés n'y sont pour rien ? insista Rowan.

– Les excommunications étaient fictives. Nous avions créé une interception des communications. Enfin, pas moi. Je n'y entends rien. Nous ne laissions passer que les communications entre les Aînés et l'ordre qui ne concernaient pas cette affaire. Nous substituions les nôtres à celles entre Aaron ou Yuri et les Aînés et vice versa. C'était l'enfance de l'art. Avec leur penchant pour les secrets, ce sont les Aînés eux-mêmes qui nous ont donné cette possibilité.

– Merci de nous l'avoir dit, murmura Rowan. Aaron le soupçonnait peut-être.

Yuri avait du mal à supporter la gentillesse avec laquelle Rowan parlait à cet être vil qui aurait dû être étranglé sur-le-champ.

Elle s'adressa alors à Ash :

– Que pouvons-nous lui demander d'autre ? Je crois que nous en avons fini avec lui.

Gordon comprit ce qu'il se passait. Elle donnait à Ash la permission de le tuer. Ash posa lentement le précieux livre et se tourna vers le vieillard tremblant, les mains désormais libres pour exécuter la sentence.

– Vous ne savez rien, déclara soudain Gordon. Les récits de Tessa, les bandes magnétiques, je suis le seul à savoir où ils se trouvent.

Ash se contentait de le toiser du regard, les sourcils froncés.

Gordon se retourna et chercha quelque chose des yeux.

– Là, cria-t-il ! J'ai une autre chose importante à vous montrer.

Il se rua vers le meuble, y prit quelque chose et fit brusquement volte-face, un pistolet entre les mains. Il le pointa tour à tour sur Ash, Yuri, Rowan et Michael.

– Je peux vous tuer tous. Les sorciers, le Taltos, vous tous. Une balle dans le cœur et vous êtes morts.

– Vous ne pouvez pas nous tuer tous, intervint Yuri en faisant le tour de la table.

– N'avancez plus ou je tire !

Ash fut le plus rapide. Il s'interposa entre l'homme et les autres. Gordon lui fit face et arma le chien. Le coup ne partit pas.

Gordon fit une grimace, posa sa main armée sur sa poitrine puis se plia en deux.

– Dieu du ciel ! hoqueta-t-il.

L'arme fit un bruit métallique en tombant sur le plancher.

– Vous, dit-il en s'adressant à Rowan. Vous, la sorcière Mayfair. Je savais que ce serait vous. Je le leur ai dit.

Il ferma les yeux et s'affala contre le meuble. On aurait dit qu'il allait tomber en avant mais il glissa lentement jusqu'au sol. De sa main droite, il repoussait en vain les lames du parquet comme s'il tentait de se relever. Puis son corps devint complètement flasque et ses paupières se fermèrent à demi. Ses yeux étaient morts.

Rowan était immobile. Rien n'indiquait qu'elle était la cause de la mort. Yuri le savait. Michael aussi, cela se voyait à la façon dont il considérait sa femme : il ne la condamnait pas mais la regardait avec une crainte sereine. Michael soupira, prit son mouchoir dans sa poche et s'essuya le front. Il tourna le dos au cadavre, hocha la tête et se retira dans la zone d'ombre près de la fenêtre.

Bras croisés, Rowan fixait toujours le corps. Elle voit peut-être quelque chose qui nous échappe, songea Yuri. Elle sent peut-être quelque chose.

Peu importait. Le traître était mort et Yuri pouvait enfin respirer. Il poussa un long soupir de soulagement bien différent du soupir mélancolique de Michael.

Il est mort, Aaron. Il est mort. Et les Aînés sont innocentés. Ils finiront par découvrir ses complices, probablement ces deux jeunes novices prétentieux. Pour lui, la culpabilité de Marklin George et de Tommy Monohan était indéniable. Toute l'affaire ne pouvait être que l'œuvre de ces deux jeunes sans scrupule. Quel gâchis !

Personne ne bougeait. Personne ne parlait. Chacun semblait rendre un dernier hommage au mort. Yuri aurait aimé que son soulagement soit réel.

Puis Ash se dirigea vers Rowan, lui toucha les bras et se pencha pour l'embrasser sur les deux joues. Elle leva la tête et le regarda droit dans les yeux, se demandant si elle n'avait pas rêvé. Elle avait l'expression la plus malheureuse que Yuri ait jamais vue.

Ash se tourna ensuite vers lui et attendit sans prononcer un mot. Tout le monde attendait. Qu'y avait-il à dire ? Qu'allait-il se passer maintenant ?

Yuri essaya de s'en faire une idée, mais sans succès.

– Vous voulez rentrer chez vous, à la maison mère ? lui demanda finalement Ash.

– Oui. Je rentre. Je les ai déjà prévenus des récents événements. Je les ai appelés du village.

– Je sais. Je vous ai vu.

– J'ai parlé avec Elvera et Joan Cross. Ma conviction est faite que ce sont George et Monohan qui l'ont aidé et l'ordre trouvera les preuves.

– Et Tessa ? Vous pouvez la recueillir sous votre toit ?

– Vous voulez bien ? Bien sûr, nous allons la prendre avec nous et nous occuper d'elle pour toujours. Mais est-ce vraiment ce que vous voulez ?

– Il n'y a pas d'endroit plus sûr pour elle. Elle n'en a plus pour longtemps à vivre. Sa peau est aussi fine que les pages en vélin de mon livre. Elle va probablement mourir bientôt. Quand, je n'en ai aucune idée. Je ne connais pas notre longévité. Nous mourons toujours de mort violente. Au tout début, nous croyions même que c'était la seule façon de mourir. Nous ignorions ce qu'était la mort naturelle...

Il s'interrompit.

– Emmenez-la, reprit-il. Je sais que vous la traiterez bien.

– Ash, dit doucement Rowan. Vous allez leur donner une preuve irréfutable de l'existence des Taltos ! Pourquoi faites-vous cela ?

– C'est ce qu'il y a de mieux à faire, intervint Michael avec une étrange véhémence. Fais-le pour Aaron, Yuri. Emmène-la aux Aînés. Tu as fait de ton mieux pour éventer la conspiration. Maintenant, tu peux leur transmettre ces précieuses informations.

– Et si nous nous trompions..., dit Rowan. Si bien plus de gens étaient impliqués...

Elle hésita en considérant le corps sans vie de Gordon.

– Qu'auraient-ils alors ?

– Rien du tout, répondit Ash. Ils n'auraient qu'une créature qui va bientôt mourir et redeviendra une légende, quel que soit le nombre de tests scientifiques qu'elle acceptera de passer, quel que soit le nombre de photos ou de bandes magnétiques. Je vous demande de l'emmener avec vous, Yuri. Présentez-la au conseil. Détruisez le secret odieusement conservé par Gordon et ses amis.

– Et Samuel? demanda Yuri. Il m'a sauvé la vie. Que fera-t-il quand il saura que nous l'avons en notre possession?

Ash réfléchit en fronçant gracieusement les sourcils. Il semblait plus humain qu'un humain. Cet être immortel avait une telle capacité de compassion! Si l'on faisait abstraction du fait, bien entendu, qu'il avait déjà tué et qu'il aurait éliminé Gordon si Rowan n'avait pas forcé le cœur du vieillard à cesser de battre. Et cette créature était capable de remuer ciel et terre pour mettre la main sur Mona. Mona, la sorcière qui pouvait enfanter un Taltos.

Comment allait-il bien pouvoir la protéger?

Les pensées se bousculaient dans son esprit. Pour l'instant, il fallait emmener Tessa. Il allait appeler l'ordre et leur demander de venir. Il retournerait enfin chez lui et raconterait tout aux Aînés, qui deviendraient ses gardiens et ses amis. Les décisions viendraient d'eux.

– Et je protégerai Mona, ajouta Rowan.

Yuri fut saisi. La sorcière avait lu dans ses pensées. À quel point était-elle capable de sonder les cœurs et les âmes? Et à quel point pouvait-elle se laisser envoûter par le Taltos?

– Je ne suis pas une menace pour Mona Mayfair, dit Ash, qui avait aussi suivi ses pensées. Vous vous êtes trompé depuis le début à ce sujet. Je ne mettrai jamais la vie d'un enfant en danger. Je ne forcerai aucune femme. Vous avez suffisamment de soucis. Laissez Mona Mayfair à ce sorcier et à cette sorcière qui l'aiment et prendront soin d'elle. Laissez-leur la famille. C'est ce que vous diront les Aînés. Laissez la famille soigner la famille. Et laissez l'ordre faire son propre ménage.

Yuri ne savait pas quoi dire.

Soudain, Ash vint vers lui et lui couvrit le visage de tendres baisers. Yuri leva les yeux, plein d'amour, puis, attrapant la nuque d'Ash, l'embrassa sur la bouche.

Ce fut un baiser décidé mais chaste.

Quelque part au fond de son esprit, il repensa à Samuel lui disant qu'il était tombé amoureux d'Ash. Peu lui importait.

– J'emmène le corps, dit Ash. Je le mettrai là où personne ne le trouvera.

– Non, dit Yuri en regardant Ash droit dans les yeux. J'en ai parlé à la maison mère. Quand vous serez à quelques kilomètres, appelez-la. Je vais vous donner le numéro de téléphone. Ils viendront chercher le cadavre de Stuart Gordon et tout le reste.

Il s'approcha du corps. Comme Gordon faisait chétif dans la mort ! Gordon, l'érudit admiré de tous, l'ami d'Aaron et le mentor de ses novices. Yuri se pencha et, sans toucher à rien, sortit de la poche de Gordon une pile de cartes de visite.

– Voici le numéro, dit-il en se redressant.

Il mit une seule carte dans la main d'Ash et regarda de nouveau le cadavre.

– Rien ne peut relier personne à cet homme mort. Vous vous rendez compte ? Il est tout simplement mort, sans qu'il y ait aucune trace de violence. Appelez-les, ils viendront.

Il se tourna vers Rowan et Michael.

– Je vous contacterai bientôt, leur promit-il.

Le visage de Rowan était triste et impénétrable. Celui de Michael était inquiet.

– Si tu ne le fais pas, dit Michael, nous saurons que nous nous sommes trompés.

Yuri sourit et hocha la tête.

– Je comprends, maintenant. Je comprends comment c'est arrivé. Je vois les faiblesses et le charme.

Il promena un regard circulaire sur la pièce. Une partie de lui détestait cet endroit. L'autre le considérait comme le sanctuaire d'un romantisme fatal. Rester ici pour attendre de l'aide lui semblait insurmontable. Mais il était trop épuisé pour réfléchir à une autre solution.

– Je vais parler à Tessa, dit Rowan. Je vais lui expliquer que Stuart est très malade et que tu vas rester avec elle en attendant les secours.

– C'est vraiment gentil de ta part, remercia Yuri.

C'est alors seulement qu'il ressentit sa profonde fatigue. Il s'assit à la table.

Ses yeux tombèrent sur le manuscrit. Il vit les longs doigts d'Ash s'en emparer et le poser contre sa poitrine.

– Comment pourrai-je vous joindre ? lui demanda-t-il.

– Vous ne pourrez pas. Mais je vous contacterai dans les jours qui viennent, je vous le promets.

– N'oubliez pas votre promesse.

– Je dois vous prévenir, dit Ash en tenant le livre comme un bouclier sacré, que, dans les mois et les années à venir, il se peut que vous m'aperceviez de temps à autre. N'essayez jamais de venir vers moi. Et ne m'appelez jamais. Je suis bien gardé. À un point que vous n'imaginez même pas. Vous ne pourrez jamais me joindre. Dites-le à votre ordre. Je ne reconnaîtrai jamais devant personne les choses que je vous ai dites. Et, pour l'amour de Dieu, dites-leur de ne jamais aller dans la lande. Les Petites Gens n'en ont plus pour longtemps mais ils sont extrêmement dangereux. Prévenez tout le monde.

– Vous m'autorisez donc à leur raconter tout ce que j'ai vu ?

– Oui, vous devez le faire. Sinon, vous ne pouvez pas rentrer chez vous.

Yuri regarda Rowan puis Michael. Ils s'approchèrent. Rowan effleura son visage et l'embrassa. Michael posa une main sur son bras.

Il était incapable de parler. Il n'avait plus de mots, plus de larmes.

Mais sa joie était immense d'avoir le droit de raconter à tous ce qu'il savait. Il allait retrouver ses frères et ses sœurs et ce serait la fin du cauchemar.

Il ne les regarda pas partir. Il entendit leurs pas dans l'escalier en colimaçon, puis l'ouverture de la porte d'entrée et des voix douces à l'étage inférieur. Il se leva et descendit au premier étage.

Près du métier à tapisserie, dans l'ombre, Tessa ressemblait à un jeune arbre. Les mains jointes, elle écoutait attentivement Rowan en opinant de la tête. Puis Rowan lui donna un baiser d'adieu et se dirigea vers l'escalier.

– Au revoir, Yuri, dit-elle en passant. Fais en sorte que la fin du dossier Mayfair soit écrite. Dis-leur tout.

– Tout ?

– Pourquoi pas ? dit-elle avec un étrange sourire.

Elle disparut dans l'escalier.

Il regarda Tessa, qu'il avait pratiquement oubliée. Elle serait très malheureuse en voyant le corps de Gordon. Comment l'empêcher de monter ?

Mais Tessa s'était remise à son ouvrage. Il s'approcha doucement, pour ne pas la déranger.

– Je sais tout, dit-elle en levant un visage radieux vers lui. Stuart est mort. Il est parti. Au ciel, peut-être.

– Elle vous a dit ?

– Oui.

Yuri regarda par la fenêtre. L'eau du lac scintillait. Il aperçut les phares d'une voiture qui s'éloignait, un instant masqués par un rideau d'arbres, puis de nouveau visibles. La voiture disparut.

Pendant un moment, il se sentit abandonné et terriblement vulnérable. Ils téléphoneraient, c'était certain. Ils étaient probablement déjà en train de le faire.

Il était à bout de forces. Où se trouvait le lit ? Il n'osa pas le demander à Tessa. Il se contenta de la contempler et de l'écouter chantonner en souriant.

– Je savais que cela arriverait, dit-elle. J'y pensais chaque fois que je le regardais. C'est le sort de tous ceux de votre espèce. Tôt ou tard, vous devenez faibles et vieux et vous mourez. J'ai mis des années à me rendre compte qu'aucun d'entre vous n'y échappait. Le pauvre Stuart était tellement faible que je savais sa mort proche.

Yuri resta muet. L'aversion qu'il ressentait pour Gordon était telle qu'il devait réunir le peu de forces qu'il lui restait pour la cacher. Il ne voulait pas la blesser. Il pensa à sa Mona, pleine de vie. Comment les Taltos considèrent-ils les êtres humains ? Sommes-nous à leurs yeux des animaux grossiers ? Perçoivent-ils en nous un charme éphémère et dangereux, comme celui des félins pour nous ?

Mona. En pensée, il prit une mèche de ses cheveux

entre ses doigts. Il la vit tourner vers lui ses yeux verts, sa bouche souriante.

Il était persuadé qu'il ne la reverrait jamais. Il savait qu'elle allait être absorbée par sa famille et qu'elle ferait sa vie avec quelqu'un de sa trempe, de son clan.

– Ne montons pas, chuchota Tessa. Laissons Stuart en paix. Une fois qu'ils sont morts, peu leur importe ce que nous faisons.

Yuri acquiesça et tourna les yeux vers la fenêtre.

20

Elle était debout dans la cuisine sombre, l'estomac délicieusement plein. Plus une goutte de lait, plus une miette de fromage, plus une lichette de beurre. C'était ce qu'on pouvait appeler un nettoyage par le vide. Oh, quelques lamelles de fromage jaune lui avaient échappé ! Vite ! Et hop ! Plus de fromage jaune.

– Tu sais, ma chérie, si je m'étais aperçue que tu étais débile...

C'était parfaitement impossible, maman, je suis toi et je suis Michael. Et je suis tous ceux à qui tu as parlé depuis le début, et je suis Mary Jane.

Mona éclata de rire, seule dans la cuisine noire, appuyée contre le réfrigérateur. Et la crème glacée ? Merde ! Elle avait failli oublier. De la Häagen-Dazs à la vanille ! Des pots entiers !

– Mona !

Qui était-ce ? Eugenia ? La barbe ! Je n'ai pas envie de lui parler. Je ne veux pas qu'elle nous dérange, Mary Jane et moi.

Mary Jane était toujours dans la bibliothèque avec les papiers qu'elle avait volés dans le bureau de Michael. Ou alors ceux de Rowan ? Bref, c'était de la paperasse médicale et juridique et des documents sur ce qui s'était passé trois semaines plus tôt. Une fois plongée dans les différents dossiers, Mary Jane s'était montrée insatiable. L'histoire de la famille la passionnait.

– Maintenant, la question est de savoir si on laisse de la glace à Mary Jane, par esprit de famille, ou si on se tape tout.

On se tape tout.

Le moment était venu de parler à Mary Jane. Quand elle avait passé la porte, quelques minutes plus tôt, avant le raid final sur la cuisine, Mary Jane avait marmonné des trucs sur les médecins morts, le Dr Larkin et l'autre, de Californie, et sur les autopsies des femmes de la famille. Le tout était de ne pas oublier de tout remettre à sa place pour que ni Rowan ni Michael ne s'aperçoivent de quelque chose.

– Mona ! Mona Mayfair !

Eugenia l'appelait.

– Mona, c'est Mme Rowan au téléphone ! Elle appelle d'Angleterre !

Zut et zut ! Il lui manquait juste une cuillère pour manger sa glace. Ce pot était presque vide mais il y en avait plein d'autres.

Bon, qui accourait maintenant à petits pas dans l'obscurité ? Morrigan claquait sa petite langue en rythme avec les petits pas.

– Ah ! voilà ma tendre cousine Mary Jane Mayfair.

– Chut ! dit la jeune fille en mettant un doigt sur sa bouche. Elle te cherche. Rowan est au téléphone. Elle veut te parler. Elle a demandé à Eugenia de nous réveiller toutes les deux.

– Décroche le téléphone dans la bibliothèque et prends le message. Je ne veux pas prendre le risque de lui parler. Dis-lui que je vais bien, que je suis dans mon bain, ou ce que tu veux, et prends des nouvelles de tout le monde. Demande comment va Yuri.

– D'accord.

Elle repartit.

Mona racla ce qui restait de la glace et lança le pot vide dans l'évier. Quel foutoir dans cette cuisine ! Toute ma vie, j'ai été bien ordonnée et, maintenant, je suis corrompue par l'argent. Elle arracha l'opercule d'un autre pot de glace.

Les petits pieds magiques revenaient. Mary Jane fit irruption dans l'office et passa la porte en courant. Avec ses cheveux couleur maïs, ses longues jambes dorées, sa taille fine et sa robe blanche, elle était ravissante.

– Mona ! chuchota-t-elle.

– Ouais. Quoi encore ?

– Rowan a dit qu'elle avait des nouvelles capitales pour nous. Elle nous racontera tout à son retour mais elle a encore quelque chose à faire. Pareil pour Michael. Et Yuri va bien.

– Tu t'es bien débrouillée. Et pour les gardes, dehors ?

– Elle a dit de ne rien changer. Elle a déjà appelé Ryan pour le prévenir. Il faut que tu restes à l'intérieur, que tu te reposes et que tu obéisses au médecin.

– Quelle femme pratique et intelligente !

Le second pot était déjà vide. Bon, ça suffit. Elle commençait à frissonner de froid. Elle aurait dû se débarrasser des gardes.

Mary Jane posa une main sur son bras.

– Ça va ?

Les yeux de Mary Jane tombèrent sur le ventre de Mona et son visage devint livide. Elle baissa la main droite pour toucher le ventre mais n'osa pas.

– Écoute, c'est le moment de tout te dire, dit Mona. Tu vas avoir un choix à faire. Je voulais y aller progressivement, mais ce n'est pas nécessaire. Je peux faire ce que j'ai à faire même sans ton aide. D'ailleurs, je ferais mieux de ne pas te mêler à ça. Bon. Soit nous partons d'ici et tu m'aides, soit je pars seule.

– Pour aller où ?

– Justement. D'abord, on fiche le camp, gardes ou non. Tu sais conduire, hein ?

Elle passa devant Mary Jane, entra dans l'office et ouvrit un placard. Les clés de la Lincoln... La limousine était bien une Lincoln ? Quand Ryan la lui avait achetée, il avait précisé qu'elle ne devrait jamais monter dans une limousine autre qu'une Lincoln noire. Ah ! les clés. Michael avait emporté les siennes et celles de la Mercedes. Les clés de la limousine étaient bien là où Clem était tenu de les ranger.

– Évidemment que je sais conduire, dit Mary Jane. Mais on prend la voiture de qui ?

– La mienne. La limousine. Mais sans le chauffeur. Tu es prête ? Je pense que le chauffeur dort. Bon, qu'est-ce qu'il nous faut ?

– Je te rappelle que t'es censée tout m'expliquer pour que je prenne ma décision.

Mona s'arrêta. La maison était plongée dans l'obscurité. Seule la lumière de la piscine projetait par endroits un halo bleu.

– Et si c'était toi qui me racontais ? dit Mona.

– D'accord. Tu veux ton bébé, quel qu'il soit.

– Exact.

– Et tu laisseras pas Rowan et Michael le tuer, quel qu'il soit.

– Exact.

– Et le meilleur endroit où on pourrait aller c'est celui où personne ira nous chercher.

– Exact.

– Le seul endroit possible est Fontevrault. Si on coupe les amarres de toutes les embarcations du ponton, ils seront obligés d'amener un bateau pour traverser le marais. À condition qu'ils aient l'idée qu'on est là-bas, évidemment.

– Mary Jane, tu es un génie !

Je t'aime, maman.

Je t'aime aussi, ma petite Morrigan. Aie confiance en moi. Aie confiance en Mary Jane.

– Hé ! Tu vas pas t'évanouir dans mes bras ! s'écria Mary Jane. Attends ! Je vais chercher des oreillers, des couvertures et tout ça. T'as de l'argent ?

– Des tas de billets de vingt dollars dans le tiroir de ma table de chevet.

– Il faut t'asseoir. Viens avec moi.

Mary Jane emmena Mona dans la cuisine et la fit asseoir.

– Pose ta tête sur la table.

– Mary Jane, arrête ! Tu me fiches la trouille !

– Repose-toi jusqu'à ce que je revienne.

Le bruit de talons s'éloigna.

La chanson sur les fleurs et la lande reprit doucement.

Arrête, Morrigan !

Parle-moi, maman. Oncle Julien t'a amenée ici pour coucher avec mon père mais il ne savait pas ce qui arriverait. Tu sais, maman, tu as dit que tu comprenais, que l'hélice géante, dans ce cas, ne s'alliait pas à un méchant du passé mais n'était qu'une expression d'un potentiel génétique qui avait toujours été en toi et en papa...

Mona essaya de répondre, mais ce n'était pas nécessaire. La petite voix continuait de chantonner, à une cadence de plus en plus rapide.

Hé, ralentis ! On dirait un bourdon quand tu fais ça.

... immense responsabilité de survivre et d'enfanter et de m'aimer. N'oublie pas de m'aimer, mère, j'ai besoin de toi. J'ai besoin de ton amour, avant toute chose. Sinon, je risque de perdre ma volonté de vivre.

Tout le monde s'était réuni en tremblant et en criant dans le cercle de pierre et le grand aux cheveux sombres arrivait pour les calmer. Ils se rapprochèrent du feu.

– Mais pourquoi ? Pourquoi veulent-ils nous tuer ?

Et Ashlar dit : « C'est leur façon d'agir. Ces guerriers tuent tous ceux qui n'appartiennent pas à leur clan. C'est aussi important pour eux que manger ou boire ou nous faire l'amour. Ils se repaissent de la mort. »

– Écoute, dit-elle tout haut.

La porte de la cuisine venait de claquer. Du calme, Mary Jane. Tu vas alerter Eugenia. Nous devrions adopter une attitude scientifique. J'aurais dû enregistrer tout ça dans l'ordinateur. Quand nous serons à Fontevrault, je pourrai utiliser celui de Mary Jane. Mary Jane, l'envoyée de Dieu.

Mary Jane revint et, cette fois, ferma doucement la porte de la cuisine.

– Voilà ce que les autres doivent comprendre, dit Mona. Que cela ne vient pas de l'enfer mais de Dieu. Sur le plan métaphysique ou métaphorique, Lasher était un suppôt de Satan. Mais lorsqu'un être naît de cette façon, de deux humains possédant un génome mystérieux, alors, c'est une créature de Dieu. Que serait-ce d'autre ? Emaleth était le fruit d'un viol. Pas Morrigan. En tout cas, ce n'est pas la mère qui a été violée !

– Chut ! Partons d'ici. J'ai dit aux gardes que j'avais vu

quelque chose de bizarre devant et que je prenais la voiture pour passer prendre des vêtements chez toi pour aller chez le médecin. Allez, viens !

– Mary Jane, tu es un petit génie.

Elle se leva et tout se mit à tanguer autour d'elle.

– Doux Jésus ! laissa-t-elle échapper.

– Je suis là, tiens-toi à moi. T'as mal ?

– Non, c'est juste comme s'il y avait eu une explosion nucléaire dans mon ventre. Filons d'ici !

Elles sortirent dans l'allée à pas feutrés, Mary Jane soutenant Mona. Mais elle se débrouilla bien jusqu'au garage. La limousine noire attendait, moteur en marche et portière ouverte.

– Morrigan, arrête de chanter ! Il faut que je réfléchisse. Pour ouvrir la porte, il faut appuyer sur le bouton magique, Mary Jane.

– Je sais. Monte.

La porte s'ouvrit et le moteur rugit.

– Tu sais, Mona. J'ai une question à te poser. Il le faut. Et si ce bébé pouvait pas naître sans que toi tu meures ?

– Tiens ta langue, cousine ! Rowan n'est pas morte. Je ne vais pas mourir. Morrigan ne me laisserait pas faire.

Non, mère, je t'aime. J'ai besoin de toi. Ne parle pas de mourir. Quand tu parles de la mort, je sens la mort.

– Chut ! Mary Jane, tu es sûre que Fontevrault est le meilleur endroit ? On n'a pas pensé à d'autres possibilités. Peut-être qu'un motel...

– Écoute, y a Granny là-bas. On peut lui faire totalement confiance. Et le gamin qui s'occupe d'elle éjectera dès que je lui aurai donné un de tes billets de vingt dollars.

– Mais s'il laisse son bateau au ponton...

– Non, t'inquiète pas. Il remonte avec sa pirogue jusqu'à l'endroit où il habite. Il passe pas par le ponton. Assieds-toi confortablement et repose-toi. On a tout ce qu'il faut à Fontevrault. Et le grenier est sec et chaud.

– Ce sera parfait.

– Et quand le soleil se lève, le matin, il entre par les fenêtres du grenier et...

Mary Jane freina brusquement. Elles étaient déjà sur Jackson Avenue.

– Désolée, chérie, cette voiture est vraiment très puissante.

– Tu as du mal à la conduire ? Tu sais, je ne m'étais encore jamais assise à l'avant. On a l'impression de piloter un avion.

– Non, j'ai pas de mal à la conduire.

Elle s'engagea dans Saint Charles.

– Mais c'est pas commode avec tous ces conducteurs bourrés, précisa-t-elle. Il est minuit, tu sais. Cette voiture est une vraie pantoufle pour quelqu'un qui a déjà conduit un dix-huit roues.

– Et où diable as-tu fait ça ?

– En Arizona, mon ange. Il fallait absolument que je vole ce camion. Mais c'est une autre histoire.

Morrigan l'appelait. Elle avait recommencé à chantonner. Peut-être pour elle-même.

Je suis impatiente de te voir, de te tenir dans mes bras. Sachant ce que tu es, je ne t'en aime que davantage. C'est le destin, Morrigan. Il éclipse tout le reste, le monde des berceaux en osier, des hochets et des pères heureux. Mais il sera heureux lorsqu'il aura compris que les conditions sont tout autres...

Le monde tournoyait. Le vent froid balayait la plaine. Mais ils dansaient tout de même, pour vaincre le froid. Pourquoi n'y avait-il plus de chaleur ? Où était leur patrie ?

Ashlar dit : « Notre nouvelle patrie est ici désormais. Nous devons apprendre le froid comme nous avons appris la chaleur. »

Ne les laisse pas me tuer, maman.

Morrigan était à l'étroit dans le liquide, entourée de ses cheveux, ses genoux pressés contre ses yeux.

– Mon bébé, pourquoi crois-tu qu'ils te veulent du mal ?

Je le crois parce que tu le crois, maman. Je sais ce que tu sais.

– Tu parles au bébé ? demanda Mary Jane.

– Oui, et elle me répond.

Quand elles atteignirent l'autoroute, les yeux de Mona se fermaient tout seuls.

– Dors, maintenant, lui conseilla Mary Jane. On va avaler des kilomètres. Cet engin monte à cent trente sans même qu'on s'en aperçoive.

– N'attrape pas un PV.

– Dis donc ! Tu crois qu'une sorcière comme moi laisserait un policier finir de rédiger son PV ?

Mona se mit à rire. Tout allait pour le mieux.

Et le meilleur restait à venir.

21

La cloche sonnait...

Il ne rêvait pas vraiment ; il faisait des plans. Et quand il réfléchissait ainsi, au bord de l'endormissement, Marklin voyait des possibilités qui, autrement, lui auraient échappé.

Aller en Amérique. Ils emporteraient jusqu'au dernier élément d'information dont ils disposaient. Au diable Stuart et Tessa. Stuart les avait lâchés. Il les avait déçus pour la dernière fois. Ils emporteraient avec eux le souvenir de la foi et de la conviction de Stuart, sa vénération pour le mystère. Mais ce serait tout.

D'abord, ils prendraient un appartement à La Nouvelle-Orléans, puis ils commenceraient leur surveillance systématique des sorcières Mayfair. Cela pouvait prendre des années mais tous les deux avaient de l'argent. Marklin en avait un peu et Tommy était multimillionnaire. C'était lui qui avait tout payé jusque-là, mais Marklin pouvait subvenir sans problème à ses propres besoins. Ils pourraient même s'inscrire à l'université. Pourquoi pas ?

Dès qu'ils verraient les Mayfair, le bon temps reviendrait.

La cloche, mon Dieu, la cloche !

Les sorcières Mayfair. Il aurait aimé se trouver à Regent's Park avec le dossier. Toutes ces photos, les derniers rapports d'Aaron. Michael Curry. Aaron avait d'abondantes notes sur Michael Curry. C'était l'homme capable d'engendrer le monstre. L'homme que Lasher avait choisi dès son enfance. Les rapports d'Aaron, enthousiastes mais, sur la fin, soucieux et inquiets, étaient très clairs sur ce point.

Un homme ordinaire pouvait-il acquérir des pouvoirs de sorcier ? Si seulement il s'agissait d'un simple pacte avec le diable ! Et s'il pouvait lui-même acquérir le pouvoir télékinésique du sorcier par transfusion ? Stupide ! Quels pouvoirs ils avaient, ces deux-là ! Rowan Mayfair, médecin et sorcière ; Michael Curry, procréateur de la belle bête.

Qui l'avait surnommé « la belle bête », déjà ? Était-ce Stuart ? Mais où était-il, celui-là ? Salaud de Stuart, vous vous êtes enfui comme un animal apeuré. Vous nous avez quittés sans le moindre coup de téléphone ni le moindre message.

Poursuivre sans Stuart. Bon ! Mais comment se procurer les documents d'Aaron chez sa femme américaine ?

L'essentiel était de quitter la maison mère sans ternir leur réputation. Il fallait demander un congé sans éveiller les soupçons.

Il ouvrit les yeux. Partir d'ici. Pas une minute à perdre. Mais la cloche... C'était le signal de la cérémonie funèbre.

– Réveille-toi, Tommy, dit-il.

Tommy s'était endormi sur la chaise du bureau, la tête penchée en avant. Ses lunettes avaient glissé sur le bout de son nez arrondi.

– Tommy, la cloche !

Marklin s'assit, défroissa ses vêtements du mieux qu'il put et sortit du lit.

Il secoua Tommy par l'épaule.

L'espace de quelques secondes, Tommy eut l'air hagard de quelqu'un qui, au réveil, met un moment à recouvrer ses esprits.

– Oui, la cloche, dit-il en passant ses doigts dans sa tignasse rousse. Enfin ! la cloche !

Ils se débarbouillèrent le visage chacun son tour. Marklin prit un morceau de mouchoir en papier, l'enduisit du dentifrice de Tommy et se frotta les dents avec. Il n'avait pas le temps de se raser. Aller à Regent's Park, prendre le nécessaire et attraper le premier avion pour l'Amérique.

– Un congé, dit-il. Non, moi je suis pour partir comme ça. Je ne veux même pas retourner prendre mes affaires dans ma chambre. Je suis pour partir sans attendre la cérémonie.

– Ne sois pas bête, murmura Tommy. On dit ce qu'on a à dire, on tâche d'en apprendre le plus possible et, ensuite, on décampe au moment le plus opportun et le plus discret.

Quelqu'un frappa à la porte.

– On arrive ! lança Tommy.

Il lissa sa veste en tweed.

Ni l'un ni l'autre n'étaient très présentables. Marklin avait même perdu sa cravate. Il l'avait enlevée dans la voiture. Il n'aurait jamais dû revenir.

– Trois minutes, dit la voix derrière la porte.

C'était un des vieux membres. Dans un instant, l'endroit allait fourmiller de vieillards.

– Tu sais, finalement, dit Marklin, quand je me considérais comme un novice dévoué, je trouvais déjà tout cela insupportable et, maintenant, j'estime que c'est carrément scandaleux. Se lever à quatre heures du matin... Seigneur ! Il est cinq heures... pour une cérémonie funèbre. C'est aussi stupide que ces rituels druidiques des temps modernes, où les gens s'habillent avec des draps et se réunissent à Stonehenge au solstice d'été ou je ne sais quand. Bon, je te laisse les rejoindre et trouver les mots appropriés. Je t'attends dans la voiture.

– Tu plaisantes ? dit Tommy en se peignant en vain les cheveux.

Ils sortirent ensemble de la chambre et Tommy ferma la porte à clé. Il faisait plutôt froid.

– Eh bien, vas-y si tu veux mais, moi, je ne remonte pas chercher mes affaires. Ils pourront les récupérer.

– Mais c'est complètement idiot ! Il faut que tu prennes tes bagages comme si tu partais pour une raison normale.

– Je ne peux pas rester ici, je te l'ai dit et répété.

– Et si tu avais laissé des indices compromettants ? Tu y as pensé ?

– Aucune chance.

Les couloirs et l'escalier étaient déserts. Ils devaient être les derniers novices à avoir entendu la cloche.

Un bruit de voix étouffées provenait du rez-de-chaussée. En bas, c'était pire que ce que Marklin avait imaginé.

Des bougies partout et tout le monde habillé en noir! Toutes les lumières étaient éteintes. L'air était chaud et légèrement écœurant. Il y avait du feu dans les deux cheminées. Et chaque fenêtre avait été drapée de crêpe.

– On ne nous avait pas dit de nous habiller! murmura Tommy.

– Il y a de quoi avoir la nausée, dit Marklin. Je ne reste pas plus de cinq minutes.

– Ne dis pas de conneries, Mark. Mais où sont les autres novices? Je ne vois que des vieux.

Une centaine de personnes devisaient par petits groupes. Des cheveux gris partout. Les jeunes membres devaient être ailleurs.

– Viens, dit Tommy en attrapant le bras de Marklin et en le poussant dans le hall d'entrée.

Un fabuleux buffet avait été dressé.

– C'est un véritable festin! s'exclama Marklin.

Rien que de voir ça, il en avait mal au cœur. Agneau et bœuf rôtis, platées de pommes de terre fumantes, piles d'assiettes et fourchettes en argent.

– Ils sont en train de manger! murmura-t-il à Tommy.

Toute une kyrielle de vieilles gens remplissaient leurs assiettes. Joan Cross était dans son fauteuil roulant. Elle avait pleuré. Et il y avait ce grand crétin de Timothy Hollingshed qui, tout désargenté qu'il fût, ne se déparait jamais de son aristocratique arrogance.

Elvera passait dans la foule avec une bouteille de vin rouge dans un décanteur. Les verres étaient alignés sur une desserte. Un bon petit verre de vin, ça ne se refuse pas, songea Marklin.

Soudain, il se vit dans l'avion pour l'Amérique, détendu, pieds nus, une hôtesse lui servant un verre et un succulent repas. Ce n'était plus qu'une question d'heures.

Le glas sonnait toujours. Près de lui, des hommes parlaient italien. Un peu plus loin se tenaient de vieux Anglais bougons, les amis d'Aaron, dont la plupart avaient pris leur retraite. Il y avait aussi une jeune femme ou, plutôt, une femme qui paraissait relativement jeune, aux cheveux noirs et aux yeux fortement maquillés. Marklin reconnut encore Bryan Holloway, d'Amsterdam, et les jumeaux anémiques de Rome aux yeux globuleux.

Personne ne regardait vraiment personne mais tout le monde parlait ensemble. L'ambiance était solennelle mais conviviale. Chacun y allait de son couplet sur Aaron, et Marcus semblait complètement oublié. Il y avait de quoi. S'ils savaient comme il avait été acheté à bon compte !

– Un peu de vin, messieurs ? leur proposa Elvera en montrant la rangée de verres à pied en cristal.

On avait sorti la vaisselle des grands jours et les couverts anciens en argent ouvragé.

– Non merci, déclina Tommy. Je ne pourrai pas manger avec une assiette dans une main et un verre dans l'autre.

Un rire s'éleva au milieu des murmures. Joan Cross était seule. Elle avait posé son front sur sa main.

– Mais qui veillons-nous ? demanda Marklin à voix basse. Marcus ou Aaron ?

Les bougies jetaient une lueur éblouissante dans la pénombre. Il cligna des yeux. Il avait toujours aimé l'odeur de la cire mais, là, c'était trop.

Blake et Talmage discutaient avec animation dans un coin. Hollingshed les rejoignit. Selon Marklin, ceux-là approchaient la soixantaine. Mais où étaient les autres novices ? Il n'y avait pas même Ansling et Perry. Que te dit ton intuition, Mark ? Que quelque chose va de travers.

Il se dirigea vers Elvera et la prit par le coude.

– Sommes-nous censés être ici ? lui demanda-t-il.

– Oui, bien entendu, répondit-elle.

– Nous ne sommes pas correctement habillés.

– Aucune importance. Tenez, prenez un verre, dit-elle en lui en mettant un dans la main.

Marklin posa son assiette sur le bord de la longue table. Ce ne devait pas être conforme à l'étiquette, personne d'autre ne l'ayant fait. Mais quelle abondance sur cette table ! Une énorme tête de sanglier rôtie avec une pomme dans la gueule, un cochon de lait entouré de fruits sur un plat en argent. Le mélange des odeurs de viande était appétissant, il fallait le reconnaître. Il commençait à avoir faim. Absurde !

Elvera était partie mais Nathan Harberson était tout près et le contemplait du haut de sa grandeur condescendante.

– Est-ce que l'ordre donne toujours un banquet quand quelqu'un meurt ? lui demanda Marklin.

– Nous avons nos rituels, répondit Harberson d'une voix presque triste. Nous sommes un ordre très, très ancien et nous prenons nos vœux au sérieux.

– Oui, très au sérieux, intervint l'un des jumeaux aux yeux globuleux.

Était-ce Enzo ou Rodolpho ? Ses yeux de poisson lui donnaient un air malade. Lorsque les jumeaux souriaient, comme maintenant, ils étaient tout simplement hideux, avec leurs visages tout ridés. Il existait bien quelques signes pour les distinguer l'un de l'autre, mais Marklin ne se rappelait pas lesquels.

– Nous avons certains principes de base..., dit Nathan Harberson de sa voix de baryton.

– ... que nous ne remettons jamais en question, enchérit Enzo.

Timothy Hollingshed s'était approché et considérait Marklin d'un air hautain, comme d'habitude. Ses cheveux étaient blancs et épais, comme ceux d'Aaron. Marklin n'aimait pas son physique. Il lui faisait penser à Aaron en plus cruel, plus grand et d'une élégance plus ostentatoire. Toutes ces bagues. Quelle vulgarité ! Quand est-ce que je vais pouvoir m'éclipser ?

– Oui, certaines choses sont sacrées pour nous, disait Timothy. Comme si nous étions une petite nation indépendante.

Elvera était revenue.

– Et c'est plus qu'une question de tradition, ajouta-t-elle.

– Oui, dit un grand homme aux cheveux sombres, aux yeux noirs comme de l'encre et au visage bronzé. C'est une question d'engagement moral et de loyauté.

– Et de révérence, ajouta Enzo. N'oubliez pas la révérence.

– Un consensus, dit Elvera en regardant Marklin droit dans les yeux – mais ils le regardaient tous –, sur nos valeurs et la façon dont nous devons les préserver à tout prix.

Des gens affluaient encore, tous des vieux. Quelqu'un se mit à rire. C'était parfaitement déplacé.

C'est vraiment bizarre que nous soyons les seuls novices, se dit Marklin. Où est Tommy ? Soudain paniqué, il se rendit compte qu'il l'avait perdu de vue. Non, il était là-bas en train de gober des grains de raisin comme un ploutocrate romain. Ce n'était guère décent.

Marklin adressa un rapide signe de tête aux gens agglutinés autour de lui et se fraya un chemin à travers la foule. Après avoir manqué de justesse écraser les pieds de quelqu'un, il réussit enfin à rejoindre Tommy.

– Mais qu'est-ce que tu as ? lui demanda celui-ci. Détends-toi, je t'en prie. Dans quelques heures, nous serons dans l'avion et...

– Chut ! Tais-toi, dit Marklin, conscient que sa voix n'était plus normale, qu'il ne se contrôlait plus.

C'était le pire moment de sa vie.

Il remarqua pour la première fois qu'on avait mis du tissu noir partout : sur les deux horloges du hall d'entrée et sur tous les miroirs. Il trouvait cela profondément agaçant. Dans sa famille, les gens étaient incinérés et on ne prévenait les autres qu'une fois que c'était terminé. Cela avait été le cas avec ses parents. Il était en train de lire un Ian Fleming sur son lit, en pension, lorsqu'on était venu le prévenir. Il avait hoché la tête et repris sa lecture. « Tu as hérité de tout, d'absolument tout. »

L'odeur des bougies lui donnait mal au cœur. Il y avait des candélabres en argent partout, dont certains étaient incrustés de pierres. Mais quelle pouvait être l'étendue de la fortune de l'ordre ? C'était la faute de gens comme Stuart, qui avait depuis longtemps donné tous ses biens à l'ordre. Cela dit, tout bien considéré, il avait probablement changé d'avis depuis.

Tout bien considéré. Tessa. Le projet. Mais où était donc Stuart ? Avec Tessa ?

Les conversations allaient bon train. Elvera revint et lui servit un nouveau verre de vin.

– Bois, Mark, dit-elle.

– Tiens-toi correctement, Mark, lui chuchota Tommy.

Marklin se retourna. Tout cela était complètement absurde. Quelle idée de festoyer en tenue de deuil au petit matin !

– Bon, ça suffit, je m'en vais ! déclara-t-il d'une voix qui lui sembla exploser et résonner dans toute la pièce.

Tout le monde s'était tu.

Pendant une seconde, le silence total lui donna envie de crier. Crier de panique ou d'horreur.

Tommy le pinça et pointa un doigt vers la porte à double battant qui venait de s'ouvrir. C'était donc la raison de ce silence soudain. Mon Dieu, auraient-ils rapporté la dépouille mortelle d'Aaron ?

Les bougies, le crêpe : la salle à manger était affublée des mêmes décorations mortuaires que l'autre pièce. Marklin était déterminé à ne pas y entrer mais, avant qu'il ne pût faire un geste, il se sentit entraîné vers la porte. Tommy et lui furent littéralement portés par la foule.

Je ne veux pas en voir davantage. Je veux m'en aller...

À mesure qu'ils passaient le pas de la porte, les gens s'alignaient autour de la longue table. Quelqu'un était allongé dessus. Non, pas Aaron ! Ils savent que tu ne veux pas le voir, non ? Ils s'attendent à ce que tu paniques !

Horrible, stupide. Il s'accrocha au bras de Tommy, qui le rappela à l'ordre :

– Tiens-toi correctement !

Ils arrivèrent enfin près de la table. C'était un homme vêtu d'une veste poussiéreuse et portant des chaussures boueuses. Le cadavre n'avait même pas été correctement préparé !

– C'est ridicule, murmura Tommy.

Marklin se pencha lentement pour voir le visage du mort, tourné de l'autre côté. C'était Stuart ! Stuart Gordon mort, avec son visage émacié, son nez en bec d'oiseau et ses yeux bleus sans vie. On ne lui avait même pas fermé les yeux ! Mais ils avaient tous perdu la tête !

Il recula, heurta Tommy et lui écrasa le pied. Le monde s'écroulait autour de lui. Suart est mort, Stuart est mort, Stuart est mort.

Tommy fixait le cadavre des yeux. Avait-il compris que c'était Stuart ?

– Que se passe-t-il ? demanda Tommy d'une voix basse remplie de colère. Qu'est-il arrivé à Stuart... ?

Il était complètement choqué. Sa voix était à peine audible.

Les autres se pressèrent autour d'eux au point de leur faire toucher la table. La main gauche inanimée de Stuart était juste à côté d'eux.

Tout le monde était maintenant serré autour de la table. Assise à l'une des extrémités, Joan Cross fixait Marklin et Tommy de ses yeux rougis.

Personne ne parlait ni ne bougeait. Tous semblaient retenir leur souffle.

– Que lui est-il arrivé ? demanda Tommy.

Personne ne répondit. Marklin ne savait pas où poser les yeux. Il continuait de fixer la tête de Stuart et sa chevelure blanche clairsemée. Tu t'es suicidé, espèce d'imbécile ? Tu as osé alors qu'on était si près du but ?

Soudain, il s'aperçut que tous les regards convergeaient sur Tommy et lui. Une douleur lui serra la poitrine. Il se retourna et chercha désespérément quelques visages connus. Mais Enzo, Harberson, Elvera et les autres le considéraient d'un air accusateur. Juste à côté de lui, Timothy Hollingshed le toisait froidement.

Seul Tommy ne le regardait pas. Marklin suivit la direction de son regard et aperçut Yuri Stefano en costume de deuil, à quelques mètres de là.

Yuri ! Il était donc là depuis le début ! Était-ce lui qui avait tué Stuart ? Stuart n'avait donc même pas été fichu de l'embobiner. L'objectif même de l'interception des fax et de l'excommunication bidon était pourtant que Yuri ne puisse plus jamais réintégrer la maison mère. Et cet idiot de Lanzing qui l'avait laissé s'échapper de la lande !

– Non, dit Elvera, la balle a touché son but. Mais elle n'a pas été fatale et Yuri est revenu.

– Vous étiez les complices de Gordon, jeta Hollingshed avec dédain.

– Ses complices, dit Yuri. Ses petits génies.

– Non ! protesta Marklin. C'est faux ! Qui nous accuse ?

– Stuart vous a accusés, dit Harberson. Et tous les papiers retrouvés dans sa tour vous accusent. Son journal aussi et Tessa elle-même.

Tessa !

– Comment avez-vous osé entrer dans cette maison ? explosa Tommy, rouge de colère.

– Vous n'avez pas Tessa, je ne vous crois pas ! hurla Marklin. Où est-elle ? C'était pour elle !

Pourquoi n'avait-il pas suivi son instinct ? Il lui avait dit de s'en aller et, maintenant, il lui disait clairement : c'est trop tard.

– Je suis citoyen britannique, dit Tommy tout bas. Je ne me laisserai pas juger par un tribunal d'opérette.

Immédiatement, la foule se resserra autour d'eux et les pressa vers l'autre extrémité de la table. Des mains s'emparèrent des bras de Marklin. Cet horrible Hollingshed osait le toucher ! Il entendit Tommy protester de nouveau :

– Laissez-moi tranquille !

Mais c'était trop tard. On les poussait vers le hall d'entrée et l'ascenseur. Impossible de s'enfuir.

Quelqu'un ouvrit les portes du vieil ascenseur et ils furent poussés à l'intérieur. Marklin tenta de se débattre, pris de claustrophobie.

Les portes se refermèrent, Tommy et Marklin coincés entre Harberson, Enzo, Elvera, Hollingshed et quelques autres. L'ascenseur commença à descendre vers les caves dans un bruit de crémaillère.

– Que faites-vous ? demanda-t-il soudain.

– J'insiste pour qu'on nous ramène au rez-de-chaussée, dit Tommy. Relâchez-nous immédiatement.

– Certains crimes sont innommables, dit Elvera. Notre ordre ne peut ni pardonner ni oublier.

– Ce qui signifie ? J'aimerais bien savoir ! dit Tommy.

Le lourd ascenseur s'arrêta dans une secousse. Fermement tenus, Tommy et Marklin furent poussés dans le couloir.

C'était un passage soutenu par des étais de bois, comme dans les vieilles mines. L'odeur de terre était forte. Les autres étaient derrière eux ou à côté d'eux. Au bout du passage, on apercevait deux portes de bois en arc de cercle.

– Vous croyez pouvoir me retenir contre mon gré ? dit Tommy. Je suis un citoyen britannique.

– Vous avez tué Aaron Lightner, dit Harberson.

– Vous avez tué d'autres innocents en vous réclamant de notre ordre, dit Enzo.

– Vous nous avez salis, dit Hollingshed. Vous avez commis les actes les plus vils.

– Je n'avouerai rien, dit Tommy.

– Nous n'avons pas besoin de confession, répliqua Elvera.

– Nous ne vous demandons rien, dit Enzo.

– Aaron est mort en croyant à vos mensonges, intervint Hollingshed.

– Ça suffit ! C'est intolérable, rugit Tommy.

Marklin était incapable de la moindre indignation.

– Attendez, s'il vous plaît, balbutia-t-il. Est-ce que Stuart s'est suicidé ? Que lui est-il arrivé ? S'il était là, il nous innocenterait. Vous ne croyez tout de même pas...

– Gardez vos mensonges pour le diable, l'interrompit Elvera. Nous avons passé la nuit à examiner les preuves et nous avons parlé avec votre déesse aux cheveux blancs. Soulagez votre conscience en nous disant la vérité, si vous le voulez, mais épargnez-nous vos mensonges.

Les silhouettes se resserrèrent autour d'eux en approchant des portes.

– Stop ! cria Marklin. Pour l'amour de Dieu ! Il y a certaines choses que vous ne savez pas à propos de Tessa, que vous ne pouvez comprendre.

– Ne leur donne pas satisfaction, dit Tommy avec hargne. Mon père va s'occuper de nous. Ma famille est très influente. Vous croyez que...

Un bras ferme attrapa Marklin par la taille et un autre par le cou. Les portes s'ouvrirent vers l'intérieur. Du coin de l'œil, il vit Tommy se débattre et donner des coups de pied aux hommes derrière lui.

Un souffle d'air glacé venait des portes ouvertes. L'obscurité. Non, je ne veux pas être enfermé dans le noir.

Il se mit à hurler, incapable de se retenir plus longtemps. Il commença à crier au moment où, sur le seuil, on le poussa vers l'avant, et continua lorsqu'il se rendit compte qu'il tombait dans le vide, Tommy près de lui.

Il heurta le sol. L'obscurité était autour de lui et en lui. Une douleur s'éveilla dans ses membres. Il était allongé au milieu d'objets coupants. En s'asseyant, il écrasa quelque chose qui sentait la poussière et le moisi.

Il cligna des yeux vers la faible lueur loin au-dessus de lui et s'aperçut avec horreur qu'elle venait de la porte par laquelle il était tombé. Tout en haut, des silhouettes étaient penchées sur le trou.

– Non, vous ne pouvez pas faire ça ! cria-t-il en essayant de se mettre debout.

Il ne distinguait pas leurs visages ni même le contour de leurs têtes. Il avait fait une chute de plusieurs mètres, dix peut-être.

– Arrêtez ! Vous ne pouvez pas nous laisser ici ! hurla-t-il en tendant les mains vers eux.

Les silhouettes reculèrent et il entendit les gonds se refermer. C'était le noir absolu.

– Tommy, où es-tu ? cria-t-il désespérément.

Il se mit à tâter le sol, trouvant d'abord d'autres objets friables puis touchant quelque chose de mouillé et de chaud.

– Tommy ! cria-t-il de soulagement.

Il toucha ses lèvres, son nez, ses yeux.

Soudain, il comprit que son ami était mort. Il s'était tué dans sa chute. Les autres s'en fichaient pas mal et ne reviendraient jamais chercher Marklin. S'ils avaient eu l'intention de les remettre aux autorités, ils ne les auraient jamais jetés d'une telle hauteur. Et, maintenant, Tommy était mort. Il se retrouvait seul dans cet endroit cauchemardesque, à côté d'un cadavre auquel il s'accrochait désespérément. Quant aux objets, par terre, c'étaient des ossements.

– Non, vous êtes incapables de faire une chose pareille ! Laissez-moi sortir ! Laissez-moi sortir, je vous dis !

Mais l'écho lui renvoyait ses supplications. Il se mit à pousser des cris sans mots, dont le son épouvantable lui apportait quelque réconfort, probablement le dernier de sa vie.

Finalement, il se tut, les doigts accrochés au bras de Tommy. Peut-être n'était-il pas mort ? Il allait se réveiller et ils inspecteraient les lieux ensemble. Peut-être était-ce ce qu'on attendait d'eux ? Il devait y avoir une sortie qu'ils devaient trouver. Ils étaient probablement censés marcher dans la vallée de la mort pour la découvrir. Leurs frères et leurs sœurs de l'ordre ne pouvaient pas vouloir leur mort. Pas Elvera, cette chère Elvera, ni Harberson ni Enzo ni Clermont, son vieux professeur. Ils étaient incapables d'une telle infamie.

Il se retourna, se mit à genoux mais, quand il voulut se relever, une douleur à la cheville l'en empêcha.

– Je n'ai plus qu'à ramper ! dit-il.

Il se mit à ramper en écartant les débris d'os. Ne pas penser à ça. Ni aux rats. Ne penser à rien.

Sa tête heurta soudain un mur, qu'il suivit. En soixante secondes, il en eut fait le tour. Il se trouvait donc dans un puits.

Tant pis, je vais me reposer et je chercherai une ouverture plus tard. Rien ne presse. Il y a sûrement une fenêtre puisque je sens de l'air frais.

Repose-toi un peu, se dit-il en revenant vers Tommy. Il posa son front sur la manche de son ami. Repose-toi et réfléchis à ce que tu peux faire. Il est hors de question que tu meures ici, jeté dans ce puits par une bande d'illuminés.

Son esprit dérivait. Dommage que Tommy ait rompu tout contact avec sa belle-mère... La banque ! Sa banque s'inquiéterait sûrement s'il ne venait pas chercher son chèque trimestriel. Non, il était décidément impossible que l'ordre les enterre vivants dans cet endroit.

Un bruit étrange le sortit de ses pensées. Il le connaissait mais était incapable de l'identifier. Concentre-toi bien, tu connais ce bruit.

C'est alors qu'il comprit. Bien au-dessus de lui, on empilait des briques que l'on scellait au mortier.

– Mais c'est totalement absurde ! C'est une pratique moyenâgeuse. Ils ne vont pas faire ça. Tommy ! Réveille-toi !

Il se serait bien mis à hurler de nouveau mais c'était trop humiliant. Les autres, là-haut, l'auraient entendu.

Il se mit à pleurer contre la manche de Tommy. Non, ils essayaient seulement de leur faire peur. C'était une sorte de punition temporaire pour leur faire regretter leurs actes avant de les livrer à la justice. Ce devait être une punition rituelle destinée à les effrayer. Il ne pouvait en être autrement. Le plus horrible était que Tommy était mort. Tant pis, il se montrerait coopératif et prétendrait que c'était un accident. Restait à trouver un moyen de sortir.

Je ne peux pas mourir comme ça. J'ai encore tant de choses à faire ! Mes rêves, Tessa...

Au fond de son esprit, il savait que son raisonnement n'était pas valable, mais il continua de réfléchir à son avenir et de se persuader qu'on avait seulement voulu leur faire peur. La mort de Tommy n'était qu'un accident. S'ils avaient su que le trou était si profond, ils ne les y auraient jamais jetés.

Le tout était de rester calme, de se reposer en écoutant le bruit des briques. Non, il avait cessé. La porte était scellée, peut-être, mais il devait y avoir une autre issue. Il la trouverait plus tard.

Pour l'instant, il valait mieux se cramponner à Tommy, rester tout près de lui et attendre que sa panique se calme pour pouvoir réfléchir.

Au fait, Tommy avait un briquet ! Il ne fumait pas mais il en avait toujours un dans sa poche pour donner du feu aux jolies filles, si l'occasion se présentait.

Il fouilla les poches de Tommy et trouva le petit briquet en or dans sa veste. Pourvu qu'il marche encore !

En s'asseyant, il se blessa la main gauche sur un objet dur. Il alluma le briquet. La petite flamme hésita puis se dressa en illuminant le cachot de Marklin.

Les objets friables étaient des ossements humains tombés en poussière ! Un crâne, juste à côté de lui, le regardait de ses orbites vides. Et Tommy était bien mort. Un filet de sang commençait à sécher au coin de sa bouche et dans son cou. Et tous ces os partout !

Il laissa tomber le briquet, se prit la tête entre les mains, ferma les yeux et poussa un long hurlement irrépressible et assourdissant.

22

Même dans un avion comme celui-ci, luxueusement aménagé, on n'oublie pas qu'on est dans un avion. À onze mille mètres au-dessus de l'Atlantique, on sent tous les mouvements de l'appareil, comme sur un grand vaisseau parcourant les mers.

Ils étaient assis sur des sièges groupés autour d'une table, en une sorte de triangle équilatéral aux sommets invisibles. Un des sièges avait été spécialement fabriqué pour Ash, qui leur avait fait signe de prendre place sur les deux autres.

Le long des parois de la cabine s'alignaient d'autres sièges, vides comme d'énormes mains gantées prêtes à saisir un passager. L'un d'eux était plus grand que les autres. Pour Ash, sans nul doute.

Les couleurs dominantes étaient l'or et le caramel. Tout était proche de la perfection. La jeune Américaine qui avait servi les rafraîchisssements, parfaite. La musique, qui avait maintenant cessé, du Vivaldi, parfaite.

Samuel dormait à l'arrière, la main refermée sur la bouteille d'alcool qu'il avait emportée de Belgravia. Il avait réclamé un bouledogue que les employés d'Ash ne lui avaient pas procuré. « Mais tu leur as dit que je pouvais avoir tout ce que je voulais. Eh bien, je veux un bouledogue. Et je le veux tout de suite ! »

Rowan était adossée à son siège. Elle ne savait plus depuis combien de temps elle n'avait pas dormi. Il faudrait qu'elle fasse un somme avant d'arriver à New York. Pour l'instant, elle se sentait électrisée et observait les deux hommes en face d'elle. Michael, qui fumait une cigarette. Et Ash, habillé d'un long manteau de soie dont il avait négligemment retroussé les manches, découvrant ses bras de chemise et leurs boutons de manchette en or et pierres. Ils lui faisaient penser à des opales, bien que sa connaissance des pierres précieuses et semi-précieuses fût pratiquement nulle. Des opales. D'ailleurs, ses yeux avaient une qualité opaline. Elle s'en était fait plusieurs fois la remarque. Il portait un pantalon large qui ressemblait plutôt à un pyjama mais était très seyant. Il avait posé un pied sur le rebord de son siège en cuir et portait au poignet droit un fin bracelet en or qu'elle trouvait très érotique, sans s'expliquer pourquoi.

Il leva la main et la passa dans ses cheveux, son petit doigt ramenant la mèche blanche avec les autres, comme s'il ne voulait pas l'oublier. Ce simple petit geste redonna vie à son visage. Il balaya la cabine des yeux puis s'arrêta sur Rowan.

Celle-ci n'avait pas vraiment prêté attention aux vêtements qu'elle avait mis. Quelque chose de rouge, de doux et de souple qui s'arrêtait juste au-dessus du genou. Michael lui avait attaché un ravissant petit collier de perles autour du cou.

Les domestiques d'Ash s'étaient chargés des bagages.

– Je ne savais pas si vous seriez d'accord pour que Samuel ait un bouledogue, lui avait dit Leslie à plusieurs reprises, très ennuyée d'avoir pu déplaire à son patron.

– Ce n'est pas grave, avait-il répondu. Nous en trouverons à New York. Il pourra les garder sur le toit de l'immeuble, dans le jardin. Savez-vous, Leslie, qu'à New York des chiens vivent sur les toits et ne sont jamais descendus dans la rue ?

Que pouvait-elle bien penser de lui, la jeune Leslie ? Que peuvent-ils bien tous penser ? Était-ce un avantage pour lui d'être éminemment riche et beau ?

– Mais j'en voulais un ce soir, avait protesté le petit homme avant de replonger dans son sommeil.

Rowan avait été terrifiée en le voyant pour la première fois. Était-ce à cause de ses gènes et de ses connaissances de sorcière ? Ou était-ce le médecin en elle qui était horrifié par les replis de chair qui recouvraient la totalité de son visage ? On aurait dit une pierre diaprée et vivante. Et si le scalpel d'un chirurgien ôtait tous ces plis et révélait des yeux, une bouche bien dessinée, des pommettes, un menton ? Cela changerait-il sa vie ?

– Un sorcier et une sorcière Mayfair, avait-il dit en les apercevant.

– Est-ce que tout le monde nous connaît dans cette partie du globe ? avait demandé Michael avec ironie. Et est-ce que notre réputation nous précède toujours ? Quand je rentrerai chez moi, je compte bien lire tous les livres sur la sorcellerie.

– Très bonne idée, avait dit Ash. Avec les pouvoirs que vous avez, vous pourriez faire plein de choses.

Michael s'était mis à rire. Ils s'aimaient bien, ces deux-là. C'était visible. Ils avaient des attitudes communes. Yuri était plus frénétique et plus jeune.

En revenant de la tour de Gordon, Michael leur avait raconté pendant tout le trajet le long récit que lui avait fait Lasher. Il avait parlé de sa vie dans les années 1500, de ses souvenirs qui remontaient encore plus loin et de son impression d'avoir vécu avant. Ce récit ne comportait aucun élément clinique, c'était plutôt la version décousue de ce dont Aaron et lui avaient été les uniques témoins. Il l'avait déjà raconté à Rowan, mais elle s'en souvenait davantage comme d'une succession d'images et de catastrophes que de mots. L'avoir entendu de nouveau dans la limousine noire lui avait permis de rafraîchir ces images et d'en distinguer plus de détails. Lasher le prêtre, Lasher le saint, Lasher le martyr puis, cent ans plus tard, les débuts de Lasher auprès de la famille, la voix invisible dans l'obscurité, les rafales de vent dans les champs de blé et les feuillages des arbres.

– La voix de la lande, avait dit le nain, à Londres.

Ah bon ? Elle connaissait la lande. Elle ne l'oublierait jamais. Prisonnière, elle avait été traînée par Lasher dans les ruines du château. Elle n'oublierait pas non plus les moments où Lasher se « rappelait » tout, où sa chair nouvelle réclamait son esprit et le séparait des connaissances qui avaient été les siennes lorsqu'il était esprit.

Michael n'y était jamais allé. Un jour, peut-être, iraient-ils ensemble.

Ash avait dit à Samuel de dormir pendant le trajet vers l'aéroport. Le petit homme s'était octroyé un bon demi-litre de whisky tout en maugréant et en bougonnant et s'était retrouvé dans un état quasi comateux en arrivant à l'avion. On avait dû le porter.

Ils étaient maintenant au-dessus de l'Arctique.

Elle ferma les yeux et les rouvrit. La cabine vibrait.

– Je ne ferai jamais de mal à Mona, dit soudain Ash.

Rowan sursauta, plus réveillée que jamais.

Michael tira une dernière bouffée de cigarette et écrasa le mégot dans le grand cendrier de verre. Ses doigts étaient larges, puissants et couverts de poils sombres.

– Je le sais, dit Michael. Mais Yuri avait l'air affolé. Je n'ai pas bien compris pourquoi.

– C'est ma faute. J'ai agi stupidement. C'est pourquoi nous devons avoir une conversation, tous les trois. Et pour d'autres raisons également.

– Mais pourquoi nous faire confiance ? demanda Michael. Pourquoi vous lier d'amitié avec nous, même ? Vous êtes quelqu'un de très occupé, je suppose. Une sorte de multimilliardaire.

– Eh bien, c'est un autre de nos points communs, n'est-ce pas ? dit Ash d'un ton sérieux.

Rowan sourit.

Quel contraste entre les deux hommes ! L'un avait une voix profonde, des yeux bleus et des sourcils broussailleux. L'autre était très grand et mince et faisait de gracieux mouvements de poignet qui donnaient presque le tournis. Deux types d'homme aussi séduisants que différents, aux proportions parfaites et à la forte personnalité, sûrs d'eux et sereins.

Elle regarda le plafond. La fatigue déformait un peu sa vue. Ses yeux étaient secs et il fallait qu'elle dorme. Mais le moment était vraiment mal choisi.

Ash reprit la parole.

– Vous avez une histoire à raconter que nul autre que moi peut entendre et je veux l'entendre. Moi, j'en ai une que je ne raconterai qu'à vous. Refusez-vous mes confidences? Refusez-vous mon amitié et mon amour?

Michael réfléchit.

– Je crois que je prendrai le tout, puisque vous nous le proposez, dit-il en riant.

– D'accord, dit doucement Ash.

– Mais vous savez que j'ai tué Lasher, reprit Michael. Yuri vous l'a dit. Vous ne m'en voulez pas d'avoir tué l'un des vôtres?

– Il n'était pas l'un des miens, répondit Ash en souriant gentiment.

La lumière faisait scintiller la mèche blanche de sa tempe gauche. On aurait dit un homme d'une trentaine d'années, élégant, une sorte de génie des affaires prématurément riche. En fait, un être plusieurs fois centenaire et d'une infinie patience.

Soudain, elle se sentit fière d'avoir tué Gordon. C'était la première fois dans sa triste vie qu'elle avait aimé user de son pouvoir de tuer par sa seule volonté. Cela avait confirmé ce qu'elle soupçonnait depuis toujours : si elle le voulait vraiment, ce pouvoir était imparable.

– J'ai certaines choses à vous dire, dit Ash. Vous devez savoir ce qui s'est passé et comment nous sommes arrivés dans la lande. Mais pas maintenant. Nous sommes trop fatigués.

– Oui, dit Michael. J'aimerais savoir.

Il plongea la main dans sa poche et sortit une cigarette.

– J'aimerais tout savoir à votre sujet, reprit-il. Et j'aimerais aussi examiner le livre, à condition que vous soyez d'accord.

– Bien sûr, dit Ash. Vous êtes une véritable tribu de sorciers et de sorcières. Nous sommes proches, vous et moi. Ce n'est pas si compliqué, en réalité. J'ai appris à vivre dans une profonde solitude. J'arrive à l'oublier pendant des années, puis le désir de renouer des liens refait surface. J'ai le besoin d'être connu, compris et évalué moralement par un esprit évolué. C'est ce qui a fait le charme du Talamasca dès le début : je pouvais y aller à tout moment pour me confier à mes érudits et discuter avec eux des nuits entières. Bien d'autres non-humains ont également bénéficié de cette possibilité. Je ne suis pas le seul.

– En fait, c'est ce dont nous avons tous besoin, non ? dit Michael en jetant un regard vers Rowan.

Un moment de silence, léger et invisible comme un baiser, s'écoula.

Elle hocha la tête.

– Oui, acquiesça Ash. Les êtres humains ont du mal à survivre sans ce genre d'échange, de communication. L'amour. Notre race était très aimante. Nous avons mis beaucoup de temps à comprendre la notion d'agression. Les humains nous considèrent toujours un peu comme des enfants mais nous n'en sommes pas. C'est à cause de cette forme de douceur particulière qui nous caractérise. Elle est empreinte d'entêtement, d'un désir de gratification immédiate et de simplicité en toute chose.

Il se tut un instant, puis demanda très sincèrement :

– Qu'est-ce qui vous tracasse, en fait ? Pourquoi avez-vous hésité, tous les deux, quand je vous ai proposé de venir à New York avec moi ? Que s'est-il passé dans vos esprits ?

– Tuer Lasher était plus ou moins une question de survie pour moi, dit Michael. Il y avait un témoin, un homme qui pouvait comprendre et pardonner, si cela avait été nécessaire. Et cet homme est mort.

– Aaron ?

– Oui. Quant aux deux autres types, eh bien, disons que c'était de l'autodéfense...

– Et ces morts vous hantent, dit gentiment Ash.

– J'ai tué Lasher volontairement. Il avait fait du mal à ma femme et il m'avait pris mon enfant. Qu'aurait été cet enfant, exactement ? Nul ne peut le dire. Tant de questions restent en suspens. Lasher s'était aussi attaqué aux femmes de la famille. Dans son besoin de procréer, il les avait tuées. Il ne pouvait plus vivre parmi nous. La coexistence était impensable. Et puis il y a eu, comme vous dites, le contexte. C'est-à-dire la façon dont il s'est présenté dès le début, sous forme de fantôme, la façon dont il m'a... utilisé dès le départ.

– Je vous comprends parfaitement, dit Ash. À votre place, je l'aurais tué aussi.

– Ah bon? Il était pourtant l'un des derniers membres de votre espèce sur terre. Vous n'auriez pas ressenti une sorte de loyauté envers votre race?

– Non, dit Ashlar. Je crois que vous ne me comprenez pas. J'ai passé ma vie à me prouver que je suis aussi bon qu'un humain. Rappelez-vous qu'un jour j'ai voulu expliquer au pape Grégoire que nous avions une âme. Je n'aurais jamais pris la défense d'un esprit errant assoiffé de pouvoir qui aurait usurpé un corps humain. Ce type d'attitude ne provoque en moi aucun sentiment de loyauté.

Michael hocha la tête.

– Parler avec Lasher, poursuivit Ash, discuter avec lui de ses souvenirs aurait pu m'apporter un repos considérable. Mais non, je n'aurais éprouvé aucun sentiment de loyauté à son égard. Ce que les chrétiens et les Romains n'ont jamais compris, c'est qu'un meurtre reste un meurtre, que la victime soit un humain ou l'un d'entre nous. J'ai vécu trop longtemps pour croire bêtement que les humains sont indignes de compassion, qu'ils sont « autres ». Nous sommes tous liés, tout est lié. J'ignore le comment et le pourquoi. Mais c'est vrai. Lasher a tué pour parvenir à ses fins et cet être malfaisant devait être détruit pour toujours. Celui-là seulement...

Il haussa les épaules et sourit de nouveau, un peu amèrement peut-être.

– J'ai toujours pensé, imaginé, rêvé, reprit-il, que si nous revenions, si une nouvelle chance nous était donnée sur cette terre, nous pourrions éradiquer le crime.

Michael sourit.

– Vous ne le pensez pas en ce moment.

– Non, et j'ai mes raisons. Vous comprendrez quand nous serons chez moi à New York.

– Je haïssais Lasher, dit Michael. Il était méchant et vicieux. Il se servait de nous. Erreur fatale. Vous croyez au destin?

– Je ne sais pas.

– Comment ça, vous ne savez pas ?

– Il y a des siècles de cela, on m'a dit qu'être le seul survivant de mon peuple était mon destin. J'étais malin. J'avais survécu aux hivers, aux batailles et à des événements indescriptibles. Alors, j'ai continué à survivre. Destin ou instinct de survie ? Je l'ignore. Quoi qu'il en soit, cette créature était votre ennemie. Pourquoi avez-vous besoin de mon pardon ?

– Le problème n'est pas vraiment là, dit Rowan, avant que Michael ne puisse répondre.

Elle était toujours recroquevillée dans son siège, la tête appuyée sur le cuir du repose-tête. Elle les voyait bien tous les deux et tous deux la regardaient.

– Du moins, je ne pense pas que ce soit le problème de Michael, poursuivit-elle. Il se tracasse pour quelque chose que j'ai fait et qu'il n'a pu faire lui-même.

Elle fit une pause.

– J'ai tué un autre Taltos, une femelle.

– Une femelle ? demanda doucement Ash. Une vraie femelle Taltos ?

– Oui, la fille que j'ai eue de Lasher. Je l'ai tuée. Je l'ai abattue avec un pistolet. Je l'ai tuée dès que j'ai vu ce qu'elle était. J'avais autant peur d'elle que de lui.

Ash paraissait fasciné mais nullement ébranlé.

– Je redoutais une rencontre entre le mâle et la femelle. J'avais peur des cruelles prédictions de Lasher et du sombre avenir qu'il avait décrit. Et j'avais peur qu'en fécondant une autre Mayfair il n'engendre un mâle qui trouverait la femelle et se reproduirait avec elle. Cela aurait été une victoire pour lui. Il aurait gagné. Après tout ce que j'avais souffert, tout ce que Michael et les autres sorcières Mayfair avaient souffert, depuis le début, cet accouplement aurait été le triomphe du Taltos.

Ash hocha la tête.

– Ma fille est venue vers moi avec amour, dit Rowan.

– Oui, murmura Ash, impatient d'entendre la suite.

– Je l'ai tuée. J'ai tué ma petite fille sans défense alors qu'elle m'avait soignée avec son lait. Elle m'avait guérie du traumatisme de sa naissance. Ce qui me tracassait, et tracassait aussi Michael, c'était que vous découvriez cela. Vous, justement, qui cherchiez à vous rapprocher de nous. Nous avions peur que vous soyez horrifié quand vous sauriez que j'avais éliminé une femelle.

Ash se pencha en avant. Il posa les coudes sur ses genoux et un doigt sous sa lèvre inférieure. Les sourcils levés, il regarda Rowan droit dans les yeux.

– Qu'auriez-vous fait si vous l'aviez découverte, mon Emaleth ? demanda Rowan.

– C'était son nom ? murmura-t-il, étonné.

– C'était le nom que son père lui avait donné. Il m'avait violée un nombre incalculable de fois. Les fausses couches ont failli me tuer. Et puis, finalement, j'ignore pourquoi, il y a eu Emaleth, la seule qui ait été assez résistante pour naître.

Ash soupira, s'adossa à son siège et posa un bras sur l'accoudoir. Il dévisagea Rowan. Mais il ne semblait ni accablé ni fâché.

Pendant une fraction de seconde, elle se trouva folle de lui avoir avoué la vérité. Surtout ici, dans son propre avion. Mais c'était incontournable. Il fallait qu'il sache s'ils voulaient progresser, mieux se connaître et cultiver l'amour qui était en train de naître entre eux.

– Est-ce que vous auriez voulu l'avoir ? demanda Rowan. Auriez-vous remué ciel et terre pour la trouver, la sauver, la mettre en sécurité et reconstituer votre tribu ?

Michael avait peur pour elle, son regard était éloquent. En les considérant tous les deux, elle se rendit compte qu'elle ne parlait pas que pour eux. Elle parlait aussi pour elle, la mère qui avait appuyé sur la détente et tué sa fille. Elle tressaillit soudain. Les yeux fermés, son corps se mit à trembler et s'affaissa en arrière. Elle avait entendu la chute du corps sur le sol, elle avait vu le visage exploser, elle avait bu le lait, ce lait épais comme un sirop blanc, si bon pour elle.

– Rowan, dit doucement Ash. Rowan, je vous en prie, ne revivez pas ces instants à cause de moi.

– Vous auriez remué ciel et terre pour la trouver, n'est-ce pas ? demanda-t-elle. C'est pour cela que vous êtes allé en Angleterre quand Samuel vous a appelé pour vous raconter l'histoire de Yuri. Vous vous êtes précipité parce qu'on avait vu un Taltos à Donnelaith.

– Je ne connais pas la réponse à votre question. Je serais venu, oui, mais essayer de l'emmener, je ne sais pas.

– Allez, comment aurait-il pu en être autrement ?

– Comment aurais-je pu ne pas vouloir recréer la tribu, voulez-vous dire ?

Il secoua la tête et regarda pensivement par terre.

– Vous êtes un sorcier et une sorcière vraiment étranges, murmura-t-il.

– C'est-à-dire ?

Ash se leva soudain. Sa tête touchait presque le plafond de la cabine. Il s'étira puis leur tourna le dos, fit quelques pas et se retourna vers eux.

– Ce que je peux vous dire, c'est que je suis content que la femelle soit morte. J'en suis vraiment content.

Il hocha la tête et posa une main sur le dossier de son siège. Il avait le regard ailleurs. Ses cheveux tombaient sur ses yeux. Il avait un air presque décharné et ressemblait un peu à un magicien.

– Je suis soulagé que vous m'appreniez en même temps qu'elle a existé et qu'elle n'est plus.

– Je crois que je commence à comprendre, dit Michael.

– Vous croyez ?

– Nos tribus apparemment similaires et pourtant trop dissemblables ne peuvent se partager cette terre, n'est-ce pas ?

– C'est exactement cela. Quelle race peut coexister avec une autre ? Quelle religion avec une autre ? La guerre est partout et, quoi que l'on dise, une guerre est toujours de nature tribale. Elle vise l'extermination, que ce soient les Arabes contre les Kurdes, les Turcs contre les Européens ou les Russes contre les Orientaux. Cela ne s'arrêtera jamais. Les hommes en rêvent, bien sûr, mais ce sera impossible tant qu'ils seront des hommes. Si mon espèce renaissait et si les humains étaient exterminés, mon peuple pourrait vivre en paix. Mais n'est-ce pas ce que pensent tous les peuples ?

– Ne peut-on imaginer qu'un jour il n'y aura plus de conflits ? suggéra Michael.

– C'est concevable, oui, mais impossible.

– Il n'est pas indispensable qu'une ethnie domine les autres, insista Michael. Elles peuvent très bien ne pas même se connaître.

– Vous voulez dire que nous pourrions vivre dans la clandestinité ? Savez-vous à quelle vitesse se multiplient ceux de notre race ? Savez-vous à quel point nous sommes puissants ? Vous n'avez jamais vu un Taltos naître en ayant déjà le savoir. Vous ne l'avez jamais vu atteindre sa taille adulte en quelques minutes. Vous n'avez jamais vu cela.

– Moi, si, dit Rowan. Deux fois.

– Et qu'en dites-vous ? Que se passerait-il si j'avais une femelle ? Ou si je m'en prenais à votre innocente Mona que ma semence pourrait tuer ou qui donnerait naissance à un Taltos ?

– Ce que je peux vous dire, dit Rowan en prenant une profonde inspiration, c'est qu'au moment où j'ai tué Emaleth il n'y avait pas le moindre doute dans mon esprit : elle représentait une menace pour mon espèce et elle devait mourir.

Ash sourit.

– Et vous aviez raison.

Tout le monde se tut un instant, puis Michael prit la parole :

– Vous connaissez le pire de nos secrets maintenant.

– Oui, confirma Rowan.

– Et je me demande si nous connaissons le vôtre, poursuivit Michael.

– Vous le connaîtrez, affirma Ash. Mais nous devrions dormir un peu maintenant. J'ai mal aux yeux et ma société m'attend pour régler des centaines de petits problèmes. Dormez maintenant. Quand nous serons à New York, je vous confierai tous mes secrets, les pires comme les meilleurs.

23

– Mona, réveille-toi !

Elle entendit le marécage avant de le voir. Le coassement des grenouilles taureaux, le chant des oiseaux de nuit et le clapotis de l'eau tout autour d'elle. La voiture s'était arrêtée, elles devaient être arrivées.

Son rêve avait été des plus étranges. Elle devait passer un examen, et celle qui le réussirait devait diriger le monde. Il fallait donc qu'elle réponde à toutes les questions choisies dans des domaines aussi variés que les sciences, les mathématiques, l'histoire, l'informatique – son point fort –, les actions et les obligations, le sens de la vie. Cette dernière matière avait été la plus difficile parce qu'elle se sentait tellement vivante qu'elle avait du mal à expliquer pourquoi. On sait simplement que la vie est magnifique. Avait-elle obtenu le score parfait de cent pour cent ? Allait-elle diriger le monde ?

– Réveille-toi, Mona ! murmura Mary Jane.

Elle ne pouvait pas voir que Mona avait les yeux ouverts et qu'elle regardait par la vitre, vers les marais, les arbres effilés, penchés et maladifs, envahis de mousse. La lune éclairait les eaux presque entièrement couvertes de lentilles d'eau et les racines émergentes des cyprès se dressaient comme de dangereuses flèches tout autour des épais troncs d'arbres. Des myriades d'insectes volaient dans la nuit. C'étaient peut-être des blattes. Autant ne pas y penser.

Son dos lui faisait mal. Elle se sentait lourde, tout endolorie et avait envie de lait. Elles s'étaient arrêtées deux fois déjà pour en acheter, et elle en avait encore besoin. Elles avaient rempli la glacière de litres de lait.

– Allez, mon ange, sors de la voiture et attends-moi ici. J'irai cacher la voiture pour que personne ne la trouve.

– Et comment comptes-tu cacher un truc aussi énorme ?

Mary Jane ouvrit la portière et l'aida à descendre. Soudain, elle fit un pas en arrière, la regarda et eut un air horrifié qu'elle tenta de dissimuler. La lumière intérieure de la voiture éclairait son visage.

– Mon Dieu, Mona ! Et si tu mourais ?

Mona planta fermement ses pieds sur le sol tapissé d'une épaisse couche de coquillages blancs et attrapa le poignet de sa cousine.

– Arrête de dire ça, Mary Jane.

Elle voulut soulever le sac de courses mais elle était incapable de se pencher.

Mary Jane venait d'allumer la lanterne. Lorsqu'elle se retourna, la lumière qui éclaira ses yeux lui donna un air fantomatique. Mona distingua la cabane délabrée derrière elle, le ponton branlant et les guirlandes de mousse tombant nonchalamment des branches d'arbres apparemment mortes audessus d'elle.

Des insectes volaient dans tous les sens.

– Mona, on voit tes os à travers la peau de ton visage, dit Mary Jane. Je te jure que je vois tes dents à travers tes lèvres.

– Arrête ! Tu es dingue ! C'est la lumière. Toi aussi, tu as l'air d'un revenant.

Elle se sentait horriblement mal. Son corps entier était douloureux, même ses pieds.

– Si tu voyais la couleur de ta peau ! On dirait que tu sors d'un bain de lait de chaux.

– Je vais très bien. Mais je n'arrive pas à soulever ce truc.

– Je m'en occupe. Toi, tu te reposes contre cet arbre. Tu te rappelles ? Je t'en ai parlé. C'est le plus vieux qu'il y ait par ici. Et là, tu vois ? Il y avait le petit étang. On y faisait de la barque avec toute la famille. Tiens, prends la lanterne. La poignée n'est pas chaude.

– Ça me paraît dangereux. Dans les westerns, il y a toujours une lanterne comme celle-là dans la grange où les méchants ont coincé le héros. Chaque fois, elle tombe et met le feu à la paille. J'ai horreur de ça.

– Personne fera ça ici, cria Mary Jane par-dessus son épaule en posant les sacs l'un après l'autre sur le sol de coquillages. De toute façon, y a pas de paille et, si y en avait, elle serait complètement détrempée.

Les phares de la voiture éclairaient loin, jusqu'aux épais rideaux de troncs d'arbres, les uns minces, les autres très gros. Bien que stagnante, l'eau puante émettait un clapotis.

– Cet endroit est complètement sauvage, murmura Mona.

Mais elle aimait la fraîcheur et la douceur de l'air.

Mary Jane laissa tomber la lourde glacière.

– Maintenant, pousse-toi sur le côté. Quand je ferai demi-tour avec la voiture, suis bien la direction des phares et tu découvriras Fontevrault.

Elle claqua la portière et fit crisser les pneus. Le gros véhicule vira sur la droite et le pinceau lumineux des phares passa sur les arbres grêles puis, soudain, sur la maison, énorme et dangereusement penchée. La voiture acheva son demi-tour et plongea Mona dans le noir. Mais la vue de la maison restait imprimée sur sa rétine : une espèce de monstre tout noir qui ne demandait qu'à se renverser.

Elle faillit crier. Entrer dans une maison aussi penchée et délabrée que celle-là était suicidaire ! Tandis que la voiture s'éloignait dans un nuage blanc, Mona vit au milieu du porche, à travers l'imposte, une lumière dans la maison. Et, lorsque le bruit du moteur eut cessé, elle crut même entendre le son d'une radio.

La lanterne n'éclairait pas mal mais, tout autour, il faisait noir comme dans un four.

Mary Jane n'a pas dû se rendre compte que la maison s'était renversée pendant son absence ! Il faut absolument sortir Granny de là, à supposer qu'elle ne soit pas encore tombée à la flotte. Et quelle flotte, quelle vase ! L'odeur était très forte et... Oh, le ciel avait cette couleur rose propre aux nuits de Louisiane ! Chaque arbre étendait ses branches malingres pour rejoindre celles du voisin et, partout, de la mousse presque translucide. Les cimes des arbres étaient couvertes de toiles argentées. Araignées ou vers à soie ?

– Je comprends le charme de cette maison, dit-elle. Si seulement elle ne menaçait pas de basculer !

Maman.

Je suis là, Morrigan.

Elle entendit un bruit derrière elle, sur la route. Mary Jane revenait en courant, seule dans le noir. La moindre des choses était de se retourner pour l'éclairer. La douleur dans son dos était insupportable et l'empêchait de soulever la lanterne.

Est-ce que cette théorie de l'évolution tient compte de toutes les espèces existant à l'époque sur la planète ? Je veux dire, il n'y a pas une autre théorie ? Sur le développement spontané, par exemple.

Elle secoua ses membres pour sortir de sa torpeur. De toute façon, elle ne connaissait pas la réponse. À vrai dire, l'évolution ne lui avait jamais paru logique. *La science a atteint un stade où, une fois encore, différentes sortes de croyances, autrefois condamnées comme étant métaphysiques, sont désormais tout à fait possibles.*

Mary Jane sortit de l'obscurité en courant comme une petite fille, ses chaussures à la main. En arrivant près de Mona, elle s'arrêta et se plia en deux pour reprendre son souffle. Elle la regarda.

– Mon Dieu, Mona ! Il faut que je t'amène tout de suite dans la maison.

– Ta culotte est complètement déchirée.

– Tant mieux. Je la déteste.

Elle ramassa la glacière et se mit à courir sur le ponton.

– Viens, Mona, dépêche-toi si tu veux pas mourir dans mes bras juste ici.

– Arrête tes conneries ! Le bébé peut t'entendre.

Mona entendit un bruit sourd. Mary Jane venait de lancer la glacière dans le bateau. Donc, il y avait bien un bateau. Mona essaya de se dépêcher sur les planches de bois à moitié pourries, mais chaque pas la faisait souffrir atrocement. Soudain, elle comprit ce qu'était cette douleur semblable à un fouet s'enroulant autour de sa taille. Elle se mordit les lèvres pour ne pas crier.

Mary Jane retournait en courant vers le bateau avec sa deuxième charge.

– J'aimerais t'aider, dit Mona.

Elle marcha lentement jusqu'au bord du ponton, contente d'avoir des chaussures plates, et aperçut la large pirogue peu profonde. Mary Jane y jetait le dernier sac et, en vrac, les coussins et les couvertures.

– Passe-moi la lanterne et attends que je revienne t'aider.

– Mary Jane, euh... j'ai peur de l'eau. Je me sens très gauche et je ne suis pas sûre de pouvoir monter sur le bateau.

La douleur la traversa de nouveau. *Maman, je t'aime. J'ai peur.*

– N'aie pas peur et tais-toi, dit Mona.

– Qu'est-ce que tu dis ? demanda Mary Jane.

Elle sauta dans la grande pirogue métallique, attrapa une longue perche accrochée quelque part sur le côté et se mit à pousser dessus pour faire reculer l'embarcation. La lanterne était posée à l'avant, sur un petit banc ou quelque chose prévu à cet effet.

– Viens, mon cœur. Tu montes juste dedans. Voilà, pose tes deux pieds.

– Mais on va se noyer !

– Mais non ! Y a même pas un mètre quatre-vingts de profondeur. On va se salir mais pas se noyer.

– Je peux très bien me noyer dans un mètre quatre-vingts d'eau, tu sais. Et la maison, regarde-la !

– Qu'est-ce qu'elle a ?

Dieu merci, le monde cessait de tanguer dans tous les sens. Mary Jane lui lâcha la main et empoigna la perche des deux mains. La pirogue commença à s'éloigner du ponton.

– Mais regarde-la, Mary Jane !

– Calme-toi, on a juste quinze mètres à faire. Reste bien tranquille. Cette pirogue est très stable, rien ne peut la faire chavirer.

– La maison ! Je te parle de la maison ! Elle penche d'un côté.

– Ma chérie, elle est comme ça depuis cinquante ans.

– J'étais sûre que tu dirais ça. Et si elle sombrait dans l'eau ? Ça me fiche la trouille une baraque aussi énorme penchée à ce point !

Autre douleur fulgurante.

– Arrête de la regarder, c'est tout ! Tu sais, j'ai mesuré moi-même son inclinaison avec un compas et un morceau de verre. Elle fait même pas cinq degrés. C'est juste une illusion d'optique, à cause des colonnes qui devraient être à la verticale.

Elle souleva la perche et l'embarcation à fond plat glissa vers l'avant, entraînée par son propre élan. La nuit se refermait sur elles, et les arbres, eux aussi penchés, semblaient près de tomber dans l'eau.

Mary Jane continuait de plonger la perche dans l'eau et de faire avancer l'embarcation.

– C'est la porte d'entrée ? demanda Mona.

– Les gonds ont été arrachés, mais c'est vers là qu'on va. Bon, voilà, je t'amène directement en bas de l'escalier intérieur et j'attache le bateau au pilastre, comme d'habitude.

Elles avaient atteint le porche. Mona mit les mains sur sa bouche. Elle voulait les mettre sur ses yeux mais elle avait peur de perdre l'équilibre. Elle observa les treilles entremêlées au-dessus d'elle. Il y avait des ronces partout. Il devait y avoir eu des rosiers à cet endroit, autrefois. Des grappes de glycine luisaient dans l'obscurité. Elle adorait la glycine.

Elle n'avait jamais vu de colonnes aussi larges. Comment se faisait-il qu'elles ne se soient pas encore écroulées ? Malgré tous les dessins de cette maison qu'elle avait vus, elle n'aurait jamais imaginé qu'elle fût d'une telle majesté. Le style Renaissance classique dans toute sa splendeur.

Les armatures du porche étaient complètement rouillées et l'énorme trou béant au-dessus de l'entrée aurait pu être un nid entier de blattes. Peut-être que les grenouilles se nourrissaient de blattes ? Leur coassement incessant était bien plus fort que le chant des cigales à La Nouvelle-Orléans.

– Mary Jane, il n'y a pas de blattes, ici, hein ?

– Des blattes ! Ici, y a toutes sortes de serpents très dangereux et des tas d'alligators. Mes chats mangent les blattes.

Elles passèrent la porte d'entrée et, soudain, le grand hall s'ouvrit devant elles, immense, plein d'odeurs de plâtre gorgé d'eau, de colle à papier peint et de bois. Cela sentait le pourri et le marais. L'eau ondulait en reflétant la lumière de la lanterne sur les murs et le plafond.

Soudain, elle vit Ophélie flottant sur l'eau, les cheveux piqués de fleurs.

Derrière une grande porte ouverte, elle aperçut un salon complètement dégradé et, par endroits, des draperies tellement imbibées d'eau que leur couleur d'origine était impossible à discerner. Le papier pendait du plafond en longues guirlandes.

Le bateau heurta le bas de l'escalier. Mona tendit une main vers la rampe, persuadée qu'elle allait céder. Mais non. Heureusement, car une nouvelle vague de douleur la traversa. Elle dut retenir sa respiration.

– Mary Jane, il faut nous dépêcher.

– C'est à moi que tu dis ça ? Je suis morte de trouille.

– Il n'y a pas de quoi. Sois courageuse. Morrigan a besoin de toi.

– Morrigan !

La lueur de la lanterne vacilla puis atteignit le premier étage. Le papier mural était décoré de petits bouquets si fanés que seules les parties blanches étaient encore visibles. Le plâtre des murs était tombé par plaques mais on ne voyait pas au travers.

– Les murs sont tous en brique, comme à First Street. T'inquiète pas, dit Mary Jane.

Elle amarrait la pirogue. Apparemment, elles avaient abordé sur une marche. Le bateau s'était stabilisé. Mona s'accrocha à la rampe, aussi effrayée de descendre de l'embarcation que d'y rester.

– Monte l'escalier, je prends les affaires. Tu montes et tu vas tout droit jusqu'au fond pour dire bonjour à Granny. T'en fais pas pour tes chaussures, j'en ai des biens sèches là-haut. Je m'occupe de tout.

Avec précaution, en gémissant un peu, Mona prit la rampe à deux mains et sortit du bateau en se hissant du mieux qu'elle pouvait. Elle se retrouva en sécurité sur la première marche sèche.

Une main sur la rampe, l'autre sur le mur spongieux à sa gauche, elle leva la tête et sentit la majesté de la maison, son odeur de moisi, sa force, son refus obstiné de se laisser engloutir par les eaux.

Massif et solide, le bâtiment avait dû résister longtemps et resterait peut-être pour toujours dans son état présent. En pensant à toute cette vase, au fond de l'eau, Mona se demanda un instant si elle n'allait pas être happée, comme dans les scènes de sables mouvants qu'elle avait vues au cinéma.

– Allez, monte ! l'encouragea Mary Jane, qui avait déjà hissé un sac une marche plus haut que Mona.

Mona commença son ascension. Le sol était bien ferme, et curieusement sec à mesure qu'elle montait. Comme si le soleil parvenait jusqu'ici et asséchait les marches, et les blanchissait, même, comme du bois de flottage.

Elle se retrouva enfin sur le palier du premier et tenta de distinguer le bout du couloir. Il y avait une autre grande porte éclairée par des ampoules fixées sur un entrelacs de fils électriques. On aurait dit une moustiquaire.

Elle fit plusieurs pas en se tenant au mur, qu'elle fut étonnée de trouver sec et dur, puis elle entendit un petit rire venant du fond du couloir. Tandis que Mary Jane remontait avec la lanterne et la posait près des sacs, sur le palier, Mona aperçut un enfant au loin.

C'était un jeune garçon à la peau très sombre, aux grands yeux noirs et aux cheveux noirs et souples. Son visage faisait penser à un petit saint indien. Il l'observait.

– Hé, Benji ! Viens m'aider, grouille-toi, cria Mary Jane.

Le garçon s'approcha nonchalamment. Il n'était pas si petit, en fait. Il avait à peu près la taille de Mona, un peu moins d'un mètre soixante.

C'était l'un de ces magnifiques enfants au sang mêlé : africain, indien, espagnol, français, et peut-être Mayfair. Mona avait envie de toucher sa joue pour voir si sa peau avait la texture qu'elle croyait, c'est-à-dire du cuir très finement tanné. Elle se rappela que Mary Jane avait dit qu'il vendait ses charmes en ville. Soudain, Mona vit une pièce au papier mauve, des lampes aux abat-jour à franges, des gentilshommes décadents, comme oncle Julien, vêtus de blanc et elle-même dans un grand lit en cuivre avec cet adorable garçon.

Folie. La douleur la reprit. Elle faillit s'écrouler sur place. Mais elle se remit en marche. De gros chats à longue queue passèrent en courant près d'elle. Il y en avait au moins cinq.

Le beau garçon aux cheveux brillants était devant elle, deux sacs dans les bras. Tout semblait assez propre, comme s'il avait fait le ménage.

Les chaussures de Mona étaient trempées.

– C'est toi, Mary Jane ? appela une voix. Benji, c'est elle ? Mary Jane !

– J'arrive, Granny, j'arrive ! Qu'est-ce que tu fais ?

Mary Jane dépassa Mona en courant avec la glacière, coudes écartés, ses longs cheveux de lin flottant derrière elle.

– Je suis là, Granny ! dit-elle en disparaissant dans un tournant. Qu'est-ce que tu fais ?

– Je mange des biscuits et du fromage, tu en veux ?

– Non, pas maintenant. Embrasse-moi. La télé est cassée ?

– Non, j'en avais juste marre. Benji a écrit mes chansons pendant que je les chantais.

– Écoute, Granny, faut que j'y aille. J'ai ramené Mona Mayfair. Faut que je l'emmène dans le grenier. Il y fait plus chaud et plus sec.

– Oui, je t'en prie, murmura Mona.

Elle s'adossa au mur.

Maman, je viens.

Attends, ma chérie, il reste un étage à monter.

– Non, Granny, pas maintenant ! lança Mary Jane en sortant de la pièce les bras tendus pour attraper Mona.

– Allez, on monte !

Au moment où Mary Jane entraînait Mona vers la première marche, un cliquetis et un bruit de frou-frou se firent entendre et une petite bonne femme sortit précipitamment de la pièce du fond. Son visage était froissé comme un vieux chiffon et ses yeux de jais donnaient le sentiment qu'elle avait un caractère agréable.

– Il faut que je me dépêche, dit Mona en se hâtant du mieux qu'elle pouvait. Cet escalier penché me donne la nausée.

– Ce ne serait pas plutôt le bébé ? dit la vieille femme. Benji, monte allumer les lumières, ajouta-t-elle en attrapant Mona avec une poigne insoupçonnée. Pourquoi ne pas m'avoir dit que cette enfant était enceinte ? C'est la fille d'Alicia, celle qui a failli mourir quand on lui a enlevé le sixième doigt !

– Qu'est-ce que vous dites ? demanda Mona en se tournant vers le petit visage ridé comme une pomme. Vous voulez dire que j'avais le sixième doigt ?

– Bien sûr et tu as failli y passer ! Personne ne t'a raconté que l'infirmière t'a fait deux piqûres ? Ton cœur a bien failli s'arrêter et c'est Évelyne qui t'a sauvée.

Benji les dépassa en courant.

– Non, personne ne me l'a raconté. Mon Dieu, le sixième doigt !

– Très bien, ça va t'être utile, dit Mary Jane.

Elles montaient lentement et Mona avait l'impression qu'il restait encore des centaines de marches pour arriver jusqu'en haut, où se tenait la mince silhouette de Benji. Il avait allumé les lumières et commençait à redescendre lentement.

Granny s'était arrêtée au pied de l'escalier. Sa chemise de nuit touchait le sol et ses yeux noirs ne cessaient de bouger, de prendre la mesure de Mona. C'est bien une Mayfair, se disait-elle.

– Va chercher les couvertures, les coussins et tout ça ! ordonna Mary Jane à Benji. Grouille ! Et puis le lait, Benji, oublie pas le lait !

– Eh, une minute, cria Granny. Ce n'est pas dans le grenier qu'il faut l'emmener mais à l'hôpital. Où est ta camionnette ? Au ponton ?

– Laisse tomber. Elle va accoucher ici, dit Mary Jane.

– Mary Jane ! gronda Granny. Je ne peux même pas monter à cause de ma hanche.

– Retourne dans ton lit, Granny. Et dis à Benji de faire vite. Benji, si tu te grouilles pas, t'auras pas un dollar !

Elles continuèrent de monter, l'air se réchauffant au fur et à mesure.

L'endroit était immense. Même enchevêtrement de fils électriques qu'en bas. Il y avait des malles-cabines et des placards aménagés dans tous les gables, sauf un, qui contenait un énorme lit. Ses montants étaient en bois sombre, comme on en faisait à la campagne, et le baldaquin avait été remplacé par la plus grande moustiquaire qu'elle ait jamais vue et qui masquait l'entrée du gable. Mary Jane la souleva et Mona se laissa tomber sur le matelas.

C'était bien sec. L'édredon de plume s'écrasa agréablement sous elle. Il y avait des coussins partout et une lampe à huile sur le côté. On se serait cru dans une sorte de tente.

– Benji ! Va chercher la glacière !

– *Chère*, je viens de la mettre sous le porche de derrière, protesta le garçon.

Il avait l'accent cajun, contrairement à la grand-mère. Elle parle à peu près comme nous, songea Mona, juste un peu différemment...

– Vas-y, je te dis !

La moustiquaire retenait la lumière dorée et faisait de ce grand lit un lieu bien isolé. L'endroit idéal pour mourir, mieux que dans l'eau avec les fleurs.

La douleur revint mais, cette fois, Mona était confortablement installée. Qu'était-elle censée faire ? Elle avait lu des trucs là-dessus. La respiration haletante ? Impossible de s'en souvenir. Elle n'avait pas eu le temps de faire le tour de la question. Mon Dieu, c'était imminent !

Elle attrapa la main de Mary Jane. Allongée auprès d'elle, celle-ci lui tamponnait le front avec un tissu très doux.

– Oui, ma chérie, je suis là. Il grossit de plus en plus, tu sais...

– Elle va naître, murmura Mona. C'est mon bébé. Si je meurs, il faudra que tu le fasses pour moi avec Morrigan.

– Faire quoi ?

– Préparer un lit de fleurs...

– Un quoi ?

– Tais-toi ! C'est très important ce que je te dis.

– Mary Jane ! hurla Granny du bas de l'escalier. Viens là et aide Benji à me porter !

– Tu feras un radeau tapissé de fleurs, dit Mona. De la glycine, des roses et tout ce que tu trouveras dehors. Des iris...

– Oui, oui, et ensuite ?

– Je veux qu'il soit très aérien, très fragile, pour qu'il se détruise petit à petit dans le courant. Et mon corps sombrera dans l'eau, comme Ophélie...

– D'accord, d'accord ! Tout ce que tu veux. Mona, j'ai la trouille, j'ai vraiment la trouille.

– Alors, joue un peu à la sorcière parce que, maintennt, on n'a plus le choix.

Quelque chose se rompit dans son ventre. Mon Dieu, Morrigan était-elle morte ?

Non, maman, mais je viens. Sois prête à me prendre la main. J'ai besoin de toi.

Mary Jane s'était mise à genoux et se tenait le visage à deux mains.

– Mon Dieu !

– Aide-la, Mary Jane ! Aide-la ! hurla Mona.

Mary Jane ferma les yeux et posa les mains sur le ventre rebondi de Mona. La douleur fut à nouveau fulgurante. Mona essayait d'ouvrir les yeux, de voir la lumière et Mary Jane, de sentir ses mains, de l'entendre chuchoter, mais elle souffrait trop. Elle se sentait aspirée par le vide, ou par les marécages.

– Granny, viens nous aider ! cria Mary Jane.

Le trottinement de la petite femme se fit entendre.

– Benji, sors de là ! s'écria-t-elle. Retourne en bas, tu m'entends ?

Les marécages encore. La douleur de plus en plus forte. Rien d'étonnant à ce que les femmes détestent ce moment. Vraiment. C'est insupportable. Aide-moi, mon Dieu !

– Granny, aide-moi. Prends-lui la main. Granny, tu sais ce qu'elle est ?

– C'est un bébé qui marche, ma fille. J'en ai entendu parler toute ma vie mais je n'en ai jamais vu. Ida Bell Mayfair en a mis un au monde, là-bas dans les marais, quand j'étais enfant. On a dit qu'à sa naissance il était plus grand que sa mère et qu'il s'est tout de suite mis à marcher. Grand-Père Tobias y est allé et l'a découpé à la hache pendant que sa mère hurlait. Tu n'as jamais entendu parler des bébés qui marchent ? À Saint-Domingue, on les brûlait !

– Non, pas le mien ! gémit Mona.

Elle essaya d'ouvrir les yeux. C'était insoutenable.

Soudain, une petite main gluante prit la sienne. *Ne meurs pas, maman.*

– Je vous salue, Marie, pleine de grâce, commença Granny, bientôt imitée par Mary Jane, un peu décalée. Vous êtes bénie entre toutes les femmes et Jésus...

– Regarde-moi, maman, murmura une petite voix dans l'oreille de Mona. Regarde-moi. J'ai besoin de toi, aide-moi à grandir...

– Grandis ! crièrent ensemble les femmes. Je vous salue, Marie, pleine de grâce, faites-la grandir.

Mona se mit à rire. C'est ça ! Mère de Dieu, aide mon bébé qui marche !

Mais elle continuait sa chute dans le vide. Soudain, quelqu'un lui prit les deux mains, elle ouvrit les yeux et vit son propre visage au-dessus d'elle. Son visage tout pâle, avec les mêmes taches de rousseur et les mêmes yeux verts et les cheveux roux. Était-ce elle-même qui venait à son propre secours pour arrêter sa chute, avec son propre sourire ?

– Non, maman, c'est moi. Regarde-moi. C'est Morrigan.

Haletante, elle essaya de reprendre son souffle et de soulever la tête pour toucher la magnifique chevelure rousse. Se soulever juste ce qu'il faut pour... pour toucher son visage et... l'embrasser.

24

À son réveil, il neigeait. On lui avait prêté une longue chemise de nuit de coton bien épaisse, pour les hivers de New York. La chambre était toute blanche et calme. Michael dormait sans bruit.

Ash travaillait dans son bureau, en dessous, ou du moins était-ce ce qu'il avait dit. Il avait peut-être terminé et était allé se coucher.

Aucun son n'était audible dans cette pièce toute en marbre perchée dans le ciel neigeux de New York. Elle s'approcha de la fenêtre et contempla le ciel gris, les flocons tombant lourdement sur les toits environnants et le rebord de la fenêtre.

Six heures de sommeil. C'était suffisant.

Elle s'habilla le plus silencieusement possible d'une robe noire toute simple, mais manifestement aussi chère que les autres vêtements qu'on avait achetés pour elle. Des perles. Des chaussures lacées au-dessus de la cambrure du pied, avec des talons dangereusement hauts. Des collants noirs. Une touche de maquillage.

Elle sortit dans le couloir vide. Appuyez sur le bouton marqué « M » si vous voulez voir les poupées, lui avait-on dit.

Les poupées. Dans son enfance, les poupées avaient été une passion secrète qu'elle n'avait jamais osé avouer à Ellie et à Graham ou à ses amies. À Noël, elle demandait toujours une boîte de petit chimiste ou une nouvelle raquette de tennis ou de nouveaux éléments pour sa chaîne stéréo.

Le vent soufflait dans la cage d'ascenseur comme dans une cheminée. Elle aimait ce bruit.

Les portes d'ascenseur s'ouvrirent sur une cabine lambrissée de bois et couverte de miroirs. Elle n'y avait pas prêté attention à son arrivée, juste avant l'aube. Ils étaient partis à l'aube et arrivés à l'aube. Six heures de gagnées. Pour son corps, c'était maintenant le soir et elle se sentait d'attaque pour passer une bonne soirée.

La cabine se mit à descendre. Le sifflement de l'air était doux à ses oreilles. Elle se demanda si Ash l'aimait aussi.

Elle avait bien dû avoir des poupées, toute petite, mais elle ne s'en souvenait pas. On en offrait toujours aux petites filles. Peut-être que sa mère adoptive était au courant pour les poupées de sorcière, dans la malle du grenier, en vrais cheveux et en vrais os. Peut-être savait-elle qu'il y avait une poupée par sorcière Mayfair. Peut-être que les poupées donnaient la chair de poule à Ellie. Sans compter que certaines personnes, quels que soient leurs goûts et leurs croyances religieuses, avaient peur des poupées.

Avait-elle peur des poupées ?

Les portes s'ouvrirent. Les yeux de Rowan tombèrent sur des vitrines de verre, des appliques en cuivre et les mêmes sols de marbre luisant qu'en haut. Sur le mur, une plaque de cuivre indiquait : « Collection privée ».

Elle sortit de l'ascenseur. La gigantesque pièce était brillamment éclairée.

Des poupées. Où qu'elle pose les yeux, elle voyait des yeux de verre, des visages sans rides, des bouches entrouvertes et des regards francs et tendres.

Dans une énorme vitrine, juste devant elle, se trouvait un sujet en biscuit de faïence d'environ quatre-vingt-dix centimètres de haut, aux longues tresses de mohair et à la robe de soie fanée superbement coupée. C'était une poupée française fabriquée en 1888 par Casimir Bru, le plus grand fabricant de poupées du monde, disait la légende.

Qu'on l'aime ou non, cette poupée était fascinante. Ses

yeux bleus en amande étaient incroyablement lumineux. Ses mains rose pâle en porcelaine étaient si minutieusement ouvragées qu'elles semblaient douées de vie. Son visage, son expression étaient captivants. Les sourcils délicatement peints, légèrement différents l'un de l'autre, donnaient du mouvement au regard. Curiosité, innocence, air pensif.

Nul doute qu'elle était unique. Rowan ressentit un désir incompressible de la toucher, de tâter ses joues rondes aux pommettes rouges et, peut-être, d'embrasser ses lèvres légèrement écartées et de toucher du bout du doigt ses seins pointant presque avec érotisme sous le corsage serré. Ses cheveux d'or s'étaient un peu clairsemés avec le temps et ses petites chaussures de cuir étaient usées et craquelées. Mais l'effet demeurait saisissant, sans âge, irrésistible. Une joie éternelle. Elle avait envie d'ouvrir la vitrine et de la prendre dans ses bras.

Elle se vit en train de la bercer comme un nouveau-né et de chantonner pour elle. Des petites perles bleues ornaient ses oreilles parfaites. Un collier parait son cou. À tous ces détails, il était évident que la poupée n'était pas une petite fille mais une jeune femme sensuelle, d'une extraordinaire fraîcheur et, pourquoi pas, une coquette dangereuse et habile.

Une légende donnait des explications sur ses traits particuliers, sa taille, ses vêtements – d'origine –, sa perfection. C'était la toute première poupée achetée par Ash Templeton.

Sa première poupée. Il avait expliqué brièvement, en lui parlant du musée, qu'il l'avait découverte dans la vitrine d'une boutique parisienne. Elle était neuve, à l'époque.

Comment s'étonner qu'elle ait frappé son cœur et ses yeux et qu'il l'ait transportée partout avec lui pendant un siècle ? Comment s'étonner qu'il ait fondé son immense empire pour lui rendre hommage et, disait-il, « pour mettre sa grâce et sa beauté à la disposition de tous, sous une nouvelle forme » ?

Cela n'avait rien de dérisoire. La poupée était perplexe, oui, narquoise et méditative.

Je comprends tout, songea-t-elle.

Elle se dirigea vers les autres vitrines et découvrit d'autres petits trésors de facture française. Les œuvres de Jumeau et Steiner et d'autres dont elle ne retiendrait pas les noms. Des centaines de petites filles au visage lunaire, à la minuscule bouche rouge et aux yeux en amande.

– Comme vous êtes innocentes, murmura-t-elle.

Elle aurait pu passer des heures dans cet endroit si paisible.

Mais elle n'était plus seule.

À travers plusieurs vitrines de verre, Ash l'observait. Depuis combien de temps ? Le verre déformait légèrement ses traits. Elle fut contente qu'il se mette à bouger.

Il vint vers elle sans un bruit, la poupée de Bru dans les mains.

– Vous pouvez la prendre, dit-il.

– Elle est fragile.

– C'est une poupée.

Tenir sa tête dans la paume de sa main éveilla en elle des sensations très fortes. Les boucles d'oreilles tintèrent contre le cou de porcelaine. Les cheveux étaient doux mais cassants et la couture de la perruque était visible par endroits.

Les doigts minuscules étaient adorables. Les bas en dentelle et les jupons de soie défraîchis semblaient près de partir en lambeaux.

Ash, le visage reposé, l'observait sans bouger. Sa beauté était presque gênante et ses cheveux étaient bien peignés. Il portait un costume de soie blanche très ample, à la mode, d'un couturier italien, sans doute. Sa chemise de soie noire était rehaussée d'une cravate blanche. On aurait presque dit un élégant gangster avec ses énormes boutons de manchettes en or et ses chaussures noir et blanc.

– Qu'est-ce que vous ressentez ? demanda-t-il.

– Elle respire la vertu, murmura-t-elle, craignant de parler plus fort que lui.

Elle lui remit la poupée dans les mains.

– La vertu, répéta-t-il.

Il retourna la poupée pour l'examiner. En quelques gestes vifs, il lissa les plis de sa robe et remit ses cheveux en place. Puis il la souleva et l'embrassa tendrement.

– La vertu, dit-il encore, en regardant Rowan. Mais que ressentez-vous ?

– De la tristesse, dit-elle en se retournant pour placer une main sur la vitrine la plus proche.

La poupée allemande, infiniment plus naturelle, était assise sur une petite chaise en bois. « Mein Liebling », disait la légende. Elle était nettement moins décorative et moins ouvragée. Ce n'était pas une coquette et, pourtant, elle était radieuse et, à sa façon, aussi parfaite que la Bru.

– De la tristesse ?

– Oui, à cause d'une forme de féminité que j'ai perdue ou que je n'ai jamais possédée. Je n'ai aucun regret, mais je me sens triste à cause de quelque chose dont je rêvais quand j'étais petite. Je ne sais pas.

Elle le regarda de nouveau et poursuivit :

– Je ne peux plus avoir d'enfant. Et mes enfants étaient des monstres pour moi. Et ils sont enterrés ensemble sous un arbre.

Il hocha la tête. La sympathie se lisait sur son visage.

Elle avait envie d'ajouter qu'elle n'avait jamais imaginé qu'il pût y avoir tant d'art et de beauté dans le monde des poupées, qu'elle pût les trouver si intéressantes ou qu'elles pussent être si différentes les unes des autres.

Mais derrière ces pensées, dans la partie la plus cachée et la plus froide de son cœur, elle se disait que leur beauté était triste, aussi triste que celle d'Ash.

Soudain, elle eut l'impression que s'il l'embrassait elle lui céderait facilement, que son amour pour Michael ne suffirait pas à l'en empêcher et elle pria intérieurement pour qu'il ne le fasse pas.

Ne pas lui en donner le temps. Elle croisa les bras et passa devant lui pour s'approcher de la zone inexplorée des poupées allemandes. Elle y trouva des poupons rieurs ou boudeurs et des petites filles en culotte de coton. Mais elle n'arrivait pas à oublier qu'il était juste derrière elle et l'observait.

Lorsqu'elle lui fit face, elle fut étonnée par l'émotion dont était chargé son regard et du peu d'effort qu'il faisait pour la lui cacher.

Si tu fais ça, Rowan, tu perdras Michael pour toujours. Lentement, elle baissa les yeux et s'éloigna.

– C'est un endroit magique, lança-t-elle par-dessus son épaule. Mais je suis impatiente d'entendre votre récit.

– Oui, bien entendu. Michael est réveillé. Il doit avoir presque terminé son petit déjeuner. Si nous montions ? Je suis prêt à souffrir. Je suis prêt pour le plaisir singulier de tout vous raconter.

Elle le regarda replacer la grande poupée dans sa cage de verre et, une fois encore, remettre ses vêtements en place. Puis il déposa un baiser sur ses propres doigts et les posa sur la poupée. Il ferma la vitrine à l'aide d'une petite clé en or qu'il enfouit dans sa poche.

– Vous êtes mes amis, dit-il.

Il passa devant elle et appuya sur le bouton de l'ascenseur.

– Je suis en train de tomber amoureux de vous, dit-il. C'est dangereux.

– Je ne veux pas que ce soit dangereux, répondit-elle. Je suis trop envoûtée par vous pour risquer que nous soyons blessés ou déçus. Mais, dites-moi, est-ce de nous deux que vous êtes amoureux ?

– Oh oui ! dit-il. Sinon, je vous supplierais à genoux de me laisser vous faire l'amour. Je vous poursuivrais jusqu'au bout du monde.

Elle se retourna et entra dans l'ascenseur, le visage en feu et l'esprit en ébullition. Elle eut une dernière vision des poupées avant que la porte ne se referme.

– Je suis désolé d'avoir dit cela, s'excusa-t-il timidement. J'ai été malhonnête de vous le dire et de me rétracter ensuite.

– Je vous pardonne, dit-elle. Et je suis... flattée. Mais est-ce le mot juste ?

– Intriguée serait plus exact, à mon avis. Ou tentée, mais vous n'êtes pas réellement flattée. Et vous l'aimez si fort que je sens les flammes en vous lorsque je suis avec vous deux. Et c'est ce que je veux. Je veux que ces flammes rayonnent sur moi. Je n'aurais jamais dû vous dire cela.

Elle ne répondit rien, tout simplement parce qu'elle ne

savait pas quoi dire. À part que pour rien au monde elle n'aurait voulu être séparée de lui maintenant, et sans doute Michael non plus, d'ailleurs. D'un certain point de vue, elle sentait que Michael avait encore plus besoin d'Ash qu'elle bien qu'ils n'aient pas eu le temps d'en parler.

La porte s'ouvrit et elle se retrouva dans un grand salon au sol de marbre rose et crème, avec le même genre de mobilier de cuir que dans l'avion. Les sièges étaient plus moelleux, plus grands, mais étonnamment similaires, conçus pour le confort.

Une fois encore, ils s'assirent autour d'une table mais, cette fois, couverte de toutes sortes de fromages, de fruits et de pain.

Un grand verre d'eau fraîche ferait l'affaire pour l'instant.

Michael, vêtu d'une veste en tweed usagé, le nez chaussé de ses lunettes à monture d'écaille, était plongé dans la lecture du *New York Times*.

Lorsqu'ils furent assis tous les deux, il s'arracha à sa lecture, replia correctement le journal et le posa à côté de lui.

Pourvu qu'il n'ôte pas ses lunettes ! Il était si séduisant avec ! Elle sourit soudain, ravie d'être entre ces deux hommes.

Une vague idée de ménage à trois lui traversa l'esprit mais, à sa connaissance, cela ne fonctionnait jamais et, de toute façon, Michael détesterait cette idée. Aucun regret, la réalité présente était nettement plus exaltante.

Tu as une seconde chance avec Michael, se dit-elle. Tu le sais très bien. Ne détruis pas le seul véritable amour que tu aies jamais eu. Montre-toi suffisamment adulte et patiente pour retrouver cet amour. Calme ton esprit et, au moment opportun, tu sauras reconnaître que le bonheur est revenu.

Michael ôta ses lunettes et s'adossa à son siège en croisant les jambes.

Ash s'assit plus confortablement.

Nous avons reformé le triangle, songea-t-elle. Et, sur les trois, je suis la seule à avoir les jambes nues et les pieds serrés sur le côté comme si j'avais quelque chose à cacher.

Elle avait envie de rire, mais une bonne odeur de café détourna son attention. Une cafetière et une tasse étaient juste devant elle, à portée de la main.

Ash la devança, remplit sa tasse et la lui mit dans la main. Assis à sa droite, il était encore plus proche d'elle que dans l'avion. Ils étaient tous plus proches les uns des autres. Le triangle était à nouveau équilatéral.

– Le moment est venu de tout vous raconter, dit soudain Ash. C'est très pénible pour moi, mais j'y tiens.

– Nous en avons conscience, dit Michael. Mais pourquoi y tenez-vous tant ? La souffrance en vaut-elle la peine ?

– Oui, parce que je veux que vous m'aimiez.

Rowan se sentait misérable. Mais Michael sourit et, avec sa franchise habituelle, l'encouragea :

– Alors, dites-nous tout. Lancez-vous.

Un lourd silence tomba entre eux puis, finalement, Ash commença à parler.

25

Tous les Taltos naissent en sachant déjà des choses : faits historiques, légendes, chants, nécessité de certains rituels, langue maternelle, langues parlées autour de la mère, connaissances de base de celle-ci et, probablement, une bonne partie du reste de ses connaissances.

En fait, ces aptitudes de base ressemblent à un filon d'or inexploité dans une montagne. Aucun Taltos ne sait ce qu'il peut tirer de cette mémoire résiduelle mais, en fournissant des efforts, il peut découvrir des choses dans son esprit. Certains Taltos savent même trouver le chemin de Donnelaith. Nul ne sait pourquoi. Certains sont attirés vers la côte nord d'Unst, la plus septentrionale des îles Britanniques, pour regarder au-delà de Burrafirth, au phare de Muckle Flugga, à la recherche du pays perdu de notre naissance.

Cela tient à la chimie de nos cerveaux. Finalement, c'est relativement simple, mais nous ne le comprenons qu'une fois que nous savons pourquoi le saumon retourne sur son lieu de naissance au moment du frai ou pourquoi certaines espèces de papillons retrouvent un minuscule endroit dans une immense forêt au moment de la reproduction.

Notre ouïe est extrêmement développée ; le bruit nous fait mal. La musique peut nous paralyser. Nous devons être très prudents à cet égard. Nous reconnaissons un autre Taltos à l'odeur ou à la vue. Nous reconnaissons un sorcier ou une sorcière quand nous les voyons et, pour nous, leur présence est toujours extrêmement réjouissante.

Mais ce sont des caractéristiques dont je vous reparlerai. Ce que je veux dire, maintenant, c'est que, contrairement à ce que croyait Stuart Gordon, nous n'avons pas deux vies. C'est une erreur qui s'est beaucoup colportée parmi les humains. Lorsque nous explorons nos souvenirs les plus enfouis, que nous remontons courageusement dans le passé, nous nous rendons rapidement compte qu'ils ne peuvent être les souvenirs d'un esprit individuel.

Votre Lasher était un esprit qui avait vécu avant, c'est exact. Un esprit agité qui, refusant d'accepter la mort, avait fait une seconde entrée dans la vie, dont d'autres ont payé le prix.

À l'époque du roi Henri et de la reine Anne, les Taltos n'étaient qu'une légende dans les Highlands. Lasher ne savait pas comment approfondir les souvenirs qu'il avait à sa naissance. Sa mère était humaine et il s'est fixé pour objectif de devenir humain, ce que bien d'autres Taltos avaient déjà fait.

En ce qui me concerne, ma vie a débuté lorsque nous étions toujours le peuple du pays perdu et que l'Angleterre était le pays de l'hiver. Nous connaissions son existence mais n'y allions jamais parce qu'il faisait chaud sur notre île. Les souvenirs qui m'ont formé se situent tous sur cette terre. Ils étaient remplis de lumière solaire et d'insouciance et se sont effacés progressivement à cause des événements qui ont suivi, du poids de ma longue vie et de mes propres réflexions.

Le pays perdu se trouvait dans la mer du Nord, relativement près de la côte d'Unst, comme je l'ai dit, dans un endroit où le Gulf Stream de l'époque réchauffait les eaux avant qu'elles n'atteignent nos côtes.

Mais cette terre d'asile où nous nous développions était en fait le cratère d'un volcan gigantesque, large de plusieurs kilomètres. Il se présentait comme une grande vallée fertile entourée de falaises menaçantes mais magnifiques ; une vallée tropicale parsemée de geysers et de sources chaudes sortant de la terre en bouillonnant et s'écoulant en petits ruisseaux qui se rejoignaient en superbes étangs. L'air était toujours humide, les arbres étaient immenses autour de nos lacs et au bord de nos rivières, les fougères gigantesques et les fruits de toutes sortes et de toutes couleurs : mangues, poires, melons... Les baies sauvages et le raisin ne manquaient jamais et l'herbe était bien épaisse et bien verte.

Les meilleurs fruits étaient les poires à la chair presque blanche. Les meilleurs fruits de mer étaient les huîtres, les moules et les patelles, elles aussi toutes blanches. Il y avait des arbres à pain, dont le fruit pelé était également blanc. Les chèvres sauvages, quand on parvenait à les attraper, donnaient leur lait. Mais il ne valait pas celui de nos mères.

Les vents de la côte parvenaient rarement jusque dans la vallée, hermétiquement close, à l'exception de deux ou trois cols. Les côtes étaient dangereuses car, bien que plus chaude que sur les côtes britanniques, la mer était néanmoins froide et les vents étaient assez violents pour nous emporter. En fait, lorsqu'un Taltos voulait mourir, j'en ai entendu parler, il allait s'enfoncer dans la mer.

Je crois que notre pays était une île, très grande, certes, mais une île. Certaines femmes aux cheveux blancs avaient pour coutume d'en faire le tour à pied, en longeant les plages, et l'on m'a rapporté que ce périple prenait un grand nombre de jours.

Nous avons toujours connu le feu car il y avait des endroits dans la montagne où il était craché par la terre. De la terre très chaude, de la lave fondue sortait en petits filets de ces endroits et s'écoulait jusqu'à la mer.

Nous avons toujours su comment nous procurer du feu, l'entretenir et l'alimenter. Nous l'utilisions pour éclairer nos longues nuits d'hiver, que nous ne désignions par aucun nom et qui n'étaient pas froides. De temps en temps, nous nous servions du feu pour cuisiner des festins mais, la plupart du temps, ce n'était pas nécessaire. Parfois, nous l'utilisions dans le cercle pour les naissances. Nous dansions tout autour et jouions avec. Mais, à ma connaissance, personne ne se brûlait jamais.

J'ignore sur quelle distance les vents sont capables de transporter les graines, les oiseaux, les brindilles, les branches ou les arbres déracinés, mais tout ce qui aimait la chaleur allait vers cette terre, et c'est là que notre race a pris naissance.

Épisodiquement, l'un d'entre nous racontait qu'il avait visité les îles Britanniques – que l'on appelle aujourd'hui Shetland ou Orcades – ou même la côte écossaise. Nous les appelions les îles de l'hiver ou, de façon plus littérale, les îles du froid mordant. Ces récits nous passionnaient. Parfois, un Taltos était emporté par le vent et réussissait, on ne sait comment, à nager jusqu'au pays de l'hiver et à s'y fabriquer un radeau pour revenir.

Certains Taltos prenaient volontairement la mer par esprit d'aventure. Ils partaient sur des bateaux en rondins et, s'ils ne se noyaient pas, revenaient chez nous à demi frigorifiés et ne reparlaient jamais de retourner au pays de l'hiver.

Tout le monde savait qu'il y avait dans ces contrées des animaux couverts de fourrure qui tuaient les gens s'ils le pouvaient. Cela avait donné naissance à des milliers de légendes, de fausses idées et de chansons sur les neiges hivernales, les ours des forêts et la glace flottant sur les lochs.

Très rarement, un Taltos commettait un crime. Par exemple, il s'accouplait sans permission et engendrait un nouveau Taltos qui, pour une raison ou une autre, n'était pas le bienvenu. Ou alors quelqu'un blessait volontairement quelqu'un d'autre et la victime mourait. C'était rarissime. J'en ai entendu parler mais je ne l'ai jamais vu. Le criminel était banni, c'est-à-dire qu'on l'emmenait en Angleterre sur un grand bateau et on l'y laissait mourir.

Nous ne connaissions aucun cycle saisonnier car, pour nous, même l'été écossais était frigorifiant. Nous évaluions le temps en lunes et le concept d'année nous était inconnu.

Bien entendu, il y avait une légende sur l'époque d'avant la lune. Et puis celle du temps avant le temps, mais personne ne s'en souvenait.

Je suis incapable de vous dire combien de temps j'ai vécu sur cette terre avant sa destruction. Quant à l'odeur puissante des Taltos, elle était pour nous aussi naturelle que l'air et je n'ai appris que plus tard à la discerner, afin de différencier un Taltos d'un humain.

Comme tous les Taltos, je me rappelle le Premier Jour. Je venais de naître, ma mère m'aimait et je suis resté un long moment à discuter avec mes parents. Ensuite, je me suis levé et j'ai grimpé sur les hautes falaises jusqu'à la bouche du cratère, là où celles aux cheveux blancs s'asseyaient pour discuter pendant des heures. Ma mère m'a donné le sein pendant des années. Si une femme n'allaitait pas, le lait tarissait et ne revenait qu'à la prochaine naissance. Or, les femmes refusaient que le lait tarisse et donnaient volontiers le sein aux hommes. La succion leur procurait un grand plaisir et il était fréquent que, après l'amour, l'homme tète le sein de la femme, pour le plaisir. La semence du Taltos était blanche comme celle de l'homme.

Les femmes se donnaient aussi le sein entre elles et se moquaient gentiment des hommes parce que leurs tétons étaient secs.

Un des jeux favoris des hommes était de coincer une femme isolée et de boire son lait jusqu'à ce que ses cris de protestation soient entendus et qu'on vienne la délivrer. Mais personne n'aurait songé à faire un autre Taltos avec cette femme ! Et, si elle ne voulait vraiment pas que l'on boive son lait, on la libérait après un laps de temps raisonnable.

Les femmes jouaient aussi à ce jeu entre elles. Pour le choix de la « victime », le critère était la beauté et, de façon plus secondaire, la personnalité. Nous avions des personnalités distinctes, mais tout le monde était beau et, d'une façon générale, de bonne humeur.

Nous avions des coutumes mais je n'ai aucun souvenir de lois.

La mort d'un Taltos était toujours accidentelle. De nature joueuse et téméraire, un Taltos mourait en tombant d'une falaise, en s'étouffant avec un noyau de pêche, ou même en se faisant attaquer par un rongeur, car nos hémorragies étaient impossibles à stopper. Un Taltos jeune se brisait rarement un os. Mais, une fois que sa peau avait perdu son élasticité de bébé et qu'il avait quelques cheveux blancs, il pouvait se tuer en tombant d'une falaise. C'est à cet âge que mouraient la plupart des Taltos, je crois. Parmi nous, il y avait des cheveux blancs, blonds, roux et noirs. Très peu d'entre nous avaient plusieurs couleurs de cheveux et, bien entendu, les jeunes étaient de loin supérieurs en nombre aux vieux.

Parfois, un fléau s'abattait sur la vallée et décimait notre peuple. Les récits de ces fléaux étaient les plus tristes de notre répertoire.

Mais j'ignore toujours de quelle sorte de fléau il s'agissait. Ceux qui tuaient les humains ne nous tuaient apparemment pas.

Je me rappelle seulement que les fléaux existaient et que nous soignions les malades. Je suis né en sachant comment me procurer le feu et le rapporter dans la vallée. Et je savais aussi comment l'obtenir sans aller le chercher : le moyen le plus simple était d'en demander à quelqu'un. Je suis né en sachant faire cuire les moules et les patelles sur le feu. Je savais confectionner une pâte à peinture noire à partir de cendres.

Pour en revenir à la mort, la notion de meurtre nous était inconnue. Personne ne croyait vraiment qu'un Taltos avait le pouvoir d'en tuer un autre. Si, lors d'une querelle, quelqu'un était poussé d'une falaise et mourait, la chose était considérée comme un accident. Mais le responsable pouvait éventuellement être accusé de négligence et proscrit.

Les cheveux blancs, qui aimaient raconter les histoires, étaient ceux qui avaient vécu le plus longtemps, mais personne ne les considérait comme vieux. Et si l'un d'eux ne se réveillait pas un beau matin, on supposait qu'il s'était blessé accidentellement à l'insu de tous. Les cheveux blancs avaient souvent la peau très fine et l'on voyait pratiquement leur sang couler dessous. Souvent, ils avaient perdu leur odeur. Mais, à part ces détails, nous n'avions pas d'âge.

En fait, être vieux revenait à raconter les plus longues et les meilleures histoires et connaître des histoires sur des Taltos qui n'étaient plus.

Les histoires étaient contées en vers libres, chantées, ou débitées rapidement, à grand renfort d'images, de rythmes, de morceaux de mélodie et de rires. Les histoires faisaient la joie de tous. C'était le côté spirituel de la vie.

Quant au côté matériel de la vie, je ne crois pas qu'il y en ait eu un au sens strict du terme. La notion de propriété n'existait pas, hormis pour les instruments de musique et les pigments pour la peinture. Et encore, on les partageait volontiers. Tout était facile.

De temps en temps, une baleine s'échouait sur une plage. Une fois que sa chair avait pourri, nous emportions ses os et fabriquions des jouets. Creuser dans le sable était très amusant, de même que déterrer des petits rochers pour les faire rouler jusqu'en bas d'une colline. Même sculpter des petites formes dans un os avec une pierre acérée ou un autre os était source d'amusement.

Mais les histoires... Il fallait pour cela un talent respectable et une véritable mémoire. Pas seulement la sienne, mais également les souvenirs racontés par d'autres.

Vous voyez où je veux en venir. Nos certitudes sur la vie et la mort étaient donc fondées sur ces conditions et ces notions d'un type très particulier. L'obéissance était naturelle chez les Taltos. Être agréable était naturel. Nous n'avons jamais eu parmi nous de rebelle ou de visionnaire jusqu'à ce que du sang humain se mêle au nôtre.

Les femmes aux cheveux blancs étaient très peu nombreuses, une pour dix hommes, peut-être. Et elles étaient très recherchées car leur ventre était desséché, comme celui de Tessa, et elles n'enfantaient pas après s'être données à un homme.

Les naissances tuaient les femmes. Elles les affaiblissaient et, si elles ne mouraient pas au bout de la quatrième ou la cinquième, elles tombaient dans un profond sommeil et finissaient par mourir. C'est pourquoi bien des femmes ne voulaient pas d'enfant du tout ou pas plus d'un.

L'accouplement de deux vrais Taltos engendrait toujours une naissance. Ce n'est que plus tard, lorsque nous avons été mis en contact avec les humains, que nos femmes commencèrent à s'user, comme Tessa, à force d'avoir eu des hémorragies. Les Taltos ayant une origine humaine ont des caractéristiques particulières dont je reparlerai en temps utile.

En règle générale, les jeunes femmes étaient attirées par

la maternité. Les hommes se seraient bien accouplés tout le temps parce qu'ils aimaient cela. Mais chacun savait qu'un enfant naîtrait à tous les coups, un enfant de la même taille que sa mère ou plus grand. Donc, personne ne faisait l'amour juste pour le plaisir.

Pour le plaisir, les femmes faisaient l'amour entre elles et les hommes entre eux. Ou alors les hommes avec les femmes aux cheveux blancs. Parfois un homme était sollicité par plusieurs jeunes vierges impatientes de porter son enfant. La femme qui pouvait avoir six ou sept enfants sans mourir avait son lot de plaisir, de même que celle qui, pour une raison inconnue, ne mettait jamais d'enfant au monde.

Dans mon souvenir, le viol, la rancune tenace et les exécutions n'existaient pas.

Je me souviens d'âpres discussions et même de disputes à propos d'accouplement, mais elles se cantonnaient toujours aux chants et aux mots.

Je ne me rappelle aucun acte de mauvaise humeur ou de cruauté. L'ignorance n'existait pas ; c'est-à-dire que nous naissions en sachant ce qu'étaient la gentillesse, la bonté, la valeur du bonheur, le profond amour du plaisir et le désir de partager ce plaisir avec les autres car il assurait celui de la tribu.

Il arrivait qu'un homme tombe éperdument amoureux d'une femme, et vice versa. Cela donnait lieu à d'interminables discussions, qui duraient des jours et des nuits, jusqu'à ce que l'accouplement soit accepté ou rejeté.

À ce que l'on disait, il naissait davantage de femmes que d'hommes. Mais personne ne tenait de comptes. Pour ma part, je crois qu'il y avait plus de femmes et qu'elles mouraient plus facilement. C'est d'ailleurs la raison pour laquelle, selon moi, les hommes étaient si attentionnés avec elles : ils savaient qu'elles allaient mourir. Les femmes simples étaient fort appréciées car elles étaient toujours gaies, heureuses de vivre et n'avaient pas peur d'enfanter.

Les morts accidentelles entraînaient invariablement un cérémonial d'accouplement pour remplacer le mort. En période de fléau, cela prenait des proportions orgiaques car la tribu tenait absolument à se repeupler.

Rien ne manquait. Nous ne connaissions pas la surpopulation et ne nous disputions jamais pour des fruits, des œufs ou des animaux laitiers. Nous avions tout en abondance, il faisait chaud et nous passions notre temps à des activités agréables.

C'était le paradis, l'Éden, la période bénie dont parlent tous les peuples. C'était avant que les dieux ne se fâchent, qu'Adam ne croque la pomme fatale. La félicité et l'abondance régnaient. Je m'en souviens. J'y étais.

Je me rappelle que la tribu s'est réunie à plusieurs reprises pour former un nombre incalculable de cercles. Il se peut qu'à cette occasion la totalité de la population ait été présente. Personne ne le savait.

Le plus souvent, nous formions de petits cercles et reconstituions notre chaîne de souvenirs, qui n'avait rien à voir avec celle décrite par Stuart Gordon.

Quelqu'un criait : « Qui se souvient d'il y a très très longtemps ? » Et l'un de nous se lançait dans un récit de cheveux blancs morts depuis longtemps qu'il avait entendu peu après sa naissance. Ce récit était alors considéré comme le plus vieux jusqu'à ce que quelqu'un d'autre prenne la parole pour en raconter un encore plus vieux.

Certains se portaient volontaires pour raconter leurs plus anciens souvenirs. Les autres s'appliquaient alors à y ajouter des éléments et nous parvenions ainsi à mettre bout à bout de longues séquences d'événements.

C'était pour nous un moment passionnant, très spécial, le plus beau de nos exploits intellectuels, outre la musique et la danse.

Ces séquences n'étaient jamais très mouvementées : nous aimions les anecdotes drôles ou insolites et, bien sûr, les belles histoires. Nous adorions parler des belles choses.

Nous passions rapidement sur les accidents graves, qui ne nous intéressaient pas. Parfois, rarement, on nous racontait une histoire de visionnaire. Nous aimions les biographies de musiciens ou d'artistes, de femmes rousses ou d'hommes qui avaient construit un bateau pour aller en Angleterre et étaient revenus narrer leur périple. Nous aimions les récits d'hommes et de femmes très beaux qui ne s'étaient jamais accouplés et, de ce fait, étaient admirés par tous. Dès qu'ils s'accouplaient, ils perdaient de leur charme.

Les jeux de mémoire étaient souvent réservés aux jours longs, c'est-à-dire ceux où la nuit ne durait guère plus de trois heures. Notre notion des saisons se limitait au jour et à la nuit, et cela n'avait que peu d'importance puisque, longues journées d'été ou courtes journées d'hiver, nous vivions sensiblement de la même façon. Les jours longs nous permettaient de batifoler plus longtemps mais ce devait être la seule différence.

Ce rituel de la chaîne de souvenirs est très important pour la suite. Après notre émigration vers le pays du froid mordant, cette tradition orale devint essentielle pour notre survie dans les Highlands. Ne possédant aucun écrit, c'était notre unique façon de conserver nos connaissances. Dans le pays perdu, ce n'était qu'un passe-temps, un jeu.

L'événement le plus important pour nous était la naissance. Non pas la mort, fréquente et fortuite, triste mais insignifiante, mais la naissance d'un nouvel être.

Celui qui ne prenait pas cela au sérieux était considéré comme un imbécile.

Pour qu'il y ait accouplement, il fallait que les gardiens de la femme soient consentants et que les hommes donnent leur permission à l'homme choisi.

Les enfants ressemblaient à leurs parents, grandissaient tout de suite et possédaient les caractères de leur père, de leur mère ou des deux. Ainsi, les hommes s'opposaient généralement à l'accouplement d'un homme de faible constitution, même si la coutume autorisait chacun à le faire au moins une fois.

Quant à la femme, la question était de savoir si elle comprenait à quel point l'enfantement était une terrible épreuve. Elle allait souffrir, son corps s'affaiblirait, elle risquait de saigner et même de mourir, soit à la naissance, soit plus tard.

Certaines combinaisons physiques étaient meilleures que d'autres et c'était souvent l'objet de nos conflits. Ces disputes n'étaient jamais très graves mais toujours extrêmement bruyantes : on criait, on tapait du pied. Les Taltos adoraient s'invectiver et s'injurier jusqu'à ce que l'un des adversaires soit épuisé au point de ne plus pouvoir réfléchir.

Très, très rarement, un homme ou une femme était considéré comme si parfait, si bien proportionné, que s'accoupler avec lui ou elle pour mettre au jour un bel enfant était un grand honneur. Cela donnait lieu à des compétitions et des jeux.

Ces querelles et ces jeux étaient les seuls moments un peu difficiles que nous connaissions. Et ces rituels se sont perdus lorsque nous avons émigré vers le pays du froid mordant car nous avons eu alors des problèmes bien plus graves à affronter.

Lorsque le couple avait finalement obtenu la permission – je me rappelle avoir dû la demander à vingt personnes différentes, discuter âprement et attendre la réponse pendant des jours –, la tribu se réunissait et formait cercle sur cercle jusqu'à ce que les gens en aient assez parce qu'ils étaient trop loin du centre pour voir quelque chose.

Les tambours et les danses pouvaient commencer. S'il faisait nuit, on allumait les torches et le couple s'embrassait et s'adonnait à des jeux amoureux jusqu'au moment fatidique. Si les préliminaires duraient une heure, c'était pour nous merveilleux, s'ils duraient deux heures, c'était sublime. Beaucoup ne tenaient pas plus d'une demi-heure. La consommation elle-même durait très longtemps. Combien de temps, je l'ignore, mais plus en tout cas que chez les humains ou les Taltos nés d'humains.

Le couple se séparait lorsque le moment de la naissance était venu. Le ventre de la mère gonflait terriblement et c'était très douloureux. Le père aidait l'enfant à sortir du ventre de la mère, le réchauffait de ses mains et le mettait au sein de sa mère.

Tout le monde se rapprochait pour assister au miracle : grand de soixante à quatre-vingt-dix centimètres au moment de l'expulsion, fragile, très mince et s'abîmant facilement s'il n'était pas manipulé avec délicatesse, l'enfant s'allongeait et s'étoffait à vue d'œil. En moins de quinze minutes, il atteignait sa taille adulte. Ses cheveux et ses doigts s'allongeaient et ses os, d'abord flexibles, se durcissaient. La grosseur de sa tête triplait.

Après la naissance, la mère était comme morte. Mais l'enfant s'étendait à côté d'elle, lui parlait et, parfois, elle se mettait aussi à parler et à chanter pour lui. Bien que très faible, elle s'appliquait à extraire de son petit ses premiers souvenirs pour qu'il ne les oublie jamais.

Nous pouvons oublier. Raconter est pour nous le seul moyen de mémoriser et de graver les souvenirs. Raconter, c'est lutter contre la solitude, l'ignorance et la tristesse dans laquelle nous plonge l'oubli. C'était du moins notre conviction.

L'enfant était pour tous une grande joie. Il symbolisait davantage pour nous qu'un simple enfant : il perpétuait l'espèce, il assurait la pérennité de la tribu.

Non pas que nous doutions de cette pérennité mais, selon la légende, il arrivait que des femmes aient enfanté des avortons ou n'aient pas enfanté du tout et que la tribu se soit réduite à sa plus simple expression. Certains fléaux rendaient les femmes stériles et, parfois, les hommes aussi.

L'enfant était très aimé et choyé par ses deux parents. Si c'était une fille, on l'emmenait peu après dans un endroit où ne vivaient que des femmes. En général, l'enfant était le lien d'amour entre l'homme et la femme, qui ne cherchaient plus à s'aimer par un autre moyen. Nous ne connaissions pas le concept du mariage ou de la monogamie. Au contraire, ces notions étaient considérées comme frustrantes, dangereuses et stupides.

Sans doute cela se produisait-il parfois. J'en suis persuadé. Un homme et une femme s'aimaient tellement qu'ils ne voulaient pas être séparés. Mais je n'en ai pas connu. Rien n'empêchait un homme et une femme de se voir mais l'amour et l'amitié n'avaient rien de romantique. Ils étaient purs.

Je pourrais vous parler encore longtemps de nos coutumes.

Des petits mammifères vivaient sur l'île, des sortes d'ânes, mais l'idée ne nous serait jamais venue de les chasser ou de les manger.

Je pourrais également décrire nos différents types d'habitat, et les rares accessoires vestimentaires que nous portions. Nous n'aimions pas les vêtements. Nous n'en avions pas besoin et ne voulions pas porter à même la peau des objets aussi sales. Je pourrais vous décrire nos bateaux horriblement mal conçus et des milliers d'autres détails.

Il arrivait que certains d'entre nous se glissent jusqu'à l'endroit où vivaient les femmes, où elles dormaient dans les bras les unes des autres et faisaient l'amour. Lorsqu'elles nous découvraient, elles insistaient pour que nous partions. Il y avait des endroits dans les grottes, les cavernes et les alcôves près de sources bouillonnantes qui étaient de véritables petits nids d'amour pour les hommes entre eux et les femmes entre elles.

L'ennui était inconnu dans ce paradis. Il y avait bien trop de choses à faire. On pouvait jouer pendant des heures sur la plage, et même nager, pour les plus audacieux. On pouvait ramasser des œufs et cueillir des fruits, danser et chanter. Les peintres et les musiciens étaient les plus industrieux d'entre nous. Et puis il y avait les constructeurs de bateaux et les constructeurs de huttes.

L'ingéniosité avait ses lettres de noblesse. On me tenait pour très ingénieux. Je comprenais des choses que les autres ne remarquaient même pas. Par exemple, je m'étais aperçu que les moules des étangs chauds grossissaient plus vite lorsque le soleil tapait sur l'eau et que certains champignons poussaient mieux lorsque les jours étaient courts. J'aimais aussi inventer toutes sortes de systèmes comme un monte-charge fait de lianes et de paniers tressés pour faire descendre les fruits du sommet d'un arbre.

Mais si les gens m'admiraient pour cela, ils se moquaient aussi. Je suppose que ce genre d'invention n'était pas indispensable à leurs yeux.

La notion de corvée n'existait pas. Chaque nouvelle journée apportait sa kyrielle de possibilités et personne ne remettait en question la suprématie du plaisir.

La souffrance était une épreuve.

C'est pourquoi nous avions une telle révérence pour la naissance : elle faisait souffrir la femme. Chez nous, la femme n'était pas l'esclave de l'homme. Elle était souvent aussi forte que lui, ses bras étaient aussi longs que les siens et elle était aussi agile.

L'enfantement, synonyme à la fois de plaisir et de douleur, était le mystère le plus important de nos vies. Le seul, en fait.

Voilà. Notre monde était fait d'harmonie et de pur bonheur, un monde constitué d'un seul grand mystère et de milliers de petites choses secondaires mais merveilleuses.

C'était le paradis et aucun Taltos, qu'il soit de pure souche ou, par la suite, de sang mêlé, n'oubliait jamais le pays perdu et la période bénie de l'harmonie.

Lasher devait s'en souvenir, et Emaleth aussi.

L'histoire de ce paradis est dans notre sang. Nous le voyons, nous entendons le chant de ses oiseaux et nous sentons la chaleur de la source volcanique. Nous avons le goût de ses fruits, nous entendons sa mélodie et nous pouvons la chanter. Nous savons donc ce que les humains ne peuvent qu'imaginer : le paradis existe et peut revenir.

Avant de passer au cataclysme et au pays de l'hiver, j'ai encore une chose à ajouter.

Je crois qu'il y avait des méchants parmi nous, des êtres violents, mais personne ne voulait en parler. Nos récits ne mentionnaient jamais ni viol, ni rixe sanglante, ni rivalité. Nous avions la violence en horreur.

Comment rendions-nous la justice ? Je l'ignore. Nous n'avions pas de chefs au sens strict du terme. Nous avions plutôt des sages qui se réunissaient et formaient une sorte d'élite à qui chacun pouvait s'adresser.

Je crois que la violence existait parce que nous connaissions les concepts de Bon Dieu et de Malin. Le Bon Dieu était la divinité qui nous avait donné notre pays, nos moyens de subsistance et le plaisir ; le Malin avait créé le pays du froid mordant, se réjouissait lorsqu'un Taltos mourait accidentellement et, parfois, prenait possession d'un Taltos.

Des mythes étaient-ils attachés à cette vague forme de religion ? Je n'en connais pas. Nous ne pratiquions pas le sacrifice. Nous célébrions le Bon Dieu par des chants, des poèmes et nos rondes. Lorsque nous dansions, lorsque nous faisions des enfants, nous étions proches du Bon Dieu.

Un grand nombre de ces chants me reviennent très souvent. Il m'arrive de descendre en début de soirée et de parcourir les rues de New York, seul dans la foule, en chantant. Alors, les sensations du pays perdu, le son des tambours et des cornemuses et la vision des femmes et des hommes faisant la ronde me reviennent. À New York, on peut faire cela sans que personne ne fasse attention à vous. Cela m'amuse beaucoup.

Il m'arrive de croiser des gens qui chantent aussi ou marmonnent tout seuls. Certains s'approchent de moi pour bavarder ou chantent à mon intention, puis passent leur chemin. En d'autres termes, je suis accepté par les cinglés de New York.

Après, je sors en voiture et je distribue des manteaux et des écharpes à ceux qui n'en ont pas. Parfois, j'envoie Remmick, mon majordome. Nous ramenons dans le hall les gens qui dorment dans la rue, nous les nourrissons et leur préparons des lits. Mais lorsqu'ils se bagarrent nous les mettons tous dehors.

Cela me rappelle soudain un autre aspect désagréable de notre vie au pays perdu. Comment ai-je pu l'oublier ? Certains Taltos se laissaient prendre par la musique et ne pouvaient plus en sortir. Si c'était une musique jouée par d'autres, il suffisait de l'arrêter pour les libérer. Mais s'ils se laissaient prendre à leur propre musique, ils continuaient de chanter et de danser jusqu'à ce qu'ils tombent raides morts.

Moi-même je me suis souvent laissé prendre par la musique, la danse et le rythme, mais j'arrivais toujours à en sortir.

Pour tout le monde, le Taltos qui mourait en dansant ou en chantant partait vers le Bon Dieu.

Je vivais déjà depuis longtemps lorsque s'est produit le cataclysme. Disons, peut-être, vingt ou trente ans.

Ce fut une catastrophe exclusivement naturelle. Plus tard, certains ont dit que les soldats romains ou les Pictes nous avaient chassés de notre île, mais c'est faux. Dans le pays perdu, nous n'avons jamais vu un seul être humain.

Un grand tremblement de terre causa la destruction de notre pays. Cela commença par des grondements et des nuages de fumée obscurcissant le ciel. Les geysers nous ébouillantaient. Les étangs devinrent brûlants. La terre se mit à bouger et à tonner jour et nuit.

Beaucoup de Taltos sont morts. Les poissons des étangs aussi, et les oiseaux s'étaient enfuis. Les hommes et les femmes fuyaient à la recherche d'un refuge mais revenaient bredouilles.

Finalement, nos rangs furent tellement décimés que tous ceux qui restaient construisirent des radeaux, des bateaux et des pirogues, tout ce qu'ils pouvaient, pour se rendre au pays du froid mordant. Nous n'avions pas le choix. Notre terre n'était plus que chaos.

Je ne sais pas combien sont restés ni combien se sont exilés. Jour et nuit, nous préparions nos embarcations et ceux qui les avaient terminées partaient. Les sages aidaient les sots – c'est ainsi que nous distinguions en réalité les vieux des jeunes – et, vers le dixième jour, je pris la mer avec deux de mes filles, deux hommes que j'aimais et une femme.

Et c'est du pays de l'hiver que, un après-midi, je vis mon pays natal sombrer dans la mer. La véritable histoire de mon peuple commença à cet instant.

C'est alors que débutèrent nos épreuves et nos tribulations, nos souffrances et notre prise de conscience de ce qu'étaient la bravoure et le sacrifice. C'est là que nous connûmes ce que les êtres humains considèrent comme sacré et qui ne peut venir que de la difficulté et de la lutte pour survivre. L'idéalisation du bonheur et de la perfection ne peut fleurir que dans l'esprit de ceux qui ont perdu leur paradis.

J'étais sur une haute falaise lorsque j'assistai à la fin du cataclysme. L'île se brisa et fut engloutie par les flots.

Le Malin a triomphé, disaient ceux qui étaient avec moi. Et, pour la première fois, nos chants et nos récits devinrent des lamentations.

Ce devait être la fin de l'été lorsque j'ai fui vers le pays du froid mordant. Il faisait vraiment très froid. L'eau du bord des plages était suffisamment froide pour faire perdre conscience à un Taltos. Nous avons tout de suite su qu'elle ne serait jamais chaude.

L'hiver fut dramatique. La plupart des Taltos qui s'étaient enfuis moururent dès le premier hiver. Ceux qui restaient s'accouplaient furieusement pour reconstituer la tribu. Mais nous ignorions que l'hiver reviendrait, et bien d'autres encore moururent le second hiver.

Il nous fallut trois ou quatre de vos ans pour comprendre le cycle des saisons.

Notre esprit de superstition fit son apparition pendant ces premières années. Nous passions notre temps à nous demander pourquoi nous avions été chassés de chez nous et si le bon Dieu s'était retourné contre nous.

Mon sens de l'observation et mon penchant pour les inventions me valurent d'être promu chef incontesté de tous. Mais toute la tribu se mit à apprendre très vite des choses comme la chaleur des cadavres d'ours et de leur fourrure. Les trous étaient plus chauds que les cavernes et, à l'aide de cornes d'animaux morts, nous creusions des habitats souterrains que nous recouvrions de troncs d'arbres et de pierres.

Sachant faire le feu, nous perfectionnâmes rapidement ce savoir. Nous mîmes également au point des sortes de roues et des carrioles qui nous permirent de transporter notre nourriture et nos malades.

Petit à petit, ceux qui avaient survécu à tous les hivers se mirent à enseigner aux jeunes tout ce qui était vital pour nous. Pour la première fois, nous devions faire preuve de prudence. L'allaitement devint un moyen de survie. Toutes les femmes enfantaient au moins une fois pour compenser l'énorme taux de mortalité.

Si la vie n'avait pas été si dure, nous aurions pu vivre cette période dans un grand plaisir créatif. Je pourrais vous énumérer toutes les inventions qui furent faites.

Disons que nous étions des chasseurs-cueilleurs d'un type très primitif, même si nous ne mangions la viande des animaux qu'en cas d'extrême disette, et nous progressions par à-coups et d'une façon très différente de celle des humains.

Nos grands cerveaux, notre capacité verbale et l'étrange mariage d'instinct et d'intelligence dont nous disposions nous rendaient à la fois plus rusés et plus maladroits, plus perspicaces et plus sots par bien des aspects.

Bien sûr, nous avions nos querelles en période de grande pénurie ou lorsqu'il y avait désaccord sur la direction à prendre pour aller chasser, par exemple. Des petits groupes se détachaient donc du groupe principal et partaient de leur côté.

Je m'étais déjà habitué à mon rôle de chef et ne voyais personne pour me remplacer. On m'appelait simplement Ashlar. Je ne portais aucun titre particulier et j'exerçais une énorme influence sur les autres. Je vivais dans la terreur qu'ils ne se perdent, ne se fassent dévorer par les bêtes sauvages ou ne se bagarrent entre eux. Car les rixes et les bagarres étaient devenues lot quotidien.

À mesure que les hivers passaient, nos aptitudes s'amélioraient. En poussant vers le sud pour suivre le gibier ou, simplement, par instinct ou par hasard, nous parvînmes dans une région plus chaude, où l'été durait plus longtemps, et c'est là que débuta notre vénération pour les saisons.

Pour nous amuser, nous montions sur des chevaux sauvages. Mais nous ne pensions pas que les chevaux pouvaient être réellement domestiqués. Nous nous en sortions mieux avec les bœufs qui, bientôt, prirent notre place pour tirer nos carrioles.

Cette période fut très intense sur le plan religieux. J'invoquais le Bon Dieu chaque fois que des ennuis nous obligeaient à remettre de l'ordre dans notre vie. Et nous procédions à des exécutions jusqu'à deux fois par an.

Il y en a tant à dire sur tous ces siècles qui furent une période transitoire entre le pays perdu et l'arrivée des humains. Et une bonne partie de ce que nous avions déduit, présumé, appris et mémorisé fut détruite lorsqu'ils arrivèrent.

Disons simplement que nous étions devenus un peuple

hautement développé qui vénérait le Bon Dieu par des banquets et des danses. Nous continuions de pratiquer le jeu de la mémoire et d'observer nos règles de conduite même si, désormais, nos hommes « savaient » dès leur naissance être violents, se battre, se surpasser et rivaliser, tandis que nos femmes naissaient en se « rappelant » la peur.

Certains événements étranges eurent des conséquences bien plus importantes que nous n'avions cru à l'époque.

Nous n'étions pas seuls en Angleterre. Un Taltos nous rapporta qu'il était tombé sur des gens détestables, aussi méchants que des animaux, et qu'il avait dû les tuer pour se défendre. Or, ils avaient laissé derrière eux des pots de terre joliment peints, des armes en pierre magique et de drôles de créatures ressemblant à des ânes imberbes et sans défense, qui étaient peut-être leurs petits.

Cela confirma notre idée qu'ils étaient des sauvages car, pour nous, seuls les animaux pouvaient laisser leurs petits sans défense.

Mais le Taltos avait eu pitié d'eux, les avait nourris de lait et s'en était occupé. Ayant tant entendu parler d'eux, nous en prîmes cinq avec nous qui, alors, ne pleuraient plus tout le temps et savaient marcher.

Ces êtres ne vivaient pas longtemps. Disons, trente-cinq ans. Mais, au cours de ce laps de temps, ils évoluaient constamment. De petites choses toutes roses, ils devenaient plus grands et plus forts pour finalement rapetisser et se ratatiner curieusement. Ils étaient donc pour nous une sorte de primates primitifs que nous ne traitions pas mieux qu'ils auraient traité des chiens.

Ils n'étaient pas très malins et ne comprenaient pas nos paroles au débit plutôt rapide. Nous découvrîmes un jour qu'ils nous comprenaient si nous parlions lentement, mais, visiblement, ils ne possédaient aucun langage à eux.

Nous pensions donc qu'ils étaient nés stupides, avec un savoir inné inférieur à celui des oiseaux ou des renards. Et bien qu'acquérant avec le temps une plus grande capacité de raisonnement, ils restaient relativement faibles et de petite taille et leur corps se couvrait de poils hideux.

Lorsqu'un homme de notre race s'accouplait avec une femme de la leur, celle-ci saignait et mourait. Et leurs hommes faisaient saigner nos femmes. Sans compter qu'ils étaient très frustes et maladroits.

Au fil des siècles, nous avons rencontré plusieurs fois de ces créatures ou en avons acheté à d'autres Taltos, mais nous ne leur avons jamais connu d'organisation propre. Nous les considérions comme inoffensives et ne leur donnions aucun nom. Elles ne nous enseignaient rien et nous faisaient pleurer d'énervement lorsque nous essayions de leur apprendre quelque chose.

Nous trouvions bien triste que ces grands animaux qui ressemblaient tant à des Taltos, qui marchaient debout et n'avaient pas de queue, soient dépourvus de cerveau.

Entre-temps, nous avions établi des lois très strictes. La désobéissance était punie de peine capitale. Les exécutions étaient devenues un rituel au cours duquel le Taltos coupable mourait rapidement des coups qu'on lui assenait sur le crâne.

Le crâne d'un Taltos reste souple longtemps après que ses autres os se sont durcis. Pour qui sait s'y prendre et, malheureusement, nous l'avions appris, le crâne est donc facile à écraser.

Toutefois, la mort nous horrifiait toujours. Le meurtre était un crime fort peu fréquent et la peine de mort était donc réservée à ceux qui menaçaient toute la communauté. La naissance était toujours notre principale cérémonie sacrée et lorsque nous trouvions des endroits propices pour nous installer, nous choisissions un lieu de culte que nous marquions d'un cercle de pierre.

Ah, les cercles de pierre ! Dans tout le pays, à notre insu, nous étions devenus le peuple aux cercles de pierre.

Il nous arrivait d'investir un nouveau territoire, poussés par la famine ou parce qu'un groupe de Taltos que nous n'aimions pas et avec qui nous refusions de cohabiter se rapprochait de nous. Dans ce cas, nous avions pour coutume de faire tout de suite un cercle. En fait, son diamètre et la grosseur de ses pierres indiquaient dans quelle mesure nous revendiquions le territoire. Et quand nous voyions un très grand cercle qui n'avait pas été construit par nous, nous savions que c'était le territoire d'autres et qu'il nous fallait passer notre chemin.

Et ceux qui osaient ne pas respecter un cercle sacré étaient harcelés jusqu'à ce qu'ils décampent. Souvent, bien entendu, c'était la pénurie qui imposait ces règles draconiennes. Une plaine, même grande, ne pouvait supporter que quelques chasseurs. Nous préférions les endroits près des lacs et des rivières ou sur les côtes, mais aucun n'était le paradis, aucun n'apportait la chaleur et l'abondance du pays perdu.

Lorsque notre territoire était envahi ou occupé, nous nous réclamions de la protection divine. Je me rappelle avoir sculpté moi-même le Bon Dieu tel que je me le représentais, avec à la fois des seins et un pénis, au sommet d'une pierre énorme dans l'un de ces cercles. Les autres Taltos savaient ainsi qu'ils devaient respecter notre cercle sacré et, par conséquent, notre territoire.

Parfois, des envahisseurs s'obstinaient, renversaient les pierres de ceux qui vivaient là et construisaient leur propre cercle au même endroit. Dans ce cas, on se livrait bataille.

Se faire chasser était épuisant mais, chaque fois que nous déménagions, notre désir le plus vif était de construire un cercle encore plus grand et plus imposant. Nous cherchions désespérément des pierres tellement lourdes que personne ne réussirait à les déloger ni même n'oserait essayer.

Nos cercles reflétaient donc à la fois notre ambition et notre simplicité : la joie de danser et la volonté de nous battre et de mourir pour notre territoire.

Nos valeurs de base, inchangées depuis le pays perdu, s'étaient cependant renforcées pour certains rituels. Tout le monde était obligé d'assister à la naissance d'un nouveau Taltos. Aucune femme ne pouvait enfanter plus de deux fois.

Le nouveau Taltos était considéré comme un présage. S'il n'était pas beau et parfait physiquement, la peur s'emparait de la tribu. Le nouveau-né parfait était toujours une bénédiction du Bon Dieu, mais nos croyances devenaient tristes. Et plus elles étaient tristes, plus nous tirions de fausses conclusions d'événements purement naturels, plus était triste notre obsession des grands cercles.

Vint enfin l'année où nous nous installâmes dans la plaine.

C'était dans le sud de l'Angleterre, une plaine appelée aujourd'hui Salisbury, dont le climat était formidable pour nous et le meilleur qui nous ait jamais été donné. Quand? Avant l'arrivée des êtres humains.

À l'époque, nous avions compris que l'hiver était incontournable. Or, dans cette plaine, les étés étaient plus longs et plus doux qu'ailleurs. Les forêts étaient épaisses et regorgaient de gibier et la mer n'était pas loin. Des troupeaux d'antilopes sauvages paissaient dans la plaine.

Nous décidâmes donc de nous établir là.

Le nomadisme avait depuis longtemps perdu son attrait. Nous n'avions qu'une envie : nous sédentariser, trouver un refuge permanent.

Nous nous considérions comme très supérieurs aux autres tribus pour bien des raisons et, principalement, parce que nous avions été nombreux à vivre dans le pays perdu et comptions parmi nous beaucoup de cheveux blancs. Nous étions les mieux organisés et avions le plus grand nombre de coutumes. Certains d'entre nous avaient des chevaux et savaient les monter et notre caravane était constituée de nombreuses carrioles. Nous avions enfin d'énormes troupeaux de moutons, de chèvres et d'une espèce de bœufs sauvages qui n'existe plus.

Certains se moquaient de nous, surtout parce que nous tombions souvent de cheval mais, en règle générale, les autres Taltos nous craignaient et demandaient notre aide en cas de difficultés.

Après avoir décidé de nous approprier pour toujours la plaine de Salisbury, nous choisîmes de bâtir le plus grand cercle de pierre au monde.

À cette époque, nous avions déjà compris que la construction du cercle cimentait la tribu, l'organisait, écartait la discorde et rendait les danses d'autant plus joyeuses, pierre après pierre, à mesure que le cercle devenait impressionnant.

Cette entreprise ambitieuse rythma plusieurs siècles de notre existence et fut pour nous un formidable levier en termes d'inventivité et d'organisation. La recherche des blocs de grès, le moyen de les transporter et de les ériger puis, enfin, la mise en place des linteaux devinrent la justification même de notre vie.

Nous avions pratiquement perdu les notions de plaisir et de jeu. Nous étions des survivants du froid mordant. La danse, comme tout le reste, avait été sanctifiée. Pourtant, ce fut une époque passionnante.

Les Taltos dissidents qui voulaient partager notre vie se joignaient à nous et nous devînmes si nombreux que nous pouvions résister à toute invasion. En fait, la toute première monstrueuse pierre de notre tracé inspira un tel respect que d'autres Taltos vinrent l'adorer, se joindre à nos rondes ou les observer au lieu d'essayer de nous prendre une partie de la plaine.

Ces siècles furent ceux de notre apogée. Nous bâtîmes nos campements dans toute la plaine, toujours à courte distance du cercle, et parquâmes nos animaux dans de petits enclos. Nous plantâmes des sureaux et des prunelliers tout autour de nos campements et ceux-ci devinrent des forts.

En revanche, nous ne savions pas faire de poterie, et nous achetions les ustensiles à d'autres Taltos qui les avaient achetés à ces drôles de gens poilus qui abordaient la côte dans des embarcations en peau de bête.

Bientôt, des tribus affluèrent de toute l'Angleterre pour participer aux rondes dans notre cercle de pierre.

D'autres grands cercles furent érigés, mais aucun n'atteignit l'envergure du nôtre. Pendant cette période de prospérité, nous prîmes l'habitude de nous réunir à nouveau dans les cercles. Nous dansions, mais surtout nous échangions et approfondissions les détails de nos histoires préférées et rectifiions les versions erronées des légendes du pays perdu.

Nous nous rendions en groupe au cercle appelé aujourd'hui Avebury mais également plus au sud, près de Glastonbury Tor, si cher à Stuart Gordon.

Notre cercle, notre cromlech, existe toujours. Vous avez

compris qu'il s'agit de ce que l'on appelle aujourd'hui l'ensemble mégalithique de Stonehenge. Laissez-moi vous donner quelques précisions que seuls des érudits connaissent. Ce n'est pas nous qui avons construit l'enceinte circulaire. Nous n'avons érigé que deux cercles, avec du grès, extrait dans d'autres régions, dont Marlborough Downs et Amesbury. Le cercle intérieur comportait dix menhirs et le cercle extérieur en comprenait trente. Je rêvais d'un cercle de menhirs qui aurait ressemblé à une ronde d'hommes et de femmes. Chaque pierre aurait fait, en largeur, le double de la taille d'un Taltos et, en hauteur, la taille d'un Taltos.

Mais, parmi nous, beaucoup souhaitaient poser des pierres transversales, qui leur donnaient une impression de refuge et leur rappelaient le grand cône volcanique qui, autrefois, protégeait la vallée tropicale du pays perdu. Je me suis rallié à leurs souhaits.

Ce n'est que plus tard que des peuples construisirent à Stonehenge le cercle de pierres bleues et bien d'autres formations encore. Et, à une époque ultérieure, notre temple en plein air fut enclos dans une sorte d'édifice en bois par des humains. Je préfère ne pas penser aux rites sanglants qui y furent pratiqués.

Quant aux emblèmes gravés sur les menhirs, un seul nous appartenait. Il se trouvait sur la pierre centrale, aujourd'hui disparue. C'était une représentation du Bon Dieu, avec des seins et un phallus.

Plus tard, les humains qui reprirent Stonehenge pour un usage différent du nôtre ajoutèrent d'autres gravures.

Mais je peux vous assurer que, de notre temps, aucun être, qu'il soit Taltos, humain ou autre, ne venait dans notre grand cercle sans ressentir la présence du sacré dans son enceinte. Bien avant son achèvement, il était devenu un lieu d'inspiration et il l'est resté.

Ce monument contient l'essence de notre peuple. Et c'est le seul que nous ayons jamais construit.

Nous avions conservé nos valeurs : nous déplorions la mort, nous ne faisions aucun sacrifice sanglant et nous considérions la guerre comme un fléau. Notre art consistait à chanter et à faire des rondes à Stonehenge.

Imaginez, si vous voulez bien, une vaste plaine neigeuse, un grand ciel bleu, des volutes de fumée s'élevant des campements et des huttes construites près du cercle. Imaginez les Taltos, hommes et femmes, tous de ma taille, les cheveux longs jusqu'à la taille ou aux chevilles, vêtus de peaux et de fourrures cousues avec soin, de hautes bottes de cuir, se tenant tous par la main pour former des cercles parfaits et chantant de tout leur cœur.

Nous ornions nos cheveux de feuilles de lierre, de gui, de houx et de tout feuillage qui restait vert en hiver. Nous en étalions également sur le sol.

En été, nous mettions des fleurs partout.

Les chants et la musique étaient magnifiques. Nous avions du mal à nous arracher du cercle. Du reste, certains ne le quittaient jamais de leur plein gré.

Au début, personne ne présidait les rondes. Par la suite, on me demanda de me mettre au centre, de jouer de la harpe et d'ouvrir la danse. Au bout de plusieurs heures, un autre venait me remplacer, et ainsi de suite, chaque chanteur ou musicien entonnant une nouvelle mélodie que les autres reprenaient en chœur.

La naissance d'un Taltos était devenue un événement encore plus important qu'au pays perdu. Des cercles plus serrés se formaient spontanément et lorsque le nouveau-né ouvrait les yeux, il apercevait une gigantesque tribu chantant pour lui, le caressant et prenant soin de lui.

Bien sûr, nous changions : ce que nous avions appris avait modifié le patrimoine génétique des nouveau-nés.

Ceux nés à l'époque des cercles avaient un sens du sacré bien plus fort que le nôtre et s'adonnaient moins à l'humour, à l'ironie et à la suspicion. Ils étaient plus agressifs et ne reculaient pas devant le meurtre, lorsque c'était nécessaire.

Si vous m'aviez posé la question à l'époque, j'aurais affirmé que notre peuple régnerait pour l'éternité. Et si vous m'aviez dit que des gens viendraient nous décimer pour le plaisir, nous violer et tout brûler pour la seule raison que c'était dans leur nature, je ne vous aurais pas crus. J'aurais répondu qu'il nous suffirait de parlementer avec eux, de leur raconter nos histoires et d'écouter les leurs pour qu'ils se mettent à danser et à chanter et oublient jusqu'à l'envie de se battre.

Nous ne connaissions des êtres humains que les petits hommes poilus et gentils, bien que grognons, qui venaient nous vendre des marchandises avant de repartir sur leurs bateaux.

Nous avions entendu des récits de massacres et de raids mais nous n'y croyions pas. Après tout, pourquoi quelqu'un ferait-il cela ?

Par la suite, nous découvrîmes avec stupéfaction que les êtres humains qui venaient en Angleterre avaient la peau douce comme la nôtre, qu'ils s'étaient fabriqué boucliers, casques et épées et avaient des centaines de chevaux domestiqués, sur le dos desquels ils nous attaquaient, puis ils brûlaient nos camps, transperçaient nos corps et nous décapitaient.

Au début, ces raids étaient peu fréquents. Les guerriers venaient par la mer et fonçaient sur nous la nuit. Chaque fois, nous pensions que c'était la dernière.

Souvent, nous parvenions à les repousser. Nous n'avions pas leur nature violente mais nous pouvions nous défendre. Nous formions de grands cercles pour discuter de leurs armes en métal et de la possibilité de fabriquer les nôtres. Nous faisions même des prisonniers pour tenter de leur extirper leurs connaissances. C'est ainsi que nous découvrîmes que, quand nous couchions avec leurs femmes, elles mouraient.

L'illusion de pouvoir les tenir en respect s'écroula en l'espace d'une saison. Nous apprîmes par la suite pourquoi ils ne nous avaient pas attaqués plus tôt : nous ne possédions rien qu'ils aient eu envie de posséder. Ensuite, ils voulurent principalement nos femmes et certains des beaux présents offerts par les pèlerins.

D'autres tribus de Taltos affluèrent vers la plaine, refoulées de la côte par les envahisseurs humains.

Nous fortifiâmes donc nos camps pour l'hiver, nos rangs s'étant grossis des nouveaux arrivants.

La neige arriva. Nous avions de la nourriture en suffisance et vivions en paix, supposant que les envahisseurs n'aimaient pas la neige. Nous avions pris aux morts leurs lances et leurs épées et nous sentions en sécurité.

Le moment vint d'organiser le cercle de naissance d'hiver pour remplacer nos morts et ceux d'autres villages.

Les cercles furent formés et les feux sacrés allumés. Nous voulions affirmer au Bon Dieu notre foi dans le retour de l'été.

Après deux jours de chants, de danses, de naissances et de festins, des hordes humaines investirent la plaine.

Nous entendîmes le terrible grondement des sabots des chevaux avant de les voir, semblable à celui du cataclysme qui avait détruit le pays perdu. Des cavaliers arrivant de toutes parts fondirent sur nous et notre sang fut répandu sur les menhirs.

De nombreux Taltos, soûlés de musique et de jeux érotiques, ne résistèrent même pas. Ceux d'entre nous qui s'enfuirent vers les camps allumèrent un grand feu.

Lorsque la fumée se fut dissipée et que les cavaliers eurent disparu en emportant des centaines de nos femmes dans nos propres carrioles, nos installations étaient réduites en cendres et nous n'étions plus qu'une poignée.

Nous en avions assez de la guerre. Nous ne voulions plus revivre toutes ces horreurs. Nos nouveau-nés avaient été massacrés jusqu'au dernier, morts dans les premiers jours de leur vie. Très peu de femmes restaient et la plupart avaient déjà enfanté plusieurs fois.

Le second soir après le massacre, nos éclaireurs revinrent nous dire que nos craintes étaient fondées : les guerriers avaient établi leur camp dans la forêt et bâtissaient des constructions définitives.

Nous devions partir vers le nord, retourner dans les vallées cachées des Highlands ou dans des endroits inaccessibles pour ces hommes cruels. Le voyage prit le reste de l'hiver. Naissances et décès devinrent quotidiens et nous fûmes attaqués à plusieurs reprises par de petites bandes d'humains. Plus d'une fois, nous réussîmes à épier ce qui se passait dans leurs villages et, à deux reprises, nous attaquâmes des fortins pour libérer nos hommes et nos femmes dont nous entendions les chants de loin.

Lorsque nous arrivâmes dans la vallée de Donnelaith, c'était le printemps. La neige fondait, la forêt verdissait à nouveau et le loch avait dégelé. Ce refuge n'était accessible de l'extérieur que par une rivière dont le tracé était si sinueux que le loch n'était pas visible de la mer. En fait, la grande crique par laquelle des marins auraient pu entrer ressemblait, vue de la mer, à une simple grotte. Ce n'est que bien plus tard que le loch devint un port ouvrant sur la mer.

Nous étions enfin en sécurité.

Les Taltos que nous avions libérés au passage nous firent les récits les plus atroces. Les humains avaient découvert notre mode de reproduction, qui les avait fascinés. Ils avaient torturé sans pitié nos hommes et nos femmes pour les forcer à se reproduire et avaient crié de joie et de peur lorsqu'un nouveau Taltos apparaissait. Mais bien des nôtres avaient résisté et des femmes s'étaient suicidées. D'autres avaient été tués lors de tentatives d'évasion.

Lorsque les humains s'aperçurent que les nouveau-nés pouvaient se reproduire immédiatement, ils les forcèrent à le faire et les pauvres, apeurés et en plein désarroi, durent s'exécuter. Les humains connaissaient le pouvoir de la musique sur les Taltos et comment l'utiliser.

En résumé, une haine profonde naquit entre nous et les guerriers. Ils étaient pour nous des animaux sauvages capables de détruire toute forme de vie. Et ils nous prenaient pour des monstres amusants et relativement inoffensifs.

Il nous apparut bientôt que le monde était rempli de gens de leur taille, voire plus petits, qui vivaient et se reproduisaient entre eux.

Au cours de nos raids, nous avions réuni différents objets ayant appartenu à ces gens. Nos esclaves nous faisaient des récits de grands royaumes entourés de murs, de palaces dans des déserts et des jungles, de tribus rivales et de populations réunies dans des campements dont nous ne pouvions imaginer les dimensions. Ces campements avaient par ailleurs reçu des noms.

Tous ces gens se reproduisaient comme les humains. Leurs bébés étaient minuscules et sans défense et grandissaient à demi sauvages et à demi intelligents. Tous étaient agressifs, aimaient la guerre et aimaient tuer.

Après notre installation dans la vallée de Donnelaith – c'est nous qui lui avons donné ce nom – nous avons énormément réfléchi et discuté sur la construction d'un nouveau cercle.

Nous avons célébré la naissance de nombreux Taltos, que nous préparions dès le départ aux épreuves à venir. Nous enterrions nos morts : des blessés, des femmes mortes en couches et tous ceux qui ne voulaient pas vivre.

Ce fut pour mon peuple une période de souffrance encore plus éprouvante que le massacre. Des Taltos forts, des cheveux blancs et de grands chanteurs s'adonnèrent entièrement à leur musique jusqu'à s'écrouler, morts, dans les hautes herbes.

Nous réunîmes un nouveau conseil et une conclusion logique s'imposa à nous : les humains devaient être éradiqués si nous ne voulions pas que leur folie meurtrière détruise tout ce que le Bon Dieu nous avait donné. Le fait qu'ils existent en très grand nombre dans des contrées lointaines ne nous arrêtait pas. Notre mode de reproduction nous permettait de remplacer en peu de temps nos victimes et, très rapidement, nous pouvions obtenir une supériorité numérique écrasante, si seulement... si seulement nous avions le nerf de la guerre.

En une semaine, après des discussions sans fin, nous décrétâmes que nous n'avions pas le nerf de la guerre. Certains d'entre nous, oui. Ceux dont la colère et la haine était si fortes qu'ils étaient capables de fondre sur l'ennemi et de le mettre en pièces. Mais, dans l'ensemble, les Taltos ne pouvaient tuer de cette façon. Les humains finiraient donc par l'emporter.

Il était déjà arrivé qu'un peuple soit anéanti par manque d'agressivité, mais notre cas était différent : nous savions.

Nous avions toujours été persuadés de notre supériorité sur les humains. Nous étions sidérés qu'ils n'apprécient pas nos chants et nos histoires et, quand ils nous attaquaient, nous étions convaincus qu'ils ne savaient pas ce qu'ils faisaient. À défaut de les vaincre par la force, nous étions partis du principe qu'il suffisait de discuter avec eux, de leur enseigner ce que nous savions, de leur prouver que la vie était bien plus plaisante sans tueries.

À la fin de cette première année, nous capturâmes quelques prisonniers humains hors de la vallée et ce que nous apprîmes était désespérant : tuer était pour eux un art sacré.

Ils tuaient pour leurs dieux, sacrifiant des centaines de leurs semblables lors de leurs rituels. En fait, la mort était le point central de leur vie. Horrifiés, nous décidâmes de rester bien en sécurité dans la vallée.

Les années passèrent, pendant lesquelles nous envoyions des éclaireurs vérifier ce qui se passait à l'extérieur.

À la fin de la première décennie, nous apprîmes qu'il n'y avait plus aucune colonie Taltos en Angleterre, hormis la nôtre. Tous les anciens cercles avaient été abandonnés. Et nous apprîmes de prisonniers que nous étions pourchassés pour être sacrifiés aux divinités des humains.

Ce fut au cours du siècle suivant que les envahisseurs conquirent le pays.

Bien des éclaireurs partis pour délivrer des Taltos ne revenaient jamais mais nos jeunes étaient impatients de franchir les montagnes et de traverser la mer.

Les aventuriers qui revenaient, souvent avec quelques prisonniers humains, confirmaient nos craintes. D'un bout à l'autre de l'Angleterre, les Taltos étaient en voie d'extermination. Dans la plupart des endroits, ils n'étaient plus qu'une légende et dans certaines villes – c'est ainsi qu'on appelait alors les colonies –, des gens payaient des fortunes pour un Taltos. Mais les hommes ne les pourchassaient plus et la plupart ne croyaient pas qu'ils avaient existé.

Ceux qui se faisaient capturer étaient des Taltos sauvages. Voici pourquoi.

Dans bien des campements, le sacrifice aux dieux consistait à accoupler des prisonniers Taltos et des femmes humaines, afin qu'elles meurent de leur semence.

Il s'avéra que quelques-unes de ces femmes ne moururent pas immédiatement et eurent un enfant quelques semaines plus tard. Certaines survécurent même suffisamment longtemps pour allaiter leur enfant et, en quelques heures, le Taltos hybride atteignait sa taille adulte.

Dans certains villages, ces naissances étaient un désastre. Dans d'autres, c'était un heureux présage car un jeu raffiné consistait à obtenir un couple de Taltos de mère humaine, à les faire se reproduire et à se constituer ainsi un cheptel de prisonniers que l'on faisait danser, chanter et enfanter. C'étaient des Taltos sauvages.

Il y avait un autre moyen d'obtenir un Taltos sauvage. Il arrivait de temps à autre qu'un bébé humain naisse d'une femme Taltos. La pauvre prisonnière, objet de plaisir, ignorait d'abord qu'elle était enceinte puis, au bout de quelques semaines, donnait naissance à un enfant qui grandissait rapidement et qu'on lui prenait pour le réserver à quelque usage effroyable.

Quels mortels étaient capables de se reproduire ainsi avec une Taltos ? À force de recouper les récits, il nous parut peu à peu évident qu'un certain type d'humain était plus apte que les autres à concevoir un Taltos : possédant de grands dons spirituels, il savait lire dans le cœur des gens, prédire l'avenir et guérir par l'imposition des mains. Au bout de quelque temps, plusieurs siècles, en fait, nous fûmes capables de les distinguer des autres sans nous tromper.

Nous recueillions les Taltos sauvages et les femmes humaines enceintes de Taltos qui parvenaient à s'enfuir et à rejoindre la vallée.

Ces femmes nous apprenaient beaucoup.

Si nos enfants naissaient quelques heures après la conception, ceux-là mettaient une quinzaine de jours ou un mois, selon que la mère était au courant ou non de son état de grossesse. Si elle l'était et si elle parlait à son enfant pendant la gestation, calmait ses craintes et lui chantait des chansons, la croissance était grandement accélérée. Les Taltos hybrides naissaient avec les connaissances de leurs ancêtres humains. En d'autres termes, ils avaient à la fois notre patrimoine génétique et celui des humains.

C'est ainsi que le savoir humain s'ajouta au nôtre.

Mais les Taltos sauvages nés en captivité naissaient aussi avec les souvenirs de notre race et grandissaient dans la haine de leurs tyrans humains. Dès que possible, ils s'évadaient, se réfugiaient dans les bois ou allaient vers le nord, peut-être pour retrouver le pays perdu. Quelques malheureux retournèrent d'instinct dans la plaine de Salisbury et, n'y trouvant personne, survécurent dans la forêt proche ou furent capturés et tués.

Inévitablement, ils se reproduisirent entre eux et créèrent une minorité désespérée de Taltos errant dans toute l'Angleterre à la recherche de leurs ancêtres et du paradis de leurs souvenirs.

Au cours des siècles, beaucoup de sang humain se mélangea à celui des Taltos sauvages et ceux-ci développèrent des habitudes et des croyances qui leur étaient propres. Ils vivaient dans les cimes des arbres, se peignant parfois le corps en vert pour se camoufler ou s'habillant de feuillages.

Ce furent eux, disait-on, qui créèrent les Petites Gens. En fait, les Petites Gens vivaient déja probablement depuis longtemps à l'écart de toute autre civilisation. Nous en avions aperçu au début, lorsque nous régnions sur l'Angleterre, mais ils se tenaient toujours à l'écart. Dans nos légendes, ils étaient des sortes de monstres.

Mais des récits nous parvinrent aux oreilles selon lesquels ils étaient le fruit d'un croisement raté entre un Taltos et un humain, c'est-à-dire que la conception n'était pas suivie de développement et que le nouveau-né était bossu et nain.

Quelle est la part de vérité sur leur lien de parenté avec nous ? Nous l'ignorions.

Toujours est-il que pendant la période des croisements hybrides où les Taltos sauvages tentaient de découvrir avec qui ils pouvaient se reproduire, nous nous aperçûmes que ces horribles petits monstres malveillants et méchants, les Petites Gens, pouvaient le faire avec nous. S'ils parvenaient à séduire l'un de nous et s'accoupler, l'enfant était le plus souvent un Taltos.

Une race compatible ? Une évolution naturelle ? Nous ne le saurons jamais.

Mais la légende s'était répandue et les Petites Gens s'en prenaient à nous avec autant de brutalité que les humains. Ils nous posaient des pièges et essayaient de nous attirer par la musique. Ils ne se comportaient pas comme les guerriers mais recouraient à la ruse, nous jetaient des sorts qui nous envoûtaient. Ils rêvaient de devenir une race de géants, comme ils nous appelaient. Lorsqu'ils capturaient nos femmes, ils s'accouplaient à elles jusqu'à ce qu'elles meurent. Quant à nos hommes, ils procédaient avec eux de la même façon que les humains.

Selon la mythologie, ils avaient été autrefois grands comme nous, mais les démons les avaient rendus tels qu'ils étaient, les avaient chassés et les avaient fait souffrir. Ils avaient la même longévité que nous et leurs rejetons naissaient aussi rapidement et avec les mêmes proportions que les nôtres.

Mais nous avions peur d'eux. Nous les haïssions, nous ne voulions pas qu'ils nous utilisent et nous avions fini par croire que nos enfants pouvaient devenir comme eux si on ne leur donnait pas le lait, si on ne les aimait pas.

Il y a toujours des Petites Gens dans la lande et ceux qui ne connaissent pas leur histoire leur donnent des noms d'autres créatures mythiques : fées, Sluagh, Ganfers, farfadets, elfes.

Ils sont en voie d'extinction à Donnelaith, mais il en subsiste ailleurs. Ils volent des femmes humaines pour se reproduire mais n'ont pas plus de succès que nous. Ils espèrent s'emparer d'une sorcière qui pourra engendrer un Taltos. Ils sont mauvais et n'hésitent pas à tuer les gens et à faire brûler leur graisse sur des torches pour le plaisir.

Samuel, à condition de le convaincre de parler, vous donnerait sa version des faits. Il pourrait vous raconter comment et pourquoi il a quitté les Petites Gens. C'est une histoire passionnante.

Revenons aux Taltos sauvages, ces hybrides portant des gènes humains. Se réunissant en groupes lorsqu'ils le pouvaient, ils échangeaient leurs souvenirs et leurs récits et formaient des petites colonies à part.

De temps en temps, nous partions à leur recherche et les ramenions chez nous. Ils se reproduisaient avec nous, nous donnaient des enfants et nous leurs prodiguions conseils et connaissances.

Curieusement, ils ne restaient jamais longtemps. Ils revenaient parfois se reposer dans la lande mais retournaient dans le monde sauvage où ils tuaient des humains avec leurs flèches puis s'enfuyaient en riant dans les forêts, se prenant pour des créatures magiques.

Ce besoin de bouger sans arrêt eut une conséquence dramatique : ils révélèrent notre existence à qui voulait l'entendre. Quelle naïveté de notre part de ne pas l'avoir compris à temps !

Et, bientôt, la légende de la lande, des géants qui engendraient des enfants sachant marcher et parler dès la naissance, commença à se répandre dans toute l'Angleterre.

Tout ce que nous avions construit à Donnelaith, nos tours qui devaient nous défendre contre les invasions, nos rituels anciens soigneusement préservés et transmis, nos souvenirs, nos valeurs, notre foi sacrée dans l'amour et la naissance : tout cela fut menacé par ceux qui, pour différentes raisons, voulurent nous voir de leurs propres yeux.

Par ailleurs, comme je l'ai mentionné, certains d'entre nous nés dans la lande voulaient partir à l'aventure. Nous leur avons appris à se guider sur les étoiles pour pouvoir retrouver le chemin de la maison. Nous avons inculqué un grand nombre de notions à nos enfants avant même leur naissance. Et nous vérifiions le résultat obtenu en les interrogeant une fois qu'ils étaient nés. C'était stupéfiant. Ils connaissaient la géographie de l'Angleterre, savaient fabriquer des armes, craignaient et haïssaient les humains et savaient comment les éviter ou les vaincre. Et ils connaissaient l'Art du Langage.

L'Art du Langage devint une nécessité après notre rencontre avec les humains. Nous parlons bien plus vite qu'eux. À leurs oreilles, le débit de nos paroles ressemble à un sifflement ou à un fredonnement. Par nécessité, nous nous sommes entraînés à parler au même rythme qu'eux et avons développé une sorte de rhétorique nous permettant de jeter la confusion dans leurs esprits, de les fasciner et, ainsi, d'avoir quelque prise sur eux.

Bien entendu, cet Art du Langage ne pouvait nous sauver de l'extinction, mais pouvait sauver un Taltos isolé découvert par des humains.

Tous ceux qui voulaient s'aventurer à l'extérieur devaient maîtriser l'Art du Langage : parler lentement et savoir se montrer persuasifs.

Ceux qui nous quittaient allaient s'installer dans des régions sauvages et isolées, bâtissaient leurs tours de pierres sèches et se faisaient passer pour des humains auprès des gens qu'ils rencontraient.

Mais, inévitablement, ils finissaient par révéler le secret de notre existence.

Personnellement, j'ai toujours refusé de renoncer, même si, d'une certaine façon, je savais notre cause perdue. Nous étions en mesure de défendre la vallée mais nous étions prisonniers dans notre enclave. Ceux qui se faisaient passer pour des humains, qui vivaient parmi eux en prétendant provenir d'un clan très ancien me fascinaient. Et si nous faisions la même chose ? Et si, au lieu de nous couper des humains, nous les laissions nous approcher en leur faisant croire que nous étions humains comme eux ? Si nous vivions avec eux sans leur révéler notre rituel de naissance ?

Finalement, nous mîmes au point un dangereux subterfuge...

26

– Yuri Stefano à l'appareil, que puis-je faire pour vous ?

– Ce que tu peux faire ? Que c'est bon d'entendre ta voix, Yuri, dit Michael. On s'est vus il y a moins de quarante-huit heures mais l'océan Atlantique nous sépare, maintenant !

– Michael ! Je suis content que tu appelles. Je ne savais pas où te joindre. Tu es toujours avec Ash ?

– Oui, et nous restons encore deux jours, je pense. Je te raconterai tout ça. Et toi, comment ça va ?

– Tout est fini, Michael. Le Talamasca est à nouveau lui-même. Ce matin, j'ai reçu ma première communication des Aînés. Nous prenons d'importantes mesures pour que cette sorte d'interception ne se reproduise plus. Je passe mon temps à écrire mon rapport. Le nouveau supérieur général m'a recommandé de me reposer, mais c'est impossible.

– Il faut pourtant bien que tu te reposes, Yuri. On en a tous besoin.

– En fait, je dors quatre heures, je me lève, je repense à ce qui s'est passé, j'écris pendant quatre ou cinq heures d'affilée et je me recouche. On vient me chercher pour les repas. C'est bon d'être à nouveau parmi eux, tu sais. Et toi, Michael, comment ça se passe ?

– Yuri, j'aime cet homme. J'aime Ash comme j'aimais Aaron. Je l'ai écouté pendant des heures. Il ne veut pas qu'on transcrive ce qu'il raconte. Il dit que nous nous rappellerons ce que nous devons nous rappeler. Yuri, je suis certain que cet homme ne nous fera pas de mal. J'ai totalement confiance en lui. Et puis, si ça arrive quand même, c'est que ça devait arriver.

– Je comprends. Et Rowan ? Comment va-t-elle ?

– Je crois qu'elle l'aime aussi. À quel point et de quelle façon, c'est son problème. Je ne peux pas parler pour elle. Nous restons ici encore deux jours environ et nous retournons dans le Sud. Je m'inquiète un peu pour Mona.

– Pourquoi ?

– Oh, rien de très grave ! Elle s'est enfuie avec sa cousine Mary Jane Mayfair, une jeune fille que tu n'as pas eu le plaisir de rencontrer. Mais elles sont un peu jeunes pour se balader toutes seules sans surveillance.

– Michael, j'ai écrit à Mona. Il le fallait. Avant de quitter La Nouvelle-Orléans, je m'étais engagé envers elle mais, depuis mon retour chez moi, je me rends compte que je ne suis pas l'idéal pour elle. J'ai envoyé la lettre à Amelia. J'ai peur que Mona ne soit fâchée contre moi pendant quelque temps.

– Yuri, Mona a d'autres choses en tête en ce moment et je crois que tu as pris une excellente décision. Tout le monde a tendance à oublier qu'elle n'a que treize ans, elle la première. Tu as fait le bon choix et, de toute façon, elle peut te contacter si elle en a envie, non ?

– Oui, je reste ici. Chez moi.

– Et Tessa ?

– Ils l'ont emmenée. À Amsterdam, je suppose. Je l'ai embrassée avant son départ. Ils lui ont proposé un endroit tranquille où elle pourra raconter ses souvenirs et ses histoires. Personne n'arrive à évaluer son âge ni à savoir si, comme l'a dit Ash, elle doit mourir bientôt.

– Mais elle est heureuse ? Le Talamasca prend bien soin d'elle ?

– Oui, bien sûr. De toute façon, elle peut partir si elle en a envie. C'est ainsi que nous fonctionnons. Mais je ne crois pas qu'elle le veuille. Elle est passée pendant des années d'un protecteur à un autre. Au fait, son chagrin n'a pas duré trop longtemps, pour Gordon. Elle dit qu'elle n'aime pas s'attarder sur les choses désagréables.

Michael se mit à rire.

– Je comprends. Bon, il faut que j'y aille. Ash va poursuivre son récit pendant le dîner. C'est superbe ici, tu sais. Il y a de la neige et il fait froid, mais c'est magnifique. Tout ce qui entoure Ash reflète sa personnalité. Il y a du marbre partout, des tableaux et... un tas de trucs qui l'intéressent. Il vaut mieux ne pas en parler. Il tient beaucoup à son intimité et veut retrouver sa tranquillité après notre départ.

– Je le comprends tout à fait. Michael, quand tu verras Mona, dis-lui de ma part que... que...

– Elle comprendra, Yuri. Elle a plein de projets en ce moment. La famille veut qu'elle poursuive ses études avec des précepteurs. Tu sais, elle a un QI phénoménal. Elle l'a toujours dit. Et elle est l'héritière. Dans les années qui viennent, elle va passer beaucoup de temps avec Rowan et moi à étudier, voyager. Bref, tout ce qui convient à quelqu'un d'aussi prometteur qu'elle. J'y vais, maintenant. Je te rappellerai de La Nouvelle-Orléans.

– Oui, s'il te plaît. Je vous aime tous les deux... tous les trois. Tu peux le leur dire de ma part ?

– Compte sur moi. Au fait, les complices de Gordon ?

– C'est terminé. Ils ne feront plus de mal à l'ordre. À bientôt, Michael.

– À très bientôt, Yuri.

27

On lui avait toujours dit que les Mayfair de Fontevrault étaient cinglés.

– C'est pour cela qu'ils viennent vous voir, docteur Jack.

En ville, même parmi la haute bourgeoisie, on disait qu'ils étaient tous fous.

Mais était-ce vraiment le moment de le vérifier, par cet après-midi d'orage où la moitié des rues de la ville étaient inondées ?

Quelle idée de lui apporter un nouveau-né emmailloté dans des couvertures malodorantes et déposé dans une glacière ! Et cette Mary Jane Mayfair qui lui avait demandé ni plus ni moins d'établir le certificat de naissance dans son cabinet ! Il avait demandé à voir la mère.

Évidemment, s'il s'était douté qu'il allait faire la route dans cette limousine avec le bébé sur les genoux, il aurait insisté pour prendre sa propre camionnette.

Quand elle lui avait montré la limousine du doigt, il avait cru que la fille avait un chauffeur. C'était une voiture toute neuve d'au moins huit mètres de long, avec vitres teintées, lecteur de CD, téléphone et tout le tintouin. Et cette espèce d'amazone en pleine adolescence, avec sa robe toute sale et ses jambes boueuses, avait pris le volant !

– Et vous voulez vraiment me faire croire, lui avait-il crié sous la pluie, qu'avec une voiture comme celle-là vous ne pouviez pas emmener la mère à l'hôpital ?

Le bébé avait l'air en parfaite santé, Dieu merci. Prématuré d'environ un mois, selon lui, et mal nourri, bien sûr. Mais, sinon, il dormait du sommeil du juste dans sa glacière et ses couvertures crasseuses qui puaient le whisky.

– Seigneur Dieu ! Mary Jane Mayfair ! Ralentissez ! avait-il dit au bout d'un moment.

Les branches éraflaient le toit de la voiture et les feuilles trempées fouettaient le pare-brise. Elle conduisait comme une folle malgré les ornières.

– Vous allez réveiller le bébé !

– Le bébé va très bien, docteur, avait-elle répondu en remontant sa robe jusqu'à ses cuisses.

Cette fille devait être une fieffée menteuse. Il était pratiquement certain que le bébé était le sien et qu'elle allait monter un baratin pour lui faire croire qu'elle l'avait trouvé sur le pas de sa porte. Mais non ! Il y avait bien une mère, là-bas, dans ces saletés de marais ! C'était un épisode à relater dans ses Mémoires.

– On est presque arrivés, avait-elle dit à un moment en écrasant un massif de bambous. C'est vous qui porterez le bébé dans le bateau, d'accord ?

– Quel bateau ? avait-il crié, feignant l'ignorance.

En fait, tout le monde lui avait parlé de la vieille baraque branlante de Fontevrault et du « mode de vie » de ces Mayfair. On se demandait comment elle était encore debout et comment des gens pouvaient y vivre. Nul n'ignorait que Mary Jane avait dévalisé les boutiques locales pendant les six derniers mois pour s'installer dans cette maison avec sa grand-mère.

C'était une jolie fille, il fallait le reconnaître, même avec le chapeau de cow-boy qu'elle portait en ville. Elle avait la plus jolie paire de seins qu'il ait jamais vue et une bouche couleur de chewing-gum à la fraise.

– J'espère que vous n'avez pas fait ingurgiter du whisky à ce bébé pour qu'il se tienne tranquille ?

Ce n'était vraiment pas un endroit pour élever un enfant ! Et elle ne l'avait même pas laissé examiner le bébé sous prétexte que sa grand-mère s'en était chargée !

La limousine s'arrêta. Il pleuvait des cordes et il avait du mal à distinguer l'énorme bâtisse. Heureusement, il y avait de la lumière aux fenêtres. On lui avait dit qu'ils n'avaient même pas l'électricité.

– Je fais le tour avec le parapluie, dit Mary Jane en claquant la portière.

Il aurait préféré attendre dans la voiture jusqu'à ce que la pluie cesse, mais elle lui ouvrit la portière et il dut s'exécuter.

– Mettez la serviette dessus, sinon la petite va être trempée ! dit-elle. Maintenant, courez jusqu'au bateau.

– Je me contenterai de marcher, si vous le voulez bien. Montrez-moi juste le chemin, mademoiselle Mayfair.

– La laissez pas tomber !

– Je vous remercie, mais j'ai mis des bébés au monde pendant trente-huit ans à Picayune, Mississippi, avant de venir dans ce trou paumé.

Je me demande d'ailleurs ce que je suis venu faire ici, se dit-il pour la millième fois, oubliant qu'il avait fait ça pour sa jeune épouse, Eileen, qui était née et avait grandi près de Napoleonville.

Le bateau était une énorme pirogue en aluminium sans moteur. Mais la maison était bien là, avec ses colonnes envahies de glycine, et voir de la lumière à l'étage était réconfortant. Si, en plus, il avait fallu qu'il parcoure cette baraque avec une lampe à huile, il serait devenu fou. À moins qu'il ne le soit déjà avant d'arriver : traverser ce marécage de lentilles d'eau sur une pirogue avec une jeune cinglée pour rejoindre une maison près de couler n'était pas idéal pour sa santé mentale.

– Cela arrivera un jour ou l'autre, l'avait prévenu Eileen. Un beau matin, on passera à côté en voiture et il n'y aura plus de maison. Tout aura sombré corps et biens dans le marais. C'est vraiment criminel de vivre dans un endroit pareil.

Portant la glacière dans une main, il parvint à monter dans le bateau qui contenait cinq bons centimètres d'eau.

– Nous allons couler, vous auriez dû écoper.

Ses chaussures étaient déjà remplies d'eau. Mais pourquoi diable avait-il accepté de venir ? Il en aurait des choses à raconter à Eileen.

– Mais non, on va pas couler, dit Mary Jane en appuyant sur sa longue perche. Maintenant, tenez-vous bien et abritez le bébé contre la pluie.

La fille était passablement énervée. Là d'où il venait, personne n'osait parler ainsi à un médecin ! Le bébé était bien au sec.

Il s'approchèrent de la maison et pénétrèrent sous le porche. Le médecin était sidéré.

– Ma parole, on se croirait dans une caverne ! s'exclama-t-il. Ce n'est pas un endroit pour accoucher ! Regardez-moi ça. Il y a même des livres, là, juste au-dessus du niveau de l'eau.

– Personne habitait ici au moment de l'inondation. J'imagine qu'il y a un tas de trucs qui flottent partout. De toute façon, Mona Mayfair a eu son bébé en haut. Les femmes accouchent jamais dans le salon, même quand il est pas inondé.

L'embarcation heurta violemment les marches, tangua sur la gauche et le médecin dut se rattraper à la rampe glissante. Il sortit du bateau en posant les pieds avec précaution pour éprouver la solidité de l'escalier.

Un flot de lumière chaude provenait de l'étage. Pardessus le clapotis de l'eau et de la pluie, il entendit une voix fredonner et une sorte de cliquetis. Qu'est-ce que cela pouvait bien être ?

– Comment se fait-il que l'escalier ne se soit pas encore détaché du mur ? demanda-t-il. Et que toute la baraque ne se soit pas encore écroulée ?

– Eh bien, je suppose que cela arrivera un jour. Dans un siècle ou deux...

Elle grimpa les marches devant lui, atteignit l'étage et se retourna en disant :

– Suivez-moi, on va au grenier.

D'où pouvait bien venir ce cliquetis ? Mais elle ne lui laissa pas le temps de jeter un coup d'œil et le poussa presque dans l'escalier du grenier.

C'est alors qu'il aperçut Granny Mayfair tout en haut, dans une robe à fleurs, qui lui faisait un signe de la main.

– Tiens, vous voilà, docteur Jack ? Comment ça va, mon grand ? Allez, venez m'embrasser. Je suis contente de vous voir.

– Moi aussi, grand-mère, dit-il en montant.

Plus que quatre marches et il pourrait poser son fardeau.

Il atteignit enfin le grenier chaud et sec. La vieille femme se hissa sur la pointe des pieds pour l'embrasser sur la joue. Il adorait cette petite vieille, il devait le reconnaître.

– Comment allez-vous, grand-mère ? Vous prenez vos médicaments, j'espère ?

Mary Jane ramassa la glacière dès qu'il l'eut posée par terre et s'en alla avec. L'endroit n'était pas si mal, finalement. Il y avait des fils électriques partout et du linge propre séchait sur un cordage. Les meubles semblaient confortables et cela ne sentait pas trop le renfermé. Au contraire, une odeur de fleurs planait dans l'atmosphère.

– Quel est ce cliquetis que l'on entend en bas ? demanda-t-il à grand-mère quand elle lui prit le bras.

– Entrez, docteur Jack. Faites ce que vous avez à faire et remplissez le certificat de naissance, s'il vous plaît. Nous voulons éviter les problèmes administratifs. Je vous ai déjà raconté les problèmes que j'ai eus pour avoir déclaré la naissance de Yancy Mayfair avec deux mois de retard ? Vous n'imaginez pas les ennuis qu'on m'a faits à la mairie. Ils me disaient que...

– C'est vous qui avez mis ce bébé au monde, grand-mère ? demanda-t-il en lui caressant la main.

La première fois qu'elle était venue le consulter, ses infirmières l'avaient prévenu de ne pas attendre qu'elle ait fini ses histoires car elles n'avaient jamais de fin. Elle avait débarqué à son cabinet le deuxième jour de son installation en disant qu'aucun autre médecin de la ville ne la toucherait plus jamais. Quelle histoire !

– Bien sûr, docteur.

– La maman est là-bas, dit Mary Jane en pointant le doigt vers un gable du grenier complètement enveloppé d'une moustiquaire.

On aurait dit une tente. La scène était plutôt jolie, avec la lampe à huile brûlant à l'intérieur et la fenêtre au-dessus. Le lit énorme était jonché de couvertures et d'édredons. Il souleva la moustiquaire et baissa la tête pour entrer. Le plancher de cyprès était nu et bien propre. Pas une fuite.

La jeune fille rousse était assoupie sur le lit, des cernes sous les yeux et les lèvres craquelées.

– Cette jeune femme devrait être à l'hôpital, reprocha-t-il.

– Elle est épuisée, docteur, y a de quoi, s'empressa de dire Mary Jane. Si vous vous en occupiez tout de suite pour qu'elle puisse se reposer ?

Au moins, le lit était propre, plus que le berceau de fortune qu'était la glacière. La jeune maman était allongée sur des draps propres et portait une jolie chemise blanche à dentelle avec des boutons de perle. Elle avait les cheveux les plus roux qu'il ait jamais vus, longs et bien brossés. Le bébé serait peut-être aussi roux un jour.

Pour l'instant, il commençait à gigoter dans son lit improvisé. Granny Mayfair le prit dans ses bras et force était de constater qu'elle savait y faire. La fille, dans le lit, était encore plus jeune que Mary Jane.

Il s'approcha, s'agenouilla et posa une main sur le front de la mère. Elle ouvrit lentement ses yeux d'un vert surprenant. Ce n'était qu'une enfant. Elle n'aurait jamais dû avoir un bébé !

– Tu te sens bien, ma chérie ? lui demanda-t-il.

– Oui, docteur, répondit-elle d'une voix claire. Vous voulez bien remplir les papiers, pour mon bébé ?

– Tu sais que tu aurais dû...

– Docteur, le bébé est né, dit-elle.

Elle n'était pas du coin.

– Je ne saigne plus et je n'ai pas l'intention d'aller gambader. En fait, je me sens nettement mieux que je n'aurais cru.

La peau, sous ses ongles, était bien rose et son pouls était normal. Ses seins étaient énormes. Une grande cruche de lait à moitié vide était posée à côté du lit. Très bien, c'était bon pour elle.

Une fille intelligente, sûre d'elle, bien élevée, se dit-il. Pas de la campagne.

– Laissez-nous seuls, dit-il à Mary Jane et à la grand-mère, dressées derrière lui comme deux anges gardiens.

Le bébé gémissait un peu, comme s'il s'apercevait qu'il était vivant mais qu'il n'était pas certain d'en être heureux.

– Éloignez-vous pour que j'examine la mère. Je dois voir s'il n'y a pas de risque d'hémorragie.

– Docteur, je me suis occupée d'elle moi-même, dit la grand-mère. Vous croyez que je l'aurais laissée ici si elle avait une hémorragie ?

Mais elle s'éloigna en berçant le bébé, un peu vigoureusement pour un nouveau-né.

Il n'avait plus qu'à tenir lui-même la lampe à huile s'il voulait vérifier que tout allait bien. L'examen n'allait pas être évident.

La jeune fille s'adossa aux oreillers et le laissa repousser les couvertures. Tout était beau et propre, il fallait l'admettre. Elle était aussi propre que si elle sortait du bain et des serviettes de toilette avaient été disposées sous elle. Elle saignait à peine mais nul doute qu'elle était bien la mère. La naissance avait laissé des traces sur son corps mais sa chemise de nuit était immaculée.

Pourquoi diable n'avaient-elles pas lavé aussi le bébé ? Trois femmes, et aucune n'avait eu suffisamment envie de jouer à la poupée pour le changer !

– Vous pouvez vous rallonger, dit-il à la mère. Vous n'avez pas été déchirée mais cela vous aurait peut-être facilité les choses. La prochaine fois, pensez à l'hôpital.

– Pourquoi pas ? dit-elle d'une voix ensommeillée avant de rire doucement. Je me sens très bien.

Presque une adulte dans ses manières. Ce petit bout de femme ne sera plus jamais une enfant, songea-t-il. L'histoire allait rapidement faire le tour de la ville. Finalement, il n'en soufflerait pas un mot à Eileen.

– Je vous l'avais dit qu'elle allait bien, dit Granny en relevant la moustiquaire.

Le bébé pleurait un peu contre son épaule. La mère ne lui jeta même pas un regard.

Elle doit en avoir assez pour l'instant, se dit-il. Le mieux était qu'elle se repose.

– Parfait! dit-il en replaçant la couverture. Mais si elle se met à saigner ou si elle a de la fièvre, vous l'emmenez tout de suite à l'hôpital de Napoleonville.

– Bien sûr, docteur Jack, dit Mary Jane. Merci d'être venu.

Elle lui prit la main et l'entraîna à l'extérieur du gable.

– Merci, docteur, dit doucement la jeune fille rousse. Vous voulez bien écrire la date de naissance et tout ça et les faire signer comme témoins?

– Il y a une table juste ici, si vous voulez vous installer, dit Mary Jane.

Elle montra du doigt un petit bureau improvisé composé de deux planches de bois à cheval sur deux piles de vieilles caisses de Coca-Cola en bois. Cela faisait bien longtemps qu'il n'en avait pas vu. Cela devait bien se vendre dans un marché aux puces, comme pas mal d'autres objets dans cet endroit.

Se pencher ainsi pour écrire lui faisait mal au dos. Il sortit son stylo. Mary Jane attrapa l'ampoule nue au-dessus d'elle et la dirigea vers lui.

En bas, le cliquetis reprit. Il connaissait ce bruit mais n'arrivait pas à l'identifier.

– Qu'est-ce que c'est, ce bruit? demanda-t-il. Bon, voyons. Le nom de la mère?

– Mona Mayfair.

– Du père?

– Michael Curry.

– Légalement mariés?

– Non. Vous n'avez qu'à sauter cette mention.

– Née la nuit dernière, dites-vous?

– À deux heures dix du matin. Accouchement effectué par Dolly Jean Mayfair et Mary Jane Mayfair. Fontevrault. Vous savez comment ça s'écrit?

Il hocha la tête.

– Le nom du bébé?

– Morrigan Mayfair.

– Morrigan ? Je n'ai jamais entendu ce prénom. C'est un nom de sainte ?

– Épelle-le, Mary Jane, dit la mère d'une voix lasse, de l'autre côté de la moustiquaire. Deux « r », docteur.

– Je sais comment ça s'écrit, dit-il.

Il épela le prénom à voix haute.

– Je n'ai pas le poids...

– Trois kilos neuf cents, dit Granny, qui faisait les cent pas avec le bébé. Je l'ai pesée sur la balance de cuisine. Taille normale.

Il hocha de nouveau la tête, remplit rapidement le reste de la déclaration et en fit un second exemplaire.

Un éclair illumina toute la pièce, qui replongea ensuite dans une pénombre apaisante. La pluie tapait doucement sur le toit.

– D'accord. Je vous laisse cet exemplaire, dit-il en le mettant dans la main de Mary Jane. J'emporte celui-ci pour l'envoyer à la paroisse. Vous recevrez la déclaration officielle dans une ou deux semaines. Maintenant, vous devriez allaiter ce bébé, dit-il à Mona. Vous n'avez pas encore de lait mais du colostrum et...

– Je lui ai déjà dit, docteur Jack, dit Granny. Elle lui donnera le sein dès que vous serez parti. Elle est un peu timide, vous savez.

– Venez, docteur, dit Mary Jane. Je vous ramène.

– J'aimerais drôlement avoir un autre moyen de rentrer chez moi, commenta-t-il.

– Je suis désolée, j'ai pas de balai de sorcière, répondit Mary Jane.

Elle lui fit signe de la suivre et se dirigea vers l'escalier, ses sandales faisant un bruit mat sur le plancher.

La mère émit un gloussement de petite fille. Ses pommettes avaient repris de la couleur et ses seins étaient près d'exploser. De ces deux filles, il n'arrivait vraiment pas à décider laquelle était la plus jolie.

Il souleva la moustiquaire et entra de nouveau dans le gable. Ses chaussures et sa chemise étaient trempées.

– Tu te sens vraiment bien, ma chérie ?

– Oui, très bien, répondit-elle.

La cruche de lait était dans ses mains. Elle en avait bu de longues gorgées. Après tout, pourquoi pas ? Mais elle n'en avait vraiment pas besoin. Elle lui adressa un petit sourire d'écolière, le plus radieux qu'il ait jamais vu, découvrant une rangée de dents bien blanches et plissant légèrement son nez. Oui, un modèle réduit de femme, mais la plus jolie rousse qu'il ait rencontrée.

– Alors, docteur, vous venez ? lui cria Mary Jane. Mona doit se reposer et le bébé va pas tarder à brailler. Salut Morrigan, salut Mona, salut Granny !

Mary Jane entraîna le médecin hors du grenier tout en remettant son chapeau de cow-boy imbibé d'eau.

– Chut, chut ! disait la grand-mère au bébé. Mary Jane, dépêche-toi de revenir.

Le médecin allait suggérer que la mère prenne l'enfant dans ses bras mais Mary Jane l'aurait certainement précipité dans l'escalier s'il l'avait fait attendre une seconde de plus. Placée juste derrière lui, elle le poussait littéralement en avant du bout de ses deux seins rebondis. Seins, seins. Dieu merci, son domaine était la gériatrie. Il n'aurait jamais pu supporter les femmes enfants en chemise transparente et les filles qui parlaient avec le bout de leurs seins. C'était quasiment indécent.

– Docteur, je vous paierai cinq cents dollars pour cette visite, lui murmura Mary Jane à l'oreille, ses lèvres en chewing-gum effleurant sa joue. C'est vraiment gentil de votre part de vous être déplacé dans de telles conditions...

– Ouais, et quand est-ce que je verrai la couleur de votre argent, Mary Jane Mayfair ? demanda-t-il d'un ton grincheux.

Ces filles ! Et comment réagirait-elle s'il se retournait pour tâter ce qu'elle écrasait fort obligeamment dans son dos ? Il ferait bien de lui facturer une paire de chaussures neuves. Celles-ci étaient fichues. Ses riches parents de La Nouvelle-Orléans en avaient bien les moyens.

Tiens, au fait ! Et si, justement, la fille là-haut était l'une de ces riches Mayfair venue ici pour...

– Vous faites pas de souci. Vous avez pas fait le boulot, vous avez juste signé les papiers, dit Mary Jane.

– Mais de quoi parlez-vous ?

– Maintenant, on retourne au bateau.

Elle se hâta vers le haut de l'escalier, le médecin sur ses talons. Cette maison n'était pas si penchée, finalement, vue de l'intérieur. Le cliquetis se fit de nouveau entendre. On devait finir par s'habituer à vivre dans une maison penchée, mais l'idée qu'elle soit inondée, ça...

Un éclair illumina la maison comme en plein jour et le hall reprit vie l'espace d'un instant. Papier peint, plafonds, encadrements de portes, lustre pendant lamentablement...

Ça y est ! Je sais. C'est un bruit de clavier d'ordinateur.

Il l'avait aperçue dans la pièce de derrière pendant la fraction de seconde où l'éclair avait tout illuminé. C'était une grande femme penchée sur son clavier, les doigts courant sur les touches, les cheveux aussi roux et deux fois plus longs que ceux de la jeune mère, là-haut dans le lit. Elle fredonnait comme si elle était en train de composer une musique sur un piano.

L'obscurité se referma sur elle. L'écran brillait et la lampe faisait une tache de lumière jaune sur ses doigts voletant.

À cet instant précis, le tonnerre éclata dans un fracas assourdissant en faisant trembler toutes les vitres de la maison. Mary Jane porta les mains à ses oreilles. La jeune fille assise devant l'ordinateur poussa un hurlement et sauta de son siège. Toutes les lumières s'éteignirent et ils se retrouvèrent dans une obscurité totale.

La jeune beauté hurlait de terreur. Elle était plus grande que lui !

– Chut ! Morrigan, arrête ! cria Mary Jane en se précipitant vers elle. C'est juste une panne d'électricité. La lumière va revenir.

– Mais plus rien ne marche ! cria-t-elle.

Elle se retourna et aperçut le Dr Jack qui, l'espace d'un instant, crut avoir une hallucination. Tout en haut du long cou, le visage était le même que celui de la jeune mère. Mêmes taches de rousseur, mêmes cheveux roux, mêmes dents blanches, mêmes yeux verts. On aurait dit qu'on avait pris la tête de l'autre pour la planter sur le cou d'une géante ! Ce ne pouvaient être des jumelles. Il faisait lui-même un mètre soixante-dix-huit et elle le dépasssait d'au moins trente centimètres ! Elle portait une simple chemise ample et blanche, comme la mère, et ses douces jambes blanches étaient interminables. Elles ne pouvaient qu'être sœurs.

– Ouah ! dit-elle en se dirigeant vers lui, pieds nus, avant que Mary Jane ne puisse la retenir.

– Retourne t'asseoir, lui intima Mary Jane. La lumière va revenir en moins de deux.

– Vous êtes un homme, dit la grande jeune femme.

C'était plutôt une fille, en fait, et pas plus âgée que la mère dans le lit ou Mary Jane. Elle se planta devant le médecin et lui jeta un regard mauvais, ses yeux encore plus verts que ceux de l'autre.

– Vous êtes un homme, n'est-ce pas ? répéta-t-elle.

– Je te l'ai dit, intervint Mary Jane. C'est le médecin. Il est venu remplir le certificat de naissance. Docteur Jack, c'est Morrigan, la tante du bébé. Maintenant, assieds-toi, Morrigan. Le docteur est pressé. Allons-y, docteur !

– Ne te mets pas dans tous tes états, Mary Jane, dit la grande fille avec un ravissant sourire.

Elle frotta ses longues mains blanches et soyeuses l'une contre l'autre. Sa voix était en tout point identique à celle de la jeune mère. Même ton de bonne éducation.

– Veuillez me pardonner, docteur Jack, mes manières sont encore un peu curieuses. La situation est un peu nouvelle pour moi et nous avons différents problèmes à régler. Par exemple, maintenant que nous avons ce certificat de naissance... Nous l'avons, n'est-ce pas, Mary Jane ? C'est ce que tu essayais de m'expliquer quand je t'ai brusquement interrompue ? Maintenant, nous devons penser au baptême de cette enfant car, si ma mémoire est bonne, le testament stipule expressément que le bébé doit être baptisé selon le rite catholique. Si je ne me trompe, d'après les fichiers que je viens de consulter, le baptême est plus important que la déclaration légale.

– Mais de quoi diable parlez-vous ? demanda le Dr Jack.

Elle se mit à rire et à taper bruyamment dans ses mains en secouant sa crinière rousse.

– Quel âge avez-vous, docteur ? Vous êtes plutôt grand, vous savez ? Voyons voir, je vous donne soixante-sept ans. C'est bien ça ? Je peux voir vos lunettes ?

Elle les lui arracha du nez avant qu'il ne puisse protester et l'observa à travers les verres. Il était sidéré. Il avait soixante-huit ans. Elle n'était plus qu'une tache floue devant ses yeux nus.

– C'est tout à fait extraordinaire, dit-elle en lui rechaussant le nez d'un geste agile. Ce sont des verres grossissants. Dire que ce n'est là qu'une invention parmi toutes celles que je vais découvrir dès les premières heures de ma vie. Lunettes, four à micro-ondes, téléphone, écran d'ordinateur NEC MultiSync 5D. Je crois que, plus tard, lorsque je prendrai un peu de recul, je verrai une certaine poésie dans les premiers objets que j'aurai découverts, surtout si l'on considère que, dans la vie, rien n'est pur hasard. On a tendance à attribuer bien des choses au hasard mais, par la suite, une fois que l'on a aiguisé ses outils d'observation, on se rend compte, par exemple, que même les inventions découvertes dans une maison abandonnée et sinistrée peuvent se recouper pour donner sur les habitants de cette maison une opinion bien plus étayée qu'on ne l'aurait cru au premier abord. Qu'en pensez-vous ?

Ce fut au tour du médecin de rire en se claquant les cuisses.

– Ma chère, j'ignore tout à fait ce que j'en pense, mais j'apprécie à sa juste valeur la façon dont vous vous êtes exprimée. Comment vous appelez-vous, déjà ? Ah oui ! Morrigan, comme le bébé. Ne me dites pas que vous êtes aussi une Mayfair.

– Eh si ! Je suis Morrigan Mayfair, dit-elle.

Il y eut une lueur hésitante, un léger ronronnement et la lumière revint. Derrière eux, l'ordinateur se remit en marche avec un bruit de ventilation.

– Ça y est ! s'exclama-t-elle d'un ton triomphant. C'est reparti ! Je vais pouvoir me reconnecter avec Mayfair & Mayfair. Enfin, jusqu'à ce que Mère Nature, qui se fiche pas mal de nos équipements, configurations, programmes et autres installations, nous joue encore un de ses tours. En d'autres termes, jusqu'au prochain éclair !

En une seconde, elle rejoignit son siège, s'assit devant l'écran et recommença à taper en oubliant tout le reste.

Granny cria d'en haut :

– Mary Jane, dépêche-toi, le bébé a faim !

Mary Jane tira le médecin par la manche.

– Eh ! une seconde ! protesta-t-il.

Mais le charme était rompu. La jeune rousse n'était plus là pour personne. Il s'aperçut à cet instant qu'elle était complètement nue sous sa chemise et que la lumière de la lampe tombait directement sur sa poitrine, son ventre plat et ses cuisses nues. Elle ne semblait pas non plus porter de culotte. Et ces longs pieds ! C'était dangereux de taper sur un ordinateur, pieds nus, pendant un orage. Sa longue chevelure rousse tombait en cascade sur le dossier de sa chaise.

Granny recommença à crier :

– Mary Jane, n'oublie pas qu'il faut ramener le bébé à cinq heures !

– J'y vais, j'y vais ! Docteur Jack, venez !

– Au revoir, docteur Jack, dit soudain la beauté rousse en lui faisant un signe de la main sans quitter l'écran des yeux.

Mary Jane descendit l'escalier en courant et sauta dans la pirogue.

– Alors, vous venez, oui ou non ? Moi, je m'arrache. J'ai des trucs à faire. Vous voulez rester bloqué ici ?

– Ramener le bébé où, à cinq heures ? demanda-t-il, interloqué. Vous n'allez pas le sortir pour le faire baptiser, tout de même ?

– Dépêche-toi, Mary Jane !

– On lève l'ancre ! cria celle-ci en repoussant l'escalier avec sa longue perche.

– Eh ! attendez-moi ! cria le médecin.

En sautant précipitamment dans l'embarcation, il lui fit cogner le mur.

– Doucement ! dit-il à Mary Jane. Ramenez-moi au ponton sans me faire passer par-dessus bord, si ce n'est pas trop vous demander.

La pluie s'était un peu calmée, Dieu merci. Et un faible rayon de soleil tentait de percer la masse nuageuse.

Ils parvinrent à l'embarcadère.

– Tenez, prenez ça, docteur ! lui dit-elle au moment où il montait dans la voiture.

Elle sortit quelques coupures de vingt dollars d'une enveloppe bourrée à craquer de billets et les lui remit. Elle claqua la portière et fit le tour de la voiture.

– Mais c'est beaucoup trop, Mary Jane, protesta-t-il tout en rêvant à une tondeuse à gazon, un taille-haie électrique et une télé couleurs.

Et, en plus, net d'impôts !

– Fermez-la et gardez tout, dit-elle. Vous l'avez bien mérité.

Elle remonta sa jupe sur ses cuisses, comme à l'aller. Mais elle ne faisait décidément pas le poids à côté de la rousse flamboyante devant son ordinateur. Si seulement il avait pu, ne serait-ce que cinq minutes, poser ses mains sur une beauté aussi jeune, fraîche et gracile, avec des jambes qui n'en finissent pas ! Calme-toi, mon vieux, tu frises l'apoplexie.

Mary Jane passa la marche arrière, fit rapidement demi-tour en faisant crisser les pneus sur le sol de coquillages écrasés et se lança à l'assaut des nids-de-poule.

Il jeta un dernier regard à la maison, aux immenses colonnes délabrées et au tapis de lentilles d'eau qui arrivait à mi-hauteur des fenêtres du rez-de-chaussée. Il était bougrement content de quitter les lieux.

Et qu'allait-il dire à Eileen quand elle lui poserait la fatidique question :

– Alors, c'était comment, à Fontevrault, Jack ?

En tout cas, il ne dirait pas un mot des trois plus jolies jeunes femmes qu'il ait jamais vues réunies sous le même toit, c'était certain. Ni de la liasse de billets au fond de sa poche.

28

Pour être acceptés par les autres, nous avons décidé de nous camoufler en humains. Nous « devînmes » la tribu ancienne des Pictes. Nous étions grands parce que nous venions des pays du Nord et nous désirions vivre en paix avec tous ceux qui ne nous dérangeraient pas.

Bien entendu, afin de procéder progressivement, nous fîmes d'abord répandre cette rumeur. Il y eut une période d'attente pendant laquelle aucun étranger ne fut admis dans la lande puis, dans un second temps, nous accueillîmes des voyageurs qui nous apportèrent des connaissances précieuses. Enfin, nous commençâmes à nous aventurer à l'extérieur, nous présentant comme des Pictes et offrant notre amitié à ceux que nous rencontrions.

Avec le temps, bien que la légende des Taltos continuât de se perpétuer chaque fois qu'un Taltos était capturé, cette ruse nous réussit. Et nous pûmes renforcer notre sécurité non pas grâce à des remparts et à des fortifications mais en nous intégrant petit à petit dans la vie des humains.

Nous étions le clan fier et reclus de Donnelaith et nous accordions l'hospitalité dans nos tours. Nous évitions de parler de nos dieux et découragions les questions sur nos coutumes et nos enfants.

Cela fonctionnait à merveille. Et, notre vallée s'ouvrant sur l'extérieur, nous pûmes acquérir des connaissances sans passer par des intermédiaires. Nous apprîmes rapidement à coudre et à tisser, le tissage devenant d'ailleurs un piège pour nous. Avec notre caractère obsessionnel, nous nous mîmes tous à tisser frénétiquement, hommes, femmes et enfants. Nous tissions jour et nuit sans pouvoir nous arrêter.

Le seul remède fut de nous tourner vers une autre forme d'artisanat : le travail du métal. Nous n'allâmes jamais plus loin que fabriquer de la monnaie ou des pointes de flèches, mais nous le fîmes pendant quelque temps avec la même obsession.

L'écriture vint également à nous. D'autres peuples, très différents des frustes guerriers qui avaient détruit notre vie dans la plaine, étaient arrivés sur les rivages d'Angleterre. Or, ces gens écrivaient sur des pierres, des tablettes, des rouleaux de vélin et des peaux de mouton spécialement préparées à cet effet. C'était magnifique à voir et à toucher.

Mais ces écrits étaient en grec et en latin. Dès que nous eûmes compris le lien entre les signes graphiques et la parole, nos esclaves firent notre enseignement, relayés plus tard par les érudits qui nous rendirent visite.

L'art d'écrire devint notre nouvelle obsession, en particulier pour moi. Nous lisions et écrivions sans relâche, transcrivant en vocables notre propre langue, la plus ancienne de toutes celles d'Angleterre. Nous conçûmes une écriture appelée ogham, avec laquelle nous écrivîmes des textes secrets. On la trouve encore sur plus d'une pierre dans le nord de l'Écosse mais personne n'est aujourd'hui capable de la décrypter.

Notre culture, notre nom – celui de peuple picte –, notre art et nos écrits demeurent un mystère total de nos jours. Vous en verrez bientôt la raison : la disparition de la culture picte.

Sur le plan pratique, je me demande parfois ce que sont devenus les dictionnaires que j'ai élaborés avec tant de peine, m'y consacrant pendant des mois d'affilée et ne m'arrêtant que lorsque je tombais de sommeil.

Nous les avions cachés dans les souterrains et les habitats que nous avions creusés sous le sol de la lande pour nous protéger contre d'éventuelles attaques. C'est là également que nous avions caché les manuscrits grecs et latins que nous avions étudiés.

Les mathématiques furent pour nous une autre source d'envoûtement. Certains livres entrés en notre possession traitaient de théorèmes de géométrie et provoquèrent des débats sans fin et d'innombrables tracés de triangles dans la boue.

Cette période fut exaltante pour nous, notre subterfuge nous permettant d'accéder aux développements les plus récents. Nous consacrions beaucoup de temps à surveiller les jeunes pour les empêcher de révéler nos secrets aux étrangers ou de tomber amoureux d'eux, mais nous sympathisions avec un grand nombre de Romains qui, à leur insu, nous avaient rendu justice : ils avaient châtié les barbares celtes coupables de tous nos maux.

Du reste, les Romains ne croyaient pas aux superstitions locales attachées aux Taltos. Ils nous parlaient d'un monde civilisé, vaste et plein de villes fabuleuses.

Mais nous les craignions malgré tout car ils étaient de grands guerriers. Nous gardions donc nos distances afin d'éviter tout affrontement.

Les marchands apportaient chez nous leurs livres et leurs rouleaux de vélin et je lisais avec passion leurs philosophes, leurs dramaturges, leurs poètes, leurs satiristes et leurs rhétoriciens.

Bien entendu, c'était insuffisant pour comprendre pleinement leur mode de vie, leur caractère profond, mais nous apprenions. Nous savions désormais que tous les hommes n'étaient pas des barbares, terme que les Romains employaient d'ailleurs pour désigner les tribus installées avant eux en Angleterre et qu'ils étaient venus coloniser.

Notez au passage que, malgré deux cents ans de conquêtes en Angleterre, les Romains n'ont jamais pénétré dans la vallée.

Lorsqu'ils se retirèrent de notre pays, l'abandonnant aux barbares, nous n'étions plus tout à fait un peuple clandestin. Des centaines d'humains s'étaient installés dans notre vallée en nous considérant comme les seigneurs locaux, une grande famille souveraine, mystérieuse mais humaine.

Il ne fut pas toujours facile de maintenir notre subterfuge, mais l'époque nous était favorable. D'autres clans émergèrent dans des régions reculées. Nous n'étions pas un pays de villes mais de domaines féodaux. Notre taille et notre refus de toute alliance matrimoniale hors de notre clan passaient pour inhabituels mais, à tous autres égards, nous étions acceptés.

La clé de notre tranquillité était, bien entendu, de ne jamais permettre à quiconque d'assister à notre rituel de naissance et les Petites Gens, qui se mettaient sous notre protection en cas de besoin, nous servaient de sentinelles.

Lorsque notre sécurité fut fermement établie, nous nous fîmes plus audacieux et autorisâmes la présence d'étrangers, mais uniquement dans les premiers cercles extérieurs. Ainsi, ils ne pouvaient voir ce qui se passait au centre. Ils supposèrent qu'il s'agissait de quelque adoration du ciel, du soleil, du vent, de la lune et des étoiles. Pour eux, nous étions une famille de magiciens.

En résumé, nous étions des gens « normaux ». D'autres Taltos reprirent notre subterfuge à leur compte, se déclarant pictes et apprenant notre écriture, notre style d'architecture et de décoration. Tous les Taltos désireux de survivre adoptèrent ce nouveau mode de vie.

Seuls les Taltos sauvages continuaient d'errer dans les forêts, mais eux aussi avaient appris l'écriture ogham. Ils s'en servaient, par exemple, pour signaler leur présence aux autres Taltos en gravant sur un arbre un symbole qui ne signifiait rien pour les humains. Lorsqu'un Taltos en rencontrait un autre dans une auberge, il lui offrait en signe de reconnaissance une broche portant l'un de nos symboles.

Nous sculptions également dans le roc, à l'entrée des cavernes ou sur nos pierres sacrées, des représentations fantaisistes des animaux du pays perdu.

Quelle était notre pire crainte ou notre pire menace ? Suffisamment de temps s'était écoulé pour que nous n'ayons plus à redouter que des humains soient au courant de notre existence. Mais les Petites Gens savaient. Ils cherchaient toujours à s'accoupler avec nous. Certes, ils avaient besoin de nous pour les protéger, mais ils n'en constituaient pas moins un danger.

La véritable menace venait des sorciers et des sorcières, ces humains étranges qui captaient notre odeur, pouvaient se reproduire avec nous et descendaient d'humains qui l'avaient fait. Ils se transmettaient de mère en fille et de père en fils les légendes de notre race et savaient qu'ils pouvaient engendrer avec nous des monstres géants d'une grande beauté et susceptibles d'immortalité. En outre, ils s'étaient forgé de fausses idées selon lesquelles ils pouvaient obtenir l'immortalité en buvant du sang de Taltos ou s'emparer de nos pouvoirs en nous tuant par des formules magiques et des sorts maléfiques. Par-dessus le marché, ils nous reconnaissaient rien qu'en nous voyant.

Nous les tenions donc en respect hors de la lande mais, quand nous sortions, nous avions beaucoup de mal à les éviter dans les villages. Heureusement, eux aussi nous craignaient. Nous savions les repérer et, comme nous étions rusés, nous pouvions leur causer des ennuis.

Les plus déterminés et les plus ambitieux d'entre eux tentaient de nous attirer à l'extérieur et de nous envoûter mais, dans l'ensemble, nous étions bien en sécurité chez nous.

Tandis que d'autres tribus se querellaient, nous vivions en paix dans notre vallée.

Ce furent des années fastes mais bien des jeunes Taltos, supportant mal une vie fondée sur le mensonge, s'en allaient de par le monde pour ne jamais revenir. D'un autre côté, nous étions parfois rejoints par des Taltos hybrides qui ignoraient tout de leurs origines.

Le temps passant, certains d'entre nous en vinrent à s'unir avec des êtres humains. Par exemple, un de nos hommes partait faire un long pèlerinage et rencontrait une sorcière dont il tombait amoureux. La pauvre créature en haillons s'en remettait à lui et il la ramenait chez nous. Ils faisaient des enfants, la sorcière finissait par mourir et ces enfants hybrides s'unissaient quelquefois à d'autres hybrides.

Parfois, une belle femelle Taltos tombait amoureuse

d'un humain, abandonnait notre clan pour lui et lui donnait des enfants hybrides.

C'est ainsi que, petit à petit, nombreux furent les Taltos ayant du sang humain dans leurs veines.

Que reste-t-il de la lande aujourd'hui ? Que sont devenues les tours que nous avons construites ? Où sont nos pierres gravées ? Que sont devenus les grands cavaliers pictes qui impressionnaient tant les Romains par leur gentillesse ?

Que reste-t-il de Donnelaith ? Une auberge pittoresque, un château en ruine, une énorme excavation révélant lentement une immense cathédrale, des histoires de sorcellerie, de malheurs, de comtes morts prématurément et une famille étrange vivant en Amérique, porteuse de gènes pouvant engendrer des monstres, dotée de pouvoirs et persécutée par un esprit, Lasher, membre de notre race.

Quelle fut la fin des Pictes de Donnelaith ? Comment furent-ils exterminés ? Que leur est-il arrivé ?

Nous ne fûmes conquis ni par les Brittons, ni par les Angles, ni par les Scots. Pas plus que par les Saxons, les Irlandais ou les Germains qui envahirent notre île. Tous ceux-là étaient trop occupés à s'entre-tuer.

Au contraire, nous fûmes détruits par des hommes aussi gentils que nous, aux règles aussi strictes que les nôtres et aux rêves aussi beaux que les nôtres. Leur chef, leur dieu, le sauveur dans lequel ils croyaient était Notre-Seigneur Jésus-Christ. Il fit notre perte.

Le Christ lui-même mit fin à cinq cents ans de prospérité par le truchement de gentils moines irlandais.

Dans la solitude de nos tours de pierre, passant notre temps à jouer, tisser et écrire, à fredonner ou chanter pour le plaisir, nous étions des plus vulnérables. Nous croyions en l'amour et au Bon Dieu et avions toujours refusé de considérer la mort comme sacro-sainte.

Quel était le message des premiers chrétiens, celui des moines romains et celtes venus sur nos rivages pour prêcher la bonne parole ? Quel était le message du culte consacré au Christ et à ses enseignements ?

L'amour, justement, notre raison d'être depuis le commencement. Le pardon, que nous pratiquions depuis toujours. L'humilité, vertu en laquelle nous croyions. Le bon cœur, la gentillesse, la joie du juste, telles étaient nos valeurs ancestrales. Et que condamnaient les chrétiens ? La chair, qui avait de tout temps causé notre malheur, la fornication, qui avait fait de nous des monstres aux yeux des humains.

Oui, nous étions prêts pour recevoir la parole de Dieu. Elle était faite pour nous !

Plus belle encore était la relation chrétienne avec la mort. Le Christ n'était pas mort au cours d'une bataille, le fer à la main. Il avait été sacrifié, s'était laissé exécuter pour sauver les hommes.

C'était magnifique ! Nulle autre religion ne pouvait mieux nous convenir. Nous exécrions les panthéons barbares. Nous nous moquions des dieux grecs et romains. Nous aurions trouvé détestables les divinités sumériennes et indiennes. Mais ce Christ représentait l'idéal pour un Taltos.

Et bien qu'il ne fût pas né avec sa taille adulte, il était le fruit d'une vierge, ce qui tenait du même miracle. Sa naissance était tout aussi importante que sa crucifixion.

Et puis les chrétiens avaient comme nous été persécutés et menacés d'extermination par Dioclétien, l'empereur romain. Et certains de leurs rescapés étaient venus trouver refuge dans notre lande. Ils avaient gagné nos cœurs. En parlant avec eux, nous avions compris que le monde était peut-être en train de changer, que, avec un peu d'espoir, nous étions à l'aube d'une ère nouvelle dans laquelle nous trouverions notre vraie place.

La touche finale vint d'un moine réfugié dans la lande. Je l'amenai dans mes propres quartiers pour discuter de ce qui se passait à l'extérieur, moi qui ne m'étais pas aventuré dehors depuis un bon moment.

Nous étions au milieu du VIe siècle après Jésus-Christ. À l'époque, nous vivions vêtus de longues robes bordées de fourrure et brodées de fils d'or et de pierreries. Les cheveux des hommes étaient coupés à la hauteur des épaules, d'épaisses ceintures entouraient leur taille et ils avaient toujours une épée à portée de la main. Les femmes couvraient leurs cheveux d'un voile en soie tenu par un diadème. Nos tours étaient grossières mais chaudes et douillettes, meublées de sièges confortables et de peaux d'animaux.

Le petit moine aux cheveux blonds transportait un grand paquet auquel il semblait énormément tenir et me pria de lui fournir une escorte pour retourner sur l'île d'Iona. Ses deux compagnons de voyage avaient été tués par des brigands et il se retrouvait seul pour apporter son précieux chargement à Iona.

Je lui promis qu'il y retournerait sain et sauf. Il se présenta comme le frère Ninian, du nom du saint évêque qui avait converti de nombreux païens de Whittern, et même quelques Taltos sauvages.

Le jeune Ninian, un Celte irlandais de belle prestance, posa son paquet sur la table et m'en révéla le contenu.

J'avais vu de nombreux rouleaux romains et *codices* [1] dans ma vie. Je connaissais le latin et le grec. J'avais même vu des livres de très petit format appelés *cathachs* que les chrétiens portaient comme talismans lorsqu'ils livraient bataille. J'avais été intrigué par les quelques fragments d'écrits chrétiens qu'il m'avait été donné de voir mais je n'étais nullement préparé au trésor que Ninian me dévoila.

C'était un livre liturgique, une version illustrée et enluminée des quatre Évangiles. Sa couverture était décorée d'or et de pierres précieuses, sa reliure était en soie et ses pages étaient peintes de petits motifs spectaculaires.

Immédiatement, j'entrepris de le lire à voix haute et, malgré les quelques irrégularités de son latin, j'en compris le contenu.

À mesure que je tournais les pages de vélin, je m'émerveillais non seulement de l'histoire qui y était contée mais des incroyables dessins d'animaux fantastiques et de minuscules personnages qui l'ornaient. Je me pris de passion pour cet art.

Le contenu des Évangiles était bien différent de mes précédentes lectures. C'était l'histoire de Jésus, un homme

1. Livre composé de feuilles cousues ensemble *(N.d.T.)*.

qui avait enseigné l'amour et la paix avant d'être persécuté, tourmenté puis crucifié. Cet homme d'une grande humilité avait chargé ses disciples de rédiger le message qu'il leur avait transmis et de l'enseigner à toutes les nations.

Le fondement de cette religion était la simplicité, l'humilité, la douceur et l'amour.

Pour le Taltos que j'étais, le fait que l'histoire de ce dieu fût écrite était une nouveauté ahurissante. En effet, le seul point commun que nous ayons partagé autrefois avec nos voisins barbares avait été l'absence d'écriture. Nous privilégiions la mémoire et pensions que l'écrit lui était néfaste. Nous savions lire et écrire mais n'aimions pas cela. Et voilà que ce dieu humble citait des passages du livre sacré des Hébreux, se disait lié aux prophéties annonçant la venue d'un messie et chargeait ses disciples d'écrire sa biographie.

Bien avant d'avoir achevé ma lecture, je fus conquis par ce Jésus pour les paroles étranges qu'il avait prononcées, pour ses contradictions et son indulgence envers ses persécuteurs. Quant à sa résurrection, ma première conclusion fut qu'il avait la même longévité que les Taltos mais qu'il avait joué à ses disciples une sorte de tour de passe-passe pour la simple raison qu'il n'était pas humain.

C'était un tour que nous jouions nous-mêmes à nos voisins humains : nous changions régulièrement d'identité afin qu'ils ignorent que nous étions plusieurs fois centenaires.

Mais grâce à l'enseignement patient de Ninian, je compris bientôt que le Christ était réellement ressuscité des morts et monté au ciel. J'embrassai donc la foi en ce dieu d'amour martyrisé au nom de l'amour. Son message me touchait même si, parallèlement, le tout formait un ensemble peu vraisemblable.

Autre chose. Les chrétiens croyaient que la fin du monde était proche. Manifestement, il ressortit de mes discussions avec Ninian qu'ils y avaient toujours cru et que s'y préparer était l'essence même de leur religion.

Ninian me raconta avec ferveur l'ampleur prise par

l'Église depuis l'époque du Christ, quelque cinq cents ans plus tôt, après que Joseph d'Arimathie, son cher ami, et Marie-Madeleine, qui lui avait lavé les pieds et les avait séchés avec ses cheveux, étaient venus dans le sud de l'Angleterre et avaient bâti une église sur la colline sacrée de Somerset. Le calice du dernier repas du Christ, la Cène, avait été apporté dans cet endroit et une source d'eau rouge sang y avait jailli. Il me parla de la houlette de Joseph qui, plantée dans le sol de Wearyall Hill, s'était transformée en une aubépine qui n'avait cessé de fleurir depuis.

J'étais décidé à m'y rendre sans attendre pour voir le sol sacré que les disciples de Notre-Seigneur avaient foulé.

– Je t'en prie, mon généreux Ashlar, s'écria Ninian. Tu m'as promis de me ramener au monastère d'Iona.

Le frère Colomba, supérieur du monastère, l'y attendait. Il était de toute première importance que la copie des Évangiles y parvienne rapidement.

Je voulais rencontrer ce Colomba. Cet homme issu d'une riche famille aurait pu devenir roi mais avait préféré se faire prêtre et fonder des monastères chrétiens. Un jour, il s'était disputé avec Finnian, un autre saint homme, parce qu'il voulait confectionner une copie du psautier de saint Jérôme, un autre livre sacré, que Finnian avait apporté en Irlande. Leur querelle portait donc sur le droit ou non de faire cette copie.

La chose avait dégénéré en bataille et trois mille hommes y avaient laissé leur vie. Colomba fut jugé coupable de ce massacre, jugement qu'il accepta, et se rendit à Iona, tout près de notre côte, pour convertir les Pictes, nous, au christianisme. Son projet était de convertir trois mille païens, un par victime de la tuerie qu'il avait provoquée.

D'Iona, Colomba envoya partout des missionnaires. Dans les monastères qu'il créa, la règle était très stricte et prônait la mortification de la chair et le sacrifice de soi.

Je n'en revenais pas. Comment un religieux croyant au Christ pouvait-il provoquer une guerre faisant trois mille victimes ? Comment pouvait-on se laisser flageller pour des péchés mineurs ? Tout cela procédait en fait d'une logique confondante.

Je décidai d'accompagner Ninian à Iona avec mes deux fils cadets. Bien évidemment, Ninian nous croyait humains.

Dès notre arrivée, je fus envoûté par le monastère et la personnalité de Colomba. Cette île était magnifique, verdoyante, la vue était somptueuse de ses falaises et la mer apportait la paix de l'esprit. Malgré la pénitence et l'austérité de rigueur, je retrouvai la même sérénité que dans le pays perdu.

Le monastère était celtique et n'avait rien à voir avec les monastères bénédictins qui allaient fleurir plus tard dans toute l'Europe. Les moines vivaient dans de simples cabanes. L'église était un modeste bâtiment de bois.

L'endroit était parfaitement approprié pour écouter le chant des oiseaux, marcher, méditer, prier, discuter avec l'être charmant qu'était Colomba. Cet homme était de sang royal ; j'avais longtemps été un roi. Le nord de l'Irlande et de l'Écosse était à nous. Nous nous appréciions beaucoup, ma franchise de Taltos le touchant énormément.

Colomba n'eut pas de mal à me convaincre : la dure vie monastique et la mortification de la chair étaient les clés de l'amour que le christianisme exigeait de l'homme.

Il était impatient de convertir tout mon clan et de me voir ordonné prêtre parmi mon peuple.

– J'ai peur que ce ne soit pas possible, protestai-je.

C'est alors que, dans le secret de la confession, je lui narrai l'histoire de ma longue vie, le secret de notre naissance, de notre immortalité potentielle, sauf si un accident, un désastre ou une pestilence en décidaient autrement.

J'omis de lui dire que j'avais été celui qui menait les rondes à Stonehenge, mais je lui avouai tout le reste : le pays perdu, les siècles passés dans la lande...

Il m'écouta avec une grande fascination, puis me posa une question qui m'interloqua :

– Tu peux prouver tout cela ?

Je me rendis compte que non. La seule façon dont un Taltos peut prouver qu'il en est un est de s'accoupler et de montrer l'enfant obtenu.

– Non, mais regardez-nous bien. Considérez notre taille.

Il me répondit que les grands hommes étaient nombreux de par le monde et ajouta :

– Ton clan est connu depuis longtemps. Tu es le roi Ashlar de Donnelaith et tu passes pour un bon monarque. Si tu crois ces choses à ton propos, c'est parce que le diable les a mises dans ton imagination. Oublie-les. Fais ce que Dieu attend de toi.

– Demandez à Ninian. Tous les membres de ma tribu ont cette taille.

Mais il avait déjà entendu parler des très grands Pictes des Highlands. Mon subterfuge avait donc fonctionné au-delà de mes espérances.

– Ashlar, dit-il, ta bonté ne fait aucun doute. Encore une fois, je te conseille de considérer ces illusions comme l'œuvre du démon.

Finalement, je lui donnai raison. Qu'il me croie ou non n'avait aucune importance. Il reconnaissait que j'avais une âme et rien ne comptait davantage pour moi.

Vous vous rappelez ce qu'a dit Lasher, Michael ? Il tenait absolument à avoir une âme.

J'ai connu ce terrible dilemme. Tout marginal le connaît, que ce soit pour des questions de légitimité, de citoyenneté ou de fraternité, cela revient au même. Nous voulons être reconnus comme des individus à part entière.

Je commis la terrible erreur de suivre le conseil de Colomba et d'oublier ce que je savais être vrai.

Mes fils et moi reçûmes le sacrement du baptême à Iona. Loin des brumes des Highlands, nous devînmes des Taltos chrétiens.

Je restai un certain temps au monastère, où la lecture devint ma principale occupation. Finalement, je commençai à faire moi-même des copies de manuscrits et à les enluminer. Mon caractère obsessionnel amusait beaucoup les moines et ils appréciaient mon bon niveau en grec et en latin. Ce furent des jours très heureux.

Petit à petit, je compris ce que les princes païens avaient trouvé dans le christianisme : la rédemption de toutes les fautes. Mes souffrances prenaient un sens à la lueur des malheurs du monde et de la mission du Christ de nous sauver du péché. Tous les désastres que j'avais vécus n'avaient fait que grandir mon âme et me préparer à cet instant. La monstruosité de tous les Taltos serait acceptée par cette Église œcuménique qui ne rejetait personne, quelle que soit sa race. Comme n'importe quel humain, nous pouvions être baptisés et faire vœu de pauvreté, de chasteté et d'obéissance.

La rigueur des règles nous aiderait à réprimer notre terrible besoin de procréer, notre faiblesse pour la danse et la musique. Et nous ne serions pas obligés de renoncer à la musique, la vie monastique nous permettant de chanter à jamais nos chants les plus beaux et les plus joyeux.

En résumé, si cette Église nous acceptait en son sein, toutes nos souffrances passées et futures prendraient un sens. Notre nature aimante pourrait s'épanouir. Nous n'aurions plus besoin de recourir à des subterfuges. Et la chasteté sauverait nos femmes de la mort.

C'était parfait.

Accompagné de quelques moines, je finis par retourner dans la lande de Donnelaith et réunis tout mon peuple. Je leur expliquai pourquoi nous devions prêter serment d'allégeance au Christ. Je prêchai la paix, l'harmonie et la croyance en la fin du monde. Toutes les horreurs seraient bientôt révolues. Je parlai également du ciel, que j'imaginais comme le pays perdu, à part que personne ne voudrait plus faire l'amour, et où nous pourrions joindre nos voix aux chœurs des anges.

Je leur dis que nous devions confesser nos péchés et nous préparer au baptême. Pendant des milliers d'années, j'avais été leur chef et je leur demandai à tous de me suivre.

À la fin de mon discours, les moines comme les centaines de Taltos réunis autour de moi dans la lande avaient du mal à contenir leur émotion.

Commencèrent alors les discussions enflammées – dans l'Art de la Langue – pour lesquelles nous étions réputés. Histoires, souvenirs, tout convergeait vers un même point : nous devions embrasser la foi chrétienne. Le Christ était notre Bon Dieu. Il était notre Dieu.

Beaucoup proclamèrent immédiatement leur foi. D'autres passèrent l'après-midi, la soirée et la nuit à examiner les livres que j'avais apportés. Certains murmurèrent toutefois que la chasteté était absolument contraire à notre nature et que nous ne pourrions jamais l'accepter.

Pendant ce temps, accompagné des moines, je m'adressai aux humains de Donnelaith et les exhortai à se convertir eux aussi. Tous les clans de la vallée étaient présents.

Au milieu des pierres, des centaines d'entre eux déclarèrent leur désir d'adhérer au christianisme et certains avouèrent même qu'ils s'étaient déjà convertis dans le plus grand secret.

J'en fus fort étonné, surtout lorsque je découvris que des familles étaient déjà chrétiennes depuis trois générations. Comme vous nous ressemblez, pensai-je, mais vous l'ignorez.

Tout allait pour le mieux, la foule entière semblant disposée à se convertir.

Mais une femme de notre tribu, Janet, prit la parole pour me contredire.

Née elle aussi dans le pays perdu, elle révéla ce secret devant les humains rassemblés. Bien évidemment, ils ne comprirent pas ce qu'elle voulait dire. Nous si. Elle me rappela qu'elle non plus n'avait pas de mèche blanche. En d'autres termes, nous étions tous deux sages et jeunes, la combinaison parfaite.

J'aimais vraiment Janet, dont j'avais eu un fils. J'avais passé de nombreuses nuits à m'ébattre dans son lit, à me repaître de ses seins ronds et à échanger toutes sortes d'étreintes qui nous procuraient un plaisir exquis.

J'aimais Janet et je n'avais jamais douté qu'elle tînt fermement à ses croyances.

Elle avança au milieu de la foule et traita la nouvelle religion de tissu de mensonges. Elle souligna ses faiblesses en termes de logique et de cohérence. Elle s'en moqua.

Aussitôt, la tribu se divisa en deux camps. Les violentes querelles verbales se succédèrent et nos légendaires débats marathons repartirent de plus belle.

Les moines se retirèrent dans notre cercle sacré, y consacrèrent la terre au Christ et prièrent pour nous. Ils ne comprenaient pas encore à quel point nous étions différents des autres mais ils voyaient bien que nous étions dissemblables.

Un grand schisme se produisit, un tiers des Taltos refusant catégoriquement d'être convertis et menaçant de prendre les armes contre les autres s'ils voulaient faire de la lande un havre chrétien. Certains évoquèrent leur peur du christianisme et les dissensions intestines qu'il provoquerait. D'autres voulaient tout simplement ne rien changer à leur mode de vie et rejetaient l'austérité et la pénitence.

La majorité désirait se convertir mais personne ne voulait renoncer à son foyer, c'est-à-dire aller vivre ailleurs. Étant le chef, cette éventualité était pour moi impensable. Et, à l'instar de la plupart des rois païens, je tenais à ce que mon peuple me suive dans ma conversion.

Les joutes verbales cédèrent la place à des menaces et l'on en vint aux mains. En une heure, je compris que l'avenir de la vallée était menacé.

La fin du monde était pour bientôt. Le Christ l'avait prédite et était venu nous y préparer. Les ennemis de l'Église étaient les ennemis du Christ.

Des affrontements sanglants et des incendies éclatèrent dans les prairies de la vallée.

Les humains qui nous avaient toujours paru loyaux se retournèrent contre nous et nous accusèrent de perversité, de ne pas pratiquer le mariage. Ils nous reprochèrent de n'avoir jamais vu nos enfants et d'être de vils magiciens.

D'autres déclarèrent qu'ils nous soupçonnaient depuis longtemps de commettre des atrocités et que le moment était venu de nous montrer au grand jour. Où étaient nos enfants ? Pourquoi n'y avait-il jamais d'enfants parmi nous ?

Quelques Taltos se mirent à crier la vérité. Une humaine qui avait eu deux enfants d'un Taltos montra du doigt son mari et raconta à tous qui il était et que les femmes qui couchaient avec nous finissaient par mourir.

Les plus fanatiques, dont je faisais partie, déclarèrent

que ces choses n'avaient plus aucune importance. Le Christ et le père Colomba nous avaient accueillis dans leur Église et il nous suffisait de renoncer à nos coutumes licencieuses pour vivre selon les préceptes du Christ.

La confusion était à son comble. Les coups fusaient et l'on criait de toutes parts.

Je compris alors comment trois mille personnes pouvaient mourir à cause d'une simple copie de livre !

Trop tard. La bataille avait commencé. Tous se ruèrent vers leurs tours pour attraper leurs armes et défendre leur position. Des hommes armés sortaient de partout et attaquaient leurs propres voisins.

Les horreurs de la guerre, les atrocités dont j'avais voulu nous protéger pendant toutes ces années à Donnelaith étaient maintenant chez nous. Et tout cela à cause de ma conversion au christianisme.

En proie à la confusion la plus totale, je restais immobile, l'épée à la main, ne sachant pas très bien quoi en faire. Mais les moines vinrent à moi :

– Ashlar, montre-leur la voie du Christ.

Et je fis ce que plus d'un roi fervent avait fait avant moi : je dressai les convertis contre leurs frères et leurs sœurs.

Mais les pires atrocités restaient à venir.

Lorsque la bataille fut terminée, les chrétiens étaient majoritaires mais la plupart d'entre eux étaient humains. La plus grande partie de l'élite Taltos avait été massacrée et nous n'étions plus qu'une cinquantaine, les plus vieux, les plus sages, toujours convaincus du bien-fondé de notre conversion.

Qu'allions-nous faire des rescapés qui s'opposaient encore à nous ? Ces rebelles, Janet à leur tête, nous maudirent. Ils refusaient d'être bannis de la lande et préféraient mourir sur place.

– Toi, Ashlar, regarde ce que tu as fait ! cria Janet. Regarde les cadavres de tes frères et de tes sœurs, d'hommes et de femmes qui vivaient déjà avant les cercles ! Tu les as tués !

Dès qu'elle eut prononcé ce terrible jugement contre moi, les convertis humains commencèrent à poser des questions :

– Comment auriez-vous pu vivre avant les cercles ?

– Qu'êtes-vous si vous n'êtes pas des êtres humains ?

Finalement, un homme plus hardi que les autres, l'un de ceux qui étaient secrètement chrétiens depuis des années, s'approcha de moi et fendit ma robe en deux avec son épée. Je me retrouvai nu dans le cercle.

Je compris la raison de son geste. Si grands que fussent nos corps, il voulait montrer à tous que nous avions bien des attributs virils. Eh bien, qu'ils vérifient par eux-mêmes, me dis-je. Je posai une main sur mes testicules et, à l'ancienne, je prêtai serment que je servirais le Christ aussi bien que n'importe quel être humain.

Mais le vent avait tourné. Les Taltos chrétiens commençaient à perdre leur sang-froid. L'effroyable massacre les avait bouleversés et ils se mirent à pleurer et à parler en oubliant l'Art de la Langue, semant la panique parmi les humains.

Je remis ce qu'il restait de ma robe, puis je haussai la voix, réclamai le silence et prononçai un nouveau discours en faisant les cent pas dans le cercle. Jamais l'Art de la Langue ne fut aussi bien exercé.

Que dirait le Christ de ce que nous avions fait ? Quel était notre crime ? D'être une tribu un peu particulière ? D'avoir tué ceux de notre clan ? Je me mis à pleurer, à faire de grands gestes et à m'arracher les cheveux. Les autres pleuraient aussi.

Mais les moines et les chrétiens humains étaient terrifiés. Les questions fusèrent à nouveau. Où sont vos enfants ?

Pour finir, un Taltos que j'aimais beaucoup fit un pas en avant et déclara qu'à partir de cet instant précis il faisait vœu de célibat au nom du Christ et de la Vierge Marie. Il fut imité par d'autres, hommes et femmes.

– Ce que nous avons été n'a plus aucune importance, disaient les femmes. Nous sommes désormais les Épouses du Christ et nous créerons ici notre propre couvent dans l'esprit de celui d'Iona.

De grands cris de joie et d'approbation s'élevèrent et les humains qui nous avaient toujours appréciés, qui m'avaient reconnu pour leur roi, se rallièrent à nous.

Mais le danger n'était pas complètement écarté. Les épées sanglantes pouvaient se remettre à parler à tout moment. J'en avais conscience.

– Vite, tous autant que vous êtes, donnez votre parole au Christ, déclarai-je, voyant dans le vœu de célibat notre unique chance de survie.

Janet me cria de me taire puis, dans une longue envolée verbale, tantôt trop rapide, tantôt trop lente, elle rappela nos coutumes, nos naissances, nos rites voluptueux, notre longue histoire. Bref, tout ce que j'étais disposé à sacrifier.

Ce fut une erreur fatale.

Aussitôt, les convertis humains se ruèrent sur elle et l'attachèrent. Tous ceux qui voulurent prendre sa défense furent pourfendus. Les Taltos convertis qui tentèrent de s'enfuir furent immédiatement tués et une nouvelle terrible bataille s'engagea. Les cabanes et les maisons furent incendiées et les gens se mirent à courir en tous sens, paniqués, implorant Dieu de nous aider.

– Tuez tous les monstres, criait la foule.

L'un des moines déclara que c'était la fin du monde, imité par plusieurs Taltos qui tombèrent à genoux. Les humains, voyant les Taltos dans cette position de soumission, tuèrent immédiatement tous ceux qu'ils ne connaissaient pas, ou craignaient, ou n'aimaient pas, n'épargnant que le petit nombre aimé de tous.

Nous ne restions plus qu'une poignée, ceux qui avaient été les plus actifs à la tête de la tribu et avaient des personnalités charismatiques.

Enfin, lorsque la fureur retomba, nous n'étions plus que cinq. Tous ceux qui avaient refusé la bonne parole, hormis Janet, étaient morts.

Les moines réclamèrent le calme.

– Parle à ton peuple, Ashlar. Parle-lui ou tout est perdu.

– Oui, parle, dit un autre Taltos. Et ne dis rien qui risque d'effrayer quiconque. Montre-toi astucieux, Ashlar.

Je pleurais tellement que la tâche me paraissait insurmontable. Partout où je posais mon regard, je ne voyais que des morts. Je tombai à genoux et pleurai toutes les larmes de mon corps. Lorsque je m'arrêtai, la vallée avait retrouvé son calme.

– Tu es notre roi, dirent les humains. Dis-nous que tu n'es pas le diable, Ashlar, et nous te croirons.

Le sort des quelques Taltos encore en vie était entre mes mains. Mais ils étaient les plus respectés par la population humaine. Nous avions encore une chance.

Qu'avais-je donc fait ?

Les moines se rapprochèrent de moi.

– Ashlar, Dieu met à l'épreuve ceux qu'Il aime.

Ils étaient sincères. Leurs yeux étaient pleins de tristesse.

– Dieu éprouve ceux dont Il veut faire des saints, dirent-ils encore.

Janet, fermement tenue par deux hommes, prit la parole :

– Ashlar, tu as trahi ton peuple. Tu lui as apporté la mort et la désolation au nom d'un dieu étranger. Tu as détruit le clan de Donnelaith qui vivait dans cette lande depuis des temps immémoriaux.

– Faites taire la sorcière ! lança quelqu'un.

– Brûlez-la ! dit un autre.

Et tandis que Janet continuait de parler, certains suggérèrent de lui préparer un bûcher dans le cercle de pierre.

Mais elle ne se départissait pas de son courage.

– Je te maudis, Ashlar. Je te maudis devant le bon Dieu.

J'étais sans voix. Pourtant, je savais ce que j'avais à faire. Il fallait que je parle pour sauver les moines, mes disciples et moi-même. Il fallait que je parle pour que Janet soit épargnée.

Du charbon de bois fut jeté sur une pile de bûches. Des humains apportèrent des torches.

– Parle, murmura Ninian à côté de moi. Pour l'amour du Christ, parle, Ashlar.

Je fermai les yeux, priai, fis un signe de croix et réclamai l'attention de tous.

– Je vois un calice, déclarai-je doucement, mais suffisamment fort pour être entendu de tous. Je vois le calice du sang du Christ que Joseph d'Arimathie a apporté en Angleterre. Je vois le sang du Christ se répandre dans le Puits. Je vois l'eau rouge et j'en comprends la signification.

» Le sang du Christ est notre sacrement et notre nourriture. Il remplacera pour toujours le lait maudit que, par luxure, nous tétions au sein de nos femmes. Et que le Christ reçoive l'horrible massacre d'aujourd'hui comme notre premier acte de don de soi. Car nous exécrons les tueries. Nous les avons toujours abhorrées. Nous ne faisons cela qu'aux ennemis du Christ afin que la terre soit son royaume, qu'il règne pour l'éternité.

J'avais employé l'Art de la Langue le plus pur que je connaissais. Mon éloquence et mes larmes provoquèrent les acclamations de la foule d'humains et des Taltos. Chantant les louanges de Dieu, ils jetèrent leurs épées au sol, arrachèrent leurs bracelets et leurs bagues et déclarèrent que ce jour était celui de leur renaissance.

À mesure que les mots sortaient de ma bouche, je savais qu'ils n'étaient que mensonges. Cette religion était trompeuse. Le corps et le sang du Christ tuaient aussi sûrement que du poison.

Mais nous étions sauvés. La foule ne réclamait plus nos têtes. Nous ne risquions plus rien, sauf Janet.

Ils la traînèrent jusqu'au bûcher et, malgré mes protestations et mes suppliques, les moines dirent qu'elle devait servir d'exemple pour tous ceux qui refusaient le Christ.

Le bûcher fut allumé.

Je me jetai au sol. C'était insupportable. Je me relevai et me mis à courir vers les flammes, mais on m'arrêta.

– Ashlar, ton peuple a besoin de toi.

– Ashlar, il faut faire un exemple.

Janet avait les yeux fixés sur moi. Les flammes commençaient à lécher le bas de sa robe et ses longs cheveux blonds. La fumée la faisait cligner des yeux.

– Sois maudit, Ashlar. Sois maudit pour toujours. Puisses-tu ne jamais mourir et errer sans amour, sans enfants et sans peuple jusqu'à ce que notre naissance miraculeuse devienne une obsession dans ton isolement. Je te maudis, Ashlar. Puisse le monde autour de toi s'effondrer avant que ta souffrance ne prenne fin.

Les flammes masquèrent son visage et tout le bûcher s'embrasa dans un sinistre crépitement.

– Que la malédiction soit sur Donnelaith et son peuple ! Malheur au clan de Donnelaith ! Malheur au peuple d'Ashlar !

Je tombai à genoux. Mes larmes étaient intarissables et j'étais incapable de détourner mon regard, comme si je devais accompagner Janet jusqu'au bout de sa souffrance. Je priai le Christ :

– Seigneur, elle ne sait pas ce qu'elle dit. Prends-la avec toi au ciel. Pour sa gentillesse envers les autres, pour sa bonté envers son peuple, prends-la à tes côtés.

Les flammes s'élevèrent haut vers le ciel puis, brusquement, perdirent de leur intensité. La fumée se dissipa et révéla à l'emplacement du bûcher des restes de bois, de chair et d'os brûlés. Il ne restait rien de la douce créature gracile qui avait été plus vieille et plus sage que moi.

La lande était silencieuse. De mon peuple, il ne restait plus que cinq mâles qui avaient fait vœu de célibat.

Des vies plusieurs fois centenaires avaient été emportées. Partout, on ne voyait que membres brisés, têtes coupées et corps mutilés.

Les chrétiens humains pleuraient. Nous pleurions.

Elle avait lancé une malédiction sur Donnelaith. Mais Janet, ma bien-aimée, que pouvait-il nous arriver de pire encore ?

Je m'écroulai sur le sol. Je ne voulais plus vivre. J'en avais assez de la souffrance, de la mort et des meilleures intentions qui aboutissaient à une catastrophe.

Les moines vinrent vers moi et m'aidèrent à me relever. Mes fidèles m'appelèrent soudain : un miracle s'était produit devant les décombres de la tour où avaient vécu Janet et ses proches.

Éperdu de douleur, incapable de parler, je fus emmené sur les lieux et l'on m'expliqua qu'une source tarie depuis longtemps venait de reprendre vie. De l'eau claire jaillissait à nouveau de la terre en bouillonnant et s'écoulait sur le lit asséché, entre les cailloux et les racines des arbres, faisant pousser des fleurs sauvages à mesure qu'elle léchait les rives.

Un miracle !

Je réfléchis. Fallait-il leur dire que ce cours d'eau s'était déjà réveillé et endormi plusieurs fois pendant le siècle écoulé ? Que les fleurs étaient déjà près d'éclore la veille parce que la terre était de nouveau humide, annonçant l'arrivée de l'eau qui se déversait maintenant à la surface ?

Ou devais-je crier au miracle pour les satisfaire ?

– C'est un signe de Dieu, dis-je.

– Prosternez-vous ! cria Ninian. Baignez-vous dans cette eau sainte. Lavez le sang de ceux qui, pour avoir refusé la grâce de Dieu, connaissent maintenant la damnation éternelle.

Janet brûlant en enfer pour l'éternité, le bûcher funéraire qui ne s'éteint jamais, la voix qui me maudit...

Je tremblais de tout mon corps, luttant pour ne pas m'effondrer de nouveau. Je tombai à genoux dans l'eau.

Je n'avais plus d'espoir, plus de rêves, plus de mots pour m'exprimer, plus aucune envie.

Il fallait que je me relève tout de suite ou je me laisserais mourir sur place.

Je sentis la fraîcheur de l'eau sur mon visage et dans mes vêtements. Les autres se baignaient aussi. Les moines avaient entonné les psaumes sublimes que j'avais entendus à Iona.

Nous fûmes tous baptisés au nom du Père, du Fils et du Saint-Esprit. Le clan de Donnelaith avait embrassé la foi chrétienne : tous les humains et cinq Taltos.

Avant le lendemain matin, quelques Taltos furent découverts, surtout de très jeunes femmes et deux enfants presque nouveau-nés, qui s'étaient cachés et avaient assisté à toute la tragédie, à part l'exécution de Janet. Ils étaient six en tout.

Les humains chrétiens me les amenèrent. Muets, ils me regardaient, terrifiés. Qu'allions-nous faire d'eux ?

– Laissez-les partir s'ils le veulent, dis-je. Laissez-les fuir la vallée.

Le sang avait assez coulé. Leur simplicité et leur innocence étaient leur bouclier. Dès que les nouveaux convertis eurent reculé, ces Taltos s'enfuirent vers la forêt en courant, sans plus de bagages que les vêtements qu'ils avaient sur le dos.

Les jours suivants, les cinq mâles restants se gagnèrent la bienveillance de la population. Dans la ferveur de leur nouvelle religion, tous nous remercièrent de leur avoir apporté la bonne parole et nous félicitèrent pour avoir prononcé le vœu de célibat. Les moines nous préparèrent jour et nuit à entrer dans les ordres. Nous nous absorbâmes dans la lecture des livres saints et dans la prière.

Les travaux de construction de l'église débutèrent. Ce serait un majestueux bâtiment de style roman, en pierres sèches, aux fenêtres cintrées et à la longue nef.

Je menai personnellement une procession dans le vieux cercle pour effacer les symboles de l'ancien temps et sculpter de nouveaux emblèmes dans les menhirs : le poisson pour le Christ, la colombe pour Jean, le lion pour Marc, le bœuf pour Luc et l'homme pour Matthieu. Au cimetière, nous plantâmes sur les tombes des croix joliment ornementées.

Pendant ces courts instants, nous retrouvâmes un peu de la ferveur qui avait été la nôtre dans la plaine de Salisbury. Mais nous n'étions plus que cinq. Nous avions renoncé à notre nature pour plaire à Dieu et aux chrétiens humains, nous avions accepté de devenir prêtres pour ne pas être massacrés.

Mais une sombre angoisse était tapie en nous. Combien de temps durerait cette trêve ? N'allions-nous pas être renversés de nos piédestaux au premier péché ?

Tout en priant Dieu de m'aider, de pardonner toutes mes erreurs, de faire de moi un bon prêtre, je savais que nous ne pourrions pas rester bien longtemps à Donnelaith.

J'entendais encore la malédiction de Janet, je revoyais

mon peuple baignant dans le sang. Malgré ma foi et mes prières, je ne croyais pas que le renoncement et la chasteté étaient la seule voie pour mon espèce. Cela n'avait guère à voir avec le don de soi, c'était plutôt une forme de reniement.

Malgré tout, l'amour du Christ brûlait en moi. Nuit après nuit, pendant mes méditations, je voyais le calice du Christ, la sainte colline sur laquelle avait fleuri l'aubépine de Joseph et le sang dans l'eau de Chalice Well. Je fis le vœu de faire un pèlerinage à Glastonbury.

Des rumeurs se répandirent hors de la lande. Des gens avaient entendu parler de ce qui fut appelé la Sainte Bataille de Donnelaith et des grands prêtres célibataires aux étranges pouvoirs. Des moines avaient écrit à d'autres moines pour leur relater les faits.

Les légendes des Taltos renaquirent. Ceux qui avaient vécu en petites communautés pictes durent s'enfuir pour échapper à leurs voisins païens qui les raillaient et les menaçaient. Des chrétiens les pressaient de renoncer à leur vilenie et de devenir des « saints pères ».

Des Taltos sauvages furent trouvés dans la forêt et des rumeurs de naissances magiques se propagèrent. Quant aux sorciers et aux sorcières, ils se vantaient auprès de qui voulait les entendre de savoir nous ôter nos pouvoirs.

D'autres Taltos, richement vêtus et armés jusqu'aux dents, vinrent en masse dans la lande et me maudirent pour ce que j'avais fait.

Leurs femmes, magnifiquement parées, sous bonne garde, évoquèrent la malédiction de Janet. Elles la connaissaient par cœur !

– Sois maudit, Ashlar. Sois maudit pour toujours. Puisses-tu ne jamais mourir et errer sans amour, sans enfants et sans peuple jusqu'à ce que notre naissance miraculeuse devienne une obsession dans ton isolement. Je te maudis, Ashlar. Puisse le monde autour de toi s'effondrer avant que ta souffrance ne prenne fin.

Sur ce, elles crachèrent sur moi.

– Ashlar, comment as-tu pu oublier le pays perdu ? demandèrent-elles. Comment as-tu pu oublier le cercle de la plaine de Salisbury ?

Elles se promenèrent parmi les ruines et les humains poussèrent des soupirs de soulagement lorsqu'elles s'en allèrent.

Les mois suivants, quelques Taltos non convertis vinrent nous voir et demandèrent à devenir prêtres. Nous les accueillîmes à bras ouverts.

Dans tout le nord de l'Angleterre, la période de répit était terminée pour mon peuple.

La race des Pictes s'éteignait. Ceux qui connaissaient l'écriture ogham écrivaient de terribles malédictions contre moi ou, au contraire, gravaient dans les rochers et les murs la ferveur de leur nouvelle foi.

Les Taltos découverts pouvaient sauver leur vie en devenant prêtres ou moines, métamorphose qui non seulement apaisait la populace mais la transportait de joie. Les villages réclamaient un prêtre Taltos, les chrétiens d'autres tribus voulaient qu'un Taltos célibataire vienne dire la messe pour eux. Mais tout Taltos refusant de se prêter à ce jeu, de renoncer à ses coutumes païennes et de se mettre sous la protection de Dieu était pourchassé comme du gibier.

Cinq d'entre nous et quatre de ceux qui nous avaient rejoints furent ordonnés prêtres. Deux femmes devinrent des religieuses dévouées aux faibles et aux malades. Je fus fait père abbé des moines de Donnelaith et j'avais autorité sur la lande et les communautés environnantes.

Notre réputation allait croissante.

Nous devions même parfois nous barricader dans notre nouveau monastère pour éviter les pèlerins venus « voir ce qu'était un Taltos » et nous toucher. On disait partout que nous pouvions « guérir » et « faire des miracles ».

Jour après jour, mes fidèles me demandaient d'aller à la source sacrée pour bénir les pèlerins venus boire l'eau.

La tour de Janet avait été détruite. Ses pierres et le métal que nous pûmes fondre à partir de ses assiettes et de ses bijoux furent utilisés pour la construction de la nouvelle église. Une croix fut érigée près de la source sacrée : l'inscription qu'elle portait célébrait en latin la mort de Janet sur le bûcher et le miracle qui avait suivi.

Cela m'était insupportable. Où étaient la charité et l'amour ?

Dieu avait-Il vraiment voulu cela ? Mon peuple était détruit et ses rescapés étaient devenus des animaux sacrés. Je suppliai les moines d'Iona de mettre un terme à ces pratiques.

– Notre prêtrise n'a rien de magique, leur dis-je. Ces gens nous considèrent presque comme possédant des pouvoirs magiques.

À ma grande horreur, ils me répondirent que telle était la volonté de Dieu.

– Tu ne comprends donc pas, Ashlar ? me dit Ninian. Dieu a préservé ton peuple en vue de cette forme particulière de prêtrise.

Mais tous mes espoirs avaient été déçus. Les Taltos n'avaient pas connu la rédemption ni découvert le moyen de vivre sur terre en paix avec les hommes.

Notre communauté chrétienne ne cessait de s'agrandir, mais je redoutais les lubies de ceux qui nous adoraient.

Finalement, je décidai de m'enfermer une ou deux heures par jour dans ma cellule pour écrire un grand livre illustré narrant l'histoire de mon peuple.

M'inspirant des quatre Évangiles, je fis appel à tout mon talent pour les vers, la prière et l'enluminure et narrai les pérégrinations du peuple des Taltos depuis ses origines.

C'est le fameux livre destiné à saint Colomba que Stuart Gordon a retrouvé dans les caves du Talamasca.

« Vous lirez dans cet ouvrage, mon père, ce que vous n'avez pas voulu entendre à Iona, avais-je écrit. Je l'ai transcrit dans la langue de Jérôme, d'Augustin et du pape Grégoire. Je veux que vous sachiez que je dis la vérité et que je veux entrer dans l'Église de Dieu tel que je suis en réalité. Sinon, entrerai-je jamais au Royaume des Cieux ? »

Enfin, mon ouvrage fut terminé.

J'envoyai chercher le père Ninian et posai le livre devant lui. Je demeurai immobile tandis qu'il l'examinait.

Fier de moi, j'étais persuadé que notre histoire allait trouver sa place dans l'une des vastes bibliothèques concernant la doctrine et l'histoire de l'Église. Quoi qu'il arrive, j'ai dit la vérité, songeai-je. J'ai expliqué ce pour quoi Janet avait choisi de mourir.

Je ne m'attendais certainement pas à l'expression qui fut celle de Ninian lorsqu'il referma l'ouvrage. Après un long silence, il se mit à rire à gorge déployée.

– Ashlar, dit-il, as-tu perdu la tête ? Tu as réellement cru que je porterais ceci au père Colomba ?

J'étais abasourdi. D'une petite voix, je protestai :

– J'y ai pourtant mis le meilleur de moi-même.

– Ashlar, c'est le plus beau livre que j'aie jamais vu. Les illustrations sont parfaitement exécutées, le texte est dans un latin irréprochable et fourmille de phrases très touchantes. Je suis ahuri que tu aies pu réaliser un travail aussi achevé en un an, là où d'autres en auraient mis trois ou quatre.

– Ah bon ?

– Mais son contenu, Ashlar ! Ce n'est que blasphème d'un bout à l'autre. Dans le latin des Saintes Écritures et dans le style des livres liturgiques, tu as écrit une histoire totalement païenne. Qu'est-ce qui t'a pris ?

– Je veux que le père Colomba sache la vérité.

J'avais déjà compris. Ma défense n'y changerait rien. Me voyant si accablé, Ninian s'adossa à son siège, croisa les bras et me dévisagea.

– Dès le jour où je suis entré chez toi, expliqua-t-il, j'ai vu ta simplicité et ta bonté. Aucun autre que toi n'aurait commis un tel impair. Oublie toute ton histoire une fois pour toutes et consacre ton talent extraordinaire à des sujets plus appropriés.

Je passai un jour et une nuit à réfléchir, puis j'enveloppai mon livre avec précaution et le remis à Ninian.

– Ici, à Donnelaith, je suis ton supérieur, dis-je. Eh bien, ceci est le dernier ordre que je te donnerai. Porte ce livre au père Colomba comme je te l'ai demandé. Et dis-lui de ma part que j'ai décidé de partir en pèlerinage. Je ne sais pas où je vais ni combien de temps je resterai parti. Comme tu as pu le lire, j'ai déjà vécu très longtemps. Il se peut que je ne vous revoie jamais, lui et toi. Je veux voir le monde et nul ne sait si je reviendrai ici.

Ninian commença par protester mais je fus inflexible. Du reste, devant bientôt partir pour Iona il n'insista pas. Il tenta bien de me dire que Colomba n'avait pas autorisé mon départ mais il comprit vite que je n'en avais cure.

Il s'en alla bientôt avec mon livre et une escorte de cinq humains.

Je n'ai jamais revu ce livre jusqu'à ce que Stuart Gordon le pose sur la table, dans sa tour de Somerset.

Je suppose qu'il est resté de longues années à Iona, bien après que ceux qui en connaissaient la teneur et l'auteur furent morts. Mais je n'ai jamais su si le père Colomba en avait pris connaissance.

La nuit du départ de Ninian, je résolus de quitter Donnelaith pour toujours.

Je convoquai les prêtres Taltos dans l'église et les priai de fermer les portes. Les humains pourraient bien penser ce qu'ils voudraient. Je fis part de ma décision à mes prêtres et leur expliquai que j'avais peur.

– Je ne sais pas si j'ai bien fait. Je le crois, mais sans aucune certitude. J'ai peur que les humains qui nous entourent ne se retournent contre nous un jour ou l'autre. Si une tempête ou quelque fléau s'abattaient sur nous, si une terrible maladie frappait les enfants des familles les plus riches, ils pourraient se rebeller contre nous. Ces gens ne sont pas des nôtres et j'ai été fou de croire que nous pourrions vivre en paix parmi eux. Faites ce que vous voulez, mais moi, Ashlar, votre chef depuis que nous avons quitté le pays perdu, je vous conseille de partir d'ici. Cherchez l'absolution dans quelque lointain monastère où personne ne saura qui vous êtes mais quittez cette vallée.

» Je pars en pèlerinage. J'irai d'abord à Glastonbury, au puits où Joseph d'Arimathie a versé le sang du Christ dans l'eau. Je prierai pour vous. Ensuite, j'irai à Rome et, peut-être, à Byzance pour admirer les icônes. Après, j'irai à

Jérusalem pour me recueillir sur la montagne où le Christ est mort pour nous. Je renonce à mon vœu d'obéissance au père Colomba.

Mes compagnons fondirent en larmes et protestèrent, mais je restai ferme.

– Si je fais erreur, que le Christ guide mes pas jusqu'au bercail. Qu'il me pardonne ou qu'il m'envoie en enfer. Je m'en vais.

Avant ces mots d'adieu à mes amis, j'avais pris tous mes effets personnels dans ma tour, dont mes livres, mes écrits, les lettres du père Colomba et tout ce qui m'était cher, et je les avais cachés dans les souterrains que j'avais creusés des siècles auparavant. Puis j'avais revêtu une longue tunique de laine verte bordée de fourrure, j'avais mis mon ceinturon de cuir et d'or, j'avais attaché autour de ma taille mon épée et son fourreau serti de pierres, et posé sur ma tête un vieux bonnet de fourrure et un heaume de bronze très ancien. Ainsi paré comme un noble, même désargenté, je montai sur mon cheval et me mis en route pour quitter la vallée.

Je chevauchai environ une heure dans la forêt en suivant les traces connues seulement de ceux qui y avaient déjà chassé. Je grimpai les pentes boisées vers un passage secret menant à la grand-route. C'était déjà la fin de l'après-midi mais je savais pouvoir l'atteindre avant la nuit. La pleine lune devait me guider et je ne voulais m'arrêter que lorsque la fatigue aurait raison de moi. Il faisait sombre dans ces bois. Plus sombre que ne peuvent l'imaginer les gens d'aujourd'hui car, à l'époque, les grandes forêts anglaises n'étaient pas encore détruites et les arbres étaient épais et fort vieux.

Notre peuple pensait que les arbres étaient les seuls êtres vivants au monde ayant vécu plus longtemps que les Taltos. Nous adorions la forêt et n'en avions pas peur.

J'étais depuis peu de temps au plus profond de la forêt lorsque j'entendis les voix des Petites Gens. Je les entendis siffler, murmurer et rire.

Samuel n'était pas encore né à l'époque, mais il y avait là Aiken Drumm et d'autres, encore vivants aujourd'hui. Lorsqu'ils me virent, ils se mirent à m'invectiver.

– Ashlar, bouffon des chrétiens, tu as trahi ton peuple.

– Ashlar, viens faire avec nous une nouvelle race de géants qui régnera sur le monde.

J'ai toujours détesté Aiken Drumm. Il était très jeune à l'époque et n'avait pas encore toutes ses rides. On pouvait voir ses yeux. Tandis qu'il courait vers moi à travers le sous-bois en montrant le poing, son visage était plein de malveillance.

– Ashlar, tu quittes la lande après avoir tout détruit, lança-t-il. Puisse la malédiction de Janet se réaliser !

Finalement, ils s'égaillèrent dans tous les coins pour une simple raison : malgré moi, je me rapprochais d'une certaine grotte dont j'avais oublié l'existence.

Sans réfléchir, j'avais pris le chemin d'un lieu de culte pour les anciennes tribus. À l'époque où les Taltos vivaient dans la plaine de Salisbury, elles avaient rempli de crânes cette grotte que, par la suite, d'autres peuples avaient choisie pour quelque sombre culte. Les paysans croyaient que, à travers une porte ouverte à l'intérieur de la grotte, on entendait les voix de l'enfer ou les chants du ciel.

Des esprits avaient été aperçus dans le bois alentour et des sorcières s'y aventuraient parfois au mépris de notre colère. Il nous était arrivé de monter les collines à cheval pour les chasser des lieux mais pas depuis au moins deux cents ans.

Lorsque je m'aperçus que les Petites Gens avaient peur de cet endroit, je fus soulagé d'être débarrassé d'eux.

En m'approchant de la grotte, j'aperçus des petites lumières clignotant dans l'obscurité. Elles provenaient d'une drôle de cabane accrochée à flanc de coteau. Une colonne de fumée s'élevait de la partie supérieure.

Tout au-dessus se trouvait le chemin menant à la grande grotte, sorte de bouche béante vaguement dissimulée derrière un rideau de pins, de chênes et d'ifs.

Je tenais à rester à l'écart de la petite maison car toute personne vivant à proximité de la grotte ne pouvait apporter que des ennuis.

La grotte m'intriguait. Croyant dans le Christ, je n'avais pas peur des divinités païennes. Mais, ne sachant pas si je reviendrais un jour chez moi, j'avais envie de visiter la grotte, voire de m'y reposer à l'abri des Petites Gens.

29

– Écoutez-moi bien, toutes les deux, dit-elle sans quitter la route des yeux. À partir de maintenant, je prends la relève. J'y réfléchis depuis que je suis née et je sais exactement ce que nous devons faire. Est-ce que Granny dort, là derrière ?

– Comme un loir, répondit Mary Jane.

– Qu'est-ce que tu entends exactement par « prendre la relève » ? demanda Mona.

– Eh bien, tout simplement..., commença Morrigan, les mains nonchalamment posées sur le haut du volant (cela faisait un moment qu'elle roulait à cent quarante et, visiblement, aucun policier n'aurait pu l'en empêcher), je vous ai écoutées discuter et il me paraît manifeste que vous vous cantonnez à des détails techniques, disons moraux.

Ses cheveux emmêlés, d'un roux plus vif que ceux de Mona, couvraient ses épaules et ses bras. Et leur ressemblance troublante énervait Mona au plus haut point lorsqu'elle regardait Morrigan trop longtemps. Quant à sa voix, elle représentait un véritable danger. Morrigan s'était fait passer pour Mona au téléphone lorsque Ryan avait fini par appeler à Fontevrault. La conversation avait été hilarante. Ryan avait demandé à « Mona » avec tout le tact possible si elle prenait des amphétamines, lui rappelant gentiment que ce pouvait être mauvais pour le bébé. Il ne s'était pas rendu compte une seconde que la jeune femme au débit accéléré qu'il avait au bout du fil n'était pas Mona.

Toutes les quatre s'étaient endimanchées, comme l'avait fait remarquer Mary Jane. En ville, on avait acheté à Morrigan une robe en principe longue mais qui, vu sa taille, lui arrivait au genou. Le col en V, très décent pour toute autre personne, lui faisait un décolleté vertigineux. C'était toujours la même chose. Mettez une robe simple à une fille sublime et flamboyante et elle devient plus voyante que du papier doré ou de la zibeline. Quant aux chaussures, une pointure de plus et il aurait fallu se rabattre sur des chaussures d'homme à lacets. On lui avait finalement trouvé des talons aiguilles et elle s'était mise à danser autour de la voiture pendant dix minutes avant que Mona et Mary Jane ne puissent l'attraper, lui dire de se taire et la faire monter dans la voiture. C'est alors qu'elle avait demandé à conduire en disant que ce n'était pas la première fois...

Granny, vêtue de son plus beau costume de coton, dormait à l'arrière sous une couverture bleu layette. Le ciel était bleu et les nuages superbement blancs. Mona ne se sentait plus mal du tout, Dieu merci. Juste faible. Lamentablement faible.

Encore une demi-heure jusqu'à La Nouvelle-Orléans.

– Quel genre de détail technique moral? demanda Mary Jane. C'est une question de sécurité, tu sais. Et qu'entends-tu par prendre la relève?

– Eh bien, je parle de l'inévitable. Je vais vous expliquer cela étape par étape.

Mona éclata de rire.

– Toi, maman, tu es assez maligne pour comprendre. Tu vois l'avenir avec tes yeux de sorcière. Mais toi, Mary Jane, tu persistes à jouer un rôle mitigé de tante revêche et d'avocat du diable.

– Tu sais vraiment ce que veulent dire tous ces mots que tu emploies?

– Ma chère, j'ai ingéré le contenu de deux dictionnaires. Je connais tous les mots que connaissait ma mère avant ma naissance et une bonne partie du vocabulaire de mon père. Autrement, comment voudrais-tu que je sache ce qu'est une clé à pipe et pourquoi le coffre de cette voiture en contient tout un assortiment ? Bon, revenons-en au problème qui nous préoccupe : où allons-nous, dans quelle maison ?

Sans leur laisser le temps de réagir, elle répondit à ses propres questions.

– Selon moi, le problème n'est pas de savoir à qui est la maison. Amelia Street n'est pas une bonne idée car il y a trop de monde là-bas. Et même si c'est la maison de maman, d'une certaine façon, elle appartient en fait à Évelyne l'Ancienne. Fontevrault est bien trop loin et nous n'y retournerons pas. Un appartement est une cachette dont je ne supporte pas même l'idée. Je n'ai pas envie de vivre dans une boîte. First Street appartient à Rowan et à Michael, c'est vrai, mais Michael est mon père. First Street est donc ce qu'il nous faut. J'ai besoin de l'ordinateur de Mona, des papiers de Lasher et des notes prises par mon père sur le fameux dossier du Talamasca. Tout cela se trouve à First Street et Mona y a un accès autorisé. Enfin, pas pour les écrits de Lasher mais, là encore, c'est un détail technique. Je me réclame du droit du sang pour accéder à ces notes. Et si je trouve le journal de Michael, je n'aurai aucun scrupule à le lire aussi. Et inutile de vous mettre à crier, toutes les deux !

– Ralentis un peu, déjà ! cria Mary Jane. Et deuxièmement, ta façon de parler me donne la chair de poule.

– Et je crois qu'il faut réfléchir un peu plus sur tout ça, ajouta Mona.

– Vous avez suffisamment dit en ma présence que nous jouions à un jeu dont le nom est la survie, répliqua Morrigan. Et j'ai besoin de prendre connaissance de ces documents dans un objectif de survie. Or, First Street est vide, nous le savons, et nous pourrons nous y préparer au retour de Michael et Rowan. Donc, je décide que c'est là que nous devons aller, en tout cas jusqu'à ce que Michael et Rowan soient rentrés et que nous les ayons informés de la situation. Si mon père veut me bannir de la maison, nous trouverons un autre logement ou nous mettrons en œuvre le plan de maman : trouver des fonds pour restaurer Fontevrault. Vous me suivez ?

– Y a des armes dans la maison, Morrigan, dit Mary

Jane. Ta mère te l'a dit. En haut et en bas. Tu vas faire peur à ces gens. C'est leur maison. Ils vont hurler en te voyant. Tu comprends pas ? Pour eux, les Taltos sont des créatures mauvaises qui veulent s'emparer du monde.

– Je suis une Mayfair, rétorqua Morrigan. Je suis la fille de mon père et de ma mère. Et au diable les armes. Ils ne pointeront aucune arme sur moi. C'est parfaitement absurde. Et vous oubliez qu'ils ne s'attendent pas à me voir. De toute façon, vous serez là pour me protéger et leur dire de ne pas me faire de mal. Et je vous prie de ne pas oublier que j'ai une langue pour me défendre et que cette situation n'a rien à voir avec les précédentes. Par conséquent, il faut que nous nous installions là-bas pour que j'examine tout ce que je dois examiner, dont ce fameux Victrola et la cour de derrière et... Oh, vous voulez arrêter de crier toutes les deux !

– Pas question que tu déterres les corps, cria Mona.

– Oui, laisse-les sous l'arbre, enchérit Mary Jane.

– Parfaitement, parfaitement. Je vous ai promis de ne pas déterrer les corps. Ce serait une très mauvaise idée. Morrigan est désolée. Morrigan ne le fera pas. Morrigan a promis à Mona et à Mary Jane. De toute façon, je me fiche pas mal de ces corps. Je suis la fille de Michael Curry et de Mona Mayfair. C'est ce qui importe, non ?

– Nous crevons de trouille, c'est tout, dit Mary Jane. Bon, si on retournait à Fontevrault...

– Non. Pas sans les pompes, les échafaudages, les vérins et le bois de charpente pour remettre cette maison en état. J'y serai attachée toute ma vie sur le plan sentimental, bien sûr, mais, pour l'instant, je ne peux pas y rester. Je meurs d'envie de voir le monde, vous comprenez ? Je ne peux plus attendre. De plus, Rowan et Michael sont rentrés et je veux une confrontation immédiate. Je suis certaine qu'ils me permettront de lire les dossiers, même si, secrètement, ils ont opté pour la solution de l'extermination.

– Ils ne sont pas rentrés, dit Mona. Dans deux jours, a dit Ryan.

– Alors, de quoi avez-vous peur ?

– Je ne sais pas, hurla Mona.

– Alors, ce sera First Street et je ne veux plus rien entendre à ce sujet. Il y a une chambre d'ami, non ? Je m'y installerai. Et je veux que toutes ces chamailleries cessent. De toute façon, je veux voir la maison construite par les sorcières. Vous n'imaginez pas à quel point mon existence et mon avenir sont liés à elle. C'est là que se perpétue la lignée à l'hélice géante. Si l'on s'en tient à l'essentiel, il est parfaitement évident que Stella, Antha et Deirdre sont mortes pour que je puisse vivre et les rêves prosaïques de ce mauvais esprit, Lasher, ont abouti à une incarnation qu'il n'avait pas prévue et qui se trouve être désormais mon destin. Je tiens à la vie et je tiens à mon point de vue !

– D'accord, dit Mona. Mais il faudra que tu restes tranquille et que tu ne parles pas aux gardes. Et tu ne répondras plus au téléphone.

– Oui, ta façon de sauter sur un téléphone qui sonne te donne un air complètement maboul, ajouta Mary Jane.

Morrigan haussa les épaules.

– Ce que vous n'avez pas l'air de comprendre, c'est que chaque jour m'apporte un flot d'informations nouvelles. Je ne suis plus la même qu'il y a deux jours.

Soudain, elle tressaillit et émit un petit grognement.

– Qu'est-ce qu'il se passe ? demanda Mona.

– Les souvenirs. La façon dont ils reviennent. Maman, tu peux mettre le magnétophone en marche, s'il te plaît ? Tu sais, c'est vraiment curieux. Certains s'effacent et d'autres non. J'ai l'impression que ce sont les souvenirs de plein de gens. Des gens comme moi, je veux dire. Je vois Ashlar à travers les yeux de tout le monde... La lande est celle du dossier du Talamasca. Donnelaith. J'entends Ashlar le dire.

– Parle plus fort, je ne t'entends pas bien, dit Mary Jane.

– C'est à nouveau à propos des pierres. Nous ne sommes pas encore dans la lande mais près de la rivière. Les hommes font rouler les pierres sur des troncs d'arbres. Je vous dis que rien n'est dû au hasard, dans ce monde. La nature a sa propre vie et les choses se produisent inévitablement. Je dois vous paraître confuse. En fait, je veux dire qu'après le chaos et la souffrance de sorcières résistantes et méfiantes est venu le moment où cette famille doit devenir celle d'humains et de Taltos. J'ai des sensations vraiment singulières. Il faut que j'aille voir cet endroit. Et la lande. Le cercle est plus petit mais c'est le nôtre. Ashlar a consacré les deux cercles et il y a des étoiles au-dessus de nous. Ashlar veut que les bois nous protègent, qu'ils soient entre nous et le monde hostile. Je suis fatiguée. J'ai sommeil.

– Lâche pas le volant, dit Mary Jane. Décris-nous encore cet Ashlar. Il est toujours pareil ? Je veux dire, dans les deux cercles et les deux fois ?

– Je crois que je vais pleurer. J'entends la musique. Il faut que nous dansions quand nous arriverons là-bas.

– Où ?

– À First Street. N'importe où. La lande. La plaine. Nous devons faire une ronde. Je vous montrerai. Je chanterai les chants. Des choses épouvantables sont arrivées à mon peuple. La mort et la souffrance sont son lot quotidien. Seuls les plus malins y échappent. Ils voient les êtres humains tels qu'ils sont réellement. Les autres sont aveuglés.

– Ashlar est le seul qui a un nom ?

– Non, il est celui dont tout le monde connaît le nom. Il est comme un aimant qui attire les émotions de tous. Je ne veux pas...

– Calme-toi, dit Mona. Tu pourras tout écrire quand nous serons arrivées. Tu auras deux jours de tranquillité avant qu'ils ne reviennent.

– Et qui serai-je à ce moment-là ?

– Je sais qui tu es, répondit Mona. Je le savais déjà quand tu étais dans mon ventre. Tu es moi et Michael et tu es autre chose de puissant et de merveilleux. Tu es aussi une partie de toutes les autres sorcières.

– Raconte, ma chérie, dit Mary Jane. Parle-nous de lui et de ceux qui font les petites figurines en craie. Raconte comment ils enterrent les figurines au pied des pierres. Tu te rappelles ce que tu as dit ?

– Oui, je crois. Ce sont des figurines avec des seins et un pénis.

– C'est la première fois que tu en parles !

– Ce sont des figurines sacrées. Il doit y avoir une raison... Je veux bien laisser les souvenirs s'effacer, mais pas avant d'en avoir exprimé l'essentiel. Mary Jane, tu peux attraper un Kleenex et m'essuyer les yeux, s'il te plaît ? Nous transportons la longue pierre jusque dans la plaine. Tout le monde va danser et chanter autour pendant un long moment, avant de monter l'échafaudage de troncs qui permettra de la dresser à la verticale. Chacun a fabriqué sa figurine. Elles se ressemblent toutes. J'ai sommeil et j'ai faim. J'ai envie de danser. Ashlar réclame l'attention de tout le monde.

– Plus que quinze minutes et on sera au portail de derrière, annonça Mary Jane.

– Tu ne dis pas un mot aux gardes, dit Mona. Je m'en occupe. De quoi te souviens-tu encore ? Ils apportent la pierre dans la plaine. Quel est le nom de cette plaine ? Dis-le dans leur langue.

– Ashlar l'appelle simplement « le plat pays » et « le pays sûr » ou « la verte prairie ». Pour le dire correctement, il faudrait que je parle très très vite et vous n'entendriez qu'un sifflement. Mais tout le monde connaît ces pierres. Je le sais. Mon père les connaît, il les a vues. Est-ce que vous croyez qu'il y a quelqu'un d'autre comme moi quelque part dans le monde ? En dehors de ceux qui sont enterrés sous l'arbre ? Je ne peux pas être la seule survivante !

– Calme-toi, mon ange, dit Mary Jane. Nous aurons tout notre temps pour le découvrir.

– Nous sommes ta famille, dit Mona. Ne l'oublie pas. Quoi qu'il arrive, tu es Morrigan Mayfair, je t'ai désignée comme héritière du testament. Nous avons les certificats de naissance et de baptême et quinze photos Polaroïd au dos desquelles j'ai collé une déclaration sur l'honneur.

– Je ne pense pas que ce soit suffisant, dit Morrigan en fondant en larmes. C'est probablement irrecevable sur le plan légal.

Elles arrivaient à Metairie et la circulation devenait plus dense.

– Une cassette vidéo ferait peut-être l'affaire ? poursuivit-elle. Qu'est-ce que tu en penses, maman ? Non, en fin de compte, seul l'amour pourra triompher. Pourquoi parler de légalité ?

– Parce que c'est important.

– Mais, s'ils n'aiment pas...

– Morrigan, nous ferons une cassette à First Street dès que nous y serons. Quant à l'amour, tu l'auras, je m'en charge. Cette fois, tout ira bien, compte sur moi.

– Tu le crois vraiment ? Moi, je te trouve angoissée et un peu trop soucieuse d'éviter les regards indiscrets.

– Je t'aime. C'est la seule raison.

Des larmes jaillirent des yeux de Morrigan. C'était insupportable pour Mona.

– S'ils ne m'aiment pas, ils n'auront pas besoin d'arme, dit-elle.

– Seigneur ! trancha Mona de la façon la plus posée possible. Notre amour est suffisant et tu le sais très bien. Tu nous as et nous nous en sortirons quoi qu'il advienne. Tu m'entends ?

Elle observa la gracieuse gazelle qui pleurait derrière son volant. C'est ma fille. J'ai toujours été d'une ambition, d'une intelligence et d'un courage monstrueux et me voilà avec une fille monstrueuse. Quelle est sa vraie nature hormis le fait qu'elle soit brillante, impulsive, aimante, enthousiaste, hypersensible, pleine d'imagination et expansive ? Que va-t-elle devenir ? Pourquoi se rappelle-t-elle tous ces vieux souvenirs ? Qu'est-ce qui va se passer ? Oh, et puis, en fait, je m'en moque. On n'en est encore qu'au début et c'est tellement exaltant !

– D'accord, d'accord, intervint Mary Jane. Laisse-moi conduire, y a vraiment trop de circulation.

– Tu plaisantes, Mary Jane ? cria Morrigan en appuyant sur l'accélérateur pour doubler une voiture.

Elle leva le menton et s'essuya les yeux du revers de la main.

– C'est moi qui conduis, je ne manquerais cela pour rien au monde.

30

Je me demandais comment était l'intérieur de la grotte. Je n'avais aucune envie d'entendre les voix de l'enfer, mais les chants du ciel, oui.

Je réfléchis et décidai de ne pas m'y arrêter. J'avais un long voyage devant moi et il était trop tôt pour me reposer.

J'allais repartir lorsqu'une voix m'appela. C'était une voix de femme qui semblait surgir de nulle part.

– Ashlar, je t'attendais.

Je me retournai et fouillai les environs du regard. Ce sont les Petites Gens, me dis-je. C'est encore une de leurs femmes qui veut me séduire. Je m'apprêtais à repartir lorsque j'entendis à nouveau la voix, douce comme un baiser.

– Ashlar, roi de Donnelaith, je t'attends.

Je regardai vers le petit taudis et ses lumières vacillantes dans l'obscurité et je la vis. C'était une femme aux cheveux roux et à la peau très pâle. C'était une humaine, une sorcière. Elle en avait l'odeur, ce qui signifiait qu'elle avait probablement du sang de Taltos.

J'aurais dû passer mon chemin. Je le savais. Les sorcières sont toujours source d'ennuis. Mais elle était si belle et, dans la pénombre, elle ressemblait un peu à Janet.

Tandis qu'elle s'approchait de moi, je vis qu'elle avait les yeux verts écartés de Janet, son nez droit et une bouche que l'on aurait crue taillée dans le marbre. Elle avait les mêmes petits seins tout ronds et un long cou gracile. Quant à ses superbes cheveux roux, ils avaient toujours éveillé le désir chez les Taltos.

– Qu'est-ce que tu me veux ? lui demandai-je.

– Viens faire l'amour avec moi, répondit-elle. Viens dans ma maison, je t'invite.

– Tu es folle ! répondis-je. Tu sais ce que je suis. Si je couche avec toi, tu vas mourir.

– Non, dit-elle. Pas moi.

Et elle se mit à rire.

– Je mettrai au monde le géant.

Je secouai la tête.

– Rentre chez toi et estime-toi heureuse que je ne me laisse pas tenter. Tu es très belle. Un autre Taltos se laisserait faire. Qui te protège ?

– Viens, dit-elle. Entre dans ma maison.

Elle se rapprocha. À travers les branches, la lumière dorée des dernières lueurs du jour éclaira ses magnifiques dents blanches et ses seins sous sa blouse de fine dentelle.

Après tout, qu'est-ce que je risquais à m'étendre près d'elle, à poser mes lèvres sur ses seins ? Non. C'est une sorcière. N'y songe même pas.

– Ashlar, dit-elle. Tout le monde connaît ton histoire. Nous savons que tu es le roi qui a trahi les siens. Tu ne veux pas demander aux esprits de la grotte comment te faire pardonner ?

– Pardonner ? Seul le Christ peut me pardonner mes péchés, mon enfant. Je m'en vais.

– Tu crois vraiment que le Christ a le pouvoir d'annuler la malédiction de Janet ?

– Arrête de te moquer de moi, dis-je.

J'avais envie d'elle, et plus j'étais fâché, plus je me fichais de ce qui pouvait lui arriver.

– Viens avec moi, dit-elle. Viens boire la potion que je tiens auprès du feu. Ensuite, tu iras dans la grotte et tu verras les esprits qui savent tout, roi Ashlar.

Elle vint jusqu'à mon cheval et posa une main sur la mienne. Le désir monta en moi. Elle avait le regard pénétrant des sorcières et j'avais l'impression d'y voir l'âme de Janet.

Je ne m'étais pas encore décidé qu'elle m'aida à descendre de ma monture et m'entraîna à travers les fougères.

La petite hutte était répugnante et effrayante. Il n'y avait pas de fenêtre. Au-dessus du feu pendait une marmite. Mais le lit était couvert d'un drap brodé très propre.

– Digne d'un roi, dit-elle.

Je promenai un regard circulaire sur la pièce et aperçus une porte entrouverte en face de celle par où nous étions entrés.

– C'est l'entrée secrète de la grotte.

Elle embrassa soudain ma main et m'attira sur le lit. Puis elle se dirigea vers la bouilloire et me remplit une tasse.

– Bois, Majesté, dit-elle. Et les esprits de la grotte te verront et t'entendront.

Ou alors c'est moi qui les verrai et les entendrai, me dis-je. Dieu seul sait ce qu'elle a mis là-dedans. Peut-être les herbes et les huiles qui rendaient les sorcières folles et capables de danser comme les Taltos sous la lune. Je connaissais leurs ruses.

– Bois, c'est sucré, dit-elle.

– Oui. Je sens l'odeur du miel.

Je regardai dans la tasse, bien résolu à ne pas en boire une goutte. Lorsque je levai les yeux, je la vis sourire. Je lui rendis son sourire et, soudain, je m'aperçus que je portais la tasse à mes lèvres. J'en avalai une longue gorgée et fermai les yeux.

– Et si..., murmurai-je, et si c'était une potion magique ?

Je me sentais dériver.

– Fais-moi l'amour maintenant, dit-elle.

– Non, c'est trop dangereux pour toi, protestai-je.

Mais elle était déjà en train de m'ôter mon épée et je la laissai faire. Je me levai pour aller fermer la porte, puis revins m'allonger sur elle. J'ouvris sa blouse et la vue de ses seins faillit me faire pleurer. Comme j'avais envie du lait de Taltos ! Cette sorcière n'était pas mère, elle n'avait pas de lait, mais j'avais une envie irrépressible de sucer ses seins, de mordiller ses mamelons et de les lécher avec ma langue.

Elle ne risque rien, me dis-je. Et lorsqu'elle sera humide

de désir, je mettrai mes doigts dans ses lèvres cachées et je la ferai jouir.

Je commençai à téter ses seins, à l'embrasser et à la caresser. Sa peau était ferme et jeune. J'adorais la façon dont elle gémissait et le contact de son ventre blanc contre ma joue. Je lui enlevai sa jupe et vis que ses poils étaient aussi roux que ses cheveux, flamboyants et bouclés.

– Ma belle sorcière, murmurai-je.

– Prends-moi, roi Ashlar.

Tétant ses seins de plus belle, je me refusais toujours à la prendre. Elle est folle mais elle ne mérite pas de mourir, me disais-je. C'est elle qui plaça mon sexe entre ses jambes, en appuyant l'extrémité contre le sien et, soudain, incapable de me retenir davantage, je décidai de lui donner satisfaction.

Je la pénétrai violemment, sans plus d'égards qu'avec une Taltos, et la chevauchai pour son plus grand plaisir et le mien. Elle criait, gémissait, pleurait et appelait des esprits dont je ne connaissais pas les noms.

Ce fut tout de suite terminé. D'un air ensommeillé, la tête posée sur l'oreiller, elle m'observa en souriant.

– Bois, dit-elle, et entre dans la grotte.

Elle ferma les yeux pour dormir.

Je vidai la tasse. Pourquoi pas, au point où j'en étais ? Et s'il y avait quelque chose dans l'obscurité de ces profondeurs ? Un dernier secret qu'allait me livrer ma terre de Donnelaith. L'avenir qui m'était réservé serait probablement fait de souffrances et de désillusions.

Je quittai le lit, remis mon épée, paré à toute éventualité. J'attrapai une bougie de cire qui se trouvait à proximité, allumai la mèche et entrai dans la grotte par la porte secrète.

Je me retrouvai dans une galerie qui montait dans le noir. En suivant le mur de pierre, je parvins à un endroit large et frais d'où j'aperçus, tout au loin, une lueur provenant de l'extérieur. J'étais au-dessus de l'entrée principale.

Je continuai de monter en me dirigeant vers la lumière. Soudain, je m'arrêtai. Des crânes me regardaient. Des rangées interminables de crânes dont certains, très vieux, n'étaient plus que poussière.

C'était là que ces gens dont je vous ai parlé entreposaient les crânes de leurs morts. Ils croyaient que, en s'adressant à eux d'une certaine manière, les esprits pouvaient parler de l'intérieur de ces têtes.

Je me persuadai de ne pas prendre peur et, en même temps, je me sentais curieusement affaibli.

– C'est la potion, murmurai-je. Assieds-toi et prends un peu de repos.

Je m'assis contre le mur sur ma gauche et regardai vers la grande cavité et ses masques mortuaires qui me contemplaient en grimaçant.

La bougie m'échappa mais ne s'éteignit pas. Je tendis la main vers elle mais je fus incapable de l'attraper.

C'est alors que, levant lentement les yeux, je vis ma Janet.

Elle s'avançait vers moi. J'avais l'impression qu'elle n'était pas réelle. Une sorte de silhouette comme on en voit dans les rêves.

– Mais je suis bien éveillé, dis-je tout haut.

Elle hocha la tête, sourit et s'arrêta devant la bougie. Elle portait la même robe rose que lors de son supplice et, à ma grande horreur, je remarquai qu'elle était brûlée en bien des endroits. Ses longs cheveux étaient noircis aux extrémités et ses joues, ses pieds nus et ses mains étaient couverts de cendre. Mais elle était là, bien vivante, et auprès de moi.

– Qu'y a-t-il, Janet ? demandai-je. Tu as quelque chose à me dire ?

– Et toi, qu'as-tu à me dire, mon roi bien-aimé ? Je t'ai suivi du grand cercle du sud jusqu'à Donnelaith et tu m'as détruite.

– Assez de maléfices, esprit ! dis-je en me mettant à genoux. Donne-moi ce qui nous aidera tous. Je cherchais le chemin de l'amour et j'ai trouvé celui de la désolation.

Une expression étonnée passa sur son visage. Elle me prit la main et se mit à me parler à voix basse :

– Veux-tu trouver un autre paradis, mon maître ? Veux-tu construire un autre monument comme celui que tu as abandonné pour toujours dans la plaine ? Ou préfères-tu trouver une danse si simple et si gracieuse que tous les peuples de la terre pourront la danser ?

– La danse, Janet. Et notre ronde redeviendra une grande ronde pleine de vie.

– Et veux-tu créer un chant si doux qu'aucune espèce ne pourra y résister ?

– Oui. Et nous chanterons pour l'éternité.

Son visage s'illumina et ses lèvres s'écartèrent.

– Alors, écoute ce nouveau sort que je te jette.

Je me mis à pleurer.

Elle me fit gentiment signe de me taire, puis chanta ce poème sur un rythme rapide, à la façon des Taltos.

Vaine est ta quête, long est ton chemin
Ton hiver commence à peine.
Ces temps obscurs deviendront mythiques
Et la mémoire perdra son sens.
Mais lorsque tu verras enfin ses bras,
Écartés en signe de pardon,
Ne crains pas ce que fait la terre
Quand la pluie et les vents la martèlent.
La semence germera, les feuilles se dérouleront
Les rameaux s'épanouiront en fleurs
Que les orties jadis voulurent étouffer
Et que les hommes forts voulurent piétiner.
La danse, le cercle et le chant
Seront la clé du ciel,
Les voies jadis méprisées par les puissants
Seront leur ultime bienfait.

La caverne devenait de plus en plus sombre. Janet fit un léger geste d'adieu, sourit à nouveau et s'évanouit dans l'obscurité.

Je gravai ses paroles dans mon esprit pour toujours.

Il faisait pratiquement noir et je cherchai en vain la bougie. Me relevant rapidement, je décidai de retourner vers la lueur du feu qui brûlait toujours dans la petite hutte, au bout du tunnel que j'avais emprunté.

Je m'essuyai les yeux, fou d'amour pour Janet, envahi par un sentiment mitigé de douceur et de douleur. Je me hâtai de retourner dans la petite pièce chaude. La sorcière aux cheveux roux était toujours allongée sur le lit.

L'espace d'un instant, elle se transforma en Janet. La vraie Janet et non l'esprit qui m'avait regardé avec amour et avait prononcé des paroles annonciatrices de rémission.

C'était Janet se consumant dans les flammes, mourante, se tordant de douleur, les cheveux embrasés. Dans son agonie, elle tendit les bras vers moi. Je me mis à crier et me précipitai vers elle pour l'arracher aux flammes mais, brusquement, elle redevint la sorcière qui m'avait mis dans son lit et fait boire la potion.

Elle était morte, livide, et baignait dans une flaque de sang. La petite hutte était devenue sa tombe.

Je fis le signe de la croix et sortis en courant.

Mon cheval avait disparu et j'entendis les rires des Petites Gens.

Je ne savais pas quoi faire. Je leur fis face, les défiai de m'approcher et de se battre et, en une seconde, je fus cerné. J'en transperçai deux avec mon épée et mis les autres en fuite après qu'ils m'eurent arraché ma tunique verte, mon ceinturon de cuir et le peu d'effets qu'il me restait.

Tel un vagabond, je me retrouvai sans rien, à part mon épée.

D'instinct et en me repérant aux étoiles, ce que tout Taltos sait faire, je réussis à regagner la grand-route. La lune se levait et je pris la direction du sud, tournant le dos à mon pays, sans me retourner.

Je poursuivis mon chemin jusqu'au pays de l'été, comme nous l'appelions, Glastonbury, et je me tins sur le mont sacré où Joseph avait planté l'aubépine. Je me lavai les mains dans Chalice Well et je m'y abreuvai.

Par la suite, j'allai rendre visite au pape Grégoire dans les ruines de Rome, puis je me rendis à Byzance et, enfin, j'atteignis la Terre sainte.

Bien avant que mes pas ne me portent jusqu'au palais du pape Grégoire, parmi les ruines des grands monuments païens de Rome, ma quête avait changé d'orientation. Je n'étais plus un prêtre, mais un voyageur, un chercheur, un érudit.

Je pourrais vous raconter des dizaines d'anecdotes sur cette période, y compris la façon dont j'ai fait la connaissance du Talamasca. Mais je ne connais pas son histoire. Je sais d'eux ce que vous savez déjà, et qui a été confirmé après la découverte du complot ourdi par Gordon et ses complices.

En Europe, j'ai rencontré çà et là des Taltos, mâles et femelles. Je me figurais qu'il en serait toujours ainsi, que, tôt ou tard, je trouverais l'un des nôtres pour discuter au coin d'un feu, nous rappeler le pays perdu, la plaine et tout ce qui comptait pour nous.

En 1228, je retournai finalement à Donnelaith. Cela faisait trop longtemps que je n'avais pas rencontré de Taltos et je commençais à avoir des craintes. La malédiction de Janet était toujours gravée dans ma mémoire.

Je me présentai comme un Écossais solitaire se promenant dans les Highlands pour discuter avec les bardes connaissant les vieilles histoires et les légendes.

Mon cœur se brisa lorsque je constatai que la vieille église saxonne n'était plus là et avait été remplacée par une grande cathédrale, à l'entrée d'une grande ville marchande.

J'avais espéré revoir la vieille église mais je fus fort impressionné par la majestueuse cathédrale et l'énorme château des comtes de Donnelaith qui veillait sur toute la vallée.

Courbant le dos pour dissimuler ma taille, je m'appuyai sur ma canne pour descendre voir si ma tour et celles de mes amis étaient toujours debout dans la lande.

Je pleurai de joie lorsque je découvris que le cercle de pierre, loin des remparts, était toujours là dans les hautes herbes, symbole impérissable des danseurs qui s'y rassemblaient autrefois.

J'eus un grand choc lorsque je pénétrai dans la cathédrale et que, plongeant les doigts dans le bénitier, j'aperçus au-dessus de moi les vitraux de saint Ashlar.

Habillé en prêtre, les cheveux longs, je vis mon image sur le verre. Les yeux noirs qui me regardaient étaient tellement identiques aux miens que j'en eus peur. Stupéfait, je lus la prière écrite en latin :

Saint Ashlar, bien-aimé du Christ
Et de la Sainte Vierge,
Qui reviendra

Guérir les malades,
Consoler les affligés,
Atténuer la souffrance
De ceux qui vont mourir,

Sauve-nous
Des ténèbres éternelles,
Chasse les démons du vallon,
Sois notre guide
Vers la lumière.

Je ne pouvais plus m'arrêter de pleurer. Je ne comprenais vraiment pas comment cela avait pu se produire. M'aidant toujours de ma canne, j'allai faire mes prières devant l'autel puis me rendis à la taverne.

Je payai le barde pour qu'il me joue toutes les vieilles chansons qu'il connaissait, mais aucune ne me disait rien. La langue picte n'existait plus et personne ne comprenait ce qui était écrit sur les croix du cimetière.

J'interrogeai le barde sur le saint. Il me demanda si j'étais réellement écossais pour ne pas savoir que le grand roi païen Ashlar avait converti toute la vallée au christianisme.

N'avais-je jamais entendu parler de la source magique avec laquelle il faisait des miracles ? Il me suffisait de descendre la colline pour la voir.

Ashlar le Grand avait construit la première église chrétienne à cet endroit en 586 avant de partir pour son premier pèlerinage à Rome, mais il avait été assassiné par des brigands avant même d'avoir quitté la vallée.

On avait mis ses saintes reliques dans une châsse, c'est-à-dire les restes de sa tunique ensanglantée, son ceinturon de cuir, son crucifix et une lettre que saint Colomba lui avait personnellement écrite. Je pouvais admirer dans la salle de lecture un psautier écrit par Ashlar lui-même dans le style des livres du grand monastère d'Iona.

– Je comprends, dis-je. Mais que signifie cette étrange prière et les mots « Qui reviendra » ?

– Ah, ça ? C'est toute une histoire. Allez à la grand-messe demain matin et observez bien le prêtre qui la dit. C'est un jeune homme de très haute taille, presque aussi grand que vous. Il n'est pas le seul, par ici. Mais il est Ashlar, celui qui revient. L'histoire de sa naissance est fantastique. Il paraît qu'il est né en sachant parler et chanter, et déjà prêt à servir Dieu. Il avait des visions du Grand Saint, de la Sainte Bataille de Donnelaith et de la sorcière païenne qui a été brûlée vive lorsque la ville s'est convertie.

– Et tout cela est vrai ? demandai-je, inquiet.

Était-ce un Taltos sauvage né d'humains ignorant qu'ils avaient de notre sang ? Non, c'était impossible. Quels humains pouvaient engendrer ensemble un Taltos ? Ce devait être un hybride, fruit d'un mystérieux géant qui s'était accouplé avec une femme ayant les pouvoirs des sorcières.

– Cela s'est déjà produit trois fois dans notre histoire, précisa le barde. Parfois, la mère ne sait même pas qu'elle est enceinte. D'autres fois, elle le sait au troisième ou au quatrième mois. Nul ne sait quand l'être dans son ventre commence à grandir et devient la réplique du saint qui revient parmi son peuple.

– Et qui sont les pères de ces enfants ?

– Ce sont de grands gaillards du clan de Donnelaith. C'est saint Ashlar qui a fondé cette famille. Mais, vous savez, il y a bien d'étranges récits dans ces bois. Chaque clan a ses secrets. Il ne vaut mieux pas en parler ici mais, parfois, il naît un enfant géant qui ignore tout du saint. J'en ai vu un de mes propres yeux. Il faisait une tête de plus que son père quelques instants après la mort de sa mère. Il était complètement ahuri et criait de terreur. Il n'avait aucune vision de Dieu mais passait son temps à parler du cercle de pierre païen ! Vous vous rendez compte ? Le pauvre ! Il s'est fait traiter de sorcier et de monstre. Vous savez ce qu'on leur fait, ici ?

– On les brûle.

– Oui. C'est horrible. Surtout lorsque la pauvre créature est une femme car, dans ce cas, on décrète sans procès qu'elle est l'enfant du diable. Vous comprenez ? Étant une femme, elle ne peut pas être le saint. Mais, vous savez, nous sommes dans les Highlands. Nos coutumes ont toujours été des plus mystérieuses.

– Est-ce que vous avez déjà vu vous-même une de ces femmes ?

– Non, jamais. Mais certains disent qu'ils ont connu des gens qui en ont vu. Une légende circule à propos des sorcières et de ceux qui persistent dans les coutumes païennes. On dit qu'ils rêvent de réunir une femelle et un mâle. Mais nous ne devrions pas parler de ça. Nous supportons la présence des sorcières parce qu'elles sont aussi guérisseuses. Mais personne ne croit à leurs histoires et l'on pense même qu'elles ne conviennent pas aux oreilles chrétiennes.

– Oui, je comprends très bien.

Je le remerciai.

Je n'attendis pas la messe pour voir le grand prêtre étrange. Je sentis son odeur dès que je m'approchai du presbytère. En ouvrant la porte, il sentit la mienne et nous nous dévisageâmes un moment.

Je retrouvai en lui notre gentillesse légendaire. Ses yeux étaient presque timides, ses lèvres souples et sa peau aussi fraîche et élastique que celle d'un bébé. Était-il vraiment le fruit de deux humains, un sorcier et une sorcière puissants, peut-être ? Croyait-il à son destin ?

Né en se souvenant, oui. Né en sachant, oui. Heureusement pour lui, il s'était rappelé la bonne époque, la bonne bataille et le bon endroit. Et maintenant, il exerçait le sacerdoce prévu pour nous des siècles auparavant.

Je vis qu'il avait envie de parler. Peut-être n'en croyait-il pas ses yeux ?

– Mon père, lui demandai-je en latin, êtes-vous réellement né d'un père et d'une mère humains ?

– Et de qui d'autre ? demanda-t-il, visiblement terrifié. Allez voir mes parents et demandez-leur, si vous voulez.

Son visage avait blêmi et il tremblait.

– Mon père, où sont les femmes de votre espèce ?

– Mais il n'existe rien de tel, protesta le prêtre.

Je voyais bien qu'il se retenait difficilement de fuir.

– Mon frère, d'où viens-tu ? me demanda-t-il. Demande pardon à Dieu pour tes péchés, quels qu'ils soient.

– Vous n'avez jamais vu de femme de votre espèce ?

Il secoua la tête.

– Je suis l'élu de Dieu, expliqua-t-il. L'élu de saint Ashlar.

Ses joues s'empourprèrent et il baissa la tête avec humilité, se rendant compte qu'il venait de pécher par orgueil.

– Adieu, alors, dis-je.

Et je partis.

Je quittai la ville et retournai aux pierres. Je chantai un vieux chant en me balançant d'avant en arrière dans le vent, puis je m'enfonçai dans la forêt.

L'aube se levait derrière moi lorsque je montai les collines boisées pour retrouver la grotte. L'endroit était aussi sombre et désolé que cinq cents ans plus tôt et le taudis de la sorcière avait disparu.

Aux premières lueurs du jour, alors qu'il faisait aussi froid qu'en un début d'hiver, j'entendis une voix m'appeler.

– Ashlar !

Je me retournai et scrutai les bois.

– Ashlar le maudit, je te vois.

– C'est toi, Aiken Drumm ! criai-je.

Puis j'entendis son rire mauvais. Les Petites Gens étaient là, vêtus de vert pour se fondre dans le paysage. Je voyais leurs petits visages cruels.

– Il n'y a pas de grande femme pour toi ici, Ashlar, cria Aiken Drumm. Il n'y en aura plus jamais. Il n'y a plus aucun homme de ton espèce à part un prêtre miaulant né d'un sorcier et d'une sorcière et qui tombe à genoux dès qu'il entend nos cornemuses. Allez, viens ! Prends une petite fiancée, un beau petit morceau de chair bien fripée et tu verras ce que tu obtiendras. Et contente-toi de ce que Dieu te donnera.

Ils s'étaient mis à battre du tambour. Le grincement de

leur musique était horrible, discordant mais étrangement familier. Puis les cornemuses se mirent de la partie. C'étaient les vieux chants des Taltos, ceux qu'ils leur avaient enseignés !

– Qui sait, Ashlar le maudit ? Tu pourrais avoir une fille d'une de nos femmes ! Viens avec nous. Nous avons plein de femmes pour te satisfaire. Réfléchis, ta Royale Majesté, une fille ! Et les grandes gens pourraient à nouveau régner sur ces collines.

Je fis volte-face et courus entre les arbres, ne m'arrêtant que lorsque j'eus rejoint la grand-route.

Aiken Drumm disait la vérité. Je n'avais trouvé aucune Taltos dans toute l'Écosse alors que c'était précisément ce que j'étais venu chercher.

Et que j'allais chercher pendant encore un millénaire.

Je ne croyais pas, par ce matin froid, que je ne reverrais plus jamais une jeune Taltos ou une femelle fertile. Combien de fois, par le passé, m'étais-je écarté du chemin de femelles ? Par égard pour lui, je n'aurais jamais voulu engendrer un jeune Taltos qui aurait souffert de naître dans un tel monde.

Et maintenant, où étaient-elles ces chéries à l'odeur si attirante ?

Des vieilles, des cheveux blancs, celles à l'haleine douce, celles qui n'avaient pas d'odeur, j'en avais rencontré des tas et en rencontrerais encore. Quant aux créatures sauvages et perdues ou bercées par des rêves de sorcières, elles ne m'avaient donné que de chastes baisers.

Dans la rue sombre d'une ville, j'ai senti une fois la forte odeur. Elle a bien failli me rendre fou car je n'ai jamais pu trouver d'où elle venait.

J'ai attiré plus d'une sorcière humaine dans mon lit. Je la prévenais du danger de mes étreintes sauf quand je savais qu'elle était forte et pourrait porter mon enfant.

Qu'étaient devenues les Taltos femelles ? N'en restait-il plus une seule ? Au plus profond de l'Écosse, dans les jungles du Pérou ou les plaines neigeuses de Russie, il devait bien y avoir encore une famille de Taltos, un clan dans une tour bien défendue !

Les dernières paroles de Janet ne pouvaient signifier que j'errerais pour l'éternité sans femelle.

Vous connaissez maintenant mon histoire.

Je pourrais vous raconter encore bien des détails sur mes voyages, mes occupations, les quelques Taltos mâles que j'ai rencontrés au fil des ans. Mais je m'en tiendrai là.

Vous savez, Michael et Rowan, comment le clan de Donnelaith a pris naissance. Vous savez comment le sang des Taltos est entré dans celui des humains. Vous connaissez l'histoire de la première femme brûlée dans cette magnifique vallée et l'endroit où les Taltos ont apporté le malheur, non pas une fois, mais à un grand nombre de reprises.

Janet, Lasher, Suzanne, leurs descendants, jusqu'à Emaleth.

Et vous comprenez maintenant, Rowan, qu'il ne faut pas avoir honte d'avoir abattu cette enfant, celle qui vous avait donné son lait. C'était le destin.

Vous nous avez sauvés tous les deux. Vous nous avez peut-être tous sauvés.

Ne pleurez pas pour Emaleth. Ne pleurez pas pour cette race singulière de gens aux yeux doux chassés de la terre il y a longtemps par une espèce plus forte. C'est la loi de la terre.

Pourrions-nous vivre ensemble aujourd'hui, les Taltos et les humains, dans ce monde où les humains ne cessent de se battre ?

Tribus, races, clans, familles.

Et comment mon espèce se débrouillerait-elle dans ce monde si elle revenait ? Les Taltos, de par leur gentillesse, seraient incapables de se défendre contre la férocité de l'homme et, en même temps, effraieraient les humains les plus innocents.

Choisirions-nous des îles tropicales pour reprendre nos jeux sensuels, danser et chanter ? Ou nous épanouirions-nous dans le royaume de l'électronique et de l'informatique, des films, des jeux virtuels, des mathématiques ? Serions-nous des obsédés de la physique quantique comme nous l'étions du tissage ? Qui sait quels progrès technologiques nous pourrions apporter à ce monde ?

Mon cerveau fait deux fois la taille de celui d'un humain. Je ne vieillis pas. Ma capacité à apprendre les sciences modernes et la science en général est sans bornes.

Et s'il naissait parmi nous un mâle ou une femelle plus ambitieux que les autres ? Un Lasher, par exemple, qui voudrait restaurer la suprématie de notre race. En l'espace d'une nuit, avec un seul couple de Taltos, il pourrait créer un bataillon d'adultes prêts à envahir les bastions de l'homme, à détruire les armes dont les hommes connaissent trop bien l'usage, à s'emparer de la nourriture et des ressources de cette planète surpeuplée.

Je préfère ne pas y penser.

Je n'ai pas opté pour cette voie. Lorsque j'ai voulu accomplir quelque chose par moi-même, dans cette société dans laquelle nous sommes, tout a a été facile. Mon empire, mon monde n'est que jouets et argent. J'aurais aussi bien pu trouver un médicament pour diluer la testostérone de l'homme et faire taire en lui ses instincts belliqueux.

Que suis-je, en fin de compte ? Le dépositaire de gènes qui pourraient anéantir le monde ? Et qu'êtes-vous, les sorcières Mayfair ? Avez-vous transmis les mêmes gènes siècle après siècle pour que les Taltos mettent fin au Royaume du Christ avec leurs fils et leurs filles ?

Qui voudrait d'une telle gloire, à part de vieux poètes complètement fous vivant dans une tour et rêvant de rituels sur Glastonbury Tor ?

J'ai tué, le Talamasca est redevenu lui-même et nos secrets n'ont pas été éventés.

J'espère que nous sommes amis, vous et moi, et que nous ne tenterons jamais de nous faire du mal. Appelez-moi et je répondrai.

Je ne causerai jamais d'ennuis à Mona, votre sorcière aux cheveux roux, pas plus qu'à aucune de vos femmes.

Je suis seul. Ai-je été maudit ? Je l'ai oublié.

J'aime mon empire de choses petites et magnifiques. J'aime les jouets dont j'inonde le monde. Ces milliers de poupées sont mes enfants.

À leur façon, elles représentent ma danse, mon cercle, mon chant. Ce sont les symboles du jeu éternel, l'œuvre du ciel, peut-être.

31

Le rêve ne cesse de se répéter. Elle sort du lit et descend l'escalier en courant. « Emaleth ! » La pelle est sous l'arbre. Personne ne prend la peine de la ranger.

Elle creuse et creuse, puis trouve sa fille, avec ses longs cheveux et ses grands yeux bleus.

– Maman !

– Viens, ma chérie.

Elles sont toutes les deux dans le trou. Rowan la tient dans ses bras et la berce.

– Je suis désolée de t'avoir tuée.

– Ça ne fait rien, maman chérie.

– C'était la guerre, dit Michael. Pendant la guerre, des gens sont tués et après...

Elle se réveilla, le souffle court.

La chambre était calme. Michael dormait à côté d'elle, une main contre sa hanche. Les mains crispées sur sa bouche, elle l'observa.

Non, ne le réveille pas. Tu le rendrais à nouveau malheureux. Maintenant elle savait.

Après avoir écouté le récit d'Ashlar, puis dîné, marché dans les rues enneigées, discuté jusqu'à l'aube, pris le petit déjeuner, encore discuté et s'être promis une amitié indéfectible, elle savait. Elle n'aurait jamais dû tuer sa fille.

Comment cette créature aux yeux de biche qui l'avait

réconfortée de sa voix douce et nourrie de son lait aurait-elle pu faire du mal à quiconque ?

À quelle logique avait-elle répondu lorsqu'elle avait levé son arme et appuyé sur la détente ? C'était une enfant du viol, de l'aberration, du cauchemar, mais c'était une enfant.

Elle sortit du lit, trouva ses mules dans le noir et attrapa son négligé blanc sur la chaise.

Mon Emaleth.

Il y avait une fenêtre au bout du couloir. Les lueurs de la ville éclairaient le long couloir de marbre.

Elle se dirigea vers cette lumière, son négligé flottant derrière elle, ses pas faisant un léger bruit sur le sol. Elle appuya sur le bouton de l'ascenseur.

Sors-moi d'ici, je veux voir les poupées. Si je regarde par cette fenêtre, je me jette dans le vide et je tombe dans le néant avec Emaleth.

Toutes les images du récit d'Ashlar défilaient dans son esprit. Elle entendait le timbre de sa voix et voyait ses yeux doux.

Elle n'est plus que débris sous les racines du chêne, elle a été effacée de la surface de la terre sans même un chant à sa mémoire.

Les portes se refermèrent. Le vent sifflait dans la cage d'ascenseur, comme dans les montagnes, peut-être. Elle avait envie de se recroqueviller par terre, de perdre connaissance sans lutter. Juste sombrer dans les ténèbres.

Ne plus parler, ne plus penser, ne plus savoir ni apprendre. J'aurais dû lui prendre la main, j'aurais dû la tenir. Il aurait été si facile de la garder contre moi, ma douce, mon Emaleth.

Les portes s'ouvrirent. Les poupées l'attendaient. La lumière extérieure se déversait par des dizaines de hautes fenêtres formant des carrés et des rectangles de verre brillant.

Elle passa silencieusement entre les poupées, dont les yeux ressemblaient à des trous noirs ou à des boutons scintillants, selon qu'ils étaient dans l'obscurité ou la lumière. Les poupées sont silencieuses, patientes et attentives.

Me revoilà devant la Bru, la reine des poupées, cette

grande princesse en biscuit de faïence avec ses yeux en amande, ses joues si roses et si rondes, ses sourcils figés pour toujours au-dessus d'un regard interrogateur, tentant en vain de comprendre quoi ? La parade sans fin de tous ces êtres animés qui l'admirent ?

Prends vie juste pour un moment. Sois à moi, sois vivante.

Te tenir dans mes bras.

Elle avait posé les mains et le front sur la vitre froide. La lumière formait deux croissants de lune dans les yeux de la Bru. Ses longues tresses de mohair semblaient lourdes sur la soie de sa robe, comme mouillées par l'humidité de la terre, de la tombe.

Où était la clé de la vitrine ? La portait-il au bout d'une chaîne autour de son cou ? Impossible de se rappeler. Elle mourait d'envie d'ouvrir la porte, de prendre la poupée dans ses bras et de la tenir contre sa poitrine.

Que se passe-t-il lorsque le chagrin est plus fort que tout le reste, les pensées, les sentiments, les espoirs ?

L'épuisement vient enfin. Il te dit de retourner au lit, de t'allonger pour te reposer, pour ne plus connaître le tourment. Rien n'a changé. Les poupées ont les yeux fixes et les auront toujours. Et la terre grignote tout ce qu'on y enterre, comme elle l'a toujours fait. Mais une agréable torpeur envahit l'esprit et lui permet d'attendre pour pleurer, pour souffrir, pour mourir et les rejoindre, pour que tout soit terminé car la mort seule peut effacer le remords.

Il était là, devant la fenêtre du couloir.

Dans l'obscurité, il l'avait entendue revenir, immobile. Il ne bougeait pas. Appuyé contre le cadre de la fenêtre, il regardait la nuit se dissiper, devenir laiteuse, et les étoiles se dissoudre comme si elles s'y fondaient.

Que pensait-il ? Qu'elle était sortie pour le chercher ?

Elle se sentait affaiblie, incapable de raisonner. Peut-être devait-elle simplement s'approcher de lui et regarder elle aussi les toits et les tours s'éveillant avec le jour, les lumières clignotant le long des rues et les dizaines de colonnes de fumée crachées par les cheminées.

C'est ce qu'elle fit.

– Nous nous aimons, n'est-ce pas ? dit-il.

Son visage était triste. Elle en eut de la peine, douleur nouvelle frappant à l'endroit précis de la précédente.

– Oui, nous nous aimons, dit-elle. De tout notre cœur.

– Cela restera entre nous.

– Oui, aussi longtemps que nous vivrons. Nous sommes amis et le serons toujours. Rien ne viendra briser les promesses que nous nous sommes faites.

– Et je saurai que vous êtes là. C'est aussi simple que ça.

– Et quand vous en aurez assez d'être seul, venez chez nous.

Il se retourna. Le ciel pâlissait si vite que la lumière inonda bientôt la pièce. Son visage était fatigué, à peine moins parfait qu'en temps ordinaire.

Un baiser chaste et silencieux, un seul, et elle s'en alla, tout engourdie, heureuse que l'aube soit là. La lumière du jour, enfin ! Je vais pouvoir dormir. Elle s'enfouit sous les couvertures près de Michael.

32

Il faisait trop froid pour sortir mais l'hiver de New York n'en finissait pas. Si le petit homme voulait le rencontrer à la trattoria, qu'il en soit ainsi.

Ash aimait marcher et n'avait pas envie d'être seul dans sa grande tour. Il était certain que Samuel était décidé à partir et que rien ne le persuaderait de faire demi-tour.

Il aimait voir la foule se presser dans la Septième Avenue à la tombée de la nuit. Les boutiques brillamment éclairées exposaient des porcelaines orientales aux couleurs vives, des horloges décorées, des statues de bronze, des tapis de laine et de soie. Des couples se hâtaient pour ne pas manquer le lever de rideau de Carnegie Hall. Les boutiques de luxe n'étaient pas encore fermées. La neige tombait à gros flocons sur le trottoir mais la marée humaine qui la piétinait l'empêchait de se fixer.

Oui, le moment est bien choisi pour marcher. Mais mal choisi pour essayer d'oublier que tu viens d'embrasser Rowan et Michael pour la dernière fois, jusqu'à ce qu'ils donnent de leurs nouvelles.

Malgré ces quatre jours passés ensemble, il n'était pas plus sûr de leur amour maintenant que la première fois qu'il les avait vus, à Londres.

Non, il n'avait pas envie d'être seul. Mais il aurait mieux fait de s'habiller différemment, à la fois pour passer plus inaperçu et pour ne pas souffrir du vent glacial. Les gens s'arrêtaient sur ce géant aux cheveux noirs ondulés qui portait une veste de soie violette par un temps pareil. Et son écharpe était jaune, par-dessus le marché. Mais il s'était déjà changé lorsque Remmick lui avait annoncé que Samuel avait plié bagage et l'attendait à la trattoria. Il avait laissé son bouledogue en disant qu'il serait son chien pour New York, si Ash n'y voyait pas d'inconvénient. Pourquoi verrait-il un inconvénient à un chien qui, non content de baver, ronflait aussi ? De toute façon, ce seraient Remmick et la jeune Leslie qui en pâtiraient le plus. Celle-ci, à son grand plaisir, était devenue sa secrétaire permanente. Samuel se procurerait un autre chien en Angleterre.

La trattoria était bondée, il le vit à travers la vitre.

Samuel était là, comme prévu. Il tirait sur une cigarette (qu'il écrasait de la même façon que Michael) et buvait un whisky en l'attendant.

Ash frappa au carreau.

Le petit homme lui fit signe d'entrer. Il était tout pimpant avec sa veste de tweed et son gilet, sa chemise toute neuve, ses chaussures luisant comme des miroirs. Il avait même une paire de gants de cuir posée sur la table comme deux mains fantômes.

Impossible de savoir quels sentiments se cachaient dans les plis et les replis de son visage, mais sa propreté et son nouveau style de vêtement ne rappelaient en rien l'attitude mélodramatique, avinée et larmoyante des dernières quarante-huit heures.

Heureusement que Michael l'avait trouvé amusant. Un soir, ils avaient roulé tous les deux sous la table en se racontant des blagues tandis que Rowan et Ash souriaient avec indulgence.

Une grosse valise de cuir était posée par terre près de Samuel. Sur le départ.

Ash se fraya un chemin entre les clients qui entraient et sortaient. Il adressa un hochement de tête au portier débordé et lui montra Samuel du doigt pour indiquer qu'il était attendu.

Le froid s'évanouit aussitôt, remplacé par la chaleur de

la pièce et le brouhaha des voix, des plats et des casseroles. Les têtes se tournèrent mais ce qu'il y avait de merveilleux dans les restaurants bondés de New York était que les dîneurs ne faisaient pas trop attention aux autres. Tous les rendez-vous paraissaient essentiels, les plats étaient engloutis en moins de deux et les visages énamourés.

Ils remarquèrent certainement que le grand homme en soie violette prenait la chaise en face du plus petit homme des lieux, mais seulement du coin de l'œil. Le tout sans perdre une miette de leur conversation. La table se trouvait juste devant la vitrine, mais les passants étaient encore plus doués pour observer sans être vus que les clients à l'intérieur.

– Vas-y, dis-le, commença Ash. Tu pars, tu retournes en Angleterre.

– Tu savais bien que je partirais. J'en ai marre d'être ici. Je crois toujours que je vais m'amuser mais je me lasse très vite. J'ai envie de retourner dans la vallée avant que ces crétins du Talamasca ne l'investissent.

– Ils ne feront jamais ça. J'espérais que tu allais rester un peu.

Il s'émerveillait de si bien contrôler sa voix.

– Que nous parlerions de choses..., poursuivit-il.

– Tu as pleuré quand tu as dit au revoir à tes amis humains, hein ?

– Mais pourquoi me demandes-tu ça ? Tu veux qu'on se quitte fâchés ?

– Pourquoi leur as-tu fait confiance ? Tiens, le serveur attend. Commande quelque chose.

Ash montra quelque chose sur la carte. C'étaient les pâtes qu'il prenait toujours dans ce genre d'endroit. Il attendit que l'homme fût parti avant de reprendre.

– Si tu n'avais pas été complètement soûl, Samuel, si tu n'avais pas vu les choses à travers les vapeurs de l'alcool, tu connaîtrais la réponse à cette question.

– Le sorcier et la sorcière Mayfair. Je sais qui ils sont. Yuri m'a parlé d'eux pendant ses accès de fièvre. Ash, ne sois pas bête. Ne t'attends pas à ce qu'ils t'aiment.

– Ce que tu dis n'a aucun sens, Samuel. Ce n'est pas

nouveau. Quand tu parles, j'entends juste une sorte de bruit auquel je me suis habitué à la longue.

Le serveur posa sur la table l'eau minérale, le lait et les verres.

– Tu n'es vraiment pas dans ton assiette, Ash, dit Samuel.

Il fit signe au serveur de lui resservir un verre de whisky. Pur, d'après l'odeur.

– Écoute, mon ami, poursuivit-il, j'essaie seulement de t'avertir. Je vais être franc, si tu préfères : n'aime pas ces deux-là.

– Si tu continues à me faire la leçon, je vais me mettre en colère.

Le petit homme éclata d'un rire qui tenait du roulement de tonnerre.

– Si je pensais que c'était possible, je resterais bien une heure ou deux de plus à New York pour voir ça.

Ash ne répondit rien. Il ne fallait surtout pas dire quelque chose qu'il ne pensait pas, pas maintenant, pas à Samuel, ni à personne, d'ailleurs.

Au bout d'un moment, il dit :

– Et qui devrais-je aimer ? sur un très léger ton de reproche. Je serai content quand tu seras parti. Je veux dire... Je serai content quand cette pénible conversation sera terminée.

– Ash, tu n'aurais jamais dû les approcher de si près ni leur dire tout ce que tu leur as dit. Et le gitan, tu n'aurais pas dû le renvoyer au Talamasca.

– Yuri ? Et qu'est-ce que j'aurais dû faire ? Comment l'en empêcher ?

– Tu aurais pu le faire rester à New York en lui donnant un boulot quelconque. La vie de cet homme était brisée et tu l'a renvoyé chez lui pour écrire des tartines sur ce qui s'est passé. Il aurait fait un excellent compagnon pour toi.

– Ce n'aurait pas été bon pour lui. Il voulait rentrer.

– Bien sûr que ça aurait été bon pour lui. Et pour toi aussi – un paria, un gitan, le fils d'une pute.

– S'il te plaît, ne commence pas à être agressif et vulgaire. J'ai horreur de ça. De toute façon, c'est lui qui a choisi. Sa place est auprès de l'ordre. Il voulait rentrer, ne serait-ce que pour panser ses blessures. Il n'aurait jamais été heureux dans mon univers. Les poupées sont magiques pour ceux qui les aiment et les comprennent. Pour les autres, ce sont de simples jouets.

– Ça sonne très bien ce que tu dis, mais c'est complètement idiot.

Le serveur posa son verre devant lui.

– Yuri aurait été très utile dans ton univers, reprit-il. Tu aurais pu lui faire construire des bâtiments, planter des arbres, tous tes grands projets. Tu n'as pas dit à ton sorcier et à ta sorcière que tu allais construire des parcs dans le ciel pour que tout le monde puisse avoir la même vue que toi sur la ville ? Ce gamin aurait eu une vie bien remplie et tu aurais eu sa compagnie.

– Arrête, maintenant. Ça ne s'est pas passé comme ça, un point c'est tout.

– Non, ce qui s'est passé, c'est que tu voulais absolument l'amitié de ces deux-là, un couple marié entouré d'un clan immense, des gens destinés à une vie familiale on ne peut plus humaine.

– Qu'est-ce qu'il faut que je fasse pour que tu arrêtes ?

– Rien. Bois ton lait. Je sais que tu en meurs d'envie. Tu as honte de le faire devant moi, tu as peur que je te dise quelque chose du genre « Ashlar, bois ton lait ! ».

– Ce que tu viens de faire, je te signale.

– Tu les aimes, hein ? Et il leur revient de tout oublier, le cauchemar des Taltos, la lande, les assassins en herbe qui ont infiltré le Talamasca. Il est essentiel pour leur santé mentale de rentrer chez eux et de mener la vie que la famille Mayfair attend d'eux. Je hais l'idée que tu puisses aimer ceux qui te tourneront le dos. C'est précisément ce qu'ils devront faire.

Ash ne répondit rien.

– Ils sont entourés de dizaines de gens auxquels ils doivent mentir sur cet aspect de leur vie, continua Samuel. Ils vont donc vouloir oublier que tu existes. Ils ne voudront pas perdre leur petite vie tranquille.

– Je vois.

– Je n'aime pas que tu souffres.

– Vraiment ?

– Oui ! J'aime ouvrir une revue et un journal et y voir ton beau visage désinvolte au-dessus de la liste des dix milliardaires les plus excentriques du monde ou des célibataires les plus en vue de New York. Et je sais que tu vas te ronger les sangs en te demandant si ces deux-là sont de vrais amis, si tu peux les appeler quand tu souffres.

– Samuel, reste, s'il te plaît.

Pause dans la leçon de morale. Le petit homme soupira, but la moitié de son verre et lécha ses lèvres du bout de sa langue curieusement rose.

– Ash, je ne veux pas.

– J'ai accouru dès que tu m'as appelé, Samuel.

– Tu le regrettes ?

– Ce n'est pas ce que je veux dire. Comment pourrais-je le regretter ?

– Oublie tout ça, Ash, je t'assure. Oublie qu'un Taltos est venu dans la lande, oublie que tu connais ces sorciers, oublie que tu as besoin de quelqu'un qui t'aime pour ce que tu es. Tu demandes l'impossible. Et j'ai peur de ce que tu vas faire maintenant. Je te vois venir.

– C'est-à-dire ?

– Tu vas tout détruire. Ton entreprise. Jouets sans frontières ou Poupées en série illimitée, quel que soit son nom. Tu vas sombrer dans l'apathie et tout laisser à vau-l'eau. Tu l'as déjà fait. Tu seras complètement perdu, comme moi, et, par une froide soirée d'hiver, tu viendras me chercher dans la vallée.

– Rien n'a plus d'importance, Samuel. Pour bien des raisons.

– Parcs, arbres, jardins, enfants, chantonna le petit homme.

Ash ne réagit pas.

– Pense à tous ceux qui dépendent de toi, Ash. Pense à tous ces gens qui fabriquent, vendent et achètent tes poupées. Savoir que des êtres vivants dépendent de toi est un bon succédané d'équilibre psychologique, tu ne crois pas ?

– Non, pas d'équilibre psychologique, Samuel. De bonheur.

– D'accord, c'est encore mieux. Mais ne t'attends pas à ce que tes sorciers reviennent vers toi et, pour l'amour de Dieu, ne t'aventure pas sur leur propre terrain. S'ils te voient apparaître dans leur jardin, tu vas leur faire une peur de tous les diables.

– Tu as l'air bien sûr de toi.

– Je le suis. Ash, tu leur as tout raconté. Si tu ne l'avais pas fait, ils n'auraient peut-être pas peur de toi.

– Tu ne sais plus ce que tu dis.

– Et Yuri ? Et le Talamasca ? Ils ne vont plus te lâcher maintenant.

– Mais non.

– De toute façon, ces sorciers ne sont pas tes amis.

– C'est ce que tu dis.

– Je sais très bien ce que je dis. Je sais que leur curiosité et leur respect vont bientôt se transformer en peur. Ash, c'est un vieux cliché, mais ce ne sont que des humains.

Ash baissa la tête et tourna son regard vers la fenêtre, les bourrasques de neige et les gens rentrant la tête dans les épaules pour se protéger.

– Ashlar, je le sais parce que je suis un paria. Comme toi. Nous sommes des monstres, mon ami, et nous le serons toujours. Estimons-nous heureux d'être en vie.

Il avala le reste de son verre.

– Alors, tu pars retrouver tes amis dans la lande ? demanda Ash.

– Ce ne sont pas mes amis. Tu sais bien que je les déteste. Mais la lande ne nous appartient plus pour longtemps. J'y retourne pour des raisons sentimentales. Oh, ce n'est pas seulement pour les seize gentils érudits du Talamasca, avec leurs magnétophones, qui vont m'inviter à déjeuner à l'auberge pour que je leur raconte tout ce que je sais. C'est pour les archéologues qui font des fouilles dans la cathédrale Saint Ashlar. Le monde moderne a découvert l'endroit. Et tu sais pourquoi ? À cause de tes maudits sorciers.

– Tu ne peux pas le leur reprocher. Ni à moi, d'ailleurs.

– Il va falloir que nous trouvions un autre coin tranquille et quelque autre légende ou malédiction pour nous protéger. Mais ce ne sont pas mes amis, ne crois pas ça.

Ash se contenta d'acquiescer d'un signe de tête.

Les plats venaient d'être servis. Une grande salade pour le petit homme, les pâtes pour Ash. Le serveur versait le vin dans les verres.

– Je suis trop soûl pour manger, dit Samuel.

– Je comprends que tu veuilles t'en aller. Fais ce que tu as à faire.

Ils restèrent un moment silencieux, puis le petit homme prit sa fourchette et commença à enfourner sa salade dans sa bouche. Malgré tous ses efforts, il en faisait tomber la moitié à côté. Très bruyamment, il récupéra avec sa fourchette le moindre morceau d'olive, de fromage et de salade, puis but un grand verre d'eau minérale.

– Maintenant, je peux continuer à boire.

Ash émit un son qui aurait été un rire s'il avait été moins triste.

Samuel glissa de sa chaise et se mit debout. Il ramassa sa grosse valise, fit le tour de la table pour s'approcher d'Ash et lui passa un bras autour du cou. Ash embrassa furtivement sa joue, légèrement gêné par la texture de cuir de sa peau mais ne voulant surtout pas le montrer.

– Tu reviens bientôt ? demanda-t-il.

– Non. Mais nous nous reverrons. Prends soin de mon chien. Il est très susceptible.

– Je m'en souviendrai.

– Et colle-toi au boulot !

– Autre chose ?

– Je t'aime beaucoup.

Samuel se fraya un chemin à travers les tables et les clients qui se levaient pour partir. Il sortit en longeant la vitrine, les cheveux et les sourcils broussailleux déjà parsemés de flocons de neige.

Il leva une main en signe d'adieu et, aspiré par la foule, sortit du champ de vision d'Ash.

Ash but lentement son verre de lait, déposa quelques billets sous son assiette, la regarda comme s'il lui disait au revoir et sortit dans le vent de la Septième Avenue.

Lorsqu'il atteignit sa chambre, Remmick l'attendait.

– Vous avez froid, monsieur.

– Ah? murmura Ash.

Il laissa patiemment Remmick lui enlever sa veste de soie et son écharpe voyante, puis enfila une veste de laine doublée de soie. Prenant la serviette que lui tendait Remmick, il s'essuya les cheveux et le visage.

– Asseyez-vous, monsieur. Je vais vous enlever vos chaussures.

– Comme vous voudrez.

Le fauteuil était confortable. Il n'avait pas envie d'aller se coucher. Toutes les pièces sont désertes. Rowan et Michael sont partis. Pas de promenade en ville pour bavarder à bâtons rompus, ce soir.

– Vos amis sont arrivés à La Nouvelle-Orléans, monsieur, dit Remmick en lui ôtant ses chaussettes mouillées. Ils ont appelé juste après que vous êtes sorti dîner. L'avion est sur le chemin du retour. Il atterrit dans environ vingt minutes.

Ash hocha la tête. Ses savates en cuir étaient doublées de fourrure. Étaient-elles neuves ou vieilles? Il ne s'en souvenait pas. Son esprit était désespérément vide. Les pièces étaient désespérément vides. Il se sentait si seul.

Remmick s'affairait dans le plus grand silence.

J'ai engagé mes employés pour leur extrême discrétion et, par définition, ce ne sont pas eux qui pourront me réconforter.

– Où est Leslie, Remmick? Elle est dans les parages?

– Oui, avec des milliers de questions à vous poser. Mais vous m'avez l'air bien fatigué.

– Envoyez-la-moi. Je vais travailler. Il faut que je m'occupe l'esprit.

Il prit le couloir et se rendit dans le premier bureau, le plus privé, celui où des papiers étaient éparpillés un peu partout dans un fouilllis indescriptible. Personne n'était autorisé à y toucher.

Leslie apparut quelques secondes plus tard, le visage rayonnant d'enthousiasme, de dévouement et d'une inépuisable énergie.

– Monsieur Ash, le Salon international de la poupée commence la semaine prochaine et une Japonaise vient d'appeler. Elle dit qu'à votre dernier séjour à Tokyo vous avez insisté pour voir son travail. Et puis vous avez manqué une douzaine de rendez-vous pendant votre absence. J'en ai la liste ici...

– Asseyez-vous et voyons ça.

Il prit place derrière son bureau, remarquant au passage qu'il était six heures quarante-cinq du soir. Il résolut de ne pas regarder l'heure avant d'être certain qu'il soit minuit passé.

– Leslie, gardez ça sous le coude. Pour l'instant, prenez note de quelques idées. Je voudrais que vous les numérotiez. Peu importe dans quel ordre. Ce qui compte, c'est que vous m'en donniez la liste tous les jours et que vous annotiez la progression de chacune. Et vous marquerez « en attente » dans la marge pour les moins urgentes.

– Oui, monsieur.

– Des poupées chanteuses. Un quartet, d'abord, quatre poupées chantant en harmonie.

– C'est une merveilleuse idée, monsieur Ash.

– Les prototypes devront répondre à un bon ratio coût/rendement. Mais ce n'est pas très important. Il faut surtout que le son soit excellent et que les poupées continuent de chanter si elles sont jetées par terre.

– Oui, monsieur... « si elles sont jetées par terre ».

– Ensuite, un musée en haut d'une tour. Je veux une liste des vingt-cinq meilleurs penthouses vides du centre-ville. Leur prix de vente ou leur loyer et tous les détails pertinents. Je veux créer un musée dans le ciel pour que les gens puissent avoir une vue panoramique sur la ville.

– Un musée de quoi, monsieur ? De poupées ?

– Oui, toutes sur un certain thème. Il faut passer exactement la même commande à deux mille créateurs de poupées : je veux trois modèles représentatifs du genre humain. Non, quatre. L'un d'eux peut être un enfant.

– D'accord, monsieur, dit-elle en écrivant rapidement sur son bloc.

– En ce qui concerne les poupées chanteuses, prévenez les créateurs qu'ils devront envisager par la suite de faire tout un chœur. Ainsi, les enfants ou les collectionneurs pourront acquérir le chœur entier au fil des ans. Vous me suivez ?

– Oui, monsieur...

– Et je ne veux voir aucun plan mécanique. Tout sera électronique.

– Le matériau, monsieur ? De la porcelaine ?

– Non, surtout pas. Je veux qu'elles soient incassables. N'oubliez pas, c'est capital.

– Bien, monsieur.

– Et je dessinerai moi-même les visages. Je veux des tonnes de photos. Si une vieille femme du fin fond des Pyrénées fabrique des poupées, trouvez-moi des photos. Et l'Inde. Pourquoi n'avons-nous aucune poupée d'Inde ? Vous savez combien de fois j'ai posé cette question ? On ne me répond jamais. Envoyez une note à tous les directeurs et à tous les gens du marketing. Il y a bien des fabricants de poupées en Inde, que diable ! Occupez-vous de me trouver un moment pour aller moi-même sur place.

La neige tombait de plus belle, très blanche, contre les carreaux. Le reste était complètement noir. Un léger bruit de fond montait de la rue. Ou venait-il des tuyaux de plomberie ou de la neige tombant sur le toit ou, tout simplement, de la respiration de l'immeuble dressé comme un arbre géant ?

Il se remit à parler sans interruption en regardant les petits doigts de Leslie courir sur le papier. Les répliques de monuments dans lesquelles les enfants pourront entrer. La cathédrale de Chartres, par exemple. L'importance de l'échelle. Et si on y aménageait un grand parc avec un cercle de pierre ?

– Et puis je vous charge d'une mission très spéciale pour demain ou après-demain. Ou plus tard. Vous irez dans mon musée privé et...

– Oui...

– La Bru, la grande poupée française, vous voyez de quoi je parle ?

– La Bru ? Oui, monsieur, je vois très bien.

– Je vous demande de l'emballer vous-même avec le plus grand soin en vous faisant aider, au besoin, de la faire assurer et de l'expédier...

À qui ? Était-il incongru de l'envoyer directement au futur enfant ? Non, elle était destinée à Rowan Mayfair elle-même. Et pour Michael, un jouet très ancien en bois. Le chevalier et sa monture, peut-être ? Oui, c'est ça...

Non, ce n'était pas le cadeau approprié pour Michael. Il fallait lui offrir quelque chose d'aussi précieux que la Bru.

Il se leva en priant Leslie de ne pas bouger et se rendit dans sa chambre.

Il l'avait mis sous son lit, signal convenu avec Remmick pour que le mieux intentionné des domestiques n'y touche en aucun cas. Il s'agenouilla, tâta sous le lit et le ramena vers lui, la lumière scintillant magnifiquement sur les pierreries de la couverture.

Il repensa à sa douleur, à sa peine lorsque Ninian s'était moqué de lui en disant qu'il avait commis un horrible blasphème.

Il resta un long moment assis en tailleur, une épaule contre le montant du lit. Michael, l'homme qui aimait les livres. Celui-ci était pour lui. Il ne pourrait peut-être jamais le lire, mais quelle importance ? Il le garderait et ce serait un peu comme le donner à Rowan aussi. Elle comprendrait.

Il revint dans son bureau avec le livre enveloppé dans une grande serviette de toilette blanche.

– Ce livre est pour Michael Curry et la Bru pour Rowan Mayfair.

– La Bru, monsieur ? La princesse ?

– Oui. L'emballage est des plus importants. Il se peut que je vous demande de leur remettre en personne ces cadeaux. L'idée que la Bru puisse être cassée m'est intolérable. Et aucun des deux ne doit être perdu. Bon, passons à autre chose. Si vous avez faim, faites-vous monter quelque chose. J'ai une note me disant que le stock de la Danseuse Étoile est épuisé dans le monde entier. Dites-moi que ce n'est pas vrai.

– C'est vrai.

– Bon, prenez sous la dictée. Ceci est le premier de sept fax se rapportant à la Danseuse Étoile...

Et ainsi de suite, jusqu'à ce qu'il jette un œil sur sa pendulette. Il était bien minuit passé. Presque une heure du matin, même. La neige tombait toujours. Le visage de Leslie avait la couleur du papier. Il se sentait suffisamment fatigué pour aller se coucher.

Il se laissa tomber sur son grand lit vide, vaguement conscient que Leslie était toujours là et lui posait des questions qu'il n'entendait pas vraiment.

– Bonne nuit, ma chère, dit-il.

Remmick entrouvrit la fenêtre et le hululement du vent domina tous les autres bruits. L'infime souffle d'air glacé qui passa sur son visage rendit d'autant plus délicieuse la chaleur des couvertures.

Ne pas rêver de sorcières. Ne pas penser à leurs cheveux roux. Ne pas imaginer Rowan dans tes bras. Ne pas penser à Michael avec ton livre entre les mains, le chérissant comme personne d'autre n'aurait pu le faire, à part les types méprisables qui avaient trahi Aaron Lightner. Ne pas penser à vous trois assis au coin du feu. Ne pas retourner dans la lande, pas maintenant, pas avant très longtemps. Ne pas se promener dans les cercles de pierre. Ne pas visiter les grottes. Ne pas succomber à la tentation des belles mortelles qui mourraient si tu les touchais...

Lorsque Remmick ferma la porte, il dormait comme un bienheureux.

Une rue de Paris. La Bru. La femme dans la boutique. La poupée dans sa boîte. Les grands yeux fixés sur lui. La révélation soudaine, sous un réverbère, que l'argent pouvait faire des miracles, qu'il pouvait avoir des répercussions sur des milliers de gens... Que dans le monde de la fabrication et de la production de masse la fortune pouvait avoir un aspect créatif.

« Pour l'homme qui aime les livres », voilà ce qu'il allait écrire sur la carte destinée à Michael. Il vit Michael lui sourire, les mains dans les poches, exactement comme le faisait

Samuel. Et aussi Michael endormi par terre et Samuel penché sur lui, disant d'une voix avinée : « Pourquoi est-ce que Dieu ne m'a pas fait comme lui ? » C'était trop triste pour en rire. Et cette étrange déclaration de Michael près de la grille de Washington Square, tous les trois transis de froid : « J'ai toujours raisonné en termes de normalité. Être pauvre était anormal. Choisir ce qu'on voulait était normal. » La neige, la circulation, les noctambules, les yeux de Michael lorsqu'il regardait Rowan.

Comment sont-ils quand ils font l'amour ? Son visage à elle est-il une sculpture de glace ? Ressemble-t-il à un satyre champêtre ? Un sorcier caressant une sorcière. Un sorcier au-dessus d'une sorcière.

La Bru sera-t-elle leur témoin, du haut d'une tablette de cheminée en marbre ?

« À cause de la façon dont vous l'avez tenue. » Il écrirait cela sur la carte de Rowan.

Il leur appartiendra de décider s'ils veulent conserver ces précieux cadeaux ou les transmettre au bébé de Michael et de Mona. Les grands yeux de la Bru regarderont peut-être l'enfant et verront en elle le sang des sorcières. Comme il le ferait lui-même s'il osait aller là-bas peu après la naissance. Les observer de l'endroit où se tenait autrefois Lasher...

33

Pierce les attendait à l'aéroport, trop bien élevé pour demander à qui appartenait l'avion ni d'où ils venaient et impatient de leur montrer le chantier du nouveau centre médical.

La chaleur était suffocante. Une ville comme je les aime, se dit Michael. Content d'être de retour, il était aussi légèrement inquiet : l'herbe continuerait-elle à pousser ? Rowan s'abandonnerait-elle de nouveau dans ses bras ? Supporterait-il de ne plus voir le grand homme de New York dont l'amitié était des plus extraordinaires ?

Et le passé ? Tout bonheur en avait été effacé par les malédictions et les secrets.

Ne regarde plus les morts ; oublie le vieillard s'affalant sur le sol. Et Aaron ? Où était-il ? Son esprit s'était-il élevé vers la lumière ? Tout était-il enfin clair et pardonné ? Le pardon est un véritable bienfait.

Ils arrivèrent au bord d'une excavation rectangulaire. Des panneaux indiquaient « Mayfair Medical », suivi d'une douzaine de noms et de dates. Et un tas d'autres lignes à l'écriture trop petite pour sa vue. Il se demanda si le bleu de ses yeux pâlirait lorsqu'il n'y verrait vraiment plus rien.

Il essaya de se concentrer sur le chantier. Les choses avaient bien avancé et une centaine d'hommes étaient au travail. Mayfair Medical avait bel et bien commencé.

Étaient-ce des larmes dans les yeux de Rowan ? Oui, sa

douce femme aux cheveux coupés au carré et au tailleur de tissu souple pleurait en silence. Il s'approcha d'elle. Pourquoi diable étaient-ils aussi distants, comme pour respecter l'intimité et les sentiments de l'autre ? Il la serra dans ses bras et déposa des baisers dans sa nuque jusqu'à ce qu'elle se love contre lui. Elle lui prit la tête entre ses mains et dit :

– C'est grâce à vous tous. Je ne m'y attendais vraiment pas.

Ses yeux s'arrêtèrent sur Pierce. Pierce le timide, que les compliments faisaient rougir.

– C'est toi qui nous as donné ce rêve, Rowan. Et comme tous nos rêves semblent se réaliser puisque tu es à nouveau parmi nous, pourquoi pas celui-ci ?

– Voilà un petit discours bien fait, dit Michael. Plein de rythme et juste ce qu'il faut de force.

Serait-il jaloux de ce jouvenceau ? Les femmes raffolaient de Pierce Mayfair. Si seulement Mona daignait ouvrir les yeux, elle verrait peut-être que Pierce était l'homme qu'il lui fallait. Surtout maintenant que, depuis la mort de Gifford, il avait pris des distances avec sa fiancée Clancy.

Michael regarda Rowan droit dans les yeux.

– Embrasse-moi, dit-il.

– On ne va pas s'afficher ici, avec tous ces ouvriers qui nous regardent !

– J'espère bien qu'ils nous regardent.

– Rentrons à la maison.

– Pierce, comment va Mona ? demanda Michael. Tu as des nouvelles fraîches ?

Ils montèrent dans la voiture. Il avait oublié ce qu'était monter dans une auto normale, vivre dans une maison normale, avoir des rêves normaux. La voix d'Ash chantait à ses oreilles pendant son sommeil. Quand le reverraient-ils ? Allait-il se terrer derrière ses portes de bronze, seul avec sa société et ses milliards, se souvenant d'eux occasionnellement ? Ou alors, ils pourraient l'appeler, se rendre à New York et sonner à sa porte au milieu de la nuit.

– Ah ! Mona, oui, dit Pierce. Eh bien, elle se comporte bizarrement. Quand papa lui parle, elle est complètement dans les nuages. Mais elle va bien. Elle se balade partout avec Mary Jane. Et hier, une équipe d'ouvriers s'est mise au travail à Fontevrault.

– Formidable ! dit Michael. Alors, cette maison va finalement être sauvée.

– Oui, il fallait bien parce que ni Mary Jane ni Dolly Jean ne voulaient qu'on la démolisse. Je crois que Dolly Jean est avec elles. Elle ressemble à une vieille pomme fripée mais elle n'a rien perdu de sa vivacité.

– Je suis content qu'elle soit chez nous. J'aime les vieilles personnes.

Rowan se mit à rire et posa la tête sur l'épaule de son mari.

– Nous devrions demander à tante Viv de venir aussi. Et comment va Béa ?

– Eh bien, répondit Pierce en penchant la tête, Évelyne l'Ancienne a fait un petit miracle. À son retour de l'hôpital, il lui fallait quelqu'un pour s'occuper d'elle. Et devinez qui s'est proposé pour ça ? Béa. À croire que l'esprit de maman est dans cette maison.

– Toutes les nouvelles sont excellentes, alors ? dit Rowan avec un faible sourire. Si les filles sont à la maison, le silence devra attendre un peu et les esprits se terrer à l'intérieur des murs.

– Tu crois qu'ils y sont toujours ? demanda Pierce avec une innocence touchante.

Dieu bénisse les Mayfair qui ne les ont jamais vus et n'y croient pas vraiment.

– Non, mon garçon, intervint Michael. C'est juste une grande maison magnifique qui nous attend, nous et... les générations à venir.

Ils venaient de tourner dans Saint Charles Avenue, le tunnel de verdure bordé de ravissantes demeures. Ma ville, chez moi, tout va bien et Rowan a sa main dans la mienne.

– Regarde Amelia Street ! dit-il.

Comme la maison était fraîche et pimpante avec son style San Francisco, sa nouvelle couche de peinture couleur pêche, ses finitions blanches et ses persiennes vertes ! Et plus une seule mauvaise herbe. Il avait presque envie de s'arrêter pour voir Évelyne l'Ancienne et Béa, mais il voulait voir Mona d'abord. Et il voulait bavarder tranquillement avec sa femme dans leur chambre sur tout ce qu'ils avaient appris et ne raconteraient jamais à personne... à part à Mona.

Demain, il irait sur la tombe d'Aaron et retrouverait cette vieille habitude irlandaise qui consistait à parler aux morts à voix haute. Et ceux à qui cela ne plairait pas n'auraient qu'à s'en aller. Sa famille avait toujours fait ça. Son père allait au cimetière Saint Joseph et parlait à son grand-père et à sa grand-mère chaque fois que l'envie lui en prenait. Et oncle Shamus, quand il était si malade, avait dit à sa femme : « Quand je ne serai plus là, tu pourras continuer à me parler. La seule différence, c'est que je ne te répondrai pas. »

La lumière du jour faiblissait en noircissant les arbres. Garden District. First Street. Et, merveille des merveilles, la maison à l'angle de Chestnut, derrière les bananiers de printemps et les fougères, les azalées en fleur, qui les attendait.

– Entre donc avec nous, Pierce.

– Non, on m'attend en ville. Reposez-vous et appelez-nous si vous avez besoin de quelque chose.

Il était déjà descendu de voiture et tendait une main galante à Rowan. Il ouvrit le portail avec sa clé et leur fit un signe d'adieu.

Un garde en uniforme longeant la grille disparut discrètement à l'angle de la maison.

Les oliviers embaumaient. Ce soir, il sentirait de nouveau celle du jasmin.

Ash avait dit que les odeurs étaient ce qu'il y avait de mieux pour faire resurgir les souvenirs de mondes oubliés. Il avait parfaitement raison. Et toi, peux-tu rester longtemps éloigné des odeurs dont ton corps a besoin ?

Il ouvrit la porte devant Rowan et eut l'envie soudaine de la porter pour franchir le seuil. Pourquoi pas ?

Elle poussa un petit cri de plaisir et s'accrocha à son cou quand il la souleva de terre.

– Nous voilà chez nous, chuchota-t-il près de son cou. Il l'obligea à relever la tête pour l'embrasser sous le menton.

– Et que l'odeur des olives cède la place à celle de l'omniprésente cire d'Eugenia et du bois ancien! continua-t-il.

– Amen! dit Rowan.

Quand il voulut la reposer par terre, elle s'accrocha un instant à lui. Que c'était bon! Et son cœur un peu usé s'en sortait à merveille. Vigoureux et immobile, il la tenait contre lui, respirant ses cheveux en regardant le hall d'entrée et, au-delà des grandes portes blanches, les fresques murales de la salle à manger.

Elle se laissa glisser par terre. Un pli minuscule barra son front.

– Ce n'est rien, expliqua-t-elle, mais certains souvenirs ont la vie dure. Dans ce cas, je pense à Ash et c'est bien plus intéressant que les choses tristes.

Il avait envie de répondre, de parler de ses sentiments pour Ash et d'autre chose, qui le torturait horriblement. Il la regarda droit dans les yeux.

– Rowan, mon amour. Je sais que tu aurais pu rester avec lui. Je sais que tu as dû faire un choix.

– Tu es mon homme, Michael. L'homme de ma vie.

Il l'aurait bien portée jusqu'en haut, mais cela faisait tout de même vingt-neuf marches. Où étaient les jeunes filles et Granny, la ressuscitée? Non, impossible de monter s'enfermer dans leur chambre maintenant. À moins que, par chance, la petite troupe ne soit partie dîner en ville.

Il ferma les yeux et embrassa de nouveau Rowan. Lorsqu'il les rouvrit, il aperçut la belle fille aux cheveux roux au bout du hall. Non, deux rousses, en fait, dont une très grande. Et puis l'espiègle Mary Jane, avec ses tresses blondes ramassées au-dessus de sa tête. C'étaient les trois plus belles filles du monde. On aurait dit des cygnes. Mais qui était cette rousse si grande qui... qui ressemblait exactement à Mona?

Rowan se retourna pour suivre son regard.

Les Trois Grâces dans l'encadrement de la porte de la salle à manger et le visage de Mona en double. Il s'agissait davantage de duplication que de ressemblance. Mais pourquoi étaient-elles aussi immobiles, toutes trois vêtues d'une robe de coton? On aurait dit un tableau vivant.

Il entendit Rowan suffoquer et Mona s'élança vers eux comme une flèche.

– Non, vous ne pouvez rien faire. Écoutez-moi d'abord.

– Seigneur ! dit Rowan, tremblante, en recevant le corps de Mona dans ses bras.

– C'est mon enfant, dit Mona. Mon enfant et celui de Michael et vous ne pouvez pas lui faire du mal.

Michael comprit soudain. Cette jeune femme était donc son enfant. L'hélice géante avait produit cette créature. C'était une Taltos. Comme Ash et comme les deux autres enterrés sous l'arbre. Rowan va s'évanouir, elle va s'écrouler par terre. Et moi, la douleur revient dans ma poitrine.

Il s'agrippa au pilastre de l'escalier.

– Dites-moi que vous ne lui ferez aucun mal, supplia Mona.

– Du mal ? Comment pourrais-je lui faire du mal ? dit Michael.

Rowan fondit en larmes, le corps secoué de sanglots.

La grande fille fit un pas timide en avant, puis un deuxième. Allaient-ils entendre la même petite voix faible que l'autre avant que le coup de feu ne parte ? Il avait la tête qui tournait. Le soleil se coucha, comme sur commande, plongeant la maison dans sa pénombre naturelle.

– Michael, assieds-toi là, sur la marche, dit Mona.

– Mon Dieu, il se sent mal ! s'écria Mary Jane.

Rowan plaça ses longs doigts moites autour du cou de Michael.

La grande fille se mit à parler :

– Je sais que c'est un choc terrible pour vous deux. Maman et Mary Jane se sont fait du souci à ce sujet pendant des jours mais je suis soulagée de vous voir enfin. Il va falloir que vous décidiez si je peux rester sous votre toit. Comme vous pouvez le voir, elle a attaché le collier d'émeraude à mon cou, mais je m'en remets à votre décision.

Rowan et Michael étaient muets de surprise. La voix était celle de Mona, mais plus adulte et moins forte, comme déjà assagie par le monde extérieur.

Michael leva les yeux pour observer ses boucles rousses

tombant en cascade, ses seins de femme, ses longues jambes galbées et ses yeux luisant comme un feu vert.

– Père, murmura-t-elle en tombant à genoux.

Elle tendit ses longs doigts et lui prit le visage entre ses mains.

Il ferma les yeux.

– Rowan, dit-elle, aime-moi. Peut-être qu'il m'aimera aussi.

Rowan, toujours accrochée au cou de Michael, se remit à pleurer. Le cœur de Michael battait à tout rompre.

– Je m'appelle Morrigan.

– C'est ma fille, dit Mona, et la tienne, Michael.

– Je crois qu'il est temps que vous me laissiez parler, dit Morrigan.

– Pas si vite, dit Michael en clignant des yeux pour éclaircir sa vision.

Mais quelque chose venait de perturber la jeune nymphe. Elle avait retiré ses mains et reniflait ses doigts. Elle fusilla d'abord Rowan du regard, puis Michael. Elle se leva, se précipita sur Rowan pour renifler ses joues et s'écarta ensuite.

– Quelle est cette odeur ? dit-elle. Qu'est-ce que c'est ? Je la connais.

– Écoute-moi, dit Rowan. Nous devons parler, tu l'as dit toi-même.

Elle lâcha Michael, avança vers elle et la prit par la taille. La fille la regardait avec des yeux effrayés.

– L'odeur est partout sur toi.

– À ton avis, c'est quoi ? demanda Mona.

– Un mâle, murmura Morrigan. Ces deux-là étaient avec un mâle.

– Non, il est mort, dit Mona. Tu dois le sentir dans le plancher ou les murs.

– Oh, que non ! chuchota-t-elle. C'est un mâle vivant.

Soudain, elle attrapa Rowan par les épaules. Mona et Mary Jane se précipitèrent à ses côtés pour l'écarter. Michael s'était remis debout. Mon Dieu, cette créature avait la même taille que lui ! Le visage de Mona, mais pas Mona. Alors pas du tout.

– Cette odeur me rend folle, murmura Morrigan. Dites-moi où il est.

– Laisse-leur le temps de t'expliquer, intercéda Mona. Morrigan, arrête ! Écoute-moi !

Elle prit ses mains et les serra fort. Mary Jane était sur la pointe des pieds.

– Calme-toi, ma belle, dit-elle, et laisse-les nous annoncer ce scoop.

– Vous ne comprenez pas, dit Morrigan, ses yeux verts tout embués de larmes. Il y a un mâle. Un mâle de ma race. Maman, tu sens l'odeur ? Dis-moi la vérité. S'il te plaît, c'est insupportable.

Et elle se mit à sangloter, le visage tordu par la douleur, son grand corps anguleux tout tremblant. Elle se pencha docilement pour que les deux autres puissent l'étreindre et l'empêcher de tomber.

– On va l'emmener, dit Mary Jane.

– Ne lui faites rien, je vous en supplie, dit Mona. Promettez-le-moi.

– Dites-moi où il est, implora la grande fille.

Rowan poussa Michael vers l'ascenseur et ouvrit la porte en bois.

– Entre, dit-elle.

Appuyé contre la paroi de l'ascenseur, il vit les trois jolies robes de coton monter l'escalier.

Il était allongé sur le lit.

– N'y pense pas maintenant, dit Rowan. N'y pense pas.

La sensation du linge humide sur son front était très désagréable. Il avait horreur de ça.

– Je ne vais pas mourir, dit-il tranquillement.

Parler lui demandait de gros efforts. Était-ce une nouvelle défaite ? Le grand échafaudage du monde normal pliait-il une nouvelle fois sous son poids ? L'avenir s'assombrissait-il à nouveau ou, cette fois, allaient-ils accepter les faits et s'en sortir ?

– Qu'est-ce qu'on fait ? chuchota-t-elle.

– C'est toi qui me poses la question ?

Il roula sur le côté. La douleur était moins poignante mais il transpirait abondamment. Où étaient-elles, les trois beautés ?

– Je ne sais pas ce qu'il faut faire, répondit-il.

Rowan était assise sur le bord du lit, le dos un peu voûté, les cheveux tombant sur ses joues, les yeux dans le vague.

– Tu crois qu'il saurait quoi faire, lui ? demanda Michael.

Elle tourna brusquement la tête comme si on l'avait giflée.

– Lui ? On ne peut pas le lui dire. Tu crois qu'en l'apprenant il ne va pas... devenir fou comme elle ? C'est ça que tu veux ? Tu veux qu'il vienne ?

– Et alors ?

– Et alors ? Je ne sais pas, moi. Je n'en sais pas plus que toi. Mon Dieu ! Dire qu'ils sont deux, qu'ils sont vivants et qu'ils ne sont pas...

– Quoi ?

– Qu'ils ne sont pas des être malveillants qui se seraient insinués ici, des menteurs apportant avec eux malheur et aliénation. Ils ne sont pas cela.

– Continue de parler. Dis-le encore. Pas malveillants.

– Non, pas malveillants, juste une autre forme naturelle.

Elle détourna les yeux, la main posée sur son bras.

Si seulement il n'était pas si fatigué ! Et Mona ? Combien de temps était-elle restée seule avec cette créature, ce héron au long cou possédant exactement les mêmes traits qu'elle. Et Mary Jane ? Les deux sorcières ensemble.

Pendant qu'ils étaient occupés à sauver Yuri, à faire châtier les traîtres, à réconforter Ash, la grande créature qui n'était l'ennemie de personne, ne l'avait jamais été et ne le serait jamais, était déjà là.

– Qu'est-ce qu'on peut faire ? chuchota-t-elle.

Il tourna la tête vers elle et s'assit lentement à cause de la toute petite morsure qu'il sentait encore entre ses côtes. Il se demanda combien de temps on pouvait vivre avec un cœur qui défaillait si vite et si facilement. Enfin, facilement ! Il avait quand même fallu une Morrigan, ce n'était pas rien ! Sa fille...

– Rowan, et si c'était le triomphe de Lasher ? Et si c'était son but depuis le départ ?

– Comment pourrions-nous le savoir ? murmura-t-elle.

Elle porta ses doigts à ses lèvres, signe infaillible qu'elle souffrait et tentait de réfléchir.

– Je ne veux plus tuer, dit-elle dans un souffle.

– Non, non. Ce n'est pas ce que je veux dire. Je...

– Je sais, mais ce n'est pas toi qui as tué Emaleth. C'est moi.

– Je sais. Ce n'est pas à cela qu'il faut penser. La question est de savoir si on essaie de régler ce problème tout seuls ou si on voit ça avec les autres.

– Et si elle était un organisme invasif ? murmura Rowan, les yeux écarquillés. Et que d'autres cellules soient venues l'encercler et la contenir ?

– Ce ne serait pas forcément nocif pour elle.

Il était trop épuisé et ne se sentait pas bien. Près de vomir, même. Mais, ne voulant pas l'abandonner, il se refusait à être malade.

– Rowan, la famille, la famille avant toute chose.

– Ils vont être terrifiés. Non. Pas Pierce ni Ryan ni Béa ni Lauren...

– Nous ne pouvons pas faire le bon choix tout seuls. Et les filles, n'oublie pas les filles. Elle leur appartient.

– Je sais, soupira Rowan. De la même façon que cet esprit menteur m'a appartenu autrefois. Oh, j'aimerais que...

– Quoi ?

Ils entendirent du bruit à la porte. Elle s'entrebâilla puis s'ouvrit en grand. Mona était là, le visage légèrement marqué par les larmes, les yeux remplis de fatigue.

– Vous ne lui ferez pas de mal ?

– Non, dit-il. Quand cela s'est-il passé ?

– Il y a quelques jours. Écoutez, il faut que vous veniez. Nous devons discuter. Elle ne peut pas s'enfuir. Elle ne survivra pas toute seule. Elle croit qu'elle peut, mais je sais que non. Je ne vous demande pas de lui dire s'il y a bien un mâle quelque part. Venez nous écouter. Acceptez mon enfant.

– D'accord.

Mona hocha la tête.

– Tu n'as pas l'air très en forme, dit Rowan. Il faut te reposer.

– C'est l'accouchement. Mais je me sens très bien. Elle veut du lait tout le temps.

– Alors, elle ne s'enfuira pas.

– Peut-être que non. Vous ne voyez pas, tous les deux ?

– Que tu l'aimes ? Oui, dit Rowan, je le vois.

Mona secoua doucement la tête.

– Descendez dans une heure, dit-elle. Elle ira mieux. Nous lui avons acheté des tas de jolies robes. Elle les aime bien. Elle insiste pour que nous nous habillions bien aussi. Je vais peut-être lui brosser les cheveux en arrière et lui mettre un ruban. Comme je faisais avant. Elle est très maligne et elle voit...

– Quoi ?

Mona hésita, puis répondit d'une petite voix sans grande conviction :

– Elle voit l'avenir.

La porte se referma.

Michael s'aperçut qu'il fixait les carreaux rectangulaires de la fenêtre. La lumière faiblissait à vue d'œil. Le crépuscule arrivait si vite, au printemps. Les cigales avaient entonné leur chant. Les entendait-elle ? Se sentait-elle réconfortée ?

Il tendit la main vers l'interrupteur.

– Non, dit Rowan.

Elle n'était plus qu'une silhouette dans la pénombre.

– J'ai envie de réfléchir à voix haute dans le noir.

– Je comprends, dit-il.

Elle se retourna très lentement et, d'un geste très efficace, glissa les oreillers derrière lui. Tout en se haïssant, il se laissa faire. Il aspira une très longue goulée d'air.

Rowan commença à réfléchir tout haut :

– Je me dis que tout le monde court le risque de connaître un jour l'horreur. Un enfant peut être un monstre, un messager de mort. Que ferais-tu si tu avais un petit nouveau-né normal, bien rose comme les autres, et qu'une sorcière venait poser les mains sur lui en disant : « Plus tard, tu feras la guerre, tu fabriqueras des bombes, tu sacrifieras des millions de vies humaines » ? Tu étranglerais ton bébé ? Enfin, si tu croyais vraiment au sort jeté. Ou dirais-tu : « Non » ?

– Je réfléchis, dit-il. Je réfléchis à des choses aussi cohérentes que possible. Elle est un nouveau-né, elle doit écouter, ceux qui l'entourent doivent être ses professeurs et, les années passant, elle va vieillir et...

– Et si Ash mourait sans avoir jamais su ? Tu te rappelles ce qu'il a dit, Michael ? « La danse, le cercle et le chant... » Tu crois à la prédiction dans la grotte ? Si on y croit, que faut-il faire ? Passer notre vie à les tenir loin l'un de l'autre ?

La pièce était maintenant complètement obscure. Les meubles, la cheminée, les murs eux-mêmes n'étaient plus visibles. Seuls les arbres dehors, éclairés par les réverbères, avaient conservé leurs couleurs.

– On descend et on les écoute, décida Michael. Après, on verra si on appelle toute la famille. On leur dit à tous de venir, comme quand tu étais dans le coma, quand on croyait que tu allais mourir. On aura besoin d'eux tous.

– Peut-être bien, dit-elle. Mais tu sais ce qui va se passer ? Ils vont la regarder, contempler son indéniable innocence et sa jeunesse, puis ils vont se tourner vers nous d'un air de dire : « Alors, c'est comme ça ? » et ils vont s'en remettre à nous pour la décision.

Il se glissa hors du lit, craignant d'avoir de nouveau la nausée, et trouva son chemin dans le noir en suivant le lit. Il parvint à la salle de bains blanche. Le souvenir lui revint de la première fois où ils étaient venus dans cette partie de la maison, lui et la Rowan qu'il voulait épouser. Il avait remarqué par terre, sur le carrelage blanc, des petits morceaux de statue cassée. C'était la tête voilée de la Vierge et sa petite main en plâtre. Était-ce un présage ?

Mon Dieu, et si Ash la trouvait ou si elle le trouvait !

– Tout repose sur nous, murmura Rowan dans l'obscurité.

Il se pencha au-dessus du lavabo, tourna le robinet et se débarbouilla le visage à l'eau froide. Il se sécha, enleva sa veste et sa chemise qui sentait la sueur, s'essuya et se mit du déodorant. Il se demanda si Ash aurait pu faire la même chose : tuer son odeur pour qu'elle ne s'accroche pas à eux après leurs baisers d'adieu.

Il y a très longtemps, est-ce que les femmes humaines sentaient l'odeur de l'homme traversant la forêt ? Pourquoi avons-nous perdu ce don ? Parce que l'odeur n'est plus annonciatrice de danger. Elle ne constitue plus un signe de menace imminente.

Il enfila une chemise propre et un sweat-shirt léger.

– On descend ? demanda-t-il en éteignant la lumière.

Il fouilla l'obscurité des yeux et crut distinguer la silhouette de Rowan. Lorsqu'elle se retourna, son chemisier fit une tache blanche dans le noir.

– Allons-y, dit-elle d'une voix profonde qui lui faisait penser à du caramel et lui donnait envie d'elle. Je veux lui parler.

La bibliothèque. Elles y étaient déjà.

Morrigan était assise derrière le bureau, royale dans sa dentelle victorienne, avec un col montant, des poignets bouffants et un camée épinglé sur sa gorge. La jumelle de Mona. Celle-ci, vêtue de dentelle beaucoup moins ouvragée, était recroquevillée dans le grand fauteuil. Mona. Elle aurait bien besoin d'une mère et, surtout, d'un père.

Mary Jane se tenait dans l'autre angle, parfaite en rose. Et Granny était là aussi, dans un coin du canapé, avec son petit visage fripé et ses yeux noirs rieurs.

– Les voilà ! s'écria-t-elle en leur tendant les bras. Tu es aussi un Mayfair, toi, un descendant de Julien. J'aurais dû m'en douter.

Il se pencha pour l'embrasser et sentit la douce odeur de poudre sur sa robe de chambre écossaise. Se promener à n'importe quelle heure en tenue de nuit était la prérogative des très vieilles personnes.

– Viens ici, Rowan Mayfair, dit-elle encore. J'aimerais te parler de ta mère. Elle a pleuré quand ils t'ont emmenée. Elle a pleuré et tourné la tête quand ils t'ont enlevée de ses bras. Après, elle n'a plus jamais été la même. Jamais.

Rowan prit les petites mains sèches et se pencha aussi pour recevoir un baiser.

– Dolly Jean, vous étiez là quand Morrigan est née ? demanda-t-elle en jetant un regard oblique vers Morrigan.

Elle n'avait pas encore eu le courage de la regarder en face.

– Bien sûr que j'étais là ! répondit Dolly Jean. Je savais qu'elle était un bébé qui marche avant même qu'elle ne mette le pied dehors ! Je le savais ! Mais, surtout, n'oublie jamais que cette fille est une Mayfair. Si nous avons eu le cran d'accepter les exactions de Julien, nous devons avoir celui d'accepter cette fille au long cou avec son visage d'Alice au pays des merveilles. Écoute-la attentivement maintenant. Tu n'as jamais entendu une voix pareille.

Michael sourit. Il était drôlement réconfortant que Dolly Jean soit là et qu'elle prenne les choses aussi bien. Il avait envie d'attraper le téléphone et d'appeler tous les Mayfair de la création, mais il resta immobile. Rowan prit la chaise à côté de lui.

Tous les regards convergeaient sur la ravissante rousse. Elle appuya sa tête contre le dossier de son siège et posa ses longues mains blanches sur ses bras. Ses seins pointaient sous la dentelle amidonnée et sa taille était si fine qu'il avait envie de l'entourer de ses mains.

– Je suis ta fille, Michael.

– Raconte-nous, Morrigan. Dis-nous ce que nous réserve l'avenir. Dis-nous ce que tu attends de nous et ce que nous pouvons attendre de toi.

– Je suis si heureuse d'entendre ces mots, tu sais.

Elle les dévisagea tous successivement.

– Je sais ce qui va se passer, reprit-elle. Il faut que je parle.

– Alors, vas-y, ma chérie, l'encouragea-t-il.

Soudain, il ne la voyait plus du tout comme un monstre.

C'était un être vivant, humain, aussi tendre et fragile que ceux présents dans la pièce, y compris lui, qui pouvait tuer à mains nues s'il le voulait. Et Rowan, qui pouvait tuer par la force de son esprit.

– Je veux des professeurs. Pas dans une école, mais des précepteurs, avec maman et Mary Jane. Je veux être instruite et tout apprendre en ayant la certitude que je ne serai pas bannie, que je suis l'une des vôtres, qu'un jour...

Elle s'interrompit comme si on avait coupé le courant.

– ... un jour, je serai l'héritière et, après moi, une autre de sa lignée, humaine peut-être... si tu... si le mâle... si l'odeur...

– Vas-y, Morrigan, intervint Mary Jane.

– Continue de parler, dit la jeune mère.

– Je veux tout ce qu'un enfant un peu particulier peut demander, un enfant qui a une intelligence aiguë, une soif d'apprendre insatiable mais qui est raisonnable et digne d'être aimé. Oui, c'est ça. Un enfant que l'on peut aimer et instruire et, par conséquent, contrôler.

– C'est ce que tu veux ? demanda Michael. En d'autres termes, tu veux des parents.

– Oui, comme les vieux que nous avions autrefois, qui nous racontaient leurs histoires.

– Donc, dit Rowan, tu accepteras notre protection, c'est-à-dire notre autorité et nos conseils, comme le ferait un enfant nouveau-né ?

– Oui.

– Et nous prendrons soin de toi.

– Oui !

Elle commença à se lever, puis s'arrêta net et s'agrippa au rebord du bureau de ses longs bras que l'on aurait pu imaginer ailés.

– Oui, je suis une Mayfair. Je suis l'une des vôtres. Et un jour, peut-être, j'aurai un enfant d'un humain et je mettrai au monde d'autres comme moi qui auront le sang des sorcières. Je réclame le droit d'exister, d'être heureuse, de savoir, de m'épanouir... Seigneur ! Vous avez toujours cette odeur. C'est insupportable. Il faut me dire la vérité.

– C'est faisable, dit Rowan. À condition que tu restes ici ensuite, parce que tu es bien trop jeune et innocente pour rencontrer ce mâle, et à condition que nous décidions nous-mêmes quand le moment opportun sera venu.

– Nous pouvons lui apprendre ton existence, dit Michael, et te dire où il est, à condition que tu promettes...

– Je le jure ! s'écria Morrigan. Je jure tout ce que vous voulez.

– C'est à ce point-là ? murmura Mona.

– Maman, ils me font peur !

– Tu as presque gagné, dit Mona, nichée sur son siège de cuir, les joues creusées, le teint livide. Ils ne peuvent faire aucun mal à quelqu'un qui exprime aussi bien ce qu'il est. Tu es aussi humaine qu'eux, et ils le savent. Continue.

– Faites-moi une place parmi vous. Acceptez-moi telle que je suis. Laissez-moi m'accoupler si j'en ai envie.

– Tu ne peux pas aller vers lui, dit Rowan. Tu ne peux pas t'accoupler. Pas encore. Pas tant que ton esprit ne sera pas suffisamment formé pour prendre une telle décision.

– Vous allez me rendre folle ! cria-t-elle en reculant.

– Morrigan, arrête ! dit Mona.

– Calme-toi, dit gentiment Mary Jane en se levant.

Elle passa derrière le bureau sans faire de mouvement brusque et posa les mains sur les épaules de Morrigan.

– Parle-leur des souvenirs, dit Mona. Raconte-leur que nous les avons enregistrés. Et puis, dis-leur aussi tout ce que tu as envie de voir.

Elle essayait de lui faire retrouver le fil pour empêcher un nouveau flot de larmes ou de cris.

– Je veux aller à Donnelaith, dit Morrigan d'une voix tremblante, dans la vallée.

– Tu te rappelles ces choses ?

– Oui. Nous sommes tous dans le cercle. Je me souviens. Je tends les mains pour attraper les leurs. Aidez-moi, je vous en prie !

Elle avait de nouveau haussé le ton mais sa voix était assourdie par sa main, qu'elle avait posée sur sa bouche.

Michael se leva, fit le tour du bureau et écarta gentiment Mary Jane.

– Tu as tout mon amour, susurra-t-il à l'oreille de Morrigan. Tu m'entends ? Tu as mon amour... et l'autorité paternelle qui l'accompagne.

– Merci, mon Dieu !

Elle pencha la tête en arrière et la posa contre la poitrine de Michael, exactement comme le faisait parfois Rowan, et fondit en larmes.

Il se mit à lui caresser les cheveux. Ils étaient plus doux et plus soyeux que ceux de Mona. Il repensa à leurs brèves étreintes sur le canapé et sur le plancher de la bibliothèque.

– Je te connais, murmura-t-elle. Je connais ton odeur aussi et les choses que tu as vues. Je connais l'odeur du vent sur Liberty Street et je sais à quoi ressemblait la maison avant que tu ne la restaures. Je connais les différentes essences de bois et les différents outils. Je sais ce qu'est frotter de l'huile sur du bois pendant très longtemps et je connais le bruit du chiffon sur le bois. Et je me rappelle quand tu t'es noyé, que tu avais si froid et que tu as vu les fantômes des sorcières. Ce sont les pires, les plus fortes, mais moins que les Taltos, quand même. Les morts savent tout. Je me demande pourquoi ils ne parlent pas. Ils dansent dans mes souvenirs et prononcent les mots importants à l'époque. Père, père, je t'aime.

– Je t'aime aussi, murmura-t-il en posant une main ferme sur sa tête.

L'émotion était forte.

– Tu sais, dit-elle en levant les yeux vers lui, les larmes coulant sur ses joues blanches. Tu sais qu'un jour je prendrai le pouvoir ?

– Comment ça ? demanda-t-il calmement, la gorge soudain nouée.

– C'est ce qui doit arriver, répondit-elle dans un murmure sincère et chaleureux. J'apprends très vite, je suis forte et je sais déjà beaucoup. Et quand ils sortiront de mon ventre, ils auront la même force, le même savoir et les souvenirs des deux côtés, humain et Taltos. De toi, j'ai appris l'ambition. Et les humains nous fuiront quand ils sauront. Ils fuiront et le monde... s'écroulera. Tu ne crois pas, père ?

Michael tremblait intérieurement. Il entendit la voix

d'Ash. Le visage de Rowan était impassible. Il se pencha et effleura le front de Morrigan de ses lèvres. Sa peau sentait le bébé.

– Ce sont des rêves d'enfant de vouloir régner et tout dominer. Et les tyrans ne sont rien de plus que des enfants qui n'ont jamais grandi. Toi, tu vas mûrir et tu auras toutes les connaissances que nous pourrons t'apporter.

– Ça va être quelque chose, dit Mary Jane en croisant les bras.

Il la fusilla du regard. Mais elle se mit à rire d'une façon adorable en secouant la tête. Il regarda Rowan, dont les yeux étaient rouges et tristes. Elle tourna lentement la tête vers l'étrange fille, puis vers Mona. Elle était la seule dont le visage n'exprimait ni choc ni interrogation, mais la peur.

– J'appartiens aussi à l'espèce des Mayfair, dit Morrigan. Une famille de bébés qui marchent. Et il faut réunir les plus puissants. Il faut chercher dans l'ordinateur ceux qui ont la double hélice et les accoupler sans attendre jusqu'à ce que le nombre soit au moins égal des deux côtés et... Maman, il faut que je travaille sur le fichier Mayfair maintenant.

– Doucement, dit Mary Jane.

– Qu'est-ce que tu penses et qu'est-ce que tu ressens ? demanda Morrigan à Rowan.

– Il faut que tu apprennes notre mode de fonctionnement et, un jour, tu découvriras peut-être que c'est également le tien. Dans notre monde, personne n'est fait pour s'accoupler avec personne. Et les questions numériques ne sont pas notre fort. Mais tu verras ça. Nous t'apprendrons et tu nous apprendras.

– Et vous ne me ferez pas de mal.

– Nous ne pouvons pas et ne voulons pas te faire de mal, dit Rowan. Nous ne voulons pas.

– Et le mâle, celui qui a laissé cette odeur sur vous, il est seul aussi ?

Rowan hésita puis acquiesça de la tête.

Morrigan regarda Michael dans les yeux.

– Tout seul, comme moi ?

– Encore plus, dit-il. Toi, tu nous as. Tu as une famille.

Elle se leva et traversa la pièce en pirouettant. Ses jupes de taffetas bruissaient et reflétaient la lumière.

– Je peux attendre. Je peux l'attendre. Mais dites-lui, s'il vous plaît. Allez, Dolly Jean, allez, Mona, c'est le moment de danser maintenant ! Tu viens, Mary Jane ? J'ai envie de danser.

Elle leva les bras et se mit à tourner sur elle-même, la tête penchée en arrière, ses cheveux tombant très bas. Elle se mit à fredonner une mélodie très douce que Michael avait déjà entendue. Tessa l'avait peut-être chantée ? Cette pauvre Tessa qui mourrait sans avoir jamais vu cette enfant. Ou alors était-ce Ash, le géant dégoûté de la vie ? Il ne leur pardonnerait jamais de lui avoir caché Morrigan.

Morrigan s'agenouilla près de Rowan. Les deux filles se raidirent mais Mona fit signe à Mary Jane de ne pas bouger.

Rowan ne fit rien. Elle tenait ses genoux entre ses bras. Elle ne fit pas un geste tandis que la silhouette gracile s'approchait en silence et se mit à lui renifler les joues, le cou, les cheveux. Alors, seulement, Rowan se retourna et la fixa.

Pas humaine, non, mon Dieu, pas du tout. Qu'est-elle ?

– Je peux attendre, dit Morrigan. Écris dans la pierre son nom et l'endroit où il se trouve. Grave-le dans le tronc du chêne. Écris-le quelque part. Et garde-le loin de moi jusqu'à ce que le moment soit venu. Je peux attendre.

Elle recula et, en quelques pirouettes, fut hors de la pièce.

Personne ne parlait. Soudain, Dolly Jean se réveilla et dit :

– Oh ! que s'est-il passé ?

– Je ne sais pas, répondit Rowan.

Elle échangea avec Mona une pensée silencieuse.

– Je ferais bien d'aller la surveiller, dit Mary Jane en se dépêchant de sortir. Elle est capable de piquer encore une tête dans la piscine tout habillée ou de s'allonger sur l'herbe pour renifler l'odeur des cadavres.

Mona soupira.

– Alors, qu'est-ce que la mère a à dire au père ? lui demanda Michael.

Mona réfléchit un long moment.

– D'observer et d'attendre.

Elle se tourna vers Rowan.

– Je sais maintenant pourquoi tu as fait ce que tu as fait.

– Ah bon ? murmura Rowan.

– Oui, je sais.

Elle se leva pour quitter la pièce et fit brusquement volte-face.

– Je ne veux pas dire... Je ne veux pas dire que tu as eu raison.

– Nous savons tous que c'était une erreur, intervint Michael. Morrigan est aussi ma fille, ne l'oublie pas.

Mona le regarda d'un air tiraillé et malheureux, comme si elle avait des centaines de choses à dire, à demander, à expliquer. Elle avança vers la porte et se retourna au dernier moment.

Voilà où nous a mené mon péché, se dit Michael.

– Je sens aussi l'odeur, dit-elle. C'est un mâle en vie. Vous ne pourriez pas vous en débarrasser ? Frottez-vous avec du savon. Cela va peut-être la calmer. Elle arrêtera d'y penser et d'en parler. Au fait, ne vous étonnez pas si elle vient dans votre chambre pendant la nuit et se penche au-dessus de vous. Elle ne vous fera aucun mal. De toute façon, c'est vous qui avez les atouts en main.

– C'est-à-dire ? demanda Michael.

– Si elle ne fait pas tout ce qu'on lui dit, vous ne lui direz jamais, pour le mâle. C'est aussi simple que ça.

– Oui, c'est un bon moyen de la contrôler, ajouta Rowan.

– Il y en a d'autres. Elle souffre beaucoup.

– Tu es fatiguée, ma chérie, dit Michael. Tu devrais dormir.

– C'est ce qu'on va faire. Dans les bras l'une de l'autre. N'ayez pas peur si vous vous réveillez et la voyez en train de renifler vos vêtements.

– D'accord, dit Rowan. Nous y sommes préparés.

– Qui est-il ? demanda encore Mona.

Rowan se retourna, comme pour vérifier qu'elle avait bien compris la question.

– Qui est le mâle ? insista Mona, les yeux soudain bouffis de fatigue et d'égarement.

– Si je te le dis, répondit Rowan, promets-moi de le garder pour toi. Essayons d'être les plus forts sur ce plan-là au moins.

– Maman ! appela Morrigan.

On entendait une valse de Strauss, un de ces disques que l'on pouvait écouter toute sa vie sans se lasser. Michael avait envie de les voir danser.

– Est-ce que les gardes savent qu'elle ne doit pas sortir ? demanda-t-il.

– Non, pas vraiment, répondit Mona. Tu sais, ce serait plus facile si tu leur disais de s'en aller. Elle... Elle les dérange. J'aurai moins de mal à la contrôler s'ils ne sont plus là. Elle ne va pas s'enfuir.

– D'accord, accepta Rowan. Nous allons les congédier.

Michael était sceptique, mais finit par acquiescer.

– On est tous... dans le même bain.

Morrigan appela une nouvelle fois et Mona sortit de la pièce.

Tard dans la nuit, il entendit les rires et la musique. Ou rêvait-il qu'il était dans la tour de Stuart Gordon ? Puis il entendit le bruit des touches de l'ordinateur, et encore des rires, et des bruits de pas dans l'escalier. Et des voix très jeunes et claires chantant toujours la même chanson.

À quoi bon dormir ? Mais il était trop fatigué, épuisé nerveusement et aimait trop la douceur des draps et le corps chaud de Rowan contre le sien. Prie pour elle. Pour Mona. Et pour tous les autres...

Notre Père qui es aux cieux, Que Ton nom soit sanctifié, Que Ton règne vienne...

Il ouvrit tout grands les yeux.

Que Ton règne vienne... Non. Sa détresse était immense mais insaisissable. Il était trop fatigué. Que Ton règne vienne. Impossible de réfléchir correctement. Il se retourna et enfouit son visage au creux de la nuque de Rowan.

– Je t'aime, murmura-t-elle.

34

La monotonie de la neige, des réunions interminables, des fax déversant leurs statistiques et leurs comptes rendus, de la vie qu'il s'était bâtie lui-même pour l'argent et les rêves.

À midi, il posa sa tête sur le bureau. Cinq jours que Rowan et Michael étaient partis. Ni appel, ni message. Ses cadeaux les avaient-ils attristés ? Leur avaient-ils déplu ? Les avaient-ils effacés de leur esprit comme lui-même tentait d'effacer le souvenir de Tessa, de Gordon mort sur le sol, de Yuri balbutiant et se tordant les mains, de l'hiver froid dans la lande et des sarcasmes d'Aiken Drumm ?

Que cherchons-nous ? De quoi avons-nous besoin ? Comment savoir ce qui nous rendra heureux ? C'était si simple de prendre le téléphone, de les appeler pour voir si tout allait bien, de leur demander s'ils s'étaient remis du voyage.

Et si leurs voix étaient cassantes et indifférentes et qu'il se retrouvait avec le combiné dans les mains, la ligne coupée après de brefs adieux ? Non, ce serait pis que tout.

Ou, plus exactement, ce n'était pas ce qu'il voulait.

Aller là-bas. Les voir. Sans relever la tête, il appuya sur le bouton. « Préparez l'avion. » Quitter la ville du froid mordant pour le pays perdu de l'amour. Juste les observer, voir leur maison aux lumières chaudes, regarder à travers les fenêtres et s'en aller sans un bruit, sans exiger un regard. Juste poser les yeux sur eux.

Autrefois, les habitats étaient petits et clos, sans fenêtres, fortifiés. On ne voyait pas les gens à l'intérieur. Aujourd'hui, c'était différent. Le territoire de chacun était délimité par des carreaux de verre qui ne bouchaient pas la vue et permettaient de voir sans être vu.

Cela lui suffirait. Fais-le. Ils ne le sauront jamais. Tu ne leur feras pas peur.

La voiture était prête. Remmick avait fait descendre les bagages.

– Il doit faire bon dans le Sud, monsieur.

– Oui, le pays de l'été, répondit-il.

– C'est exactement ce que signifie Somerset, en Angleterre, monsieur.

– Je sais. À bientôt. Et n'hésitez pas à m'appeler s'il y a quoi que ce soit.

Un crépuscule éloquent, une ville si verte que les créatures de l'air y chantaient les chants du soir. Il descendit de voiture à quelques pâtés de maisons. Il avait vérifié le chemin sur une carte. Il longea les grilles de maisons anonymes aux fenêtres déjà éclairées. Les cigales chantaient et les oiseaux fondaient sur elles pour un baiser mortel.

Il pressa le pas en s'émerveillant devant les trottoirs inégaux, les dalles branlantes, les briques couvertes de mousse. Tant de jolies choses à toucher et à voir. Il arriva enfin à l'angle de leur rue.

C'était donc la maison où était né un Taltos. Majestueuse pour l'époque, avec ses murs de stuc imitation pierre et ses cheminées fièrement dressées vers le ciel.

Son cœur battait trop vite. Ses sorciers.

Ne pas déranger. Ne rien demander. Juste regarder. Pardon de marcher le long de la grille, sous les branches fleuries, de sauter par-dessus la grille et de me glisser dans les fourrés humides.

Aucun garde en vue. Cela signifie-t-il que vous me faites confiance ? Que vous me croyez incapable de venir sans avoir été invité ? Je ne veux rien voler. Juste regarder de loin.

Voilà le lagerstrœmia sous lequel se tenait Lasher, d'où il effrayait le petit Michael, lui faisait signe d'approcher.

Il toucha des doigts l'écorce cireuse. L'herbe était épaisse sous ses pieds. L'odeur des fleurs et de la verdure, des êtres vivants et du sol était partout. Un endroit paradisiaque.

Il se tourna lentement et contempla la maison, les porches superposés de chaque étage. La chambre de Julien était là, au plus haut de la vigne et de ses vrilles. Et là, au rez-de-chaussée, le salon.

Où êtes-vous ? Oserai-je m'approcher encore un peu ? Surtout, ne pas être vu. Ce serait une catastrophe.

Derrière les rideaux de dentelle, des lumières s'allumèrent, éclairant les peintures murales. Protégé par l'obscurité, rien ne l'empêchait d'approcher encore.

Les fresques de Riverbend. Michael les lui avait décrites. Se préparaient-ils à dîner tous ensemble ? Il traversa la pelouse du pas le plus léger possible. Ressemblait-il à un voleur ? Des massifs de roses le protégeaient des gens derrière les vitres.

Tant de gens ! Des femmes jeunes et vieilles, des hommes en costume, des voix en désaccord. Ce n'était pas ce que j'avais espéré voir. Je veux voir mon sorcier et mes sorcières.

Michael, enfin ! Son vœu était exaucé. Il faisait de grands gestes comme s'il était en colère contre les autres, qui pointaient le doigt et parlaient tous ensemble. Soudain, comme sur un signal, tout le monde s'assit et les domestiques se glissèrent hors de la pièce. Une odeur de soupe et de viande.

Rowan entra enfin. Elle avait l'air d'insister sur quelque chose en les regardant tous. Elle fit rasseoir les hommes. Une serviette blanche gisait par terre. Si seulement il pouvait s'approcher encore !

Mais il les voyait bien tous les deux et entendait même le bruit des cuillères dans les assiettes. Odeur de viande, d'humains, de...

Ce n'était pas possible ! Cette odeur si forte, si entêtante... Une femelle !

Et, juste au moment où il se répétait que c'était impossible, où il cherchait des yeux la petite sorcière aux cheveux roux, la Taltos entra dans la pièce.

Il ferma les yeux et écouta son cœur. L'odeur transperçait les murs de brique, s'insinuait dans les joints et les craquelures et venait frapper l'organe entre ses jambes. Saisi, le souffle coupé, les sens en émoi, il voulait fuir mais restait pétrifié sur place.

Une femelle. Une Taltos. Ici. Avec des cheveux roux s'embrasant sous le lustre. Les bras écartés, elle parlait avec anxiété sur un rythme très rapide. Il entendait les notes de sa voix limpide. Et ce visage de nouveau-né, ces bras délicats et ce sexe tout imprégné de l'odeur, une fleur ouverte dans l'obscurité.

Rowan ! Michael ! Pourquoi me l'avoir cachée ? Elle était là et vous ne m'en avez rien dit, vous qui vous prétendiez mes amis.

Tremblant, le cerveau embrumé par l'odeur, il ne pouvait détourner son regard. Humains ! Étrangers ! Vous m'avez tenu à l'écart. Et ma jolie princesse debout devant vous, déclamant je ne sais quoi et... Étaient-ce des larmes dans ses yeux ? Quelle magnifique créature !

Il sortit de derrière le massif et s'approcha encore pour entendre sa voix plaintive.

– Il y avait la même odeur sur la poupée ! Vous avez jeté l'emballage mais je la sens sur la poupée et dans la maison.

Quel vénérable conseil pouvait ne pas répondre à ses supplications ? Michael réclama le calme. Rowan baissa la tête. L'un des hommes s'était levé.

– Je casse la poupée si vous ne me le dites pas ! cria la somptueuse femelle.

– Non, ne fais pas ça ! protesta Rowan en se précipitant vers elle. Non. Michael, attrape la Bru. Arrête-la !

– Morrigan, Morrigan...

Moi qui t'aimais, Rowan, se dit Ash. J'ai même cru pendant un court instant que je pourrais être l'un des vôtres. Il se mit à pleurer. Samuel avait raison. Et là, derrière ces carreaux... Que faire ? Briser la vitre et les affronter ? Leur demander des explications ?

Elle avait senti l'odeur dans les présents qu'il leur avait envoyés. La pauvre ! Ce devait être une torture pour elle.

Brusquement, elle leva la tête, aux abois. Les hommes rassemblés autour d'elle n'arrivaient pas à la faire asseoir. Qu'avait-elle vu ? Pourquoi regardait-elle vers la fenêtre ? Elle ne pouvait pas le voir à contre-jour.

Il recula dans l'herbe. L'odeur ! Oui, sens l'odeur, ma douce, ma belle ! Il ferma les yeux et recula en titubant.

Elle était maintenant pressée tout contre le carreau, les mains appuyées dessus. Elle savait qu'il était là !

Pendant une éternité, il n'avait vu ses semblables qu'en rêve ou alors vieilles et flétries comme Tessa. Et maintenant, il y avait cette beauté jeune et chaude qui le cherchait.

La vitre se brisa. Il l'entendit crier et la vit se précipiter vers lui.

– Ashlar ! hurla-t-elle avant de se mettre à parler avec ce débit rapide que lui seul pouvait comprendre.

Le cercle, les souvenirs, les chants.

Rowan et Michael étaient sur le pas de la porte-fenêtre.

Elle traversa l'herbe humide en courant et sauta dans ses bras en l'enveloppant dans sa chevelure rousse. Il serra contre lui ses seins si chauds et vivants et glissa une main sous sa robe pour toucher son sexe brûlant, son repli humide pour lui.

– Ashlar ! Ashlar !

– Tu connais mon nom ? murmura-t-il tout en l'embrassant avidement.

Comment ne pas lui arracher tout de suite ses vêtements ?

Les deux autres ne faisaient pas un geste et l'observaient en silence. Vous m'avez trahi. Personne ne levait le petit doigt pour s'interposer, pour le séparer de la précieuse femelle qui lui avait sauté au cou. Le visage de Michael était interrogateur et celui de Rowan résigné.

Il avait envie de dire : « Désolé, je dois l'emmener. Vous le savez. Je ne suis pas venu pour ça. Je ne savais pas. »

Elle le dévorait de baisers. Quelqu'un accourait sur les dalles. N'était-ce pas la sorcière aux cheveux roux ? Mona ?

– Morrigan !

– Je pars, maman, je pars.

Elle avait chanté si vite, avaient-ils compris ? Mais cela lui suffisait. Il la souleva et se mit à courir au moment où Michael lui adressait un signe d'adieu, un simple geste de permission. Rowan hochait seulement la tête et Mona hurlait.

Il se hâta dans le noir. Sa jeune beauté ne pesait rien dans ses bras. Il traversa une pelouse, longea des allées pavées puis parcourut un autre jardin sombre et parfumé. Humide et dense comme les forêts d'autrefois.

– C'est toi ? C'est toi ? L'odeur des cadeaux me rendait folle.

Il la déposa sur le faîte du mur, passa par-dessus et la récupéra dans la rue obscure et déserte. Il lui tira la tête en arrière par les cheveux et couvrit sa gorge de baisers.

– Ashlar, pas ici ! dit-elle, bien que complètement soumise et abandonnée dans ses bras. Dans la lande, Ashlar ! Dans le cercle de Donnelaith ! Il est toujours là, je le sais, je le vois.

Oui. Allait-il pouvoir tenir tout le trajet au-dessus de l'Atlantique, elle lovée dans ses bras ?

Il lui attrapa la main et se mit à courir, l'entraînant avec lui.

Oui, dans la lande.

– Ma chérie, murmura-t-il en s'arrêtant.

Il jeta un dernier regard sur la solide maison pleine de secrets, de sorcières, de magie. La Bru. Le livre.

– Mon épouse, ma femme enfant..., dit-il en la serrant contre lui.

Il la prit de nouveau dans ses bras et se remit à courir de plus belle.

Les paroles prononcées dans la grotte par Janet lui revinrent à l'esprit.

Mais la mémoire, la pensée, l'esprit qui pesaient tant sur nos vies, nos erreurs, nos impairs, nos humiliations n'avaient plus autant d'importance.

Non, la mémoire se faisait aussi douce et naturelle que les arbres dressés au-dessus de leurs têtes, la dernière lueur du ciel pourpre, le ronronnement du soir autour d'eux.

Dans la voiture, il la prit sur ses genoux, ouvrit sa robe d'un geste sec, attrapa ses cheveux et s'en caressa les lèvres et les yeux. Elle fredonnait et pleurait en même temps.

– La lande, murmura-t-elle, le visage empourpré, les yeux brillants.

– Avant que le matin n'arrive ici, ce sera le matin là-bas et nous serons au milieu des pierres, dit-il. Nous nous allongerons dans l'herbe et le soleil se lèvera sur nous, inséparables.

– Je le savais..., chuchota-t-elle à son oreille.

Il referma sa bouche sur son mamelon et se mit à le sucer en poussant des petits gémissements.

La voiture démarra dans les ténèbres aux ombres multiples, laissant derrière elle l'angle de la rue et sa majestueuse demeure, les grandes branches feuillues retenant l'obscurité comme un fruit mûr sous le ciel violet. Elle les emmenait vers le cœur le plus vivace du monde, eux deux, ensemble, le mâle et la femelle.

imprimerie gagné ltée

IMPRIMÉ AU CANADA